大唐茶圣陆羽

从弃婴到一代茶圣的励志传奇

——张冰筱 著

文化艺术出版社
Culture and Art Publishing House

图书在版编目（CIP）数据

大唐茶圣陆羽 / 张冰筱著. —北京： 文化艺术出版社，
2019.3
ISBN 978-7-5039-6332-2

Ⅰ. ①大… Ⅱ. ①张… Ⅲ. ①长篇历史小说—中国—
当代 Ⅳ. ①I247.5

中国版本图书馆CIP数据核字（2019）第042138号

大唐茶圣陆羽

著　　者　张冰筱
责任编辑　董良敏
书籍设计　朗月行　赵　矗
出版发行　文化艺术出版社
地　　址　北京市东城区东四八条52号　（100700）
网　　址　www.caaph.com
电子邮箱　s@caaph.com
电　　话　（010）84057666（总编室）　84057667（办公室）
　　　　　（010）84057696—84057699（发行部）
传　　真　（010）84057660（总编室）　84057670（办公室）
　　　　　（010）84057690（发行部）
经　　销　全国新华书店
印　　刷　国英印务有限公司
版　　次　2019 年5月第 1 版
印　　次　2019 年5月第 1 次印刷
印　　张　28.5
字　　数　520千字
开　　本　710毫米 × 1000 毫米　1/16
书　　号　ISBN 978-7-5039-6332-2
定　　价　49.80元

不羡黄金罍，不羡白玉杯。
不羡朝入省，不羡暮入台。
千羡万羡西江水，曾向竟陵城下来。

唐·陆羽

目 录

第一卷　鸿雁之子

第二卷　访茶江湖

第三卷　乱世悟禅

第四卷 茶山御史

第五卷　一代茶圣

第一卷　鸿雁之子

“为写一篇赋花十年时间，为造精妙之器呕心沥血，圣人所说的君子之志便是如此吧！我好、好生羡慕这样的人。”

一、芦花因风起，鸿雁衔子来

秋天的苕溪，芦花摇曳，似浮在水上的片片白云。扁舟过处，一行鸿雁惊起，斜飞而去。溪边，几个六七岁的娃娃正围在一起嬉戏玩耍，边拍手边唱着一曲童谣：

刘郎醉，阮郎迷，误入桃源遇神女。青叶汤，胡麻米，绛罗帐里配夫妻。春日盛，百鸟啼，游人心心思故里。归去人间已不复，世人莫效阮郎迷……

正唱得欢快，一个年轻侍女脚步匆匆而来，上前扯住其中一个女娃娃的手，道："我的小姐，怎么一转眼就跑到这儿了，老爷可急坏了！"说着将女娃娃一把抱起，向停泊在不远处的一艘篷船走去。女娃娃显然还未玩够，趴在侍女肩头上仍自唱着："青叶汤，胡麻米，绛罗帐里配……"侍女听了忙捂住她的小嘴："快别学这些乡村野曲，被老爷听见可不得了。""哦……"女娃娃吐了吐舌头，一双水汪汪的大眼睛望向溪边飘飞的芦花，小声嘀咕道："秋天一过，芦花会飞走吗？世上真有桃源吗……"侍女并不答言，一欠身钻进船舱。

这是大唐玄宗开元二十三年（735）。此时的大唐经过李隆基登基以来的治理，四方宾服，万邦来朝。长安城、洛阳城云集着来自不同国家与民族的商贾。鲜花着锦般的开元盛世已持续了二十多年，百姓们歌舞升平，欢乐永日。

却说这日苕溪边的篷船上，湖州乌程县令李济善正携着六岁的幺女，去往复州竟陵赴任。这李济善一生好儒，虽官位低微，但素来洁身自好，不善阿谀奉承，故年近五旬也未曾升迁，他也不以为意。两年前妻子亡故，三个儿子均在外谋事，唯有一个幺女陪在身边，便是方才溜到溪边玩耍的女娃娃，名唤李冶，小字季兰。

李冶生得极为灵秀，小小年纪便显露出艳丽俊美之容，且天赋极高，在父亲的教诲下已颇通诗文音律。李济善觉得此女样样都好，唯有一样令人担忧。此事还要从今夏李冶六岁生辰那天说起。

那日，李府亲朋满堂。宴席过后，李济善将女儿抱至庭中，指着院中几株盛放的蔷薇花，叫她即兴作两句诗，为宾客助兴。李冶对着花枝横斜的蔷薇花看了片刻，开口道："经时未架却，心绪乱纵横。"意为描摹蔷薇枝条柔软，攀缘无依之态，却无意中触犯了谐音之忌。

"架却"谐音为"嫁却"，如此一来，诗意则迥然不同，仿佛含了女子思春盼嫁之心，李济善听了不由得蹙紧眉头，再联想起汉武帝与倡优出身的宫女丽娟调笑，将蔷薇戏作"买笑花"的典故，心中更觉不祥。满座宾客听了虽是赞不绝口，但有那些好事之人背地议论，说此女将来大了怕是会有伤妇德。

自那日起，李济善便一改往日对女儿的娇宠，时时监督她的一言一行，态度越发严厉起来。李冶懵懂孩童，虽不知自己犯了何错，但也察觉到父亲态度的转变，便收了几分憨顽，不像从前那般成日在父亲怀里撒娇，反将小小的心事藏起来，不轻易说与人听了。

李济善到竟陵上任，将诸事安顿妥当之后，便挑了个好日子，一身便服，带着女儿往竟陵西湖龙盖山上的龙盖寺而来。这龙盖寺自魏晋以来就颇负盛名，东晋高僧支道林曾在寺中修习佛法，使其名声大振，四百年来香火旺盛。

如今寺中的住持智积法师俗家姓陆，五旬有余，是远近闻名的高僧大德，与李济善颇有旧交。到了山门口，智积法师早已派了座下监院和尚与三名僧徒前来接引，将李济善父女请到待客禅房先行休息。李济善着急拜见法师，却得知法师近日身体有恙，正在歇息，服了药后方能来见。李济善便让李冶留在禅房中等候，自己起身到佛堂中参拜。

李冶在禅房中甚是无趣，但父亲命她不准擅离，只好躲在门边，探出小脑袋向外张望。只见不远处的斋堂冒出袅袅炊烟，一缕药香飘了出来。李冶皱起小鼻子嗅了嗅，药香之中还夹杂着几分清香，心想家里煎药怎么没这香味。她正好奇，又见从住持的禅房中摇摇晃晃走出来一个小男孩，只两三岁年纪，身体瘦小孱弱，似乎一阵风便能吹倒的样子。小男孩走进斋堂，过了一会儿，汤药和尚一手托着药碗，一手牵着他向住持的禅房走去。

"喵，喵……"

小男孩听见猫叫，不由得顿住脚，朝传来声音的方向望去。只见待客禅房内有一只小手伸出来，向他招了招，随即露出一张粉雕玉琢的小脸，叫了声："喵……"小男孩一愣，刚要发笑，却被同行的和尚催促道："别贪玩，住持等着喝药呢。"说罢一把将他抱起，几步进了住持的禅房。李冶见他进去，没趣地撇了撇嘴。

过了不多时，智积法师用完了药，亲自将李济善父女请至上座叙谈。李济善恭敬礼拜后，一问之下，才知法师入秋以来感染了风寒，痰热郁肺，咳嗽不止，服了半月汤药，近日已见好转。

李济善颇通药理，闻着屋中残留的药味，奇怪地问道："这药中似有一股独特的清香，不知法师可否将药方给在下一观？"法师命汤药和尚将药方拿来，李济善展开方子，上写着："伤寒痰热，以川芎、葱白、姜、橘皮、薄荷、荼茗，适量煎煮，服之可愈。"前面几味都是寻常之药，只最后一味"荼茗"却甚为眼生，便问道："恕在下孤陋寡闻，这是何物？"

法师捋髯微笑，正欲答话，却被"呱呱呱"几声蛙叫打断。与李济善一齐看去，原来是李冶与方才那个小男孩正拿着一只蟾蜍形状的小木鱼玩耍。小男孩捧着木鱼，李冶用木槌敲刮着"蟾蜍"的背脊，发出"呱呱呱"之声，如蛙叫一般。李济善脸色一沉，斥责道："胡闹，佛门之物也能混玩？还不快快放下！"

李冶听了赶忙丢开手，望着父亲严厉的面孔，咬着小嘴，泫然欲泣。小男孩也吓了一跳，一头钻进法师怀里，用同情的眼神瞅着李冶。法师哈哈一笑，道："小孩子玩耍，李居士何必动怒？这木蟾蜍本是老僧刻来给疾儿玩耍之物，不打紧。"说着摸了摸小男孩的脑袋。

李济善道："在下管教无方，失礼了。"又对李冶道："女儿家如此没规矩，爹平日里的教导都忘了？"李冶哽咽道："女儿知错了。"说着滴下泪来。法师又是一番相劝，李济善这才缓了脸色，将李冶招呼到自己怀中，为她擦擦眼泪。李冶揉着哭红的双眼，见一双小手捧着木蟾蜍举在她眼前。

"阿姐别哭，这个送……送给你。"

李冶抬起头，对上小男孩诚恳的目光。

小男孩比她略矮一头，脸盘瘦小，眉目清秀，眼神中透着伶俐之气，只是左边额角处有块淡黑色的疤痕，说话也略有些口吃。他见李冶盯着自己发呆，又将木蟾蜍举了举，道："给……给你！"认真的神情里透着一股子呆憨的可爱劲儿，将李冶逗得破涕为笑，却不敢接，回头看向父亲。李济善摇摇头，法师却慈爱地说道："拿着吧，老僧回头再刻一个给他。"李济善这才点点头，李冶欢喜地一把接过，脆生生道："谢谢你！"

小男孩脸一红，挠挠头，又回到法师身旁。

李济善道："敢问法师，这孩子是？"

法师将小男孩抱上坐榻，抚摸着他的脑袋，道："此事说来话长，正好可将你方才所问药方之事一起解了。"于是将缘由娓娓道来。

方才智积法师口中的"疾儿"便是这小男孩，而他的来历则颇为传奇。大半年前的一个初春早晨，法师念罢早课，起身来到山门外眺望竟陵西湖之景。刚站了片刻，便听远处传来鸿雁的鸣叫声，寻找方向，似从西湖边而来。

法师佛法高深，耳聪目明，虽隔着一丝晨雾，仍望见西湖岸边好似落着一双鸿雁，叫声急促，像在呼唤人来相救。法师欲知究竟，下山来在湖边，见果是一双鸿雁在那里。雄雁扑扇着翅膀鸣叫着，见人来了竟不躲闪，反而边叫边将法师引向雌雁。而那雌雁则一动不动地立在芦苇丛边，双翅张开着，翅膀下似护着什么。法师轻轻地走上前去，对着雌雁双手合十，念了声"阿弥陀佛"，那雌雁竟听懂了般，轻柔而起，在法师头上盘桓低飞。

俯身观瞧，芦苇丛中铺着一块破布，上面躺着一个瘦小的孩子，身体用破被褥盖着，小脸蜡黄，左边额角上有块疤痕，看上去只有两岁多。湖边湿寒，这孩子却因一直被雌雁用厚厚的羽翼覆盖着而温暖无比，此时睡得正香甜。

法师心中悽然，不知哪家的狠心父母竟把亲生子遗弃在此，若不是一双鸿雁相救，恐怕早挨不过一夜冷风……法师怕惊醒孩子，轻轻将他抱起。抱在怀中才感觉出这孩子身量极轻，再一细看，是个四肢健全的男孩。那双鸿雁见孩子已被法师救起，绕着他们低飞了几圈便振翅而起，跟上一群迁徙的鸿雁飞去。

将孩子抱回寺中后，法师命座下僧人们一番喂养照料不提。却说这孩子身上除了被褥衣物之外，没有任何与身世相关的标记，只是怀中掖着一个破布囊。布囊中包了一枝草叶，还有一本折得皱巴巴的册子，打开来看是一本医书，名为《茶方》。想是这孩子的父母没钱给他治病，便将药方掖在他身上，若有好心人捡到孩子，或许会照着药方为他医治。法师精通医理，把脉诊断了一番，便知这孩子并没什么要紧大病，只是伤寒痰热罢了，之所以如此瘦弱，想来定是一向缺衣少食、贫病交加所致，需得慢慢调养才行。

再看那本《茶方》，其中记载了治疗此症之法。又拿起那枝草叶细看，见其叶如栀子花叶，蒂似丁香花蒂，花如白蔷薇，叶子清脆嫩绿，闻起来有一股清香。法师博通古今，一眼便识出此物乃《神农本草经》中记载的一种名为"荼"的植物，也是《神农食经》中所提到的"茗"，《尔雅》中的"槚（jiǎ）"，《方言》中的"蔎（shè）"，《荈赋》中的"荈（chuǎn）"。

此物自神农氏尝百草时发现可入药以来，便颇受历代贵族喜爱，将之作为药用或煮入羹粥中食用。三国吴帝孙皓极爱此物，曾密旨以茶茗代酒；东晋司徒王濛酷爱此物，常盛邀客人饮之；大唐英国公李勣也对它钟爱有加。此物在贵族中虽一向颇受推崇，但在民间却尚未流行，故而许多人仍是不识。今日《茶方》中提到的治疗伤寒的最后一味药，便是此物。

一番辨认之后，法师断定手中之物便是茶茗，便命汤药和尚拿去按方煎药，为孩子调养身体。服了几服，果见好转。因这孩子不知所出，拾来时又体弱多病，故而智积法师让他随自己姓了陆，乳名唤作“疾儿”。

这陆疾许是与佛有缘，自被抱回寺中，见了大小僧人不哭也不闹，最是与法师亲近，法师念佛诵经、行顿坐卧皆不离左右，好似极怕再次被抛弃一般。法师见他乖巧懂事，十分亲人，对他也甚是喜爱。只是法师毕竟上了年纪，寺中僧人对照顾孩子之事也都不在行，勉力养育了大半年，前几日天气转凉，因夜起为孩子盖被，不想受了风寒，是以病了这大半个月。

法师讲罢前缘，李济善唏嘘不已，李冶摇了摇父亲的手，道：“这个弟弟真可怜。”李济善叹息着点点头。

法师道：“老僧念叨了这许多，不知李居士此番造访，所为何事？”

李济善看看李冶，欲言又止。

法师拍拍陆疾脑袋：“疾儿带着阿姐到院中去玩儿，不要跑远。”

“是！”陆疾答应一声，乐呵呵地上前牵住李冶的手，蹦蹦跳跳而去。

李济善这才道：“在下此来，是想问问小女之事。”便将李冶六岁生辰那日作“蔷薇诗”一事细说了。他问道：“她一个女儿家，小小年纪便作出这样的诗句，只恐日后不祥，敢问法师，可有方法化解？”

法师捻着佛珠笑道：“李居士可听说过‘童言无忌’，孩童之言，不必当真。”

李济善仍觉不安：“宁信其有，莫信其无。小女生来就比别家女儿心思大，爱顽皮，我又教她念了些诗书，日后大了恐怕更不好管教。”

法师道：“管教之道在于‘教’不在于‘管’，教导子女是为了让他们读书识礼、知善恶、明是非，他日遇事有自己的解决之道，而不是一味地‘管束’，将自身好恶强加于人，令他们不能依照本性成长，岂不罪过？”

李济善道：“法师所言有理，在下受教了，但心中仍是不安，请法师教我。”

法师知他听来容易做来难，哪有父母不为子女操心的，便宽慰道：“如此老僧有一法，若令爱及笄之年李居士仍不放心，可将其送到开元观中修行两年，我朝多位公主皆有此举，想必可以正念清心，多积善缘。”

李济善闻之大悦，向法师道谢不迭，而法师不过希望此言能化解他心中的挂碍，以平常心教养李冶，不要在父女间生出隔膜罢了。两人说着望向院中，只见李冶与陆疾两个孩子欢欢笑笑，玩得甚是亲昵，法师不由得叹了口气。

李济善问道：“法师因何叹息？”

“不瞒李居士，老僧正为疾儿之事犯难。”

“若在下猜得不错，可是因为孩子太小，佛门不便养育之故？”

“正是……”

李济善站起身，深施一礼道：“在下正为小女无人做伴发愁，若法师信得过，可将令徒暂时寄养在我家中，小女的乳母、丫鬟正可一起照料，待法师方便教导时，再将令徒送回寺中，不知意下如何？”

法师知他一心为自己解难，却反做相求之言，足见其良善厚道，可将陆疾放心暂托与他，便起身回礼道：“老僧多谢李居士一番心意，疾儿仰仗关照。”说罢命座下僧人将陆疾与李冶唤回了房中。

一进来，李冶便一脸失落地道：“爹爹，咱们可是要回去了？女儿还想与弟弟多玩一会儿……”说罢小心翼翼地望着父亲，生怕被他斥责贪玩。

谁知李济善却笑道：“咱们是该回去了，不过，你和弟弟还可在一起。”

“真的吗？”李冶瞪大眼睛。

法师将陆疾招至膝前，道：“疾儿，想不想与阿姐天天在一处？”

陆疾两眼放光，使劲点点头：“想！师父会让阿姐留……留下来吗？”

法师摇摇头，叹息一声，不知如何开口。

李济善来到陆疾面前，弯下腰亲切地道：“你阿姐没有年岁相当的兄弟姊妹，一个人在家中闷得慌，阿叔接你过去，你们两个做一对姐弟，一处吃一处玩，好不好？”本以为陆疾会欢喜着答应，谁知他乍一听时确实欢喜，但眼神随即黯淡下来，惊慌地看向法师，颤声道：“师父……不……不要疾儿了……”尾音已经哽咽。

法师最怕他如此想，忙拉到身前，好生劝慰道：“不，师父永远不会不要疾儿。只是过去住段时日，待师父病愈便接你回来。”

陆疾已流了满脸的泪，听了这话仍止不住地抽泣。

李冶上前，将木蟾蜍放在他双手上，认真道：“这个木蟾蜍还给你。你看，你师父这么疼你，肯定会来接你的。我爹爹虽然有点凶，但他一定会好好照顾你的……还有我，我会把你当成亲弟弟一样，好吃的好玩的都分给你。”说罢用期待的目光看着他。

陆疾终于慢慢止住了哭泣，抚摸了半晌木蟾蜍，抬头望着法师，含泪道：“疾儿等……等着师父来接我。”

法师捻着佛珠，点头微笑。

陆疾转过身来，将木蟾蜍又递回给李冶，道：“你……你拿着，以后我们一……一起玩。”

“太好了！”李冶笑开了花，抓起陆疾的双手道：“以后你就是我弟弟了！”

陆疾与她一起笑着转起来，转了好久好久，一颗小小的心被忧伤与甜蜜充斥着，头脑随着旋转眩晕起来，却紧紧盯着眼前这个花朵般灿烂的女孩子，死死攥住她拉着自己的手，生怕被越来越快的旋转挣脱，心中默默念着：“姐姐……”

这日黄昏，陆疾随李济善父女一起离开龙盖寺。临别时，法师刚服下汤药歇息了，没有出门相送，但派座下监院和尚与三名僧徒将陆疾三人护送下山。出山门时，陆疾站在门口望了许久才被李济善抱起离去。他不知，法师当晚又刻起一只木蟾蜍来，烛火一夜未熄灭。

陆疾来到李府，以李济善故友之子的身份住了下来，与李冶姐弟相称。他以为很快就能与法师再次相见，没想到却发生了变故。

二、善心结善缘，茶茗现神奇

陆疾望望远处沟壑纵横，奇峰林立的丹山，再看看院外河流交错，碧水环绕的小洲，总有种置身梦境的错觉，不知世上为何会有如此奇特的地方，既荒芜辽阔，又秀美温柔。有时候他会被突然跳入眼帘的景色所欺骗，觉得自己还在龙盖寺中，远处便是故乡竟陵的西湖。一想到竟陵，他就会掰起指头数一遍，到了今年秋天，便离开师父六年了。

“疾儿，快来看呀！”一声清脆的呼唤打断了他的思绪，回头一看，只见梨花丛中俏立着一个十二三岁的少女，头梳丱发，杏黄罗襦，素白长裙，面容比盛开的梨花还要皎洁明丽，此时正兴奋地朝他招手。她身后的李济善，手里牵着一匹枣红色的小马，对他笑道：“多吉大叔给你带了匹小红马来，他有事先走了，快看看喜不喜欢？”

陆疾跑上前，只见这匹马周身枣红色，仅在鼻梁上有片雪白的鬃毛，形似流星，十分漂亮，不由得抚摸着它欢喜道："太……太好了，这下我可以学骑马了！"

谁知李济善却道："先说好了，这马只许你们喂养，谁也不许骑。"又指指李冶："尤其是你，女儿家不许学这些东西！"

"是……"李冶与陆疾齐齐应了一声，低头对视一眼，吐了吐舌头。

"大人，突厥、吐蕃的商人到了，正在前厅等候。"

"吐蕃？"李济善蹙起眉，"知道了，本监这就过去。"他随手下走了几步又回过头，对两个孩子道："记住了，谁也不许骑！"

待他走远之后，陆疾回头看李冶，见她抚摸着马背，一脸失落。

"爹爹总是这样，一言一行都要受他的管束！"

"季兰姐姐，你……你很想骑它吗？"

"想……"李冶叹道，"可是爹爹不教我们，又能怎样……"

"若你真……真想骑，我有办法！"

"真的吗？"李冶望着比自己矮许多的陆疾，将信将疑。

"走，我带你去找一个人！"

李济善来到前厅，与突厥、吐蕃的商人会谈。自从他接陆疾回府之后，在竟陵任职了一年，便被调派到西北廓州的互市监做了长官，一任便是四五年。

李济善所掌管的互市监位于西北廓州的承风戍，矗立在一片丹山碧水之间。承风戍地处边界，周围是一片雪山与草原，河道与丘陵纵横交错。这互市监是大唐为边境互市所设的官署，主要掌管"绢马贸易"，以绢帛（丝绸的古称）与马匹进行物物交换。

今日突厥、吐蕃商人一起到来，李济善颇感棘手。思索片刻，他命手下先将突厥商人请进来，令吐蕃商人暂且等候。

突厥商人道："李大人有礼了，不知今年我们的绢马贸易，是否还如往年一般，交换一万四千匹马匹？"

李济善微微沉吟，道："不瞒贵商，这几年贵邦送来的马匹着实过多，已经超出了大唐所需的数量，恐怕今年……"

突厥商人一愣，似乎没想到他会有推诿之词，想了想道："莫非是我方有别的商人私下与你商谈，你将绢帛与他们交易了吧！"

"绝无此事，贵邦一向都是由您来与我们商谈贸易，岂会轻易更改？"

"那便好！李大人，我方自毗伽可汗去世之后，新可汗便上表大唐天子，拜认大唐天子为父，年年上贡，未敢怠慢。这么多年的交易数量都是如此，今年为何突然更改呢？”

“贵商既然相问，本监也不怕直言相告，皆因素年来贵邦送来的马匹太多，大唐实在不需要如此多的马匹，我们还是重新拟定一下交易的数量，好令绢马贸易能够长久。”李济善所言只是事实的一半，另一半他并没有说。近年来，突厥送来交易的马匹数量已远远超出了大唐的承受能力，形成了极大的贸易逆差，大唐的织场已生产不出如此多的绢帛，织民生活贫困，难以为继。

突厥商人听了颇为不悦，考虑了半晌，道：“也罢，重谈就重谈，待我回去向我们可汗禀明，再来与李大人磋商。”

“如此甚好，那本监便静候佳音了。”

待突厥商人走后，李济善这才与吐蕃商人会面。一见面，吐蕃商人便气哼哼地嚷道：“李大人，我与突厥商人同来，为何先与他们商谈？”

李济善见他一脸怒气，言语无礼，便不慌不忙道：“贵商莫急。大唐自开元九年起便与突厥进行绢马贸易，到如今已有二十年之久。凡事总有个先来后到。”

吐蕃商人听了瞪眼道：“突厥、吐蕃与大唐皆为比邻，我吐蕃有良马无数，大唐为何偏偏去要那突厥的瘦马，却不要我吐蕃的神驹呢？”

李济善见他态度仍是强横，只得正色道：“这却要问贵国了，大唐与吐蕃素来亲睦。贞观十五年，我大唐赐文成公主与贵国赞普松赞干布和亲；景龙四年，又赐金城公主与贵国当今赞普和亲。可吐蕃却屡屡寇边，侵扰大唐百姓。远的不说，四年前吐蕃背弃前好，断绝了对大唐的朝贡。我朝圣上英明仁德，未曾降罪，贵商此时却来奢谈贸易，岂非无礼？”

“你！”吐蕃商人听他义正词严，且句句在理，无法反驳，料想此番是讨不到好处了，便道：“这么说来，李大人是不准备与在下商谈贸易了？”

李济善态度和缓，有礼有节道：“此事本监无权定夺，还需上报朝廷请旨。还请贵商先回去等候旨意吧。”说罢，命手下将吐蕃商人礼送出去。

“哼！”吐蕃商人一甩袖，怒气冲冲而去。

“大人，这恐怕不妥吧？”手下道。

“去，准备笔墨，本监这就上报，请朝廷速速定夺。”

“是！”

李济善提起笔，将今日突厥、吐蕃前来贸易之事及自己的处置方法一一写明，又对事态进行了分析：“从突厥商人的态度中可推断，突厥内部矛盾重重，内斗已趋白热化。而吐蕃此时重提贸易，无非两个原因：一则是想趁着边境乱局谋取利益；二则是为兴兵入侵寻找借口。这两件事，不得不防，还请朝廷早做决断。”

写罢便命人八百里加急去送，自己则愁眉不展地坐在书房中。

却说陆疾与李冶牵了小红马，偷偷从后门溜出，向雪山脚下的一户人家而来。一群牛羊之间，一个与陆疾年龄相仿的八九岁的吐蕃男孩正在放牧。

“诺布！”陆疾大老远喊道。

男孩循声望来，高兴地扬起小鞭子：“阿疾，阿疾！”来到近前，两个男孩抱在一起，欢快地转着圈。

“多吉大叔在吗？我来谢谢他送……送我的小红马！”

“阿爸去邻镇上办货了，估计明日才归。”诺布个头比陆疾高，身体健壮，一双大眼睛，脸蛋红扑扑的。他瞅瞅陆疾身边的李冶，问道：“她是谁？”

“她便是我常跟你提起的阿姐，她想……想学骑马，你能教我们吗？”

“当然可以，不过你们先得陪我放完羊。”

“没问题！”

三个孩子一起放羊，诺布的阿妈听见声音，从帐篷里钻出来道：“阿疾来了？”

“阿妈，你身体虚弱，阿爸不让你出来，快进去。”诺布懂事地上前道。

“没事，我已经好了，你们进来，尝尝我煮的酥油羹。”

三个孩子一进帐篷，便闻到奶香夹杂着一股清香扑鼻而来。诺布阿妈端来三碗热气腾腾的羹汤递给他们，对陆疾笑道：“尝尝看，是不是有熟悉的味道？”

陆疾喝下一口，咂咂嘴，眼光一亮：“你加了茶茗！”

诺布阿妈点点头：“我病好后还剩下一些，舍不得喝，就把它磨碎了，平日放一些到煮的酥油羹里，没想到味道这么好。”

陆疾边喝边品，见这羹用酥油、胡桃、胡麻、盐巴还有茶茗等调制而成，喝罢觉得提神醒脑。三个孩子都赞不绝口。

诺布阿妈又道：“听族里的老人说，当年大唐来和亲的赞蒙文成公主就曾用茶茗煮过酥油羹，只有地位极尊贵的人才被赐饮过。感谢阿疾送来的茶茗，不仅医好了我的病，还令我们享用了美味。”

陆疾慌忙摆手：“我还要谢谢多吉大叔的小红马呢！”

喝完酥油羹，诺布带着陆疾、李冶到外面空旷的草原上去学骑马，临别时三人偷偷约定，一有机会便溜出来到此练习骑马。归家途中，李冶道：“原来诺布阿妈就是你救的那位病人，怪不得多吉大叔会送如此贵重的小红马给你！看来你的茶茗可比这小马更贵重呢！”

一匹成年的马可以换许多匹绢帛，价值不菲。

陆疾道：“我也没……没做什么，诺布是我的好兄弟，他阿妈病了，我又岂能不管！”

多吉一家是生活在边境的吐蕃小商贩，贩卖货物的同时为互市监采办官需物品，来往亲密，故而陆疾与诺布便成了好友。有外客在时，李济善不许李冶擅出闺阁，所以她与诺布并不相识。

一个月前，诺布阿妈腹泻不止，病势危急。陆疾得知后，想起自己常读的那本《茶方》中有治疗腹痛下痢的方子，用茶茗和生姜煎煮服用即可，便送了许多过去，果然药到病除。

二人说着来到府门外，见四下无人，便又偷偷从后门溜了进去。谁知他们刚牵着马来到后院马槽，还没将马拴住，便听见一声重重的咳嗽声，不由得吓得一哆嗦。这咳嗽声再熟悉不过，是李济善的。

“这么晚了，你们在此做什么？”

“我们……”李冶与陆疾想编个瞎话，奈何马缰绳还在手里。又想起往日每每撒谎被拆穿后被罚得更重，便收了此心。李冶小声道：“我们去骑马，刚回来……”

“好，为父的话你从来不听！你……”

“阿叔，是……是我带季兰姐姐去骑马的，要罚就罚我！”陆疾见李济善脸色铁青，慌忙道。

“你也跑不了。”李济善瞪他一眼，又对李冶道：“你二人中，你为年长，该怎么领罚，还要为父说吗？”

“是……”李冶看着父亲，泪水在眼眶里打转，“女儿自会去领罚……但是爹爹，女儿想知道，别家的姑娘都能骑马出游，为何单单女儿不行？”

“别家是别家，你是我李家的女儿，就得按李家的家法来！”

“女儿究竟做错了什么，爹爹待我如此严厉？”

这一问触动了李济善的心事，他无法说出是因李冶六岁时的“蔷薇诗”心生忌讳，只冷着脸道：“你是越发出息了，还学会了犟嘴？还不速速领罚去！”

李冶点点头，嘴角苦涩一笑，扭头便往柴房跑去，一边跑一边抹眼泪。

“姐姐！”

陆疾要追上去，李济善却道：“你留下，我有话问你。”

“是……”陆疾看着李冶的背影，心里焦急，却不敢动，“阿叔，今日之事都……都是我的主意，您别生姐姐的气……”

“是多吉大叔教你们骑的马？”李济善忽得一问。

“不是，多吉大叔去邻……邻镇办货了，是诺布教我们骑的。”

“诺布阿妈的身体可都恢复了？”

“嗯！诺布阿妈已经都好了，她……她还用茶茗煮了酥油羹给我们喝，味道可好了！”

“哦？”李济善顿时来了兴致，仔细询问起酥油羹之事。陆疾如实说了，提到文成公主也曾煮过这样的酥油羹时，李济善若有所思。待都问完了，李济善沉下脸来，严厉道：“今日之事，你知错了吗？”

“疾儿知错了，都……都是我的错，季兰姐姐她……”

李济善向柴房望了望，道：“你也要一起受罚。”

“是，疾儿这就去！”陆疾转身就往柴房跑。

“等等！”

“阿叔，又……又有何事……”陆疾一头冷汗。

李济善瞅着他的一脸苦相，叹了口气，道：“去跟你姐姐说，以后许她骑马，但你要跟着她。你们两个都得小心着，别摔了碰了，惹人担心！”

“是！”陆疾喜出望外，跳着说道，“阿叔你真好！”进到柴房里，见李冶抱膝坐在地上，仍在抽泣。陆疾推推她道：“别……别哭了，阿叔同意咱们骑马了！”

李冶抹着眼泪：“你少骗我……爹爹才不可能……”

“真的，阿叔刚才亲……亲口说的！他让咱们小心点儿骑，别摔着就好。”

“真的?!”

“真的！”

李冶这才破涕为笑，哭得红红的眼睛弯成月牙。

“姐姐，你还是笑……笑起来好看。”陆疾说着在她身旁坐下来，往后仰倒在地上，“太好了，又能睡……睡柴房了！”

李冶白他一眼：“睡柴房有什么好的！”

“与姐姐一起，怎么都……都是好的！”

“你这个小傻瓜！”

“哼，说我傻瓜，明日不……不带你去学骑马了……”

“别别，疾儿最好了！”

“哈哈，还有呢？”

“疾儿最聪明！”

“对喽！”

“你呀，不知羞！”

“哈哈哈……”两人在柴房里说了一夜笑话，倒也不觉难熬。第二日起，便时常去找诺布学骑马。如此学了两月，夏季来临，原野上油菜花开遍，金波摇荡，清香四溢。李冶与陆疾已能骑着小红马在花海边自由驰骋。

一日，二人正与诺布在油菜花丛中玩耍，忽见极远处黄沙浮动，烟尘滚滚。诺布趴在地上听了一会儿，道：“好像有马蹄声！”陆疾与李冶正在纳闷，诺布又道：“阿爸说若听见许多马蹄声，要马上去告诉族人，我们快回去吧！”

“好！”三个孩子赶忙各自归家，将事情说与大人听。

李济善听后颇为警觉。上次他禀报之事，朝廷极为重视，玄宗命皇孙广平王李豫亲率大军到西北坐镇，不日便会到达。难道吐蕃的军队这么快便来了？他想到这，即刻派人向承风戍驻军统帅禀报事态。果不其然，当晚吐蕃大军从西北突袭而来，大战爆发了。浑崖峰的大将率领五千精兵与吐蕃大军交战，承风戍陷入一片战乱之中。

李济善命手下严阵以待，务必守住朝廷一尺一寸的绢帛，那都是百姓月血汗织就的。只要能撑到广平王的大军到来，一切就都好办了。可最令他担心的事还是发生了。吐蕃大军人多势众，大唐军队一时不敌，败退下来。

吐蕃铁骑冲进城中，第一件事便是点起火把将互市监团团围住，声称若不交出所有绢帛，便一把火将全城烧干净。李济善等官员都被捆绑着押到大厅上，吐蕃大都护大剌剌地坐在堂上，喝道：“哪个是互市监的长官，给本都护押上来！”

李济善被推推搡搡押了上来，身虽被绑，但却傲然面对吐蕃人，站立不跪。

“你就是这里的长官？”吐蕃大都护擦着佩刀，瞥了他一眼。

李济善不答。

“大都护，他就是我那日会见的官员。”

李济善听此人声音熟悉，一看，原来是那日来的吐蕃商人，暗道果然不出所料。

吐蕃商人来到李济善面前，冷笑道：“李大人，快将绢帛交出来吧！”

李济善冷哼一声：“休想！”

“大唐有句话叫‘人为刀俎，我为鱼肉’，如今你已经是砧板上的肉，交不交可由不得你做主！今日我们大都护心情好，若你能主动将绢帛全数献上，便不放火烧城，否则……”他边说边打量着四周，“这小小的互市监，料你也藏不住，到时大火无情，你便是全城的罪人！”

李济善微微一笑：“既如此，你们便自己去搜吧！”

吐蕃商人见他毫不屈服，也不想再废话，带着人在互市监中搜寻起来。半个时辰后，回禀道：“大都护，我们将互市监翻了个遍……”

“怎么样？”

“没有找到一匹绢帛……”

“什么！”吐蕃大都护猛然站起身，“唰”的一声拔出佩刀，指着李济善道：“交出绢帛，否则，本都护砍了你！”

三、兵困互市监，少年救危城

却说当日黄昏，吐蕃大军还未破城时，远在雪山脚下多吉大叔的帐篷外，陆疾与李冶赶着一驾大马车疾奔而来。车上之物用一大块黑布盖着，遮得严严实实。

“诺布，快来帮忙！”陆疾边跳下马车，边喊道。

诺布闻声跑出帐篷，见陆疾与李冶正将一匹匹绢帛往下搬，奇怪道：“这是怎么了？”

“先别问，赶紧帮忙搬呀！”李冶道。

诺布不再多问，将多吉大叔与阿妈都叫了出来，一起动手将一大车绢帛全部搬进了帐篷。待绢帛都归置好了，陆疾从怀中掏出一封信，递给多吉大叔：“阿叔说您看了就……就明白了。”

多吉大叔展开信。在信中，李济善嘱托他将绢帛妥善藏好，待战乱平息，自会有人来取。正因他吐蕃人的身份，想来吐蕃大军不会搜查到他家里。李济善还恳求多吉大叔暂时收留陆疾与李冶，万一自己落入敌手，宁愿殉职也不会苟且偷生。若他死了，便将两个孩子送到竟陵龙盖寺，智积法师会照顾他们。

信的末尾，李济善写道：“兄虽为异族，但你我相交多年，堪比手足。大唐与吐蕃，也绝非仇敌，一时之战，终可化解。绢帛与二子，皆托付与兄，再拜泣谢，望兄珍重。”

多吉大叔看罢此信，不由得落泪。他虽是吐蕃人，但在大唐生活了大半辈子，早已与这里的人融为一家，最不愿见到的便是两国之间的战乱。揩了揩眼泪，他对陆疾、李冶道："好孩子，你们就在我家住下，等不打仗了再回去。"

"那我爹爹呢？"李冶不安道。

"你爹爹得在互市监留守，那里有兵将守卫，不会有事的。"

陆疾也很担心李济善，想开口询问，但看看李冶，又止住了。

诺布上来拉着他二人道："太好了，咱们可以住在一处了！"

诺布阿妈端来热腾腾的晚饭。刚吃罢饭，便听见外面百姓纷纷传言，说吐蕃军队已经入城了，正往互市监方向而去。李冶、陆疾听了，都焦急起来。多吉大叔又是一番哄劝，说他们搜不到绢帛自会离去，不必担心。两个孩子虽表面不言，但心里却各自有了主意。诺布阿妈怕他们胡思乱想，连忙铺好床褥，催促大家赶紧睡下。

陆疾一躺下，便闭上眼睛假装入睡。过了没多久，见大家都睡熟了，便偷偷爬起身，溜出帐篷。刚摸黑骑上马，便听身后道："疾儿，我随你一起去。"

转身一看，是李冶。

"季兰姐姐，阿叔让我照……照顾好你，你是女儿家，不能去。"

"爹爹说我是女儿家，你也这样说我吗？"李冶硬是跨上马背，在他身后坐定。陆疾无法，一夹马腹刚要走，身后又有声音道："还有我呢！"

两人一回头，诺布牵着自己的马，生气地走过来道："你们有事不叫我，没把我当成好兄弟！"

陆疾道："太……太危险了，你阿爸、阿妈会担心的！"

诺布骑上马，拍拍胸膛："阿爸说我已经是男子汉了，我可以保护你们！"

"好！"陆疾一拍他肩膀，"咱们三个一起去！"

三个孩子两匹马，在夜色中向互市监奔驰而来。远远地，便看见火光通明，互市监被吐蕃兵举着火把围在当中。他们本想来看看吐蕃兵是否撤去，若是撤了便将李济善一起接到多吉大叔家。可现在互市监四周亮如白昼，根本无法靠近。

三个孩子跳下马，躲在黑影里商量办法。陆疾忽然想起李济善说过，广平王的大军就快到了，只要能够想尽办法拖延时间，就有机会扭转战局。他主意已定，将计划对李冶、诺布说了出来。

互市监内，吐蕃大都护用佩刀指着李济善，威胁他马上交出绢帛。李济善毫不畏惧地直视着他。两人僵持不下。外面，一个吐蕃男孩押着一个汉人男孩，一路拉拉扯扯地来到守门的兵将面前。正是诺布与陆疾。

"站住，什么事！"

诺布用吐蕃语道："大将军，你们是不是在找绢帛？"

"正是。"见他是吐蕃孩子，兵将放松了警惕。

"他知道绢帛藏在哪里！"诺布指着陆疾道。

"哦？你怎么知道？"

"他是这互市监里的公子，平日里没少欺负我，我怎么不知道！"

"原来如此，"吐蕃兵将蹲下身子，拍拍诺布的脑袋，"好孩子……"又命手下道："来，将这两个孩子带进去！"随后便有人押着他们，进去禀报。

李济善本自淡定，一见陆疾与诺布被押了进来，以为绢帛已被搜出，双眼一闭，万念俱灰。谁知那兵将禀报说是诺布押着陆疾来的，便觉事有蹊跷，强自稳了稳心神，看到底如何。

吐蕃大都护见来了两个孩子，饶有兴味地收起了佩刀，指着李济善问陆疾道："他是你什么人？"

"他是我爹爹！"陆疾这样说一是为了引起吐蕃人对他的重视；二是为了隐瞒李冶的存在，万一互市监陷落，吐蕃人不会追杀她。

"好，只要你说出绢帛藏在哪里，本都护就把你爹爹放了。"

"我不知道！"

"呦呵，又是个小硬骨头啊……"大都护冷笑一声，走到李济善面前反手便是两巴掌，打得他嘴角渗出血来。"你若不说，你爹爹可要受苦了。"

陆疾强忍着难过，高声道："绢帛有……有什么好的，我爹爹有比绢帛好千万倍的宝贝。不过，这宝贝你肯……肯定没见过，就连你们当今的赞普，恐怕也没见过！"

吐蕃大都护轻蔑一笑："你一个小孩子，知道什么是宝贝！"

"我爹爹说，当……当年大唐的文成公主到吐蕃和亲，曾煮过一种神奇的酥油羹，只有赞普和王公贵族才喝过。"陆疾打量着面前的人道，"你的官位太……太低，没听说过也不奇怪……"

大都护没想到被个孩子瞧不起，怒气直冲脑门："岂有此理！看来你们父子俩是打算死在一起了！"又狞笑一声道，"我就让你献出你的宝贝，若不能令本都护满意，"说着指了指外面的火把，"我就把你们丢到火堆里去！"

陆疾听了心中反而不惧，他相信自己的技艺可以平息这位大都护的怒火，而且最重要的是，可以借此机会再拖延一些时辰。诺布在一旁心惊肉跳地看着他们对话，此时见有转机，立刻上前抓住陆疾的胳膊，用吐蕃语道："大都护，我去看着他，免得他捣鬼！"

大都护点点头，让一个兵将跟着他们同去。经过李济善身边时，陆疾仰头看看他嘴角的血迹，眼圈一红，便要落泪。李济善却对他投来嘉许的目光，笑了笑，示意他不要哭。

陆疾眨眨眼，将眼泪强收回去，被诺布“押着”来到火房。诺布从平日挂在身上的小干粮包里拿出一小块酥油，偷偷递给他。陆疾取出茶茗，加上胡桃、胡麻、盐巴，回忆着诺布阿妈所说的方法，开始慢慢煮起酥油羹……

离互市监稍远些的大唐驿站，遍地横尸。夜风中，李冶双手抱着肩膀，战战兢兢地缩在角落里，苦苦等着驿马的到来。只要看见驿马，广平王的大军就快了。直等到半夜时分，李冶已经缩在驿站门外昏昏欲睡，忽听得马蹄声响，见两匹快马疾驰而来，为首的人高举“元帅广平王”的大旗。她一激灵，清醒过来，也顾不得其他，迎上前高喊道：“停一下！停一下！”

那兵将骑得正快，眼见一个小姑娘跑了过来，吓得一把勒住缰绳，骏马扬起蹄子，差点将他甩下马来，不由得大怒道：“哪来的疯丫头，不要命了！”

“我是互市监长官之女，吐蕃兵围住了互市监，他们还要放火烧城！”

那兵将听了，知道军情紧急，将事情问明后，让身后的兵将带着李冶，速速折返，去向广平王禀报。自己则快马加鞭，向承风戍的驻军大营而去。

陆疾双手端着托盘，上面端放着的瓷碗里，刚煮好的酥油羹冒着热气。

吐蕃大都护跷着二郎腿，斜靠在座椅上，已等得颇不耐烦。

李济善与互市监的一干人等都被捆在一旁，忐忑不安地等着。

兵将跟在陆疾、诺布身后，走进厅中。

“大都护，东西好了。”兵将报了一声，退在一边。

陆疾走上前，将酥油羹举在大都护面前。

大都护不屑地瞥了一眼他手中之物，见果是一碗平平无奇的酥油羹，不由得从鼻子里哼了一声，道：“这是我们吐蕃人天天都喝的酥油羹，怎么能说是大唐的宝贝！”说着抬起脚便要踢翻。

诺布道：“大都护别急，万一这羹里有他做的手脚呢！”

“谅他也不敢！”大都护冷笑一声，忽觉得诺布有些可疑，怎么偏偏这个时候冒出一个吐蕃孩子来，这两个小孩究竟在捣什么鬼……便直起身子，对诺布道：“既然这样，不如你替本都护尝一尝。”

“是！”诺布二话不说，端起碗，“咕咚”就是一大口。

厅中所有人都把目光聚焦在诺布身上。他咽下之后，停了半晌，没出现任何异样。咂巴了几下嘴，他脸上的表情变了又变。大都护也不由得盯着他，一脸好奇。

“哈哈哈哈!”陆疾大笑起来，指着大都护道，“我以为你是个大英雄，没……没想到连一碗酥油羹也不敢喝！还不如个孩子，哈哈哈哈!”

这下子，所有人的目光又都看向这位高高在上的大都护，就连吐蕃兵将都觉得他们的大都护连个小孩子煮的羹都不敢喝，实在是有些……

“端上来!”大都护重重咳了一声，命手下将酥油羹拿来，一口喝下大半碗。

这酥油羹热乎乎地进到腹中，接着便有一股清气夹杂着奶香涌上喉头，油滋滋、香喷喷，干涩的喉咙里顿觉生津止渴，令他忍不住又连喝了两大口，疲惫的身体顿觉通畅舒服起来，一股暖洋洋的热流涌遍全身，待全部喝完之后，神清气爽，回味无穷。

陆疾观察着他细微的表情变化，见他面色逐渐红润和缓起来，心中一安。待他把一大碗喝得干干净净，将碗放回陆疾手中的托盘上时，所有人都伸长脖子，等着听他说什么。

“那个……这羹，还有吗?”

陆疾使劲点点头：“有！还有不少！我……”

话还未说完，外面传来一阵兵马喧哗之声。众人未及反应，两个吐蕃兵将神色仓皇地跑了进来，禀报道：“大都护，不好了！唐兵杀过来了!”

“唐兵不都被打退了吗?”

“这次来的不是当地的唐兵，是大唐广平王的大军!”

“什么?!”吐蕃大都护惊得站起身，抽出佩刀，正欲发号施令，只听“噌”的一声，一支箭穿透窗纸，射中他的右臂。紧接着，又是一阵箭雨从各处齐发进来，吐蕃兵将慌忙拿起兵器左劈右挡，厅中乱作一团。

“疾儿，快过来!”李济善喊道。

陆疾拉着诺布一路猫着腰，躲避着飞箭，来到李济善等人身边，解开他们身上的捆绑，一起躲到安全隐蔽之处。

半个时辰不到，吐蕃兵将死伤大半，唐兵冲进厅中，几下便将那吐蕃大都护俘虏。片刻之后，一队羽林军威风凛凛而入，将一位紫冠玉带的英武男子迎进来。此人正是广平王李豫。

这广平王李豫之父乃当今皇太子李亨，他身为唐玄宗李隆基的嫡皇孙，深受祖父钟爱。此番便是奉玄宗之命，前来西北平定吐蕃之乱。但谁也没料到，广平王的大军还未到，吐蕃这边就已发动了突袭。幸而互市监上下人等拼力坚守，又有三个才智非凡的少年一片拳拳赤子心，智斗吐蕃兵，为大军的到来赢得了时间，这才避免了全城的一场浩劫。

李豫命人将方才还趾高气扬的吐蕃大都护带上来，气度威严道："我大唐待吐蕃一向恩义，尔等却一再兴起干戈，却是为何？"

大都护仍自逞强，高声道："突厥与大唐进行了二十年的绢马贸易，可我吐蕃空有无数良马，却换不来一匹绢帛！我赞普此番发兵，便是命我们抢些绢帛回来，也同时给你们点颜色看看！"说到最后，想起自身的处境，不由得一声长叹。

"只为了些许利益，便将大唐几十年来与吐蕃的亲善关系毁于一旦，何其可笑，何其浅薄！吐蕃背信弃义，挑起战乱，尔等可知罪？"

"本都护奉赞普之命出兵，败就败了，杀了我便是，休想让我认罪！"

"好，来人，将他带下去，本王要将他押回京城，请圣上发落！"

"是！"手下大将上来，要将那大都护带下去。

"等等……"陆疾在角落里站起身。

李豫向他看去。

"快跪下！"李济善慌忙将陆疾拉着跪下身，然后恭敬跪拜道："下官李济善，叩见王爷！"

"李大人免礼，你此番恪尽职守，对敌不屈，实在忠心可嘉。"李豫伸手示意他平身，又看了看陆疾道，"这是令公子？"

"回王爷，他是我故友之子，名唤陆疾。"

李豫点点头，对陆疾道："你有何事？"

"我……"陆疾刚要开口，李济善道："小侄不懂王法，冲撞王爷，皆是下官教导无方，请您降罪，莫要怪罪于他！"

李豫道："无妨。"又对陆疾笑道："说吧，本王恕你无罪。"

"我只是想……想给他再盛一碗酥油羹。"

"酥油羹？"

"是。"陆疾将方才如何用酥油羹与吐蕃大都护周旋之事禀明。

李豫颇感兴趣，吩咐内侍道："去，将此羹呈上来。"

陆疾道："羹已凉了，我去热……热了来。"

李豫没想到他心思这般细致，点头准许。

片刻之后，陆疾便托着两大碗香气四溢的酥油羹进来。内侍端了一碗呈给李豫，李豫闻了闻，浅尝一口，入口有些异味但回味香甜。陆疾仍是望着他，李豫知他何意，一挥手道："去吧。"

陆疾将另一碗酥油羹捧到吐蕃大都护面前，道："你喝吧！"

吐蕃大都护没想到自己方才对他凶神恶煞一般，他却还会为自己端来一碗热羹。唐兵暂时给他松了绑，他愣愣地盯着那碗喷香的酥油羹，心中五味杂陈。

"快喝吧，一会儿又凉了。"陆疾将碗放在他手上。

他双手接过热羹，抱起来"咕咚咕咚"一口气喝完，待放下碗时，眼中已有泪光闪动："谢谢你的羹，小兄弟。"

"我没有骗你吧，大唐的茶茗加上你们的酥油羹，便……便是我说的宝贝。吐蕃与大唐若亲如一家，日日都能喝到这样的美味。"

"说得好！"李豫拊掌高赞，起身来在吐蕃大都护身前，道："到了此时此刻，你还不知罪吗？"

"我……哎！"吐蕃大都护长叹一声，颓丧地低下头。

"带下去吧！"

兵将上前将吐蕃大都护押下。李豫下令，众将回营休整，李济善等互市监官员也退下休息，待他将今日之事禀明玄宗，再论功行赏。

见李豫便要起驾离去，陆疾追上前道："王爷，我的季兰姐姐呢？"

"放肆！"李济善赶忙上前制止。

李豫身后的内侍道："李姑娘现下正与王妃娘娘在一起。"

"我……我要去接她！"

内侍请示过李豫，道："李大人，明日黄昏时分，带上令侄一起到驻地拜见娘娘吧！"

"遵旨。"李济善此时一头雾水，不知今日之事李冶也参与其中。

陆疾得知李冶平安，也安下心来。

待李豫起驾后，李济善派人将诺布送回家，给多吉大叔报平安。

次日傍晚便有内侍前来，接李济善与陆疾到广平王的驻地。到了驻地，内侍命他二人先在外候旨，娘娘一会儿便会召见。

陆疾正等得无趣，忽听一个稚嫩的声音传来："你是谁？"

抬头望去，朱红色的回廊柱子后，露出一张俊秀白净的小脸。一个锦衣华服的小男孩站在那里，眨巴着眼睛好奇地打量着陆疾。

四、花容逢错爱，御碗连贵人

"你们是来为我母妃医病的吗？"小男孩边说边走下回廊，来到李济善与陆疾面前。

陆疾道："我来找我姐姐。"

小男孩失望道："母妃在路上突发头疾，随军的大夫治不好，病得越发重了。"

李济善听他口中提到"母妃"，知他定是位金枝玉叶，正不知如何称呼行礼时，内侍走过来对小男孩拜道："殿下，娘娘正在找您呢，您怎么到这儿了！"又对李济善道："随我来吧。"说罢护着小男孩向殿内走去。

"是。"李济善与陆疾跟在他们身后。

进到殿中，珠帘遮掩之后，一位姿态优美的女子斜倚在榻上。虽看不清面容，但仍能感觉到她的一丝疲惫。她正是广平王李豫的侧妃沈氏。而方才的小男孩便是她与李豫所生的长子，名唤李适（kuò），年方六岁。在她身侧站着一位少女，正是李治。

"母妃！"李适跑上前，趴在沈妃的膝上。

内侍道："王妃娘娘，那两人到了。"

"下官李济善携小侄陆疾叩见娘娘。"

沈妃道："平身吧……"还未说完，便手抚着额角，神情痛苦。

李济善与陆疾站起身，低头等待着，不敢随意言语。

沈妃喘息了片刻，又道："李大人是湖州人士？"

"回娘娘，正是。"

"听令爱言谈，便知是同乡。"

"娘娘也是湖州人？"

"是啊，本宫离开湖州已有六七载了……"沈妃又抚了抚额，道，"昨日一见令爱，令本宫勾起了思乡之情，便与她谈了许多故乡之事，心中略感宽慰。"

"能令娘娘欢喜，是小女之福。"

"李大人，本宫想将令爱留在身边，时时侍奉左右，以稍解思乡之苦，不知你可否愿意割爱？"

这句话一问出，内侍便换了一副眼神看着李济善。广平王是当今皇太子之子，又是玄宗最大钟爱的皇孙，来日继承皇位可说是顺理成章。沈妃又是广平王最宠爱的女人，能将女儿送到她的身边侍奉，简直是天大的福分。更别说将来若再能得到广平王的宠幸，那……片刻工夫，内侍已替李济善谋划了一个飞黄腾达的未来。

而此刻李济善心中却极为挣扎。他一方面认为女儿能得到王妃的赏识，算得上一件好事；另一方面又极为担心，侯门一入深如海，其中险恶更难以预测，以李冶的性子，恐怕会招来祸事。他不求借着女儿光耀门楣，只求她能平平安安度过此生。此时，他又一次想起李冶六岁时所做的"蔷薇诗"，心中更觉不祥，便想要推掉此事。可王妃话已出口，表面是在询问他的意见，实则是下旨，他又岂能抗旨？一时间心乱如麻，抬眼向珠帘后的李冶看去，见她正含泪望着自己，眼中写满了不情愿，便更是无措，站在那里说不出话来。

"李大人，娘娘问您话呢！"内侍提醒道。

"下官，下官……"李济善滴下汗来。

"王妃娘娘，我姐姐不……不能留下来！"陆疾忽得大声道。

"你住嘴，"李济善忙又拉着陆疾跪倒在地，"娘娘恕罪！"

沈妃似乎没料到会如此，头又痛了起来，且比以往更加难忍，不由得呻吟出声。

"大胆！竟敢忤逆王妃，不识抬举！"内侍喝道，他从未见过如此愚蠢之人。

李冶见此情景，也跪倒在地。宫殿中的气氛一下子降到了冰点，李济善冷汗直落。

"你把我母妃的病气得更重了！"一直趴在沈妃膝上的李适气呼呼地站起身，指着陆疾道。

陆疾望着珠帘后的沈妃，道："娘娘可是头疼？"

"我母妃头痛得厉害，你还这般气她！来人，将他们拿下！"李适年纪虽小，但毕竟是皇室子弟，发起怒来也颇有气势。

"这是怎么了？"一个年轻稳健的声音传来，李豫一身便服，走了进来。

"孩儿见过父王，"李适行罢礼，道，"他们不听母妃旨意，把她气得头更疼了，实在可恶！"

沈妃见李豫来了，挣扎着要起身，被他按下。李豫见她面色惨白，一头冷汗，忙揽在怀中，焦心道："爱妃，可是又疼得厉害？"

沈妃点点头，深吸了几口气，才虚弱道："王爷莫听适儿的……"又看了看跪在身旁的李冶，道，"你起来吧。"

李冶不敢起身，仍是跪在那里。

李豫本想着李济善为朝廷立了功，沈妃又看中了他的女儿，自己正欲提拔他，今日相见必是一团喜气，不知为何闹成这般，便问内侍方才之事。内侍添油加醋说了一番，李豫也不悦起来，蹙起眉头。

李济善心想今日万难活着回去了，不住叩头道："下官罪该万死！"

李豫用目光询问沈妃的意见，她却摇了摇头。

“爱妃，你……”

沈妃喘息道：“罢了，王爷不要为臣妾动气……既是家乡之人，便有几分乡情，若不愿留下，便放他们去吧。”

“可你不是一直想要一个家乡之人陪伴吗，每日有人陪你说说话、宽宽心，或许身子便能康健起来。”

沈妃凄然一笑：“臣妾自来体弱，此次之病更是来势汹汹，恐难治愈，何必再叫他人为了我而父女分离……”

李豫揽紧她道：“胡说！一点小疾，本王一定会让你好起来！”

陆疾一直关注着沈妃的病情，绞尽脑汁想了半晌，忽记起《茶方》中正有一剂治疗头疾的方子。若能医好沈妃之病，便可解了今日之围。想到这，他开口道：“王爷，娘娘，我……我可以医治头疾！”

“你？”李豫将信将疑，一个孩子怎么会治病，但他对陆疾印象甚佳，觉得此子颇有才智，便道，“随军的大夫都束手无策，你能有什么方法？”

陆疾将《茶方》之事说了，接着道：“请王爷赐……赐我纸笔，我将方子写出来给您看。”

李豫仍是迟疑，沈妃道：“不妨拿方子来看看，或许可用。”

“也罢，你写出来，给本王一观。”李豫说罢，内侍便给陆疾拿来纸笔，一脸怀疑地递给他。

陆疾接过纸笔，将记忆中的药方写了出来，呈到李豫面前。

李豫与沈妃一起看去，纸上工工整整地写着：“香附子、川芎、茶茗，磨碎煎服，一日两次，可舒肝行气、化痰散结、清脑止痛。”李豫略通医理，也知道茶茗入药之法，觉得此方确有在理之处，何况如今身在这边境偏远之地，缺医少药，若能令沈妃的头痛稍减，也未尝不可一试，便对沈妃道：“爱妃，你看？”

沈妃点点头：“不妨一试。”

李豫沉吟片刻，将方子递给内侍，道：“去吧，命人依此方煎来。”

内侍极不情愿地去接方子，道：“王爷，现下恐怕没有这茶茗。”

陆疾道：“互市监里有，还是让……让我亲手来煎吧！”

“也罢，就由你来煎药。”李豫命内侍派人到互市监将茶茗取来，让陆疾前去煎药。随后手一抬道：“你们都先起来吧。”

李齐善这才战战兢兢地起身，垂手立在一旁。

李怡也站起身，向珠帘外的父亲望去。

李豫仍旧揽着沈妃，侧目向李冶看去，只一眼心中便暗自一惊。

昨夜军情紧急，兵将带着李冶来报后，他便命人将李冶先带到王妃处，自己则亲率大军直往互市监而去，从头至尾都未曾正眼看过李冶。如今看了她的面容，才知为何沈妃那么想将她留在身边。

此时李冶已换上沈妃所赐的宫服，白底青花的连枝花样绣罗襦，单丝银泥的披帛垂挂在两条柔臂上，束胸高围，一袭绯红色的石榴裙长坠于地。因未及笄，头上并无朱钗，丱发高绾，几缕碎发丝丝垂在面颊旁，姿态极为惹人怜爱。

再往脸上看去，俊眉美目，粉颊丹唇，艳如桃花露蕊，静似碧水无痕，分明一个美娇娥，顾盼之中却带了几分潇洒飘逸，如林下清风，令人忘尘。

李豫越看越觉得不可思议，转眸又向沈妃看去，发现李冶的容貌确与沈妃有三分肖似。然而沈妃气度雍容华贵，性格柔情似水，李冶却带了些许风流之态，几分洒脱之姿，两人神态风韵截然不同。这么一品，又觉得她们实在一点儿也不相像了。

“父王，你也觉得她长得与母妃有些像？”李适在一旁忽然道。

“休得妄言。”李豫面色一沉。

沈妃看着李豫的神情，苦涩一笑：“王爷，臣妾的心意，你现下可懂了？”

李豫心中一痛，道：“本王不懂。”

“臣妾不知为何，总是觉得自己有一日会与你长别。若真有那一天，也好有人令王爷减些忧伤，少些寂寞……”

李豫盯着她的双眸，恨道：“你听好了，本王只要你，这世上无人能够替代你！此话休要再提，本王不听。”他挥退众人，亲自将她抱起，来到内室，让她在床上躺好，自己则倚在床边，牵着她的手，柔声道：“好好歇息一会儿，药来了唤你。”

沈妃想要睡去，却被头痛折磨得昏昏沉沉，无法入眠。又怕李豫忧心，便闭上双眼假寐，头上的汗珠却仍是流个不停。李适也来守在她身边，眼巴巴地望着母亲受苦，小脸上挂满泪珠。

一个时辰后，陆疾终于端着药走进来：“药煎好了。”

李豫看着药，一时却不敢接。

李适揉揉哭红的双眼，道：“你真能医好母妃的病吗？”

陆疾望着他，坚定地点了点头。

“你若医好母妃的病，我便与你结为兄弟，父王也会重重赏你！”

李豫将沈妃扶起，搂在怀里道：“爱妃，药来了。”

沈妃道："王爷，臣妾有话在先，若这孩子的药不灵，求你别怪罪他们。"

"爱妃，"李豫心中赞叹她的良善，半晌道，"端上来吧。"

"是。"陆疾将药端至李豫面前。

"服下多久可见效？"李豫接过，亲尝一口，温度正好。

"应……应该明早便可见效。"

"好，本王守在这儿，今夜谁也不许离开。"李豫说罢，亲自给沈妃喂完药，扶她睡下，便攥着她的手，静静等着。

时间如流沙般，一粒一粒坠落在所有人心上，直至月光隐退，旭日初升，沈妃这才悠悠转醒，睁开凤眸，见李豫正注视着自己，双目熬得通红。

"觉得怎样？"李豫抚在她的额头，紧张地问。

沈妃缓缓坐起身，晃了晃头，纠缠已久的沉闷与疼痛一扫而空，感觉双目明朗，神清气爽，不由得点点头："已不觉得疼了。"

李豫大喜，抱紧她道："太好了！"

李适小小年纪，硬撑了一夜，本已困倦不堪，见母妃好了，一下子来了精神，上前抓住陆疾的手，欢喜道："你真的治好了母妃的病！"又向李豫行礼，道："孩儿求父王重重赏赐于他！"

李豫揽着沈妃，一点李适的脑门，笑道："还用你说。"

陆疾道："娘娘的头疾虽……虽已缓解，但要按时服药，慢慢才能根除。"

李豫点点头，赞赏地打量着陆疾，道："你接连立下两件大功，本王要重重赏赐你，说吧，想要什么？"

陆疾此刻最惦念的便是李冶，只要能放她归家，他便欢喜不尽了。便道："我……我什么也不要，只求王爷能准许我姐姐跟我们回家，让……让我们一家团圆，便再无所求！"

李豫看向沈妃，笑道："爱妃现下已好，还不放了人家的姐姐？"

沈妃一笑，对李冶道："你去吧。"

"谢娘娘！"李冶叩拜完，撩开珠帘，走到李济善面前，落泪道："爹爹！"

"好，好……"李济善拭了拭泪，拉着李冶又是一番谢恩。

李豫命他们平身，对陆疾道："此事本王允了，但这算不得赏赐。"

沈妃也道："好孩子，除了这一条，你就没有别的想要吗？"

陆疾认真想了片刻，道："我很想念师父，想……想快些见到他。"

"你师父是何人？"李豫问。

"他是竟陵龙盖寺的住持，智积法师。"

“这有何难，本王派人快马加鞭，护送你去见他。不过，这也算不得赏赐，”李豫说着看向沈妃，“还是爱妃决定吧。”

沈妃温婉一笑，命人拿来一对越窑的青瓷御碗，乃皇家贡品，玲珑剔透，晶莹似玉，道：“这一对御碗赐给你，感谢你的一颗善心。”

陆疾觉得太过名贵，摆手道：“不，我不能要！”

沈妃又劝了一番，他仍是不要。

李适走上前，拿起一只御碗，对着比自己高一头的陆疾道：“你医好了我母妃的病，以后便是我李适的兄弟，这对御碗我们一人一只！”说罢将另一只放在陆疾手上，诚恳地看着他。

陆疾终于笑着接下：“好，以……以后我们就是好兄弟！”

李豫与沈妃见两个孩子如此投契，小男子汉一般，心中甚慰，命人摆下宴席，设宴款待他们。李济善这才松了口气，整了整衣冠，带着李冶与陆疾，恭恭敬敬地在下位落座。

席间，李豫向李济善详细询问了互市监中绢马贸易的情况，以及边境上突厥、吐蕃、回鹘的动向。李济善对答如流。李豫甚为嘉许，道：“你忠于职守，为官清明，本王将奏明圣上，为你加官晋爵。”

李济善起身跪拜道：“下官多谢王爷赏识，尽忠职守乃为臣的本分，不敢称功。如今下官年事已高，又多有病患，常感到精力不济，此番解决了吐蕃之乱后，只想告老还乡，安度晚年。望王爷体念，恩准！”

经过这几日的多番波折，李济善已心力交瘁，深感世事无常，恩威难测。他也隐隐看出自己的女儿与那沈妃有些相像，今日虽放了她，日后难保不会生出变故，还是远离是非为好。

李豫听了虽感可惜，但也不想勉强，便答应为他请旨告老。李济善又是一番谢恩。沈妃问了他一些湖州家乡的风物，李济善如实回禀。沈妃又问起《茶方》一书，李济善便将陆疾的身世与此书的来历一一回明，说到曾用茶茗治好诺布阿妈之病时，沈妃赞叹道：“没想到此物对番邦也有奇效！”

陆疾一听说起茶茗，便来了兴致，见沈妃感叹，起身道：“娘娘，茶茗不……不仅能治病，还可与牧民平日喝的酥油羹一起煎煮，王爷那日就曾尝过。诺布阿妈说，大唐送到吐蕃和亲的文成公主，就……就曾煮过这种酥油羹，深受吐蕃人喜爱。为了谢谢我的茶茗，多吉大叔还了送我一匹小红马呢！”

沈妃点头道：“一匹马在牧民那里算得上贵重了。”

陆疾道：“正是！”忽又想起李冶说过的话，“或许茶茗在他们心中，比……

比马匹还要贵重呢！”

李豫听到这不由得赞道：“这孩子真是不简单，若不是你一心要去见师父，本王真想留你做适儿的伴读了。”

李济善听了，又紧张起来。他承诺了智积法师，要将陆疾“完璧归赵”的。

沈妃见他脸色陡变，对李豫笑道：“王爷还是莫再强人所难，臣妾这边刚放了姐姐，你又要留下弟弟，还是放他们一家团圆吧！”

李豫哈哈大笑，道：“罢了，罢了！”笑罢又与李济善谈了些边境贸易之事。李济善提到大唐的绢帛已越来越不足以支撑贸易所需，且吐蕃、回鹘对绢帛久已垂涎，若长此以往必为朝廷大患。李豫又问，若以茶茗代替绢帛进行交易是否可行。李济善起身跪拜，称颂王爷圣明，但也婉转地提出，此时大唐虽每年都有茶茗进贡，但其种植和生产还未形成较大规模，在番邦也尚未风靡，以茶茗换马的贸易，恐怕还需从长计议，等待时机。李豫深以为然。

这日的宴席，在一派欢乐祥和中结束。李适缠着陆疾、李冶留下陪他玩耍几日，沈妃拗他不过，只得先命李济善回去，将陆疾、李冶暂留几日。

一日午后，沈妃带着他们在后花园中看戏。

第一出是大唐最为盛行的歌舞戏《小秦王》，讲的是唐太宗李世民英勇破敌之事，曲子便是风靡四海的《秦王破阵乐》；第二出是一首舞曲《青海波》，两名男子帽簪鲜花，相对起舞，姿态蹁跹；第三出是角抵戏《东海黄公》，讲述黄公施展法术伏虎，却反被老虎咬死的神话；第四出是滑稽戏《优孟衣冠》，演戏的人儒生打扮，一本正经，登上高台，却用各种滑稽的言辞，模仿各种古代名人，行为举止诙谐逗趣。

陆疾被这出戏牢牢吸引，跟着演戏的人又说又扭，将演戏人的神态学得惟妙惟肖，众人被他逗得哈哈大笑。

到了最后一出时，天色渐暗，沈妃命人在院中掌灯，看歌舞戏《阮郎归》。这是汉明帝时流传的一个民间传说。众人深深沉迷在戏中人缠绵悱恻的演绎里。

直到一个曲子唱起，陆疾与李冶皆惊讶道：“这曲子好熟悉！”

五、近儒而远佛，戏题亦谜题

沈妃笑道：“此曲是本宫命人以湖州民歌编成，你们听过也不奇怪。”

李冶道：“民女幼时曾听过一首儿歌，便是此曲。”

“母妃，这出戏是什么意思，孩儿看不懂。”李适捧着小脸问。

沈妃道：“相传汉明帝时，有两个男子进山采药，一个叫刘晨，一个叫阮肇。他们迷了路，在山里转了十几天也没能出来。又饥又渴时，忽见远处有一口山泉，便上前接水喝，谁知里面竟流出青叶汤和胡麻米饭来，两人吃了个饱。继续往前走，来到溪水边，两个绝色女子一见他们便迎上前去，将他们认作夫君，带到一个仙境般的地方。刘晨与阮肇便与神女分别结为夫妻，在山中住下。可任是仙境再好，神女再美，他们仍然日日思念人间，想回去与家人团聚……”说到这里，她停下来，耳旁的曲声已到了最幽怨迷离之处。

“然后呢？”陆疾问道。

沈妃幽幽一叹：“神女苦苦挽留半载，最后还是将他们送回了人间。当他们回到故乡时，人间竟已过去了十世光阴，一切早已物是人非。刘晨留恋人间，重新娶妻生子，而阮肇则看破红尘，再一次遁入深山之中，无踪无迹。”

三个孩子听得痴了，虽然他们还不能体会这故事中的苍茫与寂寥，但仍被沈妃述说中的淡淡忧伤所打动，听着台上之人一声声的咏唱嗟叹，觉得此时的相聚是如此珍贵。

“既然他们娶了神女，为何还要下山？”李适不解。

“因……因为人间还有他们最爱的亲人。”陆疾道。

李冶则轻叹一声：“我倒羡慕那阮肇，远离红尘，自在而去。”

李适与陆疾看向李冶，柔暖的灯光在她脸上明明灭灭，像一幅永远也读不懂的画卷。在他们小小的心里，埋下一个绝美的谜题。

又过了一些时日，边境逐渐安定下来，李济善将互市监的公务安排妥当，便向广平王李豫请辞。李豫果不食言，派人一路护送李济善带着李冶与陆疾，回返竟陵龙盖寺。

分别时，李适牵着陆疾的手，颇为不舍。虽相识不久，但陆疾是他孤单的生涯里遇到的第一个朋友。

“阿疾，日后有机会，我去龙盖寺找你！”

“嗯！”陆疾想开口唤他，却突然发觉不知该如何称呼。三人玩得十分亲昵，一直你我相称，沈妃也从不责怪。今日郑重离别，陆疾还不知道是该叫他“阿适”还是“殿下”。他迟疑地盯着李适，此时才注意到他一身锦衣华服，白净俊秀的小脸儿在晨光下更显光辉，与自己带着疤痕的毫不起眼的相貌判若云泥。

李适却好似看出来一般，对他挤挤眼，小声道：“无人时，你就叫我阿适。”

“好，好的……”陆疾一张嘴，结巴加重起来，“照……照顾好自己。”

“放心吧。你们走了以后，可千万别忘了我！”

“嗯！”

那天他们是否还说了别的话，陆疾记不清了，因为此后他的生活中，许久都不曾再有这般光华灿烂的、梦幻般的人和事。唯有那只精美的青瓷御碗，证明这段往事的存在。

“疾儿，头发要常梳理，你的都梳不通了……”李冶一边梳理着陆疾乱哄哄的头发，一边数落着，“说了多少回，你还是如此。”

“知道了。”陆疾闭着眼，嘴角微笑着哼道。为了这一刻，他半个月都没打理过长发，这发髻还是李冶上次来时给他绾的。

李冶瞥见他脸上的笑意，一点他脑袋，道：“我就知道，你是存心使唤我！”

“季兰姐姐，你给我带……带书来了吗？”陆疾揉了揉后脑勺。

“带了，一会儿咱们还到湖边去读。”

“那你快点梳，我怕……怕待会儿师父唤我，咱们快些走。”

“好了好了，”李冶用布带子把他的发髻系好，“疾儿的头发真好，又黑又亮……”说到此处，忽得想到什么，闷住不语了。

陆疾从铜镜中看到她凝眉不语，起身笑着推她道：“快……快拿了书，咱们到湖边去！”

“好！”李冶笑起来，将书揣进怀中，拉起陆疾便向竟陵西湖边跑去。

自前番陆疾被护送回龙盖寺后，李济善便携着李冶回到竟陵旧居安顿下来，如今已过了两年。

智积法师见陆疾不仅健康长大，还因善心救人被广平王派人护送回寺，非常欣慰，对李济善这些年来的悉心教养十分感谢。陆疾与法师久别重逢，自是欢喜无比，但毕竟长大了几岁，不像幼时那般撒娇痴缠，整日不离师父左右。法师命人在自己禅房边上给陆疾收拾出一小间屋子住。每日早、晚两课，也让陆疾在一旁聆听佛法。

僧人过午不食，晚间打坐念经时，法师都会饮些羹粥提神。陆疾便在原本的羹粥中加入些许茶茗煎煮。法师饮罢觉得补气提神，诵起经来更能集中精力，打坐的时间也比原来更长。自饮了这茶茗粥，法师便不再喝他人煮的羹粥，即便用同样的配料也不成，只有陆疾亲手煎煮的才行。法师又命人广寻茶茗的种子，种在院中，平时主要由陆疾负责打理，两年来已长得郁郁青青。随着陆疾回寺的时日越久，法师越觉得他善根与灵性皆非常人可比，对他愈加看重。

然而陆疾所想却与法师不同。初回寺中，与想念已久的师父相聚，自然亲昵无比。可时日久了，他便开始想念与李济善父女在一起的日子。

李济善为人虽一板一眼，颇为严肃，但时常会带着李冶与陆疾念书习字，给他们讲儒家的孝悌之爱、忠恕之道、仁义之心，讲何谓“修齐治平”、何谓“仁义礼智信”。渐渐地，陆疾小小的心中便对孔、孟两位圣人生出了敬仰之情。尤其在承风戍时，李济善对百姓宽厚仁爱，面对吐蕃大军顽强不屈，面对广平王时又不卑不亢，充分展现了一位儒者的气度与风范，令陆疾十分敬佩。

可如今到了寺中，每日所闻皆是佛法，非但晦涩难懂，且与儒家思想大为不同。尤其是佛门戒律中规定，做了僧人便要遁入空门，远离红尘，不能娶妻生子，这与儒家“不孝有三，无后为大”的思想更是对立。陆疾一个十一二岁的少年，他的小脑袋瓜怎么也想不通，做和尚有什么好？但不知为何，师父却一心教导他修习佛法，给他拿来许多经书，而将李济善给他的儒家典籍皆束之高阁。

还有一件事，陆疾一直深深藏在心里。

他思念着李冶，起初他并不知晓。他们就像一对亲姐弟，有着最亲密的感情，就像心跳律动，难以察觉。然而在与她分开的朝朝暮暮里，他才发觉自己对她有多么依恋。他不知这究竟是怎样一种感情。毕竟在他不长的人生岁月里，体味到的感情是那么少，那么单一。

他的人生中没有母亲，没有父亲。幼儿时，智积法师曾给过他温暖、安全与信任的感觉，但那太久远了。如今师父依然慈爱，但法师的胸怀承载着天地万物，他的慈悲像一汪深潭，浩渺幽深，表面却毫无波澜，此时的陆疾还无法领会。李济善呢？陆疾时常把他幻想成父亲，铭记着他的教诲，但李济善总是忙于公务，为人又过于严肃，陆疾与李冶常因为怕被责骂，而远远地躲着他。当然，陆疾还有两个朋友，诺布与李适，但那是“男人”之间的感情，可以给他快乐与鼓舞，却无法带来慰藉。

只有李冶，她给他的感情真实、亲密、柔软、细腻，像一条永远延伸的五光十色的缎带，让他想要一直探寻下去，体会每一种色彩。每次李冶到寺中来看望他，那一天的风都是醉人的。

此刻，陆疾正沉浸在湖边的清风里，耳边是李冶轻柔的读书声。

“永世克孝，怀桑梓焉。真人南巡，睹旧里焉……”李冶读完全文，掩上书卷，见陆疾仍保持着方才的姿势，趴在嫩草地上，双手托腮痴看着自己。

“念完了，”李冶推推他，“疾儿，你在听吗？”

“你真厉害……这……这么难懂的《南都赋》也能通读下来。这里面的字，我一大半都不识得！”陆疾一边唏嘘，一边仍旧一脸歆羡地望着李冶。

“爹爹去年教的，那时你已经不在了，不然的话，你也可以通读下来。”李冶将书递给他，“我在你可能不识得的字旁边做了注解，你看了就懂了。”

“嗯！”陆疾双眼发亮，接过书，细细翻了一遍，又道：“季兰姐姐，你再……再把此赋的作者给我讲讲。”

“你这个小书痴！”李冶笑嗔一句，道：“此文的作者乃东汉大家张衡，与司马相如、扬雄、班固并称为‘汉赋四大家’。他为了写出《二京赋》，曾花十年反复推敲斟酌，才写成传世名篇。他不仅文章写得好，对天象地质、乾坤星宿也颇有研究，历尽艰辛制造了浑天仪、地动仪，用以演示天象，测算地震。我曾在家中的古书上看到这两件神器的图样，端的是鬼斧神工，精妙绝伦！”

“世上竟……竟有如此神人……”陆疾听得如痴如醉，“为写一篇赋花十年时间，为造精妙之器呕心沥血，圣人所说的君子之志便是如此吧！我好、好生羡慕这样的人。”他仰面躺在草地上，怀揣书卷，望着天上的飞鸟流云，陷入沉思。

李冶淡淡一笑，随他一起并肩躺下，看着天空。

“疾儿，你在寺里开心吗？”许久，李冶问。

“我不知道……”

“从前你那么想你师父，想回到竟陵。”

“我喜欢竟陵，师父待我也很……很好。”

“那就好……还记得，小时我教你的儿歌吗？”

“当……当然记得，我们还看过那出戏，《阮郎归》。”

两人一齐轻声念了起来：“刘郎醉，阮郎迷，误入桃源遇神女。青叶汤，胡麻米，绛罗帐里配夫妻。春日盛，百鸟啼，游人心心思故里。归去人间已不复，世人莫效阮郎迷。”

“季兰姐姐，我不懂。”

“不懂什么？”

“这儿歌里，明明唱的是‘阮郎迷’，王妃讲的故事里，阮肇也远离红尘，遁入空门，可歌名为……为何却叫《阮郎归》呢？”

李冶思索了片刻，道：“我也不懂，或许等日后长大了，就懂了。”说起“长大”，陆疾转过头望着她，明年夏天，她就到及笄之年了。

“姐姐，你……”他还待要说，却听不远处传来大师兄慧一的声音。

“陆疾，你怎么又在这里？师父命我来找你！”

“是，大师兄，”陆疾连忙爬起来，拍拍身上的草，顺势去牵李冶的手，“我们走。”

“咳咳……”慧一重重咳嗽了两声，看他一眼。

陆疾触电般丢开手，跟上慧一。李冶把手背在身后，默默跟着他们。

回到寺中，天色已近黄昏，众僧刚散晚课。智积法师在禅房里捻着佛珠，等候陆疾。三人走进禅房，慧一行礼道：“师父，陆疾带来了。”

陆疾紧了紧怀里的书卷，行礼道：“师父。”

法师没有言语。

慧一转过身，见李冶立在禅房的角落里，便道：“李施主，天色将晚，佛门不便留女客。”

李冶听了一晃神，看看外面天色，今日确是待得久了。她向智积法师、慧一行礼道：“叨扰了，小女子这就回去。”又看了看陆疾：“疾儿，下次来时，要捎什么东西吗？”

陆疾朝她瞥了一眼，没说话，右手将衣襟紧了紧。李冶明白，他意指怀中的书，必是仍要张衡的文章来读，便点点头。法师将一切看在眼里。

李冶又施一礼，退出禅房。走到门边时，法师对慧一道：“天晚了，山路不易走，派两个弟子护送李施主回府。”

慧一领命，出去安排。禅房里只剩下法师与陆疾二人。

许久无语。

陆疾心中发怵，道：“师父，我去给您煎茶茗粥……”说着就往外走。

“回来。”法师沉声道。

陆疾退了回来。

“疾儿，将《心经》背与为师听。”

“是……观自在菩萨，行深般若波罗蜜多时，照……照见……五……五……”陆疾擦擦头上的汗，“五蕴……”

“五蕴皆空。”法师道。

“是，五蕴皆空……空……空……空即是色，色即是空……”陆疾胡乱诌起来。

“妄言！”

陆疾抬起头，法师面沉似水，他从未见师父有过这般神情，心下慌了：“师父，疾儿知错了。”

“你怀中是什么书？”

陆疾见问起这个，下意识地往后退。

“拿来。”法师将手一伸。

陆疾不得不将书从怀中掏出，双手递给法师。

法师接过，看也未看，搁在一旁。陆疾垂手而立，低头不语。许久，法师叹息一声，道：“疾儿，你可知自己从何而来？”

“疾儿那时虽小，却也知道，我是师父在……在竟陵西湖边捡来的。若不是师父相救，疾儿恐怕早就……”

法师摇摇头：“你是我所救，却也非我所救。”

陆疾迷惑地看着法师。

“那日你被父母弃在湖边，一夜冷风，你又身染寒疾，几乎无可生还。但竟有一双鸿雁飞来，雌雁张开翅膀，为你挡住寒风。雄雁不停地高声鸣叫，才把为师引到湖边。”法师捻着佛珠，接着道，“鸿雁本是群居之鸟，生性最是机警怕人，那日为了救你，竟不惜离开雁队，高声鸣叫吸引人来，将自身置于危险境地，你可知这是何故？”

“疾儿不知。”

“因为慈悲。天地万物皆有慈悲，救你的也是慈悲。”

“师父……”陆疾眼圈湿了。

“你可知师父为何要你学佛？”

陆疾抹了一把眼泪，摇摇头。

“也是因为慈悲。你小小年纪便有一颗善心，知道用茶茗来救人。无论番邦百姓，还是皇室贵胄，你皆视为平等，这份慧根何其难得。”

“疾儿只是按照本心去做。”

“所以你与我佛有缘。你若立志弘扬佛法，必将为苍生带来福祉。”

听到这一句，陆疾心中一动，抬头认真地看着法师。心中想到，儒家也教人立志，苦读诗书，金榜题名，建功立业，造福苍生，就像张衡那样，文章传千古，神器救世人，成家立业，忠孝两全，这样的人生不比遁入空门，远离尘世要好吗？

法师见他目光闪亮地盯着自己，面露思索之色，以为他已有心向佛，捋髯笑道：“你可已经想通？”

陆疾却道：“师父说佛法可以普度众生，可……可这山寺远离红尘，如何救世人？疾儿在承风戍见……见过战场硝烟。阿叔为了家国百姓与吐蕃兵斗争，将生死置之度外，那才叫普度众生。佛门弟子为何只在深山念佛，不去沙场上普度众生？”

法师听了，眉心微蹙，道：“就因世人不习佛法，才会生出无数颠倒梦想，争斗不休。”

“可若世人皆……皆入佛门，皆不娶妻生子，又何来苍生？”陆疾索性把自己的想法都倒出来，“师父将自己的俗家姓氏赐予疾儿，疾儿对师父最大的孝心，便……便是成家立业，繁衍子孙，光耀陆氏门楣，这……这便是疾儿的志向！”

法师捻着佛珠的手顿住了，直直看向陆疾。

陆疾深吸一口气，与师父对视着。

烛光下，智积法师的面容平静庄严，虽然年老但精神矍铄，疏眉朗目，一缕长髯，缁衣僧袍，手中的佛珠上浮动着微光。

陆疾好似今日才看清楚师父的模样。

“铛铛铛……”钟塔传来敲钟之声，余音久久不散。

……

“你当真不学佛？”

“疾儿要学儒！”

“也罢，是否与我佛有缘，你便自卜一卦吧！”法师道。

六、不堪寺中苦，逃身入红尘

法师从匣中取出多年不用的占卜之器，递给陆疾。原来，法师早年尚未出家时颇通《周易》，入了佛门之后便恪守戒律，不再行道家占卜之术。今日为了陆疾，便让他自卜一卦，破例为他参解一回。

陆疾哪懂占卜，接了法器，依照法师的指点自己卜得一卦，“哗啦”一声，抖在几案上。

法师与陆疾一齐看去，是“渐卦”的第六爻。

爻辞为：“鸿渐于陆，其羽可用为仪。吉。”

这个卦辞的意思是说：“迁徙的群雁已经快要到达陆地，它漂亮的羽毛可以作为典礼上的装饰品。吉祥。”

此卦所衍生出来的谶语是：“不可乱也。”

陆疾没读过《易经》，此时一头雾水，想问师父是何意，却见法师凝眉敛容，正在掐指细算。

外面钟声又敲了一遍。陆疾已经站得双腿酸麻，疲惫欲睡。

又过了片刻，法师低吟道：

人存清远志，脱迹离尘埃。万里人扶上，端为庙廊材。

事足心不足，心安事不安。一场欢喜事，不久出重关。

“师父……”陆疾忐忑不安，“这……这卦象何意？”

法师抬起眼，重新捻起佛珠，声音缥缈而来：“陆疾，从明日起，你不必再管煎煮茶茗粥、照料茶园之事，也不必再听佛课，到慧一那里去领杂役。扫地、洁厕、刷墙、背瓦、放牛，每日做完这五件事才可以休息。”

这一番话犹如当头一棒，将陆疾打傻了。他虽是孤儿，但无论是师父还是李济善都没有让他吃过苦，干过脏活累活。如今竟要让他做这些杂役。这也算了，连他最喜欢做的煎煮茶茗粥、照料茶园也不能干了……难道师父……他心里冒出一个念头：“师父不再疼爱自己了。”可一想到这里，心就揪痛起来，哽咽道：“师父，疾儿愿……愿意去做杂役，但您每日饮的茶茗粥，都是我来煎煮的，我……”

话还没说完，法师便冷冷道：“不必了。”

“师父，我……”陆疾还要分辩，法师袍袖一挥，烛火倏地熄灭了。禅房坠入一片漆黑之中。陆疾浑身颤抖起来，随后听到智积法师悠远的声音：“去吧！”

陆疾在黑暗中对着师父的方向拜了一拜，双脚虚浮着走出禅房，回到隔壁自己的小屋里，一头栽倒在床榻上，痛哭起来。

次日一早，陆疾便到大师兄慧一那里去报到。慧一已接到智积法师之命，便给陆疾一股脑儿安排了许多杂役，扫地、洁厕、刷墙、背瓦、放牛这五件自然一样不少，做完这些还要帮其他师兄弟干杂活，一天下来除了吃饭时能休息片刻，其余时间都被慧一呼来喝去，直干到所有僧人都歇下了，才拖着疲惫的身子回到小屋中休息。

陆疾从不知道，寺中竟有这么多杂活要干。法师常说“一日不做，一日不食”，他从前是每日上早、晚课，照料茶园，帮师父煎煮茶茗粥，但与如今堆积如山的杂役相比，那时的日子简直是轻松自在，蜜罐里一般。如此做了近一个月，陆疾身子消瘦下来，但个头却长高了些，筋骨也比从前硬实多了。每晚回到自己的小屋里，唯一的安慰便是将自己珍藏的“宝贝”拿出来看一遍。除了那些儒家典籍被慧一收走了之外，其他的一样没少，都放在师父给他的一个小木箱里。

有小时候李济善给他买的几个小玩具，李冶给他绣的小荷包、系头发的布带子，还有上次来看他时带的一身新缝制的衣裳，因为怕他长得快，本就做得大了些，现在穿也还嫌大。本就舍不得穿，而今他每日做粗活，就更穿不得了。还有一件宝贝，便是当日李适送他的那只越窑的青瓷御碗。刚回寺时，他将此碗送给师父，智积法师坚决不收，让他自己好好收着。如今看到这只玲珑剔透的娇贵之物，陆疾心中就涌上一阵难过，有对李适的想念，也有对师父的伤心。自那夜起，师父再没对他看过一眼，发过一语。

然而这些也可勉强承受，最令陆疾担心与焦虑的是，李冶好像忘了自己一般，一点消息也没有。往日里十天半个月，她必会来一次，若有事不能来，也必会着人送信……莫不是家里出事了？还是她病了？还是……这些念头如浪潮般在他心头浮浮沉沉，使他几乎夜夜难眠。如此又熬了半个月，竟病倒了。

“师父，”陆疾烧得迷迷糊糊，“姐姐……别抛下疾儿……”

慧一清早没见他出来干活，以为是偷懒，气哼哼推门进去，正准备一把掀起被子，却见陆疾已烧得满头冷汗，胡话连篇，一会儿叫师父，一会儿叫姐姐。慧一慌了，赶忙去告诉智积法师。法师命汤药和尚前去照料，每日煎药喂药不在话下，可他自己仍不去见。

如此过了几日，陆疾烧退了，身子轻快了些。慧一也不敢逼得太紧，便许他赶着牛，随处转转，其他杂役先放下。陆疾心中却有自己的主意，他赶着牛直往山下而来，走一阵儿歇一阵儿，快中午时才来到李济善府门口。望了眼府门，不由得心中一凉。大门紧闭着，也无小厮在外支应，门前的地面落满灰尘，一看就是许久没有打扫。上去敲门，果然无人来应。莫非是出远门了？问了问邻里，都说半个月前就出门了，好像是回湖州老家，并未说几时回来。

陆疾如坠冰窖，浑身又发起冷来。紧了紧衣裳，准备离去，忽记起当年与李冶常在府前的一株大槐树下玩耍，树干上有个脑袋大小的树洞，那时他们个头太矮，够不着，陆疾因想看看里面有什么，爬到一半被李济善逮个正着，一把拎下来，好一顿责备。如今……陆疾走到树下，将手伸入树洞，稍微探了探，便触到一件硬物，取出一看，不由得喜出望外。

是一个鲤鱼形的小木匣子。打开来看，里面有一卷张衡的《二京赋》，还有一个罗帕，上题着一首短诗和一行字，笔法清逸，是李冶的字。诗为：“尺素如残雪，结为双鲤鱼。欲知心里事，看取腹中书。”一行字是：“疾儿，我与父亲因事暂回湖州，不久便归，珍重。”

看到这里，陆疾终于放下一颗心，觉得又有了精神。心道还是李冶聪慧，若是着人送到寺中，定会被慧一收去，交给师父。又翻开那卷《二京赋》，大略看了一看，其中的字乃是大半不识得，见一旁还有李冶圈题的注解，便仔细地卷起来，放回木匣子，打算回去细细读。揣好木匣子，他这才意识到已快到午饭时间，慌忙赶着牛往寺里跑去。所幸不太迟，慧一料他是生病体弱，走得慢了，便没多问。

次日，陆疾仍是放牛。他赶着牛来到竟陵西湖边，让牛随意吃草，自己则坐在草地上读那卷《二京赋》。没有纸笔，便折了根细竹枝，将不会的字在牛背上写写画画，权作练习。他记着李冶那首诗，一心想知道她欲诉的“心里事”，便一头扎进书中，狠命去读，直到日近黄昏也没发觉。

“好啊，陆疾！让你放牛，你竟又读起这种书来！”慧一高声断喝，将陆疾从书中惊醒过来。

陆疾下意识地将书背在身后，结巴道：“大……大师兄，我知错……错了，求……求求你别交给师父！”

“休想！”慧一上前一手按住他肩头，一手大力将书夺过，道：“跟我回去，看师父如何发落！”说着将陆疾往牛背上一扔，赶着牛回到寺中。到了智积法师的禅房外，命陆疾跪在门口候着，自去禀告。

陆疾深恐师父再收走那卷《二京赋》，这文章对自己来说太重要了，跪在地上不住地伸头向禅房张望，耳朵也仔细听着里面的动静。忽听得法师一声拍案，吓得他一激灵站起身，冲进禅房。

法师脚下散落着一堆残纸，上面圈圈点点的李冶的字迹，已残破不堪。

陆疾似乎听到心中“咔嚓”一声碎响，抬头死死地盯着法师。法师也直视着他。

许久，陆疾道：“师父，您不该救疾儿……疾儿也不该回来……”

法师仍是看着他，没有一丝表情。

慧一道：“师父，该如何处置陆疾？”

法师缓缓道：“关起来。”

“是！”慧一上前扯住陆疾道，“走吧！”

陆疾仍是不动，红着眼睛盯着法师：“师父。”

法师无动于衷。

“快点走！”慧一推搡着他。

陆疾心如死灰，被慧一押着来到后院柴房，“砰”的一声关了进去。

自此后，陆疾被关在柴房中，每日劈柴剪草，除了吃喝拉撒之外，寸步不能离开。他怕时间久了会忘记曾经读过的诗书，便一边干活一边背诵，遇到记不清的地方，便绞尽脑汁地去想，呆坐在柴房中，一动不动，犹如槁木死灰一般。慧一进来巡查时，见他这般情状，便以为又在偷懒耍滑，举起藤条照着背上就是一通抽打。陆疾既不讨饶也不躲闪，只是一边背书一边大哭，慧一以为他这是记恨自己，便更用力地抽打，就这样一个多月下来，藤条竟被打折了。陆疾也不去管身上的伤痛，只顾每日强记着读过的书，学过的字，唯一的信念就是等，等到李冶回来看他的那一日，他便将满肚子的苦水都倒出来。

这日，他正在柴房中劈柴，忽听见外面两个僧人边扫地边议论着。一个僧人道：“你知道吗？昨日那个女施主又来了。”

另一个僧人道：“可不吗，非要见陆疾，住持不准，她硬生生在禅房外枯坐了一日，要不是她爹来把她领走，真不知该如何！”

“是啊，不过陆疾毕竟只是个俗家弟子，如果想下山去，也不算破戒。”

“可住持一向颇为看重他，平日言谈中，早透露出要将衣钵传于他之意。”

“阿弥陀佛，可惜陆疾仍然心念凡尘，不然也不会被……”

“哎！世上的机缘总是这般无常，他不想入佛门，佛门却偏偏为他大开。”

“他也拗不了几日了，听大师兄说，下个月初一，住持就会给他剃度……”

后面的话陆疾一句也没听进去，脑中只有两个字不停地盘桓着。

“剃度……剃度……”他伸手去摸头发。两个月前李冶来时给他梳理过一次，之后他便被师父罚去做杂役，只在生病那次梳洗了一回，自己草草绾了一绾，现下乱哄哄地堆在头上。

“疾儿的头发真好，又黑又亮……”他回想起李冶那日说到此处，凝眉不语的神情，心里便如翻江倒海一般，又想到方才僧人说李冶昨日在寺中等了他一天，她回去该有多难过？若自己当真剃度为僧，或许这辈子都无法再与她相见，也无法再唤她一声“姐姐”……

一定要逃出去，陆疾下定了决心。

自从心里有了主意，陆疾一改往日作风，每天老老实实在柴房干活，一句诗书也不背了，凡事全听慧一差遣，乖巧无比。慧一本来不信，但接连半个月都是如此，他只道陆疾被打服了，便对他态度和缓起来。

这日陆疾干完一天活，将劈好的柴交给慧一，道：“大师兄，我……我很想念师父，想去当面给他老人家认个错。”

“嗬，算你还有些良心！师父他为了你已经……”慧一没有说下去，瞪了他一眼，叹道，“罢了，念你有悔过之心，我去禀告师父，看他愿不愿意见你。”

“多谢大师兄！”陆疾不住拜谢。

慧一前去禀告，过了片刻，回来道，“走吧，师父在禅房等你。”

陆疾深吸一口气，跟在他身后走进禅房。慧一退了出去。

里面没有点灯，光线昏暗，法师仍旧端坐在那里。

“你来了。”法师道，声音有些沙哑。

“师父……”这么久陆疾终于听见师父开口对他说话，忍不住鼻子发酸，道，“疾儿去……去给您煎一碗茶茗粥来。”

法师点点头。

陆疾走进斋堂，取出往日专用的炊具，开始认真地煎煮起来。他有些奇怪，炊具上落满了灰尘，似乎许久都没用过。煮好之后，端至法师面前。

“师父请用。”陆疾双手举到法师面前。

法师接过，缓缓喝了一口。

“好久没做了，好喝吗？”

“疾儿煮的茶茗粥最好喝。”

“师父，疾儿错了。”

“错在何处？”

“疾儿不……不该执迷儒学，背弃佛门。”

“当真吗？”

“当……当真……”

“一个人做事，永远都不要违背自己的本心。”

“是，疾儿知道了。”

法师沉吟了半晌，忽道：“这么说，你的心意已经坚定了？”

“坚定了……”陆疾闭上双眼。

“大声说！”

“坚定了！”

“好，慧一。”法师命慧一进来，道，“带他回房休息吧。”

“师父，就这么放了他？您不怕他……”

“去吧。”法师不再说话，捻起佛珠。

“走吧！你运气真好！”慧一极不情愿地带陆疾回房，走时还是不放心，用木栓将房门从外面插上。

陆疾倒在熟悉的床榻上，休息了一会儿，心想只要出了柴房，便迈出了一大步。他从床下抽出小木箱，略一翻看，里面的东西都还在。透过门缝看了看外面，没有人。揭下床单，将小木箱子牢牢缠好，背在身后。从鞋靴里拔出方才在斋堂偷出的一把小刀，握在手里静静等着。

钟声响了起来，龙盖寺夜静更深。

陆疾将小刀插进两扇门之间的空隙，拨弄了几下，木栓掉在地上。他轻轻推开房门，走了出去。

月色皎洁。他呼吸了几口清冷的空气，风中弥漫着焚香的味道。

永别了，龙盖寺。

“你们怎么看的寺门，陆疾跑了！”慧一推醒两个值夜的僧人，嚷道。

“啊？什么时候跑的？”

“我估摸着有半个时辰了，还不快追！”

“好，好！”两个僧人提着灯笼，跟着慧一，下山追去。

陆疾一路摸黑往山下去，渐渐地感到身后有灯光人声。他没有提灯笼，走夜路必然会慢许多。他不敢再停留，发狠地往前跑，终于来到山下的街市上。此时天色已开始透白，身后的人声也越来越近。慧一喊道：“陆疾，你给我站住！”

怎么办，怎么办！

陆疾正在着慌，只见前面小巷中走出来一群人，打着旗扛着乐器背着架子，像是一个戏班子，准备天亮前出来搭好戏棚。先混进去再说。陆疾往人群中钻去。

“这孩子，瞎窜什么！”一个膀大腰圆的男子道。

陆疾也不答话，直管往他们堆儿里挤。这群人也只好把他往后面推。眼看就要到队尾，把他甩在外面，脚下一个没留神，一头撞在一个人怀里。

“做什么，这么冒失！”一个清脆的声音嗔道。

抬头看，是个与自己年纪相仿的少女。

“姑娘，求你帮帮我！”陆疾实在无法，拉住她道。

七、名羽字鸿渐，双雁两分离

“帮你？”少女睁大双眼，看着陆疾。

“龙盖寺的和尚要、要逼我出家，已经追过来了，帮帮我！”陆疾急得一头汗。

“这……”少女看看前面一个师兄拖着的道具箱子，“跟我来……”

“陆疾，你藏不住了！”慧一追上前来，眼睛在戏班的众人中搜寻。另外两个僧人也赶过来，三人一起前前后后找了一圈。没有发现陆疾。

“喂，你们看够了吗！”那个膀大腰圆的男子大喝一声。戏班的众人都围上前来，怒视着慧一三人。

“看……看够了……”慧一拉着二僧要走，眼角瞥见远处的道具箱，箱子上贴着“赵家班”三字，一块衣角被箱盖夹在外面。又抬眼，一个俏丽的少女立在箱子旁，正叉腰瞪着他。

“走吧，陆疾不在这儿。”慧一道。

“大师兄，这街上空空荡荡，只有这么一个戏班子出摊了，陆疾不可能躲在别处。”

“是啊，一定是在方才那个箱子里！”

“不可能，我们去别处再找找吧。”慧一转过头向另一条巷子找去。二僧不再多说，三人找了一上午，无功而返。

回到龙盖寺中，智积法师刚用完斋饭。慧一让二僧先去吃饭，自去回禀。

“师父，陆疾他……”

“为师知道了。”法师面色憔悴。

“徒儿看见他藏在了一个戏班中，便没有再追查。”

“谁的戏班？”

“赵苍的，徒儿平日下山化缘时听到过他的名声，大家都夸他的戏班演戏好，他为人也地道，懂规矩、讲义气，那里倒是个安全的去处。”

“做得不错。”法师叹口气，“能不能留在那里，就要看他的本事了。”

“陆疾一向机灵能干，想必不难。师父，徒儿此前多次责打陆疾，让他受了不少苦，犯了嗔戒，请师父责罚。”慧一跪下身道。

法师道：“菩萨心肠，霹雳手段。日后陆疾自会明白。望此一番历练，能令他坚定自己的信念……你明日去戒律院领一个月的罚，起来吧。”

“谨遵师命。可惜师父对他的一番良苦用心，不知他是否能够真正体会，”慧一叹了口气道，“只怪他与我佛无缘吧！”

法师微微一笑：“不，他与我佛的缘分，今日才真正开始。”

慧一望向禅房外，院中的茶茗又长高了。

“师父，您真的不再喝了？”

“不喝了。这茶园以后由你打理，丰收时带到山下，教给百姓们饮用之法。”

“是。”慧一合掌道。

“喂，他们走了，你出来吧！”

陆疾从箱子里爬出来，对少女不住作揖道：“多谢姑娘！”

“你……”少女话未说完，方才那个魁梧的男子走过来道，“小子，你怎么一回事？”

“我……我……”

“爹爹，龙盖寺逼着他做和尚，他逃出来的。”

“这年头，还有逼人当和尚的？”男子正值盛年，身材健壮，面容英伟，正是这戏班子的班主赵苍。他打量一番陆疾，瞪眼道，“你不会是偷了寺里的东西，被人追拿吧！”

“我……我没有！不……不信你们可以搜！”陆疾分辩道。

“那你总得老实告诉我，究竟怎么回事。”赵苍往箱子上一坐。

陆疾点点头，将自己的身世与智积法师如何想要他入佛门，他又如何逃出来之事说了。

“这么说，你没有别的亲人了？”

“我……我阿叔就住在这镇上，但我不能去找他，否则他一定会把我送回去的！”

“那你有何打算？”

“我……我也不知道……”陆疾想到将来，感到茫然无措。

“爹爹，就让他留在咱们戏班吧！”少女道。她与陆疾年纪相仿，模样娇俏，性格爽朗，是这赵苍的独生女儿，名唤赵缨。

赵苍有些为难道：“缨儿，戏班子不养闲人，一大家子人等着吃饭，每日一开张便是银子，我看他……”赵苍又仔细端详了一番陆疾，道，“他这个身板相貌，还有点儿口吃，怎么演得了戏！”

“不能演戏，还可以打杂嘛……”赵缨嘟起嘴，她一心想帮帮陆疾。

陆疾听他们这么说，忽想起自己曾看过宫廷教坊演戏，文的武的都有，尤其是那一出滑稽戏《优孟衣冠》，他印象最深，便道：“我会演戏！”

“那你快演来看看！”赵缨道。

“好！”陆疾一点儿也不含糊，放下背着的东西，就地演了起来。

也是奇了，他平日里说话略有口吃，但一表演起来，立刻口舌灵活，神态举止十分机灵逗趣。虽然戏的内容片片段段，不太连贯，但已很有那么点儿意思，戏班众人围上前来观看，他也毫不怯场，中间还真把大家逗乐了几回。

费力演完一场，陆疾擦擦汗，盯着赵苍的反应。赵苍面上不露，但心中已有了底，道："缨儿，带他去换衣裳，能不能留下还要看有没有人捧场。"

"谢谢爹爹！"赵缨开心地说完，拉着陆疾道，"走，我去给你找件合身的戏服换上！对了，我叫赵缨，你叫什么名字？"

"我……我叫……"陆疾不想透露真名，忽又想到，"疾儿"只是智积法师给他起的乳名，他还未有真正的名与字。遂又想起自己曾卜的那一卦："鸿渐于陆，其羽可用为仪。"虽不知究竟何意，但卦面上写的是"吉"，不如从今日起，便脱胎换骨，以此为名吧，便道，"我叫陆羽，表字鸿渐。"

"好，以后我就叫你阿羽！"赵缨道。

"我叫你缨儿吗？"

"对，大家都叫我缨儿！"赵缨爽朗一笑，语调轻快得像飞舞的黄雀儿。

他也不由得开心地一笑，跟在她后面。从今以后，"陆羽"这个名字便要陪伴他去走接下来的人生道路了。

陆羽随着赵缨去换戏服的一路上都在盘算，自己先在戏班安顿下来，一有机会便偷偷跑出去找李冶，告诉她自己已经在戏班落脚了。有了这个计划，他也觉得踏实下来，只想着今日如何把戏演好，令赵苍真正认可自己，让他留下来。

终于到了上午场开演时分，众人搭好了戏台子，一通敲锣打鼓，将街上的人吸引了过来。赵苍首先亲自上台，练了一套赵家剑法，一套九节鞭，舞得呼呼生风，气势如虹，台下看客们纷纷叫好。接着便有两个师兄弟跳上台去，演了一出角抵戏，一人饰人，一人演兽，两人相对斗法，各显神通，跳丸、走索、吞刀、吐火、凤舞、鱼舞、龙舞，各种绝技逐一展示，直教人眼花缭乱，啧啧称奇。

陆羽此时已换上了戏服，仿照《优孟衣冠》中的打扮，白衣布袍，头戴纶巾，一副小儒生的模样，光看样子便已有了几分机灵逗趣之感。前面几出精彩表演已令他看得两眼发直，直吞口水，想到自己一会儿也要上台，当众表演一出微不足道的雕虫小技，不由得生出几分怯意，生怕演砸了给戏班丢脸。他心里正在打鼓，却听赵缨上台道："众位乡亲，下面由我的小兄弟陆羽给大家来一出滑稽戏，初次登台，还望多多包涵，多多捧场！"说罢，向看客们抱了抱拳，转身便向陆羽招招手，示意他上台。

陆羽深吸一口气，心中默念了几声"季兰姐姐保佑"，才大步走上台来。

赵缨怕他冷场，抽出腰间的佩剑，先绕着场子舞了一圈赵家剑法，博得了众人一番叫好，才拍拍陆羽肩膀，退下台去。

她这一下场，台上顷刻安静下来，众人都止住了鼓掌喧闹，紧盯着台上，等着看陆羽下面要演什么戏码。

陆羽觉得手心里冷汗出来了，但仍然大着胆子，撩起有些拖地的宽大布袍，往前迈了几个方步，轻咳一声，一本正经道："众位乡亲有礼了，别看在下年纪小，在下的学问那可说是学富五车，才高八斗，博通三教！"说罢，傲慢地扬起头，半天不说话。

"嗤！"台下有个大老粗先忍不住了，嚷道："黄口小儿，有什么能耐，还是赶紧下场吧！"

"是啊，我们要看热闹的戏，你这个有啥意思？"

"就是呀，不好不好，赶紧下去！"

陆羽见台下乱哄哄嚷成一片，又大声咳嗽了两声，摇着脑袋道："莫急莫急，你们说在下是黄口小儿，但我却精通儒、释、道三教，不信，你们尽可以问我！"

方才发话的大老粗道："好，既然你说自己博通三教，俺就来问问你，如来佛祖是什么人？"

"他是个妇人！"陆羽朗声答道。

台下看客们都吃了一惊，更有些笃信佛教的在家居士恼怒起来，指着陆羽道："你这小孩儿，怎么敢毁谤我佛！简直岂有此理！"

陆羽道："《金刚经》里有句话叫'敷坐而坐'，如果如来佛祖不是妇人，为什么要说'夫坐儿坐'，叫自己的丈夫先坐，儿子后坐呢？"

众人听了此话，才突然发现他其实已经在讲笑话了，不由得转怒为笑。

那位在家居士又问道："既然如此，那么道家的太上老君是什么人？"

"也是个妇人！"陆羽道。

"这又是怎么说？"那人追问。

"你没听过《道德经》里有句话说："'吾有大患，是吾有身。'太上老君若不是个妇人，为什么会因为有了身孕而烦恼呢？"

众人听了哈哈大笑起来。

又有个青年插嘴问道："那儒家的孔圣人又是什么人？"

"当然也是个妇人！"陆羽不等他继续发问，手一摊，不耐烦道："我知道你又要问我为什么，这还用说吗，《论语》里有句话叫'待价而沽'。孔子若不是个妇人，为何要在闺中待嫁呀！”

话音刚落，众人皆被他的表情、答话逗得拊掌大笑，谁也没想到一个小孩子，竟三言两语将妇孺皆知的三位大圣人给调侃成了女子，不由得对他刮目相看。陆羽见台下笑成一片，暗暗舒了口气，向站在台边的赵缨望去。赵缨知他何意，赶忙招呼下面的歌舞戏趁热上场。陆羽对台下抱拳作揖一番，退了下来。

赵缨笑逐颜开道：“真有你的，我一开始还真为你捏了把汗！”

陆羽擦擦头上的汗，道：“我……我只记住了这么多，要是再讲下去，可就要露馅儿了！”

“你第一次登台，已经很好了，这下爹爹肯定能同意你留下！”

“那……那就好……”

果不其然，当晚赵苍便同意将陆羽留下来，前半年先作为学徒，若演得好了，半年后便有工钱可以拿。陆羽与赵缨都欢欣无比。也是有赖于天赋，陆羽聪明机灵，表演诙谐逗趣，又是个少年，显得更加机灵讨喜，为戏班吸引了不少看客。赵苍甚为满意，见他孤儿可怜，平日里对他也十分照顾。就这样又过了一个多月，陆羽在戏班里扎下根来，赵苍让他专演些滑稽丑角，颇受好评。

这一日，陆羽随赵缨一起出去为戏班买货。一个月来二人已成了好友，互相之间也会说些知心话，陆羽便将李冶之事告诉了赵缨。赵缨让他趁此次出来的机会，去见一见李冶，自己买完货会在裁缝铺门口等他。

陆羽感激不尽，拔腿便向李济善府上跑去，心中想着一会儿如何偷偷将李冶唤出来，又如何向她倾诉憋了这么久的苦水。

来到府门外，大门焕然一新。

看来这回府上有人，陆羽心头一喜，刚要上前，却蓦地发现大门两侧悬挂的灯笼上，“李府”竟变作了“周府”。再看院子四周，连花草也变换了新的样式，只有那株大槐树依然伫立在原地。

陆羽挪动步子上前，向门口的小厮打听道：“小哥好，这……这里原来住着的李大人一家去哪了？”

“搬走了，现在此处是周大人的府邸。”

“那……那他们有没有说去哪了？还会不会回来？”

“回来是肯定不会了，至于去哪了，我可不知。”小厮见他穿着戏班的衣裳，随意答了两句，便转身跨进府门，不再理会他。

“搬走了……不会回来了……”陆羽兀自念叨着，觉得脑袋一阵眩晕，不小心撞在那株大槐树上，不由得双眼一亮。对了，还有它！李冶一定会像上次那般，在树洞里给他留下书信的！他激动地伸手往树洞里掏，摸了半天，空无一物。

“不会的……季兰姐姐不会不告而别的……”一定是出了什么变故。或许李济善又到别处任职了，或是搬回湖州老宅了，或是慧一取走了书信，好让我找不到他们，自己乖乖回龙盖寺去……或许……陆羽脑中窜出无数个念头，但都觉得事情不会那么简单。

他浑身虚脱了一般，滑坐在大槐树下。不知呆坐了多久，直到周府的灯笼点亮起来，小厮发现他竟还在外面，便上前推他道：“这不是你待的地方，赶紧走！”陆羽这才回过神来，扶着树干站起身，忽又记起与赵缨的约定，便强撑精神，往裁缝铺跑去。

“你怎么才回来！我足足等了你两个时辰，再不回去爹爹要发火了！你……”赵缨生气地大声道，待看清他的脸，却停住了责备。

陆羽已满脸是泪：“我……我……呜呜呜……季兰姐姐她……她……”

“她怎么了？快别哭了！”赵缨急道。

“她……她走了，不会回来了……”陆羽连哭带跑，已哽咽得上气不接下气。

“别着急，咱们慢慢说。”赵缨揽住他的肩头，两人一边往回走，陆羽一边将事情说了。

“你先别急，咱们回去问问师兄弟们，如果有湖州人士，让他帮着打听打听。”

“这样行吗？”陆羽无助地看向她。自从被师父罚做杂役开始，他便一直撑着一口气，最大的动力便是李冶，如今她不见了，陆羽觉得心里的那根支柱倒塌了一般，难以承受。

“嗯，总有办法的！”赵缨肯定道。

“好，我听你的。”

两人回到戏班，问了一番，果有湖州人士，答应帮陆羽打听李济善与李冶是否已回到湖州。陆羽又燃起希望，每日在戏班更加苦练技艺，以此消磨时光，苦苦等候着消息。

“赵客缦胡缨，吴钩霜雪明。银鞍照白马，飒沓如流星。”赵缨一边吟诵着风靡天下的诗句，一边在院中练剑，“十步杀一人，千里不留行。事了拂衣去，深藏身与名……”她姿态如腾龙翻舞，鸿雁翩飞，俊美无比。

“昔有佳人公孙氏，一舞剑器动四方。观者如山色沮丧，天地为之久低昂！”

陆羽一边拍手，一边吟着诗句走出，来到赵缨身前，“缨儿的剑法越来越精进了，简直堪比我大唐开元第一舞人公孙大娘啊！”

“我才不要当什么‘大娘’，”赵缨收住剑，撇嘴道，“我还是喜欢李太白的《侠客行》，我爹爹也喜欢，所以才会给我取名为‘赵缨’。”

“知道、知道，我们缨儿将来是要做侠女的，不如以后我为你写一出戏，就叫《侠女行》，可好？”陆羽笑道。

“你呀，嘴巴是越来越溜了！早知你会变得如此油嘴滑舌，当初我就不该求爹爹收留你！”赵缨一挥剑，剑锋架在陆羽的脖子上。

“缨儿大侠，小人错了，饶命啊！”陆羽作揖道。

“哼，念你初犯，饶你不死！”

“多谢大侠！”

赵缨收起剑，两人相视大笑。

时光飞逝，陆羽在戏班已经度过了将近一载。他一心扑在演戏上，每日天还未亮便起床到院中练习演戏，对着墙念上一个时辰的戏词才肯停下来歇息。这样坚持下来，素年来的口吃竟慢慢痊愈了。戏班中有不少戏本子，他闲暇时便与赵缨一起翻看，从里面找些还未表演的段子重新编排。他还自己创作了几出滑稽戏，编成一部《谑谈》，给戏班表演时用。他也攒了些银子，有时会去买些时兴的诗文册子来背诵。

只是李冶仍旧毫无消息，像一朵浪花淹没在汪洋大海里。

“阿羽，你怎么了？”赵缨见他收住笑，看着自己微微出神，问道。

“你笑起来的样子，也很好看……”

“又想你的季兰姐姐了吧！”赵缨一笑，“我真想见见她，一定是个大美人儿！”

陆羽神色一黯，正要开口，却见两个师兄急慌慌跑进来，道：“不好了，班主他们在兰溪县出事了！”

“爹爹出什么事了？”赵缨慌道。

“班主他们在回来的路上，遇见一伙强人，将他们堵在了兰溪县，王师兄因为去买吃食，侥幸逃过一劫，快马加鞭赶回来报的信！”

“走，我们去看看！”陆羽道。几人一起来到厅中，见王师兄脸色惨白，上气不接下气，一见他们进来便道：“快，快去救班主！再不去就来不及了！”

“到底怎么一回事？”赵缨急道。

王师兄喘了几口气，将遭遇一一道来。

原来，半个月前兰溪县王县令的小妾生辰，下了帖子请赵苍的戏班前去表演助兴。兰溪县离竟陵不远，快马加鞭一日便可到达。赵苍便带了五六个台柱子，策马赴约而去。一路颇为顺利，没想到却在回返的途中遇见了一伙强人。赵苍练家子出身，带着戏班众人与那伙强人缠斗，怎奈寡不敌众，落了下风，被擒住捆绑在兰溪河边的峭壁上。王师兄因去给众人买吃食，侥幸未被抓住，偷偷跟在后面，看清了赵苍等人被困之处，便一路快马加鞭赶回来送信。

"爹爹他们有没有受伤？"赵缨心焦道。

"我远远瞅着，应该未受什么重伤。"

"那伙人将班主他们捆绑在峭壁上，究竟想做什么？"陆羽疑惑道。

"是啊，我也觉得此事蹊跷，若只是打劫金银财物，抢了去便是，为何要将人抓起来，这不合情理啊！"

"缨儿，班主是否有什么仇家？"陆羽问道。

赵缨摇头道："爹爹行事向来光明磊落，我从小跟着他走南闯北，从未听过他有什么仇家。"

"这就奇了，不是仇家，也不劫财，那又是为何？"

"对了，"王师兄突然想起什么，道，"我记得河边的峭壁上立着一块石碑，上写着'神泉'二字，那伙强人曾对着那个石碑跪拜，像在做什么祭拜仪式。"

听到此处，陆羽脑中闪过《茶方》中记载的一件事，不由得惊叫道："不好！"

"你知道什么了？"赵缨急道。

"来不及细说，救人要紧！"陆羽说罢，与赵缨一起招来余下众人，快马加鞭向兰溪县赶去。

八、遇险落神泉，暗访除奸官

一行人星夜兼程，来到兰溪县时，天色已开始透白。众人将马拴在隐蔽处，远望去，河边的峭壁上有隐隐的火光闪动。

这兰溪河与众不同，河边的峭壁之下有一眼泉。泉水从石穴中涌出，有三尺多深，清澈见底。泉水从泉口流出后，在河中的石头上缓缓流过，水声潺潺。

奇怪的是，泉水虽然流入河中，但水质却不与河水中的污垢杂质相混合，而是自成一脉，颜色清亮，保持着纯净甘冽的本色。泉边立着一块石碑，上面刻着"神泉"二字，用朱砂着色，颜色鲜红，在远处也能看得分明。

赵缨最是关情，一眼望见赵苍被捆在石碑旁边，便按捺不住，要上去解救。

“且慢……”陆羽指指河边。众人看过去，不由得都瞪大了眼睛。

只见河边过来一大群人。为首之人是个白衣少年，身材高挑，书生打扮，背负长剑，实在无法与强人联系在一起。

那白衣少年立在石碑之前，从怀中掏出一张黄色的符纸，口中念念有词，随后将符纸一烧，纸灰撒在赵苍等人身上，像在进行什么巫术仪式。他绕着赵苍等人走了一圈，又一番念念有词，最后将脚步停在赵苍身前，立刻便有两人上前一把将赵苍架起来，向河边拖去。赵苍拼命挣扎，但手脚被捆得死死的，毫无反抗之力，眼看便要被抛入河中。

“爹爹！”赵缨高叫一声。

河边的白衣少年闻声望过来，还未反应，两枚流星镖便一左一右，打在拖着赵苍的两人身上。赵苍顺势一滚，脱离了钳制，向对岸道：“缨儿，别过来！”但他的话晚了，赵缨早已一个箭步飞身上去，戏班众人也都紧跟其后。白衣少年似乎并不吃惊，一挥手，命身后的人上前迎敌。两方人一近身，立刻打得难分难解。

陆羽不会武功，自知上去也是添乱，便趁众人打作一团时，偷偷摸上前来给赵苍松绑。岂料他刚解了一半，后背便被人抓住，一把刀抵在腰上。赵缨与白衣少年斗得正紧，眼角瞥见陆羽有险，左袖中抖出一枚流星镖，向那人打去。

“嗤”的一声，流星镖扎在肩头，那人惨叫一声，刀落在地上。陆羽闪过身子，赵缨向白衣少年虚晃一招，抽身上前要拉住陆羽。谁知那人捂着肩头仍不甘心，伸腿向陆羽胸口狠狠一踹，陆羽身后便是湍急的河流。

“阿羽！”赵缨伸手去抓他。

陆羽身子已向后坠去，根本够不着她的手。

“抓住！”一只手伸过来，竟是那个白衣少年。

陆羽一愣，就要被他拉住手时，几个强人围上前来，阻住白衣少年。一人怒道：“好啊，你果然是假扮的！”

“抓住他，带回去交给王大人！”

情势瞬间逆转，白衣少年被强人团团围住。赵缨一时错愕，再要去救陆羽时，他已坠入河中，被深不见底的水流吞没……

“王大人，就是这小子，他竟敢假扮巫师！”

“是啊，他一个人把我们玩得团团转，简直岂有此理！”

“一定要好好收拾他！”

兰溪县王县令的内宅后堂中，白衣少年被人押着，按倒在地。那伙强人在一旁七嘴八舌，叫嚷不休。

王县令高坐在太师椅上，居高临下地看着白衣少年，冷哼道："说，是谁给你这么大胆子，敢捉弄本官！"

白衣少年昂着头，对他的话置若罔闻。

"问你呢，快说！"一个强人狠狠踹了他一脚。

白衣少年还是不答话。

"还挺倔，"王县令身边的文书冷笑道，"知道我们王大人是什么人吗？别说是兰溪县，就连朝堂上的那些大员们，见了我们王大人也得礼让三分！"

听到这，白衣少年鼻子里哼了一声，讥笑道："知道，兰溪县令王达理，当朝宰相李林甫的远房表弟，为官昏庸无道、嫉贤妒能，生性好色，妻妾如云，平日里除了作威作福、欺压百姓之外，还迷信旁门左道，好装神弄鬼，为了给自己的小妾治病，已经害死了许多人命，是也不是！"

"你……"王县令脸色大变，起身指着他道，"你究竟是何人？"

"我呀，是你们请来作法的巫师喽！"白衣少年笑道。

"好，你不说更好，更方便本官动手！"王县令向那文书使了个眼色。文书道："此人假扮巫师、妖言惑众、害死人命，拖出去就地正法！"

"还用得着拖出去？"方才叫嚣不止的强人道。

"就是，我们亲自动手便是！"说罢，上前将白衣少年围在当中，动手便打。

白衣少年虽武功不凡，但此时被捆绑着，全无还手之力，上来便生挨了几拳。那伙强人得了势，更加发狠，眼见一人拎起刀便要向白衣少年的脖颈砍下去，正在此时，一条九节鞭横扫过来，将那把刀缠起，带了出去。众人转身看去，见赵苍已将那刀拿在手中，未及反应，九节鞭再次甩出，将三四人抽翻在地。他身后，戏班的人也都解开了捆绑，走上前来。

"多谢英雄相救！"白衣少年道。

赵苍笑道："没了你这个对手，这帮喽啰不在话下！"

"我与你还未分胜负，敢不敢接着比？"赵缨从她爹爹身后走出，谈笑间又用流星镖放倒两人，上前解开白衣少年的绳索。

白衣少年站起身："那便恭敬不如从命了……"说着一拉赵缨的手，向怀中一带，帮她躲过背后袭来的一刀，撇嘴道，"反应还是这么慢！"

赵缨抬起手，指缝中夹着一枚短镖，是方才替白衣少年截下的："彼此彼此！"

“小子，不许拉拉扯扯！”赵苍说罢，只见一队官兵涌了上来，便道，“官兵来了，好好过招吧！”

“遵命！”白衣少年高声一答，与赵缨背靠背，抵挡冲上来的官兵。

那伙强人容易放倒，但这些官兵个个甲胄在身，武器锋利，便没有那么好对付了。戏班有几人已被官兵抓住，赵苍也渐渐开始力不从心，只有白衣少年与赵缨仍在苦苦鏖战。

王县令本来远远看着，此刻见他们败局已定，得意地走上前来，道：“怎么样，打了半天，最后不还是落在本官手里？”说着，一双色眯眯的眼瞅着赵缨，道，“这姑娘不错，凶是凶了点儿，长得倒蛮水灵……本官正想再纳一个小妾，伺候我洗脚。”

“狗官，你休想打缨儿的主意！”赵苍被几个官兵围着，高喊道。

“现在可由不得你做主！”王县令一摆手，几个官兵朝赵缨而来。

“她做不做你的小妾，要先问过小爷我才行！”白衣少年将赵缨护在身后。

王县令狞笑一声，道：“女的抓活的，男的……杀！”

“是！”官兵得令上前，几人将赵缨围住，几人向着白衣少年杀去，招招致命。打了片刻，白衣少年一招不慎，被砍中了左肩头，血“呲”得溅了出来。

“你当心！”赵缨想上前帮忙，奈何无法靠近。

“别聒噪！”白衣少年捂住肩头，闪转腾挪，又避过几招。但伤口仍血流不止，顺着左臂滴下来，殷红一地。他脑子开始发晕，眼睛也渐渐看不清，只觉得一道寒光闪过，直劈面门，不由得道，“这下，躲不过了……”

赵缨“啊”地尖叫一声，却见那举刀之人晃了一晃，倒落在地，后心被一箭射穿。一队官兵闯进来，已将后堂团团围住。为首的兵将收住弓箭，道：“刺史李大人到！”话音未落，官兵们迎着襄州刺史李齐物大步走进来。

白衣少年一见此人，叫了声“爹爹”，虚脱倒地。

“复儿！”李齐物命人赶紧将儿子抬下去救治，一指县令，怒道：“王县令，你可知罪！”

“下……下官……”王县令心中仍存侥幸，谄笑道：“李大人，下官不知令郎驾到，误伤了他，这都是一场误会，误会。”

“误会？那这些人呢，”李齐物又指了指赵苍等人，“他们又有何罪？”

“这些刁民，妖言惑众，用巫术害人，下官将他们抓住，小惩大诫。”

“狗官，你血口喷人！”赵苍向李齐物叩头道，“请刺史大人明察！”

“看来，你是不见棺材不掉泪了，”李齐物冷笑一声，“本刺史这里，有的是证据，来人，将兰溪县令王达理拿下！”

“是！”手下上前按住王县令。

王县令抬起头，阴笑道：“李大人，恐怕有件事下官要提醒您一句……”

“不必你说，本刺史知道，你的远房表兄是圣上面前的大红人——当朝宰相李林甫。”

“正是……既然您都知道，做什么还吓唬下官……”王县令“嘿嘿”谄笑两声，“李大人与我表兄皆为大唐宗室，从祖上论下来还是堂兄弟，大家都是自己人，何必如此……”

李齐物踱到他面前，道：“休要提那李林甫，同为李唐宗室，别人惧他，本刺史可不惧！你这种宵小之辈，仗势欺人、为非作歹，此番定不饶你！”

“李……李齐物，你杀了我，我表兄定会在圣上面前狠狠参你一本，叫你吃不了兜着走！”王县令叫嚣道。

“你还是先担心自己的项上人头吧！来人，将他押入大牢，听候审问！”

王县令这才瘫倒在地：“你，你一定会后悔……”

李齐物看着他被拖下去后，命人先将赵苍等人安顿下来，待日后当堂做证，随后便急匆匆去看望受伤的儿子。

李齐物出身李唐宗室，他的曾祖父是唐高祖李渊的堂弟，大将李神通。当年李神通跟随李渊起兵征战天下，封爵淮安郡王，死后追赠为司空，配飨宗庙。李齐物素来廉洁自守，因看不惯李林甫的所作所为，故而遭到排挤，被贬为襄州刺史。而那白衣少年则是李齐物之子，名为李复，字初晨，今年十五岁。

此次李复跟随父亲到襄州上任，一路上访察民情，得知兰溪县令王达理仗着李林甫之势无恶不作，便主动请缨，自己先往兰溪县而来，暗中收集罪证。他自小修习武功，身手不凡，又好行侠仗义，李齐物也想趁此机会让他历练一番，便同意了他的请求。

李复到了兰溪县，得知王达理正在谋划一件阴损之事。

王达理的一位小妾得了眼疾，听人说用兰溪河中的“神泉”之水擦洗眼睛可以治愈，但必须用五个活人生祭才会灵验，于是便打起了坏主意。用本县的百姓生祭毕竟难以掩人耳目，他便以为小妾祝寿为名，骗赵苍等人前来演戏，然后在回去的路上派一伙强人将他们抓回，带到神泉边生祭。计划虽好，但却没有会施法之人。此时李复毛遂自荐，说自己从小跟随高人练功，会行巫术。王达理见他身手不凡，又是外地人，无根无依，便决定让他试上一试，若不灵验便一并除掉。

那日李复带着强人前去抓赵苍等人，故意在王师兄离开后才动手，就是为了放他回去通风报信。第二天一早在河边一通煞有介事的“作法”，也是为了给赵缨留下救人的时间。只是没想到打斗之时，却不慎导致陆羽坠入河中。他对此事一直十分挂心，待肩头的伤略好一些，便向父亲说明缘由，与赵缨一起，带了一队官兵，沿河寻找陆羽的下落。

李复与赵缨策马沿着兰溪河一路而行，来到下游之处，在附近搜寻查问了两日，仍毫无陆羽的消息，不由得暗暗灰心。尤其是赵缨，她与陆羽友情深厚，更是急得消瘦了一大圈。

“你说他会在哪里呢……”赵缨蹲在河边，望着川流不息的河水，叹息道。

李复盯着河面，许久没有答话。

“喂，我问你呢！”赵缨见他不答，捡起一个石子扔过去。

岂料他一转身，石子正砸在伤口上，不由得“哎哟”一声痛叫，捂住肩头弯下腰去。

赵缨赶忙上前，歉疚道：“伤着没有？”

“伤口裂……裂开了……”李复咬着牙，汗流下来。

“什么?!”赵缨吓得脸色一白，“那……那怎么办，咱们赶紧去医馆！”

“不找陆羽了？”

“你都这样了，还是先治伤要紧！我去给你牵马来！”她说着便去牵拴在岸边的马，却被李复紧紧拉住了手。

“我以为，只有他能让你担心……”李复望着她笑道。

“我……我……”赵缨脸一红，俏丽的脸庞更显动人，“只要是我赵缨的朋友，我都会为他担心。”

“也对，他与你交情深厚，我只不过才几日而已。”李复缓缓松开手，忽地换了一副轻松口吻，转了转肩膀，道，“诶，这会儿又不疼了。”

赵缨被他闹得哭笑不得：“伤口到底有没有事，让我看看！”

“姑娘，男女授受不亲，你还是放尊重些吧！”李复说着，自顾自去牵马。

赵缨气得直跺脚：“喂，方才可是你先……先拉我的。”后几个字说不出声来。

“别叫我‘喂’，我有名字！”李复头也不回，丢了一句道。

“假神棍！你就是个骗子……”

这句话一出口，李复停住解马缰绳的手，回过头怒气冲冲地看着她：“你倒说说看，我哪件事骗你了！”

赵缨走到他身前，一点他左肩头，道："你明明没有伤到，为何骗我？"

李复脸色发青道："我没有伤到？那日我是因何受的伤？"

"不，我不是说那日，我是说方才。方才你明明没事，却骗我说伤口裂开了……"赵缨想起那日他挺身相救，险些丧命之事，心虚起来。

"我，我……"李复抢白两声，忽地捂住肩头，那里已渗出血来。

"不是说不疼了吗，怎么出血了？"赵缨这下真的怕了。

"我见你一心找人，不想耽搁时间。"李复脸色更加惨白。

"都是我不好，我实在不该……"赵缨见他如此为自己着想，不由得更加心疼愧疚，扶着他上马道，"走，我们去看大夫。"

李复上了马，对着她向前使了使眼色。

赵缨不懂何意："怎么？"

"大小姐，我两只手都无法使力，你叫我怎么骑？"李复捂着肩头，无奈道。

"那……那怎么办，我去叫人来！"赵缨说着就要去找等在一旁的官兵。

"你回来，"李复指指自己身前的马背，"坐上来，你骑。"

"我骑？"赵缨咬着唇道，"你方才不是说'男女授受不亲'吗！"

"我说什么你都信啊！"李复觉得自己快要被这个傻姑娘气疯了，伸手一把将她拉上马，道，"快些走吧，伤口疼得厉害。"

赵缨也不敢再耽搁，策马向前蹿去。李复险些被闪下马来，只得靠在她背上，撇嘴道："你的骑术真不怎么样！"

赵缨被他靠在身上，脸涨得更红，羞怒道："你就是个骗子，烂舌头的骗子……"

"不许叫我骗子，"李复笑道，"叫我初晨。"

"骗子，假神棍！"赵缨嗔骂道。

"你若再这样叫我，我便叫你笨瓜了！"

"你敢！"

"叫我初晨……"

"假神棍！"

"笨瓜！"

赵缨气得使劲一抽马屁股，李复又差点掉下马去，只得求饶道："好好，你是侠女，我是骗子，好好骑马吧！"

两人到了医馆，大夫为李复包扎好伤口，叫他千万小心，不能再让伤口裂开，否则会落下病根。两人答应着，忽听一旁的几个病人道："听人说，河边不远处的竹林里，有个少年能用灵水加草药治疗眼疾，已有好几人被他治愈了。”

“真有这么神？”人们议论纷纷。

赵缨心中一动，上前问道：“敢问几位，是否知道那人叫什么？”

一个病人道：“好像是叫陆什么……对了，陆羽。”

赵缨与李复忙按那人所言，寻到河边的竹林。

一条曲径通向清幽的竹林深处，尽头是一间茅草屋。屋子周围长着几株茶茗，屋外有一张石桌、三个石凳。桌上放着一个铁锅，几个瓶瓶罐罐，两只粗瓷碗，桌旁边是一个风炉。

赵缨觉得这一切都分外眼熟，陆羽在戏班中便时常用药罐子煎茶茗粥给大家喝，就是这种摆设，便对着屋中喊道：“阿羽，我们来了！”

半晌无人应答。两人推门而入，茅屋里空无一人。

“奇怪，人去哪儿了？”赵缨打量着茅屋，陈设虽然简陋，但十分整洁。

“方才的病人提到灵水，他是不是到上游打水去了。”李复猜测道。

“有理，我们一直在下游搜寻，却从没想过他会到上游去。”赵缨点头。

“走，我们过去看看！”李复拔腿便走。

赵缨拉住他：“咱们还是在此地等候，别走岔了，反而错过……再说，你的伤刚包扎好，需要休息……”

李复心中一暖，嘴角露出笑意，本就俊朗的容颜显得更加明媚，映在赵缨的眼中，散发着一股迷人的少年英气。她感到双颊一红，慌忙垂下眼帘。茅屋里安静下来，两人第一次不吵不闹地面对而立，李复反倒有些不自在，走出去道：“你说的是，我们便在这里等他吧。”

“好。”赵缨应了一声，在他身旁的石凳上坐下。

两人之间柔情弥漫，正不知说什么好，只见一个少年从竹林中穿出。

身材修长瘦削，头上戴着斗笠，手中拎着一个盛水的大水囊，见到赵缨，双眼一亮道：“缨儿！”说着摘下斗笠。

“阿羽……”赵缨唤了一声，眼前少年正是陆羽。本以为他遇险后会憔悴不少，没想到不仅气色好了，就连额角的疤痕也谈了许多，整个人显得容光焕发。看来那灵水确有好处。

她这边呆想着，陆羽伸手在她眼前摆了摆：“缨儿，你怎么了？”

“咳，咳！”李复上前一拍她肩头，“喂，人家问你话呢！”

赵缨笑道：“可找到你了，没事便好！这段时间真是担心死我了！”

“我也甚是担心你们，听说是那王县令使的奸计，班主他们都没事吧？”

“爹爹他们受了些伤，但没有大碍，正在兰溪县衙中养伤，不然他们也要来寻你的！”

“没有大碍便好。”陆羽放下心。

“我听人说，你用灵水加草药治好了几个人的眼疾？究竟怎么一回事，快跟我说说！”赵缨围着陆羽，连珠炮似地问着。

陆羽将风炉点燃了，转身将她往石凳上一按，笑道，“你先坐下来歇歇，我煎些东西给你润润嗓子，然后慢慢说与你听。”

“是呀，你没看人家忙着呢吗？偏要聒噪不休！”李复冷哼道。

“谁聒噪了？”赵缨白他一眼。

陆羽此时才注意到李复，施礼道：“这位兄台是？”

“亏我一心想着救你，你可倒好，完全不记得我！”李复蹙眉道。

“他便是那个白衣少年，那个假神棍！”

“与你说了，不许这样叫我！”李复瞪了赵缨一眼，向陆羽还了一礼道，“在下李复，字初晨，你唤我初晨便是。”

“初晨，在下陆鸿渐。”

“你只管叫他假神棍便是！”赵缨插嘴道。

“你！”

“我怎么？”

陆羽见他二人吵吵闹闹，不禁摇头笑笑，去看锅中的水。

此时水面已冒出水泡，并有微微的响声。他取了一点点盐放入水中搅了搅，又舀出一小勺水尝了尝味道，将尝过的水泼在地上，随后在风炉边坐下，道，“那天究竟是怎么一回事？”

赵缨眉飞色舞，将来龙去脉说了一遍。

陆羽一边听着，一边细心盯着水面。不一会儿，锅中的水像连珠般涌动起来。他先将水面上的一层浮沫撇出来弃掉，再从锅中舀出一瓢水来放在一旁，然后将碾碎了的茶茗碎末顺着漩涡倒入水中。

赵缨与李复被他专注的神情与动作所吸引，围上前来。

过了一会儿，锅中的水面激烈地翻滚起来。陆羽又将方才舀出的那瓢水重新倒入锅中。不多时，水面生出了乳白色的汤花，团团如积雪一般，煞是美丽。

“好美！”赵缨一声惊叹。

李复也看得痴了，不敢相信简简单单的煎煮之事中竟藏着如此功夫，普普通通的汤汁里竟生出如此美妙的奇观。

陆羽一笑，将煮好的汤汁分盛在两只碗中，随后将风炉熄灭，对赵缨、李复二人做了个请的动作，道：“二位请用。”

赵缨与李复在石凳上坐下，欣赏着眼前的两碗汤汁。

微风轻拂，一股淡淡的幽香扑面而来。汤汁的热气缕缕上升，犹如玉龙飞舞、凤凰蹁跹。单是轻嗅其香气，身上的疲惫感便已消解了大半。端起碗来，轻轻啜饮一小口，甘香清冽，略带苦辛。一缕清气随着汤汁徐徐沁入心脾，令人精神为之一振。两人饮罢皆长出一口气，身上微微发汗，心头充满了浓浓的惬意。

陆羽在一旁细细体味二人的神情，最终露出满意的笑容，道：“如何？”

“清香至极，比你从前做的茶茗粥味道更佳！”赵缨沉醉道，“没想到茶茗本身的味道是这样的，仅仅用泉水清煮便能散发出如此迷人的滋味。”

“是啊，这味道无以言表，与我饮过的荼茗羹粥颇为不同。”李复咂嘴道。

“你说得对，这正是茶茗，只不过用的是清饮之法，”陆羽道，“这也是治好眼疾的神药。”

“哦？”赵缨与李复更感兴趣，求陆羽快些将落水之后的奇遇讲来。

九、灵水涤俗尘，相逢不相识

那日陆羽落入兰溪河后，便使出李济善曾教他的划水之法，拼命不使自己沉下去。幸而此河并不宽，没多久他便被冲到了下游岸边，一爬上岸，便昏了过去。

待醒转之时，他已置身于一间茅草屋之中，一对农家老夫妇在一旁守着他。这对老夫妇是在河边打水时发现了他，将他救起。他对二老千恩万谢，但却发现二老都患有眼疾，已处于半盲状态。

陆羽身子虚弱，只能卧床休养，虽身子不能下地，心中却十分担心赵苍他们。老夫妇见他整日忧心不止，便在去兰溪河上游打水时，帮他打听消息。一问之下，便听百姓们说兰溪县令王达理抓了几个戏班的人，在神泉边行巫蛊之术，已被新上任的刺史大人下了大狱，所幸无人因此丧命。老夫妇将此消息说给陆羽后，他这才稍稍放心。

过了两日，陆羽身体恢复了一些，便下床帮着二老做些力所能及之事。他见二老打来的泉水清澈无杂，喝起来甘香清冽，又发现屋外竟野长着几株茶茗，只是二老不认得此物，从未食用过。联想起《茶方》中的记载，他脑中忽然迸发出一个绝妙之法。

他摘了些鲜嫩的茶茗叶来细细磨碎，倒入泉水中煎煮。二老清贫，家中缺米少粮，他便一改往日之法，除了在汤中加上少许盐之外，不放任何胡麻、葱蒜之类的配料，仅仅清煮茶茗的碎末。然而令他万分惊喜的是，这样煎煮出的汤汁，更为清澈素淡，回味悠长。

饮了几次，陆羽感到身体轻盈起来，虚弱一扫而空。他记挂着老夫妇的眼疾，便决定将这茶茗汤汁拿给二老试一试，看看能否对眼疾也有所疗效。

二老在陆羽的指导下一边饮用，一边用汤汁揉搓眼睛。如此这般，反复治疗了三次，二老的眼疾竟奇迹般地痊愈了。此事传扬出去，便又有几个人前来求医，皆被治愈。二老治好了眼疾，能够出远门活动，前一日到邻村去走亲戚，陆羽留在家中照看，便被赵缨、李复寻了过来。

“原来这泉水真是灵水啊，怪不得那王县令如此鬼迷心窍！”李复叹道。

“《茶方》中曾记载，用泉水和茶茗碎末一起煎煮，可以治疗眼疾。但对泉水要求极高，需得水质十分纯净才可。我也是看到那泉水自成一脉，清澈无杂，才想到了此法，”陆羽看向赵缨，道，“书中也提到曾有人拿活人生祭神泉的荒唐事，劝世人莫要效仿，所以那日我才会有不祥的预感。”

“原来如此！阿羽，你打算什么时候随我们回去？”赵缨问。

“我要等到两位老人回来，将治疗眼疾之法传授给他们再回去。”

“也好。”

三日后，老夫妇回到家中。陆羽教给二老用泉水煎煮茶茗之法，李复给二老留了一些银两致谢，三人将事情安顿妥当，便一起返回兰溪县，与赵苍等人会合。

一年后的江陵城，开元观中香火大盛。

因唐朝的帝王尊老子李耳为祖先，故而将道教奉为国教。开元年间，唐玄宗李隆基下旨，在各州兴建道观，皆命名为“开元观”。这座江陵城中的开元观坐落在城西，殿阁恢宏。本就香火旺盛，近一年来，更因一位女冠在此修行而盛名远播。

大唐有多位公主、贵女皆在该道观修行过，民间女子也多有效仿。做了女冠的女子，仍然可以还俗婚嫁。她们在道观中行事较为自由，可以吟诗作画、以文会友，也可以外出游历，并不拘束。

传闻江陵城中的这位女冠，年方二八，才貌双绝，气质如兰。四方才子名士听闻其芳名才华曲，无不倾慕向往，欲求一见。而她不是别人，正是与陆羽失散已久的姐姐李冶。

“南国佳人去不回，洛阳才子更须媒。绮琴白雪无心弄，罗幌清风到晓开。……小姐，这诗是阎公子留下的。你外出游历那几日，他曾来过一次，让我将它交给你。”小怜道。她是李冶从家中带来的贴身侍女。

“……纵令奔月成仙去，且作行云入梦来。好一个‘行云入梦来’，阎郎的诗越来越好了，”李冶低眉念信，朱唇微笑，“他有没有说过，何时再来？”

“没有，”小怜道，“不过，依往日旧例，撑不过两三日，他总会来的。”

李冶浅浅一笑，将信笺折好，收入妆匣之中。

抬起眼，铜镜中映出她艳丽的容颜。头戴莲花冠，身披素道袍，这身打扮削减了她的艳丽，却增添了几分超然脱俗之气。镜中之人向她回望过来，目光悠远，使她有一瞬间竟恍惚起来，忘记了自己是何人。

“兰女冠”是谁？她从何而来，又会到哪里去？

这一身道袍，究竟还要披多久？而那个人，他当真断了尘缘，忘了她了吗？

李冶盯着铜镜出神，回想起最后一次与疾儿在龙盖寺中的相见。那日她与疾儿在湖边读着张衡的文章，却被寻过来的慧一打断，随后智积法师便命僧徒将她送回家中。她还记得那晚，爹爹看着她的眼神里有一种难以名状的担忧。

没过几日，爹爹便说湖州老家有事，要带她回去看看。她刚准备好了《二京赋》要给疾儿送去，爹爹却说来不及了，即刻便要启程。她无法，只好将《二京赋》与一条写了字的罗帕放入木匣子，偷偷藏在门外大槐树的树洞里，告诉疾儿自己去了湖州，并提醒他好好去读文中的注解。那些注解里的每一字每一句，都在对疾儿说，她希望他去做张衡那样的儒者，不要断绝尘缘，不要遁入空门，因为如果那样，他们之间的姐弟缘分便走到尽头了。可惜她不知道，那篇《二京赋》被撕得粉碎，他根本没机会读完……

在湖州住了一段时日后，爹爹便带她回竟陵收拾家当，决定从此搬回湖州老家居住，好安度晚年。为了与疾儿再见一面，她偷偷从家中溜出来，在智积法师的禅房外苦求了一日，却始终未得到法师的允许，直到被寻过来的爹爹狠狠斥责一番后，带回了家。此后，爹爹便硬下心肠，说疾儿生来便与佛门有缘，出家为僧是上天注定之事，不许她再去打扰，以免阻碍他的修行之路。无论她如何苦求，爹爹都坚决不许，命丫鬟、乳母日日看着她，不许她离开闺房半步……直到离开竟陵那一日。

那日阴雨绵绵，她本想趁众人不备，在树洞里给疾儿留一封信，告诉他湖州的住址，可最终还是被爹爹发现了，硬逼着她将书信撕了个粉碎……想到这里，李冶痛苦地闭上双眼，仿佛还能听到信纸破碎时的声音，如一把尖刀划在心口上，将他们这么多年的姐弟深情一朝剪断。

李冶取下头上的莲花冠，梳理起满头青丝。

一年多以前，她就要行及笄礼的前几日，爹爹对她说她命中有坎，必须在及笄当日入道观修行，修满两年后方可还俗归家。她知道爹爹之心向来难以违拗，便说若叫她修行也可，但必须在离竟陵最近的道观才行。爹爹最终应允了，将她带到这座江陵城中的开元观。

进入开元观，远离了家乡，摆脱了爹爹的管束，她第一次能够畅快地呼吸，第一次发现人生可以过得如此轻松自在。道观中虽要日日修行，但除此之外甚为自由。她可以在观中与前来参拜游玩的文人墨客切磋道法、吟诗作画、谈古论今。慢慢地，在与这些有识之士的交谈中，她开始认识到大唐是怎样一个气度恢宏、自由奔放的国度。她的灵魂一步步走出狭小封闭的闺房，遨游于诗酒纵横、才情激荡的世界，对万事万物有了崭新的认识。她终于明白，自己虽为女儿身，但也一样可以追求绚丽的人生、美好的爱情。不仅仅是她，这世上每个人都应去追求属于自己的绚烂与幸福。

悟到这一层后，她很想到龙盖寺去看看疾儿，即使他已身披袈裟，从此不再唤她“姐姐”，她也依然可以真心祝福他，只要那是他真正想要的人生。然而事与愿违，她出外游历时多次到龙盖寺求见，都被拒之门外……

李冶理好了乌发，重新戴上莲花冠。

小怜端了饭菜进来，问道：“小姐，你此次去龙盖寺，见到他了吗？”

“没有，”她摇摇头，苦笑一声，“一个女冠，去见一个僧人，世上还有比这更可笑之事吗？”

“我觉得他太不应该，这么多年的姐弟情分怎能说断就断，无论如何也该见上一面的！”

“情……分，他已四大皆空，哪里还有情分。”她不愿再想，扫去脸上愁容道，“日后我们不要再提他。你去把我绣的荷包拿来，阎郎再来时，定要绣好了。”

“嗯！”小怜点点头，“还是阎公子好，从不令小姐失望。”

“休要胡言。”她嘴上嗔道，脸颊却泛起红晕。

小怜口中的阎公子，名为阎士和，字伯均，出身官宦之家，是洛阳有名的少年才子。半年前，他游历到江陵城，居住在姑母家中。因听说了开元观兰女冠的盛名，便亲自前来造访。

两人以礼相见，一番弹琴论诗，便觉意趣相投。李冶自然芳华无限，而这阎士和亦是容姿风流，二人可谓才子佳人，一见如故。阎士和青春潇洒，比李冶年长四五岁，与她所见过的所有男子皆不同，不但儒雅风流，而且才华横溢，与李冶切磋诗文常常难分伯仲，实为世上难寻之人。

阎士和年近弱冠，尚未婚配，本打算此次游历后便由父母做主，定一桩婚事。可他一见李冶，顿如司马相如见了卓文君般色授魂与、心愉于侧，只叹往日竟是白活了，于是下定决心要娶之为妻。所以他每逢两三日便来观中造访，百般殷勤恳切。久而久之，李冶也被他的温柔与才华所打动，暗生情愫。

一日，两人对弈之后，阎士和向李冶表明了心迹。李冶虽已有所察觉，但仍被突如其来的表白惊得手足无措，当下便命小怜将他送出观去，日后不许再登门。哪知阎士和笃定李冶对他有情，仍是不断前来恳求赐见，直要将山门都踏破了。李冶对他也并非无意，只是恐惧世俗礼法，害怕以女儿身与男子私订终身，不但会遭到世人侧目，更无颜面对爹爹。然而她正是少女情窦初开之时，有如此才貌俱佳的男子锲而不舍地热情追求，任是再冷情也难以抗拒，何况她自小便被压抑性情，满腹幽怨无处吐露，此时有人能够倾听她的心事，抚慰她的寂寥，如何不令她深感知音难觅，想不顾一切地为他付出真心？

于是，在阎士和苦苦痴缠了许久之后，李冶终于接受了他的爱意。阎士和向她许下诺言，待到他归家行弱冠之礼时，便向父母提及两人之事，定下百年之约。她羞涩地答应下来。此情已定，两人心照不宣，平日仍恪守礼节，只以诗友相待。阎士和仍常来探望李冶，每次必然携琴折花，对诗下棋，真可谓做遍人间风花雪月之事，诉尽红尘山盟海誓之情。

心下想着阎士和，李冶绣好了手中的荷包，又念了一遍他留下的诗，略一思索，提笔和了一首作答：

情来对镜懒梳头，暮雨萧萧庭树秋。
莫怪阑干垂玉箸，只缘惆怅对银钩。

看着两张诗稿，她在心中默默祈祷着，希望此一番情意不要经受任何风吹浪打，能够顺利地修成正果。

如此过了两日，果然如小怜所说，阎士和一早便来造访。一见佳人，便笑盈盈地道："兰妹，我今日要带你去一个好地方！"

"何处？"

"先别问，随我去了便知。"

"好……你先等等，"李冶到里间解去道袍，换了身寻常衣裙，道，"走吧。"

"还是你细心，"阎士和打量一番她的穿戴，红罗衫金泥裙，玉钗飞髻，不由得赞道，"还是这般打扮好，更衬我的兰妹姿容艳丽。"

"巧言令色……"她双颊一红，嗔道。

"对着你，一辈子巧言也说不尽。"他笑道。

"这是在何处，不许浑说！"

"好，我们走吧。"

两人说着出了开元观。阎士和雇了一辆犊车，让李冶坐在其中，自己亲自赶车，一路往竟陵而去。行了大半日，来到城中已是傍晚。阎士和将车停在一座楼阁前，扶李冶下车，道："就是此处了。"

"思兰阁，"她望了眼牌匾，道，"这名字，倒是与我有缘。"

"是呀，我初见此名，便觉是为你题的一般。"他迈上台阶，将手一伸道，"你总说想看戏，今日便让你如愿。请吧，兰妹。"

她嫣然一笑，随他踏进思兰阁。阎士和早已定好了二楼雅座，两人坐下来，要了些酒菜，边吃边看。

思兰阁虽是今年才落成，但演戏的却是老戏班子，在竟陵已小有名气。如今有了这专门的表演之处，加上精彩的戏码，雅致的环境，成了最热闹的所在。此时楼下的大戏台上，正演着一出歌舞戏，戏名为《代面》。讲的是兰陵王与北周军队大战于金墉城的故事。

这出戏一展角抵戏的精髓，表演时亦斗亦舞，紧张好看。饰演兰陵王之人，头戴面具，身披紫袍，腰缠金带，右手舞动软鞭，与两名饰演北周敌军的人缠斗，演到精彩之处，看客们纷纷鼓掌叫好，气氛热烈。

"兰陵王是有名的美男子，因为相貌太过柔美，才戴上面具出战，用以震慑敌人。"阎士和饮了杯酒，指着戏台道，"不知这张面具之下，是怎样一张脸。"

李冶此时已有些微醺，笑道："我也很想知道。"

"不如你我打个赌？"

"赌什么？"

"就赌急口令，谁说错了，便去揭开那'兰陵王'的面具，如何？"

"好呀，我最会这个，你便等着输吧！"李冶来了兴致。

“好，那我先说一个，你来学。半边莲，莲半边，半边莲在山涧边。”

“这有何难，”李冶轻松说完，道，“该我了。三山四水春常在，四水三山四时春。”

阎士和也毫不费力地学了一遍。

“哎呀，还真是难不倒你。”

“那是自然。”

两人口如坠珠，又对了好几回合，这次轮到阎士和出题。他一心想逗她输，一边行令，一边不住地给她斟酒，此时见她眼神迷离起来，便贴近道：“兰妹，我这一题是……我要阎郎作郎君。”

“我要阎郎作郎……郎……”她蓦然羞红了脸，咬着唇说不出话来。

“哈哈哈，你输了！”他拊掌大笑道。

“你……你耍诈！”她又羞又恼。

“愿赌服输，兰妹可不能食言！”

“罢了，”她心中虽恼，却也甜蜜，加上确实很想看看那面具下的真容，又有酒劲上头，便起身道，“去便去，我猜那张脸，一定不如你。”

他搀扶着她，两人一起走下楼。此时戏已到了尾声，北周敌军被兰陵王战得弯腰屈膝，且舞且退，三人已舞到戏台边上，就要演完下场了。

她拂开他的手，来到“兰陵王”身前，醉笑道：“我来看看你……”“的脸”二字还未出口，却见那“兰陵王”好似突然僵住一般，直挺挺站着，全然忘记了正在表演的戏码。

台下的看客们见演出骤停，不满道：“别捣乱呀！”

“是啊，接着演啊！”

听到众人叫嚷，她的酒醒了三分，想要退开，却被那“兰陵王”面具后的一双眼深深攫住了心魂，动弹不得。

在那双眼里，闪动着火焰一般的泪光。

“你是谁……”看着这双眼，她竟忍不住落下泪来。

“兰陵王”颤抖着抬起手，移到面具上，就要揭开。

阎士和此时走上前来，一把将她揽进怀中，道：“兰妹，你怎么哭起来了？”

“阎郎，他……”她看向阎士和，泪眼中带着迷惑。

“我们不看了，走吧！”

面具上的手顿住了，随后缓慢地垂下来，连同那双炽热的眼眸，全身的力气尽数抽出，像一具断了线的皮偶，空洞的躯壳强撑着，摇摇欲坠。

……

“兰陵王，你忘记战斗了吗？”饰演北周敌军的一人，见表演无法继续，举起短剑，大喝道。

“难道你心甘情愿，败在我北周的铁蹄之下？”另一个北周敌军道。

“来呀，出招啊！”

“举起你的武器，我们还未分胜负！”

这两人的话起了作用，“兰陵王”重新抬起头，右手的软鞭舞动起来，向他们疾甩几招，北周敌军被他的威武震慑，节节败退。三人终于完成了这出戏，退下场来。

阎士和搅着李冶出了思兰阁，道：“兰妹，你究竟怎么了？为何哭了？”

街上灯火通明，她看着熙来攘往的人群，终于收回神思，道：“我认错了人。”

“谁？那个兰陵王？”他觉得不可思议，“他戴着面具，你如何认错？”

“他的那双眼……”想到那眼神，她心中又一阵抽痛，“是谁，他是谁……”

“别想了，天色已晚，我送你回去。”

“好，”她被扶上车，刚坐定又道，“阎郎，过几日你再带我来。”

“好，你想来几次都行。”

两人回到开元观，临别时约定三日后仍去思兰阁看戏。阎士和守约，接下来的日子里，两人又去看了几回戏，却再未演过那出《代面》。李冶向班主要来花名册查找，翻遍了所有册子，也不见她要找的那个人。

终于一日，李冶看罢戏对班主道：“三日后是我最后一次来此看戏，我想再看一次《代面》，还望成全。”

班主答应下来。

三日后，又是傍晚时分，李冶与阎士和一起来到思兰阁。几出戏后，《代面》开演了。还是那般戏服打扮，还是那般载歌载舞，可面具后的“兰陵王”却不是那人。

李冶在台下看了许久，终于垂下眼帘。

“是他吗？”阎士和问道。

她摇摇头，凄然一笑。

“那日你或许真的看错了，我们走吧。”

“好，”她又盯着戏台看了片刻，随后环视一周，道，“走吧，不再来了。”

两人携手往外走，正要迈出门时，耳边响起了一首婉转动听之曲。一男一女两个声音缠绵交叠，哀婉凄迷，唱着一首离别的挽歌。

> 妾梦经吴苑，君行到剡溪。桃源花好春日暖，难解游人思归意。
> 流水山门外，孤舟日复西。人间转瞬成沧海，哪得故人诉别离。

是那出歌舞戏《阮郎归》。李冶顿住莲步，静静聆听着，却不敢回身。

不多时，男女对唱也渐渐隐去，清曲之中一个声音吟诵着，字字分明："离情遍芳草，无处不萋萋。归来重相访，莫学阮郎迷。"

她浑身一颤，再也忍不住，转身向台上望去。

一个少年长身玉立，泪眼闪烁，正凝望着她。

"季兰姐姐。"

"你……你是……你是疾儿?"

不知谁人说道："他是这戏班的伶正，名唤陆羽。"

"陆……羽。"李冶将这两字轻轻在齿间念了一遍。

陆羽迈步走下台，来到她身前，道："姐姐，你的疾儿长大了。"

第二卷　访茶江湖

茶，是人在草木间。不仅仅是一个名字，更是一份情缘、一个约定，是人与大自然的联结，是天人合一的境界。

……只有在做茶事之时，他的内心才是圆满丰足的，没有丝毫烦恼与杂念，透明如清泉，宁静如深潭，仿佛融化在柔暖的时光里。或许，这便是他的天命所在吧。

十、念慈亲不待，思静风不止

“疾儿……”李冶抚上陆羽的面颊，熟悉又陌生的感觉萦绕在心头。

陆羽望着李冶，思慕与哀怨在眼底流转，“难道，季兰姐姐已经忘了我吗？”

李冶含泪笑道：“我只有你这一个弟弟，怎能忘记？”

听到“弟弟”两字，陆羽嘴角微微抽搐了一下。

“你不是出家为僧了吗，怎么会在此处？”李冶极为不解。

“此事说来话长。”陆羽说着，只觉周围的光亮忽得灰暗下来，大幕垂落，到了曲终人散之时。

“兰妹，他便是你要找之人？”阎士和走上前道。

“正是。阎郎，他便是与我从小一起长大的弟弟，”李冶兴冲冲地对阎士和道，“没想到他改了名字，怪不得我查遍了花名册，都没有陆疾这个人！”

“找到便好，这下你可以安心了。”阎士和看向陆羽，笑道，“你姐姐成日里把你挂在嘴边，今日一见，果然不凡！”

陆羽听他说话的口吻颇以姐丈自居，心中隐痛却不便失礼，对他略点了点头。

“疾儿，这是阎公子，你以兄长相待便是。”李冶上前拉起陆羽的手，细细端详了一番道，“长高了不少，人也精神了，”说着眸中又泛起泪光，“我还以为，再也见不到你了……”

陆羽见她为了自己又是欢喜又是落泪，失落的内心升起一丝满足感，道：“姐姐，别伤心了。”

“是呀，好不容易姐弟团圆，你难道要在此一直哭下去？”阎士和揽住她的肩头，柔声道，“咱们找个地方坐下来，好好叙叙。”

“好，”李冶擦擦泪，“是我糊涂了。”又对陆羽道：“疾儿，咱们走吧。”

陆羽答应一声，想走到李冶身侧，却见她被阎士和紧紧揽着，不由得自嘲地笑笑，不远不近地跟在二人身后，一起出了思兰阁，上了一家酒楼。李冶张罗了一桌饭菜，全是陆羽爱吃的菜肴，一边忙不停地为他夹菜，一边道：“快告诉我，这几年来你去了哪里，是怎么过的？”

陆羽喉头哽着千言万语，但此时他与李冶之间横着第三个人，无论如何也开不了口，便闷头吃着碗里的菜，压下心中涌起的阵阵苦涩。李冶见他一言不发，便停住了夹菜的手，饭桌上一片沉寂。陆羽抬起头，李冶正静静注视着他。

“季兰姐姐……”

李冶对身旁的阎士和道：“阎郎，可否去街上帮我买些樱桃毕罗来？”

阎士和会意，起身下楼而去。

沉吟了半晌，李冶道：“既知我来寻你，为何要躲着不见？”

“那你呢，临走之前，为何不给我留下书信？”

“爹爹告诉我，你已遵照师命，在龙盖寺出家为僧，不让我再去打扰你修行，硬是逼着我将给你写好的书信撕掉了。后来我多次到龙盖寺去，恳求见你一面，却都被他们拦在了山门外。”

“原来如此。”陆羽怨道，“阿叔和师父竟然一起蒙骗你！”

“不，我想是爹爹为了让我死心，才让龙盖寺的僧人拦住我的。”

“师父一向教导‘出家人不打诳语’，可他自己却对你撒了谎！”陆羽想起在龙盖寺中最后那段日子，压抑已久的委屈、酸楚一下子涌上来，心潮难平。

“你不知道吗？智积法师他老人家，早在两年前便圆寂了。”

“什么？”陆羽手一抖，筷子掉在地上，“师父他，圆寂了……”

“是，法师于两年前的一个秋日，在龙盖寺中安然圆寂。爹爹闻之十分悲痛，但因路途遥远、身体老迈，没能前往拜祭，所以也不知道你并未出家之事。”

“两年前的秋天，正是我刚逃出来不久。”陆羽蓦然想起，他最后一次给师父献上茶茗粥时，法师面容憔悴、声音沙哑。原来那时，法师的身体就已……怪不得他那么心急，想要将衣钵传于自己，而自己却在他病重之时撒谎逃了出来，害得他病情加重，没多久便……陆羽不敢再想下去，懊悔与悲痛狠狠撕扯着他，眼泪喷涌而出。

“疾儿，你与法师之间到底发生了什么事？”

“是我，是我气死了师父！”陆羽泣不成声。哭过以后，将那次李冶离去之后，自己所经历的一切一股脑儿倒了出来。李冶随着他的叙述，心情也起起落落，不住叹息。

“若不是我负气出走，师父他就不会那么生气，也就更不会……”陆羽说着眼圈又红了。

“不，疾儿，你陪伴法师那么久，却从未真正懂他。”李冶抚上他的手，柔声道，“法师从未生过你的气，他对你的慈爱比海还要深。”

“为何这么说？”陆羽不解地望着她。

“想想你逃出龙盖寺那一晚，法师究竟对你说了什么，又做了什么？”

陆羽平复了一下心情，仔细回忆往事。那晚师父轻易便相信了他的谎言，让他有机会到斋堂取到了小刀，放他回了自己的屋子。整个晚上，除了慧一在房门上插了一个形同虚设的门闩之外，没有安排任何人看守他。他躲入戏班的道具箱里时，慧一明明发现了他夹在外面的衣角，却转身而去……他自以为成功地出逃，原来师父全部了然于心。

“师父他，故意放了我？”

李冶点点头。

“那他为何不直接对我说？”

“他想看看，你学儒的心意究竟有多坚定。”

“师父对我屡试贱务，最后更是将我关在柴房中，受尽慧一的责打。即便如此，我仍是不改初衷，难道这样还不足以显示我的决心？”

“世事无常，你若学儒便注定要离开龙盖寺。法师已抱病在身，我爹爹也年事已高，他们都不能再照拂你多久。那时你独自面对外面的大千世界，有无数繁华诱惑在你眼前，更有无尽的阴谋险恶在等着你，若没有强健的身骨、坚定的志向、聪慧的心智，又如何平安地立身于世？”

“师父原来是在历练我。”

“父母之爱子，则为之计深远。法师对你又何尝不是如此。”

陆羽听了此言，一瞬间，那夜师父对他说过的话，一句句重回耳边。

“一个人做事，永远都不要违背自己的本心。”

“是，疾儿知道了。”

“这么说，你的心意已经坚定了？”

“坚定了……”

“大声说！”

“坚定了！”

“师父……”陆羽眼前浮现出智积法师的面容，平静庄严，慈爱深沉。原来那夜师父的话是对他最后的教诲，最深的慈爱。

“我好愚钝，辜负了师父的一番苦心！”陆羽自责道。

“只要你能坚持心中的理想，慈悲地对待万事万物，法师的在天之灵一定会永远守护你的。”李冶轻拍他的后背，劝慰道。

“姐姐……”陆羽回头望着她，两人相视垂泪。

“呦，怎么我下去一会儿，姐俩儿哭成这般。”阎士和拎着热腾腾的樱桃毕罗，立在楼梯口道。这樱桃毕罗是如今大唐最时兴的一种小吃，半透明的面皮包裹着鲜红的樱桃馅儿，外观鲜嫩诱人，滋味酥软香甜，李冶最是爱吃。

二人忙拭了泪。李冶接过樱桃毕罗，三人重新用饭。李冶问起陆羽在戏班中日子如何，陆羽说因为自己擅长编写戏本，赵苍已让他做了伶正，平日里主要教习众人演戏，极少上台表演。那日的《代面》也是临时补场的。那思兰阁是因一位贵人与刺史李齐物的扶持才建成的，如今戏班蒸蒸日上，日子也过得踏实舒心。

“我们疾儿真是有出息，这么年少便做了伶正！”李冶颇为他感到自豪。

用完饭，三人出了酒楼，阎士和道：“兰妹，我送你回去。”

“姐姐，你住在何处？”

“江陵城的开元观。”

“开元观？你住在道观？”陆羽吃惊道。

“是，一年多前，爹爹将我送到开元观修行。”

“阿叔为何这样做？”

“爹爹说我及笄之年命中有坎，要在道观中修行两年，方可化解。不过日子也快了，再过几个月便可还俗归家。”

“那便好，”陆羽舒了一口气，不舍地望着她，“那我们……”

“你先回去好好歇息，过两日我便来看你。”夜风寒凉，李冶伸手为他紧了紧衣衫。

“嗯！”陆羽点头，仍是不舍，生怕她这一转身，又是无尽的离别。

“听话，回去吧。”李冶柔柔一笑。

“好”，陆羽对她挥挥手，“季兰姐姐，我在思兰阁等你。”

“等着我。”李冶目送他走到路尽头。阎士和道：“‘思兰阁’三字，原来真是为你而题。”

“这个傻孩子。”李冶一笑，眼中满是宠溺之情。

“走吧。”阎士和说了一句，径自上了车。李冶跟上坐入车中。两人一路无话，李冶的神思还未从与陆羽重逢的喜悦中抽出。阎士和望望她，若有所思。

陆羽一路魂不守舍地回到思兰阁，与李冶重逢的喜悦、师父圆寂的悲痛萦绕在他的胸口，令他感到筋疲力尽、难以承受。来到自己房中，再次打开装“宝贝”的小木箱，这木箱还是师父给他的，如今却成了师父留给他的唯一之物了……他哀叹一声，将里面之物一件件取出来抚摸。东西虽少，但每一件都寄托着别人对他的慈悲与关爱。在拿起李冶给他缝制的衣裳时，里面竟掉出一物。

拾起一看，是一只木蟾蜍。这木蟾蜍与陆羽小时候送与李冶的那只不同，略大一些，木质清香，抽出蟾蜍口中的小木棒向背脊处一刮，发出清亮的“呱呱”之声，如蛙叫一般。这是谁放进来的？

他将木蟾蜍倒过来查看，见蟾蜍的肚子上刻着两个字，笔力精深——“慈悲。”

看到这两个字，他的眼泪又夺眶而出，他如何忘得了师父的笔迹。但他不知道的是，这木蟾蜍便是他三岁那年随李济善出寺当晚，智积法师一夜刻就的。

“天地万物皆有慈悲，救你的也是慈悲。”既然是慈悲救了他，他便要回报他人以慈悲，陆羽想。

抚摸着木蟾蜍，他心中的悲痛渐渐被师父的慈悲心化解，一团温暖、喜悦、安详的柔光轻轻包裹着他，将他曾经的委屈、怨恨、恐惧、愧疚尽数抚去，就像回到摇篮中一般，安抚着他进入梦乡。

待次日醒来时，陆羽觉得心中已充满了光明与力量。他将木蟾蜍放在平日读书、写戏本的书桌上，提醒自己常思师父教诲。又穿上李冶给他缝制的衣裳，走出房间。赵缨正在院中练剑，见他走来，称赞道：“哟，这身衣裳真不错！”

“是季兰姐姐早两年给我做的，没想到今日穿上正合身。”陆羽轻快道。

“听说你们俩昨日相认了，可惜我刚回来，没能一睹芳容。”赵缨失落道，“他们都说，你那姐姐长得如天仙一般！”

陆羽扯扯衣角，不好意思地笑了笑。

“害羞了？”赵缨收住剑，走上前瞅着他，笑道，“整日里姐姐长、姐姐短，这下终于团聚了，是不是睡觉都能笑出声来？”

陆羽脸更红：“莫说我，你也好不到哪儿去，初晨随李大人进京述职，你还不是送了一程又一程，真是‘何处是归程，长亭更短亭’！”

“你讨厌！”赵缨嗔他一句，眉梢显露出一丝忧虑，“他说李大人此次进京，或许会遇到些麻烦。虽不知是什么麻烦，但还真有些担心。”

“不会是因为处置了那个王县令，朝中的李林甫不悦了吧。”陆羽思忖道。

“李大人上任一年，咱们这儿比先前安定富足多了，真是个难得的好官，希望他能一切顺利！”

“李大人是大唐宗室，身份贵重，想必不会有事的。”陆羽宽慰她道，但自己也颇为不安。

长安城，广平王李豫府已被羽林军包围了整整一日。

“王爷，这天怎么忽然起风了？”沈妃为李豫系好披风，依偎着他道。

李豫望着庭中摇曳不止的松竹，道：“天意难测，本王此次也难以推测究竟。”

“臣妾记得，适儿满月时圣上曾召见过我们母子，那时他抱着适儿，笑得那么慈祥，与普通的家翁没有任何区别，为何……”

李豫忙止住她的话：“风太凉，我们进去吧。”说罢与沈妃回到书房中。

十一岁的李适正在书桌前专注地写着字，年初他刚被封为奉节郡王。

李豫走上前俯身看去，是一首《祝寿诗》。

“适儿这幅字写得不错。”李豫对沈妃道。

“孩儿已经练了许多遍了。”李适放下笔，举起旁边一叠写好的字道，“这是之前写的，都没有这一幅好。”

沈妃笑着拍拍他脑袋，道：“这孩子，一点儿也不知道谦虚，你父王赞你一句，便自夸起来了。”

“母妃……”李适拉长了声音，害羞得去拉沈妃的衣袖。他虽已是少年模样，但在沈妃面前仍偶尔露出撒娇之态。

“多大了，还这般痴缠！”沈妃笑着抽回袖子，走到李豫身边。

“还不都是你惯的，”李豫摇摇头，又道：“父王问你，为何要练这一首诗？”

“孩儿想在圣上寿辰之时，将这首《祝寿诗》献给他老人家，好让圣上欢心，祖父宽慰。”李适口中的祖父，便是李隆基之子，李豫之父，当今太子李亨。

李豫与沈妃都没料到他会这么说，不由得相视一眼，心中甚慰。李豫道：“若是献给圣上，这字还得再精进些，来，父王教你。”说着，铺上一张新纸，手把手教李适写字。沈妃含笑看着父子俩。

三人在书房中练字到入夜，外面通报道：“高公公到！”

李豫手一抖，将笔往李适手中一塞，慌慌张张便要往外迎。沈妃上前挽住他的手臂，低声道：“王爷，稳住神。”李豫看她一眼，点点头，迎了出去。

高力士手托圣旨，被几个皇宫内侍簇拥着走进来道：“广平王李豫听旨！”

李豫跪倒在地：“臣在。”

“太子李亨，与外戚韦坚、边将皇甫惟明私下相会，其行不端，其心难测，现命宰相李林甫全面彻查此事。在此期间，太子李亨及其诸子、家眷全部在各自府中禁足，不得与任何人往来，钦此！”高力士宣旨完毕，对李豫道：“广平王，接旨吧！”

“臣接旨！”李豫叩头接旨，站起身，从怀中摸出早就准备好的一枚价值连城的美玉，塞到高力士手中。

“王爷，您这是……”高力士稍让一下，便揣入怀中。

“承蒙公公平日里多番照顾，本王只是略表心意。”李豫走近高力士，压低声音道，“本王既为臣，又为子，遭逢此事实在难安，还望公公稍稍透露一二，究竟是何事？”

高力士瞥了他一眼，低声回道：“王爷，这回的事来势汹汹，可不太好。”

“什么罪状？”

“李林甫的奏本是‘太子勾结外戚，密谋自立’。”

“啊！”李豫惊叫一声，连忙止住，随后对着高力士作揖道，“父亲一向忠孝谨慎，绝不会有此事，恳求公公多在圣上面前美言！”

高力士没有答话，沉吟了半晌，道：“王爷若为太子着想，就千万要沉住气，禁足期间，决不能与任何人相见。”

“好，全听公公之言！”李豫又一番作揖，将高力士送走之后，整个人失魂落魄地回到书房，险些绊倒，被沈妃搀住坐下。

“王爷，臣妾听旨意说要将我们禁足，到底出了何事？”

李豫抚住她的手，叹息道：“父亲真是糊涂！我大唐自武后乱政以来，对外戚一向十分忌讳，他竟私下与母妃的兄长韦坚相会，旁边还有边将皇甫惟明，这不是落人口实吗！李林甫因为当初未曾拥立父亲为太子，一直怕父亲继位以后对他不利，早已虎视眈眈，等着抓父亲的把柄，好蛊惑陛下废太子。此番正好落入他的手中。”他口中的“母妃”是太子妃韦氏，并非他去世已久的生母吴氏。

沈妃大惊，道：“李林甫奸诈，谁人不知，圣上难道真的会相信他？”

“若无几分信任，他何以做到宰相之位。”李豫咬了咬牙，“不过，圣上对父亲还是顾念的，圣旨中对此事也并未定性，不然也不会只是禁足而已。”

“那我们该怎么办？”

"等。"李豫对沈妃苦笑一下，"从未想到，嫁给我也会遇到这种事吧？"

沈妃柔柔一笑："王爷素来公务繁忙，这次能在府中多陪伴我们母子几日，臣妾欢喜还来不及呢。"

"孩儿也欢喜，父王正好可以教孩儿练字！"李适走过来道。

"好，我儿心胸比本王宽广。"李豫笑道。

"扑棱，扑棱"，书房的屋顶上传来两声响动。李豫抬起头，只见屋顶的瓦片竟被掀起一块，露出一个天洞。一张脸正从洞外向他望来。

李豫迅速起身，抽出腰间佩剑道："屋顶何人！"

十一、西风凋碧树，相思摧心肝

"嘘，"那人对他做了个噤声的手势，"是我，李复。"

"初晨？"李豫皱着眉头仔细分辨，声音确是李复，只得压低声道，"你怎么爬上去的？快离开，我父亲遭了李林甫的构陷，陛下将我们禁足于府，这四周都是羽林军，被他们发现可不得了！"

"我与爹爹已听说了此事。你放心，你没有与我往来，我只是在屋顶赏月罢了。"李复"嗤"的一笑。

"晚辈求求您老，趁他们没发现，快走吧！"李豫对着屋顶央求道。

李齐物一支在大唐宗亲中辈分很高。按辈分论起，李齐物是李隆基的族叔，而李复则算是李豫的族祖辈。除了宗室之亲，李齐物曾做过太子李亨之师，两家渊源极深。

"罢了，不好玩！"李复收起了嬉笑，道，"爹爹让我来告诉王爷，他明日面圣，定会为太子尽力分辩，请王爷莫要过分忧心。"

"多谢李大人一片心意！"李豫感激不尽，长揖到地，待直起身时屋顶的瓦片已合拢如初。李豫听了听外面动静，无人察觉，这才长舒一口气。为免外面羽林军起疑，匆匆熄了书房的灯，吩咐阖府赶紧睡下。

次日朝会散去后，李隆基在大明宫中召见几位大臣，询问太子李亨之事。

李林甫作为宰相，又是上奏弹劾李亨之人，首先道："陛下，上元佳节当日，刑部尚书韦坚与陇右节度使皇甫惟明在宫外携手夜游，之后又与太子在景龙观中密会，深夜才归。韦坚身为太子妃兄长，以外戚的身份私自结交边将，分明有所图谋，想必是替太子着急，想要尽快拥立新帝，做开国功臣。如今陛下龙体康健，春秋鼎盛，他们便如此蠢蠢欲动。臣身为宰相，为了对陛下的忠心，甘冒得罪太子之险，也不得不将此事禀明，还请陛下明察，防患于未然。”

李隆基一直面沉似水，听了这一番话脸色晦暗起来。

此时走出一位大臣，年近四旬，英俊清雅，是礼部尚书崔国辅，他向李隆基拜道：“陛下，上元佳节乃节庆之日，我朝自开国以来，除遇特殊年份，每至此节必是普天同庆，王公贵族皆到各大道观中聆听教法，祈祷福祉。百姓们在此日阖家团圆，同游街市，可算一件乐事，也是我朝繁荣鼎盛之相。陛下也多次在五凤楼与民同乐。韦坚虽为朝廷官员，但节日之时出外夜游，也无违礼之处，想必与皇甫惟明也是在游玩中偶遇。至于太子是否与他们在景元观中密会，此事尚未查实，不宜定论。即便太子与二人同游，恐也是途中巧遇，又逢着佳节，不愿端着架子，拒人于千里之外罢了，彼此问候寒暄几句，也在情理之中。”

李隆基听了脸色稍缓，李林甫却马上道：“崔大人说得对，上元佳节确实是团圆之节。韦坚乃太子内兄，皇甫惟明乃太子好友，可不是‘团圆’吗！”

“李大人，话可不能这么说。”崔国辅蹙眉道。

“是啊，敢问李大人，您的上元佳节是与谁同过的？莫不是在宫中留守吧！”

李林甫转身一看，说话的是襄州刺史李齐物。他面露微笑，道：“李大人从襄州回京了？不知一切可好？”

李齐物道：“襄州得陛下恩德普照，百姓安居乐业，一片大好。”

李林甫早已得知王达理在去年秋后就被问斩了，但王达理所作所为实在叫人难以为他脱罪，也只好先忍下这口恶气。没想到李齐物今日又在太子之事上与自己唱反调，实在可恶至极，非得找个机会报复回来不可！他心中恨极，但面上却丝毫不露，笑道：“李大人在襄州屡断冤案、执法如山，实在是令人敬佩。怪不得襄州百姓都纷纷称赞，视您为头上青天。恐怕再过几年，他们便只识得李大人，而不知陛下了！”

此话阴毒无比，李齐物赶忙向李隆基拜道：“陛下，襄州百姓日日感念皇恩浩荡，称颂陛下圣明！”

“好了，莫再牵扯其他，今日只论太子之事。”李隆基道，“两位卿家都是大唐宗亲，你们便来说说看，此事该如何定论？”

李齐物道：“陛下，太子为人一向忠厚仁孝、谦恭谨慎，当年您便是看中他的品行，才将其立为太子。八年来，太子孝君父，远百官，一向恪守本分。此次上元佳节，不过巧遇大臣，一时贪游罢了。以陛下之圣明，必能明察其中原委。”

李隆基此时终于点了点头，对李亨的猜疑消解了不少。李林甫察言观色，暗道圣心已转，正在琢磨怎么办，太监通禀道："陛下，监察御史杨国忠有重要证物呈上！"

"宣。"

杨国忠手托证物，上得殿来，拜道："陛下，臣在太子府中搜出一物。"

"何物？"

"乃景元观中的一枚卦签。此卦乃一'剥卦'。"

"卦意为何？"

"臣……臣不敢说。"

"恕你无罪。"

"是。此卦签上的附诗为'非都是都，非皇是皇，阴霾既去，日月复光'。意思是说，将有一位'非皇是皇'之人，搅弄风云，改天换地。"

此言一落，李隆基与李齐物、崔国辅皆惊骇。

李林甫眯眼看着杨国忠，心道此人很听自己的话，做事够狠够毒。仅仅只是一个授意，杨国忠便来了个无中生有，弄了一出太子以巫术谋国之事，真是好手段。他趁势道："陛下，这'非皇是皇'之人，除了太子，还有谁能当得起呢？"

李隆基神色大变，眼中浮现怒意。

"陛下，臣略通周易，此卦乃周易第二十三卦，意在警示求签之人，远离是非小人，否则将会遭到陷害，并无映射社稷朝政之意。何况，此卦签是否乃太子求得，并无确凿证据，不应妄下定论。"崔国辅出言打破沉寂。

李齐物也道："崔大人说的极是，此卦签来历不明，且不说有人故意栽赃构陷，就算是在太子府中找到的，也不能说明就是太子所求。望陛下明断！"

"栽赃构陷？两位大人的意思是说国舅杨大人栽赃太子？"李林甫道。

李齐物、崔国辅见他将"国舅"两字咬得重重的，就知道他在用杨贵妃暗示皇帝，想勾起皇帝对杨贵妃的宠爱维护之心，选择听信杨国忠的谗言。

果然，李隆基冷哼一声，道："太子若持身正直，又岂能招惹如此是非？"

"陛下，太子此番或有不当之处，但对您的忠孝之心有目共睹，必不会做出此等事来。"李齐物道。

李隆基沉思不语。

"陛下，外戚之势不可壮大。您还记得当日武后乱政，韦后弑君，皆因外戚势力过大而起……"李林甫缓缓道。

李隆基将手一抬，制止他再说下去。独自沉吟了半晌，终于道："韦坚身为外戚心怀叵测，招惹事端，贬为缙云太守。皇甫惟明，野心冒进，挑拨是非，贬为播州太守。太子李亨，行事不端，亲近外戚，皆因太子妃韦氏从中挑唆。废……"

听到这个"废"字，诸臣皆绷紧神经，有人惊恐，有人欢喜，等着李隆基的裁决。

"废太子妃韦氏，命其削发为尼。罚太子李亨及其诸子禁足一月，在府中反省悔过吧！"说罢，起身拂袖而去。

诸臣皆没反应过来。李齐物、崔国辅没想到皇帝对太子还能有所维护，李林甫、杨国忠则大失所望，恨得牙根痒痒。下朝后，杨国忠跟在李林甫身后，道："李大人，咱们接下来该怎么办？"

李林甫冷笑一声，道："今日也不算毫无所获，圣上既然处罚了韦家、皇甫家，便是已对太子生了猜疑之心。一旦圣心动摇，只要我们日后再加把力，扳倒太子便指日可待。"

"李大人真是英明。可恨那李齐物、崔国辅一直在圣上面前替太子求情，二人日后必是祸患。还有那韦坚、皇甫惟明，若留他们活着恐怕夜长梦多，下官建议……"杨国忠说到这里，与李林甫对视一眼。

李林甫狞笑一下："杨大人之意与本相不谋而合。"

杨国忠凑近道："长安到缙云、播州之间路途遥远，途中遭遇什么不测也是很有可能的。如若路上难以得手，下官便再查出些罪名来便是。"

李林甫满意地点点头。杨国忠接着道："那李齐物与崔国辅呢？"

"哼，你没看出来吗？圣上今日虽宽恕了太子，但对为太子求情之人已然心生不满。他二人在为官上虽难以挑出差错，但只要我们时时在圣上面前提醒他们心向太子，你说圣上会如何呢？"李林甫笑眯眯地看着杨国忠。

"下官懂了，必叫他们远远地滚出长安！"说罢，两人一起大笑起来。

当夜，李豫在府中接到圣旨，愁叹不已。

"王爷，圣上还是顾念父亲的，你也不必太过忧虑。"

李豫长叹一声："仅凭一份子虚乌有的构陷，便废掉了母妃之位，两位重臣贬官外地。朝中李林甫、杨国忠仍在伺机而动，圣上对父亲也生出了怀疑之心。此次危机可以安然度过，有赖于李大人、崔大人相助，但以李林甫之为人，睚眦必报，恐怕日后还有更大的风浪在等着我们。"

果不出李豫所料，一个月后，李亨及诸子刚刚取消禁足，便得到两个消息：

韦坚在去缙云上任的途中意外身亡；皇甫惟明又被杨国忠罗织了新的罪状，终被赐死。

又过了半个月，李林甫在朝中弹劾李齐物、崔国辅为臣不恭，对天子怀有不敬之心。李隆基龙颜大怒，将李齐物贬为竟陵太守，崔国辅贬为竟陵司马。

“阿羽，李大人他们回来了！”赵缨欢喜地进来道。

陆羽正与李冶在思兰阁后院中饮茶茗，被她吵得一惊。

“对不住，打扰你们了。”赵缨抱歉道。

“李大人回来了，那初晨呢？”陆羽向她身后张望。

“还是鸿渐好，心里有我！”李复从外面踱了进来。

李冶起身对陆羽道：“你们聊，我先回去了。”

“这位便是盛名在外的兰女冠吧？久闻大名，在下有礼了！”李复一揖道。

李冶连忙还了一礼。

“她正是我的季兰姐姐。”陆羽转身对李冶道，“我已让王师兄备好了车，送你回开元观。你回去好好歇息，我过两日便去看你。”

“好。”李冶对众人颔首行礼，走了出去。

李复见她走了，一捶陆羽肩头，道：“你这姐姐，简直惊为天人啊！”

“不许拿她取笑。”陆羽拂开他的手，“这次进京如何，缨儿说担心李大人有麻烦，是否一切顺利？”

“哎！”李复撇撇嘴，“不太顺利，爹爹被贬官了。”他将事情简要说了，陆羽、赵缨虽不懂朝政，但也读过不少戏本，懂得分辨忠奸。

“那李林甫、杨国忠就是戏本子里的大奸臣！”赵缨气愤道。

“你说的广平王我小时候见过的。”陆羽道。

“你见过李豫？”李复难以置信。

“是。”陆羽将前缘说了，李复不住称奇。赵缨道：“这么厉害的过往，你怎么都没提过？”

“这些旧事有什么好说的。初晨，你见到世子了吗？”

“你说的是李适吧？”

“正是。”

“好像长高了不少，那天太晚了，没看清。他现在已经是奉节郡王了。”

“希望上天保佑他一切安好。”陆羽盯着桌上那碗清亮的茶茗，道，“我本以为，生在皇室之家，他定能活得富贵安乐，没想到会经历这么多风雨。”

“这些算不得什么。要知道，权力中心必定布满荆棘。身为皇室之子，如何在狂风暴雨中生存下去，更是必须要经历的考验。”李复一改往日嬉笑，正色道。

陆羽神色一凛，李复这种举重若轻的态度令他心生佩服。想必李复成长至今，也经受过不少考验。而他从不将个人喜悲放在心上，处处行侠仗义，洒脱地对待世事，给他人带来乐观与光明。这也是一种慈悲之心。

陆羽将茶茗举起，捧到李复面前道：“初晨，你的心胸令人敬佩，我敬你。”

李复没想到他如此正经地来敬自己，便郑重接过，饮下道：“此物清雅，苦后回甘，比饮酒更显志趣。”

陆羽若有所思道：“初晨真是我的良师益友。往日我常以自己是个孤儿自伤自怜，觉得天下人皆没有我苦悲。可今日听了初晨之言，方知人生在世，各有其苦，也各有其乐。出身乃命定，但未来却可以掌握在自己手中。只有奋力追求，方能不负此生。”

“你说得对，我们都要不负此生！”李复笑道。

“还有我，也要巾帼不让须眉！”

“知道，我们缨儿是要做侠女的！”陆羽、李复一起笑道。

陆羽、赵缨帮着李复安顿下来。李齐物虽遭贬官，但身为竟陵太守，官署就在竟陵城中，离思兰阁极近，倒是一件可幸之事。

过了两日，陆羽到开元观中看望李冶，谁知她竟病了。

“季兰姐姐，觉得怎么样？”陆羽在床边坐下，察看她的气色，心中盘算着回去如何为她调制药方。

“就是有些伤风，不打紧的。”李冶靠在软枕上，神色落寞。

两人静对了良久，陆羽忽地道：“我知道你的心事，你不必瞒我。”

李冶一惊，眼光转向窗外。陆羽来到书桌前，上面铺着一张她新作的诗稿：

惆怅白日暮，相思明月空。
罗衣春夜暖，愿作西南风。

他咽下心头的酸楚，沙哑道：“你与阎兄，是不是已经定了情？”

她没有答言。

他又问：“那他是否说过，几时归来？”

她仍是不说话。

他轻叹一声，将诗稿重新放好："姐姐能否告诉我，你倾慕阎兄什么？"

她终于从窗外移回眼神，轻声地道："我倾慕他的才华诗情、温柔体贴。从小到大，从未有人像他这般温柔地对待我，愿意倾听我所有的心事……"

他听了此言，不由得苦涩一笑："我没想到，姐姐还有心事不能说与我听。"

她摇了摇头："不，你不了解，这些心事也是在我入道观修行之后，才逐渐体会到的。或许就像那日我们在竟陵西湖边说的，有些事只有长大之后才会明白。"

原来是因为这缺失的两年，陆羽想到。

这两年里他与李冶互失音信，她是如何误以为自己出家为僧，又是怎样被送入道观，遇到过什么样的人，经历了哪些挣扎，这些他全然不知。而此时有阎士和这样的人出现，非但才貌双全还能为她分担忧愁，也难怪她会倾心。

想到此，他削减了对她的埋怨之情，恨自己没能陪她一起度过："姐姐，我现下已经在你身边，你有事一定要告诉我，莫要憋坏了身子。"

她叹息一声："既然你都猜到了，我也不再瞒你。我与阎郎确实已有了今生之约。一个多月前，他说出门游历已久，要回家一趟。待回去行了加冠礼之后，便将我二人之事禀告父母，求他们准许我们的婚事。可如今他离去日久，却还未给我寄来书信，我担心是不是他家中出了什么变故，耽搁了我们之事……"说着脸上又布满愁云。

"才一个多月而已，此处到洛阳路途遥远，他回家后也要挑个适当的时机才能向父母禀明，岂是两三日能够办妥的？"即便自己心中再苦，他依然温柔地劝慰着她，"阿叔知道此事吗？"

"爹爹远在湖州老家，不知此事。再说，以他的脾气，若知道我做出这等事，必不能容我。"一想到将来要面对爹爹，李冶不由得更加忧虑，眸中落下泪来。

"你……你别哭啊，"陆羽一见她掉泪，立刻慌张起来。从小到大，他最见不得她哭。他忙将罗帕递过去，柔声道："是我不好，你还病着，不该惹你想这么多。"

"爹爹的脾气你是知道的，日后必有一劫……"

"你也放宽心，阿叔虽然严厉，但也要看此事怎么处置。若是由阎兄的父母上门提亲，三媒六聘齐全，你们两家又门当户对，想必阿叔不会不依的。"他继续劝慰着，希望她少些忧虑，但感觉胸口如压着一块千斤大石，越来越喘不上气来，不知自己为何强撑着说这一番话。

他扯了扯衣领，让自己深吸了口气，站起身道："姐姐，我想起戏班中还有事，就先回去了，过几日再来看你。"

"去吧，"她点点头，却发现他脸色极差，"你怎么了，哪里不舒服吗？"

"没……没有，我去了。"他匆匆走出去，待一踏出开元观的大门，便靠着一株大树，剧烈地咳嗽起来。

他最亲、最爱的季兰姐姐就要嫁与别人了。而他身为弟弟，没有任何立场、任何理由去阻止她，只能微笑着祝福她，目送她与自己渐行渐远。

> 孤灯不明思欲绝，卷帷望月空长叹。
>
> 美人如花隔云端，长相思，摧心肝。

这悲哀比他们失散时更加强烈，因为那时他还有希望，而此刻……

"你怎么在此？"一个声音传来。

抬眼一看，竟是阎士和。他一路风尘仆仆，拎着行囊，衣衫冠帽也来不及整理，但眉梢眼角却洋溢着喜悦之色。想必他与李冶的婚事，已获得父母准许。

陆羽强止住咳嗽，道："阎……阎兄回来了？"

"是，你姐姐呢？"

"她在观里，已盼着你多日了。"

"多谢，"阎士和拱了拱手，又道，"你不一起进来坐坐？"

"不了，戏班里还有事。"陆羽说罢逃也似的下山而去。

阎士和回头看了他一眼，径自往观中去了。

十二、沧浪洗心志，草木喻茶魂

陆羽回到思兰阁便得到消息，李齐物三日后要在沧浪之滨设宴，邀请一些才子名士共赏佳景，请赵苍的戏班前去表演助兴。赵苍命陆羽排出演戏的剧目单子来，好安排人手。陆羽二话不说，忙活起来。只有在做事的时候，他才能暂时忘记李冶，让自己从难过的情绪中抽离出来。三日后，赵苍带着陆羽、赵婴等人来到沧浪之滨。山水环绕之中宴席已安排完毕，宾客陆续来临，在席间落座。陆羽张罗着戏班众人化妆、准备，等候李齐物的传唤。

"鸿渐，准备得如何了？"李复不知何时溜进了戏棚子。

“都安排好了，定不会让李大人失望。”陆羽道。

“爹爹对你们戏班向来满意。只不过，我今日对你可不太放心……”

“为何？”

“你看看，谁来了。”李复向外面努努嘴。

陆羽向宴席上看去，只见宾客中坐着两个再熟悉不过的人，李冶与阎士和。两人并坐在一起，交谈着，阎士和不知说了什么，引得李冶不住掩袖轻笑。河边风凉，阎士和将自己的披风解下，为李冶披在肩上。两人亲密地依偎着。

犹如一根针在陆羽的心尖上狠狠一戳，疼痛再次传遍全身。

李复拍拍他的肩道：“鸿渐，你没事吧？”

陆羽稳住情绪，道：“没事的，你放心。”

李复叹了口气：“先别想了，宴席马上就要开始了，有何事需要帮忙？”

赵缨一撩帘子进来道：“我与初晨一起帮你！”

“真不容易，肯叫我初晨了。”李复笑道。

“少啰唆，赶紧帮忙！”赵缨嗔他一句，满戏棚子乱转道，“阿羽，我们该做什么啊？”

陆羽苦笑道：“你去河边打些水来，初晨帮忙烧火吧。”

“好！”二人应了便要去忙。陆羽道：“等等，缨儿打的水要尽量远离宴席所在，取用河中缓缓流动的清澈之水，切不可要奔流急促之水。初晨烧火断不能用烤过肉的木炭，要用新的木柴。”

二人答应，各自去了。陆羽拿出自备的干净用具，随后从怀中掏出一个纸囊，揭开两层包裹，取出一块茶茗饼来，开始用碾子将其细细碾碎。待茶茗的碎末被碾成细米状时，赵缨回来了。她将打满清水的水囊放下，从袖中“哗啦”一下抖出什么东西在桌案上。陆羽循声看去，见是三枚三角帆状的风干的贝壳。

“我在河边捡来的，”赵缨拍拍手上的河沙道，“觉得很漂亮，或许你有用。”

“你手上的沙子没落进水里吧？”陆羽忙舀了一勺水，尝了尝味道。

“当然没有，怎么样，绝对清澈！”

陆羽点点头，拿起一枚贝壳细细端详，不由得一笑。

“举世皆浊我独清，众人皆醉我独醒。大王听信谗言，放逐于我，自古忠而被谤，信而见疑，能不怨乎！”

沧浪之滨凉风瑟瑟，流水滔滔。临水的长席上，正上演着一出歌舞戏《渔父》。一个男子高冠博带，愁容满面，在河畔边吟边走，正是楚国的三闾大夫屈原。另一男子蓑衣斗笠，渔父打扮，舞蹈着泛舟划桨的动作，怡然自得地悠游着。

宴席中央，铺设着一个桌案。李齐物与众宾客一边听戏，一边等着欣赏桌案上的“表演”。

没多久，陆羽提着一个装满器具的竹质都篮，从屏风之后走出，在桌案前坐定。赵缨与李复帮他将铁釜、风炉拿来放好，退至一旁。

陆羽先对众人俯首施礼，继而朗声道：“应李大人之邀，与诸位会于沧浪之滨。昔有屈子行吟沧浪，今日在下请诸位观戏品茗。”

李齐物自从被贬竟陵以来，一直心绪不佳。想起朝中奸臣当道，李林甫、杨国忠狼狈为奸，残害忠良，更是惆怅满腹、积郁难平。看到戏中屈原行吟水边，悲叹世事，正牵引出他心中的那股愤懑之气，眉头不由得越锁越紧。此时听见陆羽说要品茗，只好强打精神，看他有何动作。

众人皆不知何意，只好静静等待着。

陆羽执起一枚贝壳，从盛放茶茗碎末的瓷碗中舀出一些来，分别倒入另外两枚贝壳中，直到三枚贝壳中皆盛入了茶茗碎末。随后，他将三枚贝壳并排放入一个条状的木托盘中，道：“请诸位观其形，赏其色，嗅其味。”

话音一落，候在一旁的赵缨便上前拿起木托盘，将其呈到李齐物面前。李齐物从椅背上微微直起身，轻嗅一下，一股清气扑鼻而来，又拿眼观瞧，一粒粒茶茗状如细米，鲜嫩碧绿，心头感到些许清凉，道：“此物清雅，传与诸位细品。”

赵缨将其呈给坐在宾客首位的崔国辅，随后席上众人依次传看欣赏了一番。

崔国辅道：“在下听闻，已故英国公李勣钟爱茶茗，曾命厨子在他每日饮用的羹粥中加入此物一起煎煮，滋味清新，饮罢令人神清气爽。不知今日鸿渐所准备的是否便是这茶茗粥？”

陆羽淡笑摇头。

“哦？莫非你有什么新奇妙法？”崔国辅生性潇洒，喜爱风雅趣事，此时来了兴致。

在座众人看了贝壳中的茶茗，皆好奇地望向陆羽。

陆羽道：“此物自神农尝百草，一日遇七十二毒，得其而解之后，历来多被入药或入食。魏晋以来的先贤名士，喜爱此物之风流清雅，多爱纯饮其汤汁。在下也是因一次偶然际遇，才悟出清饮此物的妙处。今日要为诸位奉上的，便是清饮。”说罢，他将盛满河水的铁釜放在风炉之上道：“此水取自这沧浪河中，用的是那缓缓流转之活水，滋味甘冽。”

他这边说罢，那边戏中“渔父”对“屈原”道：“圣人不被外物所阻滞，能够随着世道不断转化。您又何必非要保持洁白之躯，而被放逐在这荒野之地呢？”

李齐物听到此处，轻叹一声。

此时，釜中所煎的水发出轻响，冒起鱼目般的水珠。陆羽取出少许盐加入水中搅了搅，道：“第一沸：鱼目初升。”

戏中，“屈原”道：“我听说，洗完发的人必会弹弹帽子再戴，刚出浴的人必会抖抖衣裳再穿。岂能让洁白之身去蒙受这世间的尘埃呢？”“渔父”听罢，笑着摇了摇头。

这边，釜边缘的水泡开始涌动起来。陆羽撇掉水面上一层云母状的浮沫道：“第二沸：涌如连珠。”

李齐物越品越觉得有味，坐直身子，捋髯道：“好。”

陆羽舀出一瓢水，盛入旁边的瓷盂中，用竹荚在水心转圈搅动，将那三枚贝壳中的茶茗碎末顺着漩涡倒入水中，煎煮起来。

“我宁愿跳入江河，葬身鱼腹之中，也绝不叫这清白之心被污垢埋葬！”“屈原”激昂道。

釜中的水面奔腾激荡起来，犹如波涛翻滚一般。陆羽将瓷盂中盛着的水再次倒入釜中止沸，并高声道：“第三沸：腾波鼓浪！”

崔国辅赞道：“妙！”

就在此时，沸腾的水面上生出了一朵朵乳白色的汤花，灿如积雪，烨若春花，美得令满座之人惊艳。

众人皆不住惊叹道：“美，太美了！”

在人们的赞叹声中，“渔父”对着神情激昂的“屈原”微微一笑，重新摇起船桨，逍遥地唱道：“沧浪之水清兮，可以濯我缨；沧浪之水浊兮，可以濯我足。”如此重复吟唱了三遍，便与“屈原”一起边舞边缓缓退下场去。悠扬的曲声也渐渐停歇，满场安静下来。

陆羽熄灭了风炉。

赵缨走上前来，将用温水清洁好的几只青瓷碗奉到桌上。

陆羽逐一向碗中盛入汤汁，连乳白色的汤花也均匀地分入每只碗里。待分好之后，便起身恭立一旁，命赵缨将汤汁依次奉与众人，随后道：“精华英萃之气正在此时，请诸位先观其汤，再嗅其香，随后趁热饮之。”

众人如坠入梦境一般，心情被《渔父》这出戏与陆羽的表演所感染，深深沉醉其间。低头看着面前之物，好似面对的不是刚从釜中盛出的茶茗汤汁，而是屈原用来自比的那位清丽高洁的"香草美人"，在用其香、其美、其真、其志，对人们诉说着自己悠长隽永的心事。

李齐物捧起青瓷碗，里面的汤花在青碗的映衬之下，如漂在水面上的浮萍，又似浮于晴空之中的流云，洗涤着他心头的纷纷愁绪。拿至鼻尖一嗅，淡香扑来。轻轻啜饮一口，初尝微苦，再品回甘，饮完之后唇齿留香，熨帖舒心之感深深沁入心脾，不由得沉醉其间。

天色渐渐转暗，在座众人品味着茶茗的悠长滋味，各有所悟。

李齐物从良久的思索中回过神，眉间愁云一扫而空，笑道："今日这一番观戏品茗深得我心，可是鸿渐特意安排？"

"回大人，正是。"陆羽拜道。

"鸿渐果然好奇思、好才情！这茶茗入口微苦但回味甘香，便如人生一般，先苦后甜才更有滋味。而这沧浪之水，无论清浊，只要君子拥有一颗旷达的心胸，便能在一进一退中找到自己的位置，做到境随心转、顺势而为。"李齐物捋髯笑道，"来人，在宾客中再加一席，请陆鸿渐一同赴宴！"

陆羽连忙谦道："做戏乃雕虫小技，煎煮更是庖厨之事，皆难登大雅之堂，在下身份低微、才疏学浅，不敢入座。"

李齐物道："非也，鸿渐不但才高而且志远，万不可妄自菲薄。"

崔国辅也道："鸿渐便听从李大人之言吧。"

侍从忙上来添席，李复命他将陆羽的席位设在自己身边。不多时，席位设好，陆羽向在座众人行了礼，在李复身侧落座。

李复低声对他道："我看得出来，这出《渔父》和你煎的茶茗，爹爹都分外喜欢，你可真懂他的心。"

"我只想为李大人纾解一下愁绪。"陆羽道。

"我看现下需要纾解的恐怕是你。"李复捅捅他的胳膊。

陆羽抬起眼，对面席上，李冶与他正对而坐，用赞赏的眼光看着他。他向李冶回以一笑，对李复道："明知如此，何苦让我坐在此处？"

"我得好好看着你。"李复道，"喏，人家向你敬酒呢！"

对面，阎士和与李冶一齐举起酒杯，向陆羽遥敬。

陆羽只得端起酒杯，饮了一口。他本不擅饮酒，此时喝来更觉苦涩。

崔国辅道："今日饮了这用河水煎煮的茶茗，顿感往日曾喝过的茶茗羹粥太过浓稠味重，且过于饱腹，不如清饮有意趣啊！”

李齐物赞同道：“是啊，听闻三国时的吴帝孙皓曾密旨以茶茗代酒，想必也是深谙清饮之妙处啊！”

“在下曾在多部典籍中读过与此物有关的记载，光名称便有‘荼’‘茗’‘槚’‘蔎’‘荈’等，可见众家对此物各有研究、各有体会。不知鸿渐以为此物究竟该称作什么为好？”阎士和忽然问道。

众人听了此问皆觉有趣，李齐物对陆羽之才颇有期待，很想听听他的回答。

陆羽觉得此问甚有难度，也是自己多年来一直在研究、琢磨的问题，而且心中已有所见解，正好趁此机会说出来，好请众人参详一番，便起身道：“阎兄此问在下确实想过，但各家的命名皆有道理，在下知之未深，不敢妄言。”

李齐物道：“宴席之上尽可畅所欲言，鸿渐但说无妨。”

陆羽道：“古书典籍之中，以‘荼’字作为代称的居多，但在下认为此物如此清雅独特，应有一个专属之名，方能彰显其独一无二的品格。”

“鸿渐以为何名为好？”崔国辅道。

“诸位请看。”陆羽说着用手蘸了些清水，在桌案上工工整整写下一个“荼”字，但中间的一“横”却停住不写，成了一个“茶”的字形。

众人一齐看去，皆不解。

“这是何意？”李齐物道。

陆羽道：“此字出自当今圣上开元二十三年御撰的《开元文字音义》一书。”

崔国辅点头道：“确有此事。此字减去‘荼’字中间一横，其音为‘chá’，也可指代“茶茗”。众多称谓中，不知鸿渐为何独推此字？”

“诸位请看，”陆羽从上至下指着“茶”字的每一个部分，道：“此字上面一‘草’，下面一‘木’，中间一个‘人’，合起来之意便是‘人在草木间。’此物是生于世间的嘉木，由神农氏尝百草时得之，正蕴含了人在草木间之意。至于这字音嘛，司马相如所著的《凡将篇》中，将此物的读音记载为‘诧（chà）’，与‘chá’之音甚为相似。故而在下认为‘茶’之一字，在字形上最能体现此物之神韵，在发音上也与古书记载相合，更何况乃圣上御笔亲书，所以在下斗胆提议，此物可以‘茶’字为名，不知诸位意下如何？”

“人在草木间……”崔国辅将这五个字品味一番，赞叹道，“好个人在草木间！”

众人也皆频频点头，认为极妙，只有阎士和挑了挑眉，没有言语。

李齐物更是大悦，起身来到陆羽身边，抚着他的背道：“鸿渐啊鸿渐，我真是爱你之才！以你的襟怀与抱负，做一个小小的伶正实在是大材小用。火门山上有位邹夫子，学贯古今，本太守可推荐你到他那里去求学，来日定前途无量，你可愿意？”

陆羽听罢心中一动，学儒是他平生之志，如今有如此良机在前，焉能错过？然而……他看了看席上的李冶，心中不舍。虽说她有阎士和相伴，但他们刚刚久别重逢，若就此入山求学，对她的一腔刻骨相思又如何忍耐？

崔国辅见他发愣，便打圆场道：“李大人，今日所提仓促，不如让鸿渐考虑两日，再做决定不迟。”

陆羽忙向李齐物拜道：“多谢李大人的提携与抬爱，容在下回去思量一二。”

李齐物也不急于一时，道：“也好，本太守等着你的答复。”说着坐回席位，命下人掌起灯，观赏着黄昏之中的山水之色，忽觉心境瞬间开朗，景致更比方才动人百倍。不远处，两叶扁舟停在岸边，几株红花随风摇曳，便对众人道：“如此良辰美景，不知在座诸位谁愿赋诗一首，以助雅兴？”

崔国辅道：“在下兴致正浓，便要赋诗一首，在诸位面前献丑了！”

李齐物笑道：“崔大人之诗誉满天下，与李太白、孟浩然皆为诗友，若您的诗是‘献丑’，那我等便开不了口了。”

崔国辅饮了口酒，望望水边美景，又看看席上的阎士和与李冶，摇首吟道：

玉溆花红发，金塘水碧流。
相逢畏相失，并着采莲舟。

众人皆觉甚美。李齐物道：“好，景美意更美，不知此诗是在比拟何人？”

崔国辅笑道：“自然是席上唯一一对佳偶，阎公子与兰女冠了。”

阎士和听了，忙举杯敬道：“多谢崔大人赠诗，我与兰妹愧领了。”

李冶粉颊微红，向崔国辅颔首一礼。

崔国辅道：“阎公子不必自谦，不知我等何时能喝上二位的喜酒啊？”

“不瞒大人，此事已获父母首肯，待佳期一定，便请诸位到洛阳赴喜宴！”阎士和朗声道。

满座听了皆举杯为他二人庆贺，只有陆羽一人呆坐着，如灵魂出窍一般。李复在一旁与他说话也恍若不闻，只是盯着李冶的方向，眼神空洞。

李冶本以为他听了此事会举杯祝福，没想到他却这般神色，与方才那个意气风发，令人炫目的少年判若两人。难道，他不赞成这桩婚事？她忽地回想起那日他离开时，那张失魂落魄的脸。当时她并未多想，可如今细细想来，那脸上写满了悲哀、失落、挣扎与无力，一切皆因那颗被他深藏着的破碎的心。若在从前，她定不知这是为何，但如今她明白这是因为爱情。

“爱情”，当这两个字在脑中跳出的一刹那，她被深深地震惊了。疾儿……爱她，不是弟弟对姐姐的感情，而是男子对女子的……她再次举眸望向陆羽，见他的目光已由空洞转为炽热，像两团跳动的火焰穿透夜色，直直打在她的心上，顿时令她泛起泪水。那日面具后的也是这样一双眼，闪动着火焰般的泪光……

他究竟用这样的目光，默默无言地凝望了她多少年？

想到这，她与他从小到大的过往如画般一一闪现。

“睡柴房有什么好的！”

“与姐姐一起，怎么都……都是好的！”

“我……我什么也不要，只求王爷能准许我姐姐跟我们回家！”

“姐姐，我不懂。”

“不懂什么？”

“这儿歌里，明明唱的是‘阮郎迷’，王妃讲的故事里，阮肇也远离红尘，遁入空门，可歌名为……为何却叫《阮郎归》呢？”

“我也不懂，或许等日后长大了，就懂了。”

“姐姐能否告诉我，你倾慕阎兄什么？”

“我没想到，姐姐还有心事不能说与我听。”

“姐姐，你的疾儿长大了。”

她一直视为弟弟的疾儿长大了，可她却要嫁做人妇了。

突然间，一种难以言表的疼痛重重击向她的心口。其中包含着心疼、担心、不安、难舍，更有一种说不出口的愧疚与失落。她自己也不明白这种杂乱的情感从何而来，或许是忽然察觉了他对自己的心意，害怕就此失去他吧。她把“失去”这两个字在心中回味了一遍又一遍，想象着失去阎士和与失去陆羽之间的差别，蓦然惊觉，她最怕失去的竟是后者。

阎士和是她想要得到的，而陆羽却是她不能失去的。

她与他之间的感情早已如一颗细小的种子，在十几年光阴的浇灌滋养下悄然长大，成为一株等待被阳光照亮的参天大树。

当日她那么怕陆羽出家为僧，原来不是因为姐弟之情，而是……怪不得爹爹会用那种复杂的眼神看她，不许她再去见他。看来后知后觉的，竟是她自己啊……一刹那，她胸中潜藏已久的感情翻涌而出，如春水涨池，难以逆流。正神不守舍，一只手却紧紧地握住了她的手。转眸一看，是阎士和。

阎士和温柔一笑，牵住她的手起身对众人道："我与兰妹曾有两首应答之诗，若诸位不嫌，我们便在此吟诵一番，以谢崔大人赠诗之情，也为诸君佐酒。"

众人皆拊掌期待。李冶只得强自收拾起心情，与阎士和一起将旧诗吟诵了一遍，引得众人交口称赞。她又偷看向陆羽，见他脸色已由灰暗转得惨白，在席上几乎已坐不住。

"听复儿说，鸿渐自小与兰女冠一起长大，可谓姐弟情深。今日恰逢喜事，鸿渐何不赋诗一首，为他们庆贺一番呢？"李齐物见席上气氛热烈，想再添一分喜气，对陆羽道。

陆羽浑然不觉，李复对他说了几句，才起身拜道："李大人，恕在下才疏学浅，只能做些粗浅戏文，对作诗之事实在不通，恐怕要扫大家的兴了。"

"诶，你的才情有目共睹，岂能不会作诗？你姐姐整日里向我称赞你，如今她也正想一听呢！"阎士和说着又看看李冶，"对吧，兰妹？"

"我……"李冶如鲠在喉，不想让陆羽在众人面前难堪，便道，"阎郎，不要为难他。"

"诶，这怎么算是为难呢？你也不要过分护着他，他的本事大着呢！"阎士和道。

"鸿渐不必过谦，不妨一试。"李齐物期待道。

"在下……"陆羽一向对作诗之事不上心，何况方才乍闻李冶婚讯，心中难以承受，此时脑中一片空白，哪里赋得出诗来？

十三、情意两相误，负书火门山

李冶见陆羽实在为难，又要开口替他解围，阎士和却拉她坐下道："兰妹，过几日我到台州去访友人，你有何物想要，我给你捎回来？"

"只要是你选的，都好。"李冶随口一答。阎士和又道："听说台州的蜜橘、枇杷甚好，我带些给你尝尝？"

"也好。"她心思全在陆羽身上，只作敷衍。谁知他却东一言西一语，喋喋不休。

此时李复起身道："爹爹，鸿渐为了今日之宴忙碌多日，此刻恐怕已十分疲累了，还是容他先离席休息吧。”

李齐物见陆羽面色不佳，便点头道：“也罢，复儿陪鸿渐一起下去歇息吧。”

“多谢李大人体谅。”陆羽向众人施礼，与李复一起退离宴席。回到戏棚子，他便缩坐在角落里，盯着地面，一言不发。

“那阎士和一直拉着你姐姐，在众人面前显示恩爱，实在过分。他明知你心绪不佳，还打着你姐姐的旗号非要你作诗，简直居心不良！”李复气愤道。

半晌，陆羽幽幽道：“季兰姐姐既已钟情于他，我便该真心祝福他们。我是喜是忧都不重要，因为在她眼中便只有阎兄一人。”

“你怎么如此气短？依我看来，那阎士和无论才情还是心胸都无法与你相比！”赵缨进来道。

“难得，咱们俩终于有一次意见完全相同！”李复嬉笑道。

“阿羽如此伤心，你还有心情说笑！”赵缨白他一眼。两人一起看向陆羽，他仍是痴坐着，深陷其中。

席上，李冶自陆羽离去后，一直神色恍惚。阎士和见她意兴阑珊，想尽办法博她一笑。然而她却一直秀眉深锁，无法展颜。独自饮了几杯，她终于耐不住起身来到戏棚子外，想进去看看陆羽，好歹与他谈上几句。

她正要撩帘子，只听里面李复道：“那邹夫子学识渊博，你到他那里既可以换换心境，也可以一展学儒的夙愿。爹爹轻易不开口，机会难得，你可要考虑清楚了！”

“你说得轻松，阿羽心里放不下他姐姐，如何去得？”赵缨道。

“你没听见吗？她姐姐就要嫁给阎士和了，难道让他空守着一片痴情，荒废志向，一事无成？”

“可……可他如此难过，我真不放心他这样走。”

“有我陪着，定不叫他损伤一丝一毫！”

李冶在外面听着，心中伤感与喜悦交叠，五味杂陈。所喜的是陆羽真的已经长大了，有了值得托付的好友。所悲的是自己后知后觉，对近在咫尺的真情视而不见。可即便此刻洞察了他的心意，她与他之间始终横着一个“姐弟”的名分，自己又与阎士和许下了一生之约，再无反悔之理。如今一个绝好的机会摆在陆羽面前，她不能看着他就此沉沦，无论是作为姐姐还是爱他之人，都要想办法让他振作起来。想到此处，她深吸一口气，撩帘而入。

“疾儿。”她笑意盈盈道。

戏棚子里的三人皆是一惊，不知她是否听见了方才的对话。陆羽像个做错事的孩子般，缓缓起身道："姐姐来了……"

"是。"她努力使自己的语气轻快一些，看了看李复与赵缨，"我有几句话要对疾儿说，二位……"

"你们说。"李复一扯赵缨，两人退了出去。

陆羽低头盯着脚面，一颗心怦怦直跳。

李冶走上前，抚上他肩头道："别担心，日后我虽在洛阳，也会常来看你的。"

陆羽身子一颤，半晌才"嗯"了一声，攥紧的拳松开了。

"李大人的提议，我觉得很好。学儒是你平生之志，当初你也是为了学儒，才离开了龙盖寺。如今良机在前，别辜负了法师对你的期望。"她小心翼翼地说着，希望此言能够打动他，可却见他的头越垂越低，不由得扳着他肩膀道："疾儿，你听见了吗？"

"别再叫我'疾儿'！我早已不是'陆疾'了！"陆羽忽得抬起头，冲她大声吼道，目光红湿。

李冶吓得一怔，收回手绞着衣襟，垂下泪来。

"我知道，在你心里我还是那个长不大的陆疾，是个被父母抛弃的孤儿，是个一无所有的穷小子，是个脸上有疤、说话结巴的丑八怪，是个一文不值的可怜虫。你对我好，不过是在怜悯我，对不对！"

"你……你在说什么……"

"阎兄是洛阳有名的才子，你二人门当户对、情投意合，在一起天经地义。而我只是个伶人，一无家族荫庇、二无功名在身、三无片瓦之屋、四无钱财势力，无依无靠、四处飘零，只能靠为人做戏卖笑赚些糊口钱，哪里配得上你的关心？"

李冶只觉万箭穿心，恨他如此自轻自贱，更恨他贬低他们这么多年的情意，忍不住伸手"啪"的一下扇在他脸上，怒道："你住口！"

陆羽捂着脸颊，惊呆了。李冶回过神，后悔万分。两人对视着，皆浑身颤抖，说不出话来。

不知过了多久，陆羽面如死灰，无力道："季兰姐姐，我不值得你费心思，别再为我操心了。"说着背过身去。

"疾……鸿……鸿渐……我……我只是不想你这样自暴自弃，我……我其实对你……"她将后半句话强咽了回去。

"想必你也觉察到了，我对你有了不该有之情，超出了姐弟的名分。这一切都是我的错，你不必自责，更不必在意。”陆羽道。

“你不明白，这世上许多事并不是谁的错可以说清楚的。”

“那样更好，多谢姐姐不怪罪我。”

“那你呢，恨不恨我方才……”

陆羽苦笑了两声，转身望着她道：“姐姐，我永远都不会恨你的。”

李冶舒了口气，含泪笑道：“那便好，鸿……鸿渐，李大人的话你回去好好想想，千万不要意气用事，错失了良机，今后无论遇到什么难事一定要来告诉我。”

“知道了。”陆羽勉强一笑，“还没祝福你与阎兄呢，你们成亲时我恐怕已在火门山，就不能过去观礼了。今日便先受我这个弟弟一拜吧，权当作贺礼了！”说着对李冶深深一拜。

李冶忙上前扶起他，两人泪眼相对。她用女子的眼光审视着眼前的少年郎，发现他身上有着阎士和没有的一份清灵脱俗之气，令人心驰神往。而他面对着李冶，她的容颜、她的柔情，早已在日复一日的思念中铭刻于心。

“照顾好自己。”李冶为他理了理衣衫，一时竟不忍放开手。

“姐姐，”陆羽轻轻抚了抚她的后背，“你也是。”

“咳、咳”两声从外面传来，两人一抬眼，阎士和站在帘边。

李冶松开手，对阎士和道：“我来跟弟弟道个别，他就要去火门山求学了。”

“哦？那可是好事，需要盘缠吗，我明日送些与你？”阎士和微笑道。

陆羽脸色一变。李冶忙道：“此事有李大人做主，我们做兄姐的就不用多管了。”她来到阎士和身边，挽住他道：“别离席太久，我们回去吧。”

“好，崔大人等着听你赋诗，叫我来寻你呢！”阎士和揽住她道。

“他要听什么诗？”李冶随他走出戏棚子。

阎士和俯在她耳边，声音却大：“自然是情诗喽！”

“你也太没分寸，今日之举有些过了。”李冶嗔道。

“能得如此才貌双绝之妻，难道要我藏着掖着不成，哈哈哈哈！”

二人谈话之声传入戏棚里，陆羽闭上眼，颓然坐下。

他恨自己，为何要说那些狠话，明知李冶对他的关心从没半分虚假，却非要用刺伤她的方式来填补自己内心的缺失。好像看她为自己多流一滴泪，就能多得到她的一分爱一般。这样的他，哪里有一点慈悲之心？他揪着头发，陷入悔恨之中，生怕李冶就此对他失望、疏远，却不知外面宴席上，李冶一杯又一杯地灌着自己，喝到平生第一次烂醉，皆因明了了对他的心意。

这夜之宴很晚才散，阎士和将醉倒的李冶送回开元观，几日后便动身去台州访友。陆羽回去向赵苍说明情由之后，便给李齐物写了回信，请他引荐自己到火门山求学。李齐物欣然作荐，并命李复一起前去，两人做个学伴。

不久后的一个春日，陆羽与李复收拾好行囊，准备出发。李冶命小怜为陆羽送来了束脩六礼、文房用品、衣裳鞋袜等，每一件皆是她精心准备。陆羽在思兰阁外等了许久，李冶终未现身，只得黯然踏上行程。赵缨一路将他们送到火门山脚下，方依依不舍而去。

邹夫子的书院坐落在竟陵西北的火门山，山脚下有个水塘，乃夫子所修，叫作夫子堰。此山双峰对峙，中空如门，相传为神仙上天下界的必经之地。

李复一边与陆羽往山上爬，一边道："听爹爹说，这山顶上有个佛祖庙，里面供奉着佛祖的宝座，传说当年释迦牟尼便是经由此天门下到中土人间，收徒布教、宣扬佛法的。"

陆羽叹道："这么说来，此处真乃圣地啊！"

"听说这山腰上还有个'老虎洞'，当年楚国的令尹子文便是在此洞中降生，喝虎奶长大，后来成就一番大业的。"

"真是奇了！"陆羽说着，对即将到来的求学生涯充满了期待。

两人一路聊着，忽见层层石阶尽头，书院豁然出现在眼前。两名头戴青巾，身着青衫的书院学子正立在门口迎接他们。两人上前行礼，将李齐物的帖子呈上。学子也谦恭回礼，将他们领进书院大门。

书院中树木林立，书香、墨香、树香、焚香，四香萦绕着，弥漫在深深的庭院之中。陆羽深吸一口气，只觉通体舒畅。这么多年辗转流离，他终于可以坐在窗明几净的学堂里静心读书，学儒了。

此时邹夫子正在书房读书，两名学子请陆羽、李复在客室稍作歇息，前去禀报。李复放下行囊四处探看，唏嘘道："这书院虽无圣上所建的集贤书院恢宏气派，倒也是个清雅幽静之处，最适合你这样心性的人读书。"

"初晨去过集贤书院？"

李复耸耸肩："那里好是好，就是太拘束了，坐在里面一个字也看不进去！"

"里面的书一定浩如烟海，"陆羽羡慕不已，"对了，李适也在那里读过书吗？"

"他呀……"李复忽地眉头一锁，还待说什么，一位学子进来道："夫子有请。"

两人忙互相为彼此整了整衣衫，一起随着那学子来到邹夫子的书房中。邹夫子四旬有余，貌英体健，与陆羽想象中的全然不同。两人恭恭敬敬向邹夫子行了一礼。邹夫子舒朗一笑，道："李大人之信已阅过，你二人既立志学儒，日后便是孔圣人的门生。今日旅途劳顿，先去好好歇息，待明日一早先拜过至圣先师，再行拜师之礼。"

"全听夫子之言。"陆羽、李复又是一拜，随那学子出了书房，来到后院的住所安顿下来。两人同住一室，房间虽小，但也整洁雅致。次日一早行了拜师大礼，换上青巾青衫，正式成为书院学子。

邹夫子非但学识渊博，更懂得因材施教。他见陆羽虽有底子，但以往所学过于杂乱，便让他由浅入深依次学之，循序渐进。又得知他对茶之一事颇为擅长，便允许他自由出入藏书阁，从中搜寻与茶相关的古书典籍。陆羽就像投身一片浩瀚的大海中一般，每日散学之后便一头扎进藏书阁中，恨不得一日读尽万卷书。

而李复则对读书全不上心，三天打鱼两天晒网，闷了便向邹夫子告假出去闲逛，夫子也从不强求。这般过了三个多月，火门山上野花开遍，李复接到李齐物的书信，命他速速下山办事，便向邹夫子、陆羽暂时作别，下山去了。

平日李复在时，总在陆羽身边聒噪，吵得他不胜其烦。可如今他这一走，陆羽反倒想念起他来。尤其是晚间回到住处，只剩自己一人独眠，颇觉寂寥。

这日散学后，陆羽没有去藏书阁读书，而是一个人出了书院，在山中独自游逛，想散散心。转了一会儿，他想起李复曾提到的那座佛祖庙，好奇心忽起，便一路向山顶爬去。幸而这日并非初一、十五，香客甚少。他倒也喜欢这份清净，在各殿拜了拜，来到最庄严的宝殿，准备瞻仰佛祖宝座。

正要迈过门槛，只见正对佛祖宝座的蒲团前，端端跪着一个少年。衣着雅致，虽不甚华贵但也十分讲究。从背影上看有十一二岁年纪，正在祷告着，姿态虔诚。陆羽不想打断他的祷告，便立在殿外等候。

少年祷告完毕，站起身，执起备好的高香，在佛殿一侧的香灯处借火点燃。不知是不是香受了潮气，点了两次都熄灭了。陆羽热心肠，走上前道："蘸点儿灯油，再点就不易灭了。"少年听了忙试着做，果然将香点燃了。他举着高香恭恭敬敬地拜罢，把香插进佛案上的香炉里，这才回身对陆羽施礼道："多谢指教。"

"不敢当。"陆羽回了一礼，抬头看向少年，不由得愣住了。

少年俊秀白净，眉目如画，神情姿态中皆透着一股逼人的贵气，陆羽感觉与一位故人极为相似。他也看着陆羽，脸上露出疑惑之色，眉头微蹙。

"你是……"陆羽不敢确定他的身份，正犹豫要不要唤出名字试试，身后一人道："我刚出去一会儿，你们便遇见了？"声音正是李复。

陆羽忙向李复投去询问的眼神，他却耸了耸肩，不置可否。陆羽又对他瞪了瞪眼，他仍然视而不见，对少年道："走，我们该去书院了。"

"好，"少年略微点了点头，问李复道，"这位兄台是？"

"他呀，也是书院的学子，与我们同路。"说罢做了个请的动作，在前面引路，带着少年往山下书院而去，将陆羽抛在身后不闻不问。

"这个家伙！"陆羽暗自跺脚，随着他们出了佛祖庙，下山来到书院。

李复领着少年见过了邹夫子，又带着他在邻屋入住，一切安顿妥当，这才回到自己房中。一进门，便见陆羽坐在桌前，横眉冷对地望着他。

"这是何眼神，像个怨妇似的！"李复一脸坏笑道。

"告诉我，他是不是那人？"

"谁？"李复提起水壶，咕咚咕咚连喝了几大口水。

"你明知故问，"陆羽站起身，"他是不是……李适，奉节郡王，我小时候认识的那个人！"

"嘘，小声点儿！你既已认出，又何必问我。"李复仰面躺倒在床榻上，"哎，这一趟带着他从京城赶过来，真是累死我了！"

"他为何会来此处，难道王府中出了什么变故吗？"

李复叹了口气："此事说来话长，"又直起身，看着陆羽道，"我不告诉他你是谁，便是想试一试，他这个皇室贵子，是否还将你这个当初的小友记在心里，又是否愿意与你相认。凭我的观察来看，他方才的眼神中已有了疑虑，你不妨这便去见见他。"

陆羽若有所思地点点头，正欲出门，又被李复叫住道："对了，他在书院中的身份是我表弟，姓沈，你可千万别叫错了！"

"知道了。"陆羽来到门边，伸手拉开门，却见李适立在面前，一副举手欲叩门之状。见他开了门，便躬身一揖道："在下沈归，字念之，初到书院，还望多多关照。"

"不必多礼，在下陆羽，字鸿渐。"陆羽回礼道。

两人对揖一下，起身相视，同时欣然一笑。

十四、山寺会故友，暗夜起风波

"沈公子，一别五载，向来可好？"陆羽道。

李适听他如此说，更确定了自己的猜测，道："多谢记挂，母亲时常想起你，不知你离去后过得可好？"

"娘娘……不、夫人的头疾是否已经痊愈？"

"早已大好了。"李适想起与沈妃分别之景，心中凄凉，"不提家中之事了，此处人杂，今夜子时我在山顶佛祖庙中等你。"

"好，一言为定。"

陆羽送罢李适，李复在他身后道："啧啧，这便相约夜半了，你们这发展也太快了！"

"别胡闹。"陆羽白了他一眼，"你实话告诉我，是不是发生了什么变故，他才会被迫离开王府？"

"哎，此事终究瞒不过你。"李复一叹，将门窗关严后压低声音道："京城确实出了事，那奸贼李林甫上次陷害太子不成，又掀起了一场更大的风波。"

"什么风波？"

"太子有个宠妾杜良娣，她的父亲赞善大夫杜有邻与大女婿柳勣性情不和，积怨已深。一个月前，不知因何事而起，柳勣一纸诉状将老丈人告上了官府。若是寻常罪名也便罢了，他诬告杜有邻身为太子属官，竟用巫术谶语蛊惑太子，指责当今圣上无德，撺掇太子早日称帝自立。好巧不巧，这张诉状正落在李林甫手中，他正愁无计扳倒太子，此事可谓正中下怀，立刻便面呈圣上，一番谗言构陷引得龙颜震怒，下旨彻查严办……"说到此处，李复不由得摇头叹息。

陆羽听得心惊胆战："之后呢？"

"此案对李林甫来说，简直是天赐良机，岂肯轻易放过？他命杨国忠为主审，将杜有邻、柳勣一起下了大狱，严刑逼供。又派手下酷吏罗织罪名，大肆杀戮与太子亲善的官员。我到长安之时，听闻北海太守、淄川太守已被杖毙。前任宰相早已被贬，此番又遭构陷，惊惧之下只能服毒自尽。可李林甫仍觉得不够，一定要斩草除根，竟暗中派人将他的儿子也杀害了。李林甫趁着圣上怒火未消，不断煽风点火、扩大事态，借机排除异己，朝中许多官员都受到了株连，被处死或贬官之人众多。听爹爹说，他府上还豢养了许多杀手，专行暗杀之事，这一个月来，那些鹰犬从青州一路杀到岭南，已快要血染半个朝廷了！"李复越说越气愤，恨不得此刻便飞回长安，一剑斩下那狗贼的首级。

"那李大人呢，他有没有受到牵连？"

"爹爹因是宗亲身份，祖上对大唐立下过汗马功劳，所以尚未受到波及……不过以李林甫的为人，只要权柄在手，不除尽异己是绝不会善罢甘休的，只是时间早晚罢了！”

“那，广平王一家是不是也……”陆羽感到脊背发凉。

李复道：“你也别太担心，太子如今只是受审，尚未定罪。李林甫如此丧心病狂地揪出一片，正是因为圣上对此案还有疑虑，所以广平王一家暂时还是安全的。不过，你所担心的李豫也考虑到了。爹爹这次送来书信，便是受李豫所托，命我前去将李适偷偷带出长安，先在书院里隐藏起来，避一避风头。”

“原来如此。”陆羽听来只觉毛骨悚然，心地善良的他实在难以相信世上竟有李林甫这样的大奸大恶，不由得对李适的处境万分担忧：“那这书院里可安全？会不会也有李林甫的眼线？”

“不错，你很机警，”李复赞赏道，“以我这三个多月来的观察，此处暂且安全，但也万不可大意了。”

“怪不得你整日不好好念书，在山上东游西逛，原来是在探察虚实，我可真是错怪你了！”陆羽佩服道。

“小爷我岂是那种游手好闲之辈？”李复挑了挑眉，又正色道，“为了稳妥起见，你平日里言谈举止中万万不能暴露他的身份。谁也无法预料，此时此刻在某个阴暗的角落里是否有李林甫的鹰犬在窥视着我们。”

“从前总听人说世道险恶，今日算是明白了！”陆羽叹道，“这李林甫如此奸恶，难道圣上不知吗？”

“圣上？”李复冷笑两声，“他老人家自然知道李林甫是何等人物，只不过，他需要这条恶犬，帮他看家咬人罢了！”

“满朝文武尚且不论，太子可是他的亲生骨肉，难道他一点儿也不顾惜，任由李林甫栽赃构陷？”

“无情最是帝王家。平民百姓之家也有父子不合、儿女不孝之事，何况皇家？再说，圣上儿女众多，废了这个还有那个。当年他就曾听信武惠妃的谗言，将第一任太子废为庶人，致使三个儿子无辜惨死。若这样论起来，圣上对当今太子已算是厚爱了！”

“都说天伦之爱是人间最真也最深的，原来也敌不过欲望与猜忌……”陆羽喃喃地道。想想自己的身世，不也是被亲生父母不顾死活，无情抛弃的吗？看来世上并不只有善与慈，还有恶与恨。若师父还在世，定能告诉他如何看待这一切，可惜……他平生第一次感到惶惑，发觉自己读过的儒家典籍只能教他如何处世，却无法帮他安放内心，或许是自己还未读通，读透吧。

李复知道触及了他的伤心事，连忙自责道：“我一向口无遮拦，你千万别多想了……若是不放心，不如晚上我随你一起去？”

“不必了。”陆羽摇摇头，挥退心中的不快，“今夜乃我二人久别重逢之时，有许多话要讲，你可千万别来搅局。”

“是了，我绝不打扰你们互诉衷肠！”李复笑道。

这夜将近子时，佛祖庙的宝殿外有一人独坐院中，身旁的石桌上两碗清茶冒着热气，淡香萦绕。不多时，一个俊秀挺拔的身影手提灯笼，拾级而上，来到那人身前道：“陆兄，久候了。”

“沈公子，请坐。”陆羽起身接过李适手中的灯笼放在一旁，两人在石凳上落座。月色暗淡，只有灯笼里的烛火与宝殿中的长明灯散发着光亮。两个少年相视良久，面对彼此既熟悉又陌生的容颜，儿时之事随着夜风翻卷而来，却不知从何说起。终于，陆羽打破沉默，端起精心准备的那碗茶，递到李适面前：“尝尝这是何物？”

李适接过饮了一口，品了品，笑道：“这是你当日用来医治母亲头疾之药，茶茗。”说罢又细细品了两口，摇头道，“不过，此物清雅甘香许多，滋味绵长，很好喝。”

“你喜欢便好。”陆羽欣然一笑，“如此说来，当日的药想必你没少亲尝吧？”

“是，每次母亲服药前，我都要为她尝一尝温度。”

“那时你还年幼，难道不怕味苦吗？”

“比起药苦，我更怕烫到母亲。这些年来我读了许多医书，略通些医术，便希望母亲能够少些病痛。”

“真乃孝心可嘉。”陆羽又指了指盛茶用的瓷碗，道，“看看你手中的碗。”

李适执起碗，对着烛火端详，是那只越窑的青瓷御碗。往事又在眸中闪回，仿佛昨日他们还在承风戍驻地看戏，今日自己却被迫离开王府，在这荒凉之地栖身。所幸的是还能在他乡遇故人。“阿疾，给我讲讲这些年你是如何过的？”

陆羽点点头，将往事道来。说到欢喜时两人一起大笑，悲伤时李适也陪着叹息。讲罢，陆羽道：“你的事初晨已对我说了。你不必担心，虽然远离父母家乡，身在这偏远之地，但只要有我与初晨在，绝不会让任何人伤害你！”

“嗯。”李适心中一暖，“我的那一只碗还珍藏在家中，不知它们是否还能有团聚的一日。”

“一定会有的。师父说善恶皆有果报，那些奸恶之徒多行不义必自毙。纵有波折凄苦之时，只要你咬牙坚持住，终会有拨云见日那一天。”

李适将御碗交回陆羽手中，道：“阿疾……不，应叫你鸿渐，你总是能令人心中安稳，在王府中这么多年，再没遇见像你这样的人……”

刚说到一半，陆羽慌忙打断道，“念之，我们不提旧事了。”边说边对他摇头。

李适也意识到自己一时激动，竟说出“王府”二字，心中暗自懊悔，只得道：“不说了，从今以后我们终于可以像亲兄弟那般相处了。你走之后，我曾无数次想象竟陵城是什么样子，龙盖寺里的生活又是怎样。幸而你没有出家为僧，否则我们便无法在此相遇了。如今我们能一起在这书院中读书，也未尝不是一件乐事！”

“你能这样想，我便放心了。”陆羽话音未落，却隐约听见不远处传来窸窸窣窣之声，不由得一惊，起身环视四周。李适也迅速站起身，瞪大眼望向黑夜深处。

佛殿中无人，院中也不见人影，可却分明能感觉到有一双眼在某个角落窥视着他们，空气中浮动着一股杀气。陆羽揣好御碗，提过灯笼，对李适小声道：“恐怕是有人，我提着灯笼引开他，你快去找初晨！”

“不，我不能丢下你！”李适不依。

“快走，来不及了！”陆羽只觉灯笼中的烛火晃动地越发剧烈，身旁似有气流在震荡着，越逼越近。

李适仍在迟疑，但那隐在暗处的杀气却不再等待，一道冷光斜射而来，直奔李适的面门。只听“嗤”的一声，灯笼中的火光熄灭，只有那道冷光划破漆黑，即将射中李适时，却被横飞而来的一枚银色流星镖在半空中击中，旋即改变方向。接着，又有两枚流星镖紧随其后，向同一方向飞去。片刻，一声闷哼传来，不远处的树梢上狠狠栽下一人。

“别靠近！”李复高叫一声，从黑暗中一跃而出，将那人踩在脚下，手中长剑同时出鞘，抵住他的咽喉，呵道：“说，是不是李林甫派你来的！”

那人喉咙发出“嘶嘶”之声，随即喷出一大口黑血，抽搐了几下，不再挣扎。

李复俯身探他的鼻息，不由得恨道：“该死，断气了！”

“初晨！”陆羽与李适这才上前，盯着那具尸体，皆惊得说不出话来。

李复在那人身上里里外外搜寻一遍，从贴身之处翻出一物来，借着月光大略一看，是一枚令符，形似偃月，在昏暗的月色下看不分明，但李复心中已有了计较。他将令符揣进怀中，一手扯住一人道：“此地不能久留，跟我走！”说罢，拉着他们向半山腰处的老虎洞跑去。

此洞位置极其隐蔽，少有人来，洞中十分狭窄，仅能容纳一只成年老虎盘踞其中。幸而三个少年皆身材瘦削，缩紧身子勉强可以蜷进去。李复扯过一旁的杂草将洞口掩住，静静听了许久，确认四周没有声响之后，这才松了口气。

“究竟怎么回事？”李适惊魂甫定。

“这书院不能再待了，我们明日便离开。”李复懊恼道，“我还是大意了，没想到他们这么快！”

“你不是说此处安全吗？”陆羽道。

“今夜之后，便不再安全了。从方才搜到的那枚令符来看，那人八成是李林甫豢养的杀手。”李复道。

“你是说，李林甫已经发现了我的踪迹？”李适又惊又悔，“哎，恐怕是我方才失言，才会被他听出了蛛丝马迹。”

“不仅仅是方才，那人恐怕在我带你出长安时便已盯上了我们，一路尾随而来，只是尚未弄清你的身份。方才你言语中流露出真实身份，这才引他出了杀招。不过有一点可以确定，李林甫尚不知道你已离开了王府，否则必不会只派一个杀手前来。”李复推测道，“今夜除掉了此人，你的身份一时半刻不会被泄露。但时间久了，他不回去复命，李林甫定会派人前来调查，那时便瞒不住了，所以我们必须尽快离开此处。”

“邹夫子那里，该如何交代？”陆羽道。

“这倒不必担心，由我来办。”李复护着二人在老虎洞里撑过了后半夜，待到东方发白时才爬出洞，回到书院。他让陆羽、李适先回住处收拾行囊，自己则直往邹夫子处而去。

陆羽、李适这边刚收拾妥当，一位学子便前来相告，说邹夫子有请。邹夫子仍是坐在书房中，见他们进来，站起身道：“沈公子，本欲今日为你行拜师之礼，岂料一早便收到令尊之信，说你家中出了些变故，要往剑南一趟，不能在此读书了，实在是遗憾。”

陆羽看他的言语态度，像是知道些什么却又看不出究竟，话说得云淡风轻，却似暗藏玄机，便知这邹夫子必不是寻常的书院先生，定与李齐物有所深交。

李适道：“多谢夫子体谅，不知家中出了何事？”

邹夫子将一封信递给李适，道：“这是令尊的书信，你稍后拆看便可。令尊信中说，要你到剑南去接一位亲眷回家，因事情紧急，务必即刻动身。”

李适接过信，拜道：“如此，在下便拜别夫子了。”

陆羽正要问自己如何，邹夫子道：“鸿渐，为师要命你办一件事。”

“夫子请讲。”

“听闻剑南蒙顶山盛产茶树，当地人多会种茶，你一向对茶事颇有研究，不妨此次便陪着沈公子走一趟，一路访茶，岂非一件妙事？不知你可愿往？”

“学生愿往，多谢夫子成全。”陆羽赶忙拜道。

“好，那你们收拾一下，初晨这便送你们到马行去雇马。”邹夫子道。

“拜别夫子。”三人向邹夫子告辞，回住处取了行囊。来到书院门外，邹夫子已命两名学子等候，将他们一路送到了山脚下。

陆羽回望火门山，没想到书院的枫叶还未变红，自己的求学生涯便草草结束了。他还有许多典籍未曾读完，还有许多不通之处来不及请教夫子。李适看出他的依依不舍，歉疚道：“这次是我拖累了你，日后定会补偿！”

陆羽一笑：“将你平安地护送到剑南，是我做兄弟的责任，何谈拖累？对了，夫子方才给你的那封信，何不拆开来看看？”

李适忙去拆信，李复在一旁道：“不必看了，白纸一张！”

“白纸？”二人皆不信，取出一看，果真不假。

李复无额道：“邹夫子的说辞皆是我二人商议好的，那张白纸也是我亲手放进去的，不过为了掩人耳目罢了，你们两个不会是当真了吧！”

“夫子言之凿凿，实在令人难辨真假。”陆羽道。

“那我们还去剑南吗？”李适也迷茫起来。

“当然去了！”李复道。

“那我还要沿途访茶吗？”

“当然访了！”

“那剑南真的有一位亲眷需要我带回家吗？”

“当然有了！”

“那你是帮我们雇好马便走吗？”

“当然……不是了！”李复仰天长叹道，“带着这两个家伙行走江湖，老天啊，你真是给我安排的好差事！”

“你别再打哑谜了，快告诉我们究竟怎么回事？”陆羽、李适扯住他道。

“说了你们也不明白，或许还会弄巧成拙，坏了大事！”李复一跃，将他们远远甩在身后。

陆羽无奈道：“这个家伙！”

李适却不甘心，追上去拦住他道：“我命令你，即刻把实情相告！”

李复拂开他的手，嬉笑道：“你忘了来时你爹怎么说的，要你在外面事事皆听我的。把你的公子哥儿脾气收起来，这一路上小爷我说了算！”

“你！”李适被噎得无话可说，只得气鼓鼓地跟在他身后。

“念之，别理他，”陆羽上前揽住李适的肩头道，“我告诉你，此人最会装神弄鬼，他有个江湖诨名你不知道……”

“什么诨名？”

陆羽趴在李适耳边说了一句，两人大笑起来。

李复停住脚步，转身道：“别说笑了，快走吧，马行还远着呢！”

陆羽与李适一起对他喊道：“知道了，假神棍！”

十五、访茶入江湖，蒙顶品仙茗

蒙顶山，坐落于大唐西南部的剑南雅州境内，此山峰峦叠嶂，云雾缭绕，有上清、菱角、毗罗、井泉、甘露五座山峰环列，形状如莲花一般。因其冬无严寒，夏无酷暑，且雨量充沛，为茶树生长提供了绝佳的环境。陆羽、李适、李复三人一路跋涉，风餐露宿，这一日终于来到了蒙顶山脚下的村庄。

眺望着雄奇巍峨，碧绿挺秀的远山，陆羽叹道：“西汉王褒的《僮约》中记载，此地的百姓自汉代以来便开始种茶、制茶，民间流传着许多关于茶的传说。如今还未入山，便已能嗅到来自山上的芬芳灵秀之气，可见所载不虚啊！”

“鸿渐真是博闻强记。”李适赞赏道。

“哎，你是不知道他在书院里的样子，日日蹲在藏书阁里埋头啃书，简直就是一只书虫。今日肚子里的书有了用武之地，可不得使劲抖搂抖搂！”李复一边晃着手中的草叶，一边揶揄道。

“就会拿我取笑！”陆羽夺过草叶，打在他脑门儿上道，“你倒是说说看，千里迢迢地将我们骗到这儿来，究竟葫芦里卖的什么药？”

李复仰头看看天：“今日天色已晚，我们还是先找个农家借宿一晚，明日再做打算。”

“好，就依你言，”李适一蹙眉，神色不悦道，“我倒要看看，你能撑到什么时候！”说罢，拉起陆羽便往前走。

“瞧瞧，公子哥儿脾气又上来了！”李复也不恼，笑嘻嘻地跟在二人身后，一起进了村子。一路走来，村子里屋舍整齐，看上去比别处的村庄略富一些。走了一会儿，李复挑了一户房屋稍好一些的农家，敲门向主人借宿。

开门的是一位六旬老人，见是三个干净俊朗的少年前来借宿，十分热情地将他们迎进家中，招呼老伴儿出来招待。一问之下，这老人家姓吴，从西汉以来祖祖辈辈都生活在此处，村里人大都是本家，所以此处叫作吴家村。

陆羽听闻此乃吴家村，便问道："老人家，不知晚生猜测的对否，敢问您的祖上是否乃甘露大师吴理真？"

老人乐道："正是先祖。先祖出家之前，俗家便住在本村。"

陆羽赶忙起身对老人一拜，道："今日得见茶祖之后人，实在是三生有幸，晚生这厢有礼了！"

"茶……"老人稍一迷惑，随后道，"你说的是蔎吧，自先祖以来，我们吴家村一直都是以种蔎为生。"

"对对，便是蔎，扬雄曾记载蜀地称茶为蔎，看来几百年过去了仍是如此啊！"陆羽兴奋道。

"据我所知，此处的蔎自本朝天宝元年起，便被列为皇家贡品，每岁入贡了。"李适道。他被封为奉节郡王那日，曾被李隆基赐饮过蒙顶贡茶，可谓荣宠。要知道，此茶乃大唐祭祀、册封时使用的御饮，除此之外便只有皇室、宗亲及皇帝宠爱之人才能偶尔得到御赐，是为极珍之物。李适想到这里又看了看老人家中的环境，虽不甚贫困但也极为一般，回想方才在村中看到的景象，百姓们的生活仍远远称不上富足，与蒙顶贡茶的贵重形成了极为鲜明的对比。

老人听了李适方才的话，不住点头道："公子真有见识，我们这儿的蔎从前些年起被选为了贡品，据说只有皇宫里的皇上和娘娘才能喝呢！"

"既被选为贡品，理应有朝廷的拨款，为何村民们的生活仍旧如此清贫？"李适问道。

"朝廷的拨款……"老人面露迷茫，"没听说过。每年清明前收蔎时，那些官家会给我们发一点儿工钱，够我们去镇上买一些东西过活，其他就再没有了。"

李适听了心已了然，陆羽也不由得为村民们辛劳却贫穷的生活暗自感慨。李复任由他们谈论茶事，自方才起便心不在焉地望着窗外，此时忽然问道："老人家，天盖寺离此地有多远？"

"就在这蒙顶山的五峰下，公子要去吗？"

"我们想去逛逛，看看风景。"

"可巧，先祖的牌位就供奉在寺里，明日老汉让我那大儿子上山干活时带你们上去。"

“如此便多谢老人家了！”李复谢过老人，又坐着闲谈了几句，老人的老伴儿端来了三碗热汤，对三人道：“来，尝尝我们这里的䓢。”

“最好的都被拿去进贡了，这是剩下来的一点儿陈品，我们自己舍不得喝，公子们不要嫌弃。”老人道。

陆羽听说碗中之物便是“䓢”，当即来了精神，坐直身子向碗中望去。

只见那碗中的汤汁碧绿里透着青黄，轻嗅一下芳香清逸，浅尝一口鲜爽回甘，不由得感到身心一悦，待细细品完一碗后，这才叹道：“此茶与我在竟陵所饮的大为不同，不愧是生在这高山上的灵秀之物，自有一番清峻爽洌之味，真是仙山出‘仙茗’啊！”

“是啊，虽说是陈品，但我觉得比曾经饮过的多了一份天然滋味，有种说不出的美妙之感，不知为何。”李适道。

陆羽道：“老人家，不知此物是用什么水煎煮的？”

老人笑道：“是用我那大儿子从玉女峰下的甘露井中汲出的井水煮的。这水用来煮䓢最香，平日里封在瓮中，只在有贵客时才取出来招待。”

“真是多谢老人家的盛情了，”陆羽道，“我在古书中读到过，说这甘露井中的水下雨不盈，干旱不枯，煮茶有奇香，今日一品果真如此啊！看来煎茶之事，除了茶好，水质也极为重要。今日是用此山之水煎煮此山之茶，精华与灵气可谓一脉相承，自然非比寻常了。”

李适听罢不住地点头称是，转眼看向李复，只见他早将碗中之物喝了个干净，正十分无趣地看着他们谈话，便问道：“你觉得呢，此茶如何？”

李复自知此茶之妙，却偏要与李适拧上几句，撇嘴道：“没尝出什么滋味来。像你们这样慢悠悠地品，品完了还要酸文假醋一番，怎么解得了渴！”

“非也，饮茶不为解渴，只为雅趣！”李适回敬他道。

“对，念之的话深得我心！”陆羽乐道，“你那种喝法，牛饮一般，粗鲁！”

“你们两个这是合起伙儿来欺负我了，简直岂有此理！”李复佯怒道。

“谁叫你一路上如此嚣张跋扈？行走江湖自然是你有经验，但若论起品茶来，鸿渐才是行家！”李适挑眉道。

李复白了他一眼，不再争论此事。这时老人端了农家饭菜上来，三人一边吃饭一边互相打趣儿，老两口在一旁也觉得甚是热闹欢喜。用罢晚饭，三人便在老人家中早早睡下了。

次日一早，三人在老人的儿子吴振的指引下向天盖寺而去。李适自昨日听陆羽提起甘露大师吴理真后，便对他的故事颇感兴趣，缠着让陆羽讲给他听。陆羽笑道："我知道得再多，也比不过茶祖的后人。现放着一位'真佛'不问，却偏来我这里取'假经'不成？"说着冲吴振的方向努努嘴。

李适会意，上前对吴振道："吴大哥，这一路无事，给我们讲讲你们先祖的故事吧！"

吴振是个淳朴汉子，听了挠头道："我也不知道什么故事，只是小时候听村里的老人讲过几个传说，也不知道是真是假。你们要听吗？"

"快说来听听！"李适来了兴致。

"那我就说说吧，"吴振一边领着三人在山路上行走，一边讲道："传说先祖从小家里贫寒，爹爹是个药农，给村里人看病为生，日子勉强糊口。可谁知道他十岁那年，爹爹在采药时掉下山崖摔死了，他娘俩儿一下子成了孤儿寡母，无依无靠。先祖是个大孝子，看到娘积劳成疾，就每天到山里砍柴，卖柴换钱度日。有一天，他在大日头底下拾了一上午柴，头晕眼花，嗓子眼儿里直冒火，就抓起旁边的一把青叶子来放在嘴里嚼，没想到越嚼越香，口也不渴了，脑袋也不晕了。他觉得这是好东西，就采回家给娘煎水喝。谁知道娘喝了几天后，身体慢慢好了起来，又喝了一个多月，又能下地干活儿了。打这儿起，村里人有生病的，他就用这个法子煎水给他们喝，治好了很多人。但是这种药草并不多，慢慢地就被大家采光了。先祖就决定亲手种植这种药草。他爬遍了这里的五座山峰，终于找到了最好的种子，又经过好多年的艰辛，才种出了现在的蔎，成了皇家贡品。你们看……"

说到这儿，吴振停住脚步，满怀自豪地指给三人看山间的一片片茶田。只见蒙顶山间碧绿无垠，一棵棵茶树沐浴着阳光雨露，舒展着鲜嫩的枝条，无不透露着吴理真当年种植野生茶树时所付出的辛劳与智慧。

陆羽望着绿油油的茶田，心中暗想：与吴理真相比自己所受的苦根本算不得什么，而在钻研茶事上，自己要走的路还有很长很长。李适仍好奇后面的故事，追问道："之后呢？他种成了茶树后，有没有娶到一位美娇娘？"

"小小年纪，就惦记着美娇娘！"李复蹙眉道。

吴振有些不好意思："美不美的，我也不知道了，"又见李适露出失望之色，便道，"不过倒是有个关于娶妻的传说，你们就当作神话来听听吧。"

"好，你快说！"李适期待道。

吴振继续边走边讲："说是有一年天降大雨，先祖在河边捞水柴，看见浅水边儿有一条红色的鱼被水草缠住了，没办法游回河里，就伸手把鱼救了出来，在水里放生了。谁知道这条红鱼是河神的女儿，名叫玉叶仙子。她为了报答先祖的救命之恩，变成一个美貌的女子下凡与先祖做了夫妻。可那河神不依，用法术活活拆散了他们。玉叶仙子为了守护先祖，从水晶宫里逃了出来，化身成这山上最高的一座山峰，就是那一座，村里人都叫它玉女峰。”

三人顺着他的手望去，玉女峰挺拔秀丽，云隐在缥缈的天际，真如神女一般仙姿绰约。再看看漫山遍野的碧绿茶田，两相交映，宛如吴理真与玉叶仙子遥遥相守，永不分离。此情此景不由得牵动起陆羽对李冶的相思之情，自从到了火门山以后，他二人再次断了音讯。许多次，他想写信问她是否安好，但提起笔却又放下了。既然注定成不了她所爱之人，不如洒脱地祝她幸福，这也是他能给她最大的爱与慈悲。可为何，他一心对她慈悲，自己却感受不到丝毫喜悦，只有绵绵不绝的痛苦？难道红尘真是万丈深渊，唯有佛法才是究竟彼岸？

“鸿渐，你在想什么？”李适见他闷闷不语，上前问道。

“没……没什么……”

“这呆子，恐怕又在想他那姐姐了！”李复道。

“是季兰姐姐吗？”李适眼眸一亮，“她如今在何处，过得怎么样？上次你没与我细说，我很惦念她呢……”

陆羽心中烦乱，不知如何回答，李复道：“既听了故事，便不要问东问西了。”

李适见他神色不畅，便不再追问，又想起方才的故事，对吴振道：“这么说来，吴家村的村民便都是神仙的后代了？”

“都是传说，不可当真，不可当真。”吴振憨厚一笑道。

“真是个令人唏嘘的爱情故事，那河神太可恶，生生拆散了一段好姻缘！”

“神仙有神仙的天条，人家法力高强，咱老百姓也奈何不得啊！”吴振叹道。

李适听罢，敛容道：“我若是那河神，绝不滥用法力欺压百姓，定要让那天条造福人间！”

“不错，有抱负，”李复道，“今日之言，我可替你记下了。”

四人一路说着，不知不觉便来到了天盖寺的山门外。吴振道：“就是这儿了。”

李复扫视一眼四下的环境，拱手道：“有劳吴大哥带路了。”

“你们好好游玩，我干活儿去了。晚上若没处投宿，就还来我家吧！”

“多谢了！”三人谢过吴振，迈步进了天盖寺。

这天盖寺建于汉代，相传当年吴理真种茶之后，便在此处结庐而居，一边钻研种茶之术，一边修法。进入寺中，十几株高大的千年银杏树映入眼帘，金黄色的落叶铺满院落，美不胜收。宝殿中供奉着吴理真的牌位，陆羽只想快些瞻仰茶祖的圣迹，便一头扎进寺中各处赏看。此时，李复却将李适扯到了一边。

“做什么？”李适纳闷道。

“小声些，”李复压低声音，“我带你去见一个人。”

“何人？”

“你不是一直想知道此行的目的吗？去了便知。”

李适精神一振，跟着李复往后院而来。刚一踏入院门，两名僧人便闪身而出，其中一位出言阻拦道：“阿弥陀佛，本寺后院不接待俗客，两位施主请回吧。”

李复合掌拜道：“法师有礼了，我二人并非普通俗客，而是身负要事前来。”

那僧人重新打量了二人一番，道：“不知是何要事？”

“访一位贵人。”李复答完，从怀中摸出一块令牌，双手递给那僧人。

僧人闻听此言，忙接过李复递来的令牌仔细验看一番，随后恭敬道：“请二位稍等片刻。”说罢急急而去，少顷又急急而回，对二人道，“请随贫僧来吧。”

李适一头雾水，与李复一起跟着那僧人来到一间偏僻的禅房外，僧人道：“请吧，贵人就在其中。”

李复道了声谢，又在僧人耳边低语了两句，僧人点点头离去了。他正了正衣衫，在门外对禅房中的人躬身行礼道：“我等访茶而来，不知可否赐见？”

未几，只听那禅房中一个女子的声音回道：“贵客请进。”

李复与李适一起走进禅房。房中仅点了一支蜡烛，光线不明。一位女子坐在桌案旁，身边立着一个侍女。

“小蓉，看座。”女子吩咐侍女给二人搬来座椅。

李适觉得此人声音有些熟悉，好似在哪里听过，但也不便盯着人家看，只得转眼看向李复。

李复回身将房门掩紧，对那女子重新恭敬施礼道：“在下乃大唐宗室，竟陵太守李齐物之子李复，参见杜娘娘。”说着给李适丢了个眼神，示意他上前见礼。

“娘娘？”李适抬眼端详女子面容，随后慌忙拜道，“适儿不知杜娘娘在此，冒犯失礼，请娘娘恕罪！”

女子见二人如此恭敬地参拜，忙起身还礼道：“贫妾乃戴罪之身，已被废为庶民，早已不是什么娘娘，万不可行此大礼！”说着亲自上前扶起李适道：“郡王快快请起。”

李适此时细看她的面容，比上次在东宫家宴时苍老了许多，原本姣好的面容上挂满憔悴，不由得一阵感伤，亲自将她扶回座椅，道：“没想到，还能在此处与您相见。”说着又看向李复，“这便是你带我来的原因？”

李复点点头，又对那女子道：“娘娘，我们此番是受太子与广平王之托前来保护您，同时也想请您道出内情，助我们查清那件天大的案子，为太子洗冤。”

一听此言，女子心中大恸，掩面泣涕了半晌道：“太子他，如今怎样了？”

“娘娘暂可宽心，太子如今仍在受审，还未定罪。”李复道。

“那便好，”女子拭了拭泪，对身旁的侍女道，“小蓉，既然是太子托付之人来了，你便将你所知道的都说出来吧。”

“是，娘娘。”小蓉领命，轻声细语地道来。

原来，这位“杜娘娘”便是太子的宠妾杜良娣。

当日太子之案一出，柳勣与杜良娣之父杜有邻被押入大牢受审，很快便被屈打成招，供说太子密谋自立。李隆基见到二人的供词，一怒之下命人将他们狠狠杖打一顿，然后全族流放岭南，永世不得回长安。二人本以为还能留住一条性命，谁知李林甫命人暗下杀招，将二人活活打死在狱中。

太子李亨见父皇震怒，心中十分忧惧。为了自证清白，撇清与杜家的关系，便请求李隆基准许他休弃杜良娣，从此断绝往来。李隆基准了此事，杜良娣就此被废为庶民。然而李亨虽表面休弃了杜良娣，但心中对她仍十分挂念，而且杜良娣手中还握有李林甫陷害太子的罪证，绝不能就此流落民间。他暗中命内侍李辅国将杜良娣与侍女小蓉偷偷带出长安，藏在了天盖寺中。此事极为隐秘，只有李亨的几个亲信与广平王李豫知晓内情。

上次李复到长安去接李适，临行时李豫便将杜良娣之事密告与他，托付他先将李适在书院中安顿好，再拿着广平王的令牌前往天盖寺寻找杜良娣。可谁知李适刚到书院便出了岔子，李复无奈之下只好随机应变，带着李适、陆羽二人以访茶为名，一路到天盖寺而来。

“太子两次被冤并非巧合，而是我家老爷与李林甫的合谋。”小蓉开口第一句话，便令李适与李复震惊不已。

“你家老爷？你不是杜娘娘的贴身侍女吗？”李适迷惑道，“这究竟是怎么回事？”

“她并非我的侍女，而是我姐姐，也就是柳勣之妻的贴身侍女。”杜良娣幽幽地道。

“你是柳家的人？”李适一听此言，对小蓉顿生敌意，瞪眼怒视着她，直把小蓉吓得低下头去。

“诶，你这么凶干吗，吓到人家姑娘了！”李复推他道，“听她把话说完。”

“郡王恼怒于我，全在情理之中，此事确实因我家老爷而起。”小蓉羞愧道，“奴婢知道自己罪该万死，但请郡王听完我的话，到时再行处罚不迟。”

“好，你说！”李适坐回座椅，等着听她的说辞。

“话还得从上元佳节前一晚说起……”小蓉边说边陷入回忆，“那夜夫人刚要睡下，老爷从外面喝得醉醺醺而归。往日里他喝醉回来，定要与夫人吵闹不休，夫人最恨他这样子，便叫他到偏厅去睡。谁知他竟一反常态，在夫人面前百般讨好，说以前愧对了夫人，今后定要痛改前非。夫人见他肯改，便也消了几分气，不再赶他出房。此时，老爷从怀里掏出两个绸缎荷包来，说是白天在景元观中求的平安符，一个给夫人，一个给杜娘娘，保佑夫人与杜娘娘今后身体康健，平安顺遂。夫人接过，打开自己的荷包看了，里面是一张祈福的卦签，写着‘上上大吉’。她心中欢喜，又要去拆杜娘娘的荷包，老爷却说这卦签必得娘娘供奉在家中，出了正月后由太子亲手为她拆开才灵验。夫人看他神色诚恳，又有悔过之意，便听信了他的话……”

“然后呢，那卦签是如何到了太子府中？”李复追问道。

小蓉叹息一声：“是我亲手放的。”

“你？”李适又站起身，被李复按下。

“正是。那夜老爷一番花言巧语，将夫人哄得很是开心，我在旁边伺候着也觉得老爷能够回心转意实在是太好了。转过天来便是上元佳节，夫人一早便让我陪她到太子府上去探望杜娘娘，并嘱咐我将那荷包带着，到时候呈给娘娘。”

“于是，你便将那荷包献给了娘娘。娘娘听信了其姐之言，命你将荷包供奉在她宫里的神案上，待到杨国忠进府搜查时，便正好落入了他的手中。”李复将事情前后拼凑起来，恍然大悟。

“若论起来，此事错在我，竟然毫不怀疑地将那荷包收下，又供奉起来，轻易便中了他们的奸计。说到底是我害了太子……”杜良娣悔恨道。

“好在那一次，圣上虽看了那卦签上的内容，却没有相信祖父谋反，可谓有惊无险，娘娘也不必太过自责了。”李适听了事情原委，也知此事怪不得小蓉与杜良娣，怪只怪那柳勣吃里爬外，竟与外人合谋陷害妻族，简直愚蠢卑鄙至极。

“真是日防夜防，家贼难防！”李复啐了一句，又将方才听到的事仔细推敲了一遍，忽觉得哪里不对，便问小蓉道，“即便那卦签是柳勣做的手脚，你又如何得知此事是他与李林甫合谋的呢?”

“这便要说到另外一件事了。”小蓉答道。

“还有别的事?”李适越听越觉得可怖，感觉从心口凉到脚心。

“是，此事与现在的太子案有直接干系……”小蓉正要细说，却听外面有动静响起，立刻警觉地闭上了嘴。

李复更是机警，此时已闪身跃到门边，一脚踢开了房门。

十六、密会察隐事，五原寻清官

“是我!”陆羽被突如其来的开门吓了一跳，大声道。

“是你啊……”李复长出一口气，“你站在外面做什么，为何不敲门进来?若是再晚一分，我手中的流星镖可就出去了!”

“我想你们肯定在说什么大事，不便被外人听到，所以就……”

李复“嗤”的一笑，搭上他肩膀道:“你虽然不是‘内人’，但也绝对不是‘外人’。方才没叫你一起来，是不想耽误你寻访古迹。你看看那两个和尚，都是身手不凡的武僧，若不是我方才告诉他们不要阻拦你，你早被他们撂倒了!”

“原来你方才对那和尚嘀咕两句，说的是他呀!”李适道。

“没错，我对那和尚说，一会儿见到一个书呆子模样的少年，便放他进来。”

“又拿我取笑!”陆羽推他一把，这才注意到禅房中还有两位女子，其中一位看起来身份不凡，便收敛了举止，对她们行礼。

李适对杜良娣道:“这是我的好友陆羽，您不必顾虑。”又对小蓉道:“你接着说吧。”

小蓉点点头，继续说道:“那次随夫人回去后没几日，便听说太子被李林甫弹劾了，后来又听说从太子府里搜出了谋反的卦签，夫人与我便觉得事情不对，怀疑是不是那日老爷给的卦签出了问题。夫人前去质问老爷是不是他做的手脚，谁知老爷不但矢口否认，说夫人无缘无故诬陷于他，还大吵了一架，当晚便收拾被褥搬到了偏厅去住，不再与夫人说话。”

“这个浑蛋，为了掩盖自己的罪行，竟然倒打一耙!”李复恨道。

“夫人知道上了老爷的当，但无凭无据也奈何不了他，更何况夫妻一场，真闹大了全族人都逃不了干系，便将此事忍下了，谁知道老爷还不肯罢手……”

“怎么说?”李适问道。

“一个多月前，老太爷（杜有邻）摆家宴，夫人为了颜面硬拉着老爷前去。谁知老太爷一见老爷衣衫不整，喝得烂醉而来，便当着所有宾朋之面狠狠斥责了他一番。平日里老爷还能忍耐，那日也不知是怎么了，竟当场指着老太爷破口大骂，丢下一句‘走着瞧’便拂袖而去。夫人怕他走后闹出什么事来，便命我偷偷跟着他。我跟在后面，见他上了一家酒楼，直等了两个多时辰才出来，身边还有一个黑衣男子。”

“你是说，他进去之时是一个人，出来时却是两个人？”李复道。

“对，那人身高体壮，看上去像个习武之人，腰间挂了一个偃月形的腰牌。”

“什么形状？”李复打断她道。

“偃月形，”小蓉用手在空中画了一条弯月，“上面好似还有花纹，但离得太远，看不清楚是什么。”

“是不是这样的？”李复从怀中掏出那夜从刺客身上搜出的令符，递给小蓉。

“正是这个形状！”小蓉笃定道，“那腰牌比这令符大了许多，挂在身上十分显眼。”

“那之后呢？”李适追问。

“之后老爷便回了家，我将此事告诉夫人，她听了十分担忧，第二日一早便命我陪她去老太爷府上商量此事。老太爷听了别的还好，当我提到那腰牌的形状时，忽然显得十分惊慌，又前前后后问了我几次，最后说那腰牌必定出自李林甫府上，恐怕马上会有祸事发生……”

“哦？他是如何断定的？”李复对这条线索十分重视。

“老太爷说，李林甫家中有个厅堂叫作‘月堂’，每次他谋划奸计之时，便会独自坐在月堂中绞尽脑汁地算计，任何人都不能进去打扰。若他出来时满面春风，那便是奸计已定，那么他要陷害之人便必死无疑……而那个厅堂的门，便是偃月形状。”

“果然不出我所料！”李复听罢对自己的猜测已确信无疑，“下面的事你不说我也能猜出个七八分。柳勣那日与李林甫的手下密谋之后，便写了一张诬告状送到官府，随后便被同党交到了李林甫手上，对否？”

“对！”小蓉的神情激动起来，“得知此事干系重大，夫人立刻命我去太子府给杜娘娘送信，让他们赶紧提防。可谁知我刚从老太爷家中出来，还没走出巷子，便见一队官兵拿着枷锁直往老太爷家中去了。等我到了太子府上，便听到老太爷、老爷被官府捉拿入狱的消息…… 杜娘娘不敢怠慢，即刻带我去见太子，将事情的来龙去脉如实禀告。太子听后十分震惊，要带我面见圣上禀明实情，但不知为何，最后没有这么做……”

片刻后，李适道：“祖父的做法是对的。柳勣与李林甫合谋之事，仅仅只是你们的推断，没有任何真凭实据。你身为杜娘娘之姐的贴身侍女，是太子一方的人，单凭你的几句证词非但不会令圣上相信，恐怕还有作伪证的嫌疑，若到时再被李林甫利用，借机发挥，此案便更麻烦了……”他叹了口气，问道：“那之后呢，你有没有再回过柳府？”

“回了……”小蓉边说边流下泪来，“杜娘娘不放心夫人，让我晚上偷偷去将她接到太子府上，可等我回到家中之时……”说到这，她终于忍不住痛哭起来，“夫人她……她用一条白绫，在房中悬梁自尽了！”杜良娣也抽泣起来。一时间，禅房中满是女子的悲戚之声。

“浑蛋！柳勣这个浑蛋！”李复骂道，“为了一点儿私怨，竟联合李林甫这样的奸贼陷害自己的妻族，不但使太子蒙冤，也害得自己被活活杖毙，家破人亡，全族流放，简直是亲者痛仇者快！”

李适心中更是怒潮翻涌，若非这场阴谋，自己此时仍在王府内做他的堂堂郡王，又何至于被迫离开长安，与母妃分离，在民间隐姓埋名，甚至险些死在李林甫的人手上……他冷冷一笑，清秀的脸上滑过一丝暗纹，道：“李林甫的账我一定会找他清算，他做的孽一定要还，否则我便不是李家的子孙。”

陆羽在一旁也听了个明白，见几人皆满腔悲愤，便开口相劝：“大家也别太难过了，我师父曾说过，世事轮回，天道循环，凡事必有果报，太子的冤屈一定会昭雪的。”

杜良娣与小蓉拭了拭泪。李复道：“无论如何，今日见到娘娘与小蓉姑娘平安无事，也知道了李林甫便是幕后主使，这已是一件天大的幸事。此地不宜久留，请娘娘好好收拾一下，明日一早我们便来接你们上路。”

杜良娣神色不安道：“你们要带我们上哪儿去？”

“去找一个人，他能为太子申冤。”李复道。

“真有这样之人？”杜良娣难以置信。

“李林甫把持朝政，杨国忠附逆为奸，满朝文武皆敢怒而不敢言，连我父王都不好与他们正面交锋，这天下哪里还有能扳倒李林甫之人！”李适仰天长叹。

“诶，咱们也不能太过悲观。岂不闻‘毒蛇出没之处，七步内必有解药。’万物相生相克，没有人能永远立于不败之地。这个道理鸿渐定然明白。”李复看向陆羽。

“初晨说得对，神农尝百草，一日遇七十毒，最后不还是被茶给解了？我就不信这李林甫比那七十种毒药加起来还厉害。'陆羽笑道。

"好，"李适也振作精神，"咱们便与这个奸贼斗上一斗，看看谁输谁赢！"

杜良娣道："我跟你们走，只要有一线生机，我都要为了太子试一试。"

次日天还未亮，陆羽三人便拜别了吴老伯，到天盖寺去接杜良娣与小蓉。为了谨慎起见，李复向吴老伯家讨要了两身村妇的衣裳让杜良娣与小蓉换上，好装扮成普通百姓模样，隐藏身份。几人收拾停当，重新踏上行程。

待行到雅州边界时，陆羽道："初晨，即将离开雅州地界，你可以告诉我们去找谁了吧？"

"是啊，这次就不要再打哑谜了，"李适道，"告诉我们他是何人，也好事先参详一番，心里有个计较。"

杜良娣与小蓉也好奇地望向李复，他终于招架不住，笑道："也罢，我这里有一首诗，你们若能猜出是何人所作，便是答案了。"

"你快说！"李适催促道。

"三更灯火五更鸡，正是男儿读书时。黑发不知勤学早，白首方悔读书迟。"

"这是……"李适在脑中搜寻读过的诗书，毫无头绪，"此诗必不是名家大儒所作，否则我定然读过。"

李复问陆羽："你呢，有没有听过此诗？"

陆羽心中已有了答案，笑道："此诗确实并非名家大儒所作，而是出自当今的一位大才子之手。我在竟陵时，曾听崔国辅大人多次提起他，赞他诗好字更好。此人如今正值壮年，诗作自然不会出现在宫廷书院里，念之不知道也在情理之中。"

"既然你知道，还不快告诉我他是谁？"李适迫不及待道。

"此人的先祖可不一般，乃孔子门下七十二贤人之一，人称颜子的颜回……"陆羽卖关子道。

"我朝名臣颜师古是其曾祖父之兄。此人二十五岁便考中进士，拜草圣张旭为师，如今担任监察御史，他便是颜真卿。"李复接着道。

"颜真卿……这个名字我听父亲提起过，说他不但学识渊博，书法精妙，而且为官清正廉明，官声极好，在民间颇有威望。"李适点头道，"原来这首诗是他写的，我怎么早没想到这个人。琅琊颜氏自古以来便是名臣辈出的清贵门第，若是有他相助，那真是再好不过了！"

"是啊，我虽未见过这位颜大人，但提到他的先祖颜回，那可是高山仰止，景行行止，"陆羽毫不掩饰自己的仰慕之情，"孔子曾夸赞他'在陋巷，人不堪其忧，回也不改其乐’。这种安贫乐道，胸怀天下的风范真乃后世之典范！希望这位颜大人也能承袭先祖之风，是个一身正气的谦谦君子。”

“此人如此厉害，找他申冤必是我父亲的主意。”李适道。

“是，我自然没这个眼光，一切都是你爹的安排。”李复耸肩道。

“我就说嘛！”李适一脸得意。

“那颜大人现在何处？”陆羽问道。

“颜大人此时正在五原一代巡视。我们走得快些，运气好的话，半个月后便能见到他。”

“要走半个月！”李适咂舌道，“来的时候还有马骑，难道现在要步行吗！”

“怎么，这么点儿苦便受不得了？”李复道。

“都是我们拖累的……”杜良娣内疚道。

“哪有此事？”李复指了指前方不远处的车坊道，“这次托你们二位的福，咱们坐马车去！”又对李适道：“你若不愿意坐马车的话，骑马也行。”

“你……你怎么知道我不愿意坐车！”

“你是翩翩佳公子嘛，还是骑马更有风姿。”李复嬉笑道。

“我偏要坐车！”李适撞了一下他的肩膀，径自上前去了。

“你何必总是与他拧着来？”陆羽见他走远了，对李复道。

“你也不是不知，他自小深得父母的宠爱，哪里受过一点儿委屈，经过一点儿风浪？可如今是什么世道，李林甫把持朝政，安禄山伺机待发，动荡就在一夕之间。若不趁此机会让他吃点儿苦，历练历练，他怎么能知道何谓民间疾苦，何谓世道艰难？以他的身份，将来登上至高之位也不无可能，难道到时候仅凭几句后宫的逢迎之语，仅靠几篇圣人的教诲文章便能够帮他治理天下？”李复一脸正色，全不带丝毫轻浮嬉笑之意。

陆羽听了不由得一震，原来李复对李适乃至天下的思虑之深，已远远超出了他的身份与年纪。自己与他年岁相仿，却总是自怨自艾，沉浸于男女之情中不能自拔，反将平素的志向抛诸脑后，与李复的胸怀天下相比实在汗颜。更何况，自己一向以李适的兄弟自居，但平日里为他所做的却太少太少了。想到这里，他一拍李复的肩膀道：“好兄弟，我陆羽能结识你这样的朋友，实乃三生有幸。念之能有你在身边辅佐，也是莫大的福分。以后这些家国天下之事你也多说给我听听，有什么事我也好与你一起分担！”

李复回以一笑，道：“你的心意我都知道。你素来都是以善待人，宁可自己委屈也不叫他人受苦。可这世上并非只有你这样的好人……想来我也是自作多情，这天下虽是李家的，但与我也没有太大干系。我这一番用心都是希望天下安宁，至于是否有人领情，我也不去奢望。只求他来日登上大位，不治我的罪便好！"

"怎么可能，念之是有些贵公子脾气，但这也是人之常情，他的心地是极好的！"陆羽笃定道。

李复不置可否。此时李适已租好了一辆马车、两匹马，上前将杜良娣、小蓉扶上马车后，又牵着两匹马来到李复、陆羽面前。李复笑道："又打算骑马了？"

"马车自然是让两位女眷来坐，咱们三个一人赶车，两人骑马，路上替换着来，彼此也能歇上一歇，如何？"李适道。

"如此甚好！"陆羽说着坐上马车，道，"我先来赶车，你们俩骑马吧！"

"嗯，"李复接过李适手中的缰绳道，"做得不错。"

"那是自然。"李适一笑，跨上马背，道，"咱们走吧！"三个少年扬起马鞭，直向五原而去。

几人一路前行，多日后进入五原境内。这五原是分布在长安城郊外的五处地名的合称，分别为白鹿原、少陵原、毕原、细柳原、高阳原。白鹿原乃汉文帝霸陵所在，少陵原乃汉宣帝及其许皇后归葬的杜陵所在，毕原相传乃周公陵墓所在，细柳原则是以汉丞相周亚夫的细柳营命名，与高阳原皆是历代王公贵族死后下葬的墓区。

一入五原，便觉得此地与别处甚为不同。本是秋高气爽的季节，可这里却涌动着一股干燥炙热之气。往田间望去，土地干涸龟裂，一片荒芜。再看向村舍民屋，也都东倒西歪，破败不堪。

"看样子，这里已许久未曾下雨了。"陆羽忧心道，"烈日当空，田地里颗粒无收，人们的日子可怎么过啊！"

"哎，不知颜大人是否到了此地，"李适道，"若他在此，或许能想办法解决。"

"天意难测，颜大人再厉害也不是大罗金仙，也不掌管风雨雷电，怎能由他说下雨便下雨！"李复赶着马车，对骑马在前的二人道。

"是啊，若是你这个假神棍出马，即刻便能求得雨来！"李适取笑道。

李复道："你别只顾说笑，此地如此荒凉，还是想想咱们今晚在哪儿借宿吧！"

"实在不行，只能找个破庙住上一晚了。"陆羽向远处眺望着。

李复对车内的两位女眷道："二位再忍耐一下，我们再往前走走看。"

"不必担心我们，赶路要紧。"杜良娣与小蓉在车中相互倚靠着，神色疲惫。

他们已赶了整整一天的路，眼见红日西垂仍未找到投宿之地，不由得焦心起来。又坚持着往前走了一段，过了细柳原来到了高阳原。此处自秦汉、魏晋南北朝、隋朝直到大唐以来，一直被皇室贵胄和名门望族选为修建陵墓之地。此时太阳落山，天色渐渐昏暗，四周弥漫着一股阴森、压抑之气。

望着眼前的枯藤老树，听着耳边的寒鸦哀鸣，几人更觉得凄凉可怖。在这走也不是停也不是的当口，陆羽忽然指着前方惊喜道："看，那儿有一座庙宇！"

李复顺着他指的方向一看，道："还真让你说中了，确实是座破庙，看来我们今晚要去那儿凑合一宿了。"

几人来到破庙前停下，将马拴在门外的大树旁。

"走吧，咱们进去。"李复走在前面。

陆羽也跟着上前，李适望着眼前黑洞洞的庙门，下意识地扯住他的手道："你确定咱们今晚住在这儿……"

"是啊，现在天色已晚，实在找不到别的去处，只能在这里将就一夜了。"陆羽看他脸色不对，猜测他恐怕从未到过这种阴森幽暗之地，心中害怕，便又道，"别怕，庙里有神佛保佑，不会有事的。"

"怕不怕都得进去，别像个大姑娘似的！"李复抽出长剑握在手中，一把推开庙门，走了进去。杜良娣与小蓉也跟在他身后进去了。李适只得用衣袖掩住鼻子，与陆羽一起迈进破庙。

庙里阴暗潮湿，蛛网密布，看上去已许久没有香火供奉。神案上影影绰绰有座神像，上面已落满灰尘，全然看不出是哪尊神明。李复看了一圈，见殿中没什么异样，便道："我去捡些木柴来生火，你们到后院看看，找个能休息的地方。"

"好，你快去快回。"陆羽答应着，与李适一起向后院走去。两人还未踏进院子，却听前面传来女子的尖叫之声，听来惊恐之至。

"是杜良娣她们！"陆羽忙与李适跑进后院。

只见杜良娣与小蓉跌坐在地上，正抱在一起瑟瑟发抖。

"发生什么事了？"陆羽急道。

小蓉盯着他，颤颤巍巍地向身后指去。陆羽与李适顺着她的手指一看，登时吓呆了。

十七、破庙伏玄机，府衙遇波折

后院一片漆黑，只有正中央停放的一口棺材在月光下散发着幽光。

李适当即捂住嘴，趴在一边干呕不止。

陆羽也觉得毛骨悚然，但他心有定见，不惧鬼神，上前搀扶起杜良娣与小蓉道："不用怕，不过一口破棺材而已，我扶你们到前殿去坐。"

杜良娣与小蓉惊魂甫定，由他扶着重新回到前殿。安顿好她们，他又赶忙去看李适："你好些了吗？"

"怎……怎会有这种东西……"李适已止住了干呕，脸色煞白。

"是很蹊跷，不过在这种民不聊生的荒凉之境，什么事都有可能发生，"陆羽道，"走，咱们到前殿去吧。"

李适随陆羽回到前殿，这才又道："那么阴森之物，你不怕吗？"

"行走江湖，一切都要靠自己，怕也无用啊！"陆羽说着解下身上的包袱，取出几块干粮递给大家道，"别想了，先吃点儿东西吧。"几人刚吃了两口，李复捡柴回来，见他们在前殿席地而坐，不由得诧异道："不是让你们去后院歇息吗，怎么坐在此处？"

李适不愿回想方才之事，咬着干粮不说话。陆羽道："你自己去看看吧……"

李复见几人神情不对，立即放下柴，拔出长剑向后院走去。片刻之后，只听他道："我以为是什么大不了之物，原来是口破棺材啊！你们不会是被这个吓破胆了吧？"

"说得轻松，我就不信你不怕。"李适冷哼道。

"死在我剑下的也有好几个，怕个棺材作甚，你们两个快过来搭把手！"

"你要做什么……"陆羽有种不祥的预感。

"这棺材停放在庙里必有蹊跷，我要打开来看看。"

"什么？"李适觉得他不可理喻，"要看你自己看，我可不看！"

"就知道你不敢，"李复已开始挪动棺材盖，"还真有点儿沉，鸿渐，你过来帮忙！"

"是……"陆羽只得放下干粮来到后院，与李复一起将棺材盖移开。李复向其中看去，只见棺材里陈放着一具腐坏的尸身，从衣裳、佩饰来看是个年老的妇人。观察尸身的腐烂程度，停尸了有三四年之久。棺材中除了尸身之外没有一件陪葬品，想必这老妇人是死后被人草草收敛，随后弃置于此。

陆羽不由得叹道："她的亲人真是狠心，竟将棺材丢弃在这破庙之中，这么久了还不下葬！"

"我看她的穿着服饰绝不像个寻常老妇，她的家人既有钱打这么一口棺材，又怎会将她停尸在此呢？"李复疑惑道，"看来此事要等见到颜大人之后，再行调查了。"说着便要将棺材盖重新盖上。

"等等！"陆羽忽然看见里面有什么东西一亮，仔细看去，老妇人的右手中有一物在闪烁——那只皮肉腐坏的手上紧紧攥着一枚发簪，簪头的形状甚为别致。

李复伸手去拔，半晌纹丝不动，无奈道："尸身僵硬无比，簪子拔不出来。"

"罢了，我们还是不要再惊扰她了。"陆羽说罢，与李复一起重新将棺材盖好，回到前殿。李复架起木柴生火，陆羽则从水囊中倒出些清水来为众人煎茶。几人在阴冷的破庙里草草睡了一晚，第二日一早便直奔五原府衙而去。

五原府衙坐落在五地居中之处，一向由五原尉管理当地百姓。这一任五原尉名叫郑楠，其兄长郑旭在长安城任京畿尉。郑楠虽官职不高，但对一方百姓而言便是头上的父母官，着实要紧。可惜他与其兄郑旭一样为官贪酷，对百姓横征暴敛，作威作福，这么多年来已成为地方一霸。

陆羽等人来到五原府衙门外，李复上前向为首的衙役打听道："敢问差官，不知监察御史颜大人是否在府上？"衙役打量他们一眼，爱搭不理道："颜大人外出巡视去了，不在府上，你们找他何事？"

"找他申冤。"李适冷硬道，那衙役的嘴脸着实让他看不惯。若在以往，这等小喽啰岂配与他说话？

"呵，自从颜大人到此地巡视以来，找他申冤的多了去了，还排不上你们！"那衙役一挥手，身后众衙役一起上前便要轰人。

李适怒道："身为朝廷差役，你们怎能如此蛮横无理？"

那衙役道："少废话，给我滚开！"说着狠狠推了李适一把，险些将他推倒在地。陆羽上前扶住李适，气愤道："你们怎么随便动手，还有没有王法？"

"王法就是用来收拾你们这些刁民的！"

"谁是刁民！"李适气得俊脸通红，又要上去理论，却被陆羽拦住道："念之，别忘了你的身份，还有咱们此行的目的。"

李复小声道："此处行不通，咱们先离开这儿，我另想法子。"他这边说着，没承想那几个衙役已举起武器向他们打来。李复眉头微微一蹙，闪身躲过一人的棍棒，再转身时长剑已握在手中，向扑上来的几人横扫过去，登时便将他们打翻在地。他手握剑柄，怒道："别逼我出鞘！"

为首那衙役见来了个硬茬，正准备再去喊些人来，却听不远处传来马蹄之声，抬眼一看，慌忙对倒在地上的众人道："快起来，颜大人回来了！"说着扶正帽子，一溜烟儿迎上前去。

陆羽等人听见"颜大人"三个字，一齐转身看去。只见三人骑着高头大马而来，前面开道的是两名侍卫，后面的一匹白马之上，一人头戴皂罗帽，身披碧绿官袍，气度威严地端坐着。面容英伟，长眉短髯，身姿挺拔矫健，正是监察御史颜真卿。

此时那为首的衙役已到了马前，谄媚道："颜大人回来了，小人给您牵马！"

颜真卿骑在马上，早已将方才之事尽收眼底，一指前面道："不必了，那是怎么回事？"

"一帮刁民无理取闹，大人您不必理会。"

"去将他们带过来。"

"是……"衙役暗自咒骂一声，走过去推搡李复道，"你们不是要见颜大人么，他现在命你们过去！"说着便去押李复的肩膀。那边马上的侍卫喝道："大人命你带人，没让你押人，好好带过来！"

"是……"衙役松开手，咬牙道："走吧！"

李复伸手掸了掸肩头，对他一笑道："不劳动手。"又对陆羽等人道："咱们过去。"几人来到颜真卿马前，施礼道："见过颜大人。"

"你们因何打起来？"颜真卿不动声色地审视几人。

李复道："回大人，我们有冤情要找您申诉，那些衙役不但无故阻拦，还动手打人，不得已只好抵挡一二。"

颜真卿听他说话有礼有节，知道那帮衙役素来仗势欺人，此番想必又是如此，便道："本官知道了，你们有何冤要诉？"

李复见无闲杂人等在近前，便从怀中掏出广平王的令牌，双手递给颜真卿，低声道："有位贵人让我们来找您申冤。"

颜真卿接过令牌一看，神色微变，又打量了几人一番，道："此处不便，请随本官到府内详谈。"他将令牌交还给李复，对其中一个侍卫道："将几位请到后堂等候。"说罢径自入府而去。

侍卫下马道："几位请随我来吧。"

"有劳了。"李复抱了抱拳。众人一起跟随侍卫进了五原府衙。方才那衙役见他们进去，一转身不见了。

路上，李适对陆羽小声嘀咕道："这颜大人好不懂规矩，见了爹爹之令也不下马。"陆羽道："我倒觉得不然，颜大人定有他的原因。""什么原因？方才那衙役如此横行霸道，也不见他下令惩治……"李复听到二人嘀咕，咳了一声，制止他们的对话。又走了一段路，几人来在府衙的后堂。侍卫道："请几位在此稍等片刻，我去请颜大人。"

"多谢了。"李复待他出去后对李适道："凡事未经求证，莫要妄下定论。"

"是啊，初晨说得对，咱们还是先看看再说。"陆羽道。

"好，我倒要看看他如何帮我们申冤！"李适话音未落，便见颜真卿从前厅匆匆而来。

"诸位久候了，"颜真卿边说边伸手将后堂的帘栊拉紧，随后来到几人面前，施礼道："恕下官方才礼数不周，未知几位贵人的身份是……"

李复道了句"无妨"，便从杜良娣开始依次将几人的身份言明。颜真卿听罢，重新向杜良娣、李适见礼道："下官参见娘娘、郡王。娘娘与郡王不辞辛苦移驾五原赐见，下官未能接驾远迎，还望恕罪！"

李适见他此时礼数周全，言语恭敬，心中畅快不少："颜大人不必多礼，不知者不怪……我们此番是奉太子、广平王之命前来，要请大人协助调查一件天大的冤案。"

"恕下官斗胆猜测，郡王说的想必是太子之案吧？"

李适笑道："颜大人果然料事如神，我们此来正是为了祖父之案。不知大人对此案有何看法？"

颜真卿稍作沉吟，道："下官虽职务低微，不在长安为官，但对于李、杨二人陷害太子、残害忠良之事却是早有耳闻。李林甫把持朝政这么多年，他的党羽遍布天下，就连这小小的五原也有他的鹰犬。下官到此地不久，便与那郑楠多次交锋。此人表里不一，虚伪狡诈，在五原一向横行霸道惯了，百姓无不怨声载道，可都敢怒而不敢言，究其原因还是他有李林甫作为靠山，才敢如此肆无忌惮。方才与你们过手的那帮衙役便是这郑楠的亲信。下官未敢下马接王爷之令，就是怕打草惊蛇，引起不必要的麻烦。"

"颜大人之举着实深谋远虑，我等钦佩。"李复说罢瞥了李适一眼。

李适知他何意，暗道自己方才确实有些武断，对颜真卿又多了一分好感，便道："颜大人既已对李林甫一党深恶痛绝，为何不上疏陛下弹劾他的罪状？"

"哎！李林甫把持朝政多年，势力盘根错节，绝非一朝一夕可以动摇。他思虑极为严谨，用计更是滴水不漏，又有众多党羽依附，很难抓住其把柄。何况下官职务低微，在朝中无党无势，又身在长安之外，想要与之抗衡实在是难于登天！”

“如此说来，颜大人是不敢与他们交锋了？”李适一挑眉道。

“身为人臣，眼见江山社稷被奸臣祸乱，岂有坐视不管之理？只是苦无良机罢了……”

“好，既然颜大人有为国除奸的决心，那我们此番算是找对人了，如今便有一个绝好的机会摆在面前，既可以扳倒李林甫，又能为太子申冤，不知大人可敢一试？”李复直言道。

“娘娘与郡王奉太子、广平王之命来见下官，将国家社稷之事相托，此乃下官的荣耀，必当粉身碎骨以报之，又有何惧哉？”颜真卿大义凛然道。

听罢此话，李适与李复相视一眼，心中已定。李复唤小蓉上前，对她道：“小蓉，你便将此前对我们说的，如实禀告给颜大人吧。”

“是。”小蓉对颜真卿下拜施礼，随后将太子案的来龙去脉详细禀明，说到李林甫手下佩戴的偃月腰牌时，颜真卿眯起双眸，听得极为认真。待她全都说完了，他才开口问道：“小蓉姑娘，能否再说一遍，那腰牌挂在何处？”

“挂在那黑衣人的腰间。”小蓉道。

“你当时离那人有多远？”

“我躲在暗处，中间隔着一条街。”

“那腰牌上的字迹与纹饰，你可看清楚了？”

“不曾看清，只看得出是个偃月形状。”

“仅凭一枚偃月腰牌，便能断定那黑衣人是李林甫的手下？”

“老太爷是如此说的，李林甫家中的月堂许多朝臣都曾听说过，门的形状就是偃月形的。”小蓉道。

颜真卿听罢凝眉不语，此时李复从怀中掏出一枚令符，正是那夜在伏祖庙袭击李适的杀手身上佩戴之物。李复将李适遇袭之事也说了，随后将令符交给颜真卿道：“大人请看，这令符形似偃月，上面虽空无一字，但却绣了一幅松枝图……”他在自己左手掌心画了两枝并生的松针道，“二木为林，不就是‘李林甫’的‘林’字吗？”

颜真卿将偃月符拿在手中细看。此符做工甚为精细，图案以上好的丝线绣成，如毛笔画的一般栩栩如生：青绿为质，金碧为纹，几个交叉的线条勾勒出两枚并生的松针，果然像极了一个“林”字。

“李林甫的叔父李思训擅画青绿山水，多用金碧设色，其笔下的松树独具一格。我曾有幸在家师那里见过他的画作，画上的松针与这令符上所绣的极为一致……听闻李林甫自幼便跟随叔父学画，若说这图案是以他的手迹为模所绣制的，确实极有可能。”颜真卿思忖道。他口中的“家师”便是草圣张旭。自古书画同源，张旭不但书法高超，对绘画也颇有研究，颜真卿自然也是品鉴高手。

“如此说来，这令符与那腰牌皆是李府之物无疑了。”李复道。

颜真卿沉吟不语，手持偃月符在厅中来回踱了半晌，这才回答道：“以现下所知来看，这偃月符与那偃月腰牌应是出自李府。你们所说之事，也确实与李林甫的行事作风相吻合，但我仍觉得似乎有哪里不妥……李林甫行事缜密，怎会如此轻易地将线索暴露在我们眼前……”

“怎么能说是轻易暴露？那夜若不是初晨及时相救，我早就死在李林甫的手上了，又怎能得到这枚偃月符？还有小蓉，那日若不是她到太子府上送信，恐怕也难逃被灭口的厄运。这些线索皆是我们死里逃生才侥幸得来的，焉能等闲视之？”李适对颜真卿的推测有些不满。

“郡王莫要误会，下官并无此意。这偃月符确实与本案干系重大，下官定会善加利用。下官只是觉得，此案中还有许多尚未解开之处，须得进一步查证才是。而且，仅凭我们现在手中的证据与小蓉姑娘的供词，还远远不足以给李林甫定罪……”颜真卿解释道。

“哦？难道这偃月符还不足以证明李林甫就是陷害太子的元凶？本案难道还有什么遗漏之处吗？”李复问出众人心中的不解。

“有。我来问你，柳勣用来陷害太子的卦签，是从何人处所得？”

“从景元观中的道士处所得。”李复道。

“那卦签中的爻辞，句句指向太子，必是出自精通周易之人的手笔。也就是说，景元观中至少有一位道士与柳勣是同谋。那么，此人是谁，他此刻又在何处？”颜真卿道。

“这些我们不得而知。”李复摇头道。

“还有，李林甫与柳勣第二次合谋陷害太子时，为何不将他请到府上密谈，却偏要派一名手下与柳勣在闹市中相会？既在闹市相会，为何不做寻常打扮，却要穿一身惹人注目的黑衣？最令人不解的是，此人还在腰间最显眼之处挂上了暴露身份的偃月腰牌，好像生怕别人看不出他是李府之人似的。诸如此类的疑点还有许多，不得不令人深思啊……”

“经颜大人这么一说，我也觉得此事颇有蹊跷了。”李复点头道。旁边的李适却轻哼道：“怎么听来听去，倒像是在为李林甫开脱似的。”

“这……”颜真卿一时不知该如何回答。

“颜大人的分析入情入理，此案确实还有许多未解之谜。郡王，我们既然来请颜大人相助，便要相信他的判断，不妨听听他接下来有何打算。”一直未开口的杜良娣此时言道。

李适心中虽已被他说动，但听他方才之言对李林甫是否为主谋之事表示质疑，觉得非常逆耳，一时难以接受罢了。此时听杜良娣如此说，便一笑道：“我等不懂断案之事，妄加评论，还请颜大人莫怪。不知大人打算如何查证疑点？”

“多谢郡王体谅，依下官看来……”颜真卿正要往下说，却听外面侍卫来报：“颜大人，五原尉郑楠郑大人求见，此刻正在前厅等候。”

众人听到“郑楠”二字，皆紧张地看向颜真卿。颜真卿示意他们不必惊慌，对外面道：“让他稍作等候，本官随后便到。”旋即又转身对众人道：“娘娘、郡王，恕下官暂离片刻，前去会一会这郑楠。”

“他这个时候来，是不是知道了些什么？”李复警觉道。

“尚不好说。下官命人摆上酒宴来，委屈几位在此稍事休息。”

“这些小节不必拘泥，颜大人快请去吧。”杜良娣道。

“下官告退。”颜真卿从后厅中退出，命侍卫设宴款待李适等人，接着便来到前厅。

郑楠一见他现身，立刻起身笑着拱手道：“颜大人，听闻府衙内今日来了几位贵客，要找您审理一件天大的案子。下官身为五原尉，有了要事岂有不分担之理，这便前来听从大人您的差遣。”

颜真卿摆手笑道：“哪里有什么案子，不过是他们与差役闹着玩罢了。是本官的几个远亲，从家乡捎了些土产过来，本官陪着闲话几句家常而已。”

“哦？既是颜大人的亲戚来了，下官可要好好拜见一下，不然岂不失礼？”

“郑大人的好意本官心领了，不必如此多礼……不知大人除了此事，还有别的公事要谈吗？若没有的话，本官这里……”颜真卿作势便要送客。

“颜大人此话便见外了，您奉朝廷之命在我五原地界巡视，这才多久便为老百姓办了这么多实事，真可谓劳苦功高。下官一直想找个机会替百姓们好好谢谢您。如今您的亲戚远道而来，正好给下官一个机会，为他们接风洗尘，聊表寸心。”

“为百姓办事，乃本官职责所在，郑大人万万不必如此。至于颜某人的家务事，就不劳大人操心了。”

“诶，颜大人视我五原为故土，五原的百姓更视颜大人如父母一般，您的家事便是下官的公事。”郑楠说到这儿，眯眼看着颜真卿，丝毫没有离去之意。

“这……”颜真卿见他咬住不放，步步紧逼，心道今日若不给他演上一出戏，恐怕难以打消他的疑心，不由得暗中思索着应对之法。

正当他踌躇不决之时，侍卫上前来报：“颜大人，后厅中的客人让属下送两碗茶汤来，说是您家乡的土产，请郑大人品尝品尝。”

颜真卿眉头一舒，暗道这也算得一个解围之法，希望郑楠饮了茶能够就此离去，便命侍卫将茶汤呈上，笑着对郑楠道：“郑大人，来尝尝这茶汤吧。”

郑楠看了眼桌案上的茶汤，不自然道：“颜大人，这是……”

“必是他们得知郑大人到访，特意送来给大人品尝的，您就不必客气了。”颜真卿边说边将一碗茶汤放在郑楠手上。

“这……”郑楠端着茶碗，面露难色。

“怎么，郑大人是嫌这野物粗鄙，入不得口吗？”颜真卿见他不喝，拿过他手中那碗先自饮了，之后看着他。

郑楠暗中咬牙，端起另一碗茶汤饮了一口，忽地脸色一变。

十八、谜隐玉蕊花，言伤兄弟心

“颜大人，这茶汤是何处之物？”郑楠放下碗，表情似笑非笑。

“此乃本官家乡山谷中所产，不知郑大人觉得味道如何？”

“若下官没有记错的话，颜大人乃京兆万年人士，对否？”

“不错。”

“但以下官的一点拙见来看，这茶汤更像是产自剑南蒙顶山上之物，当地人称之为菝。”

此话一出，颜真卿心中一震，他没想到这郑楠竟能从茶汤中喝出问题来，一面给侍卫暗使眼色，一面不动声色地道：“哦？郑大人能分辨出此物的产地？”

“下官不才，略知一二。”

“本官倒是颇有兴趣，不知郑大人可否讲解一番？”

“听下官讲解有何意趣，不如请您的家乡之人来给我们讲上一讲，也好一解下官之疑。”

“这……”颜真卿正在迟疑，侍卫又进来道：“大人，后厅的客人要亲自进来为郑大人献茶。”颜真卿一时无法，心道也只能如此，接下来之事就要靠随机应变了，便对侍卫道："好，命他们进来吧！"

侍卫道了声"有请"，只见从外面走进来两人，正是李复与陆羽。

李复走在前面，手里拎着铁釜与风炉。陆羽紧跟其后，捧着一个托盘，上面摆满了煎茶之具。两人将手中之物在一旁的条案上放好，这才一齐拜道："见过郑大人。"

郑楠用一双三角眼迅速瞄了二人一下，起身回礼道："不必多礼。"一张油腻的圆脸上堆满笑容，看向颜真卿道："未知这两位是？"

"他们是……"

李复不待颜真卿说下去，抢先道："在下是颜大人的表侄，这位是我的弟弟。"

"哎呀，令侄真是一表人才，只不过……"郑楠眯着眼继续端详两人，"两位令侄与大人长得倒是一点儿也不像嘛……"

"表叔与我们家是远亲，不像也是自然的。"李复立刻回道。

郑楠端起碗，又呷了一口茶，道："对了，你们是剑南人士？"

"郑大人说笑了，我们与表叔皆是京兆万年人。"

"哦？那就奇了，郑某从未听说过京兆地界产茶，而且这茶还与剑南蒙顶山上产的一个味道……"

此一问正是关键，颜真卿方才便不知如何应答，此时只好看向李复，却见李复一副成竹在胸的模样，将陆羽引荐上前道："在下的弟弟颇通茶事，既然大人有兴趣，便让他与您切磋几句。"

"那可太好了，郑某这便洗耳恭听了。"郑楠笑眯眯地盯着陆羽。

陆羽上前道："郑大人方才说，京兆万年不产茶，但不知在其不远处的金州安康的山谷中，生长着一种土茶，其茶芽鲜嫩清香，味道虽无蒙顶山上的那般高妙绝伦，但也自有一种山野隐逸之物的自然芬芳，想必大人未曾品尝过吧？"

郑楠脸上的横肉微微一跳，道："怎么，方才郑某所喝的，难道不是此茶吗？"

"当然不是。我们此行来拜见表叔之前，曾到蒙顶山游玩过一遭，那里的茶农赠了些陈品与我们，方才郑大人所饮的正是此物。家乡的山野之物，实在不好意思拿出来招待大人。"陆羽说到此处一顿，随即又道："蒙顶山上的蔎乃皇家贡品，听闻只有祭祀、册封时才能使用，满朝之中也只有皇室、宗亲才能被赐饮用，我们此番得到的只是被筛选下来的陈品，不知郑大人是在何处品尝过真正的蒙顶贡品？"

这一番话不但说得滴水不漏，还反将了郑楠一军，问得他说不出话来。一旁的颜真卿听罢心中赞赏，暗暗审视着眼前的少年。方才在后厅时，他对这个不言不语、清秀沉静的少年并未多留意，此时不得不对他刮目相看。见郑楠半晌答不上话，颜真卿指着条案上的用具，问陆羽道："这些是何物?"

陆羽道："回表叔，这些都是煎茶之具，特拿来为郑大人煎煮一些咱们家乡的土茶芽尝尝。"

"好，你这便煎来吧!"颜真卿说罢，悠然地往座椅上一靠，气定神闲地看着郑楠。他知道今日的危机已然化解了。

陆羽道了声"是"，便在李复的协助下煎起茶来。郑楠见他们又是煮水又是温杯，好一通忙活，自知今日是得不到什么有价值的线索了，不耐烦地站起身道："颜大人，下官记起还有些公务需要处理，这便不叨扰了。"

"诶，郑大人饮了茶再走吧，他们这便煎好了。"颜真卿道。

"不了，今日多谢款待，过几日下官再设宴回请，告辞了。"

"也好，来人，送郑大人。"颜真卿一声吩咐，便有侍卫上来将郑楠送了出去。李复见他一走，推了一把陆羽道："别忙活了，那家伙走了。"

陆羽正细心地向碗中分茶，头也不抬地道："他走了，茶可不能浪费。"

"是啊，"颜真卿朗声笑道，"如此好茶，让那脑满肠肥之人喝了实在是糟蹋，不如咱们饮了。"

陆羽一笑，将刚盛好的一碗热茶奉到颜真卿面前，道："颜大人，请。"

"好，"颜真卿接过茶，赞赏道，"方才多亏有你出言周旋，才暂时打消了郑楠的怀疑，真可谓才智过人。一直未来得及问你的姓名，小兄弟，你叫什么名字?"

陆羽忙施礼道："大人谬赞，实不敢当。在下陆羽，字鸿渐，竟陵人士。"

"好，鸿渐，请。"颜真卿举起茶相敬，陆羽慌忙端起另一碗茶，恭恭敬敬地相敬，两人就要饮下，李复插言道："等等，还有我呢!"说着也端起碗。

三人将茶碗轻轻一碰，对饮一口。颜真卿道："此茶是……"

"还是蒙顶茶……"陆羽有些后怕道，"那金州安康的茶芽是我从书中读到的。方才情急之下只好说出来蒙那奸官，幸好他没留下来喝茶，否则便瞒不过了……"

颜真卿道："这也不失为一个应急之法，你说得头头是道，那郑楠又被你那一问将了一军，只得见好就收了……不过，今日虽一时蒙住了他，来日他必定还会再来纠缠，得想个万全之策才行。"

“万全之策……”陆羽心中一动，忽然想起一事：“大人，在下有一事恐与这郑楠有关，不知当讲不当讲。”

“快请讲。”颜真卿急忙道。

“是。”陆羽将昨夜在破庙里所遇的怪事说了。

李复道：“此事与那郑楠有何相干？”

“你还记不记得，那个老妇人右手中死死攥着一枚发簪？”

“记得，尸体太僵硬了拔不出来。”

“那发簪簪头的花式十分独特，我至今仍印象深刻。更巧的是，方才又在郑楠身上看到了同样的纹饰。”

“什么纹饰？”颜真卿提起精神。

“大人可否借纸笔一用？”

“拿纸笔来。”颜真卿吩咐道。

侍卫送上纸笔，陆羽凭着记忆一笔笔白描出了簪头的纹饰。颜真卿与李复一起看去，只见画的是一朵盛放的玉蕊花，一朵朵五瓣花簇拥着圆柱形的根根花蕊，团团簇簇，如开在仙境中的玉蕊琼瑶，清丽玲珑。

“这是何花？”

“此乃玉蕊花。”陆羽放下笔道：“我在江陵城的开元观中见过此花。听闻此花乃已故唐昌公主最钟爱的一种花。驸马死后公主一心修道，圣上便在长安城中给她建了一座道观，名为唐昌观。公主在观中遍植此花，引得文人墨客纷纷作诗相赞，此花遂风靡一时，许多道观都将种植此花作为一件风雅乐事。”

“正可谓‘一树茏葱玉刻成，飘廊点地色轻轻。女冠夜觅香来处，唯见阶前碎月明’。”颜真卿吟道，“这玉蕊花的韵事本官也多有耳闻……那么，你今日在郑楠身上见到的又是何物？”

“是他腰带上镶嵌的玉璧，那玉璧上雕刻的纹饰与发簪上的几乎一模一样。”

李复听了道：“我也想起来了，那块玉璧质地极好，我当时见了也觉得甚为不妥。以他的品级根本不得佩戴如此贵重之物。若追究起来，那可是僭越之罪……”

“等等，你说那玉璧质地极好？”颜真卿打断他道。

“是，依我所见，那玉璧应是皇室之物。”李复笃定道。

“皇室之物……玉璧……发簪……玉蕊花……唐昌公主……郑楠……”颜真卿反复念着这几个词语，沉思良久，忽地抬起头，英目一闪道：“走，随本官去那个破庙看看！”

颜真卿一边命亲卫护送李适、杜良娣与小蓉到都亭驿的密馆中下榻，一边与陆羽、李复带着一队亲兵，直往郊外的破庙而去，一直忙到凌晨才返回府衙。他见天色已晚，便让陆羽与李复先去歇息，自己明日一早再去向李适、杜良娣请安。

陆羽与李复回到都亭驿时皆十分疲倦，道了声别便由侍卫引着各自回房歇息。陆羽已困得昏昏沉沉，刚推门进屋便觉得里面烛光闪亮，不由得强睁开眼向屋内看去。只见一人正坐在桌前看着自己，仔细一瞧竟是李适。

"念之，这么晚了怎么还不去睡？"陆羽打了个哈欠道。

李适面色微寒，站起身道："你们去哪儿了？"

"去了昨晚那个破庙。"

"到那里做什么？"

"去查那老妇人之事……"陆羽说着又打了个哈欠，睡眼惺忪道，"念之，我实在太累了，明日再与你说可好？"

"怎么，难道有何事不能现在说吗？"李适声音里透着不易察觉的怒意。

陆羽丝毫没感觉到："怎么会，只是一桩小事而已。"

"既是小事，颜大人为何连夜带着你们前去？"

"是颜大人勤于公务吧……"陆羽往床边一坐，揉着睡眼道，"别想太多了，有什么事明日再说……"

"好……你歇息吧，我告辞了。"李适丢下一句，走出屋子。

"明儿见……"陆羽咕哝一声，倒在床上沉沉睡去。

次日一早，颜真卿在都亭驿的密馆中向杜良娣、李适请罢安，将昨夜之事禀明后道："娘娘、郡王，如今之计，有两件事是当务之急。"

杜良娣道："颜大人请讲。"

"其一，需即刻派人到景元观暗中调查，查出究竟是何人受柳勣指使，伪造了那枚陷害太子的卦签。若是能够顺利查出此人，我们不仅多了一个人证，还可以顺藤摸瓜，找出更多线索来。"

"大人此言甚是。"杜良娣颇为赞同。

李适点点头，问道："那其二呢？"

"其二，便是彻查破庙中的疑案。依下官看来，此案与五原尉郑楠干系重大，恐怕背后也能牵出李林甫这条线来。"

"一口荒郊野外的破棺材能有什么玄机，值得如此小题大做？"李适道。

"郡王，此案看起来虽小，暴露的却是冰山一角，不容小觑。况且此事出在五原，郑楠又是五原的父母官，不查清此案，严惩郑楠，百姓恐怕难有太平安宁之日。如今此地又遇上大旱，民不聊生，下官一日不解五原之灾，一日也难以心安！”

几人听了此话皆深为颜真卿的爱民之心感动，唯独李适俊脸稍稍一暗，但只过了一瞬便笑道：“大人以百姓为念着实是爱民如子……那么大人以为，该派何人前去景元观查访，又派何人去调查破庙之案呢？”

“回郡王，下官以为娘娘与郡王身份贵重，小蓉姑娘乃重要人证，皆不宜在五原抛头露面，以免被郑楠的人盯上，”颜真卿说着看看李复、陆羽二人，“初晨武艺高强，江湖经验丰富，对案情涉及的人事又极为熟悉，由他去景元观查访最为合适不过。下官会派最得力的亲卫一路相助，确保万无一失。初晨，你以为呢？”

“在下全凭大人吩咐！”李复一抱拳道。

“那鸿渐呢？”李适问。

陆羽自告奋勇道：“我便留在此处，协助大人调查破庙一案！”

颜真卿点头道：“也好，毕竟你对那玉蕊花的图案最为熟悉，可以帮得上忙。”

李适听罢眉梢微微一挑，笑了一笑。

“如此安排是否妥当，请郡王示下。”颜真卿恭敬地问道。

“甚好。”李适答了一句，起身对颜真卿郑重一揖道，“颜大人，太子能否洗冤，奸臣能否铲除，全靠大人运筹帷幄，鼎力相助，李适这里先行拜谢了。”

颜真卿慌忙跪倒在地道：“郡王万不可行此大礼，下官惶恐之至！下官身为监察御史，为太子洗冤，为国除奸皆是分内之事，臣一定竭尽全力，不负厚望！”

“好！”李适上前扶起他道，“那便等候大人的好消息了。”

“请娘娘、郡王放心，下官这便去安排。”颜真卿退出都亭驿，命人将李复唤去商议景元观查访之事。李适让小蓉服侍杜良娣回房歇息后，便一个人坐在密馆的花园中默默出神。

“念之，想什么呢？”陆羽见他一人独坐着，上前问道。

李适没有说话。

陆羽以为他在为太子之案忧心，便劝道：“现下有颜大人相助，他足智多谋，断案如神，一定能为太子申冤的！”

“才见了一面，你怎么就知道他断案如神？”李适开口道。

“你不知道，昨夜我们去那破庙里调查，颜大人调兵遣将、探查取证、推理分析皆有章有法，头头是道，我可长了不少见识呢！”

“哼，为了一件小案如此兴师动众，真是不知所以。”

“人命关天，怎么能说是小案呢？”

“那我问你，太子案与五原破庙案哪个更要紧？”

“太子案关系到国家社稷，五原案关系到五原百姓，我觉得都很要紧。”

“所以你便决定留下来帮助颜大人断案？”

“是，颜大人已派初晨去景元观查访，以他的能力一定可以胜任。而我既不会武功又缺乏江湖经验，跟着他反倒是个累赘，不如就留在这里帮颜大人做点儿力所能及之事。”

“那你可还记得，当初你曾说过要一路相助与我，怎么这便忘了？”

陆羽听了很是不解：“我一直在帮你啊，怎么会如此说？”

“你明明是在帮颜大人断案，哪里是在帮我？”

“不……不是这样的，我帮助颜大人便是在帮你，帮助五原百姓也是在帮你，难道不是吗？”

“当然不是！太子案关系到皇储之位、李唐江山，稍有不慎便会动摇国本，乃天大之事，岂是一个小小的五原案可以相提并论的？”

“可是颜大人说，五原案与郑楠干系重大，而且背后恐怕也与李林甫有关，查清此案对我们扳倒李林甫极有帮助，他的话不会有假。何况，即便此案到最后真的与李林甫无关，但能够为五原的百姓申冤，不也是功德一件吗？”

“所以你还是觉得，自己做的没有错？”

陆羽听他忽而论及对错，情绪有些激动起来：“念之，你是我的好兄弟，只要是你的事，我都会尽最大的努力去做，但五原案这件事，我真的觉得自己是在帮你，而且也没有做错！”

李适咬了咬唇，语调冷道：“是我看错了你。我以为你虽出身寒微，却一直奋发图强、刻苦上进，有胸怀天下的志向，更有一颗建功立业的雄心，只要多加历练，来日定能助我一展宏图，成就伟业。没想到你竟如此不识大体，不分轻重，连社稷与百姓孰重孰轻也分不清楚，真令我难以置信！”

陆羽越听脸上越红，容颜扭曲起来：“……我不分轻重？孟子说‘民为贵，社稷次之，君为轻’。你身居郡王的高位，看到五原百姓受苦，难道就没有一点儿恻隐之心？难道你心里就只惦记着自己的前途、爵位，丝毫没有想过为百姓做些什么？难道你从前所学的帝王之道、治国之术便是教你视自身如泰山，视百姓为鸿毛？那么你方才所说的一展宏图、成就伟业，又是从何说起？你口口声声说要铲除奸佞、重振朝纲，难道不是为天下苍生谋福祉吗？”

“你！”李适被他一席话给生生噎住，惊怒交加。还从未有人胆敢如此直言不讳地指责他，就连他的父王、母妃也未曾有过。陆羽岂敢如此放肆！李适秀目圆瞪，与陆羽怒目相视，两兄弟第一次恼红了脸。

过了半晌，他收起怒容，冷哼一声道：“既然你不愿助我，留在这里也是徒劳，不如就此别过吧，我不妨碍你去走你的光明大道！”

“你……你这是赶我走吗？”

陆羽怀疑自己是否听错了，他放弃在火门山学儒的大好机会，千里迢迢护送李适到了这里，一路上所思所想的皆是如何助他完成心愿，脱离险境。如今为了这么一点儿小事，他竟要赶自己走？他们之间的兄弟情义难道如此不堪一击？还是他从未将自己视为兄弟，只不过当作一个奴仆下人，召之即来挥之即去，从头到尾皆是自己一厢情愿、自作多情？如一股寒风倏地刮进心口，直令他感到彻骨冰凉。他死死地盯着李适的面孔，希望他只是怒极了口不择言，却终究没有看到任何缓和之色。“……好，既如此，我便只能送你到此处了。”陆羽硬硬地吐出一句，便站起身直向花园外走去。

李适一直侧着脸，起伏的胸膛显示出他怒气未消。

陆羽自嘲，一个堂堂郡王岂会挽留他这个“出言不逊”的草民？他有什么资格令李适纡尊降贵地迁就与他？但心中仍忍不住为李适的处境担心，待走到转角处时又回望了一眼，那人仍是纹丝不动地坐着，留给他一个决绝的背影。他一叹道：“现下危机未除，你……好自为之。”声音很低，不知是说给李适还是说给自己。

李适低垂着眼，一直等他的脚步声完全消失，这才转过头来望向空荡荡的庭院尽头，发出一声极为微小的叹息。

半日后，李复从颜真卿处回到都亭驿，向李适等人禀明下一步的安排，三日后他便动身前往长安城中的景元观，颜真卿会派三名亲卫暗中相助。说罢，他搜寻着陆羽的身影：“鸿渐呢，颜大人叫他过去有事相商。”

杜良娣与小蓉皆说不知，李适则扭头避开他的目光，面色晦暗。

“怎么，你们俩吵架了？”

“……是。”

“为了什么事？”

“没什么事……”

“不可能，鸿渐极少发脾气，定是你出言重了，才惹他生了气！”

“我出言重了？你是没听见他都对我说了些什么！”

“兄弟间拌嘴，岂能真往心里去，”杜良娣劝道，“去，找他说开了便好。”

李适脸色愈加难看，只是站着一动不动。李复暗道事情恐怕严重了，忙去陆羽的住处找人，却见屋内空无一人，随身的行囊也不见了。不由得心头火起，几步来到前厅，对着李适怒道：“人已经被你气走了！咱们三个是一起出来的，若他有什么闪失，我不管你是何身份，都要拿你是问！”

十九、立志独访茶，疑案现端倪

陆羽背着行囊气冲冲地出了都亭驿，不分东西南北一路闷头前行，直到天边的落日映入眼帘才令他从愤怒的情绪中清醒过来，发现自己不知不觉已走了一整天，眼前便是五原的边界。望着如血的残阳一寸寸坠落在荒芜的平原之上，他平生第二次对未来感到迷茫。

第一次是他逃出龙盖寺时，小小年纪，独自一人面对眼前的红尘世界，心中充满惶恐与不安。所幸的是他一头扎进了赵苍的戏班，不仅收获了赵缨与李复这两个莫逆之交，更获得了一段踏实安稳的生活。可那时的他并未意识到这份平凡的幸福有多么珍贵。

想起在戏班时一群人其乐融融、饮酒欢笑的场景，他忽然感到腹中一阵饥饿，双腿也酸痛得难以再挪动一步，索性席地而坐，掏出行囊中的一块干粮，对着最后一抹鲜红的夕阳余晖，咀嚼起来。

干涩、冷硬。他使劲将放久了的干粮往下咽，粗粝的粮食颗粒摩擦着干渴的喉咙，有种火辣辣的痛感。这样的食物，李适那日在破庙竟也吃下了。虽然那日的干粮不像今日这般难以下咽，但对于一个生长在王府中锦衣玉食的郡王来说，已是极难想象的了，想必此次出来，也做好了经受磨难、遭遇坎坷的准备，甚至抱着一种常人无法探知的决心。这一点，他从未设身处地地为李适想过。不过现下也无所谓了，反正他今后的人生里不会再有李适这个人了。他的人生又一次被一股无名的力量给斩断了。抬起头，夕阳已经完全落下，月亮升了上来。

回想短短十几年的人生，他已经历过太多分离。父母、师父、朋友、爱人，如今又轮到了兄弟。这些世人看来再寻常不过的尘世情缘，在他手中却如流沙般不断倾泻着，越漏越多，带给他深深的挫败与无力。是他卑微的出身、浅薄的德行容不得他拥有这世间最宝贵的东西，还是他从头至尾都不该贪恋红尘，只能留在青灯古佛旁了此残生？

世事无常。这么多年他一点一滴地品味着“无常”之苦，却仍旧没有学会如何“放下”。

佛说：“无挂碍故，无有恐怖。”可他越往前走，遇见越多人，越想去爱这尘世，他的挂碍就愈加深重，又如何能做到“远离颠倒梦想，究竟涅槃”？

他一面痴想着，一面去咬干粮，却不知干粮已吃完，不慎咬在手指上。“嘶”得抽了口冷气，真实的痛感让他有了一分清醒。罢了，既然此时此刻还无法了悟，更只能硬着头皮继续走下去，去完成自己的心愿，在沿途中追寻答案。然而，他的心愿究竟又是什么？

曾经他为了坚持学儒执意不入佛门，可到了红尘之后才发现“学儒”并非是读几本诗书、做几篇文章便可以学成的。儒家教人“入世”之道，可每个人凭借什么作为安身立命之本，书里却不可能给出答案。一直以来，他是以何立身于世的？在龙盖寺时，他是智积法师的俗家弟子；在戏班时，他是伶正；在书院里，他是邹夫子的门生。如今，他是谁？

陆鸿渐是谁？是个一无所有、孤苦伶仃、无家可归的飘零之人？

不，他使劲摇了摇头。一个人究竟是谁，不应仅仅取决于他拥有什么身份、地位、金钱、权势，更重要的是他抛开这些外物的最本真的样子，他怀有什么样的理想，给尘世带来过什么，他的灵魂是什么样子。

他曾以为自己可以做一个儒士，然而他忘记了要做一个儒士最通达的道路便是考取功名，入朝为官。他虽出身寒微，但大唐允许平民百姓“投牒自进”参加科考，他也有入仕的机会。

做官……他仰慕李济善、李齐物、颜真卿那样的好官，可却无法想象自己有朝一日身披官服，正襟危坐的样子，那样的生活离他终究太遥远了。今日李适说，曾以为他来日定能成为王佐之才，振兴大唐的江山，可却看错了他。是啊，无心做官又如何建功立业，为民请命？这么看来，李适的话也不无道理。可天下之大，他陆鸿渐究竟可以做些什么？

夜风拂过，带着些干燥的泥土之味。这味道才是他所熟悉的。他是扎根在土壤中的一株小草，只有与大地紧紧相连才能获得源源不断的力量与勇气，一旦妄想飞上天空，便会干枯凋零。他将疲惫的身躯仰倒在大地上，脑海中便浮现出蒙顶山上一片片碧绿的茶田，鲜嫩的茶汤，还有吴家老人与吴振淳朴的笑脸。

“茶……”他吐出这个字。

茶，是人在草木间。不仅仅是一个名字，更是一份情缘、一个约定，是人与大自然的联结，是天人合一的境界。

他与茶的缘分可谓与生俱来，从未断绝。只有在做茶事之时，他的内心才是圆满丰足的，没有丝毫烦恼与杂念，透明如清泉，宁静如深潭，仿佛融化在柔暖的时光里。或许，这便是他的天命所在吧。那日拜别邹夫子时，夫子命他出来“访茶”。

“对，访茶……我要继续去访茶……”

想到这，他“腾”地坐起身子，默默地将这句话又念了一遍，顿如一盏明灯在心中豁然亮起，就像此刻被吹散了云雾的皎洁明月。心念一起，他浑身的疲惫一扫而空，起身重新背好行囊，就着月光继续往前赶路。行了不多时，五原的界碑出现在道旁，面前是个分岔路口。下一站，他该去何处访茶好呢？

他正望着界碑思考，突然嘴被一物堵上，之后眼前一黑，头上不知被何物给罩住，身后一个声音道：“小子，落单了吧？跟我们走吧，郑大人有好东西要招待你！”听声音像昨日在府衙门外交过手的那个衙役首领。

郑楠找他定无好事，陆羽心中一凉，心道此次恐怕凶多吉少了。无论如何，也绝不能将李适他们的身份透露出来。他暗自想着，被一左一右两个人捆住双手押上一辆车，行了一阵便被推搡下来，不知进了什么地方。待头罩被摘下时，他发现自己身处一间牢狱之中，面前的高椅上歪坐着一个人，正腆着一张油腻的圆脸笑眯眯地看着他。

“大人，这小子带来了！”那衙役边说边取下陆羽的堵嘴，将他踢倒在地，随后又捆住了他的双脚。

“做得好，你留下，”郑楠道，“其他人都下去吧，在门外守好了！”其余几个衙役退了出去。

陆羽吐净口中的浊物，道：“郑大人，你将我绑到此处，是何道理？”

“不敢，不敢，”郑楠笑道，“您是颜大人的亲戚，下官怎敢怠慢，只是昨日喝了你煮的好茶，今日想拿些更好的来款待款待你。”说着冲那衙役一使眼色，衙役从旁边端起一碗不知是何物的汤汁，上前掐着陆羽的下巴便要强灌下去。一股骚臭味扑鼻而来，陆羽手脚被缚无法反抗，只得怒道：“郑大人，这便是你的待客之道吗！”

“哈哈哈，若想做我的坐上之客也可以，”郑楠示意衙役暂时松开手，“只要你告诉我，你们，尤其是昨日我没见着的那三个人究竟是何人，我便摆一桌好酒好菜招待你……我看你这样子，恐怕是饿了一天了吧？怎么，颜大人不给你饭吃，还是你跟他们闹翻了，就此分道扬镳？”

陆羽侧过脸避开那碗秽物，道：“我们是颜大人的远亲，你不必再问了。”

“远亲……那你告诉我，三更半夜的颜大人带着从家乡来的远亲，去郊荒郊野外的破庙里做什么？难不成是去那里给你们接风洗尘？”

“这是我们自家人之事，用不着向你解释！”

“哦？不想解释……”郑楠眼角的肉一跳，“那便先喝口茶润润嗓子，或许之后便愿意说了……”

那衙役见势又要去灌陆羽，却听见外面几声惊叫，还未来得及反应，一枚流星镖正扎在手腕上，惨叫一声，碗中的秽物泼洒出来，溅了自己一身。“谁！”他定睛一看，只见一个俏丽的女子，着一身白衣，正提剑指着郑楠的咽喉，朱唇一笑道：“若想叫这狗官活命，便乖乖给我放人！”

陆羽又惊又喜：“缨儿，怎么是你？”

“我接到初晨的书信，让我到五原来与你们会合，没想到刚来到界碑之处，便看见你被他们绑上了一辆马车，便一路尾随至此。”

“你见我被绑还不出手，非要等到现在作甚？”

“不跟到此处，怎能抓到这么一条大肥鱼？”赵缨一手持剑，一手紧紧钳住郑楠的肩头，对他道：“身为朝廷命官，竟敢建造地牢，动用私刑，简直无法无天，本姑娘今日便将你送到御史颜大人手里，叫他好好惩治你，为民除害！”

郑楠狞笑一声：“姑娘，你还是先活着出了这地牢再说吧！”

赵缨凝神一听，外面像是有许多官兵正往里面冲来，心道不妙，面上气势却丝毫不减道：“本姑娘既进得来便也能出得去！”她一瞪那衙役，喝道，“去，给他解开！否则，你们老爷的脑袋即刻搬家！”

“是……是……”衙役上前给陆羽解开捆绑。陆羽起身对赵缨道：“你快走！”

“你几时听说过落跑的侠客？本姑娘走南闯北，什么阵仗没有见过！”

“哈哈哈哈，一个黄毛丫头加上一个文弱书生，还想逃出本官的龙潭虎穴，简直可笑之极！”郑楠听人声越来越近，放声大笑道。

“我怎么觉得一点儿也不可笑？”外面的官兵冲到门口，为首之人踱进来道：“郑大人，若不是你将我兄弟绑了来，我们还不知你建了这么个好地方……你这就叫作‘此地无银三百两’，不知道可笑不可笑？”

“初晨！”陆羽与赵缨惊喜道。

“不好意思，你第一次闯荡江湖，还是没能甩掉我。”李复对赵缨道。

赵缨白了他一眼，还待说话，只见一名官差手持令签走进来宣道："监察御史颜大人有令，五原尉郑楠私设地牢、动用私刑，且在其地下密室中搜出大量陪葬品，经初步查验乃当朝唐昌公主陵墓中的陪葬之物，此乃大逆不道之罪，现下令将郑楠捉拿归案，听候审讯！"说罢，便有几名官差上前将郑楠押住。再看此时的郑楠，已吓得浑身冷汗，瘫倒在地，官差使劲拖着才将他拉扯出去，狼狈至极。

待官兵都走了，所有人皆出了地牢后，李复搭住陆羽肩膀道："走吧，别闹别扭了，跟我们一起回去。"

陆羽拂开他的手道："我还有事要做，不回去了。"

"你能有什么事，别生气了，我回去叫那小子给你赔不是！"

陆羽深吸口气，正色道："你有你的使命，念之有他的天下重任，缨儿有她的侠客梦，我自然也该去走自己的道路，将访茶一事进行下去，不是吗？"

"话是这样说，可咱们三人说好了同进同退的，怎么能就此分开？再说，临行前我爹让我照看好你，你这一走，我怎么向他交代？"

"李大人那里，我以后会去当面解释，也拜托你转告颜大人，此次不能助他查案，实在是有愧，日后若有用得到陆羽的地方，无论山高路远我定当前来效力。今日一别，你们都多多保重，日后必有相见的一天。"

李复见他说得十分郑重，可见心意已决，只得长叹一声道："若不是我有要事在身，真想就此随你去了，天高海阔，咱们兄弟俩一起走上一遭。可如今……你今后孤身一人，凡事都要小心，若有事定要给我捎个信，别自己扛着。"

"放心吧，"陆羽拍拍胸膛，笑道，"我也是一条汉子，而且肚子里都是学问，绝不会输给你这个假神棍的！"

"你这小子！"李复捶了他一拳，"照顾好自己，我等着你回来给我讲你的见闻！"

"好，那我们便就此别过吧。"陆羽抱了抱拳，转身便要走。一旁的赵缨跺脚道："喂！你们两个说话，到底记不记得我还在旁边！"

陆羽笑道："你与初晨一起，我最是放心，用不着多言。"

赵缨啐道："谁和他一起了？我要随你访茶去！"

"别胡闹，这次叫你来是有要紧之事要办，三日后随我去一趟景元观。"

"可是，阿羽一个人行吗？"

"别担心，我没问题。"陆羽道。

"好吧……你……"赵缨看看陆羽，欲言又止。

“怎么了缨儿？”陆羽看出她的异样。

“有件事不知该不该告诉你……”

“有话便说，我知道你心里藏不住事的。”

“你的季兰姐姐她……”

陆羽心中一跳：“她……她怎么了？”

“我也不知道中间究竟发生了何事，总之听说她与阎士和的婚事出了岔子，恐怕是不成了……”

陆羽脑中一蒙：“那她现下怎么样？”

“这便是我最担心之事了。我听闻此事后便到开元观去找她，想劝解劝解，可谁知观里的人说她已离观还俗了，说是要去洛阳阎府寻她的夫君。我回去后与戏班众人商议，到处着人打听她的消息，皆毫无音讯，直到我出来之时，她仍是下落不明……”

“下落不明……她一个弱女子能到哪儿去呢？”陆羽只觉心中七上八下，不知如何是好。

李复道：“依我看来，她只有两个去处：其一是回湖州老家，其二便是到洛阳找阎士和兴师问罪。但听你平日里说起来，她的父亲对其管教甚严，出了这等事她定然不敢就此回家，所以最大的可能便是到洛阳去了。”

“洛阳……好，那我便到洛阳去寻她！”陆羽道。

“阿羽，你也别太担心，吉人天相，她一定会没事的……”赵缨柔声劝道，“若此次你们能够重逢，我劝你一句，一定要把自己心里的话都告诉她，不要再苦着自己了……而且我能感觉得到，她的心里也有你。相信我，女人的直觉是不会错的。”

陆羽听了此话，半喜半忧，点头道：“谢谢你缨儿，谢谢你告诉我这么多，我一定会找到她的。”

“好，我与初晨等着你们的好消息。”

“嗯，我走了，后会有期。”陆羽又看了看李复、赵缨两人，转身而去。

看着他走远后，赵缨喃喃道：“希望这一次，他们能有一个好结果……”

“会的，”李复点点头，忽而瞅着赵缨坏笑道，“你方才说女人的直觉，那你猜猜看，我现在心里想的是什么？”

赵缨哼道：“你的脑瓜里定然不会有好念头！”

“是吗……”李复端详着她俏丽的娇容，不由得收住嬉笑，柔声道：“我不在的这段日子，你过得可好？”

赵缨见他一片柔情地注视着自己，顿时绯红了脸："还好……"

"那你，有没有想我？"李复罕有地露出拘谨之色，小心翼翼地问道。

"我……"赵缨羞涩地低下头，刚要鼓起勇气开口，一名官差上前对李复拱手道："李公子，颜大人请你即刻过府一趟，有要事相商。"

李复回过神："出什么事了？"

"那破庙里的女尸，查出是何人了。"官差道。

"是何人？"

"说出来简直骇人听闻，"官差唏嘘道，"正是那五原尉郑楠的生身母亲。"

"你说什么？"李复与赵缨瞪大了眼。

二十、江湖遇诗僧，阎府历情变

陆羽望着富丽繁华的洛阳城街市，却无丝毫心情欣赏风景。他从五原苦苦跋涉至此，一心只想尽快找到李冶，故而一入城便四处打听阎府所在，可问了几个人都说不知。洛阳城多的是达官显贵之家，阎府还算不得什么高门大户，恐怕一时难以寻到。他叹了口气，想找个客栈先行住下，再细细打听。

在街上行了一会儿，他找了家干净整洁的小客栈，正打算进去投宿，却见一个和尚从里面醉醺醺地出来，一下子撞在他的身上，险些将他撞倒。

"诶，你……"陆羽站直身子正要说他，那和尚却浑然不觉一般，解下腰上挂的酒葫芦喝了一大口，边走边吟道："正论禅寂忽狂歌，莫是尘心颠倒多。白足行花曾不染，黄囊贮酒欲如何？"

陆羽听他诗作得不错，但与和尚的身份极不相称，便停住脚步好奇地打量着他。这和尚看上去三旬出头，身材高挑，形容飘逸，本是个极出众的人物，却行为狷狂，邋遢不堪，形象大打折扣。那和尚往前晃悠了没几步，从陆羽身后的客栈里追出一个店小二，一把揪住和尚道："喂，你给我站住！"

和尚打了个嗝："……何事？"

"何事？你这和尚，在我们店里住了几日都不曾收你的钱，只当是布施僧人，行善积德。你可倒好，竟然三番四次地偷店里的酒喝，整日里醉得七荤八素的！你们大伙儿来评评理，哪儿有和尚饮酒的道理？"

"是呀，这怎么能行！"

"和尚喝酒可是犯戒的……"

“就是，而且还是偷人家店里的酒，必须送交官府，不能轻饶！”

围观的看客们七嘴八舌地指责着，那和尚听了不急也不恼，举起酒葫芦晃了晃道：“偷？明明是店家的布施，怎么能说是偷呢？再说，贫僧根本从未饮酒。”

“你没喝酒，那腰上为何挂着酒葫芦？我们布施你的是斋饭住宿，这酒可不算在内！”

“贫僧说了没喝便是没喝，你强要酒钱，岂非不讲道理吗？”

“嘿，你这和尚倒还有理了！”店小二被他一番话说得又好气又好笑，“好，我也不管你该不该饮酒，你把酒钱给我结了，我便放你走。”

“钱……”和尚上下看看自己，道，“贫僧一个出家人，哪里有钱给你。”说着在人群中扫视一圈，最后一指陆羽道：“他，你找他要！”

陆羽瞪大双眼：“我？”

“对，就是你！”和尚说着又饮了一口葫芦里之物。

“你……你方才撞了我不说，凭什么又让我替你出酒钱？”

“我说是你便是你。”和尚说罢，也不待众人反应，转身便走。

店小二见与和尚说不清，只得扯住陆羽道：“既然他说是你，就快拿酒钱来！”

“你……这……”陆羽有口难辩，只好自认倒霉，掏出钱来交给店小二道：“你先拿着，今日我在你家住宿，剩下的银子回来再说！”说罢便去追那和尚，谁知和尚脚力飞快，追了好一阵儿才被他远远赶上。陆羽正要喊住他，和尚头也不回地扬声道：“你来了？”

陆羽又是一惊，跟上前道：“你怎么知道我在你身后？”

“知道便是知道。”和尚顿住脚，转身看着他道：“为何追来？”

“找你要酒钱啊！”陆羽也快被他气笑了。

“出家人不打诳语。方才已经说了，贫僧并未饮酒，也没有钱。”

“没钱也不能让我替你出啊！”

“一点儿小钱而已，何必挂在心上。”

“我……不是我挂在心上，而是你为何偏偏让我替你出钱？”

“钱已然上了，施主又何必纠结于此。”

“诶，我说你这和尚……”

“贫僧法号皎然，你唤我皎然便是。”

“我没问你叫什么，我是说……”陆羽见他一直答非所问，也不想再与他纠缠下去，便道，“罢了，算我晦气！”说罢便要往回走。

“等等，贫僧虽身无分文，但你我的因缘已然种下，贫僧还是要还的。”

陆羽觉得这和尚简直是胡搅蛮缠，没好气道：“不必还了，咱俩没缘分！”

“茫茫人海，你我今日两次交锋，岂能无缘？”

“照你这样说，满街之人都是有缘了！”

“正是。”

“好，好，”陆羽揉着快被气炸的脑门儿，“咱们就此分开，若是让我再遇见你，我便承认与你有缘，行吗？告辞了！”

“阿弥陀佛……”

陆羽恐他再说出些什么来，逃也似的离开了此处。回到客栈，向店里的人问了个遍，仍是无人知晓阎府在何处。偌大一个洛阳城，这叫他如何去找呢？心中虽然时刻挂念着李冶，但疲惫的身体却支撑不住，只得叫店小二先拿些饭菜来，待吃饱喝足了之后再出门去寻。

再来到外面，才发现已是傍晚时分，洛阳城的街市上车水马龙，热闹非凡。陆羽漫无目的地走着，查看着两旁的宅邸，却听不远处有人叫卖道：“毕罗，香喷喷的毕罗，蟹黄的、鲜花的、樱桃的，外酥里嫩，客官来尝尝吧！”

樱桃毕罗……季兰姐姐最喜欢的小吃便是这个。陆羽循声望去，只见街角处一家小吃摊正在卖着热气腾腾的毕罗，一个身材窈窕的女子站在摊前。

“姐姐、季兰姐姐！”他眼一花，狂追上去，就要抓住女子的手，却发现认错了人。这女子见一陌生男子贴近身边，转脸瞪着他道：“喂，你要做什么！”

“我……我……”陆羽被女子死死盯着，结巴得说不出话来。

“他要买毕罗。”一个声音道，“来两个樱桃毕罗，要热的。”

陆羽暗自庆幸有人替他解围，正要言谢，却发现又是白天那个和尚——皎然。皎然接过小贩包好的毕罗，拿起一个边吃边对陆羽努努嘴。陆羽不解：“怎么？”

“给钱。”

“怎么又是我？”

皎然耸耸肩，陆羽咬了咬牙，丢下钱拔腿便要走人。

“等等！”

陆羽只作不闻，头也不回地拼命往前跑，却被皎然轻松追上来，一拍他肩头道：“施主留步。”

“何事！”任陆羽再是好脾气，此时也忍不住发火了。

皎然一笑，将另一个樱桃毕罗递给他道："这个是你的。"

陆羽一把接过，狠狠咬了两口，闷不作声地吃了起来，心道这和尚恐怕是甩不掉了。他在前面吃着樱桃毕罗，皎然优哉游哉地跟在其后。走到一个拐角处，陆羽一闪身又要跑，皎然道："施主，你是否在找一个人？"

陆羽一愣："你是如何知道的？"

皎然一摊手："世人好生奇怪，如此显而易见之事，为何看不穿呢？"

"怎么讲？"

"你我二人在客栈相遇时，你正打算去住店，说明是从外乡而来；满脸的疲惫却仍在傍晚时出来走动，定然是有事；方才又差点认错那个买樱桃毕罗的姑娘，且情绪异常激动，显然是在找人……所以贫僧以为，你是从远道而来，到此处寻一位姑娘的，对否？"

"对，你说的全都对……"陆羽感叹道，"除了颜大人，你是第二个如此料事如神之人了！"

"只有心境澄明，才能洞察世事。这算不上什么料事如神，只不过世人执着于看得见摸得着的'色相'，而佛门却讲究领会万物的'空性'，故而同样的事情摆在面前，所看到的却大不相同了。"皎然道。

陆羽与佛门渊源颇深，自以为懂得些许佛法，但今日听了皎然之言，却有一种通透明澈之感，再回想此前与他的数次交谈，他的话看似答非所问但品起来却又暗藏机锋，顿令他对眼前这位与众不同的僧人油然生出一份敬意，慌忙收敛神色，双手合十拜道："法师之言精妙，在下受教了。"

皎然道："好说、好说。贫僧方才听你提起颜大人，可是那位师从草圣张旭的楷书妙手颜真卿吗？"

"正是。法师认识颜大人？"

"何止认识，我们两家乃世交。所以我说得对否，你我真是有缘。"

陆羽也笑道："因为遇见了三次吗？"

"不只如此，"皎然长眉一挑道，"你是第一个被我一说就乖乖掏钱的人，哈哈哈！"

陆羽也禁不住大笑起来。笑罢以后，两人深感投契，互报了身份姓名，一路同行起来。原来这皎然和尚身份不凡，乃湖州杼山妙喜寺的住持法师，俗名谢清昼，乃大诗人谢灵运的十世孙。近日他云游至洛阳，要来见一位故人。

陆羽道："不知法师的故人是何人？"

"贫僧与洛阳阎府的公子阎伯均有些旧交，此来便是要找他。"

“阎伯均……”陆羽惊道：“他的大名是不是叫阎士和？”

“正是此人，你认识他？”

“真是踏破铁鞋无觅处，得来全不费工夫，快带我去找他！”

两人一路赶往阎府，皎然问起陆羽因何要找阎士和，陆羽便将李冶与阎士和婚变之事如实相告。皎然听罢道：“若果真如你所言，伯均之为着实不妥了。君子一诺千金，既与令姐有了婚约，又岂能出尔反尔呢？贫僧来之前在台州刺史李嘉佑处听闻，他与李刺史之妹已定下百年之好，婚事就在年底。贫僧此次到洛阳除了云游之外，还受李刺史之托，给他捎一封书信。”

陆羽听闻阎士和竟与他人另许了婚约，心中又是气愤又是意外，没想到赵缨所说的“岔子”竟然出在这里。“我原以为他定会好好照顾姐姐，没想到他竟是这等无情无义、始乱终弃之人！早知如此，我……”他努力让自己冷静下来，继续追问道，“敢问法师，可知信中都说了些什么？”

“他人信件，贫僧不能拆看。”

“好，那我便当面找他问个清楚！”

皎然见他如此气愤，摇头道：“此乃他二人之间的情债，鸿渐不必如此动怒。”

“情债？佛家是讲究因缘和合，但不是教人陷入宿命之说……若说有债，也是我欠她的比较多，怎么也轮不到那阎士和……”

皎然听罢笑而不语。两人接着往前走，不多时见一座府邸出现在眼前。皎然道：“这便是阎府了。”陆羽走上前狠狠拍门，拍了几下之后，一个小厮打开门，看了看他道：“这位公子，您要找何人？”

“我找阎士和，叫他出来！”

“这……”小厮见他这副架势，怎敢进去通报，正要回绝，皎然上前道：“阿弥陀佛，贫僧乃妙喜寺住持皎然，受台州李刺史之托来给阎公子送一封书信，不知他此时是否在家中？”

小厮一听“李刺史”三个字，顿时笑脸相迎道：“原来是李大人的朋友，快快有请！”说着殷勤地将皎然、陆羽二人请进府中，让他们在会客厅中等候。片刻不到，一人从后院兴冲冲而来，边走边朗声道：“清昼，你怎么来了，李大人给我带了什么好消……息……”说到最后两个字时，看见皎然身侧竟站着陆羽，双脚不由得钉在了原地，僵硬地道，“你……？”

“对，是我。”陆羽死死瞪着他道：“阎兄，不，应该叫你阎公子，你把我姐姐弄到哪儿去了！”

“我……”阎士和身体微微后退，躲避着他凛冽的目光，“她……她……”

“我听人说，你已与别家女子另定了婚事，是否为真？”

阎士和又退了一步，侧过脸去：“你都已经听说了，还问什么……”

“好，”陆羽点点头，逼近他道，“我本以为你出身官宦之家、书香门第，从小学的是圣人教诲，明的是君子大义，定能知道什么叫作‘一诺千金’，没想到竟也能做出这等不齿之事，看来是我错了！季兰姐姐对你一往情深，为了你甚至不顾女子名节，背着父亲与你私订终身，将一生的幸福都托付在你身上，你怎能如此对她！”

阎士和只是低头不语。

“那日你在大庭广众之下向众人宣布了你二人的婚事，让竟陵所有相识之人都知道了。如今你回到洛阳来，一转脸便毁弃前约，与刺史大人的妹妹攀上了亲事，飞黄腾达指日可待，却将我姐姐弃之不顾，让她成了众人眼中的笑柄，这般行事是大丈夫所为吗？”

阎士和脸色由红转白，变了几变，却还是不说话。

陆羽见他一直不开口，火气越来越大：“无话可说了是吧？好，我也不管你要与谁人成婚，我只问你，我姐姐的人在哪儿？大家已经找遍了，都不知道她在何处，最有可能便是到洛阳来寻你了，你有没有见过她？”

陆羽见他还是不答，上前一把揪住他的衣领，怒喝道：“你说话呀，我姐姐她到底在哪儿！”

阎士和忽得抬起头，看着他青筋暴起的面孔，突然露出一副戏谑的神色，冷笑道：“姐姐？哼，叫得可真好听！想必所有人听了你方才之言，都会觉得阎某人禽兽不如，而你是个重情重义的好弟弟吧？”他甩开陆羽的手，整了整衣衫，用一种玩味的眼光看着面前之人道，“可是有件事你自己心里清楚，你究竟是把兰妹当作姐姐，还是对她产生了什么难以启齿的邪念，便不需要我当着他人之面挑明了吧……”

陆羽没料到他会有此言，直击心底最深的隐痛，登时愣在那里。

阎士和见他神色变了，不由得接着冷笑道：“你不必吃惊，阎某四处游历，什么样的人都见识过，也并非只遇到兰妹这一个美人儿，只不过她实在是太出挑了，不仅脸蛋儿好还颇有才情，称得上一个绝代佳人，所以我才对她动了情，想把她娶回家中，做我的正妻，不过可惜呀……”

“可惜什么！”

“可惜她并非我所想的那样，是个冰清玉洁、恪守妇道的好女子，而是个水性杨花、行为不端的贱人……”

“你说什么?!”陆羽听到“贱人”二字，脑中“嗡”的一声，一股怒火直冲上来，心肺炸裂一般。

“我说……她是个贱人!”

“浑蛋!”陆羽忍无可忍，举拳在他左脸上狠狠一击，直打得他向后一个趔趄，差点倒地。阎府的家丁看到这一幕，上来便要拿住陆羽，皎然赶忙上前扯住陆羽，劝阻家丁道：“他是一时激动，见谅、见谅。”

阎士和此时已站直了身子，示意家丁先退下，揉了揉左脸，讥笑道：“果然被我言中了，你们的关系确实非比寻常啊……本来今日还想给你留些颜面，看来是不必了。”他踱到陆羽面前：“我早就觉得你们之间有什么不对。自从你二人重逢以来，兰妹便时常魂不守舍，初时我不知是为了什么，后来却越来越明白，原来你们两个不是什么姐姐弟弟，而是相好吧？亏你们整日里人前人后装作一副姐弟情深的样子，其实私下里早就生了不轨之心吧？还是我猜得太简单了，你二人不会已经尝过男女之事了吧……”

陆羽听他越说越恶毒，气得浑身发抖，抡拳又要去打，被皎然拦住了。皎然见他二人闹成这般，忙岔开话题道：“二位都先消消气，适可而止吧……伯均，我这里有一封李刺史捎给你的书信，你先看看吧。”说着将信交给阎士和。阎士和收回与陆羽怒视的目光，转身接过皎然递来的信，边展开边不悦道：“清昼，你是如何认识他的，不分青红皂白地领来，这不是给我添乱吗!”

“路上相识觉得投缘，他说要找你，我便领来了，有何不妥?”

“投缘……自从你出家为僧之后，整个人便越来越奇怪了……”

“你也晓得我乃出家之人，为何还叫我的俗家名字，而不称我的法号?”皎然回敬道。

阎士和急切地读着信，显然已没在听他说些什么。只见他脸色越来越灿烂，读完后已是满面春光，将信在二人面前一抖搂，得意道：“李刺史信中说，他已为我谋得润州通判一职，待成婚后便可走马上任……”随即瞥了陆羽一眼道，“你也看到了，我这里正忙着新婚大事，根本没工夫去理旁人。她没来过我这里，你去别处寻吧!”

“阎士和，你当真是个始乱终弃、攀高踩低的伪君子!”陆羽听他说到润州通判之事，便完全明白了。他疑心自己与李冶的关系只是一方面，但真正令他翻脸无情的原因却是为了攀附权贵，想以姻亲的身份令台州刺史为他谋取官位，好步入仕途，平步青云。陆羽心中极为不齿，虽然自己出身寒微，但若论起攀龙附凤的机会倒是比他阎士和方便多了，可也从未想过如他这般趋炎附势，以出卖感情作为交换。看来饱读圣人之书的也并非都是谦谦君子，似阎士和这种道貌岸然的伪君子也是有的。倒不如自己这个草民活得坦坦荡荡、光明磊落。想到这，他冷哼一声道："我姐姐没有嫁给你，算是她的福分，似你这等小人行径，简直是有辱斯文！"

阎士和脸色一黑，咬牙道："怎么，你今日到我府上来大闹一场，又是出言不逊又是动手打人，我宽宏大量不予计较，你非但不知收敛还继续诋毁阎某，是不是欺我家中无人？！"说着一拍手，方才那些退出去的家丁又涌了上来，将陆羽按倒在地，抡拳便是一通乱打。

皎然制止道："你们住手！伯均，你这样做便过分了。不管怎么说，他姐姐确实与你有婚约在先，你悔婚另娶已是不对，此时又纵容家丁打人，岂是大丈夫所为？"

"都说出家人不管凡间事，此事与你无关，莫再多言！给我接着打！"

"你……"皎然见他执意如此，而陆羽已被打得满头是血，正在心焦，却听一个女子的声音道："你们放开他！阎士和，有什么冤什么孽，你敢不敢与我当面说个清楚！"

众人回头一看，一个憔悴瘦弱的女子立在门外，正满面珠泪地怒视着阎士和。

陆羽一听声音，心中狂跳，从乱拳之中拼命抬头望去，待看清来人之后，不由得哽咽道："季兰姐姐！"

阎士和语结道："兰……兰妹……"

二十一、冷情断柔肠，佛语点痴人

李冶颤抖着走上前来，指着陆羽对阎士和道："若你还有几分良心，便把他给放了！"

阎士和没有与她对视，一摆手命家丁停止殴打。李冶上前搀扶起浑身是伤的陆羽，用衣袖为他拭了拭额头上的血痕，落泪道："姐姐来迟了，让你受苦了……"

陆羽抓住她抚在脸上的手，含泪笑道："你平安无事，我便放心了……"说着剧烈地咳嗽起来，一脸痛苦之色。

“伤到哪里了，重不重？”李冶慌张道。

“没……没事，只要见到姐姐便都好了。”陆羽强忍疼痛，挤出笑容道。

李冶的眼泪又扑簌簌落个不住，哽咽道：“傻瓜……”

两人正说着，旁边一言不发的阎士和终于冷笑出声道：“怎么样，大家都看清楚了吧，此二人究竟是不是姐弟关系，不是一目了然吗？”

李冶转身怒视他道：“你住口！原本我还不愿相信，但听你方才之言便不得不信，是你散布流言，污蔑我二人的吧！”

“身正不怕影子斜，你们若无苟且之事又何惧人言呢？”阎士和知道与李冶当面对质已经在所难免，索性豁出去了。

“好，那你告诉我，你何年何月何日何时何地，见到我二人做了什么违理之事?!”李冶身子颤抖得越发厉害，艳丽的容颜此刻苍白如纸。

“哼，若是被人看见，又怎么能称得上是‘私通’呢？”他将最后两个字咬得重重的，逼视着她。

“你说谁私通！”陆羽怒吼一声，奈何满身伤痛，无法上前教训他。皎然上前扶住他，对阎士和道：“伯均，莫要再造口业了。”

“呵呵，清昼，你与他才相识不久吧，怎么这么轻易便相信此人的话呢？难道你我二人年少时的交情都白费了吗？”

“因缘流转，事无恒常，人都是会变的。”

“好，既然你不愿意信我，我也无话可说。”

李冶此时缓了缓心绪，又道：“阎士和，我问你，我放在桌案上的那些诗稿，是不是你拿走的？小怜说，你去台州访友之前，曾到开元观来找我，而我当时不在观中。你说要去我的书房坐坐，她便请你进去了。那日之后我的诗稿便全都不见了，是不是你将它们全部窃为己有了？”

阎士和神色一乱，随即冷笑道：“这又是从何说起，我拿你的诗稿做什么？能卖钱吗？你别在这里东拉西扯，胡乱栽赃！”

“我虽身在竟陵，但也听不少人提起过，台州李刺史曾扬言要为其妹找一位才貌双全的夫君，最看重的便是会作诗。莫不是你拿了我的诗稿，到那里去博取佳人青睐了吧！”

“哈哈，笑话！我拿你的诗？阎某人虽不才，但也用不着拾人牙慧吧！”

“好，我知道此事根本无法对证，也不屑与你计较。你看中了李刺史之妹的家世地位，执意悔婚另娶我也可以接受，但你不该在外面散布谣言，污蔑我与鸿渐的清白，让我无法见人……你我虽无夫妻之分，但也算有段情缘，为何一定要这般对我？”

阎士和面色越来越沉，等了半晌才缓缓道：“你当真想知道？”

“若你还念一点旧情，便让我死个明白。”

“你知道，那日宴席后我把喝得烂醉的你送回去时，你拉住我说了什么？”

“什么？”

“你哭着说‘不要走，鸿渐。’”阎士和说到此处大笑起来。

此言一出，李冶与陆羽皆愣住了。李冶那日醉得不省人事，根本不记得曾说过些什么。而陆羽此时脑中一片空白，转眸看向她，一颗心狂跳不止。

“大庭广众之下，你休要胡言……”李冶脸涨得通红。

“这时候我才如梦初醒，你既可以与我私订终身，怎么就不能与他暗通款曲，共赴巫山呢？我真想不到，你们在道观那种清修之地，也能做出此等肮脏之事来。我阎家虽不是什么高官显贵，但也是清白门第，岂能娶一个行为不端的残花败柳为妻，惹人耻笑？”

“你……你……”李冶被他说得周身冰凉，本就虚弱不堪的身子更加撑不住，摇了一摇便要倒下。

陆羽将她揽在怀里扶稳，对阎士和咬牙道：“你不必再说了，我一切都明白了……你为了博取李刺史的青睐，偷取季兰姐姐的诗稿作为你的敲门砖，顺利得到他的赏识。在与李刺史之妹定下婚约之后，又向他求取进阶之梯，谋得润州通判一职。你本想与姐姐偷偷取消婚约，将此事遮住，但又怕纸里包不住火，李刺史总有一日会知道，到时候坏了你的好事。于是你便先下手为强，散布姐姐的谣言，让世人皆以为她与我有了不洁之事，而你则成为无辜的受害者，顺理成章地毁掉婚约，是不是！”

阎士和冷冷地盯着他，沉默了半晌道：“你说什么都无用了，因为在世人那里，他们最喜欢捕风捉影，打听男女之间的风流韵事为谈资，也更愿意相信女子都是红颜祸水。无论如何，你二人之事是洗刷不清的了。”

皎然听到这儿，不屑地“哼”了一声。阎士和道：“你大可将今日之事告诉李刺史，不过我想他此时此刻相信我多过于你。”皎然无奈地摇了摇头，没有理会他。

李冶靠在陆羽怀中，听着一句接一句的恶语向自己砸来，只觉得天旋地转，胸口喘不上气来，使力攥了攥陆羽的衣袖，虚弱道：“走……带我离开此地……”

陆羽这才注意到她脸上一丝血色也没有，心中焦急，也无意再与阎士和恋战，点头道："好，咱们这就走。"他揽紧李冶，就要带着她离开，阎士和却道："姓陆的，你玷污了我的女人，还想轻轻松松地离开这儿吗？"

"阎士和，你别欺人太甚！"

"伯均，欺人欺己不欺天，凡事还是留点儿余地吧。"皎然道。

"好，今日便看在你的面子上，饶了他这一遭。不过以后，千万别让我再看到他们。"阎士和说着给家丁暗使眼色，几人上前推搡着陆羽，将他二人轰出府外。皎然也要跟着出去，阎士和道："劳烦你大老远前来送信，我还没有好好招待，留下来用顿斋饭吧。"

"不必了，你这里的斋饭贫僧吃不惯，告辞了。"皎然拂袖而出。来到阎府外，陆羽正搀扶着李冶，一瘸一拐地往前走着。他追上前去，帮陆羽扶住李冶道："走，咱们找家医馆去。"

"不，我不去医馆……"李冶不住摇头道。

"你身子这样虚弱，不去医馆怎么能行？"

"是啊，就算你不去，他也要去包扎伤口啊。"皎然劝道。

"不，我不要见人……不要……"李冶拼命用双手去遮自己的脸，举止癫狂道，"我是个不洁的女人，是个被人抛弃的人……我不要见人……"

陆羽心如刀割，抓住她的手道："姐姐，你清醒一些，不是这样的，不是！"

"是，就是这样的……你知道吗，从小到大爹爹为何对我那样严厉，就是因为我六岁时作了一首《蔷薇诗》：'经时未架却，心绪乱纵横。'人们都说这是一首盼嫁诗，说我长大后必会做出有伤妇德之事，所以爹爹才会将我送去道观清修……哈哈哈哈，可是他没料到，我这个不争气的女儿在道观里竟与人私订终身，当真做出了不洁之事，正应了那首诗……所以我天生就是个不洁之人……"

"不、你不是！你听我说，你没有做出不洁之事，你们当初是真心相爱的，怪只怪他为了自己的前程辜负了你，这不是你的错，不是你的错！"

"不，是我的错，一切都是我的错。我不该轻信他的花言巧语，更不该对你……"说到这里她哽住了，望着陆羽道，"鸿渐，你带我走，去个没人的地方……没人知道我是你姐姐的地方，好不好……"她边说边用双手捂住耳朵，"你听，爹爹在骂我，还有好多人，他们说我竟然对自己的弟弟有了不伦之心，我该死、该死……"

陆羽听她说出这番话，心中猛烈一震，如一座高墙轰然坍塌，散落一地的是他这么多年来的痛苦与相思。可此时此刻，面对这样的李冶，他真的不知是该喜还是该忧。他努力平复自己的心情，轻柔地拍着她的后背，哄道："别怕、别怕，我带你走，我们躲起来，躲到天涯海角，让阿叔找不到我们，谁也找不到我们……”

“好，我跟你走……”她露出孩子般的笑容，挣扎着要走，却眼一闭倒在他的怀中。

“姐姐、姐姐！”陆羽惊慌失措，使劲摇晃着她。皎然把住她的脉搏，诊了片刻道：“不必惊慌，她只是伤心疲累过度，心力交瘁而已，还是赶紧去找家医馆吧。”陆羽点头，与皎然一起搀着李冶，到就近的医馆中诊治。待陆羽包扎好伤口，夜已深，李冶仍是昏迷不醒。陆羽在病床边坐下，凝望着那张曾经明艳照人此刻却惨白如霜的脸，悔恨交加。他总怨她爱将心事埋在心底，却从不曾问问自己，究竟有没有弄懂过她的每一个眼神、每一句话。否则那晚他便不会与她负气争吵，从此断了音讯，连她遭遇婚变时也不在身边。方才也不会任由她站在那里，听阎士和放出那些冷言恶语，如一双手将她的衣衫一寸寸撕碎，剥光在众人面前，一点儿尊严也不剩。想起方才李冶伤心欲绝之态，他狠狠捶打起自己的脑袋，一旁闭目打坐的皎然听见响动，眼也不睁道：“你这又是在做什么？”

“我恨我自己！”

“你便是再怎么折磨自己，事情已然发生了，不如省省力气吧。”

“方才之事你也看到了，她受了这么大的打击，我真怕她以后……”

“打击？什么打击？”

“你……你……”陆羽又一次被他气得说不出话来。

“哎，”皎然捻着佛珠，睁开眼道，“世人为何这么容易起嗔心呢？她今日虽被人负心抛弃，但不是还有你陪在身边吗？你二人被那阎士和一激，就此明白了彼此的真心，不是好事一桩吗？”

“可是，我们俩的身份……虽说我们只是异姓姐弟，并无血脉亲缘，但世人终究看重名分，难免会讥笑、鄙夷我们。即便我们不在乎世人眼光，她的爹爹也不会容许我们在一起。阿叔从小养育我多年，我不想为了此事与他反目成仇，而且姐姐恐怕再也经受不了任何打击了。”

“这些恐惧都是颠倒梦想，不足为虑。我只问你，你想不想与她修成正果？”

“想，我日日夜夜都盼着与她在一起，光明正大地在一起。”

“那便去做。”

“可若世人毁谤、讥笑、看不起我们怎么办？”

皎然微微一笑：“寒山问拾得：‘世间有人谤我、欺我、辱我、笑我、轻我、贱我、恶我、骗我，该如何处之？’”

“拾得怎么说?”

“他答曰:‘只需忍他、让他、由他、避他、耐他、敬他、不要理他,再待几年,你且看他。’”

“那若阿叔阻挠我们又该怎么办?”

“只要你二人心意足够坚定,定能精诚所至,令他回心转意。”

“可世人汹汹,流言滔滔,我们想要立身于世,即便再能够忍耐,也还是会痛苦不堪吧?”

“你看它是滔天巨浪,纷纷乱石,我看它是倾倾洒洒,漫天花雨。只要你心量够大、境界够高,那些外境的挫折非但动摇不了你,还会化作成就你的基石。”

陆羽点点头,若有所思道:“师父从前命我背《心经》,我却一直读不懂。今日听法师之言,便是《心经》所说的‘不生不灭,不垢不净,不增不减’之理吗?”

皎然没有回答,只是点头道:“本来具足,何处增减?本来空性,何处染尘?我没有看错,你果然佛缘深厚。现下,是否觉得心中清明了不少?”

“多谢法师教诲。”陆羽合掌拜谢。皎然重新闭目打坐。二人虽如方才一般静对着,但此时屋中却萦绕着一片宁静、安详的气氛,陆羽纷繁杂乱的心情也逐渐安定下来。窗外传来打更之声,已将近丑时。床上之人动了动,发出一声轻吟。

“姐姐,你醒了?”陆羽俯身握住李冶的手,已不再冰冷,暖了许多。

蝉翼般的睫毛抖动了几下,一双美目徐徐张开,迷离地看向面前之人:“鸿渐……”

“是我,好些了吗?”

“嗯,”她勉力抬起头看看屋内,“这里是何处?”

“是医馆,你昏睡了好几个时辰了。”

她的目光扫向皎然,在阎府时并未注意他,此时局促道:“他是……”

皎然站起身:“二位慢慢谈,贫僧先告辞了。”

陆羽忙道:“法师要去何处?”

“接着云游四海。”

“不在洛阳多留几日吗?我还有许多不解之事想请教法师。”

“你我缘分未了,自有重逢的一日。到那时,便又是一番境遇了。”

“果真能如此吗?”

“我说如此便如此。”皎然理了理袈裟，笑对二人道，“如此，便后会有期了。”

陆羽很是不舍，他与皎然相识仅仅一日，却已好似多年的故人一般。将皎然送至医馆外，陆羽从怀中掏出一些散碎银两递给他道：“钱不多，法师在路上买酒喝吧。”本以为他会欣然笑纳，谁知皎然并不伸手，反问他道：“买酒做什么？”

“喝呀，你不是喜欢饮酒吗？这一路上没有我，谁人给你付酒钱？”

“谁说贫僧爱喝酒了？”

“这……”陆羽又被他噎得一愣。

皎然见他呆住了，解下腰间的酒葫芦递给他道：“你尝尝看。”

陆羽疑惑地接过来喝了一口，淡而无味，不由得道：“这根本就是水嘛！”

“世人见我挂着酒葫芦，便认为这葫芦里装的一定是酒，却不知实则是清水。如此轻易便被表象所迷惑，岂非他们执念太深，难以洞察真谛？你可千万莫学他们这般，一叶障目。”

陆羽心中又一敞亮，喜悦道：“在下受教了。”

皎然哈哈一笑，僧袍一抖，转身走入夜色。陆羽注视着他洒脱的背影，觉得此人既有智积法师的高深，又有颜真卿的智慧，更有一种令人参悟不透的玄妙，实在是个亦师亦友的难得之人，不由得开始盼望再次与他相遇之日了。他正想着，皎然的声音从远处朗朗传来，人却早已看不见。

“鸿渐，记着我今日说的——漫天花雨。”

“漫天花雨……”陆羽立在月下回味良久，才转身回了医馆，来到李冶床前。她斜倚软枕半坐着，正望着跳跃的烛火出神。见他进来，神色一滞，极不自然地别过脸去。他也有些窘迫，不知如何与她说话。过了半晌，二人同时道：“你……”

他一笑：“你说。”

“你身上的伤要不要紧？还疼吗？”她关切道。

“都已经包扎好了，大夫说并无大碍。”

“那便好……听缨儿说，你们访茶去了，怎么又会出现在这里？”

“此事说来话长，你先好好歇息，日后我慢慢告诉你。”

“日后……”她声音一颤，“日后会怎样……”

“你忘记了吗？”他在床边坐下，牵起她的手道，“我带着你去游历江湖，到没有人认识我们的地方，只有咱们两个，日日守在一起。”

她身子微微一抖，垂下头去。

他只道她在害羞，继续柔声道："我想好了，我此生最大的心愿便是与你一起走遍天下，访茶品水，种茶煎茶，帮助茶农，然后找个山清水秀之地盖一座草庐住下，平平淡淡地细数流年，携手到老……你觉得可好，姐姐?"

她听到"姐姐"二字，呼吸一顿，玉手从他掌心缓缓抽出道："……我有些饿了，可否帮我弄些吃的来?"

"我真是糊涂，竟忘了你还饿着肚子，我去给你煮碗面来。"

"好，我等着你。"她望着他，目光温柔，令他如饮了蜜汁甘泉般。

过了好一会儿，陆羽捧着一碗热腾腾的素面进来道："面煮好了，你快吃……"手中的碗摔落在地，屋中已然空无一人。

二十二、知心唯故友，解忧是茶花

"姐姐，季兰姐姐!"陆羽找遍整个医馆，不见李冶踪影。来到街上，天色微明，只有寥寥几人经过，他上前挨个询问，皆说没见过。她身子病弱，又受了打击，这样默不作声地走掉，莫不是要……他不敢再往下想，发疯般满街寻找起来。又问了几个远处走来的行人，只有一人道："你说的是不是一个瘦弱的女子，衣衫不整，走路有些摇摇晃晃的?"

"正是！兄台见过她?"

"我从前边来，见她往东南方向去了。"

"东南方……多谢兄台!"陆羽抱了抱拳，向东南方一路而去。怎奈他一身伤痛，只得硬撑着往前跑，脚程比平时慢了许多。如此追到了天光大亮，依然没见到李冶的人影。"我真蠢，竟连个大活人也看不住!"他不住地自责着，又往前走了一段，只听迎面行来的几个人议论道：

"那女子真是可怜!"

"是啊，不知那男人对她做了什么，竟然那般狼狈。"

"青天白日的，怎么会有这种事?"

"哎，愿她自求多福吧……"

陆羽听得心惊肉跳，上前扯住一人问："你们说的那女子现在何处?"

"喏，就在前面路尽头的那株大槐树下。"那人道。

"哎，真是可惜了……"另一人仍不住唏嘘着。

陆羽心头猛地揪紧，拔腿要往前去，但强大的恐惧感压得他几乎迈不动腿，只得一步一步向前挪着。大槐树下，一个高大健硕的青年男子蹲在那里，正要去抱起倚靠在树边的一个女子，一匹红马拴在一旁，显然他是要将女子驮到马背上去。陆羽心中透凉，只道恐怕一切都完了，但还是逼迫自己低头去看那女子的面容。苍白的脸上，一双美目紧闭着，俊眉樱唇，憔悴病弱的姿态更增添了几分动人心魄的美丽，不是李冶又是谁？

方才那几个人的话回响在耳边，定是这个男子对她做出了什么事，才将她害成这般模样！他只觉浑身的血液都涌到了头顶，双手不住颤抖着，从背后一把揪住男子的脖领，不分上下抡拳便砸，悲愤之中力道竟大得出奇，男子十分健壮一时竟也难以抵挡，重重地挨了好几拳后，终于转过身来，一只手攥住了陆羽的手，另一只手擒上他的咽喉，将他提起来，喝道："你打我作甚！"

"你伤害我姐姐，我要好好教训你！"

男子气恼道："你姐姐是谁，我害她作甚？"

陆羽指着李冶道："就是她，她是我姐姐，你把她怎么了！"

"是她？"男子一错愕，放下陆羽道："我可没有碰她一根手指，你不要乱讲话……"说到这儿忽地一个激灵，盯着陆羽道，"你说……她……她是你姐姐？"

"正是！你还有什么话好说！"

"等等，我问一句，你姐姐是不是名叫季兰？"

"呸！她的芳名也是你能叫的？"陆羽一口啐在男子脸上，谁知男子非但不恼，反而一把搂住他，欢喜道，"阿疾，真的是你！"

陆羽使劲挣脱出来，指着他道："你……你是？"

"我是诺布啊，你不记得我了吗？"

陆羽一惊："诺布……"眼前之人一身异族打扮，浓眉大眼，红彤彤的脸盘，确实很似他儿时的伙伴。他正迟疑，诺布将一旁的红马牵过来，道："你看，这是当初阿爸送你的那匹小红马，你回去时没能带走，如今已经这么大了。"

陆羽一看，这马周身枣红色，鼻梁上有片雪白的鬃毛，形似流星，可不就是自己当初那匹心爱的小红马吗！马儿见到陆羽后打了个响鼻，向他跳跃而来，显然是认出了自己曾经的小主人。

"你看，它还记得你呢！你可倒好，连我都不认识了！"诺布不满道。

"你真的是诺布，太好了！"陆羽心下高兴，但心思一时一刻都在李冶身上，上前将她搂进怀中，摸了摸手心，还是温热的，这才安下心来，问诺布道："这到底是怎么回事？”

“哎，此事说来也巧。我方才骑马路过此地，远远便见一个女子晕倒在树下，旁边有几个人在围观。我下马询问他们怎么回事，几人都说不相识，害怕惹上麻烦，没人上前相救，还叫我离远点，免得日后说不清楚。我见这姑娘如此可怜便想着先守在她身边，说不定过一会儿她的家人找来了，便可将她带回家。谁知等了半晌也不见人来寻她，路上又有好几伙人路过，对着我们指指点点，窃窃私语，有的还打起呼哨，想必是怀疑我对这姑娘做了些什么。”诺布叹了口气，“我怕玷污了她女儿家的名节，便打算先将她扶上马背送到医馆去，等她醒了之后再做打算。谁知我靠近她时，竟发现她长得极似季兰姐姐，正要赶紧救起她，此时你便从背后打来了……”

“原来如此，今日亏得遇见了你，若是遇见几个歹人，后果可真是不堪设想……”陆羽低头看向怀中之人，她依旧昏睡着，显是疲累极了。

诺布道：“此处离医馆有些远，我知道这附近有家客栈，咱们还是先到那里去歇歇脚，也好让她休息休息。”

“好。”陆羽将李冶搀扶起来，与诺布一起将她在马背上安置好，向客栈走去。途中两人重叙别情，陆羽问道：“你这是第一次来中原吧，有什么要事吗？”

“我帮阿爸到义阳去定些货，此事还与当初的那碗酥油羹有关呢……”

“哦？”陆羽提起兴致。

“阿妈将酥油羹拿给周围的牧民们喝，他们不但非常喜欢，而且有人还因此治好了宿疾。那些茶茗很快就被喝光了，阿爸便托人到中原打听哪些地方可以买到这种药草。一些从洛阳而来的商贾便说洛阳东南方向的义阳盛产此物，阿爸便托他们带些过来，贩卖给牧民们，竟卖得极好。这些年来他年纪大了，想让我接替他的生意，今年便叫我先来探探路，待明年清明前好过来办货。”

陆羽听说义阳也产茶，且已远销边境，深感喜悦。他有种强烈的直觉，茶不仅仅会受到越来越多的人喜爱，更能成为大唐与番邦进行互市交易的重要货物，甚至具有更为深远的意义。

“你在想什么？”诺布问道。

“我想随你一同去义阳看看，一是带姐姐过去散散心，二是看看那里的茶园。”

“茶？”

“对，茶茗便是茶。”陆羽将如何给茶命名之事说了，诺布赞道：“人在草木间，我喜欢这个说法。牧民生活在大草原上，时时处处与自然为伴，他们也定会

喜欢这个名字的！’

“那么，以后这酥油羹便可叫作‘酥油茶’了。”

“好，就叫作‘酥油茶’！”诺布欢喜道，“这次有你随我一起去义阳，我这心里就完全踏实了。回头定下货，阿爸回去定会夸奖我的！”

“能帮助到你们，我可是乐意之至！”

二人一路说着，来到一家客栈入住，待都安顿妥了，李冶这才悠悠转醒。陆羽将诺布在途中相救之事说了，李冶与儿时伙伴相见自是欢喜，也把心中的愁怨消解了些许。

陆羽小心翼翼地服侍她吃了些东西，随后在屋中静静守着她。在追赶她的这一路上，他将自己的所作所为好好反思了一番。现下她初遭变故，对阎士和负心绝情之事尚未完全消化，他又贸然提出与她相守一生之事，任是谁一时也难以接受，更别说他二人之间还横着一个姐弟的名分。

昨日李冶癫狂时所说的话，令他对她有了更深刻的了解。

他知道她一向喜欢隐藏心事，却不知竟累积了这么深的痛苦，此次发作出来的恐怕只是冰山一角。从小到大，她独自咽下多少愁绪，擦过多少眼泪，又有谁能真正体会？压垮她的并非阎士和的几句恶言恶语，而是她从小所经历的质疑、偏见、压制与束缚，是她从未被父亲、他人所看到的真实的内心，是她从未获得的父亲对她无条件、无要求的爱……她背负着期待，也背负着原罪，这些早已成为压在她身上的千斤巨石，连同她的痛苦一起被埋在最深最冷的海底，不见天日。身为世上最亲最近的人，他们却从未真正看到过她、认识过她、了解过她，从不知道她究竟是谁。她像个孤立无援的孩子，瑟瑟发抖地捧着自己千疮百孔的心，大声呼救，而自诩爱她的人们，隔着一层层虚假的纱帐，欣赏着她的美貌与才华，担忧着她的前途与归宿，却从未有人真正去倾听过她的声音……好在，他终于趁此机缘，看到了她最真实的样子。皎然说得对，这当真是一桩大大的好事。

凝望着李冶的睡颜，他目光愈加温柔起来，像看着一个需要自己守护的孩子。他告诫自己一定要慢慢来，一点点化解她的痛苦与恐惧。这样想着，他伏在床边睡了过去……

醒来时天已亮了，他揉了揉眼，见床上无人，霎时又一心惊，慌忙起身去找，却见李冶端着几碟饭菜，走进来道：“你醒了？快洗漱一下，吃些东西吧。”

“……好。”他愣了片刻道，“昨夜睡得可好？”

“还好，”她笑了笑，“怕是你没睡好吧？”

“我没事，”他在一旁的盆架处草草洗了把脸，漱了漱口，坐下来用起早饭，“你怎么不吃？”

李冶回过神，在他对面坐下。

“我与诺布说好了，咱们随他一起到义阳去看看，听说那里有许多茶园，风景也很美。”他轻松地道，随手给她碗里夹了些菜。

她吃了两口饭，迟疑地看着他。

“一会儿你随我到街上买些必需之物，到义阳怎么也得走上几日。还有，你的衣服破了，要买两身新的。”他轻描淡写地说着，不强迫，但也不给她多想的时间。

“好吧。”她点头应了，对他冷静、淡然的态度感到吃惊，但也生出了一份踏实与心安，毕竟他们曾是那么亲密无间的两人。

次日一早，三人收拾已毕，陆羽在马行雇了一匹马，与李冶共骑，诺布仍骑着那匹红马，三人一路向义阳而去。这义阳位于淮河上游，属淮南道管辖，自古以来便被美称为“北国江南”。如今已是深秋时节，一路观赏风景，随性游玩下来，李冶的身子渐渐恢复过来，精神也好了许多。加上陆羽的温柔体贴，还有诺布时常讲些商旅间流传的奇闻逸事来与她解闷，她这才将婚变之事慢慢放下，脸上有了笑容。

这一日，三人来到义阳车云山脚下，诺布下马道：“咱们到了，往山上走便是茶田！”他指着不远处的一座村落：“我先去找户人家投宿，给马喂喂草。你们若不累的话，可以先上山看看。”一路上，他都想尽办法给二人留些独处的时间。

“好，”陆羽会意，将李冶扶下马道，“总喝我煎的茶，你却还未见过什么是茶田吧？走，我带你上山看看！”

李冶淡淡一笑，由他牵着手向山中走去。山上云雾缭绕，群峰挺拔，碧绿的茶田散发着幽香。

两人爬到半山腰处，陆羽指着山的另一边道：“你看，翻过这座山还有一座山叫作烈山，炎帝神农氏便是在那里出生的。相传神农氏诞生之后，三天能说话，五天便能走路，长大后尝遍百草，传授百姓农耕种植之术。你说，他老人家当初是不是就是来到此山上，发现了古茶树，然后采下几片叶子，放在嘴里慢慢嚼了之后，发现通体舒畅，一下子将那七十种毒都解了呢？”他边说边采下几片茶叶，揉搓一番后，将两片放在口中咀嚼，另外的递给李冶，让她也尝尝看。

李冶接过茶叶，像他那般咀嚼起来，苦涩过后一股甘甜慢慢升起，满口生香。

“怎么样？”陆羽问道。

“很清香……”她低头抚弄着油绿的茶叶，忽地神情落寞道，“这茶树纵有千般好，只可惜它开不了花，无法绽放，总是有那么一丝遗憾。”

“谁说茶树不会开花？它开起花来可美极了！”他故意将“美极了”三字拖得长长的，笑望着她。

“是吗？”她美目一亮，“那它的花是什么样子的？与山茶花一样吗？”

“你真的想知道吗？”

她点点头，满脸期待地望着他。

“茶花并非世人常见的山茶花，它是茶树上自然生出的花朵，花期因地域差异而有所不同。此地位于淮南，茶花应在秋末冬初时分开放。如今已是深秋，这里的茶花很快便会开了。”陆羽道。

“那我们……”

“若是你想看，我们便留下来，等着茶花开遍山坡。”

“可以吗？”

“当然可以，你若喜欢，在这儿住上一辈子也可以……”

她眼神一晃，低下头去：“你知道，这是不可能的。”

“不要去想可不可能，我只问你想不想？”

“爹爹他不会答应的……”

“也不要去想阿叔会不会答应，你只需要听从自己的心愿。”

“我的心愿……我的心愿并不重要，上一次我便是听从了自己的心愿，才会走到这步田地。”

“不，那并非你真正的心愿……那时你被阿叔送到开元观，身边除了小怜这个丫鬟之外，没有一个可以诉说心事之人。原本我还可以为你分担一些愁绪，你又以为我已出家为僧，心中更添落寞。而此时有阎士和那样的人出现，可以陪你纾解心绪，又能让你有种摆脱束缚的新鲜感、刺激感，你会心动那是再自然不过了。”

她惊呆了，他的每一句话都如同她的心语一般，揭开她心底最真实的想法，有些事就连她自己都未曾意识到。比如说当初对阎士和的迷恋，其中便有想要冲破束缚、脱离压制的意味。与其说她爱上了阎士和，不如说她爱上了阎士和许诺给她的锦绣未来。只可惜这一切都如镜花水月般，化为一场虚幻。

见她凝眉思索，他停顿了片刻，接着道：“这些往事不要再提。咱们现下有的是时间，不如就在此处小住下来，慢慢去寻找答案。”

"真的可以吗?"

"我说可以便可以。"他学着皎然的口吻道。见她仍在迟疑,又道:"那日皎然法师对我说,一切外境所加之于你的嘲笑、诟病、束缚,皆是颠倒梦想,皆是虚幻。只要你心量够大、境界够高,别人看来是滔天巨浪,在你却是漫天花雨飘落……"他再次牵起她的手,认真地道:"想好了吗,要不要留下来,看漫山遍野的'茶花雨'?"

"茶花雨……"她喃喃地道,心中升起点点希望。

"你怎么知道我们这儿有茶花?"一个甜美稚嫩的声音道。

陆羽与李冶转过身,只见一个四五岁的小女娃,穿着一身粉绿相间的衣裙,正歪着小脑袋瞅着他们。再往脸上看去,水润的大眼睛,红扑扑的小脸儿,模样十分灵动可人。

李冶笑道:"这是谁家的女娃娃,好生可爱!"

陆羽半蹲下身子,对她亲切道:"告诉阿叔,你们这儿的茶花好看吗?"

小女娃使劲点点头,大眼睛眨巴一下:"嗯,可好看了,我最喜欢茶花了!"

"小娃娃可不会骗人,你还有什么好犹豫的呢?"他看向李冶,她终于微微点了点头,算是应下来了。小女娃好似看懂了般,拍着小手欢喜道:"太好啦,今年有人陪我看茶花啦!"

"哈哈哈,你这个小可人儿!"李冶摸摸她的小脑袋。此时,远处传来女子的呼唤之声:"碧儿,别在山上贪玩,天快黑了!"

"听见啦!"小女娃应了一声,便往山下跑去。

陆羽扯住李冶的手,两人随着小娃娃一起往山下走去。

二十三、五原御史雨,义阳白露茶

下得山来,小女娃蹦跳着来到自家院门前,对站在栅栏边的母亲道:"娘亲,碧儿回来啦!"又回头指着陆羽、李冶道:"是他们陪着我下山的。"

碧儿娘向陆羽、李冶淳朴地笑道:"给你们添麻烦了。"

"哪里,令爱懂事极了,我们喜欢得很呢!"李冶笑道。

他们正说着,诺布从农舍里走出来道:"诶,你们怎知我选了这家投宿?"

陆羽一指碧儿道:"巧极了,是碧儿引我们到了此处,没想到竟与你不谋而合了。"

“这就是缘分！别只顾站在外面说话，快进来歇歇脚吧！”碧儿娘一边说着一边热情地将他们请进家中。二人安顿下来，诺布向他们介绍说，此户人家姓张，是此处的种茶大户，山上一大片茶园皆是由他们种植打理的。每年采茶、制茶时，还要请人来帮工，才赶得上制作最新鲜的茶饼。当家的张大哥过几日才能回来，待一回来便带着他们上山看茶。

“也好，我们正可以先歇息一下，季兰姐姐这几日也累了。”陆羽道。

他们说话时，碧儿一直在旁边好奇地听着，此时忽然扯住陆羽的衣角道：“阿叔，她是你的姐姐呀？”

三人一愣，低头看向小女娃，李冶脸上极不自然地一红。陆羽也被她问得一愣，正不知如何回答，诺布笑着对她道：“碧儿觉得呢？”

“我觉得她不是阿叔的姐姐。”

“为何呀？”诺布问道。

“因为他们在一起的样子，和我爹爹与娘亲一样。”碧儿认真地道。

李冶脸色更红，陆羽偷眼看去，正对上她羞涩的眼神，两人都慌忙低下头。

诺布哈哈笑道：“碧儿真聪明，你说对了，他们二人很快就是夫妻了！”

“你……”二人脸上如火烧一般，一起瞪向诺布。诺布嘿嘿一笑，转过头对碧儿娘说道：“大嫂，上些茶来给我们尝尝吧！”

“不用你说，都已经煮好了！”碧儿娘端着几碗茶汤乐呵呵地走过来道：“你们来的时节不凑巧，春茶早已卖光了，这是刚入秋时采的秋茶，我们把它叫作‘白露茶’，用清水煮了些碾碎的茶叶子，你们喝着解解乏吧！”

“多谢了。”诺布道罢谢，三人端起茶汤。陆羽仔细观察茶汤的色泽，碧绿明净，绿中带翠。再轻嗅其味，香气高鲜，与他此前在竟陵、蒙顶山所饮的不同，又是另一番滋味。他饮完茶，对碧儿娘道：“大嫂，可否将尚未碾碎的茶叶拿些来给我看看？”

碧儿娘应了一声，将茶叶盛了一小碟，放在他面前。只见白色小碟中的茶叶根根分明，叶片紧细，鲜绿中带着光泽，芽叶细嫩有峰，上有白毫，外形细、圆、光、直，分外精致，不由得赞叹道：“真是造化神秀，这义阳茶纤细灵动，如一根根碧绿的尖针，味道也分外清新，真可谓淮南茶中的佳品啊！”

“公子说得头头是道，比我们这里的教书先生说得还好！赶明儿说给我夫君听听，让他也学上几句！”碧儿娘赞道。

三人喝了茶，又用了些饭食，便就此住下。过了几日，张大哥果然从外面回来了，与他同来的还有他的表弟，俗家姓石，是个十来岁的小道士。这小道士来了之后，整日病恹恹的，总把自己关在房中，极少出来。陆羽本想问他是否在景元观出家，又觉得此乃他人私事，自己还是莫要多事为好，便没有细问。

张大哥一到家，次日清晨便带着三人上山看茶。诺布与陆羽问起采茶、制茶之法，张大哥道："采茶的最好时间是在每年的二月到四月之间，到了秋天农闲时，还可以再采一次，不过秋茶还是不如春茶来得好。到了采茶那几天，一定要选晴天无云的日子，早早起来，采摘那些带着露珠的嫩叶子。拿回家以后放入甑中蒸熟，然后用杵臼捣烂，放到棬模里压成饼，焙干了，最后把做好的茶饼穿成串封好，就算是制成了。"他娴熟地讲解着，只听得诺布、陆羽二人钦佩不已，足见其乃真正的种茶、制茶行家。

一番了解下来，诺布与张大哥相谈甚欢，加上陆羽从旁考察，对他家的茶饼十分满意，最终定下来年清明前的春茶，到时候诺布带着商队直接前来取货交易。定好之后，诺布见此行任务已了，又在主人的盛情挽留之下多住了几日，这日便打点好了行装，准备回家向多吉大叔报告喜讯。

陆羽与李冶将他一直送到车云山脚下，依依不舍地话别。陆羽道："回去给多吉大叔问好，你自己一路小心。"

"放心吧，"诺布瞅瞅李冶，对陆羽挤眼道，"你别操心我了，我可等着喝你俩的喜酒呢！"

"又胡言！"李冶嗔他一句，"也记得给你阿妈带个好，她煮的酥油茶我现在想起来还回味无穷呢！"

"知道啦！你也别馋，等你们有了小娃娃时，我让阿妈再煮了给你吃。"

"我看你今日是不想好走了，看我不打你！"李冶通红着脸，伸手去捶打诺布，却被他灵活地跳开，一闪身跨上马背。

"不说笑了，你们多多保重，咱们后会有期！"诺布道。

"保重！"陆羽、李冶向他挥手作别，待他走后，李冶道："这么贫嘴，看他日后如何讨到娘子！"

陆羽笑道："他自小便是如此，天真烂漫。牧民们的日子虽苦了些，但他们在草原上自由自在的生活，心胸自然也开朗广阔，这是一种福分呢！"

李冶淡淡一笑。与陆羽在义阳的这段日子，令她的心境开阔了不少，也不再为阎士和之事而伤心。只不过，在她心中还有两道跨不过去的坎儿，一是将来如何去见爹爹，二是他们之间的姐弟名分。这两个障碍不除，她终究难以敞开心扉。

陆羽见她又陷入沉思，便也不问，与她静静地往回走去。还未走到碧儿家时，远远便见门外立着三个人，正一边向内张望，一边商议着什么。他觉得三人的背影极为熟悉，又走近了些，只听三人道：

“全村都找遍了，他只可能在这户人家里。”

“那我们还等什么，直接进去把他带走便是了。”

“不妥，他一路逃到这里，定然已经吓破了胆，若我们贸然将其抓获，他惊惧之下，若是什么也不说，反倒麻烦。”

“那……”

三人正在合计，陆羽上前一拍其中一个少年的肩头，道：“不用愁，我带你们进去。”少年回身一看，喜道：“鸿渐，是你！”另外两人也转过身来，面露惊喜。三人正是李复、赵缨与李适。

赵缨一眼瞅见陆羽身后的李冶，上前拉住她的手道：“太好了，阿羽真的找到姐姐了，害得我担心死了！”

李冶对她笑道：“劳你这么记挂着我，我没事了。”

“季兰姐姐……”李适目不转睛地盯着李冶，喃喃道。

“你是……？”李冶对眼前之人有些迷惑。

“你不记得我了吗，我是……”他想说自己是当年的小世子，却想起不能在大庭广众之下暴露身份，只得换言道，“娘亲曾带着我们三人一起看戏，在西北承风戍……”

李冶眼光一亮：“你……你是……”正要喊出名字，陆羽一扯她的手，打断道：“此事稍后再叙吧。”他也不看李适，对另外两人道：“初晨、缨儿，你们怎么到这儿来了？”

“我们发现了新的线索，要来找景元观的一个小道士对证。据我们探察，他应该就在这户人家中。”李复道。

“你们要找的小道士，是不是俗家姓石？”陆羽问道。

“正是，你是怎么知道的？”李复惊奇道。

陆羽将他们如何借宿在碧儿家中，张大哥又何时带着小道士回来之事说了。赵缨道：“太好了，我们正发愁如何进去找他呢！”

“你们稍等片刻，我先去跟大嫂说一声。”陆羽说罢牵着李冶推开院门，走进院中。

李适凝望着李冶的背影，默默出神。李复一推他道：“喂，你发什么痴啊！”

“娘亲……”李适下意识地道。

李复大翻白眼：“那是鸿渐的姐姐，怎会是你娘亲？别是出来久了，想娘想疯了吧，哈哈哈！”

李适对他的打趣充耳不闻，仍是痴痴地看着。

不多时，陆羽出来道："不凑巧，方才张大哥带着他出门去了，说是明日才能回来。大嫂问你们要不要住下，等人来了再说。"

"这样再好不过了，我正有一肚子话要与你说呢！"赵缨抢先道。

李复也道："如此甚好。"与赵缨一起走进院中。李适半晌才回过神，跟上前去。几人在碧儿娘的热情款待下用晚饭，赵缨询问陆羽如何与李冶重遇，陆羽怕李冶难堪，只是随便敷衍几句。自始至终，李适都不发一语。待用罢饭，李冶回房歇息，四人才在院中坐下，聊起别后之事。

李复看四下无人，压低声音道："五原的案子破了。"

"哦？是怎么一回事？"陆羽颇为欣喜，问道。

"说出来真是令人难以置信……"李复叹了口气，接着道，"那日破庙中的老妇人，竟是那郑楠的生身母亲！"

"怎会有这种事……郑楠有权有势，家中定有上好的墓地，为何将母亲的棺木放在破庙中不管不问？"陆羽问道。

"哼，这世上有些人披着一身人皮，所做的事却连畜生也不如！"赵缨气道。

"究竟发生了什么？"

"此事皆因高阳原的唐昌公主之墓而起，而你当时发现的玉蕊发簪，便是最关键的线索。"李复将案情始末细细道来。

"三年前，五原曾发生过一起震惊朝野的案件。唐昌公主之墓被人盗开，里面的陪葬品遭人盗走。此案一出，龙颜大怒，圣上命李林甫督办，五原尉亲自彻查，限十日内破案。郑楠接到旨意，三日便破了案。说是一个穷书生落魄至极，遂生奸计，与几个土匪合谋，将公主之墓盗了，偷走大量陪葬品，被郑楠带着人一举抓获，人证物证俱在。圣旨下来，将穷书生判了个诛灭九族，秋后便问斩了。说来也蹊跷，问斩当夜五原便暴雨倾盆，整整下了一夜，自那天起三年来再未下过一滴雨。世人皆以为此案已了，直到那日我带人去地牢营救你时，发现郑楠的密室中藏有大量皇家珍品，抄回去细查，竟全是唐昌公主的陪葬品。颜大人随即下令审问郑府的管家、仆人，真相自此大白。原来，那唐昌公主之墓正是郑楠所盗，之后又栽赃嫁祸他人的。"

"那老妇人又是怎么回事？"陆羽又问道。

李复正要说，赵缨抢话道："是郑府的管家招供的。那郑楠之母一向吃斋念佛，得知此事后前去指责儿子，命他将陪葬品放回去。郑楠怕她吵嚷出去，便挑出一枚玉蕊发簪交给母亲，想哄她就此住嘴，谁知郑母死活不依，说他这样做会触怒神灵，举着拐杖要责打儿子。郑楠一向侍母不孝，母子俩争执起来，他失手将母亲推倒在地，致使其当场身亡。惊慌之下，他命管家将母亲草草收敛入棺，本想葬在祖坟里，但又记恨母亲从不与他一条心，总是对他的所作所为指指点点，便一狠心连葬也不葬，命管家连夜将棺材丢弃到郊外的破庙之中，以泄心头之恨。可怜郑母一个老妇人，常年住在后院的斋房里，饱受郑楠、郑旭两兄弟的虐待，家中除了管家和几个仆人外，根本无人见过她，更不可能得知她遭遇了这一切。若不是你们那夜在破庙中的发现，恐怕此事便石沉大海了！”

“郑楠、郑旭两兄弟恶贯满盈、天怒人怨，此番终于到了偿还罪孽之时！”陆羽心中大快道。

“是啊，颜大人已将此事上奏朝廷，恐怕李林甫也救不了他了！”

“李林甫此时避之唯恐不及，他乃此案督办，当初定然是收了郑楠的好处，才包庇于他。”李复哼道，“只不过，此事现下还不便挑明，先除掉郑楠为五原百姓申冤是当务之急。李林甫的账，便只待日后再一起清算！”

“你说得对！”赵缨忽而煞有介事地道，“阿羽你知道吗，此案一破，五原便出了一件奇事……”

“何事？”

“郑楠被押解回京的当日，五原便下起大雨来，一直下了三天三夜，将三年的大旱给解了！老百姓们欢喜不尽，感念颜大人的恩德，纷纷跪在府衙外面给颜大人磕头，说这雨是颜大人求下来的，应该叫作‘御史雨’。”

“好个‘御史雨’！”陆羽激动地站起身，拍手称快道，“我大唐有颜大人这样的清官，真乃百姓之福！这是我这么久以来听到的最好的消息了！”他喜不自胜地来到李适面前，对他道：“念之，我说什么来着，颜大人他一定可以的，一定可以的！”

李适自今日见了陆羽之后，便一直没有和他说话，实则不知如何开口。此时见他主动与自己分享喜悦，心中也觉得十分亲切，便也不再掩饰，起身道：“对，你说得对，颜大人是我大唐的好官。我从前心有偏颇，错怪了他，更错怪了你……”憋了许久的道歉自然而然地说出了口，李适倍感轻松。

陆羽没想到他会在李复、赵缨面前坦率地向自己认错，对于身为郡王的他来说已十分难得，心里积压的那些不快瞬间便抛到了九霄云外，对李适诚恳地道：“那次之事我也有错，我不该口不择言，说出那些不知分寸的话。你此次出来受了不少苦，又急于查出真相，心中自然焦虑，而我不但没为你着想，还与你发火争吵，都是我的不对。”

“不，你那日说得很对，我是只顾自身之事，没有为五原的百姓着想……那日五原天降甘霖，看到百姓们在雨中跳舞、欢歌，我忽然感到一种巨大的喜悦，这感觉是我在长安城中从未感受过的。是你的一番话点醒了我，让我明白自己手中究竟掌握着什么，将来要做的又是什么。”

陆羽听了深感欣慰，笑道：“你能这么想，我们便是再吵一架也值了！”

“你们两个可别再吵了，你们吵得是痛快，我可消受不起！”李复道。两人看向他，哈哈一笑，自此芥蒂全消。

陆羽拉着李适重新坐下，问道：“不知你要办的事进展如何了？”

李适道：“颜大人果然切中要害，初晨与缨儿前番到景元观去暗查，发现了许多重要线索，这也是我们赶到义阳来的缘故。”

“那小道士与此案有关？”

“不仅有关，而且干系重大。”李复答了一句，又望了望四周，“虽说是在乡下，也难免隔墙有耳，此事容后再说吧。”

“你说得极是。”

四人见天色不早，便熄了院中的灯，回房歇息去了。次日清晨，陆羽被一个稚嫩、甜蜜的声音唤醒。睁眼一看，碧儿趴在他的床头，眨巴着大眼睛瞅着他：“阿叔你可醒啦！娘亲叫我来唤你，说山上的茶花开了，叫你们去看呢！”

“茶花开了？”他一下子坐起身，揉了揉碧儿的脑袋道，“碧儿，可否帮阿叔一个忙？”

“嗯……但是阿叔要答应我，带我一起去看茶花！”

“没问题！”

“阿叔要我做什么？”

“你去我姐姐房中将她唤起来，告诉她打扮得美美的，半个时辰后到山上来。”

“阿叔有礼物要送给她吗？”

“碧儿真聪明，不过千万别把礼物之事告诉她，快去吧！”

“嗯！”碧儿应罢，跳着去了。

陆羽迅速起身穿戴好，饭也未吃，直往茶山而去。

二十四、情定解忧花，意乱迷津渡

李冶被碧儿的小手牵着，迎着冬雾初散的朝阳，一步步向茶山走去。远远地，山上传来缥缈的歌声，初时听不真切，越往上走歌词越发分明起来。她侧耳倾听，歌中反复吟唱着一首小诗：

> 苍山寒雾去，茶花一夜发。浓浓青绿叶，淡淡黄白花。
> 年年枝头会，岁岁负芳华。何日出桃源，与君共天涯。
> ……

歌声轻轻柔柔，男女声交叠着，在青翠的山间回荡，一字一句拍打在她的心上。“桃源”“天涯”皆在隐喻《阮郎归》中的故事，劝她敞开心扉，重新迎接美好的人生。“鸿渐……”她停住脚步，猜出这诗歌出自何人。

“快走快走，去看茶花！”碧儿摇着她的手臂，催促着。

“……好……”她随着碧儿又往山上走了一段，看见一株株茶树上开出了小小的白色花朵。每朵小花上有五六片薄薄的花瓣，包围着中间金黄色的花蕊，小巧玲珑，晶莹剔透，远望去如颗颗珍珠点缀着碧绿的锦缎。

“这便是茶花吗？”她问碧儿。

“嗯！这就是碧儿最喜欢的茶花！”

李冶嘴角泛起笑意，牵着碧儿继续往上爬，脚步也变得轻快起来。刚到半山腰处，只觉有花瓣从山上飘落下来，开始只是零星的几朵，继而越来越多，就像天上下起了花雨。

“真的下茶花雨啦！”碧儿拍着小手道。

片刻间，她们的衣裙上便落满了茶花。李冶拈起一朵轻嗅，既有茶的清幽又有花的香甜。碧儿开心地伴着花雨跳起舞来，李冶也伸出玉臂，将一片片花瓣接住，捧在手中。她们正沉浸在花雨的芬芳中，此时从山上下来几个采茶姑娘，手中挽着花篮，方才便是她们在山顶上撒茶花。其中一个姑娘将一个用茶花编织成的花环戴在李冶头上，拉着她向山顶而去。其他几人则牵着碧儿，唱着歌跟在她们身后。

茶山顶上，朝霞已布满了天空。一个少年身着绿衣立在茶树丛中，与山色几乎融为一体，只有那皎洁的容颜散发着令人难以忽视的光彩，将他清秀的姿态衬托得更加超脱凡尘。见李冶被采茶姑娘们簇拥着来到山顶，他暖暖地笑着，向她伸出手来。

“你说茶树不会开花，我想让你知道，它不仅能够开出美丽的花朵，还能下起茶花雨来。”

“我今日才知道，茶树能开出这么美的花，比世人皆知的山茶花还美。”

“就像你，虽不为世俗所了解，却依旧芬芳灿烂，美得自然而然。”

“我的美，难道不是一种罪孽？”

“美便是美，那些带着欲念与恶意的眼光、评判、揣测、臆想才是罪孽。”

“我难道不是一个天生不洁之人？”

“没有谁是生来洁净或者肮脏，高贵或者低贱的。我是个孤儿，但从小到大不也一样获得了这么多的关怀与爱吗？”

“我不像你，生就一副男儿身。一个女子如果失去名节，便再无幸福可言。”

“不，你好好看看，这是大唐的河山，”他指着连绵不绝的青山，大声道，“你早已走出那间狭窄的闺房，你现在在这里，在茶山上，在我的身边！”

她望向四周的蓝天碧树，蔚蓝的天幕垂挂在头顶，仿佛触手可及，碧绿的茶山广阔无垠，一群采茶姑娘正忙碌地采着茶花，欢快的歌声洒满山野。

“那日我问你，你的心愿是什么。今日我还想问你，你愿不愿意随我一起，走遍名山大川，去访茶、去品水、去过属于我们的自由自在的日子？”

她静静地望着他，良久无言。

碧儿原在一旁撒着花瓣嬉戏，此时见他二人相对不语，上前扯扯李冶道：“阿叔的礼物你不喜欢吗？”

“喜欢，我很喜欢……”

“既然喜欢，为什么不答应他呢？”

“世上许多事，不是喜欢便可以。”

“那要怎么样才可以呢？”碧儿皱起小眉头。

李冶取下头上的花环，看着上面的花朵，对他道：“你说世人之言是漫天花雨，皆是虚幻，不必认真。可世上有些事，是便是，不是便不是。就像这茶花，虽然这么美，但却从来无人珍惜，每年花一开便会被人匆忙采下来，弃之荒野。因为他们害怕茶花会夺走茶树的养分，令它无法产出最好的茶叶，辜负了它天生的良才……我也是一样的害怕……”

“你怕什么？”他走近她。

“怕与我在一起，会毁掉你的一生……”

“我的人生早就毁了，在我被父母抛弃的那一日。可同样是那一日，我被师父救了起来，之后又遇见了你……每次我遭遇困难，只要想起你便能支撑着我走下去……”他攥住她的手，“你从来都不知道，你对我来说有多么重要。”

“你说的都是真的？”

“句句是真。”

“我从不知道，自己对他人会如此重要。”

“你对我很重要，对阿叔也一样，只不过他从不知如何告诉你。”

她听到此处，双眸湿润起来。

他紧了紧她的手，笑道：“不过，方才碧儿说得不对，真正的礼物我尚未拿出来。”

“咦，那是什么礼物？”碧儿诧异道。

他神秘地笑了笑，对她们道：“你们两个把眼睛闭起来。”

“嗯！”碧儿忙用小手遮住了眼睛。李冶也如他所言，闭上了双眼。片刻之后，两人闻到一阵芳香，香气越来越近，最后萦绕在鼻尖。

“可以睁开眼了。”他轻声道。

李冶睁开双眸，一碗清澈透亮的汤汁出现在面前，仔细看去，里面漂浮着几朵花瓣。“这是……”

“这是我用茶花所煎的茶汤，你尝尝看。”

“茶花也能喝吗？”她盯着碗中之物，将信将疑。

“当然。自古以来，许多花都可以入药、食用，茶花自然也可以。”

她低头饮了一口，香气清幽；再饮一口，品出一丝淡淡的甜蜜；饮到第三口，甜蜜的滋味已从喉头蔓延到心头……“啪嗒”一声，一滴泪落入汤中，溅起小小的涟漪。随后又是一滴、两滴、三滴，她一边落泪一边将茶汤饮完，随后抬起迷蒙的泪眼，看向眼前之人。

“好喝吗……”他眼中也盈满泪光。

两人隔着两层水雾凝望着彼此，呼吸仿佛都荡漾着波纹。

“好喝吗？”他又问了一遍。

“好喝。”

“你知道吗，茶花之所以会被人们采下来，是因为它被摘下时，花蕊中的花粉洒落下来，会为茶树提供更多的滋养……它与茶树本是一体，谁离开了谁都无法生存……就像我与你，三岁那年你牵住我的手的那一瞬，我们便再也不能分离。”

“疾儿……”她抚上他的面颊，露出醉人的笑容。

“姐姐。”他将她揽在怀里，嗅着发丝的清香，喃喃地道，“我喜欢你，不知从何时开始，也永远都不想结束……可不可以答应我，此生与我在一起，让我用一辈子好好照顾你……”

她将脸深深埋进他的胸口，双臂环在他腰间，就这么抱了许久，终于用极轻的声音道："我不想你再唤我'姐姐'。"

他心头一颤，随即明白过来，霎时间浑身的每一滴血液都沸腾起来，颤抖道："那……那你想要我唤你什么……"

她将脸埋得更深，羞涩道："你想唤什么，便是什么。"

他轻轻托起她绯红的面颊，望着那双含情脉脉的眼眸道："兰儿……从今以后我便唤你兰儿，好吗？"

她咬着唇，轻轻点了一下头。

"兰儿，"他颤抖着双臂，紧紧将她拥入怀中，"我的兰儿……"

"鸿渐。"她闭上眼，任他尽情地拥抱着，融化在从未有过的幸福里……

"哼，阿叔你骗人！"碧儿忽地嚷道。

两人深深陶醉着，全然忘记身边还站着个孩子，此时不由得脸一红，放开彼此。陆羽看向一旁的碧儿，正撅着小嘴不满地看着他，不由得轻咳了一声道："阿叔骗谁了？"

"你骗碧儿了！"

他错愕道："阿叔骗你什么了？"

"你……你说也要碧儿闭上眼睛，可我闭了半天睁开眼后，却什么也没有！"

两人不禁被她的娇憨逗得一乐，陆羽弯下身子对她道："别着急，阿叔这里还采了许多茶花，回去便煎给你喝，好不好？"

"哼，"碧儿嘟着嘴，半晌道，"好吧，碧儿回去要喝好大一碗！"

"好，给你做一大碗，让你喝个够！"

"嗯……这还差不多。"

"小馋猫。"陆羽一刮她的小鼻子，随后看了看天色，对身边之人柔声道："咱们回去吧，兰儿。"

"好。"李冶靠在他肩头，柔顺地应道。

两人依偎着要往山下走去，却见一人上山而来。仔细一看，是李适。见他二人亲密地靠在一起，李适微微一愣。陆羽全无半点扭捏，仍牵着李冶的手，对他笑道："念之，你怎么上山来了？"

"呃……我方才听见山上有歌声传来，非常悦耳，便想上来看看。"说到这儿，瞥了一眼两人交扣的手指，声音干涩道，"你们两个这是……"

李冶把头一低，陆羽坦荡道："没想到第一个见证人是你，真是太好了。你是我的好兄弟，又与兰儿从小便相识，我也不瞒你。"他看了看李冶，又道：

“我与兰儿向来只有姐弟的名分，并非真正的血脉之亲，如今我们明白了彼此的心意，日后便要在一起做一对夫妻。”

李冶仍是害羞，扯了扯他，叫他不要说得如此直白。

“念之面前，不必如此。”陆羽拍拍她的手。

“是啊，咱们三人自小相识，如今看到你们这般，我心中也欢喜得很。”李适看着她道。

李冶这才抬起头，对他略略一笑道：“多谢你……你当真是我们那年一起看戏的……”“小世子”三个字她不知当说不当说。

陆羽忙道：“正是他呢，昨日没来得及与你细说。你只唤他念之便是，其中的内情我日后慢慢告诉你。”

“好，”李冶笑着看向李适，唤了声“念之”。

“嗯……”李适一晃神，随即笑了笑，“那我还是唤你兰姐姐，可以吗？”

“自然可以。”李冶答了一句，看向陆羽，“我们下山吧？”

“好，念之是否与我们一起下去？”

“也好。”李适说着又看向李冶，可她正目不转睛地望着陆羽，两人神色亲昵地往山下而去。李适眼中的光芒一闪而逝，笼上一层蒙蒙薄雾，立在那里半晌未动。

“喂，该下山啦！”碧儿见他不走，推推他道。

“哦，好。”李适收回目光，与碧儿一起跟在两人身后，下得山来。

还未走到碧儿家，陆羽远远便听到打斗之声，立刻停住脚步道：“等等，先别过去！”

碧儿踮起脚，张望道：“好像是我家，我要回去找娘亲！”说着拔腿便往家的方向跑去。李冶忙上前拉住她道：“不能过去！”见她挣扎不止，索性抱了起来，柔声劝道，“碧儿莫怕，不会有事的，不会有事的……”

李适在一旁默默注视着她的一举一动，漆黑的眸子忽地紧紧一缩，幽暗下来……所幸的是大家都紧绷神经，关注着前方的动静，无人注意到他的异样。

突然一声惨叫，打斗声戛然而止。待声音完全平息，陆羽才道：“咱们过去吧。”几人快步来到碧儿家院门外，果见一副惨状。

院门上，一个黑衣人趴着，后心处插着两枚流星镖，以一副正要往外逃的姿势死在那里。院当中的地上，一具尸体仰面朝上横着，七窍出血，已经毙命，正是那个小道士。在他的身下，一条血迹弯弯曲曲地通向屋门口，张大哥捂着血流不止的左臂，与受伤的碧儿娘坐在门边，旁边正有一人手忙脚乱地在帮他们包扎伤口，正是赵缨。顺着门框向屋内看去，黑洞洞的房间里，突然走出一人。一身白衣，背负长剑，却是李复。见几人毫不清楚状况地站在那里直勾勾看着自己，李复道："别愣着了，快来帮忙啊！"

"爹爹、娘亲！"碧儿反应过来，哭喊着跑向父母。

"碧儿！"一家三口抱在一起痛哭起来。

李冶忙上前帮赵缨给他们包扎伤口。李复招呼陆羽、李适一起将两具尸体搬到后院，暂时先用茅草盖住。"又是李林甫的人！"李复恨恨地道，拿出从黑衣人身上搜出的令符，金碧偃月，正是李林甫手下的信物。

"方才究竟发生了何事？"李适问道。

"不知怎地，又被他的人抢先了一步！"李复气恼道，"方才你们不在时，张大哥带着小道士回来了。我见他们十分疲惫，便想着先让他们歇息一下，稍后再说明来意。谁知小道士回房之后，也就约莫一炷香的时间，便听见屋子里发出惊叫之声。我与缨儿冲进去一看，见一黑衣人正举剑刺向他，便立刻上前相救。谁知这黑衣人身手了得，我二人联手才勉强可敌。那小道士还算机灵，在我们过招之时逃出屋子。本以为他能就此活命，可谁知我们打出屋外时，却见他走了没几步便一头栽倒在地上，七窍流血而亡。那黑衣人见他死了，便想抽身而退，最后还是被我们除掉了……张大哥夫妇是听见声音出来看时，被那黑衣人刺伤的，所幸没有伤及要害。"

"该死！小道士一死，我们便又少了一个人证。李林甫的手下来得实在太快了！"李适痛恨道。

"等等，你说那小道士原本已经逃到屋外，结果还是死了，他是被黑衣人刺死的吗？"陆羽问道。

"我也觉得奇怪，他逃出去时身上好像并没有受伤，"李复掀开小道士身上的茅草，指着道，"你看，七窍流血且血色发黑，我怀疑他是中毒身亡……"

陆羽盯着尸体，又道："他回来之后，有没有吃过什么东西？"

"不清楚，"李复摇了摇头，"他一来便回房休息去了，直到事发之前都不曾出来。若是吃过些什么，定然还在屋中。"

"走，咱们这便看看去。"三人来到小道士房中，只见屋内的桌子上并无任何吃食，只有一碗喝剩下的茶汤，俯身细看，碗中还残留了一些茶叶碎末。陆羽将碧儿娘唤来询问道："大嫂，这茶汤是你煮给他的吗？"

"是。平日里他都自己煮茶喝。今日我见他累了，便问他是否要饮茶。他给了我一些自己常喝的茶叶，让我帮他用清水煮来喝，我便煮好了给他送来……怎么，这茶有什么不对吗？”

陆羽一面听她讲述，一面观察着碗中的残留之物，半晌之后道：“这茶……有问题。”

二十五、重回龙盖寺，父女生怨怼

“有什么问题？”众人盯着陆羽。

“这茶并非此地所产的义阳茶，而是……”

“是什么？”

“若我没估错的话，这茶乃皇家贡品——蒙顶茶。”

“皇家贡品？他哪里得来这么好的茶？”碧儿娘吃惊道。

陆羽与李适相视一眼，心照不宣地道：“郑楠。”

“对，郑楠。当初郑楠一口便能品出蒙顶茶的味道，我们并没有太过在意，如今看来此事绝非那么简单。”李复道。

赵缨拔下头上的银簪，插进茶汤中，簪头立时变成了黑色：“果然有毒！”

“这便奇怪了，若说那黑衣人是李林甫派来的，那这毒茶又是何人所为？”李适不解道。

“无论如何，此处已不是安全之地，咱们需得赶紧离开。毒茶之事，还是等见到颜大人后再行定夺。”李复道。

“你说的是，”陆羽替碧儿一家担心道，“那他们怎么办？咱们大可一走了之，可若李林甫的人再找上门来斩草除根，他们一家又当如何？”

李复思索片刻，道：“不如这样，让他们随我们一起上路，到颜大人那里暂避一段时日，待案子水落石出后再送他们回家，你看怎么样？”

陆羽问张大哥道：“你们意下如何？”

张大哥叹气道：“现在看来也只能如此了。别的我倒是不在乎，只是放心不下我这片茶田，明年春天诺布他们还要来买茶，我们这一走，恐怕就要耽误了……咱们茶农做事一向有信有义，不能爽约啊！”

“这可如何是好？”李复也发愁了。

“无妨，”陆羽道，“现下是冬季，茶树不用过多打理。等到明年开茶之前，若此案仍未了，我便带些人来帮你们采茶，必不会耽误了交易。这样便可以安心走了吧？”

“是呀，我让爹爹带着戏班里的人都来帮你们采茶，不用担心了！”

“那真是太感谢了！”张大哥与碧儿娘千恩万谢道。

“哪里的话，是我们的疏忽致使你们家遭到祸事，这些是应当之举。”李复看看众人道，“事不宜迟，我们这便收拾一下，准备动身吧。”

“好！”众人应了，纷纷开始整理行装。陆羽问道：“颜大人此时在何处？”

“他现下应是刚入峡州，朝廷又将他派到那里去巡视了。”

“从义阳到峡州，那岂不是会路过竟陵？”

“是啊，不过事情紧急，恐怕不能在那里多做停留。”

陆羽有些失望。不知为何，这段日子以来他时常梦见龙盖寺。从前他总认为自己佛缘已了，但在遇见皎然之后，却发现佛法一直存在于他的心里，总在最关键之时告诉他该如何面对。他很想再回一趟龙盖寺，师父圆寂了这么久，他也该去祭拜一下，尽一份孝心。

“你说竟陵？当初鸿渐不就是在竟陵龙盖寺里生活的吗？”李适道。

“是，我已许久未曾回过那里……不过来日方长，以后会有机会的。”陆羽深知不能为这一点儿小事耽误大事，便岔开话题道：“颜大人此次平反了五原冤案，揪出郑楠这个奸官，为何不见朝廷封赏？他巡视各地这么久，为老百姓办了多少好事，平反昭雪了多少冤情，为何还是得不到升迁？”

“唉，你读了太多儒家典籍，却没听过道家的庄子有句妙语。”李复道。

“什么妙语？”

“‘巧者劳而智者忧，无能者无所求。’颜大人兢兢业业为民办事，事情办得这般好，百姓赞誉这般高，这监察御史之职不让他做还有谁能够胜任呢？”李复说着，故意瞥了李适一眼，想看看他的反应。

李适知他何意，却道：“那你说说看，你是巧者还是智者？”

“我嘛，最想做个无能者，无欲无求，终日‘饱食而遨游’，岂不乐哉？”

“可惜啊，你这个假神棍还得继续演下去，咱们的戏还没收场呢！”李适白他一眼，又对陆羽道，“鸿渐，你是要做巧者还是智者？”

“智者我是望尘莫及了，只有在‘巧’上多下些功夫，做点儿有用之事。”

“此言甚合我心，你在茶事上的学问，来日必有大用。”李适认真地道。

几人说着话，东西已收拾妥当，张大哥也将自家的小院整理好了，一家三口准备上路。

李复对赵缨道：“你带着他们先往前走，去找个车行雇车，我处理了尸体随后便去追你们。”

“好，你自己当心。”赵缨道。

“多谢女侠关怀。”

“贫嘴！”赵缨嗔他一句。几人就此往峡州而去，一路上还算顺利，并无李林甫的人追踪，这一日便来到了竟陵。李复一打探，得到一个好消息。颜真卿前番路过此地，被竟陵太守李齐物热情款待，留他在太守府中小住几日，此时还未离去。

“这下你可如愿了，颜大人正在我爹那里做客，咱们可以在竟陵多待几日了。”李复道。

“这可太好了，兰儿，要不要随我到龙盖寺看看？”陆羽问。

“智积法师圆寂之后，你我都未曾去拜祭，此番能在此停留，正该前去。”

“早就想看看鸿渐当初所在的龙盖寺是什么样子，我也随你们一起去！”李适道。

“去是可以，凡事千万小心。虽然到了我爹的地盘上，但也不能大意。”李复叮嘱道。

“放心吧，念之就交给我了。”陆羽道。

几人商议定，李复与赵缨带着众人先回太守府，陆羽三人则前往龙盖寺。

李适仿佛对竟陵的一切都十分好奇，缠着李冶给他讲当初在竟陵的旧事。李冶本就年长他几岁，当年便将他当作弟弟看待，如今重逢更是如此，只觉得他是个仍未长大的孩子，凡事便皆由着他的性子来，不厌其烦地为他解说着。陆羽见他二人聊得起劲，非但不以为意，还为他们能如此热络而感到欢喜。

三人一路说说笑笑，很快便到了竟陵西湖边。陆羽遥望山门，只觉得往事席卷而来，心中百般滋味。那夜逃离之时，自己曾发誓永别龙盖寺，可如今这里却成了他人生中永远抹不去的地方，成了他的家。

为免被熟识的僧人认出，几人到了寺中也不张扬，如普通香客般转了一遍，随处看了看，但始终没有找到智积法师的坐化之处，不知到何处祭拜。陆羽望了望师父曾经日日打坐的禅房，如今其中坐着的早已是他人了……

“我记得，你在寺中曾打理过一个小茶园，不知如今还在吗？”李冶见他神情落寞，柔声道。

他回过神来：“亏得你提醒，我们这便过去看看！”

三人转到后院，果见一片绿油油的小茶园，里面的茶树棵棵茂盛，显然是有人精心打理。

“当年你在时，法师他老人家便只喝你煎的茶羹，不知你走后又是谁在为他煎茶……”

“恐怕是无人了，”陆羽回忆道，“我逃出去的那日，曾为师父最后煎过一回茶羹，见那些煎茶的用具上皆布满灰尘，想必是除了我之外，再无人用过。”

“那真是可惜了……”李冶叹道。

李适听着他们的谈论，随意观赏着小茶园，忽见茶园的角落处有一间木屋，门半开着，想必是用来休息和存放农具之处，便踱了过去，一看之下，忙唤他二人道：“你们过来看看，这里是什么？”

陆羽与李冶忙走进去，只见木屋里除了以往便有的床板、农具之外，在屋子正中央处竟多出了一个地窖。陆羽诧异地看着地窖，心中隐隐猜到了些什么。李冶道：“会不会是法师在里面留了些什么？”

“那咱们快下去看看吧！”李适满心好奇。

“好，不过不可擅动其中之物。”陆羽道。

“没问题。”

三人依次下了地窖，进去之后才发现里面地方不大，仅容几人站立，空荡荡的，只有正中央摆放的一物吸引了他们的注意。

这是一个陶瓷大缸，足有一人多高，做工极为独特。酱色胎骨，黄绿青釉，缸体的正中间绘着一个结跏趺坐的高僧，他的四周围绕着精妙的仙鹤祥云图案，一旁刻有“佛光普照”几个字。从这瓷缸的外表来看，已在地下藏了三四年。

李适从未见过这等器物，绕着看了几圈道：“这是何物？”

李冶蹙眉思索，只有陆羽一动不动地盯着大缸，双眼发直道：“……这恐怕，便是师父的坐化之处了。”

“你……你是说你师父在这座缸里？”李适指着大缸，结巴道。

陆羽伸手抚摸着大缸，没有回答他。李冶道：“想必这便是传说中的‘坐化缸’了。”

“坐化缸？”李适更觉离奇。

“正是。”李冶点头道，“我也只是听闻，相传许多高僧在离世之前对自己的大限之期会有所感应，会找个清净之地在盘膝端坐之中安然离去。离世之后，弟子会将他的遗体安放在一个大缸之中，在里面放入木炭、石灰、香料等物，然后将缸密封起来，放入地下安葬。这缸便被称为‘坐化缸’。传说此前便有高僧在缸中坐化，三年之后弟子打开缸盖，发现高僧肉身不坏、栩栩如生，是为肉身舍利，足见此事之神妙。以此缸的大小、纹饰来看，极有可能便是智积法师的坐化缸了。”

“兰姐姐懂得真多，我好生佩服！”李适殷勤赞道。

“哪里，我也是在开元观时听一些文人雅士闲谈时所说……”

两人轻声交谈着，陆羽仍是抚摸着瓷缸，仿佛陷入回忆中。

“陆疾，怎么是你？”一声断喝打断他们的思绪，三人转身一看，一个僧人出现在地窖的入口处，在他的身后还站着一个人。李冶一见那人，顿时花容失色。

陆羽回过神来，看清眼前之人，不由得唤道：“大师兄……阿叔……”

李济善一身居士打扮，从慧一身后走出。多年不见，他苍老了不少，但眼神依旧犀利，此时正狠狠地瞪着李冶，紧闭的双唇颤抖着。

慧一身披住持袈裟，手执法杖，显是已接替了智积法师之位，成了龙盖寺的主人。他见李济善有家事要处理，便在一旁捻着佛珠，站立不语。

“爹爹……”李冶唤了一声，向后退去。

“别叫我爹爹，想想你自己做的好事！”李济善从喉咙里发出一声怒斥。

“女儿……”她又退了两步，险些撞到大缸，被李适暗中扶了一把，这才稳住身子。

李济善继续向她走近，厉声道：“你敢不敢告诉为父，你在开元观里都做下了什么好事！”

“我，我……”她觉得快被父亲的目光压迫得透不过气来，脸上火烧一般，身子却如浸在冰水中一样彻骨寒冷。

一只温暖的手向她伸来，将她发抖的手攥在掌心，使劲紧了紧，随后一个坚定的声音道：“兰儿她没有做错什么，阿叔要问便问我吧！”

李济善目光转向挡在李冶身前的陆羽，眸中燃烧着怒火，嘶哑道：“你还记得我是你的阿叔？”说着一指李冶，“那你告诉我，你刚刚唤她什么？!”

陆羽直视着他的双眼，字字清晰道：“兰儿，我唤她兰儿。”

“兰儿也是你能唤的？你记不记得，我带你出寺的那日，是如何说的？”

“阿叔说，姐姐没有年岁相当的兄弟姊妹，把我接过去，让我们两个做一对姐弟。”

“好，难为你还记得，”李济善点点头，“那你告诉我，你是如何为人弟的？”

陆羽攥着李冶的手又紧了紧：“爱她、护她、不让她受委屈受伤害，我便是这样做的。”

“好，说得好！”李济善抖得越发厉害，“看来，竟陵城中的流言皆是真的了，你二人果然做出了违背人伦、伤风败俗之事……我这么多年对你们的一番教诲，算是白费了……陆疾，我实在是没想到，竟然看错了你！”

“阿叔看错疾儿什么？”

“我以为你是个有情有义、知恩图报的孩子……当日我把你从寺中带回家去，不光是为了你姐姐和智积法师，更是见你无父无母又年幼体弱，实在是可怜，才动了恻隐之心，想要好好养育你，让你能够像寻常人家的孩子一般长大，莫要受人轻贱……我从小教你许多圣人文章，便是想让你懂善恶，知廉耻，以君子之风立身于世，做个堂堂正正的儿郎，没想到你竟对自己的姐姐生出了邪念，做出这等令我寒心、令世人不齿之事，真叫我失望之极！”

陆羽听他提及儿时之事，回想他教养自己的日子，虽然苛刻严厉，但却是一番良苦用心，不由得心中酸楚，眼圈红道：“阿叔的救助之情和养育之恩疾儿一刻也不敢忘怀。您教我的圣人诗书我一个字也没有忘记，这么多年也一直如此要求自己。在疾儿的心目中，您是为了家国大义可将生死置之度外的英雄，我也是因此才不入佛门，一心向儒的……但我与兰儿之间的感情，是发自肺腑、真心真意的，我对她之心没有半分虚假，更不敢有一丝一毫的亵渎，那些风言风语皆是阎士和的污蔑，阿叔千万不要相信！”

“圣人说，‘发乎情，止乎礼’。你二人既有了姐弟名分，你此生此世都只能将她视为姐姐，恪守礼法，否则便是违礼，便是不伦，便不可饶恕！”他厉声说罢，又瞪向李冶，“还有你，你来与为父说说，他口中的阎士和又是何人，你们之间又有何等孽事！”

李冶在陆羽身后，已听得心如刀绞，此时见父亲向自己逼问而来，知道再不答也是不成了，便定了定神，深吸一口气道：“爹爹，女儿在开元观确是做了错事，将终身大事错付小人，没有珍惜自己的名节。但此事错在我，在阎士和，绝对与鸿渐无关……我与鸿渐之事，也绝非您所想象的那样，更不是流言所形容的那般不堪，还望爹爹能够体谅，不要怪罪他。”

“好，终于有人肯认错了，”李济善冷笑一声道，“你不说为父也早就知道，小怜回去之后，已经将一切都招了！你在道观中不堪寂寞，先对阎士和动了轻浮之念，两人私订了终身，之后与陆疾在戏园里重逢，又对他生出了不伦之情，导致阎士和翻脸退婚，另娶他人。闹到了这步田地，你还是不思悔改，毫无一点儿廉耻之心，索性不顾姐弟名分与陆疾好在一起，私奔在外，连家也不回！你们二人是我一手带大的，如今却做出这等事来……我倒想问问你们，究竟还记不记得有个家，还将不将我这个糟老头子放在眼里！”他越说越激动，最后更是捶着胸口，气喘不止。

“阿叔，你不要这么动气……”陆羽从未见他发过这么大的火，担心道。

李冶被他的一番话说得痛彻心扉，放开陆羽的手来到父亲面前，含泪道：“难道在爹爹眼里，女儿便是如此下贱不堪之人吗？”

“你自己做下的事，要谁来给你粉饰，给你遮掩！”

“在爹爹心中，女儿从小便是不洁之人，生来便做错了事，对不对？”

“哼，从前我不信命，如今却不得不信。连道观那样的清净之地都化解不了你的罪，看来是没人能救得了你了！”

“爹爹是说，女儿罪孽深重，不配做你的女儿，更不配活在这世上，对不对？”

“你少将这些寻死觅活的话说与我听，你败坏了李家的清誉，为父定不饶你！”

李冶冷冷一笑，收住眼泪，定定地看着父亲：“爹爹当真不愿饶恕女儿，也不想听听女儿的苦衷吗？”

李济善铁青着脸，冷哼道：“女子不洁，便是大罪，你没什么好辩解的！”

“好，既如此，女儿便只能以死谢罪了！”她说着急转过身，向那口陶瓷大缸上撞去……

二十六、怜女转心意，重情立誓言

“兰儿！”陆羽毫无防备，想扯住她的衣角，却抓了个空。眼见她的头就要撞上大缸，只见一根法杖疾伸而来，将她的身子往后一扫。但她抱着必死之心，用力极猛，法杖虽将她震开些许，却仍没能阻止她一头撞在缸身之上，登时“咚”的一声闷响，娇躯滑落在地。

陆羽冲上前将她扶住，见她紧闭双目，雪白的额头上正汩汩地冒着鲜血。

李适立在缸后，正对着她撞来的方向，此时也被突如其来的变故惊呆了，瞪眼望着她殷红一片的额头，心中忽地狠狠一揪，扶住墙壁险些站不稳。

“你……你……”李济善也吓傻了，看着倒在地上的女儿又恨又痛，年迈的身体再也支撑不住，靠在墙上不住地喘息。

慧一伸手探上她的鼻息，道：“还有救，快扶她到床上去！”

陆羽神魂俱乱，只得听从慧一之言，将她抱起出了地窖，放在木屋的床板上，随后便攥着她的手在床边坐下，任由慧一上前诊治，两耳中嗡嗡轰鸣着，双眼发直，脑中一片混沌……过了不知多久，方觉慧一推着他道："人已经救过来了，你清醒清醒！"他愣愣地看向床上之人，见她脸上恢复了血色，这才咳了一声，"哇"地呕出一口血来。

"鸿渐！"李适赶忙扶住他，劝道，"兰姐姐没事了，你可千万要挺住！"

"哎！"慧一长叹一声，又上前为他诊脉，随后道："急火攻心所致，并无大碍，让他坐着歇歇吧，贫僧还要去照顾另一个。"说着走出屋去。

陆羽缓了过来，用袖口拭着嘴角的血迹，举目向屋外看去。外面的一张藤椅上，李济善佝偻着身躯坐在那里，异常苍老憔悴。慧一从弟子手上接过一碗茶汤捧给他，他喝了两口又呛住了似的，剧烈咳嗽起来。陆羽别过脸去，只道这阳光太过刺眼，扎得他不敢再看。

李适见事态终于缓和下来，对陆羽道："事已至此，你打算怎么办？"

"无论如何，他终归是兰儿的父亲，对我也有养育之恩，绝不能意气用事。当年我年轻气盛，与师父赌气之后逃出龙盖寺，致使一别终成永恨……这一次，绝不能让这样的憾事再发生。"

"你说得对，今日你们不过是一时冲动，才会闹僵，待冷静下来再慢慢和解便是。"

"谢谢你相劝……这段时日以来她已遭受了太多，如今要面对的恐怕是最难的一关。"

"是啊，父母之命，终是难违。若你阿叔始终不允，你们……"

"不会的，我一定能令他回心转意！"

"好，你能这样想便再好不过了，"李适看了看天色，"今日不早了，我先回去与他们会合，明日再来看你与兰姐姐。"

"我让大师兄派弟子护送你回去。"

"也好。"李适又向床上看了一眼，"我去与兰姐姐道个别。"说罢来到床边，低头凝视她的睡颜片刻，见陆羽并未看过来，一伸手替她掖了掖被角，这才走出来道，"我先走了，你们好好歇息。"

"好。"陆羽将他送出山门，待回来时却见木屋的门已经紧闭。李济善独自守着李冶，将他挡在了门外。他心中一灰，只得在小茶园中来回踱步，想等到门开之时，再上前恳求。可是等到月上中天，房门依旧纹丝不动。

"陆疾。"慧一不知何时出现在他身后。

"大师兄……"

"随贫僧来。"慧一向他一招手，径自往前而去。

陆羽跟上他，来到智积法师当年的禅房外。慧一道："进来吧。"

"不，我已不能再进此门。"

慧一笑道："世人可以不入佛门，但佛却从不因此而嗔怪，你又何必执着？"

"多谢开解。"陆羽双手合十在门前恭敬拜罢，这才迈步进门。禅房中陈设如旧，一切都与当年没有分别。慧一在智积法师座位的下手处落座，指着陆羽曾经坐过的位置道："坐吧。"

"不敢。"

"也罢。"

"大师兄唤我到此处有何事吩咐？"

"有样东西是你曾用过的，当日未来得及拿去，"慧一起身从一旁的柜子中取出一个竹质的都篮，放在桌案上，"师父圆寂前曾特意嘱咐，让贫僧在你回寺时交给你。"

"师父他怎知我会回来？"

"贫僧也不知他是从何而知，只记得那日你离去之后，他曾说过你人虽离寺，但与我佛的缘分却不会断绝，或许一切都是天意。"

陆羽上前看去，都篮中摆放着他曾经煎茶的用具，碗、勺、筴、盂等每一件皆擦拭的一尘不染，整整齐齐地陈列其中，静好无比。

"师父……"他抚着篮中之物道，"他老人家圆寂之时是否安详？"

"诸德圆满，诸恶寂灭，自然安详。"

"那便太好了……我此番冒昧而来，本是想拜祭一下师父，没想到却闹出事端，实在非我本意，还望大师兄谅解。"

"皆是因果，不必多言。"

"阿叔他怎会在这里？"

"李居士到竟陵寻女未果，便在寺中住下，以便打听你们的消息。"

"原来阿叔是为了找我们……那他平日便是住在那间木屋中吗？"

"正是，他说你若回来，必定会到茶园去。"

"没想到阿叔还有如此懂我的一面……"

"世人皆有多面，只在你怎么看。"

"我真后悔，当初师父在时，没有好好跟他修习佛法。不然也不会总是行差踏错，弄得满身疲惫。"

"浮浮沉沉，原是常理，你不必太过自责。"

"今日之事，大师兄可否为我指点迷津？"

“绳锯木断，水滴石穿。一切皆在一个‘恒’字。”

“我明白了。”

“这段日子，你便仍住在原来的房间吧，那里一直空着。”

“多谢大师兄。”

两人说完话，各自回去歇息。陆羽一夜无眠，想着如何说服李济善。次日一大早，他便端着斋饭前去等候，然而李济善毫不松动，请了两位僧人帮他守门，绝不许陆羽接近一步。陆羽无法，又询问李冶的身体如何，得到的只是“已无大碍”的回答。如此下来的三天皆是这般，陆羽远远守在木屋外，只熬得身心俱疲、形容憔悴。而屋子只有李济善出来进去，却从不曾传出李冶的声音。李适曾来探望二人，见此情形只得劝解几句，也帮不上分毫。又过了两日，直至傍晚时分，陆羽已撑得昏昏欲睡，却见屋门忽地打开来，李济善对僧人喊道：“快去请住持来，小女昏厥过去了！”

门外的两个僧人慌张而去，陆羽一个激灵站起身，跌跌撞撞冲进屋内，向床上一看，李冶倒在那里，双颊凹陷，已消瘦的不似人形。

“兰儿，兰儿！”陆羽又推又唤，仍是不见转醒，不由得急道，“不是说无碍了吗，怎么会成这个样子！”

李济善双目赤红地看着女儿，仍不说话。此时慧一赶了过来，一探她的脉搏便急道：“她有几日未进食了？”

“五日……”

“五日?!”众人皆是一惊，陆羽更是揪心道：“五日水米不进，如何撑得住！更何况她身子已如此虚弱，哪里还能再受损伤？阿叔，你便再是狠心，也不能眼睁睁看着亲生女儿如此吧！”

李济善两眼发直道：“我说也说了，骂也骂了，可她始终不吃不喝、不言不语，我这个做爹的也实在是无法了……”

“她这是下定决心要自绝在你眼前了！”陆羽气极道，“阿叔知道她从小到大有多少心事、多少委屈，前番在阎士和那里又受了怎样的侮辱？她因过不去姐弟名分这道坎，又怕你生气责罚，已动过轻生之念，更几次遇险，若非命大早就无法站在你眼前！可是你……你一见她，问也不问，劈头盖脸就是一番训斥，又是败坏门风，又是罪不可恕，把话说得如此决绝，一点儿余地也不留，难道你当真不怕她活不下去吗！”

“我……我……”李济善捂着胸口，这些事是他从未想过的。

“今日兰儿若有个三长两短，我也随她去了，你便再也不必为我们动气了！”

“不……不可以，住持快救救小女，快救救她！”

慧一不闻二人之间的争吵，一面吩咐汤药和尚准备药粥，一面亲自救治，此时人已缓了过来，幽幽吐出一口长气。

“兰儿！”

“鸿……渐……”李冶嚅动嘴唇，唤了一声。

“我在这儿，你别说话，好好歇息。”

“女儿……女儿……”李济善在一旁拭泪道。

李冶看他一眼，又别过脸去。

“她需要静养，若血气乱行，便不好了。”慧一道。

“兰姐姐！”门外一声高唤，李适一脸惊痛，走进来道，“这又是怎么了！”

“先莫多问，”慧一安排道，“劳烦这位施主留下来喂她一些药粥，咱们几人还是先出去吧。”说着将陆羽、李济善都劝了出去，怕他二人在跟前会惹得李冶情绪激动，对身体不利，仅将李适一人留在了房中。

李适小心翼翼地在床边坐下，轻声道：“兰姐姐，无论发生了何事，你都千万要撑住，免得看着的人于心不忍……我来给你喂药粥，你慢些喝。”说罢轻柔地为她吹药喂药，动作极其娴熟。李冶喝了几口，便转过头不想再喝。李适柔声道：“从前我经常给娘亲喂药，她也是一样，总是喝几口便不喝了，那时我便唱曲儿给她听。兰姐姐若不喝，我这便要唱了……”

李冶嘴角微微牵动，笑了一下。

“笑了便好，乖乖把药粥喝完，才能快些好起来。”李适耐心地将药粥一勺勺喂得干干净净，又仔细帮她盖好被子，柔声哄道，“闭上眼好好睡吧，睡着了快长大……”

李冶又是一笑，轻轻合上眼。

李适对着她的睡颜，低声念道：“芦苇高，芦苇长，隔山隔水遥相望。芦苇这边是故乡，芦苇那边是汪洋。芦苇高，芦苇长，芦苇笛声多悠扬。牧童相和在远方，令人牵挂爹和娘……”念了一会儿，见她渐渐睡熟了，终于心满意足，又静静坐了片刻，起身打开门道：“兰姐姐服了药，已睡下了。”

屋外的陆羽与李济善这才安下心来。陆羽道：“劳烦你了。”

“莫说这些外道话，”李适回看木屋，低声道，“她如此难过，任是谁也看不下去……”

“你说什么？”

“没什么。有些要紧事要与你交代，借一步说话。”

“到我房中来吧。”

陆羽将李适带到自己的小屋，关好门道：“是不是案子又有什么进展了？”

“正是。颜大人那边已有了十足的把握，只欠一个面奏圣上的好时机。”

“只要证据确凿，直接奏报便可，何须等待？”

“你哪知其中利害。若行此事，先有三难。其一，颜大人官品不足，若非圣上召见或是特殊原因，不能上殿面君。他若上疏弹劾，奏折必先经过御史台，那里遍布李林甫的党羽，奏折恐怕到不了圣上手中，便会被毁掉，闹不好还会给颜大人惹来杀身之祸。这绝非危言耸听，曾有咸宁太守上疏揭发李林甫二十条罪状，还未上达天听，便被李林甫得知，命御史台将其抓获，以妖言惑众之罪当庭杖毙。”

“竟如此险恶……那此前郑楠一案，为何可以顺利判下来？”

“此案非彼案。郑楠之案干系公主墓被盗之事，圣上格外关心，且又与李林甫无直接关联，能够平反此案，对御史台来说也是大功一件，他们何必阻拦？”

“说的也是，那剩下的两难呢？”

“其二，李林甫极其狡诈，无论以何种方式弹劾他，都必须一击即中，不给他任何翻身的余地，否则之前的所有努力都可能瞬间化为乌有。其三，也是最难的，那便是圣心。如今李林甫圣宠依然优厚，不久前新加了安西大都护、朔方节度使之职，可见圣上对他仍是相当倚重的。此时上奏，恐怕会逆了圣上心意，若到时再疑心太子有所图谋，便是万事皆空，无力回天了。”

“依你这么说，还真是千难万险了。难道我们空有一手罪证，便当真奈何不了他吗？”

“这倒也不然，凡事总有解决之道，只不过需要好好筹谋一番。”

“颜大人可是已有了计策？”

“有了一个，不过还须你从旁协助。”

“你说！”陆羽坐直身子。

李适望了望窗外，寂静无人，俯在陆羽耳边将计划和盘托出，随后盯着他道：“怎么样，敢不敢做？”

“有何不敢？只要是为了你和大唐江山，我义不容辞！”

“那便好，我对你一万个放心！”李适激动道，“相信此番定可以一举扳倒李林甫，重振朝纲，还太子一个清白！”

两人又将计划细细推演了一遍，直到夜深才在陆羽那张简陋的小床上抵足而眠。次日天还未亮，陆羽因放心不下李冶，早早便起身到木屋探望。李适也睡不安稳，索性随他一同前去。李济善经此一事，也不再将陆羽拦在门外，只不过仍是黑着一张脸，神色疲倦，一夜之间又苍老了许多。

“兰儿，今日觉得怎么样？”陆羽来在李冶床前，柔声道。

“好些了……爹爹他有没有为难你？”

“没有，你莫要想这些，把身体养好要紧。”

“嗯。”

两人轻声说着，李适立在一旁没有插话。过了一会儿，外面藤椅上坐着的李济善干咳一声，道：“陆疾，我有话要对你说。”

“是，”陆羽心中忐忑，对李冶故作轻松地笑了笑，“你好好歇息，不必担心。”

李冶眼里尽是慌乱，却也笑着道：“好，你去吧。”

两人又凝望半晌，陆羽来到李济善面前，垂手道：“阿叔，有何吩咐？”

李济善并未抬眼看他，仍是佝偻着身子，盯着地上的树影道：“我要你一五一十地告诉我，她与那阎士和之间究竟发生了何事？”

“是。阿叔听了可千万莫动气，伤了身子。”

“我的身子用不着你操心，快如实讲来！”

“好。”陆羽将事情的来龙去脉如实说了，说到阎士和剽窃李冶的诗稿，另攀高枝、散布谣言、毁婚辱人之时，更是气愤不已，字字句句皆毫不留情。李济善听下来，面色愈加难看，攥着藤椅的手颤抖着。待陆羽全都说完了，再看他的脸色，已一片铁青。沉寂了半晌，他开口道：“都说完了？”

“说完了，事情便是这样。”

李济善抬起头，冷厉地盯着陆羽道：“你的话是否属实，谁可担保？”

陆羽发起愁来，此事的详情李复、赵缨、皎然三人最为清楚，可他们此时皆不在场。正在犯难，李适忽地道：“在下可以担保！”

陆羽惊喜地看向他。李适虽未亲历此事，但早已听李复、赵缨灌了满耳朵，对阎士和的为人深恶痛绝，更恨他伤害了李冶，让她遭受了这么多苦难。方才听陆羽道出实情，心中更是激愤难当，便开口道。

“这位公子是？”李济善一直未来得及问他的身份。

“我乃鸿渐的好友沈念之，也是竟陵太守李齐物的亲眷，与鸿渐相识多年。我可证明鸿渐的话句句属实，您若信不过我，来日可向李大人求证！”李适朗声道。他不愿暴露身份，以免横生枝节，所以并未提及自己便是当年在承风戍与李济善见过的“小世子”。

李济善对李齐物的官声早有耳闻，知道他乃大唐宗室，是一位清廉的好官。而眼前的少年相貌堂堂、气度不凡，绝非寻常出身，他既搬出李齐物之名，话又说得斩钉截铁，十分笃定，不像是在信口开河。李济善想到此，心中便信了七八分，面色缓和了稍许。

见他脸色好转，陆羽这才松下一口气。

又静默了半晌，李济善再次开口，声音依旧严厉："别以为闹到这一步，你二人便可顺理成章地在一起！若想叫我答允，必须实现三件事。"

"只要能与兰儿在一起，阿叔便是要求三十件、三百件，我也会拼力做到！"

"你可想好了，若实现不了这三件事，你们不仅不能在一起，就连此生此世都不许再相见！"

陆羽心中一紧："不知阿叔要求的是哪三件事？"

"第一件，必须先求得你师父的心意。明年智积法师忌日之时，弟子们会打开他的坐化缸验看，若是他的肉身不腐，化为舍利，那么便是你师父愿意庇佑于你，同意你们两人之事。"

陆羽呼出一口气，他相信师父必会保佑自己，便道："那第二件呢？"

"第二件，为了表明你的诚意，我要你在一个月内找到一物，此物须是我闻所未闻，见所未见之物。"

"好，此一条我定能做到！"陆羽保证道。

"还有最后一条，"李济善抬起头，严肃地看向他，"这一件恐怕需要你花上许多年，耗费许多精力才能做到，你能够坚持下来吗？"

陆羽坚定道："无论多久多难，我都会去做，阿叔便请讲吧！"

"好……你乃孤儿出身，无家无业，我女儿若嫁给你岂非要吃苦受累？我也不求你飞黄腾达，家财万贯，儒家说人生有三件大事，乃'立德立功立言'，你只需做得一件，我非但会答允你二人的婚事，更会将湖州的老宅以及家产都留给你们，让你们过上衣食无忧的日子……你做得到吗？"

陆羽听罢刚想回答，屋内的李冶忽道："爹爹，女儿也有一个要求。"

二十七、诗传仙人掌，寻奇玉泉山

李济善与陆羽停住对话，来到李冶床前。李济善道："你有何要求？"

李冶并不看他，盯着屋顶缓缓道："听闻湖州东南方的剡中有座玉真观，是个清净安宁之地，请爹爹将女儿送去那里。若爹爹所提的三件事皆可实现，便让鸿渐到观中来接我还俗，我二人在一起便了，爹爹的家产我们是一分也不要的。若是天不庇佑……”她合上眼继续道：“那便是我尘缘已了，此生便永不再出玉真观，只求在青灯黄卷之前度过残年。”

此言一出，陆羽甚为揪心，李适也隐隐蹙起眉。

“你身子还未养好，怎可再到那种清苦之地去？”

“再是清苦，女儿也已住惯了。爹爹不必再派丫鬟前来服侍，我一人即可。”

“你……”

“爹爹若是不许，便只当没有我这个女儿，任我就此凋零罢了。无论如何，我这个不洁之身都不会再踏进李家的家门。”

“你！”李济善又要发怒，但看她这般病弱，再闹下去恐怕真会酿成悲剧，终究还是压下了火气道，“好，就依你言。待你身子好了，便送你入玉真观。”

“多谢爹爹成全。”她歇了片刻，又向陆羽伸出手，“鸿渐。”

“兰儿，我在，”陆羽上前拉过她的手，“你慢些说。”

“爹爹的要求，我知你定会尽一切努力去实现，这一点我毫不担心。我只要你好好照顾自己，凡事不可强求，你我是否有夫妻之缘，一切便只看天意了。”

“我懂你的心思，也相信我们必能感动上天，赐我们一段良缘的！”

李冶对他苦涩一笑，又对李济善道，“爹爹不必担心，在这三件事未做到之前，我都会在玉真观清净自守，绝不会私自与鸿渐相见。”

陆羽心头又是一揪，但知她此言定是下了决心，不仅是向李济善表明心志，更是要向世人证明自己的清白，便也不愿去拂逆她的心意，只劝自己能够挨过没有她相伴的日子。

李济善道：“你倘能这样做，便是再好不过。今日誓约已立，为父自会信守承诺，送你独去玉真观清修，也希望你二人能够不负所言。”

“阿叔放心，我们定能做到！也请阿叔准许，兰儿病愈之前让我陪在她身边照料。”

“好吧，不过你可记清了，一月之期从今日便开始了。”李济善说罢，轻叹一声，缓缓走出屋去。李适上前道：“鸿渐，我也该回去了，昨夜与你商谈之事务必办妥了，千万不可耽搁。”

“你放心，轻重缓急我分得清。”

“还记在心上？”李适笑道。此前两人吵架时，他曾指责陆羽不分轻重。

“哪里，从前是我不通事理，以为只要心诚便可事成，如今方知万事皆不容易，需得好好把握才行。”

“你也不必如此紧张，我相信天意定会成全我们，也会成全你与兰姐姐。”

“但愿如你所言。”

李适来到床前，俯身道：“兰姐姐，我要走了。你养好身子，等下次相见，我再念‘芦苇歌’与你听。”

李冶微微一笑，柔声道：“你也照顾好自己，希望再见有期。”

“一定会的。”李适深深看她一眼，再次与二人道别，转身而去。

木屋里只剩下一对情侣，两人对视良久，李冶道：“我知道让你不见我，实在是苦了你。”

“不苦，比起从前一个人独自相思，如今知道你在等着我，什么苦都是甜的。”

“爹爹的要求，你已有了计较吗？”

“有了，”他按住她的手道，“你不必操心这些，我知道该怎么做。”

“我对你没有不放心的。”她说着，面露疲倦之色。

“说了许多话你也累了，好好歇息吧，我去给你煎药粥。”

“好。”

服侍她睡下后，陆羽自向斋堂而去，一路上都在想着李适的嘱托与李济善的要求，整个人愁眉不展。来到斋堂，见打理斋饭的小和尚正在忙活，便问他要了煎药之具，坐下来给李冶煎药粥。他一边煎药，一边心不在焉地看着小和尚往钵盂里倒水，忽地想起前几日也是在此处，小和尚曾与他讲过的一件事……

那日陆羽在木屋外守了一天，仍被李济善拒之门外，实在饥饿难当，便到斋堂讨些斋饭来吃。小和尚让他在一旁稍作歇息，自己动手给他做起斋饭来。陆羽因连日来休息不足，身体疲惫不堪，不一会儿便昏昏欲睡起来。

茗生此中石，玉泉流不歇。
根柯洒芳津，采服润肌骨。
丛老卷绿叶，枝枝相接连。
曝成仙人掌，似拍洪崖肩。
举世未见之，其名定谁传。

正困得难挨，却听耳边有人在吟唱着什么，好似与茶有关，便蓦地清醒过来，回头一看，原来是那小和尚正一边煮饭，一边哼唱着。

陆羽便问："敢问小师父，你在唱什么？"

小和尚停住嘴，不好意思道："抱歉，打扰施主了。"

"并无任何打扰，我听这词句中有'茗草''绿叶'之类的字眼，这是一首茶诗吗？"

"正是，施主好耳力。"

"是你自己所作吗？"

"小僧哪有这等本事，是我前番到玉泉寺去，听那里的师兄吟唱的，觉得词句甚好，便学了来。师兄说此诗乃闻名当世的大诗人李太白所作。"

"李太白？"

"嗯，便是那位'斗酒诗百篇'的青莲居士。听闻玉泉山的中孚禅师俗家乃李太白的族侄，曾为他煎煮过一种茗草，状似仙人掌，清香无比。他饮罢盛赞此物，便提笔作了这首诗赞美。"

"状似仙人掌……"

"是啊，我在玉泉寺有幸品尝过一次，这茗草果真如李太白诗中所说的那般清新独特，真不愧是'举世未见'之物。"

"听你这么一说，我也极想去见识见识这仙人掌茶了！"

两人聊罢，陆羽用了斋饭便回房休息去了，但对此事却记忆极深。"仙人掌茶……"他今日回想此事，忽觉心中一动，忙问小和尚道："小师父，你还记得前几日与我说过的仙人掌茶吗？"

"记得。"

"那首李太白的诗能劳烦小师父再念一遍吗？"

"自然可以，看来施主是个爱诗之人。"小和尚应了，又将那首诗吟了两遍。

陆羽凝神听着，听到"举世未见之，其名定谁传"一句时，不由得反复念到"举世未见，举世未见……"

李济善的第二件事跳出脑海。

"举、世、未、见，"陆羽叨念着这四个字，脑中突然灵光一闪，心胸豁然开朗，兴奋地对小和尚道，"这玉泉寺是否便是江陵清溪玉泉山上的那座寺庙？"

"正是，在竟陵的西北方向，一两日便可到达。"

"太好了，小师父你可帮了我的大忙了！"陆羽起身向他合掌一拜。

"哪里哪里。"小和尚挠着光头，不明所以。

他兴致勃勃地向小和尚打听玉泉山的情况及仙人掌茶的样子，又请小和尚将李太白的诗吟唱了几遍，细细体味诗中意境，心下有了打算……从这以后，又过了几日，李冶身子逐渐好转，她生怕陆羽耽误了一月之期，便劝他早些上路。

这日玉泉山下的珍珠泉边，一人头戴斗笠，腰挎布袋，身背竹篮，在山间行走着，正是前来寻找仙人掌茶的陆羽。这珍珠泉三面环山，与玉泉山长廊隔河相对，周围茂林碧树环绕，泉水清可见底，水中有气泡涌动，宛如玉线千条，珍珠万点，终年不绝，最终汇入玉泉溪中。溪畔多有山洞，洞中石钟乳丛生，更有泉水从山石上流过，环境瑰奇无比。

“天地造化，只有如此奇境方能生出奇茶吧。”陆羽心中想着，正欲依照李白诗中所言寻找仙人掌茶之所在，一不留神脚下一滑，险些坠入溪水中，刚站稳脚，却见一股白色旋风从前方的洞口刮出，在空中盘旋几圈，直向自己面门袭来，眼看便要击中他。

“啊！”他惊叫一声，转身向后避闪，可一转过来才发现身后也同样有一群袭来，顷刻间便将他生生围在当中。他定睛一瞧，此物乌鸦大小，鼠头鸟身，一身雪白绒毛，双翼展开如扇，不是蝙蝠又是什么！

眼见这白色蝙蝠便要袭上陆羽之身，却听空中“刷刷”几声剑响，几只蝙蝠应声落地，紧接着他只觉背后一紧，肩上的竹篮被剑挑起，甩入流淌的溪水中，瞬间没了踪影。再看方才那些来势汹汹的白色蝙蝠，则飞散开来，一只只回到山洞中，倒悬在石壁上，仿佛一切都没发生过一般。

他惊魂甫定，回身相看，只见一人一袭蓝衣，手持长剑，飘然立在他面前。见他无事，那人将手中的长剑一收，对着地上的蝙蝠叹道：“这白蝙蝠乃千岁之仙鼠，今日为你斩了几只，实在是可惜，可惜啊！”

陆羽见他不问自己受伤与否，却在叹息蝙蝠之死，心中纳闷，但仍拱手谢道：“多谢侠士相救！在下陆羽，敢问足下高姓大名？”

“李十二。”那人随口一答，举眸打量陆羽片刻，一挑眉道：“这白蝙蝠素来喜静，你知它们方才为何袭击你？”

“不知。”

“皆因你的竹篮。”

“竹篮？”陆羽惊奇道，“在下从未听说过蝙蝠喜吃竹子的！”

“它所喜的并非竹子，而是你那篮中之物。”

“可篮子是空的啊！”

“你那竹篮可是采茶所用？”

“正是，足下从何而知？”

李十二指着倒挂在山洞里的白蝙蝠道："它们便是饮泉水、食茗草为生，其毛才会化为雪白色。"

"竟有如此神奇之事？"

"世间之事，比之更奇的还有许多……小兄弟，你背着竹篮到此处来，是为了采茶吗？"

"正是，我来寻一种名唤'仙人掌'的奇茶。"

"哦？你怎么知道此茶的？"

"是因为听了诗仙李太白所作的诗。"

李十二听到这儿，眉梢又是一挑，没有说话。

"足下对此地甚为熟悉，可否告诉在下，此茶生在何处？"

李十二抄手笑道："如今此物就在眼前，你为何却视而不见？"

陆羽不解地看看他，又看看白蝙蝠盘踞的山洞，随后恍然大悟，拔腿向洞中走去。这洞口虽小，但内里却大，且越往里走越深邃，泉水从石壁间汩汩流出。阳光从乳窟中洒进来，洞里石钟乳根根林立，在那被泉水滋养的土壤中果然生长着一株株茶树，其色若碧玉，其状如掌指，可不就是李白诗中所描述的仙人掌茶吗！

"找到了，找到了！"陆羽激动道，可一想起洞中悬挂着的一只只白蝙蝠，瞬间泄气不少，"这些蝙蝠喜吃茶叶，若是见我采摘它们的食物，定会再次袭击于我，这可如何是好？"

"蝙蝠惧火，只需以火把驱赶，便会飞离山洞，何须犯难？"李十二在洞外悠然地道。

"足下说得极是！"陆羽对此人愈加钦佩，走出洞外，借着林间洒落下来的光线重新端详他。此人看起来四旬年纪，疏眉、凤目、高鼻、短髯，神情傲然、姿态洒脱，既有文士之风流更兼侠客的豪爽，举手投足皆超然不群，绝非等闲之辈。他越看越觉得疑惑，心中一直盘旋着的名字几乎脱口而出，然而李十二却道："夜将至，白蝙蝠于夜间活动觅食，今日恐怕不行了。"

"那足下以为该怎么办？"

"露宿一晚，明晨再说吧！"

"好！"陆羽点头不迭，巴不得与此人多谈上几句，"敢问足下在何处落脚？"

"尚无打算。"

"此处有座玉泉寺，不如宿在那里？"

"玉泉寺里规矩繁多，倒不如这山林里自由自在。"

"这里……"陆羽扫视四周，除了山洞就是茂林，脚下更是多有溪水流过，一处平整之地也没有，饶是他这个经常行走于山林之人，都不免犯愁。他这里迟疑，李十二却已向眼前的山洞踱了过去，抛下一句话道："与蝙蝠同宿，胜过与俗人百倍，你若不愿，就请自便吧！"

"我愿！"陆羽跟了进去，见他已盘膝坐于石上，闭目安神，便轻手轻脚地将洞内的杂草拾掇了一番，又从腰间的布袋里取出一个水囊，走出山洞。片刻之后，拎着新打的泉水进来道："本打算用泉水煎了新茶来喝，如今却只能喝这清水了，足下请用些吧。"说着将水囊递给他。

李十二接过，仰头灌了几口，摇头道："水也好，茶也罢，终究不若酒来得痛快！"

"可惜今夜无酒了。"陆羽说罢又出去捡了些干柴进来，就要点燃，李十二道："不可，你若此时点火，打扰了蝙蝠进食，岂不失礼？"

"失礼？"陆羽诧异道。

"你我二人寄居于蝙蝠的洞穴，却又扰它进食，岂不是大大的失礼？"

陆羽不由得笑道："足下说得有理。"只得将干柴放下，找了块光滑的石头坐下歇息。山间月色清亮，月光从山洞的孔窍中洒落进来，倒也不觉得太暗。陆羽看着白蝙蝠在洞中飞来飞去，栖息于茶树上自由自在地啄食，人与蝙蝠相安无事，便也觉得十分惬意。看了一会儿，他仍是忍不住心中的猜测，开口道："足下可是从别处游历而来？"

"我从幽州黄金台而来。"

"幽州离此山高路远，一路上辛苦了。"

"苦？万事皆不如无酒苦，无酒更不如无家苦！"

"足下是孤身一人吗？"

李十二长叹一声："我虽有妻儿，但总是远隔他乡，倒不如这山间月、杯中酒来得更加亲近……小兄弟可有家室吗？"

"还没有，"陆羽也是一叹，"在下孤儿出身，无家无业，虽与意中人两情相悦，但因种种原因尚未得到未来岳丈的准许，所以今日才会到此处寻这仙人掌茶，好向岳丈奉上这举世未见之物。"

"诶，大丈夫志在四海，何患无妻？"李十二哼道，"看你风华正茂，便该趁着大好年华干一番利国利民的大事业！如今大唐江山看似安稳，实则岌岌可危，你却纠缠于儿女情长，岂不愧哉？"

"在下受教了，那以足下之见，如今大唐的忧患究竟在何处？"

李十二站起身，高声吟道："君失臣兮龙为鱼，权归臣兮鼠变虎。帝子泣兮绿云间，随风波兮去无还！"

"敢问这是何意？"

"何意？"他抽出腰间长剑，一道寒光击向石上流水，溅起无数水花，继续吟道，"远别离，海水直下万里深，谁人不言此离苦？尧幽囚，舜野死。我纵言之将何补？"他一边高吟一边舞动手中长剑，似一道冷光舞蹈在幽深的洞穴。

陆羽从未听过此诗，更未见过这等出神入化的剑舞，但他知道当世只有一人可将诗、酒、剑如此绝妙地融为一体。但那人既然不想以真名示人，自己也不便多问，或许这样交谈会更自在些。见他终于舞毕，陆羽道："足下之意我懂了。无国便无家，权奸当道蛇鼠同行，君王失政化龙为鱼，若天地一朝变色，离家去国之苦又何尝不似远别离？"

"好，你说得极好！没想到山野之中也能得遇知音！"

"那足下以为，当今最大的祸害是何人，是双木林吗？"他意指李林甫。

"哈哈哈哈，"李十二仰天大笑罢，又吟道，"小时不识月，呼作白玉盘。又疑瑶台镜，飞在青云端。蟾蜍蚀圆影，大明夜已残。忧来其如何？凄怆摧心肝！"

"诗中的蟾蜍食月，说的是宫闱之乱吗？"他意指杨贵妃兄妹。

"燕山雪花大如席，片片吹落轩辕台！"

"燕山……？"陆羽听了这一句，苦苦思索半晌，仍不解其意。

李十二见他沉思起来，便也不再多言，倒身卧于青石上，不久酣睡而去。陆羽想了良久，仍是不知他这一句意指何人，便也和衣躺下，睡了过去，想着明日再向他细细请教。次日一早，陆羽被洞外的阳光照醒，起身一看，李十二却已不见踪影。

二十八、定计太守府，献茶曲江宴

陆羽在山间找了半晌，仍不见人影，猜测李十二已走了，心中怅然。此人素来萍踪侠影，神龙见首不见尾，再会恐怕是无期了。陆羽一边回想着他昨夜所吟的诗句，一边开始点燃火把，将白蝙蝠引出山洞，采摘起洞中的仙人掌茶。不消多时，已采了不少，因来时所背的竹篮落入溪中，便只好将茶叶放入布袋里。为保持茶叶的新鲜，他快速赶回龙盖寺。到了寺中，也未去看李冶，便忙着将茶叶蒸熟、捣烂、压饼、烘干，最后穿成串儿，用纸包封住香气，这才捧着制好的仙人掌茶饼去见李济善……

三日后，竟陵太守府内，李适与李复正在花厅中下棋。赵缨对棋艺一窍不通，百无聊赖地在一旁闲坐着，甚是无趣："我说你们两个，都下了快一个时辰了，怎么还没完？"

"下棋讲究的是俯瞰全局、步步为营、未雨绸缪，每落一子都需好好计算，又岂能贪快呢？"李适执着棋子，淡淡地道。

"这些道理你也多余说，她也听不懂。"李复对李适说罢，又对赵缨笑道，"你若是在我们这里坐不住，不如到前厅去逛逛，我爹正与颜大人饮茶，或许你与他们聊得来。"

"你！"赵缨柳眉一竖，嗔道，"你最会取笑别人，却不似阿羽，从来都懂得体贴他人的心意！"

"可惜鸿渐已经有了他的姐姐，不会再像从前那样在戏班里陪着你了！"李复哼了一声道。

"他陪不陪我与你有什么相干？"

"那我体不体贴又与你有什么相干？"

"你……你这个骗子……"赵缨又羞又恼，起身要走。李适叹道："你们俩能不能有一日不吵嘴，也让我耳根清净一些！还是你们为了让我输棋，故意为之！"

"我哪有，都是他不好！"赵缨眼圈一红，委屈道。

李复见她这般，忙丢了棋子，起身劝道："好、好，是我不好，我只顾着下棋，冷落了我们的大侠女，我给你赔不是了！"

"谁要你赔不是？你继续下你的棋吧！"

"下棋有什么意思，我陪你到院中练剑去。"

"真的？"

"当然了，我们走。"

赵缨脸色瞬间转好，两人这便要走，李适一拍棋盘道："你们两个给我站住！你们天天闹这一出，日日现在我眼前，是不是欺我孤家寡人，无人相伴！"

"不着急，等你日后回到长安，有的是美人儿供你挑选。"李复嬉笑道。

"胡言乱语！依我看，缨儿说得对，你确实不如鸿渐！"李适回敬一句，一甩袖，径自回房而去。他也不知自己恼的什么，只是近日来，越来越觉得孤单寂寞，无人可以诉说心事。倒在榻上小憩片刻，刚一闭上眼，便见沈妃从外面款款而来，温柔地在他床前坐下，朱唇轻启，不知在说些什么。他一把抓住母妃的手，正要相问，沈妃的脸却突然变作李冶的容颜，正柔媚地对他笑着。

“兰姐姐……”他唤了一句，从梦中醒来。正迷惑于此梦，只听外面李复道：“别贪睡了，你最看重的鸿渐来了！”

他摇了摇头，将乱念挥散，应道：“这便来！”

到了前厅，果见陆羽来了，正坐着与李齐物、颜真卿一起喝茶。李复与赵缨坐在一边。

“鸿渐，你那边的事可都办妥了？”李适问道。

陆羽点点头：“我已在一月期限内，将阿叔要的‘举世未见’之物找到并交与他了，他也还算满意。”

“这便好了！那……兰姐姐呢？”

“她……”陆羽苦涩道，“已随阿叔回湖州去了，过不了多久便会入剡中玉真观清修，不知再见又是何年何月……不提她了，我这次来是告诉大家，需要我做的事，已然成竹在胸了。”

“当真？”不仅是李适，在场的所有人精神都为之一振。陆羽将自己的想法诉于诸人，众人皆频频点头，深为嘉许。

颜真卿道：“如今鸿渐也已准备妥当，便只待时机了。”说着看向李齐物，“下官敢请李大人赐教。”

李齐物思量片刻，捋髯道：“转过年来的三月三日上巳节，乃修禊之日。每年此日，圣上都会依照旧例在曲江亭赐宴。自魏晋以来，不论王公贵族还是山野名士，都会在这一天临水宴饮，曲水流觞，最是风雅之至。圣上追慕先贤遗风，每年的曲江宴都会遍召文人雅士，在席上吟诗作赋，奏乐起舞，极尽风雅欢乐之能事，且最喜不拘一格之表演。若是才艺上佳者，即便官职低微，甚至无功名在身，只要圣上钦点，便可破格入宴……颜大人何不在上巳节之前，向圣上进一贺表，说你寻到一件‘举世未见’之物要在曲江宴上进献表演。以圣上的喜好，他定会欣然准许，到时候一切便看你们的了。”

颜真卿道：“李大人之计绝好，下官这便亲自拟表，请大人过目，若无差错，再献与圣上。”

李齐物点头道：“本太守对颜大人的文采与鸿渐的茶道最是信心十足。”

“三月三日天气新，长安水边多丽人。”李适道，“古有兰亭雅会，成就千古名篇。明年的三月三，我们便来个献茶奏贺，看看是否也能留下一段千古奇闻！”

“诶，你忘了此诗的后几句吗?”李复道，“杨花雪落覆白苹，青鸟飞去衔红巾……”

陆羽接着吟道:“炙手可热势绝伦，慎莫近前丞相嗔!”

颜真卿见他们说起杜甫的《丽人行》，不由得笑着对道:“恶贯满盈今大白，却看丞相嗔不嗔!”

众人听罢哈哈大笑，当晚李齐物在府中设下宴席，为陆羽接风。这日之后，众人依计行事。颜真卿上表之后，果然深得圣心，玄宗李隆基下旨，钦点颜真卿携陆羽于三月三日觐见赴宴。

三月三日，长安城南的曲江池畔，盛况空前。从皇家园林芙蓉园中流出的池水在曲江池中汇集，曲江沿岸分布着慈恩寺、大雁塔、杏园等名胜宝地，亭台楼阁、红花碧树、烟波画船，美景无边，更有达官显贵、名媛丽人或骑马或乘车或划船出游，春服彩衣、宝马雕车、燕语莺声。端的是一派繁华景象，十里萧鼓华音。

玄宗李隆基行过祭祀礼之后，御驾登临芙蓉园内的紫云楼，接受百官与万民的朝贺，随后摆驾宴会厅，宫廷乐班演奏《秦王破阵乐》，舞姬们载歌载舞，揭开华宴的帷幕。

颜真卿携陆羽坐于长席的尽头，远离李隆基之处，不过也正是如此的位置，方便他们静静观察席上诸人。杨国忠作为皇帝宠臣，又是当朝国舅，自然是坐在李隆基近前的华席之上。王公贵族里除了太子李亨一脉仍在府中圈禁之外，几乎皆到场入宴。唯独当朝宰相李林甫却称病不在。终于，宫廷教坊隆重排演的歌舞已毕，席上的众位王公大臣也酒过三巡，不再拘谨，开始互相打趣劝酒，兴致高涨起来。李隆基倚着龙榻，业已微醺，见众人都酒酣耳热，跃跃欲试，便命高力士传旨，让席上众人献才献艺，表演的好的重重有赏。

旨意一下，众人欢呼。杨国忠首当其冲，命早已安排好的两名贵公子上前，表演了一曲《回波乐》，一人吟唱，一人起舞，甚为华美。众人皆盛赞，李隆基也道了声好。其后又有名媛贵女上前，舞了一段《六幺》，赢得众人喝彩。李隆基见他们演得虽好，但却皆是昔年旧曲，无甚新意，便唤来平素最爱的乐工李龟年上场，与李彭年、李鹤年三兄弟歌舞了一曲新编的《渭川曲》，琵琶繁弦错杂，歌声清飏婉转，高于此前诸人。李隆基大悦，重赏三兄弟，心中已属意其为当晚之冠。之后的表演均是平庸之作，李隆基似看非看，意兴阑珊。他起身在席间踱步，渐渐走到栏杆处，向曲江眺望。高力士亦步亦趋，跟在其后。

颜真卿猜测李隆基定是厌烦了席上的凡俗表演，急需眼前一亮之作，此时正是陆羽上场的最佳时机，便携陆羽离席拜道："微臣监察御史颜真卿，受陛下钦点，携草民陆羽前来献茶奏贺。"

陆羽跪拜道："草民陆羽参见陛下。"

李隆基正感无趣，听他一奏，也记起确有此事。他对颜真卿的官声有所耳闻，对他查出唐昌公主墓被盗一案的真凶之事也颇为满意。今日逢着佳节之期，倒也想看看这颜真卿究竟是何许人，又会带来何等奇物，便一伸手道："平身吧，不知颜卿带来何等表演，这便给朕一观吧。"

"遵旨，容微臣下去准备一二。"

"去吧。"

颜真卿起身，带着陆羽退下去准备。待前面的歌舞演毕，李隆基坐回龙榻，席上略略安静下来时，这才上场。颜真卿在舞台一角落座，面前摆好一架古琴。旁边的长案上，陆羽已将器具逐一列好，在案前坐定。高力士道："颜大人，请吧。"颜真卿颔首，振袖抬手，抚弄琴弦，清音一起满席皆静，《流水》一出再觅知音。方才席上皆是琵琶、萧鼓、胡琴，热闹无比，而此时这琴音悠远空灵，缓缓而来，倒令李隆基感觉心头一阵清凉，眉头微展。

就在第一声琴音响起时，陆羽点燃风炉，煎煮起水来。他仍像在沧浪之滨为李齐物等人表演的那般，将"鱼目初升""涌如连珠""腾波鼓浪"这"三沸"又演绎了一番，直到水面泛起春花积雪般的汤花时，在座众人皆忍不住赞叹起来，李隆基也觉得颇有些意思，兴致渐起。

待茶煎好之后，陆羽在一只华美的青瓷小碗中盛入茶汤，汤面点缀几朵汤花，另将几片未碾碎的茶叶放在一枚别致的贝壳中，两物一起置于托盘之上。此时颜真卿的《流水》恰已弹到尾声，待余音落尽，陆羽将香气四溢的茶汤高举过头顶道："此乃江陵清溪玉泉山中所产仙人掌茶，奉于陛下品尝。"

李隆基见他有模有样地煎煮了半晌，却只做了一碗茶汤，便问道："你费了如此周折，为何只得这一小碗茶汤，岂不寒酸？"

陆羽朗声道："回陛下，茶性俭，不宜多烹，多则其味寡淡。若是煎上一大碗，饮到一半味道便会寡淡下来，况且此物乃世间奇品，今奉与陛下品尝，自然只得一碗独尊，方显天下万民对陛下的仰慕爱戴之情。"

李隆基听罢，面色一舒，却仍不命高力士接茶，继续问道："你说茶性俭，这'俭'字从何说起？"

"草民才疏学浅，陛下面前不敢妄言。"

"此乃佳节欢宴之时，你但说无妨，朕恕你无罪。"

“遵旨。其一，茶之一物，生在山野之间，从千株万棵树上采摘下来，再蒸之、捣之、拍之、焙之、穿之、封之才能制成，然后以水煎之，才能得这一碗茶汤，可谓来之不易，若不俭之，岂不辜负了此物的珍贵？其二，茶至寒，其香清，其味淡，饮罢使人神清气爽，疲惫一空。若说酒能消愁，那么茶则能让人振奋精神，消除病患，更有一种勤俭奋发之意味。草民听闻，东晋时的吴兴太守陆纳生性简朴，卫将军谢安造访其宅，他也仅仅用几盘茶果招待，从不奢侈。他的侄子嫌茶果寒酸，擅自用珍馐美味代替茶果招待客人，被陆纳杖责四十，严加斥责。足见陆纳淡泊内敛的品性，这也是一个‘俭’字……以上是草民的一点儿粗浅见识，妄自品评，还望陛下不要见笑。”

李隆基原以为陆羽只是个普通伶人，会些煎茶之事，谁知竟能将茶的生长、制作、功效，以及历史典故侃侃而谈，说得头头是道，又见他少年风华，相貌不俗，与在座的贵公子们相比也毫不逊色，便生出一丝爱才之意，对高力士略点了点头。高力士会意，上前将陆羽手中举了许久的托盘接过，呈至皇帝面前。

陆羽道：“陛下请看，那贝壳中的便是此茶之叶，其叶扁平碧绿，白毫披身，拳然重叠，状如手掌，故而名为仙人掌茶。”

李隆基看了看道：“确与别茶不同。”

“请陛下趁热饮用，此时重浊之物凝聚于下，精华之物则飘浮在上，饮之可得其精气。若放冷了，英萃便会随着热气而消散，味道便不佳了。”

高力士见皇帝一直未饮，正欲命人上前试毒，李隆基摆手道：“不必了。”随后端起来浅尝了一口，滋味鲜爽；又饮一口，舌尖回甘；再饮一口，熨帖入心。他高居至尊之位，所饮的贡茶自然是天下极品，可与今日之茶相比，却少了几分天然、几分甘醇、几分心意。或许是因为素日饮茶不是祭祀，便是赐宴，皆为礼仪之用，虽饮但却从未细品。而今日的茶，却是有人在华席之上，以琴音为佐，细心烹煮而出，却比往日皆不同了。

他饮罢三口，将茶碗一放，道：“此茶是从何处所得？”

陆羽见他连饮了三口，便知定是较为满意了，便将此茶如何生在玉泉山及白蝙蝠如何以之为食之事讲了，又道：“《仙经》上所载，白蝙蝠乃千岁之仙鼠，想必便是因为它们常年饮山泉，食仙茗所致。以草民的愚见，煎茶之用水，必以‘活水’为佳，其中山水为最，江河水次之，井水再次。今日煎茶所用的水，便是从玉泉山下的珍珠泉中取来的山泉水。这山泉水与仙茗合而煎之，所出之茶汤有提神健体，益寿延年之功效。”

“好，很好。”李隆基夸赞一句，又对颜真卿道，“颜卿此一番抚琴献茶可谓用心了。”

颜真卿忙起身拜道：“微臣愿陛下饮了此茶可以龙体康泰，大唐永世昌盛。”

李隆基点头，命高力士给颜真卿赐座，随后问道：“这煎茶之人，是何身份？”

颜真卿将陆羽的姓名，身世说了，李隆基笑道：“出身寒微，却有如此技艺，看来我大唐着实是人才辈出，野无遗贤啊！”又对陆羽道：“既然你能将这仙人掌茶煎得如此甘香，朕这里还有蒙顶贡茶，你能否用方才之法，再煎了来，也让在座的诸位卿家皆能同饮甘露，共庆佳节？”

“草民遵旨。”陆羽叩拜道。

候了不多时，高力士命人将蒙顶贡茶取了过来，陆羽照样煎来，李隆基赐予席上众人，大家皆起身跪谢皇恩浩荡，对茶汤交口称赞。待众人饮毕，李隆基道：“没想到，这贡茶也能被你煎出独特之味。朕倒有些奇怪了，难道你曾经煎过此茶吗？”

陆羽不假思索道：“回陛下，草民在五原时，曾在五原尉郑楠府上见过此茶，他曾命草民给他煎过……”

“不可妄言！”颜真卿作势制止他道。

“五原尉郑楠？”李隆基眉头微蹙。

“正是，若不是草民今日有幸被陛下赐煎此茶，是万万不能知道他府上所藏的，竟是这贡茶珍品……”

“这郑楠的名字，朕好像有些耳熟啊……”

“回陛下，五原尉郑楠便是此前盗取唐昌公主陵墓之人，已被陛下下旨严惩，秋后问斩，全族流放。”颜真卿回道。

“是此人啊。”李隆基面色一沉。

此时，许久未说话的杨国忠忽然道：“一个小小的五原尉，府上怎会有皇家贡品？你们是不是记错了？”

李隆基看看陆羽，又看向颜真卿。

“鸿渐精于茶事，想必不会记错，也更不敢在陛下面前胡言。若陛下心有疑惑，微臣有一办法不知当讲不当讲……”

“讲。”

“那郑楠之府已被查抄，只需去验看被抄之物，便可知道他是否私藏了贡茶。”

李隆基听罢想了片刻，对一旁的杨国忠道：“杨爱卿，你以为如何？”

二十九、孽满身名灭，罪消雪沉冤

杨国忠道："郑楠之罪，实乃大逆不道，死不足惜，但若说他私藏贡茶，得有确凿的证据才行……陛下，满朝之中，能得您的恩宠，每年皆可获赐贡茶的，除了贵妃娘娘、微臣之外，便是李林甫李大人了。这贡茶如此珍贵，又是陛下恩赏，李大人又岂会将其送与他人呢？"

李隆基只是听着，面无波澜。

颜真卿奏道："陛下，臣此前调查此案时便觉得蹊跷。郑楠一个小小的五原尉竟敢无视天威、监守自盗，之后又诬陷他人，制造冤狱，如此瞒天过海之事竟无人察觉出不妥，实在不该。恐怕朝中有人刻意庇护他，才胆敢如此。"

"颜大人此言过于危言耸听了吧，郑楠之事是他自作孽，与他人无关，你何必非要扯出朝臣，小题大做呢？"杨国忠道。

"杨大人有所不知，郑楠虽身在五原，难与朝中大臣有所勾连，但其同胞兄长郑旭却在长安担任京畿尉一职，由金吾卫大将军直接调配，管辖京城的治安防御。他若想与哪位大人私下结交，恐也不是什么难事……"

李隆基此时眉心一蹙，问坐在席上的御史大夫王鉷道："当初的五原一案，是由何人负责督办的？"

王鉷忙起身回道："回陛下，此案干系重大，当初是由宰相李林甫亲自督办。"

李隆基"嗯"了一声，目光扫视着在场诸人，似笑非笑道："又是朕的宰相大人，今日可巧了，这么多人提起他，他却不在。"又对王鉷下旨道："速去核查郑楠、郑旭两兄弟的抄家之物，查明来禀。"

"是。"王鉷领命而去。杨国忠见他走了，对身侧的亲从耳语几句，那人也退了出去。

宴席上的气氛低落下来，虽仍有歌舞上演着，但众人皆察言观色，无人再敢似方才那般放松随意了。颜真卿与陆羽垂手立在一边，不敢多言。李隆基又问了问颜真卿一路巡查之时还有哪些风土民情，颜真卿亦如实回禀了。正在此时，高力士来到李隆基近前，禀报道："陛下，值此欢庆之日，贵妃娘娘特命宫人献上吉物，为陛下祈愿太平，庆贺佳节。"

李隆基面色一缓，道："呈上来吧。"

高力士传旨，命宫人上殿而来，将杨贵妃精心准备的吉物呈在皇帝面前。

宫人拜道："陛下，贵妃娘娘一早便亲自到景元观去，为陛下求了一枚吉签，放入亲手缝制的兰草香囊中，祈愿陛下如日之升，如月之明，如松柏常青，好让天下子民永沐皇恩，永享太平。”说罢将锦盘中端放的兰草香囊呈上。高力士并不敢接，只等李隆基亲手执起，拿在掌中端详。

这香囊丝线名贵，绣法高超自不必说，令李隆基注目的却是香囊上的图绘，既非龙凤也非鸳鸯，而是两朵并开的芍药花，粉花金蕊、凝香吐露，栩栩如生。李隆基龙颜一悦，如春风拂过面颊，他自知这芍药花的典故。古时之人，每逢上巳节，男女踏青出游，若两情相悦便互赠芍药花，以作定情之物。今日贵妃之举，便是在向皇帝倾诉芳心，且做得端庄大气，既有一国贵妃的气度又有小女子的娇羞，此般情趣一向最令他欲罢不能。将香囊拿在手中把玩着，李隆基重赏了宫人，赐杨国忠御肴两碟，又赐众人同饮御酒一盏，冷凝的气流退散开来，仿若方才什么事也未发生过一般。

陆羽见皇帝又沉入温柔乡，将他们奏报之事当作一阵微风吹过，心下便有些沉不住气了，看向一旁的颜真卿。颜真卿却面色沉稳，暗中示意他莫要着急。

又歌舞了半晌，方才下去的御史大夫王鉷上来回禀道：“陛下，臣已着人清点完毕，郑楠与郑旭的抄家之物中……确有御赐的贡品蒙顶茶。”

“王大人不会看走眼了吧？”杨国忠道。

“每一包贡茶上都贴有御用的封条，本官再是眼花也不会看错的。”

“哈哈，本官不过一问。就是怕有人眼拙，将什么安康山谷中生长的土茶，当作贡茶来看了。”他刻意咬重了“安康土茶”几字，一双鹰眼更瞟向颜真卿。

陆羽心头一动，那日他应对郑楠在府衙的盘问时，便是将蒙顶茶谎称为安康山谷中的土茶，才化解了危机。此事并无他人知晓，杨国忠又是如何得知？慌忙看向颜真卿，却发现他的神情比方才多了一分坚定与确信，不由得更为疑惑。

他这边疑惑着，殿外传道：“宰相李林甫前来觐见！”

李隆基哼了一声：“他倒来得及时，传上来吧。”

高力士传李林甫进殿，片刻后只见他一脸病容，神色不安地进来向皇帝叩拜。李隆基道：“你来得正好，朕正在问他们五原一案，你也一旁听着吧。”

李林甫道了声“遵旨”，眼神瞟过席上众人，看见颜真卿时，微微一愣。

李隆基对王鉷道：“你接着说。”

王鉷道：“陛下，臣以为即便郑楠兄弟确实私藏了贡茶，但也不能说明什么，更难以与李林甫大人扯上直接关系。还望陛下给臣些时日，容臣下去慢慢彻查此事。”

就在王鉷启奏的同时，方才杨国忠吩咐出去的那名亲从悄悄进来，在主子耳边禀报了几句，递给他一物。杨国忠点点头，接过那物。李隆基听了王鉷的话，沉吟半晌，正欲发话，杨国忠起身拜道："陛下，臣有事要奏。"

"杨爱卿有何事？"

"此事恰与王大人所奏之事有关。"

"你说吧。"

杨国忠从怀中掏出方才那物道："陛下，臣怕王大人忙中出错，便命手下前去帮忙，没想到还真有意外发现……"说着将手中之物举到高力士面前。高力士只得接过，呈给李隆基看。

是一枚令符。形似偃月，符上的图绘用上等丝线绣成，造型十分独特：青绿为质、金碧为纹，几个交叉的线条勾勒出两枚并生的松针，似一个"林"字。

李隆基看了看，道："这是何物？"

"此乃一枚令符，在郑楠、郑旭两兄弟的抄家之物中搜出……想必方才王大人一心寻找贡茶，没注意到此物。"

"此符不是朝廷所用，是何人之物？"李隆基将手中的香囊往龙案上一放。

"臣本不想妄自揣测，但此物之形实在太过明显，若说不知实在是欺瞒陛下。"杨国忠说话时，李林甫一直死死盯着他。

"把你的猜测说出来吧。"

"遵旨，"杨国忠环视席上众人道："想必诸位都知道，李林甫大人家中有个'月堂'吧？"

李林甫偷眼看向席上诸人，有的低下头去，有的窃窃私语，皆回避着杨国忠的眼神，无人敢接腔。只有颜真卿望着杨国忠，露出了然之色。

"诸位不答也无妨，此事自可轻易证实。对吧，李大人？"

李林甫咬牙道："本相府上确有一个月堂，敢问杨大人，这有什么不妥吗？"

杨国忠冷笑一下，转而对李隆基道："陛下请看，这令符的形状，与李大人府上的月堂，几乎一模一样。"

李隆基看看高力士，高力士微微点头，又看看李林甫，见他已没了往日的气定神闲，正狠狠地瞪着杨国忠。

"再看这符上的纹饰……这色彩，这线条，倒令微臣想起一个人，便是已故的彭国公——李思训。彭国公擅画青绿山水，最喜用金碧设色，他笔下的松树更是当世无双……"杨国忠踱到李林甫面前，"李大人，下官没记错的话，您自幼便跟随叔父彭国公学画。下官曾有幸得到过您的墨宝，我记得便是一幅《松柏常青图》，那笔法可是不比彭国公逊色分毫啊！"

“杨、国、忠……”李林甫从牙缝里挤出三个字。

杨国忠一转身看向颜真卿：“说起彭国公的青绿山水画，别人或许不了解，但颜大人恐怕是再清楚不过了。”

“杨大人所言不虚。”颜真卿开口道，“下官不才，有幸师从草书圣手（即张旭），曾在家师的书房中见过一幅彭国公的青绿山水画，其笔法与用色确如杨大人方才所描述……并且，诸位请看，这宴席屏风上的《江山渔乐图》便是出自彭国公之手。”他伸手一指，众人皆看去。

龙榻上的李隆基将手中的令符与屏风上的画作对比一番，道：“不错，这幅画确为彭国公所绘……杨爱卿，说了这么多，你究竟何意？”

“陛下，臣以为，这令符必为李林甫府上之物。”

“陛下，臣府中有个月堂并不是什么隐秘之事，臣会画青绿山水更是天下皆知，此令符定是有人特意为之，用来陷害微臣啊，请陛下明鉴！”李林甫跪倒在地，大声申辩道。

“陷害？李大人是说，有人伪造了这金碧偃月符，然后特意放在郑氏兄弟府上，苦苦等着此物被人搜出，最后陷害你吗？要说起党羽遍布天下，满朝文武之中除了大人您，还有谁能做到呢？否则也不会刚刚说起五原案，您就得到了风声，从病榻之上起身而来了吧！”杨国忠回敬罢，又对李隆基拜道，“不过臣与李大人多年同朝为官，还是要替他分辩几句。李大人身为宰相，日理万机，许多事情考虑不到，命手下去办也在情理之中。这令符不过是方便行事所用，一朝宣令，千里万里皆有人响应，实在是方便至极……”

“杨大人这话便不妥了。”颜真卿反驳道，“朝廷有朝廷的法度，官员自当严格遵守，使用朝廷统一的印绶，岂能私造令符？别的不说，就说这郑旭，乃掌管京城治安防御的京畿尉，他的府上竟有宰相的令符，实在令人心惊。若是这令符有一日到了金吾卫、羽林军的统领手上，宰相大人一声令下，调动京城大军，这令符又与陛下的虎符有何分别?!”

“你，你胆敢！”李林甫怒指着颜真卿。

“胆敢什么？如今陛下还在殿上坐着，李大人便容不得下官说话了吗？”

李隆基一拍龙案，从龙榻上站起身。高力士赶忙传旨道：“陛下有旨，今日宴会已毕，诸人退下。与此案有关者，到大明宫等候问话！”

从紫云楼到大明宫，对这五人来说，心情都极不平静。陆羽只知皇帝震怒，却对接下来将会发生的状况一无所知。方才宴席上的刀光剑影已令他感到窒息。如今一步步登上大明宫，他才猛然发现这金雕玉砌的台阶原来是用鲜血铺成的。

李隆基已把宴席上所穿的常服换下，着上了赭黄色的御衣龙袍，遥遥端坐于大明宫的宝座上。陆羽趁进殿时偷偷向皇帝仰视一眼，方才还一派名士风流之态，此刻已威严冷肃到令人不敢直视。这便是帝王啊！他忽然想到，若李适有一日也坐上这金碧辉煌的宝座，他们之间又会是怎样一番光景？身上不由得打了一个冷战。颜真卿见他神色不对，低声道："如今的形势对我们极为有利，你千万要稳住心神，记住我曾教你说的那些话。"

"是，大人放心。"他定了定神，跟随颜真卿向宝座上的皇帝叩拜下去。

李隆基沉着脸道："都先平身吧。"

"谢陛下。"

"方才之事，宰相有什么要为自己辩解的吗？"

李林甫一副老病孱弱之态，道："陛下，那令符绝非老臣之物，是有人故意陷害。老臣服侍陛下大半辈子，对您的忠心天日可见，还望陛下明察！"

"你说有人陷害于你，那么是谁人所为，又是出于什么目的？"

李林甫道："老臣为宰多年，为了朝廷之事，或多或少得罪了一些人。他们定是见老臣如今年老体衰，想要趁此机会公报私仇或者借机上位。"说着一双三角眼瞥向杨国忠，长叹道："哎！老臣多想像杨大人这般年轻体健，有大好的前程摆在面前。只要一朝登上高位，便可呼风唤雨，一展雄心！"

杨国忠毫不动气，只是冷笑道："李大人不必急着叹老，您的身子骨还硬朗着呢！若说到公报私仇、设计陷害，当今这世上恐怕还无人敢与您较量吧！"

他二人你来我往地过着招，李隆基听了片刻，咳嗽一声，打断道："这么说来，今日之事倒是笔糊涂账了……这令符究竟是不是有人蓄意陷害，看起来一时也难以查明了？"

"陛下，微臣有事要奏！"颜真卿突然跪倒在地，高声道。

"颜卿，你又有何事？若与今日之事无关，便不必讲了。"李隆基道。

"微臣要奏之事不但与今日之事有关，而且还干系到一件天大的冤案，请陛下容臣禀告！"

"什么冤案？"

"太子之案！"

李隆基似乎有些吃惊，冷着脸道："太子之案干系社稷江山，若有半句虚言朕定斩不饶，你可想清楚了？"

"微臣身为监察御史，察知冤情便定要为之申冤，这是臣的忠心也是臣的职责，即便肝脑涂地也要说出实情！"

“好，你起来说吧。”李隆基语气中透着一丝难以察觉的无奈。

“陛下，方才杨大人呈上的金碧偃月符，微臣非但见过，更作为重要证物带在身上。”颜真卿说着，将当日李复从黑衣人身上搜出的令符呈上，与杨国忠所呈的那枚分毫不差。

“此物你是从何得来？”

“此案错综复杂，容臣慢慢禀明。”颜真卿道，“微臣巡察各地之时，一日碰巧在途中救下了两名饿晕的女子，一问才知这两名女子一位是已被废为庶人的杜良娣，一位是杜良娣之姐的侍女小蓉。她二人得知微臣是朝廷的监察御史后，便哭着求臣为太子申冤，并向臣道出了一件令人震惊之事。”

“你既做了这些准备，想必也将她二人带来了吧？”李隆基道。

“陛下圣明，微臣知道她二人乃戴罪之身，依律不能踏进长安城，但事关重大，也只好擅作主张，还请陛下责罚。”

“待朕问过她们，若所言不实，定会治你的罪。她二人现在何处？”

“回陛下，她们如今正在宫城外的一家客栈里，等候传唤。”

李隆基对高力士道：“去，派人将她们带来。”

“遵旨。”

半晌之后，杜良娣与小蓉被带上殿来。

李隆基道：“有什么冤情，如实道来。”

“谢陛下。”杜良娣与小蓉叩拜罢，将李林甫陷害太子的经过如实禀告。他第一次如何用伪造的卦签构陷太子，第二次又如何与柳勣合谋，诬告太子谋反，最后更是将柳勣、杜有邻活活杖毙，杀人灭口。说到与柳勣私下密谋的黑衣人时，小蓉道：“那黑衣人腰上佩戴的，正是一枚金碧偃月符。”

“是这个样子的吗？”高力士将令符举在她面前，问道。

小蓉仔细看了看，点头道：“正是。那腰牌比这个大些，但造型是一样的。”

李隆基听着她二人的话，神色越来越凝重。

这么多年来，他自知李林甫一向嫉贤妒能，党同伐异，为了争权夺利，行过不少过分之举。但他也知李林甫狠毒多谋，手腕强硬，能行许多君子不能行之事，用来弹压百官、威慑边将再合适不过，故而总是睁一只眼闭一只眼，许多事便没有追究。可无论如何，太子也是他的儿子，是大唐的储君，偶尔用李林甫敲打敲打太子，倒是可行。但他没想到李林甫竟对太子下了杀招，一再设计构陷，难道是想废掉太子，将来好扶植一个无依无靠的儿皇帝，自己做辅政大臣，独揽大权？还是想干脆不立太子，来个鸠占鹊巢？李林甫乃大唐宗室，身上也流着皇室血脉，若真的有了篡逆之心，那么……

“陛下，老臣冤枉啊！这杜良娣与小蓉皆是太子的亲眷，她们的话您万万不可听信！这一切都是颜真卿的诡计，用来诬陷老臣、离间君臣关系，实在是居心叵测啊！”李林甫的喊冤之声传进李隆基耳中。他却混作不闻，对颜真卿道：“除了这金碧偃月符，你还有何人证物证，可以证明李林甫陷害太子？”

“回陛下，臣原本还有一位重要人证，但却在刚刚找到他时，被李大人派去的杀手给灭口了！”

“这又是怎么一回事？”

“李大人有一点倒是没说错，臣也认为杜良娣与小蓉皆是太子亲眷，她们的话不可偏信，臣便想此案除了她们，还应有人牵涉其中，那便是景元观中的道士。”

“道士？”

“对，道士。当日李大人诬陷太子谋逆的卦签，便出自景元观。那便是说，景元观中至少有一个道士参与了此事，若找到此人便能证实杜良娣与小蓉的话是否为真。于是臣便派人前去景元观中暗访。可到了那里，才得知事发之后，观中便相继走了三个道士，皆说是还俗回家去了。臣的手下便打听了他们的家在何处，随后逐一去家中寻人。这三个道士中，有两人是长安人士，可皆不在家中。一人回家后暴毙而亡，一人则不知踪影。还剩下一个小道士，父母双亡，只有一个表哥家住义阳。待臣的手下赶过去时，他竟当场被人在家中杀害。除了有佩戴着令符的黑衣人前去灭口之外，他死前的桌案上还有一碗下了剧毒的蒙顶贡茶。如今这三个道士都已不在，不用说，这一切都是李大人的手笔！”

李林甫狞笑道：“颜真卿，你可真聪明，编了这么一个错综复杂的故事，可到头来偏偏人证都死了。现在你手中的所谓证据，人证是太子的亲眷，物证则是伪造的令符，皆是你为了诬陷本相捏造而来。我倒想看看你手中还有没有什么货真价实的东西，也好拿出来让本相开开眼！”

李隆基看向颜真卿：“你还有别的证物可以呈上吗？”

“微臣……没有了……”

李林甫冷笑一下，正准备向皇帝进言，此时杨国忠却又跪倒在地道：“陛下，请治微臣之罪！”

李隆基不由得错愕：“你何罪之有？”

“微臣慑于李大人的淫威，有件事早就知道，却一直不敢向您启奏。今日听颜大人说出，臣为了伸张正义，不得不冒死向您禀告！”

李隆基脸色微变，暗道今日这几人演的一出好戏，真是难为他们煞费苦心，叹道："你说吧！"

杨国忠仍跪在地上道："陛下可还记得方才贵妃娘娘向您呈上的吉物？那个放有吉签的兰草香囊？"

"这香囊怎么了？"

"此物便是娘娘从景元观中为陛下求得。陛下知道娘娘一向尊崇国教，每逢年节都会亲至景元观为陛下祈福。去年上巳节时，陛下顾念娘娘思亲之情，特准微臣陪同娘娘到景元观中祈福。臣为了服侍好娘娘，特意在前一天到景元观中准备，却无意中救下一个人。"

"什么人？"

"乃景元观中的一个道士。听闻他道法高深，臣便向他请教祈福之事。他将臣请进法室，并煎了好茶款待微臣。那茶便是蒙顶贡茶。臣问他从何处得来此茶，他支吾不答。臣以严词相对，告诉他私饮此茶乃违禁，命他赶紧撤下。谁知那茶撤下去时被小道童失手洒在地上，竟溅起白沫，这才发现茶被人下了毒。微臣当即将那道士审问一番，竟得知了一件天大的阴谋。那道士便是颜大人方才所说的失踪的那一个。若不是微臣巧遇，他那日定被李大人灭口了！"

"杨国忠，你休在这里血口喷人！"李林甫又恨又怒道。

"李大人不必着急，你不是说颜大人拿不出更多证据吗？不巧，下官这里却有。"杨国忠又对李隆基道，"陛下，景元观中的那个道士，臣自那日后便将其保护在府上，随时可上殿与李大人对质。"

"杨国忠，你别忘了，当日向陛下呈上太子谋逆卦签之人，可是你自己！"李林甫一手指着杨国忠道。

"我没忘，只恨自己当初没能察觉你的奸计，铸成大错，还请陛下治罪！"

"不必说了！"李隆基拍案道，"王鉷，朕命你从即日起全面彻查此事，查明来禀即可，那些琐碎的人证、物证，不必再呈给朕看了！"

"臣遵旨！"王鉷战战兢兢道。

"陛下，您当真信了他们的话，要治老臣的罪吗？"李林甫见大势已去，又摆出一副可怜之态，向皇帝摇尾乞怜道。

"这么多年，你做过的事自己清楚，就不必再多言了吧！"

"老臣服侍陛下一场，难道陛下真的毫不顾念吗……"李林甫说着擦擦眼角，不知是真落泪了，还是又是他精心设计的戏码。

李隆基将眼一闭，沉默了半晌道："罢了，念在你为官多年，尚有几分苦劳，彻查期间便不必入狱，只在府中等候判决吧！”

“老臣多谢陛下隆恩……”李林甫趴在玉阶前，老泪纵横。

颜真卿就知李林甫会使这一招苦肉计，忙对陆羽使眼色。陆羽会意，上前对李林甫道：“宰相大人，您如今还想长生不老吗？”

三十、沐恩归王府，含情远别离

李林甫抬头看去，不认识眼前这个少年，却被他的话吓得胆战心惊：“小兄弟，你休要胡言。”

“我没有胡言！只是想问问，你若早知今日，还会派人去找那长生不老的仙药吗？”

“你……你胡说！”李林甫脸色前所未有的惨白，浑身发起抖来。

杨国忠见状，笑眯眯地道：“小兄弟，你知道些什么？别怕，都说出来。”

李隆基也道：“把你方才的话说完。”

陆羽道：“回陛下，宰相大人为了长生不老，命人在各地寻找仙药。”

“此事你可有证据吗？”

“我自己便是人证！”

“讲！”李隆基已压不住心头的怒火。

“草民在戏班做伶正之时，有一次，兰溪县的县令王达理以为小妾过寿为名，请戏班前去表演。没想到，却暗中勾结了强人，将戏班众人绑在兰溪河的神泉边上，要用活人生祭神泉，求得治愈百病、长生不老的仙药。草民赶去救人时，扭打之下落入泉中，幸被一对老夫妇所救才活了下来。新上任的刺史大人查明此案，严惩了县令，我们戏班才保全下来。此事只要去问兰溪县的百姓，可谓无人不知，无人不晓。”

“陛下，那王达理微臣听说过，好像是李大人的远房表弟。”杨国忠提醒道。

李隆基脸一黑，怒道：“王鉷，你身为御史大夫，是否知晓此事！”

“微臣……微臣回去查查卷宗便知……”王鉷擦汗道。

“好，好个御史台，平日跟在宰相后面弹劾百官，倒是头头是道，今日问起几桩案子，你却一问三不知，朕要你何用！”

王鉷跪倒在地：“臣有罪……”

“是，你是有罪，”李隆基环视殿中的几人，最后将目光锁定在杨国忠身上。

李林甫已然不能再用，朝中许多官员恐怕也与他牵扯极深，皆不能放心。只有这杨国忠，从他今日所表现出的心机与手段看来，已从李林甫身上学到了不少，况且他又是杨贵妃的堂兄，君臣之间的关系更近了一层。想定之后，李隆基开口道："御史大夫王鉷为官不正、玩忽职守，令撤职查办。太子一案交由杨国忠主审。即日起擢升杨国忠为右丞相，代行宰相之职！"

杨国忠没想到好事来得这么突然，心中狂喜，忙不停叩拜道："臣谢陛下隆恩。臣一定尽忠职守，不负陛下与贵妃娘娘的厚望！"

"平身吧。"李隆基又看看瘫倒在地的李林甫，冷冷地道，"想长生不老，便要多积福德，少造罪孽。朕不关押你，准你回家养病候审，不过你的子子孙孙以后都不能再入朝为官，因为你们家的福禄已经到头了！"又吩咐高力士："将李林甫、王鉷二人带下去吧！"

李林甫此时如被人抽了筋骨一般，瘫软着被侍卫拖出了大明宫。王鉷也被押了下去。李隆基对余下的三人道："朕累了，你们都退下吧。"随后又补充道，"颜真卿明日午后到大明宫来，朕有话要问你。"

"微臣遵旨。"

李隆基最后又看了一眼陆羽，想说什么却又收住了，起身摆驾而去。

三人退出了大明宫，刚走下玉阶，杨国忠喊住颜真卿，笑道："恭喜颜大人今日为国锄奸！"

颜真卿道："右相大人，下官只是秉公办事，您不必放在心上，先告退了。"说罢，带着陆羽快步走出了大明宫。杨国忠怅恨地看着他们的背影。待出了宫门后，颜真卿这才长舒一口气，一拍陆羽道："今日做得好，鸿渐！"

陆羽拭汗道："方才之事就像做梦一般。"

"原本还替你捏了把汗，如今看来是多虑了。看得出来，圣上对你煎的茶很是满意。"

"能顺利过关便好！"陆羽望着宫墙外的天空，此时已挂满星斗，"对了，颜大人，在下有一事不明，今日杨国忠为何会这么做，倒像是在帮咱们一样？"

颜真卿摇了摇头："他不是在帮咱们，而是在帮他自己。今日扳倒了李林甫，最大的获益者便是他。你莫忘了，从今日起他便是一人之下万人之上的右丞相了。"

"确实如此，不过在下还是觉得奇怪，他似乎知道咱们今日是做好了准备来为太子鸣冤，所以处处配合，而且他还曾提到'安康土茶'一事，神态语气都不像是随口说的，这件事他又是从何得知？"

颜真卿微微一笑："你果然聪明，看出了其中的玄机。要想扳倒李林甫，杨国忠是至关重要的一环，本官也是确定了他要出手，才会行此献茶奏贺一计。"

"这么说，大人是早就看出了杨国忠的居心？在下便更不明白了，天下谁人不知杨国忠是李林甫的党羽，您又怎能笃定他会背叛李林甫，反咬一口呢？"

颜真卿停下脚步，望着繁星点点的夜空道："君子和而不同，小人同而不和。杨国忠虽然党附李林甫，但究其根本，二人皆是为了利益苟合在一起，谁对谁都不是真正的心悦诚服，一旦有了利益纠葛，倒戈相向那是迟早的事。"

"大人说得对，那您又是以何判断杨国忠会在此时出手呢？"

"我喜欢你的性格，凡事都要追根究底，"颜真卿笑道，"是杨国忠故意露出破绽，才令本官确定了他的动机。"

"什么破绽？"

"金碧偃月符。小蓉曾说，黑衣人与柳勣在酒楼密谋时，腰上挂着一枚金碧偃月符，她隔着一条街都能将令符的形状看得清清楚楚。试问，谁会在闹市之中，带着如此显眼的令符，与人商议不可告人之事呢？他这么做只有一个目的，那便是让小蓉认定，与柳勣合谋之人就是李林甫。"

"难道不是他吗？"

"是，也不是。"

"这是何意？"

"陷害太子，确实是李林甫的授意，但将事情做得如此'狠绝'却是杨国忠一步步的精心安排。"

"杨国忠？"陆羽大为震惊。

"正是。"颜真卿又继续往前迈步道，"走吧，离驿馆还有一段距离，本官便把此案的真相仔仔细细讲给你听……当日李林甫授意杨国忠，利用上元佳节太子与韦坚、皇甫惟明同游之事设计陷害，但并没有言明具体怎么做，杨国忠便是从那时起，做好了两手准备。"

"什么准备？"

"若是能够扳倒太子，则继续依附李林甫，日后再找机会除掉他取而代之。若不能扳倒太子，则证明圣上未存改立太子之心，那么他跟着李林甫，早晚有一日要遭到新帝的打击，所以他必须选择倒戈相向，出卖李林甫，这样不仅能借机上位，还能以此向太子邀功示好，为他将来的飞黄腾达铺平道路。"

"原来如此，那他究竟是如何做的？"

"很简单，瞒天过海、隔岸观火、借刀杀人。"

“怎么瞒天过海？”

“他知道李林甫手下的黑衣人皆用金碧偃月符作为联络，便买通其中几人，让他们以李林甫的名义到景元观中去找三位道士，伪造陷害太子的卦签，并以蒙顶贡茶作为谢礼送于他们。待事成之后，他借着到景元观中为贵妃娘娘准备祈福之事的机会，与其中一个道士饮茶，并命人暗中下毒，让道士以为李林甫要杀他灭口，自己则顺理成章地将道士‘保护起来’，为此案留下了重要的人证。剩下两个道士发现不对，便以还俗回家为由逃离了景元观。杨国忠又命人将刚回到长安家中的一名道士用毒茶杀害，接着又一路追踪小道士到义阳，在我们刚找到他时，当场将其杀害，并留下金碧偃月符作为罪证。”

“那追杀念之的黑衣人，也是他派去的吗？”

“是。他这么做还是为了让我们将矛头对准李林甫，而并非想要郡王的命。”

陆羽听了只觉得浑身冰冷：“那便是说，咱们这一路上都有杨国忠的人在跟踪监视，对咱们所做的事了如指掌？”

“可以这么说，杨国忠一直在隔岸观火。他一路派人监视我们，见我们找到杜良娣、小蓉，得到了金碧偃月符，下定决心要扳倒李林甫时，便终于放下心来，决定使用最后一计：借刀杀人。”

“太可怕了……那大人又是如何发现这一点的？”

“是杨国忠故意透露给本官的。他将令符弄得那么显眼，便是让我产生怀疑，认为以李林甫的老谋深算，绝不会犯下如此低级的错误，让我们这么轻易得到证据。于是便在杀害小道士之时，故意先在他的茶中下毒，同时又派黑衣人前去暗杀，便是要暗示我，这件事的幕后并非只有李林甫一人，而是另有一人在操控着全局。”

“原来那日下毒也是杨国忠派人做的，我与念之还以为是郑楠。”

“郑楠不过是杨国忠的一枚棋子罢了。众人皆以为郑楠是李林甫的党羽，但他与郑旭其实早已被杨国忠收买。可惜杨国忠从一开始便没打算让他们活着，否则也不会看着我们侦破五原一案而不理了。并且，郑楠之事一旦败露，对扳倒李林甫也有所帮助，他正好可借此事再参李林甫一本。”

“对！所以杨国忠才会在宴席上提到‘安隶土茶’一事，他这么说是为了暗示大人，他便是那个操控全局的人，会在今日与我们联手扳倒李林甫！”

“完全正确！”颜真卿赞道，“其实他不必这么煞费苦心地暗示，我早已猜到是他在暗中操控，因为满朝之中只有他能取代李林甫。只不过我也是在他提到‘安康土茶’之时，才更加确定了他接下来要做的事，也将全盘故事拼凑完整了。”

“没想到整件事竟会如此复杂！”陆羽唏嘘不已，“在下对大人之智谋实在是佩服得五体投地！”

颜真卿摆了摆手，此时两人已回到了驿馆。他对陆羽道：“你回去好好歇息，本官却还不能松懈，明日午后还有一场考验。”陆羽见他撑着疲惫的身躯走进卧房，不由得暗暗祈祷，希望太子一案能有个圆满的结局。

一个月后，李隆基颁下旨意：李林甫谋害太子、陷害忠良、结党营私、伤害人命、贪污受贿、盘剥百姓等罪状罄竹难书，但念其乃大唐宗亲，祖上累有功勋，特宽恩恕其死罪，令革职还家，子孙永不录用；太子蒙受冤屈，令恢复名誉，解除圈禁；杨国忠检举李林甫、主审太子一案有功，擢升为宰相；颜真卿担任监察御史期间平反多起冤案，官声卓著，升任殿中侍御史，掌纠察朝仪之事。

春去秋来，终于到了智积法师的忌日。竟陵龙盖寺的大雄宝殿中庄严肃穆，所有僧人都屏息敛气，注视着殿中央端放的坐化缸，等着住持慧一法师揭开缸盖。宝殿的角落里站着四个人，也都惴惴不安地等待着答案，正是陆羽、李适、李复与赵缨。

陆羽紧盯着慧一的动作，心中暗暗祈祷着。李复给他打气道：“别担心，一定可以的！”终于，慧一庄重开启了智积法师的坐化缸，合掌向其中探看，不由得大喜，立即用佛门最大的礼仪参拜下去，众僧也尽皆参拜起来，满殿诵佛、赞叹之声不绝于耳。

“成了！”赵缨跳起来拍手道，“阿羽，成了！”

李复一把堵住她的嘴道：“你小声点儿，这里可是佛门净地！”

陆羽激动无比，忙像众僧那般参拜起来，一为师父终成正果，二为自己与李冶终于又实现了一件李济善提出的要求。慧一与众僧那边忙作一团，陆羽不愿惊扰他们，叫上三人一起悄悄出了龙盖寺。一路上，赵缨欢喜不已，替陆羽计划着接下来如何去湖州给李济善送信，又如何将好消息告诉玉真观的李冶。李复也由衷地为他们而感到高兴，只有李适神色有些落寞，一直不言不语。四人来到山脚下，陆羽仍按捺不住喜悦的心情，对他们道：“今日这么高兴，我请大家到思兰阁看戏吃酒去！”

“怎么是你请，到了思兰阁便应我爹爹做东才是！”赵缨道。

“那可太好了，小爷我今日定要点一出戏，要你和鸿渐给我舞上一段！”李复乐道，捅捅身旁的李适，“你呢？想看什么好戏可得赶紧，过了这个村可就没这个店喽！”

李适回过神："鸿渐，我要看咱们在儿时看过的那出《阮郎归》。"

"好，"陆羽应了，又问他道，"王爷让你几时回王府？"

"昨日接到书信，父王命我尽快回京，参加圣上赏赐的中秋家宴。今年与往年不同，圣上钦点了母妃与我一同赴宴，时间紧急，我明日便要动身。"

"是呀，咱们的凤凰要还巢了！"李复笑道。

"那你呢？"陆羽问李复。

"我这个劳碌命，自然是要一路护送着我们的奉节郡王打道回府，到王府向他的父王复命。"

赵缨一听，登时怒道："你要回京，怎么现在才说！"

"你也没问不是？"

"我不问你便不说吗？你的事情难道不应告诉我一声吗？"

"你倒说说看，我为何要告诉你？"李复憋着坏，望着她又羞又恼的俏脸，觉得她发脾气的模样着实可爱。

赵缨更气："好，你说得对，我又不是你爹娘，自然是轮不到我管你！"

"你才多大，这便想当别人的娘了？"李复继续搓火。

"你……你这个烂舌头的骗子！看我一剑斩了你，为民除害！"赵缨说着，当真抽出长剑，向李复胸口刺去。李复一闪躲过，也拔出剑，笑嘻嘻地与她过起招来。两人一路追打着，往前而去。

陆羽见他们打远了，摇头笑道："真不知他们俩这算是什么姻缘！"

"他二人虽然整日吵吵闹闹，感情却最是难以撼动，情比金坚，自然是上好的姻缘。"李适盯着两人上下翩飞的优美身姿，言语中透出一丝羡慕。

"那你呢？我好像从未问过你，将来想要一段怎样的姻缘？"陆羽问道。

"我……"李适面色一灰，"我身为王府之子，婚姻大事自然由不得我做主，或是由父母指配，或是由陛下赐婚，总之都是为了政治而联姻，与感情无关。"

"可我记得，王爷与娘娘恩爱甚笃，所以即便是赐婚，也有可能遇见真心相爱之人的。"

李适轻叹一声："你有所不知，我母妃并非父王的嫡妻，而是当年以良家子身份入选东宫，被祖父赏赐于父王的。我那位嫡母崔妃，乃当今最得圣宠的贵妃娘娘之侄女，生性刻薄悍妒。从小到大我不知见过多少次她对母妃……你那时所见，不过有父王的专宠，自然是不同。但若回到王府里，即便母妃深得父王宠爱，父王也时时宿在母妃宫中，却也难以抵挡崔妃的刁难。那些宫闱女子算计、折磨人的细碎功夫，你是难以想象的。"

“没想到娘娘那样温柔善良之人，也会遭遇如此不幸之事。”陆羽不禁替沈妃与李适感到难过，“不过娘娘有你这样的孝顺之子，一定会倍感宽慰的，你就是她最大的依靠。”

“这也是我最大的心愿了，希望凭借我的努力能真正为她挣得一个安稳、荣耀的将来。”

“一定会的，这次的中秋家宴，圣上不就钦点了你与娘娘一同赴宴吗？”

“是，所以我得尽快回去，好好准备一番。”

“相信圣上见到你，一定会很欢喜的！对了，你到了京城是不是可以见到颜大人了？一别大半载，我很是想他呢！”

“哎！”李适又是一叹，“昨日父王的信中说，颜大人自从升任殿中侍御史之后，便处处遭到杨国忠的打压与陷害。所幸的是颜大人为官清正，杨国忠也难以找到他的疏漏。直到半个月前，他用一件小事借题发挥，在圣上面前进谗言，将颜大人贬为东都采访判官，如今已调离京城，到洛阳去了。”

“怎么会这样！颜大人此前为太子申冤，功劳那么大，圣上难道忘记了？他为官如此清正廉明，圣上难道看不见，反而听信杨国忠的谗言？”

“哎，圣上终究还是不愿大臣与太子之间过于亲密……颜大人为太子平冤，圣上不得不封赏，但在他心中仍是对颜大人有所不满。父王信中说，你们献茶后的第二日，圣上在大明宫召见了颜大人，问他对国事怎么看……”

“颜大人怎么说？”

“颜大人秉承一片忠心，直言进谏，劝圣上亲贤臣，远小人，提防杨国忠以外戚身份专权乱政。他还将民间流传的李白的诗说了，劝圣上听取民意，严防安禄山、史思明等以武作乱。可惜圣上表面上虽夸奖了颜大人，说他忠诚敢言，心中却不以为然，更是对李白的诗嗤之以鼻，说他不过一介文人，对朝政一窍不通，书生误国而已。”

“李白的诗是不是这一句‘燕山雪花大如席，片片吹落轩辕台’？”陆羽问。

“正是，你如何知道的？”

“我去玉泉山寻找仙人掌茶时，曾经遇见过李白。当夜我二人在山洞中同宿，我向他请教天下之事，他便吟了这句诗。我当时不解何意，去长安之时偶然向颜大人提起，他当即便沉思起来，没想到这句诗暗含了安禄山叛乱之意。”

“即便全天下人皆看出安禄山有反意，只要圣上不信，也无济于事啊！”李适说着，两人已来到思兰阁门外。李复与赵缨早为他们点好了饭菜，正在楼上雅阁等着他们。两人刚坐定，楼下便响起了《阮郎归》的曲声。

赵缨道："我让爹爹特意为你们安排了这出戏。"

"多谢班主。"陆羽谢罢，与李适对饮一杯，静静倾听着楼下一男一女凄美的对唱："妾梦经吴苑，君行到剡溪。桃源花好春日暖，难解游人思归意。""流水山门外，孤舟日复西。人间转瞬成沧海，哪得故人诉别离。"

"你还会去看兰姐姐吗？"李适轻声问道。

"我打算在你回京后去一趟湖州，将师父之事告诉阿叔，至于兰儿那里……"陆羽饮一口酒，"我深知她的性子，即便去了，她也定不会见我的。"

"是啊，三件事中你们还有最后一件没有完成。"李适道，"当初我以为神佛之事不可测，应是最难的。如今看来，这'立德立功立言'无论做得哪一件，都是难上加难，这才是真正的难关。"

"世上最难莫过求己，最易也是求己。即便再难，我也一定会去做。"

"可是，你打算如何去做？"

陆羽露出茫然之色："我也不知……"

李复道："我倒有一言相劝，既然一时想不清楚，不如先放下这一切，四处游历一番，或许哪一日便通了。"

"我赞成他说的！若是顺路的话，你还可以去洛阳见一见颜大人。"赵缨道。

陆羽听罢若有所思，脑中忽然浮现一个人的身影。四人又继续看了一会儿戏，正欲添酒加菜，却听一人高声吟道："闻说情人怨别情，霜天淅沥在寒城。长宵漫漫角声发，禅子无心恨亦生！"

陆羽听见此声，不由得心中一动，向楼下望去，只见一个僧人正边吟边往思兰阁外而去，身形高大飘逸，相貌洒脱出众，正是他方才所想之人——皎然。见皎然这便要离去，陆羽顾不得席上三人，追出门道："法师留步，鸿渐在此！"

皎然回过头，对他展颜一笑："你来了？"

"法师这是要去何处？"陆羽问道。

"天南海北，随波逐流，游历红尘江湖，求悟佛法禅机。鸿渐可愿同往？"

陆羽方才仍在迷茫，此时却感到心中燃起一片光明，点头道："在下愿往！"

皎然点点头，道了声"阿弥陀佛"，便迈步往前走去。

陆羽转身对楼上三人道："你们保重，我随法师游历去了！"说罢跟上皎然。

"鸿渐！""阿羽！"

楼上三人忙追出思兰阁，却见他二人已行出很远，携手飘然而去。

李适道："鸿渐走了，我也该回去了，不知再见又是何期？"

赵缨暗暗牵住李复的手，轻声道："别留恋长安的繁华，我在竟陵等你。"

李复对她一笑，将她揽在怀里。

秋风渐起，三人看着陆羽与皎然远去的身影，正欲离去，却听远处又传来皎然的高吟：

望所思兮若何，月荡漾兮空波。
云离离兮北断，雁眇眇兮南多。
身去兮天畔，心折兮湖岸。
春山胡为兮塞路，使我归梦兮撩乱。

第三卷　乱世悟禅

“为师问你，茶道的精神是什么？”

“是……是精行俭德，是清和、恭敬、真诚、恬静，是如禅心一般的安宁自在，是天人合一的圆满融通。”

“说得好，那你便也该如此去做。”

三十一、山河悲国破，草木泣城深

八年之后，还是长安城南的曲江池畔，亭台楼阁仍在，红花碧树依旧，却再不见当年的繁盛景象，被胡骑铁蹄践踏的长安城满目疮痍，一片萧索凄凉。去年冬，身兼范阳、平卢、河东三镇节度使的安禄山发动二十万大军，以奉诏讨伐权奸杨国忠为名，在范阳起兵。

胡骑横扫三千里，潼关内外血如泥！

这年正月初一，安禄山在东都洛阳称帝，国号“大燕”。六月，潼关失守，叛军向长安逼近。玄宗李隆基带着杨贵妃兄妹及皇子皇孙等人在一个黎明仓皇出逃。逃至马嵬坡，六军哗变，将士们愤而诛杀杨国忠，将他的头颅挂在驿门外，并要求李隆基处死杨贵妃，否则便不再前行。李隆基救之不得，命高力士于佛堂缢杀杨贵妃。杨贵妃死后，大军这才继续出发。李隆基将太子李亨留下抗击叛军，自向扶风逃去。

远在沦陷区的平安郡，讨逆义军盟主颜真卿面对敌情，正愁眉不展。

此前，他屡遭杨国忠排挤，官职几升几降，后被调到平原郡出任太守。这平原郡就在安禄山的管辖区内，颜真卿见他谋反之心日重，便以阴雨不断为由，暗中命人加高城墙、疏通河道、招募壮丁、囤积粮草，而表面上装作一副风流文人的姿态，整日与宾客们泛舟河上，饮酒作乐，以此来麻痹安禄山。安禄山果然中计，认为颜真卿毫不足虑，便放松了对他的监视。

待安禄山一起兵，河北各郡瞬间溃不成军，只有平原郡防守严密。颜真卿派人骑快马到长安向皇帝报信，令李隆基感动不已。当整个大唐陷入一片混乱之中时，他率先举起抗击叛军的大旗，又召集了许多人马，在城门犒赏将士，力陈国家大义。将士们无不感动流泪，高呼抗敌，士气大振。饶阳太守、济南太守、清河长史、景城司马、邺郡太守等纷纷前来归附。颜真卿以忠义之心，感召十七郡一起联合抗敌。然而，李隆基却听信谗言，错杀大将封常清、高仙芝，致使防线崩溃，长安失守。这时，颜真卿统领的义军也因敌军势盛，军费不足而陷入困境。

“颜大人，咱们囤积的粮草已不多了，最多只能支撑一个月，若不赶紧筹措军费，恐怕……”李复一身戎装，进帐禀报。见颜真卿一脸疲惫，已几夜未曾合眼，实在不忍心再来烦扰他，便止住了后面的话。

“你说下去，本官还撑得住……”颜真卿放下手中的笔，揩拭一把眼角的泪水。昨夜接到消息，他的堂兄颜杲卿与侄子颜季明被叛军抓获之后誓死不降，已被双双杀害。得到此信，他一夜未睡，奋笔而作《祭侄文稿》，一泻胸中的悲愤哀痛之情，此时刚刚收住笔锋。

“眼下正是紧要关头，大人千万要节哀，保重身体！”李复劝道。战乱一起，他便自告奋勇，别了李齐物，带着赵缨一起到颜真卿的大营中效力。

“是啊，人死不能复生，令兄与令侄为国捐躯，死得英勇壮烈，魂魄必能安然飞升，颜大人莫要过于悲痛。”一个僧人说着走进帐中，正是皎然。“鸿渐天还未亮便到周围山中为你采茶去了，说是要给你煎些好茶，提提神，清清心。”皎然与陆羽这八年来四海云游，访茶品水，正巧在战乱爆发之前来到颜真卿这里，后来见国家危难，便也留下为颜真卿分忧解难。

颜真卿听说陆羽出去采茶，又急又气道：“这战火纷飞的，你怎能让他出去采茶，若有个闪失怎么办？”

“没关系，有侠女护卫，怎会有事呢？”话音未落，陆羽端着一碗香气四溢的茶汤，与赵缨一起含笑走了进来。

“那也要当心，这里军务已乱作一团，千万别再让本官为你们操心！”颜真卿责备道。

“在下谨遵教训。”陆羽说着，将茶汤捧给颜真卿。颜真卿道了声“你呀”，接过茶汤饮下，精神顿觉好了不少，便道，“这茶汤还有吗，也拿给将士们饮用，让大家都提提精神。”

“便知大人会有此意，我已替他们煎好了，此刻军厨正在分与众人。”

颜真卿点点头，随后又是一声长叹：“只可惜这军粮只够一月之用，盟军各郡皆军费紧张，我们又一时难以突围，真是愁煞人！”

众人听罢，皆愁眉紧锁。过了半晌，陆羽忽然灵光一闪道：“大人，方才煎茶之时，我见军中粮草虽少，但盐却还有许多，不知这盐是从何处购得？”

李复道："那是我从景城买来的，你有什么想法吗？"

"我在想，如今四方大乱，景城的盐业恐怕也无人好好经营，空放着许多好盐岂不浪费，不如我们用官银将景城的盐业买断，并设场晒盐，然后分到各郡售卖，将卖盐所得之利润作为军费，以此便可购得军粮。而且这样一来，不但本郡有了军费，各郡之间皆能相互调剂周转，难题不就迎刃而解了吗？"

颜真卿听了此计，胸中郁结一扫而空，一把攥住陆羽的手道："鸿渐啊鸿渐，你真乃当世之奇才，这一计既为本官解了燃眉之急，又为抗敌赢取了时间，大唐的百姓定会感谢你的！"

陆羽不好意思地一笑，李复道："事不宜迟，大人，我这便拿着官银，到景城去买盐！"

颜真卿将令牌与库房的钥匙交给他，叮嘱道："一路小心，办完速速回返！"

"是！"李复一抱拳，唤了赵缨一起出帐而去。

皎然乐道："你看看，这煎茶还能煎出个妙计来，所以颜大人你莫要太过紧张了，把弦绷得太紧，早晚会吃不消的！"

"是了，法师说得有理。"颜真卿一笑，将桌案上的《祭侄文稿》收好，撑起疲惫的身子道，"我这便去好好睡上一觉，养足精神。"

"这便对了！"皎然笑道，转眸看向陆羽，却见他仍是一脸愁容，便问道，"你怎么了？"

"自去岁起，仗已打了大半载，我一直在颜大人这里，见他为国操劳实在是不忍离去，但我心中……"

"你心中惦记着季兰姑娘，不知她在玉真观里是否安好，可又不放心颜大人这边，对不对？"

"法师全都言中了。眼下战乱还未蔓延至南方，但愿她那里不会有事。"

"世间难有双全之法，你若是担心她，还是早做打算为好。"

"是。"

这日之后不久，李复与赵缨从景城买盐归来，众人依照陆羽之计开始晒盐卖盐，军费很快得以扩充。又过了不久，前方传来消息，太子李亨已在灵武登基，改年号为至德，尊玄宗为太上皇。安禄山借机派史思明急攻河北一带，各郡重新沦陷。颜真卿见固守平原郡已然难以为继，便与众人商议后决定放弃平原郡，渡黄河，走小路去追随新帝。陆羽担心李冶的安危，日日寝食难安，便拜别了颜真卿、李复、赵缨等人，与皎然一起乘舟向剡县玉真观而去。

二人躲避着战火，历尽艰险，这一日终于来到玉真观的山门外。远远望去，却见玉真观的山门破损，歪歪斜斜地倒在一边。再向里面看去，更是一片萧索颓败之景。陆羽心下蓦地一凉，也顾不得与李冶之间“不得相见”的约定，拔腿便往观中奔去。进得观中，房屋衰败倾斜，不似有人居住之地。

他揪着一颗心，里里外外找来，皆不见一个人影，不由得对着满目荒凉，绝望道：“兰儿，你在哪里！”

唤了几声，哪里有人回应，皎然道：“看这情形，恐怕是遭遇了什么变故。”

“这兵荒马乱的年月，兰儿又生得那般出众，若不慎落入歹人之手，那……”陆羽不敢再往下想。

“咱们四处找找，或许有人知道玉真观究竟发生了什么。”

“好！”

二人出了玉真观，在山中找寻起来，好容易遇见一个农人，陆羽忙上前向他打听玉真观出了何事。那农人叹道：“半个月前，这里来了一伙强人，周围几个村子都被抢了个遍。后来他们听说山上的玉真观里有个美貌的女道士，便生了歹意，提着刀剑上山去了。”

“你说什么？”陆羽大惊，“那之后呢？里面的人怎么样了？”

“这我们哪里知道，根本无人敢跟上去……”

“她一个弱女子，身陷强人之手，你们这些男子汉，难道眼睁睁看着不管吗?!”

“唉！人家手里拿着武器，个个身强力壮，咱们村里人哪是他们的对手啊！”

“你！”陆羽被他顶得噎住，一腔急火无处发泄。

皎然道：“你难为他也无用，善事并非人人皆能做的。”

“这位法师说得在理，”农人略带愧疚地道，“不过也有人担心观里的情况，第二天上去探看，结果发现观里已空无一人，墙上地上溅了些血迹，像是有人打斗过一般。”

“打斗？那会是些什么人？”

“不清楚，大伙儿猜测可能是官兵，因为落在地上的箭竿上，刻着官样文字，只可惜无人识得。”

“那箭还有人保留着吗？”

“我家里便有两支，那箭镞的铁质相当好，大伙儿都抢着去拿，我只抢到了两支……”

陆羽不愿再听他多话，打断道：“麻烦你带我去看看那两支箭。”

“好，随我来吧。”农人带着陆羽与皎然回到家中，将箭递给他。陆羽一把接过看去，箭身上刻着“鲁王府制”四个字，不由得道：“鲁王……鲁王……”

皎然想了想，突然大喜道：“这下便好了！若贫僧未记错的话，这鲁王正是你那兄弟，当初的奉节郡王啊！”

“念之？对，是他！”陆羽恍然醒悟道，“去年他被册封了鲁王，我怎的将此事给忘了呢！若那晚真是他去了玉真观，那么兰儿便有救了！”他又问农人道，“你有听说鲁王现在何处吗？”

农人摇头不知，陆羽也不再相问，道了声谢，与皎然一起出了农家。“现在这个时候，念之他不在新帝身边效力，到南方来做什么？”陆羽深为不解。

“或许是有其他要紧之事吧。”皎然道。二人边说边下山来到镇上，在一家酒馆中歇息片刻，却听几人议论道：“这年头怪事真多，听说北边有个姓沈的富人在悬赏寻母，说是有谁找到与画像上长得相似之人，不论是否真的是他的母亲，只要将人送去，便有重赏。”

“赏银是多少？”

“说是有五十两纹银呢！够咱平头百姓花上半辈子了！”

“真有这么多银两吗，别是骗人的吧？”

“谁知道呢……”

陆羽听着他们的议论，回想前后发生之事，一下子有了答案，激动地站起身道：“我知道念之在何处了，走，咱们这便去找他！”

“他在何处？”皎然诧异道。

“他必在湖州！”

湖州的驿馆，李适正在湖心亭中独坐。

这半个月以来，他见人带来不少女子，却皆不是他朝思暮想的母妃沈氏，心情日益低落。他还记得，那日接到叛军攻向长安的消息之时，父王命他前去护送玄宗出城，之后再回府接家眷撤走。可他万万也想不到，待他回去之时，王府已被史思明率领的叛军攻占，家眷四散奔逃，他的母妃自此不知所踪。因怕被叛军发现，他只好在亲兵的护卫下，一路隐藏身份，逃出长安城。出城以后，他又派人四下打探，皆没有母妃的消息。然而战事危急，他又不得不前去与父王会合，抗击叛军。直到太子在灵武登基之后，他才领了父王之命，仍旧化名沈归，到民间寻找母妃的下落。他知道母妃的家乡在湖州，便抱着一线希望，带着人一路往湖州而来。

“公子，李姑娘醒了。”一名侍女上前道。

李适回过神："她今日如何？"

"仍是老样子，不见起色。"

"我去看看她。"李适起身随着侍女来到偏阁。珠帘遮掩之后，坐榻上斜倚着一位姿态优美的女子，虽面容朦胧不清，但仍能感觉到一丝疲惫。李适走到门边，对着眼前之景停住脚步，不敢再走近一寸。帘后的女子听见声响，缓缓向他望来，目光柔暖。

"娘……"李适对着那束目光，极轻地唤了一声。这个称呼只在他很小的时候唤过，之后除了在梦里，他从未再叫出声过。

帘后之人看清是他，忙要起身，他却道："别动！别动，让我再看一会儿……"

女子止住动作，任他又看了半晌，才轻声道："芦苇高，芦苇长，芦花似雪雪茫茫。芦苇最知风儿暴，芦苇最知雨儿狂……我知道你在想娘娘。"

"兰姐姐，"李适苦笑一下，强自收回神道，"今日好些了吗？"

李冶这才从坐榻上起身，对他行了一礼，道："多谢王爷关心，已好多了。"

李适在她面前坐下，命侍女挑起珠帘，对她道："说了多少次，唤我念之。"

"念之。"

"这便对了，我听下人说你还是不好好用饭，是哪里不舒服吗？"

"没有，只是觉得胸中憋闷，心烦意乱。"

"恐还是受了惊吓的缘故，现下有我在你身边，不会再有那样的事发生，你只要把心放宽，一切便都好了。"他说的便是那夜强人闯入玉真观之事。那天他正巧行到剡县，想起李冶便忍不住带着人马前去探望，却正好与那伙强人狭路相逢，在千钧一发之际救下了李冶。他实在不敢回想，若再晚去一步，以李冶之刚烈，恐怕便要香消玉殒了。

"有你保护，我自然是什么也不怕的……只不过，不知道他此刻身在何处，又是怎样的情形。"

"你这是在担忧鸿渐了，"李适脸色一暗，瞬间又恢复如常，叹道，"我又何尝不是。这八年来，虽偶尔能收到他的书信，但却一直未曾相见。如今天下这等形势，真不知他与皎然法师漂泊到了何处，是否安然无恙。不过，你放心，我已派人去找了，相信很快便有好消息传来。"

"多谢念之。只要知道他无恙，我的病即刻便能好了。"

"你这样想便不对了，若哪一日鸿渐来了，见你这副病恹恹的样子，岂非叫他难过吗？"

李冶点头道："你说得是，我得赶紧好起来。"

"想通了便好，"李适对一旁的侍女吩咐道，"去，重新传膳进来。"

"是。"侍女退下准备。

李适道："等了半日也不见人来，想必今日是不会有人再来送人了。"

"你明知他们大多是在骗你，想要换取赏银，为何还要给他们银子？"

"只要能找到母妃，即便受再多的骗我也心甘情愿。若就此断了赏赐，他们便不会再去寻找与母妃相似之人，那么便一丝希望也没有了。"

"真是难为你了，娘娘她吉人天相，一定能够与你重逢的。"李冶安慰道。

李适苦笑一下，此时侍女进来摆好饭菜，他对李冶道："好好吃饭，我在这里看着你。若是不乖，便唱曲给你听。"李冶一笑，刚要动筷子，却听外面侍卫禀报道："公子，驿馆外有两名男子求见！"

三十二、情真似山茗，意浓如海沙

"男子？是送人来的吗？"李适问道。

"不是，是一个书生和一个和尚。"侍卫道。

"和尚？"李冶双眸一闪，"会不会是他们？"

李适道："快将人请进来！"

"是。"侍卫退出去，片刻后带着两人进来。走在前面之人二十四五岁年纪，身材挺拔瘦削，清眉秀目，薄唇直鼻，长发散乱地挽着，看上去风尘仆仆。在他身后的僧人，高大飘逸，同为赶路而来却无一丝奔波疲惫之色。

李冶一见那青年，整个人被撅住一般。许是分开得太久，她几乎有些认不出眼前之人。在她的记忆里，他还是少年模样，而今恍然间却以一个成熟男子的模样出现在她的面前，端的令她心头一震。

陆羽虽早已猜到李冶在此处，但没想到会如此猝不及防地相见，顿时也愣在当地，望着她绝美的容颜，如坠梦中。这八年来，他虽年年都会到玉真观去，但每次皆是在门外守上一日，与她隔着门说说话，二人当真信守诺言，没有相见过。今日一见，他只觉李冶又添了几分女子的婉约风韵，比从前更美了。

李适起身上前道："鸿渐、法师，没想到真的是你们！"

陆羽看见他，忙要行礼，李适阻止道："千万不可多礼，你我仍以兄弟处之，你还唤我念之便是。"

“念之，我们终于又相见了……你近日如何，娘娘她有消息了吗？”

“现下还没有……不说此事了，我与兰姐姐方才还提起你们，没想到你们这便出现了，真是天意啊！你来得正好，兰姐姐她想你想得紧呢！”

陆羽又向李冶看去，她正泪眼迷蒙地望着他。

“兰儿。”干涩的嘴唇发出一声轻唤。

“鸿渐……”李冶起身缓步来到他面前。

李适料他二人定有许多话要说，便请皎然一起到厅中饮茶。

“我……我不曾想到会……会这样见到你，你别怪我。”他紧张到犯起结巴。

“怪你什么？”

“怪我没有获得阿叔的准许，便擅自与你相见了。”

“爹爹他不会再责备你了，去年冬天战乱刚起之时，他听到消息后便一病不起，日日忧心悲痛，不久便西去了……”李冶垂泪道。

“阿叔去了？”陆羽心中猛烈激荡，不知是悲哀还是不甘，“他怎么可以这么便去了，他交代我的三件事我还没有完成，你我之事还没有得到他的准许，怎么可以这样便去了！”

“他已经准许我们了，”李冶抚上他颤抖的肩头，柔声道，“他在信中留下遗言，将我托付与你。”

陆羽仍是不敢相信：“这是真的吗？”

“是真的。爹爹信中说他其实早就原谅了你，接受了你，只是不知如何开口。这么多年来你为我所做的、为别人所做的，他都看在眼里，知道你是个有情有义的好男儿，可以放心地将我托付与你。”

“阿叔真的这样说……”陆羽觉得压在心头八年的重担忽然卸下，随即又被一份新的责任填满，不由得紧张起来，加上与李冶骤然重逢，一路从剡县赶来疲惫不堪，便觉双腿一软，站立不住。

“快坐下歇歇。”李冶扶他坐下，盛了一碗汤羹，见他脸色缓和过来，才放下心，静静端详着他。

陆羽放下碗，见她不言不语地望着自己，以为脸上有什么不妥，忙用袖子揩拭道：“赶路太急，也没工夫收拾，此时定是灰头土脸的吧。”

李冶含笑摇摇头，羞涩道：“没有，我的鸿渐长大了，越发英气十足了。而我，却比从前老了……”

“怎么会，兰儿永远都那么美。”陆羽牵起她的手，将人带到怀里拥紧。

李冶靠在他胸前，娇嗔道：“这些花言巧语，是从哪里学来的？莫不是这八年里，你去了什么不该去的地方，遇见什么不该遇见之人了吧？”

“那你告诉我，哪里是不该去的地方，何人是不该见之人？”

“越发油嘴滑舌了，看来这几年你着实学坏了不少！”李冶说着便要从他怀里挣脱。

他忙将人紧紧圈住，柔声道：“这八年来，我到过许多地方，见过不少女子，却从没有一人及得上你一丝一毫，你又叫我去想何人？”见她仍是蹙着眉，便又道：“难道，你要我与皎然法师两个人一起去那花街柳巷不成？我倒曾想进去看看，怎奈身边带着一个和尚，还没等过门，便被人家轰走了！”

李冶终于“噗嗤”一声笑了，秋月春花般的容貌更加美艳夺目。

陆羽叹道：“你生得这般好，怎叫人放心？你不知道，我这一路上有多担心！”他将自己如何到玉真观寻找李冶之事说了，又道，“幸亏真的是念之救了你，否则我们……”

“我能撑到现在，便是想着要与你相见。能等到这一日，我们所受的苦也便都值得了。”

“我到现下还不能相信，你就在我的怀里。”

两人相拥着，轻声述说别情。天色渐晚，李适命侍女前来相唤，说已在湖心亭中为他们摆下了接风的酒宴，让他们这便过去。两人携手而来，见湖心亭的桌案上香烛燃起，酒菜琳琅，李适与皎然已等候多时。

李适见他们来了，笑道：“真是一对佳侣，羡煞旁人！”

皎然道：“今日先喝了接风酒，明日贫僧可要喝你们的喜酒喽！”

“哪里便这么快了。”陆羽不禁面露窘色，看向一旁的李冶。李冶只是用温柔的眼神回望着他，脸颊微红。

“你二人经历了这么多磨难，此时正该修成正果，不挑个好日子尽快成婚，你还要等到何时？”皎然今日分外喜悦。

李适看着他们，没有说话。

陆羽道：“要迎娶兰儿，我还有一件事需要准备。”

李适与皎然皆露出惊疑之色，李冶更是一脸迷惑地看着他。

湖州的顾渚山，西靠大山，东临太湖，因常年得到太湖的水气滋润，山中云雾弥漫，故而最益茶树生长。山中有一明月峡，峡谷两旁峭壁对峙，生长在此间的茶树，乃为山中最佳之品。

陆羽在驿馆歇息一宿，次日一早便孤身一人往顾渚山谷而来。昨夜他所说的话令席上三人十分不解，李冶下了宴席后仍不住追问何意，他却一脸神秘之色，笑而不答，定要留一个惊喜与她。

明月峡中树木丰茂，陆羽依靠多年访茶的经验仔细探寻，终于在向阳的山崖上找到了他要找的茶树。这些茶树生在碎石丛生的土壤里，因为得到阳光的充足照射，茶芽肥润，收缩成竹笋的形状，嫩叶稍长，如兰花一般，且颜色发紫，一看便是上佳之品。他欣喜不已，忙采摘起来……

驿馆之中，李冶半是希冀半是不安地等待着陆羽的归来。他已出门半月有余，其间更不曾捎来任何书信，无人知晓他在做些什么，又有怎样的安排。随着他离去越久，李冶心中便越发忧虑起来，生怕此间出了什么差错，致使二人再遇磨难。她日日等得心焦，只得提笔在纸上闲书几行，一吐相思之情：

> 朝云暮雨镇相随，云雁来人有返朝。
>
> 玉枕只知长下泪，银灯空照不眠时。
>
> ……

正拿着诗稿发呆，李适不知何时走进来，立在她身后，将诗句轻吟了出来。

李冶面色一红，忙将诗稿收起来道："念之，你来了。"

"我来看看你，这半个月来，你倒比从前更消瘦了不少。"李适随意地在书桌旁坐下，看了看桌案上，诗稿又多了几张，"是不是相见之后，反比不见时更加思念了？"

"看你向来都以国事为重，这些心思，你是如何知道的？"

李适一笑道："我也不是小孩子了，去岁行了冠礼之后，父王已为我选定了一门亲事，娶的是秘书监王遇之女。本打算年初便行礼，没想到却被叛军打乱了计划，不过等我回去之后，还是要与她完礼的。"

"那你见过她吗？中不中意？"

"见过一面，谈不上中意但也不甚讨厌。那些朝臣之女，大多一副模样，言谈举止皆中规中矩。"

"也莫要如此说，情爱之事有的是一见倾心，有的却是在天长日久中慢慢修得的。"

"那你与鸿渐呢？"

李冶面露羞涩道："我与他从小一起长大，自然是日久生情。"

"那么，若是你爹爹没有收养鸿渐，你也从未见过他，只是在偶然中与他相遇，你还会、还会对他生情吗？"李适咬了咬唇，问她道。

"我……"李冶不知他此话何意，认真地想了片刻，答道，"我不知道。当初我曾以为自己爱上了阎士和，后来却发现对他不过是一时情迷，根本禁不起考验。你问我若从不认识鸿渐会如何，可我与他相识太久了，实在无法想象没有他的日子会是怎样的。若他不是现在的他，那我也定然不会是现在的我，所以你的疑问我永远都给不出答案。"

李适不自然地笑了笑："我不过好奇罢了，你二人之间的缘分是世上难寻的。"

"你也不必着急，待日后自会明白的。"李冶柔声道。

"我只盼望能像父王那般，有母妃那样的女子陪伴身侧，哪怕有一日终会分离，也至少有过美好的日子。"李适言语中带着伤感。

"娘娘一定能找到的，你千万莫要灰心！"李冶劝慰道。

"若是找不到呢？"李适抬起头，直直看向她的双眸。

"如若当真如此不幸，你便更要振作起来，辅佐圣上平定叛乱，收复长安，以慰娘娘之心。"

"你说得对，我一定要振作起来。"不知为何，李适感到一丝许久不曾有的心安。最近他越来越觉得，只要在她身边，哪怕只是静静地坐上片刻，都会令他烦乱焦躁的心绪平缓下来，真想一直都能如此。"兰姐姐，我……"他正待要说，侍女进来禀报道："公子，陆公子他回来了，说要见您。"

李冶立时喜上眉梢："快带我去见他！"

侍女并没有动，仍是对李适道："他说只见您。"

李适微微一愣，随后道："知道了，我即刻便来。"又看了看李冶："不知他葫芦里卖的什么药，我去去便来。"说罢随侍女去了。

李冶心中满是疑云，只得目送他离开，忐忑不安地等待着。约莫半个时辰之后，侍女进来道："公子让我来请姑娘，说他在驿馆外的马车中等你。"李冶跟随她来到外面，只见一辆华丽的马车停在那里，李适见她来了，亲自将她扶上车，随后对车夫道："可以走了。"

"我们这是要去哪儿？"

"去了便知。"

"鸿渐呢？怎么没有一起？"

李适道："你一会儿便知道了。"说罢望向窗外，不再说话。

马车一路飞奔，渐渐地，一条蜿蜒旖旎的河流出现在眼前。河面上芦花摇曳，一叶扁舟划过，鸿雁结对而飞，美得犹如画中之境。李冶看着这美景，有种似曾相识的感觉，便问身旁的李适道："这是何处？"

李适答道："苕溪。"

"苕溪……"李冶脑中忽然闪过一段回忆，她模糊地记得，自己六岁那年随爹爹乘船离开湖州去往竟陵，便曾借着停船休息之时，偷偷溜到苕溪边与几个孩童玩耍，学会了那首童谣《阮郎归》。也便是在那日后不久，她与爹爹在龙盖寺见到了陆羽，把他接回家中。如今，一晃竟已过去二十余年了。她正沉浸在往事之中，马车忽然停了下来，李适道："我们到了。"

李冶下得马车，举目看去，瞬间便被眼前的一切给迷住了。在那苕溪的水中央，有一块被芦苇包围的小洲。一座新盖的草庐隐在雪白的芦花之中。草庐外有一圈篱笆围墙，此刻正有一对鸿雁栖息在上面。她正看得入神，却见草庐中走出一人，口中吟着："蒹葭苍苍，白露为霜。所谓伊人，在水一方。"

李冶望着那人，露出笑容。陆羽走出草庐，上了停靠在岸边的一艘乌篷小舟，向李冶悠然划来。来到岸边，他站在船头对李冶伸手道："兰儿，我来接你回家。"

"好。"李冶将玉手伸出，被他牵着登上小舟。

陆羽见她坐稳了，对仍站在马车旁向他们遥望的李适挥手道："今日多谢念之，改日我与兰儿再登门拜访。"

李适也举起手挥了挥，望着小舟越划越远，伊人的身影渐渐模糊，不由得接着吟道："溯洄从之，道阻且长。溯游从之，宛在水中央……"又立了片刻，见他二人上了岸，携手进了草庐，才郁郁地离去。

草庐之中，陆羽与李冶对坐在桌前，久久相视着，谁也没有开口说话，只因所有言语在此刻都是那么苍白无味。静静坐了良久，李冶道："既是今日带我来此，为何不早些相告，也好让我装扮一下，总不似现下这般狼狈。"

"我便是想给你一个惊喜，说出来便少了几分情趣。再说，兰儿无论淡妆浓抹，皆是一样美丽，不必另作打扮。"

她娇嗔道："那你也不该一声不吭便走了，也不告诉我们你究竟要做些什么。"

"这个嘛……你先歇息片刻，马上便会知道了。"他起身开始有条不紊地布置起来。先在桌案上铺上一张芦苇编织的桌席，随后将师父留给他的煎茶之具拿来，在桌席上依次摆好，又从院中折了一枝半凋的芦苇，插在竹根制成的小瓶中，摆在桌席一端，之后点燃风炉，又对她道："我要开始了。"

她默默欣赏着他的一举一动，觉得整个煎茶的过程都被他赋予了一种安静、清和的美感与气韵，犹如苕溪的水从心头缓缓流过。她这么想着，他已熄灭了风炉，将茶汤盛入两个小匏瓜制成的茶碗之中，端放在桌席上，随后又用小匙盛了些茶叶仔细地摆放在一个贝壳小碟中，将小碟递与她道："闻闻看。"

她接过在鼻尖轻嗅，不由得惊奇道："竟有一丝兰花的香气。"

他笑着点点头，又道："看看这茶叶之形。"

她细细看去，只见小碟中的茶叶片片卷嫩，摆放在一起的形状仿佛一朵盛开的兰花，颜色绿中透紫，玲珑剔透，端的美极了。她微微一笑："也是兰花。"

他执起一碗茶汤递与她："再尝尝这茶汤之味。"

她接过便要饮下，他忽地阻住她道："不对，是这样饮。"说着执起另一碗茶汤，将自己的右臂与她的右臂缠绕起来，做成交杯之状，道："便是这样了。"

她随即会意，双颊一红，与他一起饮下这碗"交杯茶"。茶汤一入口，便有一股兰花的清香在口中泛起，又品了品，浮起一点淡淡的咸味。

"如何？"他略带紧张地盯着她。

"这是我饮过的最好喝的茶，带着淡淡的兰花香气。"

"你便是我心中独一无二的那朵兰花。"

"鸿渐，我们今日……"

"你我饮了此茶，从今往后便是夫妻了。"

"别人成婚都是饮交杯酒，只有我们饮的是茶。"

"你可别小看这茶，除了兰花之香，还有更多的心意蕴含其中。"

"什么心意？"

他从竹质的罗合（盛具）里取出两个小纸包，逐一打开在她面前，指着道："这是一包茶，还有一包盐，方才你饮的茶汤，便是由这两物煎成。"

"茶与盐？"她不解其意。

"对，这便是我要对你说的话。"他握紧她的一双玉手道，"茶乃山中之茗，盐是海中之沙。我无家无业，无财无势，不能给你华丽的婚礼，这茶与盐，便是我能给你的'山茗海沙'。"

"山茗海沙……"她轻念着，忽而心下了悟，"我懂了，便是山盟海誓之意了。"

"一片紫茶叶，定倒须弥山。这茶便是你，这盐便是我，只盼你我之间的夫妻缘分，可以生生世世永远延续，直到天荒地老，海枯石烂。"

"一定会的。"她靠在他的怀中道，"方才你说自己无家无业，从今日起，这里便是我们的家了。就算不在此处，随你一起浪迹天涯，我也甘之如饴。"

“兰儿。”他颤抖着双手，平生第一次捧起她皎洁明丽的脸庞，在额头落下轻轻一吻。

她甜甜地笑了，在他唇上啄了一下，起身拉着他道：“今夜这么美，一时一刻也不能虚度，我们到院中去看星辰。”

“好。”他牵着她来到院中，在竹榻上躺下。夜风吹来，他将外衣解下，盖在两人身上，揽紧她柔暖纤细的玉体，与她并肩看着天空中的点点繁星，两人一起默默祈祷着。

三十三、回鹘借雄兵，西域陷沙暴

陆羽与李冶在苕溪结庐而居，如此过了一段恬淡美好的时光。这日，外出云游的皎然忽然划船来访，一进院子便朗声道：“贫僧出去云游几日，没想到刚一回来便听说你们已经成婚了。这么大的喜事，为何不等贫僧回来再办？”

陆羽正在院中碾茶，见他来了，笑道：“等法师作甚，难不成你要以出家人的身份为我们证婚不成？”

“诶，话可不能这么说，贫僧能做的可多着呢！”

“法师不过是想饮酒罢了，却要拿我的婚事做托词。”陆羽与他打趣道，“我这里酒没有，茶倒是不少，一会儿将这些新碾的茶煎些与你，便当喜茶饮了吧！”

皎然在他对面的石凳上坐下，看着那些未碾碎的茶叶道：“此茶如竹笋，似兰花，颜色绿中透紫，却与贫僧往日所见的皆不同，不知唤作何名？”

“它叫作紫笋茶，是从顾渚山明月峡中采来的。”

李冶刚从外面采菊归来，手捧着鲜花道：“法师来了！”

皎然忙起身道：“阿弥陀佛，贫僧有礼了。”

陆羽在一旁撇嘴道：“法师对我向来随性，怎的一见兰儿便如此斯文有礼了？”

皎然坐下道：“贫僧虽为出家之人，但也懂得护花惜花。”

“我一直很好奇，法师出家之前，是否有过心仪的女子？”陆羽问出埋在心里许久的疑问。

“贫僧自小便随性自然，对万事皆看得很淡，与男女之事并无特别之念。世人都道出家人必是为情所伤，为事所困，才会看破红尘，消极遁世，贫僧却从不以为然。若是看破红尘，那么在家与出家便皆无分别了。贫僧出家，便是喜欢做和尚而已。”

陆羽听了与李冶相视一眼，使了个眼色，打算逗一逗皎然。他取来一个竹瓶，递给李冶道：“把花插起来吧。”

“好。”她接过花瓶便放在石桌上插起花来。插了几朵，一不小心将手中的花全部洒落在皎然宽大的僧袍上，忙伸手去捡，口中道：“法师，得罪了。”

皎然手捻着佛珠，任由她去捡拾身上的花朵，自始至终不曾乱过一丝呼吸，脸上更是毫无波澜。陆羽紧紧盯着，观察着他细微的表情，竟一丝破绽也找不出。待李冶将花都捡完了，皎然仍是泰然自若地端坐着。她又将花一枝一枝在瓶中插好，这才来到陆羽身侧坐下。

她刚坐定，皎然忽而吟道：“天女来相试，将花欲染衣。禅心竟不起，还捧旧花归。”言下之意，是说无论李冶如何用捡花之举来试探他的修为深浅，他早已佛根深种，不会被乱花迷住双眼，更不会动了凡心。

李冶与陆羽听罢深为赞赏。安静了片刻，李冶忽道：“敢问法师，你诗中说‘还捧旧花归’，那么，何为旧花？”

“佛心。”

“何为新花？”

“凡心。”

她听了，思索片刻，从竹瓶中抽出一枝花，放在鼻尖嗅了嗅道：“我不懂佛法，但却听人说过：‘一花一世界，一叶一菩提。’佛家说，万物皆有佛性，为何法师的佛心却独独不在此花之中？”

皎然听罢，哈哈大笑，随后接过她手中的花，往腰间一插道：“本来无一物，何处惹尘埃。此言的境界，高过贫僧方才之诗了。”

李冶对他行了一礼道：“法师修为深厚，我与鸿渐钦佩之至。”

陆羽知道他二人在打机锋，便道：“你们一个法师，一个女冠，如今便只剩我这一个大俗人了！”

“你不是俗人，是山人也。”皎然笑了笑，忽而正色道，“许久不见，你的茶书写得如何了？”

陆羽与皎然同游的这八年来，行遍大江南北，每到一处皆会前去访茶品水，品评茶叶与水质的高下，并将之记录下来，再将自己看过的古书与多年经验融入其中，正在潜心撰写一本关于茶的书。

听皎然问起，他放下手中的活计道：“我已将咱们喝过的和品评过的茶均做了详细的记载，对古书的收录也大体完成了，待写完制茶、煎茶之法，便好像更无什么可写的了，但心中又觉得只是这样便实在称不上一本好书，这几日正与兰儿探讨此事，不知法师有何见教？”

皎然静思片刻，道：“若依寻常人之格局与心力，写到这里便已经可以成书了。但贫僧以为，以鸿渐的才华与心力来说，若仅仅止步于此实在是太可惜了。你所记载的这些还只停留在技艺上，却并未触及茶所蕴含的更深层次的内涵。只称得上‘术’，却还未达到‘道’的境界，而怎样由你眼前的茶化为你心中的茶，却还有一段很长的路要走。”

李冶执起一枚茶叶，不解道：“眼前的茶与心中的茶？”

“对，”皎然指了指陆羽道，“就好比他，你眼前的他与你心中的他，是不尽相同的。你眼前的他是一具肉身躯体，看得见摸得着，可以用笔将他此刻的样子画出来。可是你心中的他却是一种虚无缥缈的感觉，你觉得他温柔、体贴、善良、正直，然而这些东西不是言语可以描述得尽，画笔可以描摹得出的。而这种感觉，才是鸿渐真正的品格所在，即便他将来肉身衰老，甚至离开尘世，他的这份品格也是永存的。”

“茶的品格……”陆羽听到此处，若有所思地道。

“对，”皎然循循善诱道，“你曾经对我说过，茶性‘俭’，不宜多烹，而饮茶之人放弃了酒肉的奢华，以一杯清醇的茶代替了浓烈的酒，则也是一种‘俭’的表现。那么这‘俭’便是茶的一种品格了。”

“法师说得妙极了！”一个声音传来。三人循声看去，只见李适带着两名亲从，从一艘乌篷船上走下来道。

“念之来了！”陆羽迎上前去。

“我还未登岸，便听见法师一番高论，着实令人耳目一新。”李适来到三人面前，看向石桌上刚碾好的紫笋茶道，“这又是何茶？”

陆羽道：“这便是我与兰儿成婚那日所饮的紫笋茶，我煎来给你与法师品尝。”

“来不及了，”李适一摆手道，“今日找你，便是有两件事要告诉你，其一，我即刻便要离开湖州；其二，有一件大事要与你相商。”

“娘娘已经找到了？”李冶欣喜道。

李适黯然地摇了摇头：“仍是毫无音讯……但我来此地已久，不能再做停留，有件干系天下安危之事需要我去办。”

“什么事？”陆羽关切道。

“我要到回鹘去借兵。”

“借兵？”

“正是。”李适道，“我来湖州的这段日子，前方的朝政、战事可谓一日千里。朝廷与叛军鏖战日久，虽然灭敌不少，但自身的兵将与战马已严重短缺，若不加紧补充恐怕后果不堪设想。前些时日，父王刚被圣上立为太子，协助平定叛乱。圣上还下旨赐我接任天下兵马大元帅之职，命我带着大将仆固怀恩前去回鹘借兵。所以我即刻便要动身。”

“有什么需要我相助的，你快些讲！”陆羽听闻战事紧急，也不由得心焦起来，急切地道。

李适道：“我要你随我一同前往回鹘，助我向回鹘的葛勒可汗借兵。”

“若说别的事，或许我还能相助一二，可行军打仗之事我一窍不通，不知如何才能帮到你，只恐耽误了大事。”

“你不需去理打仗之事，我来找你，便是有一件棘手之事要与你相商。此番我前去回鹘，除了要说服葛勒可汗借兵平叛之外，还想让他派兵在唐蕃道（即唐蕃古道，被称为‘丝绸南路’）上护卫大唐与番邦各国顺利地进行互市，以贸易所得之资，补充军费之用。可如今天下战乱不休，织民们颠沛流离，一时无法生产出那么多绢帛供贸易所用，朝廷便想在绢帛之外，增添一物来补足短缺，却不知用何物才好。”

陆羽不假思索地道出心中早已酝酿许久的回答：“茶。用茶叶与绢帛一起，来与番邦进行互市。”

李适思忖道：“我知道如今饮茶在大唐已经盛行，但对于番邦来说，他们需要吗？又是否认为茶叶可以与绢帛相媲美，值得他们用良马来交换呢？”

陆羽不慌不忙，将牧民们因何喜欢饮用酥油茶，诺布又如何到义阳买茶之事从头到尾向李适言明，随后充满信心道：“我可想办法让葛勒可汗品尝酥油茶，并说服他派兵。”

李适听罢大喜道：“倘若真能做到此事，那么不仅可解眼下的军费不足之急，日后也将为朝廷增添一大笔进项，可谓功德不浅啊！”

“念之既然将如此大事相托，我定当竭尽全力，不辱使命。”陆羽郑重地说罢，又道，“可是，这用来互市交易的茶，又是从何处调运？”

“这便是又一桩需要请教你之事了。”李适道，“如今能一下子产出大量茶叶之地，据我所知只有两处，便是我们曾经到过的雅州与义阳了。”

“不错，雅州多年为朝廷供奉蒙顶贡茶，那里的茶叶生产已颇具规模。义阳车云山的茶近年来一直颇受边境牧民的喜爱，张大哥的茶山也越来越红火，想必也可以拿出一些，只需给诺布、张大哥送个消息即可。只是，恐怕真要进行贸易之时，这两地的茶加起来，也是不够的。”陆羽不由得发起愁来。

此时一旁的李冶拈起几片紫笋茶叶，在他眼前一晃道：“若说好茶嘛，你更不必发愁去找，远在天边近在眼前喽！”

“紫笋茶……”陆羽一拍脑袋道，“我怎么没想到，从色香形味来看，此茶都属极品，用来互市贸易再合适不过，只不过……”

“只不过你这一走，便不知何人能接替你继续在此采茶制茶了。”李冶道。

“兰儿果然深知我心，此事却不好办了。”

“诶，贫僧坐在这里，你们难道都忘记了吗？”皎然忽道。

“法师？”李适有些不解。

“我方才怎么把法师给忘记了。若论起采茶、制茶、品茶功夫，法师足可称得上是我的老师，有他在此掌管采茶、制茶之事，我们只需再找人负责运茶便可了……”陆羽说到这儿与李适对视一眼，二人一起道：“初晨。”

“我立刻便修书一封，令他来湖州。”李适说罢，看向李冶道，“兰姐姐，我恐怕要将鸿渐带走些时日，你可千万莫怪我啊！”

“国家危难，我辈自当义不容辞。不过，还请念之替我照顾好他，西域是连飞鸟都会折断翅膀的地方，你们这一路上一定要小心。”

“放心，我如今可是天下兵马大元帅，自有人护卫我们，断不会有事的。”

李冶点点头，却仍有些放心不下。

李适与陆羽这边商议已定，决定以雅州、义阳、湖州三地的茶作为茶马贸易之用，立刻调配人手进行制茶、运茶之事。而他二人则各自收拾一番，约定明日一早便启程，前往朔方与仆固怀恩的大军会合，一同赶往回鹘。

待李适与皎然走后，李冶为陆羽收拾好行囊，两人仍坐在院中的竹榻上，望着夜空。然而，今夜却星辉暗淡，月亮也被云朵遮住了。

“没想到这么快便又要分离了。”李冶幽幽一叹。

“别担心，待事情一了，我定星夜兼程地赶回来。”

“国事为先，你不必太过匆忙，我会照顾好自己的。”

“幸好还有法师留在湖州，我会拜托他时常过来看看你。过几日初晨来了，必会带着缨儿一起，我已写好一封书信，让缨儿留下来与你同住，有她陪在你身边，我便可放心不少。你若有什么事，一定要告诉他们，千万不要自己扛着。你……”陆羽叮嘱半晌，转眸一看，见她正望着自己，眸中尽是不舍之色，不由得心中一痛，揽紧她道，“我知道你心中不舍，我又何尝不是。你我年少之时便屡遭变故，耽误了大好时光，如今刚刚成婚，却又遭逢战乱，分别在即，实在是造化弄人。”

“或许，当真是我福薄吧……”

“别胡思乱想，我定会早日回来的。”

两人低声絮语，说了一夜情话，谁也不想就此睡去。次日一早，李冶将陆羽送到驿馆，见他随着李适的人马上路了，这才一个人落寞而归。

李适的人马一路快马加鞭，终于到达朔方与仆固怀恩会合，率领一队精兵向回鹘行进。越往西北走，气候越干燥炎热，渐渐地便行入了沙漠地带。兵将们与叛军苦战已久，本已十分劳累，如今又遇上严酷的环境与恶劣的天气，渐渐已有人开始支撑不住，病倒下来。陆羽建议李适给兵将们服用茶叶与草药混合在一起的药粥来饮用，使情况得以好转，但人员仍旧在不断地减少，待快要到达回鹘王庭之时，精兵已只剩下百余人。

这日，一路艰苦跋涉的队伍终于快要接近河畔，想象着即将出现的河流及旁边茂盛的树林和丰美的水草，众人都忍不住欢呼雀跃起来，一时忘记了疲惫，振作精神往前行进起来。又走了一段时间，一条河流忽然出现在前方不远处，河水缓缓流淌，清澈无比，顿时令所有人感到一阵狂喜。

李适骑在骆驼上，虽并不似兵将那般焦渴疲累，但看见眼前之景也觉得喉头冒起火来，便下令道：“快些行，在河边安营扎寨！”

随行在他身后的陆羽却觉得似乎哪里有些不妥，虽然眼前出现了一条河流，但呼吸间却感觉不到一丝靠近水边的凉意，周围的空气也并无一点潮湿之感，耳边更没有水声响起，以他多年游历江湖的经验来看，其中定有蹊跷，心中顿生警觉，对李适道：“我觉得有些蹊跷，还是继续慢行为好。”

然而，他的话已然晚了，仆固怀恩听到李适之言，一声令下，命兵将往前急行。众兵将早已焦渴燥热难耐，听见命令更是疯狂地向前飞奔起来，想要尽快跑到水边去喝个痛快。陆羽眼见他们飞快地冲了过去，然而跑了没多久却一个个都停了下来，有的瘫软在地，有的则跪倒在那里，对着前方大声痛哭起来。

“发生了何事？”李适问身后的陆羽。

“恐怕，咱们是遇见了古书中记载的‘蜃景’了。”

“蜃景？”

“便是一种云气凝结而形成的幻象。”

“你是说，前面的那条河是幻象？”

“不错，咱们到了近前便知。”

两人来到近前，果然发现方才所见的河流消失得无影无踪，脚下仍是一片干涸的沙漠。再看向那些兵将，方才的拼力奔跑几乎耗尽了他们全部的力气，此刻不是累瘫在地，便是受不了眼前的打击，懊恼颓丧不已。

“这可如何是好？”李适蹙眉道。

“依我看，还是就此安下营来，待兵将们歇息歇息再往前赶路吧。”陆羽道。

李适又问仆固怀恩：“如今距离王庭还有多远？”

仆固怀恩回道：“尚有两三日路程。”

“粮食与水还足够支撑吗？”

“节省些用，还能撑上两日。”

“那便先在此安营吧。”李适叹道。

“是。”仆固怀恩下令就地安营，兵将们只得爬起身来，开始扎营。岂料刚刚扎好营帐，便觉飞沙走石，一大股风沙铺天盖地而来，将刚搭好的帐篷掀倒在地，几名兵将一个没留神，被脚下的流沙卷走，掩埋在厚厚的沙层中。

“沙暴来了，快保护元帅！”仆固怀恩大喊一声，上前一把牵过李适身旁的骆驼，一把攥住他的手，向迎风坡艰难地攀去。身后几名兵将推着他往上攀登。

“还有鸿渐！”李适在风沙中挤出声音。

又有兵将上前，用同样的方法将陆羽和他的骆驼也推上了迎风坡。上了迎风坡，仆固怀恩让他们躲在骆驼身后，随后又去牵骆驼救人。众人在漫天的风沙中不知熬了多久，终于渐渐看见太阳出现在天空中，沙暴退去了。

陆羽扶着李适从骆驼后站起身，李适命仆固怀恩清点了一遍人数，又损失了十几人，行军之物也被卷走不少，更棘手的是，粮食与水也丢失了一大半。李适望着沙暴过后的一片狼藉，颓然长叹。

他这边正在愁叹，一旁的陆羽却远远发现，在前方的一个沙堆中好似半埋着一个人，赶忙跑上前去，用双手扒开厚厚的沙层，定睛一看，不由得对众人大喊道：“快过来，这里有一个女子！”

三十四、险途救公主，王庭见可汗

陆羽与兵将们将女子救了出来，上前诊了诊脉道：“还好，只是一时昏迷，并无大碍。”他游历之时，向皎然学了不少医术。李适与仆固怀恩也走上前来查看，见这女子面容姣好，从五官与肤色来看，是个异族人，再看她浑身上下的衣着装饰，仆固怀恩道："元帅，以末将之经验来看，此女绝非常人，恐怕是回鹘王庭的尊贵女子甚至公主。"

"公主？"李适一惊，又仔细打量一番，女子肤色白皙细嫩，衣着也十分讲究，体态柔美，十指纤纤，看起来确实是个养尊处优之人，便对陆羽道，"好好照料，务必将人救醒过来。"

"是。"陆羽不待他吩咐，早已从贴身所带的布囊里取出一小包紫笋茶，一些草药，又从水囊里倒出所剩不多的一点儿净水，给她煎起药茶来。兵将们将没被沙暴卷走的帐篷重新支好，将李适请入帐篷歇息。李适命他们将那女子安置在另一个帐篷里，让陆羽在一旁照看她，其余的兵将原地整顿休息。

天光逐渐暗淡下来，沙漠里的夜晚，温度骤降。陆羽给女子喂了药茶，她非但没有转醒的样子，身体随着周围寒气的升起越变越凉，气息也微弱下来。陆羽心焦起来，想去为她再讨要一条被褥，但见兵将们也只能靠在一起驱寒，并无多余的被褥，只得作罢。回到帐篷里，他将自己的斗篷脱下来，给她盖在身上，又倒了些自己水囊里的净水，烧热了灌入另一个小水囊中，给她掖在怀里。自己则蜷在一旁守着，没过多久便因疲惫不堪，睡了过去。

直到夜半时分，女子这才悠悠转醒，睁开沉甸甸的眼皮，一眼便看见一个男子守在自己身边，仔细看去，是个唐人。她张了张沙哑的喉咙，道："水……"

只唤了两声，陆羽便清醒过来，见她要水喝，不由得喜道："姑娘，你总算是醒了！"说罢，起身给她重新烧了热水来喝。

女子喝了些水，望着他道："是你救了我吗？"

"在下见姑娘埋在沙中，便与大家一起将你救了出来，"陆羽说到这儿忽而奇怪道，"为何你会说大唐的语言？"

女子笑道："我父汗一向喜爱大唐的文化，祖父也素来与大唐交好，故而我们兄弟姐妹从小便被父汗请了老师来教授大唐的语言文字，自然便会说了。"

陆羽听她提到"父汗"二字，又惊又喜道："你当真是回鹘的公主？"

女子点了点头，态度大方道："我是父汗的小女儿叶嘉公主。你是何人，叫什么名字？"

陆羽连忙施礼道："在下陆羽，乃跟随我大唐的天下兵马大元帅而来，要面见贵国的可汗，也就是您的父汗，商议大事的。既然公主已经醒了，在下这便去回禀元帅，请公主稍候片刻。"说罢便退出了帐篷，去向李适禀报。

叶嘉公主看着他的背影，念道："陆羽。"

没多久，李适带着仆固怀恩进了帐篷，与叶嘉公主以礼相见，双方寒暄了几句。原来叶嘉公主昨日与兄长叶护太子出了单于城要到另一座城池去，谁知半路上竟刮起了沙暴，将她从骆驼上卷起，甩到了地上，半身埋在沙堆之中。而叶护太子则不知去向。幸好李适的队伍行到此处，这才有了此段相遇。李适见公主身子仍很虚弱，便让她好好休息，明日随他们一起回返王庭。叶嘉公主谢过，李适随后出了帐篷，仍命陆羽好生照料着。

陆羽见公主已醒，不便与其共处一室，便退出帐篷，守在外面。在沙地上坐了一会儿，冷风嗖嗖刮来，自己的斗篷又给了公主取暖，此刻只能抱住肩膀苦挨着。正冷得瑟瑟发抖，一只手从帐篷里伸出来将斗篷递给他。

"快披上吧，这里的夜晚很冷的。"

陆羽赶忙起身接过道："多谢公主关心。"刚将斗篷披在身上，便连打了几个重重的喷嚏。

"你还是进来吧，莫要着凉了。"叶嘉公主在帐篷里柔声道。

"这样与礼不合，在下还是守在外面。"

"我是回鹘的公主，不讲究这些礼数。今日你救了我，便是我们铁勒族人心中的勇士，本公主请你到帐篷里面来取暖，并无任何不妥之处。"她说着从帐篷里露出脸庞来，诚恳地看着他。

"这……"

见他仍在犹豫，叶嘉公主强撑着虚弱的身子，不悦道："你若执意不肯进来，那本公主便出去了。"

"万万不可！"陆羽只得进了帐篷，对她道，"公主身体尚未痊愈，还是快些躺下歇息吧。"

叶嘉公主重新躺了下去，道："我们这里的姑娘，身体比大唐女子的强健些，我只是被沙暴刮倒了，没有大碍的……"话还没说完，便狠狠咳嗽起来。

陆羽摇头道："快别逞强了，依在下看来，公主还需好好静养些时日，以免落下病根。"说着，又忙去给她烧热水喝，却发现自己水囊里的水只剩下最后一点了。他顿了一下，仍旧将水倒了出来，烧热了递给叶嘉公主。

叶嘉公主喝了两口，将热水递给他道："你也喝些吧，我看你水囊里的水是不是已经喝完了？"

"还……还有一些……"陆羽掩饰道。

"我是何人，怎会看不出你那水囊中还有多少水呢？"

“无妨，反正已经快到你们的王庭了，我忍一忍便好了。”

“在沙漠里行走，每一滴水都珍贵无比，有时候一口水都能救你一命的，”叶嘉公主叹道，“真不知道你这人是太好，还是太傻……”说着执意将水递给他道，“把这些都喝了吧，到了明日太阳烤起来之时，你便会知道这几口水有多重要了。”

“那在下便恭敬不如从命了。”陆羽接过水喝下道，“时辰不早了，再不歇息天便要亮了，请公主安歇吧。”说罢，便靠在帐篷的另一个角落里，背对着公主和衣而卧。

叶嘉公主见他睡下了，自己也睡了过去。待一睁眼时，便已是天光大亮了。抬眼一看，帐篷里已空无一人。她撑起身子走到帐篷边，伸手掀开一角，向外面看去，却见陆羽正在外面与兵将们一起忙活，为启程做准备。待陆羽又进入帐篷时，叶嘉公主已收拾了一番，坐在那里看着他道：“没想到你看起来瘦削的样子，身手竟如此利落。我昨日初见你，以为你定是个文弱书生呢。”

“公主醒了，”陆羽施礼道，“在下素来游历四海，风餐露宿，这些事情算不得什么。”

“游历四海？听起来好有意趣，你都去过哪些地方？”

“在下……”陆羽正要答，仆固怀恩在帐外道：“公主，您的兄长叶护太子来了，此刻正在元帅的帐中等您。”

“阿哥来了！”叶嘉公主兴奋地站起身，刚要往外走，忽觉得一阵头晕，身子一摇，陆羽忙上前扶住她道：“公主小心。”

叶嘉公主白皙的脸颊瞬间飞上两朵红云：“你扶着我过去吧。”

陆羽虽觉有些不妥，但也别无他法，只得扶着她来到李适的帐中，见一位高大英俊的异族男子带着几名随从，正与李适交谈，他便是叶护太子。

“阿哥！”

叶护太子转过身，见妹妹完好无损地站在面前，激动地上前拥抱她道：“阿妹，你平安无事，真是太好了！那日你被沙暴卷走，我们待风沙停息之后，找遍了四周皆不见你的踪影，当真是急坏了！后来发现此处有人烟，便寻了过来，没想到你真的在这里。感谢天神保佑，你安然无恙，否则我真不知道如何去见父汗！”

“你应该感谢的不是天神，而是他。”叶嘉公主指着身后的陆羽道，“是他从沙堆里发现了我，将我救出来，也是他用药粥救醒了我，还在帐篷里守了我一夜，把自己的水都给我喝了。”

叶护太子上前一拍陆羽的肩膀道："感谢你救了我阿妹，以后你就是我铁勒族的好兄弟！"

陆羽忙谦道："太子不必如此，救人本是应当。何况公主绝非我一人之力可以救出，乃元帅命大家一起从沙层下救出公主，下令好生照料的。太子若谢便谢我们的元帅吧！"

叶护太子忙向李适行礼道："感谢大唐元帅的相救之恩！"

李适谦虚了几句，随后道："事不宜迟，若太子没有别的安排，我们这便一同上路，赶往贵国的王庭吧。"

"好，本太子在前面给你们带路，天黑之前便可到达。"

李适喜道："如此便有劳太子了。"

"我见你们的粮食与水都所剩不多了，幸好我这里的没有被沙暴卷走，便分与大家一起用吧！"叶护太子说着便吩咐随从去给众兵将分粮食与水，自己则上前拉住叶嘉公主的手道："这次你的骆驼要与我的拴在一起，绝不能再丢了！"

叶嘉公主却拂开他的手，一指陆羽道："我要和他一起。"

叶护太子一愣："阿妹，你……"

"你记不记得我们小时候曾说过的话，若是有人……"叶嘉公主看着他，认真地道。

叶护太子忽地恍然大悟："难道你……"

叶嘉公主不待他说完，将玉臂往陆羽面前一伸道："我觉得头还有些晕，你扶我上骆驼。"

陆羽不知如何是好，回头去看李适，却见他带着一脸复杂的笑容，对他一摊手，意思是此时此刻不宜拂逆公主，让他好自为之。陆羽只得硬着头皮将叶嘉公主扶上骆驼，自己也跨上骆驼跟在她身后。

叶嘉公主行在前面，不时回头望一眼，脸上挂着甜美的笑容。此时太阳升起，陆羽这才发现她的一双眼睛极为深邃明亮，眸子竟是淡蓝色的，在阳光下闪动着迷人的光彩。他望着公主的眼眸，脑中却浮现出那夜星光之下，李冶望着他的那双含情脉脉的美目，不由得触动了相思之情，一时看痴在那里。叶嘉公主见他看着自己发愣，两朵红云再次飞上面颊，娇羞地转过脸去。

一行人走了将近一日，果然在太阳落山之前来到了坐落在鄂尔浑河畔的单于城。叶护太子将李适的人马请进王庭之外的驿馆中，自己带着叶嘉公主先去向葛勒可汗禀报。半个时辰后，葛勒可汗派叶护太子带着华丽的仪仗，隆重地将李适、仆固怀恩与陆羽请进王庭，并摆下盛宴为他们接风。

李适等人随叶护太子来到王庭，葛勒可汗热情地上前迎接他们，双方以礼相见，寒暄之后便前往宴会厅欢宴。

葛勒可汗与叶护太子招待李适等人刚坐定，便吩咐宫廷乐班奏起欢快热烈的乐曲，一群美丽的铁勒族姑娘身着色彩艳丽的衣裙，为他们献上优美的舞蹈。李适等人一路奔波，此时享受着美食与舞蹈，身心终于放松下来。舞姬们跳了一会儿，逐渐围成一个圆圈，此时热烈的鼓点渐渐缓和下来，萨塔尔拉奏出悠扬婉转的曲声，一位身姿曼妙的女子，脸上遮着鲜红的面纱，身穿华美明丽的衣裙，从舞姬身后徐徐地舞了出来，舞姿舒缓柔美之至。葛勒可汗一见，对身旁的叶护太子道："这孩子，不好好歇着，怎么出来跳舞了？"

叶护太子对父汗无奈地笑了笑，道："谁叫这宴席上有她心心念念之人呢。"

葛勒可汗大为不解，叶护太子附在他耳边说了些什么，可汗这才点点头，对女子招手道："叶嘉，到父汗这里来。"

众人这才明白，原来这位绝美的舞姬竟然是叶嘉公主。叶嘉公主来到葛勒可汗身边，娇声道："父汗。"

"你呀！"葛勒可汗让她在自己身边坐下，对李适道："听我儿说，小女是被元帅的人所救，本汗实在是感激不尽。"

"可汗多礼了，能有幸相助公主，也是大唐与贵国的一桩缘分。"李适道。

叶嘉公主看向陆羽道："父汗，便是他救了女儿。"

葛勒可汗对李适道："不知这位是……"

"这是本帅的异姓兄弟，大唐的茶师陆羽。"

"茶师陆羽，"葛勒可汗仔细端详了他一番，道："感谢茶师救了小女。"

陆羽赶忙离席起身，恭敬道："此乃在下之荣幸……不过，在下斗胆规劝公主一句，您的玉体尚未康复，实在不宜走动，更不能跳舞，需要好好静养才是。"

葛勒可汗点点头，对叶嘉公主道："你看，茶师都说了你要好好歇息，还不快快回去？"

叶嘉公主对陆羽柔柔一笑："多谢关心。"又对葛勒可汗撒娇道："父汗，茶师的医术极好，女儿想要他陪在身边照料，可以吗？"

"这……"葛勒可汗看向李适。

陆羽忙向李适投去求救的眼神，他却装作不见，对葛勒可汗道："只要公主能够快些好起来，茶师自当效力。"说罢，给陆羽使了个眼色，叫他暂且忍耐。

"那便多谢元帅了。"叶嘉公主起身向李适施了一礼，又对葛勒可汗道："父汗，那女儿便先退下了。”

“去吧。”

陆羽见事已至此，只得跟在叶嘉公主身后，随她来到公主的寝殿。叶嘉公主道：“到了我的宫中，你不必拘礼，也不必那般毕恭毕敬的，我不喜欢。”

“是。”陆羽仍旧恭敬道，“在下去给公主煎药。”说着退了出去。

待叶嘉公主服下药后，仍是不放陆羽离开，缠着他给自己讲大唐的风土人情，对他与皎然一起云游四海之事尤为感兴趣。陆羽只得耐下性子，给她讲了几件逸闻趣事，又将自己沿途如何采茶、制茶、品茶之事说了，如此一直陪她聊到夜深困倦才罢。

次日一早，葛勒可汗在王庭正式会见李适等人，叶护太子也在一旁列席。李适将大唐正在平定安禄山、史思明的叛乱之事说了，仆固怀恩也以铁勒族人的身份，将大唐与回鹘多年交好之事重提了一番，还未来得及说借兵之事，便有侍卫进来向葛勒可汗禀报：“可汗，公主在王庭外求见，说有要事相求。”

葛勒可汗道：“本汗正与大唐元帅商谈要事，让她稍候再来。”

侍卫退下不久，叶嘉公主便大步踏进了王庭，来到葛勒可汗面前。

葛勒可汗蹙眉道：“本汗正在说大事，叶嘉，你怎么如此不懂规矩？还不快快退下！”

“父汗，女儿要说之事也是大事，还请父汗准许。”叶嘉公主行礼道。

葛勒可汗一向娇宠女儿，便道：“那你便快些说罢。”

“女儿请求父汗与大唐元帅做主，将茶师陆羽留在这里，做我的夫君。”

葛勒可汗心中已有所料，并不十分吃惊。李适听了回身看向陆羽，见他一脸惊诧，愣在那里。

三十五、席上烹奶茶，月下话情深

“女儿家的婚事怎可自己做主，还在大庭广众之下说出来，真是太任性了！”葛勒可汗责备一句，神色却毫无愠怒，眼神扫向陆羽与李适。

陆羽脑中一片混乱，实在没料到叶嘉公主竟会如此，忙对李适摇了摇头。李适也觉得事态有些棘手。虽然可汗并未正式提出，但看他的态度对此事并不反对，可如今借兵、互市之事还未提，若自己流露出回绝之意，那么于大事着实不利。可若有意答应下来，他自然知道陆羽是断断不肯的。

正在犯难之际，叶护太子起身道："阿妹，此刻父汗与大唐元帅有要事相商，你身子还未好，先回去歇息吧。"

叶嘉公主不依道："待你们商量完了大事，茶师便要回国去了，那时一切便晚了！"

"你的心事父汗心中有数，还是先下去吧。"叶护太子对妹妹使眼色道。

葛勒可汗清了清嗓子："叶嘉，还不退下？"

叶嘉公主望向陆羽，见他低着头不回应，只得极不情愿地退了出去。

"方才阿妹唐突了，还望元帅与茶师不要介怀。"叶护太子道。

"无妨，无妨。"李适笑了笑，对仆固怀恩道："将军方才说到哪里了？"

"回元帅，末将说到大唐与回鹘素来交好，可谓同气连枝，如今大唐只是一时被叛军所困，只要可汗肯派出雄兵前去助阵，叛军定然望风而逃，顷刻间便能收复两京，重现太平盛世。大唐天子也绝不会忘记可汗的相助之情的。"

李适道："是啊，本帅来之前，圣上曾多次提到您的父亲怀仁可汗当年与大唐的情义。太子也曾许诺，若可汗愿意出兵相助，他将与叶护太子结为兄弟，大唐与回鹘永结为好。"

葛勒可汗听罢豪爽道："元帅不必多言了，大唐有难，我邦焉能坐视不理？"随即对叶护太子下令道："本汗命你亲自率领大军，以葛逻支为大将，随大唐元帅前去讨逆，得胜才能回还！"

"孩儿得令！"叶护太子道。

"可汗大义，令本帅感动之至！"李适大喜道。借兵之事已成，他心中登时踏实了不少。正准备顺势提起互市贸易之事，葛勒可汗却开口对陆羽道："不知茶师在大唐专司何事，与医者相同吗？"

陆羽答道："回可汗，在下并非医者，而是钻研茶叶之人。"

"哦？那平日里都做些什么？"葛勒可汗似乎对他的话颇感兴趣。

"未知可汗是否饮过大唐的茗茶？"

"我父汗曾有幸得到过大唐天子所赐的贡茶，在盛大的宴会上多次赐饮过。不过，恕本汗直言，此物喝起来要么十分寡淡无味，要么太过浓稠苦涩，不大适合我们这里人的口味。"

"敢问可汗，您此前饮用的茶叶，是如何烹煮而成的呢？"

"本汗不懂庖厨之事，不如将司厨唤来，让他与你解答一二。"

"不必如此麻烦，在下已大略猜到了。此次奉元帅之命前来，便是要向可汗献上一物。"

“是何物？”

“请可汗与诸位稍作休息，容在下前去准备一番，待诸位用罢午膳后再将此物献上。”

“也好，那本汗便等着你的宝物了。”

“是，在下这便去准备。”陆羽说着向外退去，经过李适之时与他相视一眼，二人心照不宣。出了王庭，他一路低着头快步走着，却被一人挡在了身前，抬头一看，又是叶嘉公主。“茶师急匆匆的，是要去何处？”叶嘉公主歪着头问道。

“回公主，在下要去准备献给可汗之物，恕不奉陪了。”陆羽说着便要绕开她。

“准备什么？本公主和你一起去。”

“公主还是回去好好休养身体，在下一人便可。”

“本公主的身子已经好了，不必整日躺着……茶师如此推托，是不是讨厌我？”叶嘉公主忽地问道，一双淡蓝色的眼眸满是幽怨。

“我……我……”陆羽不想在此时与她多做纠缠，只得叹了口气道，“也罢，你随我一起来吧。”

“好！”叶嘉公主的脸上瞬间泛起笑容，跟随他而去。

宴席之上，葛勒可汗与李适等人用罢丰盛的午膳，正欣赏着歌舞，随意聊些回鹘的风土人情，叶嘉公主走进来道：“父汗，茶师要给您献礼了。”

“好，请他进来吧。”葛勒可汗挥退歌舞，对李适道，“我们便来看看茶师究竟准备了什么。”李适笑道：“本帅这位异姓兄弟向来奇思妙想，他献上的礼物，从未让人失望过。”“听元帅这么一说，本汗更感兴趣了。”二人说着，陆羽走上前来，身后跟着几位侍从，手里拿着各式茶具，走在最末尾的却是叶嘉公主。陆羽示意侍从将茶具摆好退下，自己则在长案前坐定，叶嘉公主立在一旁，待席上完全安静下来后，开口道：“可汗、元帅，请问方才的午膳用得可好？”

葛勒可汗不明所以地点点头：“甚好，不知茶师意欲何为？”

陆羽笑道：“在下便为可汗与元帅献上一物，解解油腻，清清口。”说罢，便伸手向铜壶里倒入八分满的清水，放在风炉之上，随后点燃风炉，将随身带来的紫笋茶饼碾碎，放入水中煎煮。不多时，水面沸腾，他从旁边的小碟子里拿出几块回鹘人平日常吃的奶疙瘩放入汤中，又倒了些盐巴进去，用勺子搅拌一番。如此煎煮了一会儿，待奶香与茶香从铜壶中飘出时，他将风炉一熄，对旁边的叶嘉公主做了个示意。叶嘉公主点头，对等在一旁的乐师与舞姬们一拍手，欢快的曲子顿时奏响起来。舞姬们伴着乐曲簇拥着叶嘉公主开始跳起舞来。

她们舞了片刻，铜壶的温度稍降，陆羽把汤中的茶叶滤出，随后将煮好的汤汁倒入几个精致的带托盘的小铜碗中，起身对叶嘉公主又一示意，公主带着身后的舞姬们旋转着舞步，一人上前端起一碗，踏着轻快的鼓点，热情地向葛勒可汗与李适等人面前而来，将小碗奉到他们手上。叶嘉公主自然是头一个，将小碗捧到葛勒可汗手上道："父汗，请用奶茶。"

葛勒可汗哈哈笑道："这还是本汗第一次喝到女儿捧的茶呢！"

李适、仆固怀恩、叶护太子及陪坐的回鹘亲贵们也都被舞姬奉上了奶茶，葛勒可汗道："茶师，这是何物？"

"回可汗，这是在下特意为您及诸位亲贵烹煮的奶茶。"

"奶茶？"

"正是。"陆羽指着面前的几碟配料道，"在下用我大唐的紫笋茶饼与你们常吃的奶疙瘩，加上盐巴，一起煮成了奶茶，请可汗与诸位品尝。"

葛勒可汗看着碗中热气袅袅的奶茶，奶香与茶香早已溢满了整个宴会厅，不由得笑道："既是茶师精心准备，那咱们便尝尝吧！"说着便首先品尝起来。喝了一口，只觉咸香微涩，再喝一口又品出一丝甘甜，喝到第三口只觉得腹中暖洋洋的，方才用膳之后口中留存的油腻之感也消退了，只觉心中一阵舒爽，不由得将一碗都喝尽了。葛勒可汗神色大悦道："不错，这奶茶真是不错！"

席上的众位回鹘亲贵们也都交口称赞，有的更是爽快，问陆羽是否还有奶茶，仍要再喝一碗。陆羽见奶茶颇受欢迎，心中快慰，依着方才之法又煮了些来，这一次在其中又加了些胡椒、桂皮的细末进去，更加益气开胃，解腥去腻。

待众人饮罢奶茶之后，葛勒可汗对陆羽道："本汗有一事不解，这奶茶中所用的茶叶与本汗曾饮用过的贡茶有什么不同吗？为何滋味如此天差地别？"

"回可汗，这奶茶中所用的茶乃我大唐湖州明月峡中所产的紫笋茶，与您曾饮用的贡茶蒙顶茶皆是茶中极品，在色香形味上虽有所不同，但并非您此前感到滋味不佳的原因。您曾经喝过的贡茶，有的以热水直接冲泡，所以喝起来寡淡无味，有的则加入了葱、姜、枣子、橘皮、茱萸、薄荷等物，在水中煮沸之后，去掉汤沫饮用。因为加入了太多佐料，所以喝起来浓稠苦涩。这两种饮用之法皆是旧法，莫说可汗您不喜欢喝，就连在下也认为这样的茶汤无异于沟渠中的废水，该当弃掉才对。"

"哈哈哈哈，茶师之言深得我心啊！"葛勒可汗大笑道。

"在下以为，贵国地处西域，周围沙漠广大，冬季严寒，夏日酷热，便是一日之中寒暖差别也甚大，且人们所吃的食物较为油腻，年深日久便会损伤胆胃，而茶正可以消解油腻、生津止渴、提神醒脑，冬天喝了可以驱寒，夏日可以降暑，出外远行可以生津止渴，饭后饮用又可健胃解腻，实在是一件宝物啊！”

葛勒可汗听他说得如此入情入理，也觉得这茶确实宝贵无比，便道：“如此说来，本汗真希望时常能够喝上这样一碗香喷喷的奶茶喽！”席上的亲贵们也都频频点头。

李适见时机已到，便开口道：“本帅此行便带了许多上好的茶叶而来，可汗如此喜欢，便全都送与可汗了。”

“诶，那怎么使得。这茶叶在大唐可是皇家贡品，贵重无比，本汗岂能收下？”

“可汗不必推辞，本帅这里还有一件小事要请可汗相助一二。”

“元帅请讲。”

“大唐自开元年间以来，都在唐蕃道上与番邦各国进行绢马互市，一直甚为安定。然而近些时日，大唐突遭战乱，唐蕃道上也有些不稳定，本帅想请可汗派些兵马，维护唐蕃道上的秩序，不知方便否？”

“此乃小事一桩，元帅不需挂心。本汗知道大唐的绢帛在西域可谓至宝，觊觎者良多。不过，今日喝了茶师烹煮的奶茶，本汗倒觉得，以后这茶叶足可以与绢帛平分秋色了！”

“可汗之言正与本帅不谋而合。茶叶如今已风靡大唐，日后必将盛行天下。”李适说罢，吩咐兵将前去将所带的茶叶拿来送给了葛勒可汗。葛勒可汗收下茶叶，看看陆羽又看看叶嘉公主，忽而问道：“茶师，不知你贵庚多少，可曾婚配？”

陆羽不禁一慌，涌上不祥的预感。李适见他不答言，便替他说道：“我这个兄弟已过了婚配之年，且家中正有一位才貌双全的贤妻在堂，可谓羡煞旁人。”

叶嘉公主听了此言，红润的脸庞顷刻间白了下来，暗中扯了扯父汗的衣角。葛勒可汗笑道：“不知茶师的妻室是哪位公主或者贵女？”

“在下的妻子不是公主也非贵女，她与我青梅竹马，我二人相遇相知已有二十年，她待我情深义重，世上更无一人能及。”陆羽想用此言断了叶嘉公主之念。

谁知葛勒可汗却道：“诶，世上的好女子多的是，男人三妻四妾再寻常不过，何必只折一朵，辜负了群芳之艳，以茶师的才学人品而论，即便是娶一位公主也不是不敢想之事。”

陆羽听罢，胸中有些忍耐不住，正要出言反驳，李适插言道：“说起来让可汗见笑了，本帅来此之前，曾答应他的夫人完完整整地将他带回大唐，实在是不好食言……"

葛勒可汗听到此处笑了笑，没有再说下去。又在席上坐了片刻，便散了宴席，命叶护太子将李适等人送回去安歇。李适本以为此事已了，明日便能带兵回返。谁知葛勒可汗却一连三日都称病不出，也不回绝，也不下令，将李适等人空耗在单于城中。李适等之不及，整日愁眉不展。

陆羽不想因自己耽误了大事，但实在不知该如何令公主转变心意，便苦思着对策向后花园踱去，却见花园里的葡萄架下有一人独坐着，走近一看竟是叶嘉公主。听到脚步声，叶嘉公主转过脸来，看见了他。

"茶师。"

"公主。"陆羽施了一礼，"这么晚了还没睡？"

"茶师也没睡。"

他指了指公主身旁："在下可以在此稍坐片刻吗？"

"茶师请坐。"叶嘉公主的语气始终淡淡的。

"有一个问题在下一直想问公主。"

"你问吧。"

"公主与在下相见才不过几日，为何便认定在下是你可以托付终身之人？"

叶嘉公主淡蓝色的眼眸穿过葡萄藤的枝蔓，望向夜空道："这便是一种缘分吧。小时候我曾与阿哥说过，如若将来有人能在危难之时救了我，那么他便是我要相守一生之人……你不但救了我，而且心地善良，才华横溢，我原本觉得是天神将你送到了我的身边，可如今看来，这只是我的一厢情愿罢了……"

"所以，公主想要的并非在下，而是一段命中注定的奇缘，无论救你的人是谁，公主都会为之倾心的。"

叶嘉公主被他说得一愣，随后道："或许你说得对，但我如今已不再相信缘分之事了。"

"怎么，方才还满怀希冀，如今却又心灰意冷？公主的心意还真是瞬息万变。"

"你究竟想说什么？"

"如果公主想听，我便给你讲讲我与兰儿的故事。"

"兰儿，是你的妻子吗？"

"正是。"

"她一定很美，美到你坐在我身边，心却早已飞到她那里。"

"公主也很美，只不过那个欣赏你的人不应是在下。"

叶嘉公主的脸上终于现出一丝笑容，道："给我讲讲你们的故事吧。"

陆羽点点头，将自己如何与李冶相遇相爱，冲破重重磨难与考验在一起的过往向叶嘉公主娓娓道来，直听得她几次红了眼圈，为他们之间的真情感动不已。

"临行之前，我与兰儿在苕溪的草庐话别，也是对着如此夜色，她说担心自己福薄命舛，与我之间再次遭遇波折。我也曾向她许诺，无论如何都会尽快赶回家与她团聚，叫她不要胡思乱想，可是如今却困在了这里……"说着不由得轻叹。

"听你这么一说，倒是我错了……"叶嘉公主拭了拭眼泪，凝视他片刻道，"怎么办，原本我只是因为小时的一个愿望才要留住你，可方才听了你的故事，更觉得你这样的男子是世上绝无仅有的。"她说着拉起陆羽的手，柔声道："本公主现下当真不想放你回去了。"说罢，满目柔情地看着他。

"公主，你？"陆羽心下一凉，一时不知所措。

三十六、狂将乱湖州，红颜陷贼穴

"只要茶师答应留在我身边，父汗那里我即刻便去说情，绝不耽误你们的大事，如何？"叶嘉公主向陆羽保证道。

"公主，你方才还被在下与兰儿之事所感动，为何顷刻间便会如此？"

"因为我相信，她能给你的本公主一样也能给你，而且还能给得更多。"

"公主能给在下什么？"

"权势、地位、锦衣玉食的生活，还有爱情。你和她之所以处处坎坷，不就是因为你们无权无势、无依无靠，所以事事才由不得自己做主，任人摆布吗？"

"所以公主认为，权势地位可以换来一切？"

"虽不是一切，但足以让你一生无忧。"

陆羽冷笑一声，轻蔑地道："在下无权无势，却还能与心爱之人共度一生，可如今你却要拿这些身外之物夺走在下本已拥有的幸福，还说得到权势便不会任人摆布，难道你此刻不正在用权势摆布我吗？公主之言如此矛盾，不觉得很荒谬吗？"

叶嘉公主仍不甘心道："我能给你比她更好的爱情！"

陆羽哈哈大笑："公主，情意是无价的，就像天上的明月一般。这世上最宝贵之物皆是无价的，你却妄想用有价之物换取无价之宝，恕在下不能从命了。"

"茶师，你可想清楚了！"叶嘉公主恼羞成怒，起身直视他道。

"在下想清楚了。"陆羽对她施了一礼，转身便要离去。

"好，"叶嘉公主忽而高声道，"来人，将此人拿下！"话音刚落，便有不知藏在何处的侍卫冲上前将陆羽押住。公主气冲冲地对陆羽道："念在你曾救过我的分儿上，本公主再问你一遍，是否愿意留在我身边？"

"公主还是断了此念吧。"陆羽冷冷地道。

叶嘉公主微微一笑，对侍卫道："押着他，随本公主去见父汗。"

侍卫立刻推搡着陆羽来到葛勒可汗的寝殿，叶嘉公主禀报之后，命侍卫押着陆羽进得殿中。葛勒可汗正准备就寝，见他们进来，不悦道："叶嘉，这么晚了，你将茶师押来做什么？"

叶嘉公主行了一礼道："女儿想请父汗答允我一件事。"

葛勒可汗蹙眉道："父汗为你之事已破了例，你便不要再强人所难了。"

"女儿这件事，还望父汗一定要准许。"叶嘉公主道，"请父汗明日便下令，放茶师与元帅回国，并派兵前去相助。"

话一说完，葛勒可汗与陆羽都觉得大出所料，皆用不可置信的眼神看向她。

"公主，你这是？"陆羽诧异道。

叶嘉公主挥退押住陆羽的侍卫，对他调皮地一眨眼道："没想到吧，方才不过是本公主试你一试，看看你是不是真对你的妻子一往情深。没想到你当真如我想的那样，是个值得托付一生的男子……"说到这儿抑制不住心头的失落道："只可惜，我晚了一步，被她抢了先，这也是无可奈何之事。不过我仍很高兴遇见了你，让我知道这世上确有真情存在。"

陆羽忙对她一揖道："公主真乃深明大义，在下感佩之至！"

"能得你如此称赞，我已很满足了。"叶嘉公主对他甜甜地一笑。

葛勒可汗道："叶嘉，你想清楚了吗，不可再任性胡闹。"

"女儿想清楚了。今日听了茶师与他妻子的故事，女儿深为感动，实在不忍去做那个拆散他们的恶人，故而恳请父汗原谅女儿当初的鲁莽，放茶师回国去吧。"

葛勒可汗摇摇头，无奈道："你呀，真不知如何说你才好！"又对陆羽道："小女也是一片诚心，还望茶师莫怪。"

"哪里，公主乃性情中人，在下感谢可汗与公主的一番厚爱。"

"那便好，本汗明日便下令，送大唐元帅与茶师回国，并派兵相助。"

“多谢可汗！”

次日一早，葛勒可汗便亲自将李适、陆羽等人送出王庭，命叶护太子领兵马一路同行，前去讨逆。叶嘉公主在城楼上望着陆羽离去的背影，许久才回返。

却说李适借得了兵马，便火速带着仆固怀恩、叶护太子前去李豫帐下复命，旋即投入如火如荼的平叛之中。陆羽被李适派人护送过淮河，便遣走了兵将，独自一人往湖州而去。可一入江淮以南，他便发现了不妥。离开之时，此地还是一处叛乱尚未波及的乐土，而此时却也沦为了铁蹄践踏的人间地狱——淮西副节度使刘展起兵反叛了。

他一边向家中赶去，一边听途中逃难的百姓们议论，渐渐明白这刘展究竟是何许人也。却说这刘展身为淮西副节度使，因颇有治军之才，在淮西一带素有威名，行军作战之时常常令敌人闻风丧胆。但此人一向恃才傲物、狂妄自大，久而久之便与其顶头上司淮西节度使王仲升产生了嫌隙与矛盾，两人最后竟成水火不容之势。王仲升一心除掉刘展，却又忌惮他手握重兵，便找了个由头，说刘展的姓名应了民间的谣谶，对社稷大为不祥，上奏朝廷除掉刘展。朝中的监军太监与王仲升关系亲密，两人便想出一计诱杀刘展，表面下旨升任刘展为淮南东、江南西、浙西三道节度使，而实际则打算在他就任的途中一举将其擒拿。谁知刘展十分机警，很快便嗅出了此中的危险，向宣旨官索取了印绶之后，径自率领手下七千精兵到江南赴任，一路所向披靡，很快便占领了湖州。

这一日，陆羽终于来到了苕溪岸边，芦苇掩映之后的草庐若隐若现。远远看过去，与他离开之时并无两样。俯身在岸边寻找往日渡江所乘的乌篷船，半晌才在岸边的一片芦苇丛中找到，可船身倾斜，破败不堪，像被人损坏过一般。他心中一紧，赶忙上了船，向水中央的草庐快速划去。

眼见着家越来越近，他的心不知为何“怦怦”乱跳起来，越来越强烈的不安深深地笼罩着他。“莫非是兰儿出什么事了？”他脑中冒出这个念头，随即便觉得全身冷透，下了船，向草庐飞奔而去。

穿过芦苇丛，一眼便见栅栏门豁然敞开着，院中的竹榻倾倒在地，石桌与石凳上也是一片狼藉。他强压住快要跳出来的心，伸手推开半掩的房门，屋中也如外面一般乱作一团。李冶正如他担心的那般，不在其中。

浙西节度使的府邸已被刘展的大军所占领。去年，此地还是颜真卿的府衙。可惜，转眼间便物是人非。颜真卿在任时，因看出刘展将叛，向朝廷上奏此事，却被人以挑拨是非、制造事端之罪弹劾，只做了几个月的浙西节度使，便被肃宗李亨下旨贬官，去往蓬州做长史。没想到他走了没多久，刘展当真反叛了。

此时此刻，刘展正坐在节度使的榻上，欣赏着两名侍女手中展开的一幅画像。画中的女子身着华贵的服饰，手执纨扇侧身而立，一双杏眼美目含情凝望，容貌温婉端美。

刘展看看画中之人，又抬眼端详立在画像之侧的女子，啧啧赞道："若非你二人年纪相差较大，本将军真要以为你们便是同一个人了。"这女子正是李冶。

他迈步来到李冶身前，伸手欲抚上她的面颊，却被她侧过头避开。"哈哈，还挺有性子。依本将军看，你比那个端庄温柔的沈妃更叫人心动，知道为什么吗？"他用大手钳住她的下巴，硬生生扳起脸庞道，"因为你有一股子难以驯服的烈性，与本将军倒是颇为相投。"

李冶咬紧银牙道："反叛之贼，何以言烈？你要杀便杀，我绝不受辱。"

"哈哈哈哈，"刘展大笑道，"你这么美，本将军怎忍心杀你？何况你与那李豫所丢失的沈妃如此相像，留着你说不定还有奇用，寻死之事你还是别妄想了。不如好好想想如何将本将军侍奉舒服了，说不定来日也能封你个王妃做做！"

李冶见他如此狂悖，也不想再与他多言，只是闭目不语。刘展见她毫无迎合之意，心中正烦躁，此时有兵将上前禀报道："将军，有个叫陆羽的人在府外叫嚷，说将军您掳走了他的妻子，要您……"

他的话还未说完，李冶便道："不，此人是个疯子，总是纠缠于我，我不是他的妻子，将军莫要理会他！"

刘展眯眼看着她，冷笑道："你的眼神里尽是慌张，足见此人在你心中有多重要，即便不是你的夫君，也定是你的情郎……"说着对兵将一挥手："去，将那人带上来！本将军倒要看看，什么样的男子能得到你的倾心！"

兵将领命而去，片刻后便将陆羽带上堂来道："将军，便是此人。"

陆羽一眼便见李冶被刘展攥着玉臂，挡在身后，只觉脑中一炸，便要上前，却被两名兵将押住道："将军面前，休得放肆！"

"呸！一个乱臣贼子，称什么将军！"陆羽怒道，"刘展，你放了兰儿！"

刘展大笑道："你方才说什么？'乱、臣、贼、子'……我是乱臣贼子，可是那诬陷我的王仲升，还有他勾结的阉党又是什么？难道他们便是忠臣良将吗?!"

"我不知你们之间有何过节，我只知道江淮的百姓是无辜的！如今北方已深陷战乱，你身为一方的节度使，朝廷的封疆大吏，不思如何杀敌报国也便罢了，竟在此时因为私人恩怨反叛朝廷，搅乱天下，将这里弄得乌烟瘴气，民不聊生，你难道就不觉得羞愧吗！"

刘展听罢陆羽一番慷慨陈词，非但不恼，竟然笑着对李冶道："本将军现下明白了，你与他还真是一对儿！"

李冶用力挣脱他的钳制，对陆羽道："你好糊涂，来这里做什么！"

"我回到家中便见你不在。问了周围的人，说昨日见你被叛军掳走了，出了这种事，你叫我如何忍耐！"

李冶叹了一声，落泪道："也好，如今你来了，我也不必再担心，你我二人死在一处便是。"

陆羽没有答话，对她摇摇头，示意她莫要轻举妄动。

"想死在一起？没那么容易！"刘展踱到陆羽面前道，"你方才说话振振有词，倒像是个读书人。你说本将军是'乱臣贼子'，可世人皆说'百无一用是书生'，本将军便将你关押起来，看看你这个书生又如何从我这个乱臣贼子手里救出你的心爱之人！"

"你将我怎样都可以，只是不能碰兰儿！"陆羽怒视他道。

刘展的手指在李冶吹弹可破的肌肤上一滑，冷笑道："如此绝色佳人在前，你有什么理由让本将军不对她下手？你不是很能讲大道理吗，说出一个理由来，看看能不能让本将军改变心意。"

陆羽愣了一瞬，随后飞速盘算着该如何应对。刘展见他答不上来，以为定是无计可施，冷笑一声，伸手便要将李冶揽入怀中，却听他大声道："且慢！"

刘展转过身，不屑地看着他道："怎么，想出什么理由来了？"

"将军，在下正在打造一物，本想在制成之后献给当朝太子，作为隆重奠仪、皇家宴会上所用，不过今日一见将军雄姿，便知此物非将军之雄才伟略不能驾驭，便决定将其献与将军，以保得在下与兰儿一命。"陆羽拜道。

刘展嗤之以鼻道："你一个穷书生，能有什么宝物献给太子？拿这种谎言来蒙骗人，是将本将军视作三岁小儿吗！"

陆羽再拜道："将军有所不知，在下虽为一介平民，却与当朝太子之爱子，天下兵马大元帅李适从小相识，结为了异姓兄弟。前些日子，在下便是与李适、大将仆固怀恩去往回鹘，向葛勒可汗借兵，在西域耽搁了些时日，这才回来晚了……若将军不信，在下身上还带着通关文牒，以及回鹘的叶嘉公主所赠的一枚令符，家中还有当日沈妃所赠的一只越窑的青瓷御碗，这些皆可作为证明。"说着从怀中掏出通关文牒与公主令符，捧到刘展面前。

刘展听他言之凿凿，便低头去看他手中之物。身为节度使，刘展对通关文牒、令符等物自然认识。拿起来细细查看，两物皆无不妥，不由得信了几分。抬眼重新打量了陆羽一番，道："你说你与李适、仆固怀恩去借兵，那么葛勒可汗是否同意借兵，他又是如何说的如何做的，你都讲来与本将军听听。"

陆羽便将借兵之事大略说了，为了给刘展以威慑，他故意将葛勒可汗派出的兵马数量多说了几万，与社稷相关的大事一字未提，却将自己与叶嘉公主之事详详细细讲了一遍，为的是用细枝末节的小事让刘展深信不疑，却没注意一旁李冶的脸色，直到听他说到自己严词拒绝公主之时，才恢复了些颜色。

刘展听他说完整个经过，觉得有六七分可信，便又问道："你说要献给李豫的是何物？"

"回将军，在下素来精研茶事，此物便是煎茶、饮茶之时所用的器具，一共有二十四件，称为'茶道二十四器'。"

"茶道二十四器？"

"正是。"

"本将军平日里也爱饮茶，却从未听说需要什么器具。不过是一些铁釜、风炉、茶碗之类的，有何必要制成什么二十四器？"刘展虽如此说，心里却已对此物产生了兴趣，想看看其中究竟有何名堂。

陆羽看出他的动摇，接着道："庙堂之上，祭祀需用太牢之礼（牛、羊、猪三牲）；奏乐要有礼乐之器；用膳需用鼎，饮酒需用樽。如今饮茶之事盛行天下，将来还会成为番邦追捧之物，茶道之器必将登入大雅殿堂，成为权力与地位的象征。将军如今坐拥江淮三镇之地，这茶道二十四器不为将军所有，又能给谁人呢？"

"你不是打算将此物献给李豫吗？若是给了本将军，你便不怕李豫和你那兄弟李适来日会找你兴师问罪吗？"刘展似笑非笑地道。

"箭在弦上，不得不发。如今在下最心爱的女人在将军之侧，在下的性命也全在将军一念之间，根本无心去计较明日之事。"陆羽直视着刘展的一双鹰眼道。

"哈哈哈哈，你果然很识时务。不过，却与本将军方才所见的那个大义凛然的书生简直判若两人，究竟哪一个才是真的呢？"刘展又一次贴近李冶，钳住她的肩头道，"若是你敢欺瞒于我，那么她随时都是本将军手中的玩物……"

陆羽连忙道："将军听了在下方才与回鹘公主之事，便知兰儿对在下来说有多重要。只要将军肯放了她，在下什么事都愿意去做。"

刘展仍不松开手，盯着他道："你说的这茶道二十四器，本将军倒想见识见识，但是她却绝不能放。"说着对旁边的侍女道，"去，找间舒服的绣房将她关进去，若此人有任何不轨之举，便将她送到本将军的卧榻上来！"

三十七、忍辱铸茶器，含悲悟禅心

李冶被两名侍女架着带下堂去，目光凄楚地看了陆羽一眼，什么话也未说。陆羽用眼神告诉她，无论遭遇什么，都一定要坚持下去，不可轻生。

刘展望着李冶离去的身姿道："你还是快些把那二十四器给制出来，否则多拖一日，她便多一日煎熬，本将军可不敢保证能忍多久。"

陆羽揣摩着他的心性，开口道："将军在淮西时便颇有威名，治军严整，能令敌人闻风丧胆，是个大大的英雄。如今您已有了江淮三镇，只要稳住脚跟，徐徐图之，定能成就一番伟业。到那时，什么样的女子不能拥有，兰儿不过是万千佳丽中的一个，根本不会被您看在眼里。眼下您该当励精图治，令跟随您出生入死之人看到您坚定的志向，千万不要因一时之兴，沉迷于美色。如若真是那样，那么您与因美人而误国的李隆基又有何区别？您既反了李唐，便千万不要输在同样的错误上。"

刘展听罢笑了笑，回身看着陆羽道："你很会说话，更懂得如何诛心，本将军对你二人是越来越有兴趣了。只不过，我看你不似那种趋炎附势、阿谀奉承的小人，为何却能在转瞬之间对本将军说出这一番话来，还真令人不可思议。"

"在下说了，兰儿对在下而言重过世上的一切。方才怒斥将军是为了她，如今这样做也是为了她。况且将军也是爱茶之人，能够欣赏在下的茶道二十四器，对在下来说便是知音。既能酬知音，又能救兰儿，在下乐意之至。"

"哈哈哈哈，好个知音，"刘展笑罢，脸色忽而阴冷下来道，"可惜本将军已不再是不谙世事的少年了，不会为了一句'知音'便轻信任何人，否则本将军早已被那王仲升与阉党派出的人杀死在荒野，成为孤魂野鬼了。"他用一双鹰眼盯了陆羽片刻又道："你还是好好去做二十四器，想想怎样能快些救出你的女人，本将军的前程用不着你操心！"说罢，吩咐一旁的兵将把陆羽押下去，关进了后院的柴房之中。

陆羽被关了一夜，次日一早便向看押他的兵将说，自己在苕溪的草庐中放着已制成的一部分茶器，让他们前去带来，又向他们提出需要上好的铜铁与黏土等物，以及锻铁铸陶之具，作为打造茶器之用。兵将回禀了刘展，刘展倒也不阻拦，只要是制茶器所用，皆点头答允。如此过了几日，刘展见陆羽整日都在制作茶器，并无任何可疑之举，便准许他在柴房外的院子里干活，令兵将把守后院之门，只要他不出后院即可。

然而，陆羽表面淡定从容，内心却无时无刻不在承受着煎熬。那日与刘展的一番交锋，使他看出刘展此人生性狂傲、自视甚高，能留自己在此制茶器便是因为他如今气势正盛，未逢敌手，尚有一展抱负的雄心。可此人心性不定、喜怒无常，若有一日讨逆的大军袭来，将他打个大败，一怒之下他不知会做出何等事来。以那日所见，刘展已对李冶垂涎三尺，此时此刻恐已难保他不对李冶下手，到了将来便更不知他会做些什么了……想到这里，陆羽手中的锤子一坠，强大的力道顷刻间将他正在铸造的铁块锤断下来，滚落在地上呲呲冒着热气。这已是他今日锻坏的第三块了，以他现在的速度，这风炉不知何时才能铸造好，他与李冶更不知何日才能再相见……

正在懊丧，一名看守的兵将上前道："将军命你过去为他煎茶。放下东西，跟我走吧！"

"敢问是何事？"陆羽打探道。

"你去了便知。"兵将头也不回，将他一路带到宴厅之中。

进得厅中，陆羽一眼便远远看见刘展身侧坐着一位女子，正侧身躲避着刘展递到嘴边的酒杯，含悲忍辱，神色痛苦不堪。心中狠狠一痛，那女子正是李冶。他深吸一口气，举步来到刘展面前，施礼道："将军，听说您唤在下来煎茶。"

刘展从李冶身上收回目光，对他高声道："对，本将军今日大获全胜，将朝廷派来的江淮都统打了个落花流水，别提有多痛快！所以，本将军决定做做善事，叫你过来煎茶，也可顺道与你心爱的美人儿见上一见。怎么样，是不是感激涕零？"说罢，哈哈大笑。

陆羽努力压住心头的怒火，把持住自己不再去看李冶痛苦的神情，对刘展道："在下感谢将军一番美意，不知用何物煎茶？"

"你不是在造茶道二十四器吗？便用那个来为本将军煎茶吧！"

"回将军，如今这二十四器中，还有一物未能制成，恐怕今日无法为将军煎茶了。"

"是何物？"

"乃煎茶所用的风炉。"

"你平日里煎茶，难道不用风炉吗？为何还要再造？"

"在下本有一个亲手制成的风炉，但在您接走兰儿时不小心损毁了，如今需得再造一个才是。"

"风炉一物，再是寻常不过，有什么难造的？"刘展饮下一大杯烈酒，又眯起眼去看身边的李冶。

陆羽怕他又起歹心，忙高声道："在下的风炉非比寻常，乃举世独有的'陆氏风炉'。其形如鼎，上有八卦与祥兽的纹饰，寓意天道轮回之玄机，是这茶道二十四器中最为重要的器物，得到它不但是身份地位的象征，更能够为将军的大业带来好运！"

刘展听到此处来了兴致，坐直身子问他道："你说说看，这风炉如何给本将军带来好运？"

陆羽从怀中抽出一张早已画好的风炉图纸，在刘展面前的桌案上铺展开来，指着道："将军请看，这风炉形状似古鼎，炉有三足，一足上写着吉卦'坎上巽下离于中'，一足上写着吉语'体均五行去百疾'，还有一足上写着祝词'风调雨顺天下定'。这些皆是吉祥之意。"

刘展看着图纸，只见画功不凡，纹饰精细，落笔有神，果然不是凭空虚言之物，不由得暗暗点头。

此时陆羽接着道："将军再看，这风炉上的垛（支撑铁锅所用）分为三格。一格上绘有一只雉鸡，属火，乃一离卦。一格上绘有一只猛虎，属风，乃一巽卦。一格上绘有一条鲤鱼，属水，乃一坎卦。这三卦相辅相成，风能使火烧旺，火能把水煮开，待点燃风炉之时三卦流转起来，便是天道轮回，成就大业之寓意！"

"好！"刘展拊掌赞道，"饶是本将军如此见多识广，也不得不承认，你所绘制的风炉着实动了些心思，甚合我心。"又对李冶道："你看上的人，还真不是个废物。好，本将军今日便不为难你们，给你十日期限，将这风炉铸好，本将军要在下一个庆功大典上用这茶道二十四器煎茶，犒赏三军！"

"多谢将军慧眼识宝！"陆羽一拜，暂时松了口气，偷偷与李冶对视一眼，两人用眼神默默鼓舞着彼此。

刘展倒也说到做到，当即便命侍女送李冶回房，又令兵将把陆羽押回后院，不再为难二人。

陆羽一回到后院，便立刻抓起工具，加紧铸起风炉。

"十日，只有十日，我一定要将风炉铸造出来！"

他一门心思地挥锤铸造，不知不觉便到了夜间。昏暗的月光下，他仍旧一刻不停，借着微弱的烛火之光，对着图纸用泥土捏着纹饰。

此时，一个极为熟悉的声音从墙外传来："鸿渐、鸿渐，是我……"

陆羽一个激灵，停住手中的动作，看了看守在院门口的两名兵将，他们并未察觉。他慢慢地挪动身体，来到墙边，却发现不知何时墙上竟多了一个小洞，方才的声音便是从这洞口传来。他贴紧墙壁，用极轻的声音对洞外道："我在这儿，初晨。"

"刘展正与手下在前厅饮酒庆功，此刻防卫松懈，我来救你出去。"李复在墙外小声道。

"只有你一人吗？缨儿呢？"

"班主身体抱恙，她回家探望去了。你莫管这些，听我安排。"

"不，你先去救兰儿，她被刘展关在一间绣房里。"

"时间紧迫，恐怕只能救一人。"

"那便去救兰儿，我自己能应付。"

"鸿渐……"

"快去！"

"也罢，你忍耐几日，我再想办法。"李复说罢，一闪身向绣房的方向而去。

陆羽趴在墙上听了一会儿，没了动静，才靠着墙坐下来，望着月亮等待着。过了一炷香的工夫，绣房那边传来侍女的惊叫声："不好了，人不见了！"

有兵将上前问道："何人不见了？"

"将军带来的那个女子不见了！"

"快，紧闭大门，将这院子包围起来，里里外外给我搜！"

"是！"

顷刻间，火把通明，兵将们来回跑动、搜查之声不绝于耳。又过了半晌，只听兵将纷纷回禀："搜遍了，没有找到！"

"出了何事？"刘展醉醺醺的声音传来。

"回将军，那个姓李的女子不见了。"

"什么？眼皮子底下，竟能让一个女子跑了，简直是废物！"

"将军息怒，属下这便接着找！"

"快去，找不到的话，统统军法处置！"刘展大发雷霆。

听到这儿，陆羽长出一口气，默默地起身回到柴房。刚坐定没多久，一阵嘈杂的脚步声直向后院而来，随后"砰"的一声，柴房的木门被一脚踢开。刘展提着长剑，双目赤红地瞪着陆羽，怒道："小子，是不是你干的！"

陆羽装作毫不知情："将军，您在说什么？"

"是不是你做了什么手脚，将她给救走了！"

"谁？谁走了？"

"你少给我装蒜！"刘展一把揪住陆羽的衣领，将他凌空提起道，"说，你是如何将她救走的！”

“将军是说兰儿吗？”陆羽没想到他力气这么大，从喉咙里挤出声音道。

“对，你快说，她在哪儿！”刘展喝得烂醉，对着陆羽狂吼道。

“将军，在下一直在后院待着，一步也未曾离开过，这两位兵将可以做证。”他指着看守他的两名兵将道。

兵将忙点头不迭道：“是，将军，我二人一直严守此地，他的确没有离开过。”

“没有离开过……”刘展的酒劲下去了一些，将陆羽扔在地上，对兵将道，“你们若敢欺瞒本将军，小心脑袋！”

两名兵将慌忙跪倒在地，不住地向他保证。

陆羽道：“将军想想看，在下若有办法救出兰儿，为何自己不一起逃出去，却要留在这里？”

“或许是你与外面之人里应外合，将她救了去！”

“在下自从到了将军这里，便一直安分守己地铸造茶器，如何能与他人里应外合？”

“说到这里，本将军倒要问问你，你是不是与那李适还有联络，又或者你便是他派来的细作，要坏了本将军的大事！”

“将军息怒，绝无此事！”

“如今人已没了，说什么也无用，本将军一剑砍了你便是！”

“且慢！”陆羽将一件茶器举在头顶道，“将军，在下的茶道二十四器就快要制成，再给我十日时间，十日之后待风炉铸成，要杀要剐悉听尊便！”

刘展听他提到茶器，脑子又清醒了几分，顿了一顿道：“好，本将军就让你再多活十日，待茶器一成，便送你去阎罗殿！”说罢，将他手中的茶器一剑挑落在地，摔了个粉碎，醉骂着走出了柴房。

陆羽见他们走了，趴在地上一片片捡着茶器的碎片，一面为李冶得救感到欢喜，一面又为自己与茶器的将来而忧心。他实在想不通，刘展如此凶恶强横，为何却能横行于世？自己素来行善积德，为何却落到如此凄惨的境地！

“忍辱，忍辱即菩提。”师父的话从内心深处响起。

他捧着一把碎片，手指已被划出鲜血。举目望向四周，忽而发觉，这柴房好似当年在龙盖寺里的一样，当初他也曾被师父关进柴房，受尽磨炼，一心只想逃出去。

“师父，此时此刻，疾儿究竟该怎么做？”他对着周围的虚空问道。

“忍人所不能忍，行人所不能行，方为大乘之忍。”

“可我如今忧恐惊惧，心烦意乱，连风炉也铸不成，十日之后便是最后期限，到那时我铸成风炉是死，铸不成也是死，我即便再是忍辱负重，又有何用呢？”

“你铸茶器是为了什么？”

“为了将茶道传遍天下。”

“传遍天下又为了什么？”

“为了让人们知道世上有这茶道二十四器，让他们在饮茶之时有器具可用，有礼仪可遵。”

“还有呢？”

“我想让他们记住茶道的精神。”

“还有呢？”

“我想……想让他们记住我，记住曾经有一个人历尽艰险，制成了这二十四器。”

“这便是你的执念。”

“执念？”

“为师问你，茶道的精神是什么？”

“是……是精行俭德，是清和、恭敬、真诚、恬静，是如禅心一般的安宁自在，是天人合一的圆满融通。”

“说得好，那你便也该如此去做。”

“怎么去做，疾儿不明白。”

“你便该用这样的精神去铸造茶器，用这样的精神去过这剩下的十日。只有如此，你才能铸造出真正的茶器，也只有如此，无论此番是否能够渡过难关，你都已经用自己的亲身之行，实现了茶道的精神，即便此后肉身陨灭，你也了无遗憾了。否则你所向往的茶道精神，只会因为你的软弱与怯懦，化为一片虚无。”

此言犹如当头棒喝，将陆羽从梦中惊醒。

方才“听到”师父对他的一番点悟。又或者，这其实便是他自己灵魂深处的声音，在警醒着他该如何去做。他这样想着，又点燃了一支蜡烛，对着跳动的火光，继续捏起陶泥来。

却说李复救出李冶，带着她在夜色中穿行，很快便来到了一处隐蔽的客栈。李复为她在自己屋子的隔壁要了一间干净的房间，让她好好歇息，便要出去。李冶急道：“为何只救了我，鸿渐呢？”

“今日时间紧迫，鸿渐让我先将你救出来，回头我再想法子去救他。”

“你有所不知，那刘展狂躁善变，他若知道我不在了，定不会放过鸿渐的！”

“我也是这样担心，可他执意救你，我也奈何不得啊！如今我必须先将你护送到安全之地，才能再赶回去救他。”

“谁说的，依我看，咱们明日便可去救阿羽！”一个女子的声音从屋外传来。

李复又惊又喜，转身道：“你回来了？”

“是不是忽然觉得没了我便不行了？”赵缨靠在门上，歪头看着他。

“缨儿，你此时回来实在是太好了！”李冶上前拉住她的手道。

“可不是吗，咱们的侠女要大展身手了！”李复笑道。

三十八、算山出奇兵，断崖险救人

次日一早，李复与赵缨收拾妥当，打算由一人护送李冶到思兰阁暂避，另一人则去救陆羽出来。主意定了，二人却因谁去救陆羽而争吵起来。

“别再说了，我对那里地形熟悉，还是我去救他！”李复语气强硬道。

“你言下之意，便是说我不了解地形，救不出阿羽吗？”

“你若非要如此认为，我也无话可说。无论如何，救人都要稳妥才是。”

“我哪里不稳妥了，这么多年，我何时给你添过麻烦？”

“不是说你添麻烦，只是你……”李复看看她微隆的腹部，话到嘴边，又咽了回去。

“只是什么？”赵缨俏脸一沉道。

“只是他太在意你，怕你怀着身孕去打打杀杀，万一有个闪失怎么办？你这个样子去救人，他不知如何担惊受怕呢！”皎然的声音忽而传来。

李复看向门外，皎然立在那里，仍是一副不染风尘的洒脱姿态。他神色一窘，道：“法师身在红尘外，怎么何事都懂！”

“佛心与人心本是相通的，贫僧要传扬佛法，岂能不懂世理人心？”

“阿弥陀佛，多谢法师一语道破。”李复对他合掌一拜，上前揽过赵缨道，“我知道你担心鸿渐，我也一样，但也不能带着我的女儿去冒险吧？”

“你怎么知道是女儿？”

“人家想想还不行吗……”李复嘟囔道。

“如今月份还小，你怕个什么。当年我怀着玠儿时，不还随你一起去打猎吗，怎么这次便不行了？”赵缨不服气道。

李复与赵缨在陆羽随皎然云游之后，过了两年便结为了夫妻，两人已育有一子，名唤李玠，如今已六岁年纪，被李齐物养在身边，爱若珍宝。

“今时不同往日，你如今的年纪……”李复撇撇嘴。

“怎么，这便嫌我老了是吗？”赵缨更气。李复忙道：“我哪里敢有这个念头，只是让你一个人去着实不放心。不过既然法师来了便好办了。季兰姐姐便交由法师保护，我陪着你和女儿一起去救鸿渐，如何？”

“这还差不多！”赵缨点头应了。

“你们打算去哪儿救他？”皎然问道。

“浙西节度使的府衙，鸿渐被刘展囚禁在后院里。”李复回道。

皎然摇头道：“恐怕此时已经不在了。”

“出了什么事？”李冶刚从隔壁房间走过来，不由得惊道。

“先莫急，”皎然道，“贫僧一路来时，听闻朝廷见刘展负隅顽抗，大败江淮都统，便派了大将田神功率领任城的驻兵南下讨逆，昨夜子时突袭了刘展的府衙。贫僧今早恰巧路过那里，见府门外已插上了田神功的大旗，想必此时刘展丢了大营，已率领残兵逃走了。”

“逃走了？那他会逃到哪儿去？”李冶更是焦心。李复与赵缨也紧盯着皎然，只听他道：“依贫僧看来，他定是向西北方向的算山而去。那里地势险要，有瓜洲可以作为阻挡，刘展若在算山上列阵，成易守难攻之势，田神功的大军渡不过瓜洲，那么他还有一线生机。”

“好，那我们即刻便赶往算山！”李复道。

“等等，法师如何知道刘展会带着阿羽一起走？”赵缨不解道。

皎然还未说话，李冶道：“刘展心高气傲，对东山再起还抱有一丝侥幸。而且，他知道鸿渐与念之的关系，带走鸿渐，他想必是打算在危急时刻，用以自保。”

“亡命之徒，何事都做得出来！”李复对皎然道，“事不宜迟，我与缨儿这便赶去算山，季兰姐姐便托付与法师了。”

“贫僧会带着兰女冠到离此不远的妙喜寺去，那里由贫僧住持，你们大可放心。”

“那便多谢法师了。”李复又是一拜，与赵缨两人挎上剑，直向算山而去。

却说刘展果如皎然所料，带着几千残兵向算山撤去，傍晚时分便在山顶安下营寨。田神功的大军随后追至，想要强渡瓜洲，却被刘展命兵将从山顶放下的滚石与乱箭阻住，一时难以渡河。两方成僵持之势。

天色逐渐变暗，田神功见正面攻打不行，便命手下的副将与他互换甲胄，在瓜洲渡口领兵叫骂，自己则带领四千精兵趁着夜色偷偷从下游渡河，计划绕到刘展的后方进攻，以分散他的兵力。刘展不知其计，见田神功带着人马在瓜洲渡口骂阵，便觉得稳操胜券，吩咐几名兵将放哨，其余大军在山顶上休整，打算以逸待劳，令田神功知难而退。

大帐之中，刘展端着酒碗，灌了一大口，看向角落里的陆羽道："你来说说看，此一仗究竟是李豫派来的田神功赢，还是本将军胜？"

陆羽手脚被缚地跪在地上，满身污浊，却仍然神色平静地看着刘展道："顺天应人者赢，逆天悖伦者输。"

"哈哈哈哈，那你说，本将军是顺天还是逆天？"

"将军心中自有评判，何须在下多言？"

刘展鹰眼一眯，放下酒碗道："你是说本将军会输？"

"将军何以如此认为？难道您觉得自己是不义之师吗？"

"你！"刘展忽而狞笑道，"怎么，现下没有她作为人质，你终于敢说出心里话了？"

"在下并没有说什么，然而将军却认为在下意有所指，可见将军心中对是非自有判断，根本不需要问他人。"

刘展大笑道："你如此振振有词，看来是不打算活着出去了！也罢，反正你的那些茶器如今都成了一堆废物，本将军也不想要了。"他来到陆羽面前道："无论此仗是输是赢，本将军都会杀了你祭旗，你的茶道二十四器这一辈子也不可能铸成，更不会有任何人记得你所做的一切，你只能像蝼蚁一样默默无闻地死去，被本将军踩在脚下，碾成烂泥。怎么样，怕了吗？"

"若是从前，在下定会害怕。可如今拜将军所赐，在下已不怕了。"陆羽坦然地道。

"不怕？我让你不怕！"刘展双目赤红，一脚狠狠踢在陆羽的胸口上，夺过一旁兵将腰间的长鞭，对倒在地上的陆羽便是一通狂抽，嘴里咒骂不止。

陆羽任他鞭打，一声不吭地忍受着。刘展正打得起劲儿，有兵将上前禀报："不好了，将军，敌军从山后面杀来了！"

刘展大惊，停下手里的鞭子："怎么可能，他们是如何过的河？"

"属下也不清楚，恐怕是从下游偷渡而来。将军，该怎么办？"

刘展将鞭子一扔，拔出长剑道："命兵将们集合，随本将军一起迎敌！"他走到营帐边，吩咐营中的两名亲兵道："看好此人，等本将军回来再收拾他！"

"是！"

刘展提剑来到山头观望，只见田神功已带着人马冲上山，与他的人正厮杀在一处。从士气来看，刘展的兵刚从睡梦中惊醒，慌乱之中应战，自然落了下风。田神功一见刘展出来，立刻上前击杀，两人战在一处。刘展酒醉不堪，几个回合便要招架不住，只得踉踉跄跄地向大营退去，帐中的两名亲兵忙上前帮他抵挡，将田神功围在当中。

刘展见势不好，进得帐中，一把抓起陆羽，将剑抵在他的咽喉上，对田神功叫嚷道："本将军手上有你们兵马大元帅的结义兄弟陆羽，田大将军不想惹麻烦的话，便速速撤兵，否则我便一剑宰了他！"说着便钳住陆羽，向算山顶上的一处断崖而去。

田神功不知内情，但听刘展言之凿凿，便用力将两名围着他的亲兵放倒，跟随刘展来到悬崖峭壁之上。此时已经入夜，营地上投来火光点点，加上一捧月色，照出算山石崖的轮廓，断崖下面便是滚滚的河流。

陆羽被刘展用剑抵着，对田神功道："田将军莫要因我放过此贼！"

"你休要废话！"刘展对陆羽嘶吼道。

田神功在别处听过陆羽之名，也知道前些日子李适曾带着一位茶师去往回鹘借兵，方才听刘展一说便信了几分，开口对他道："刘将军，朝廷原本下旨封你为三镇节度使，对你可谓器重有加，你为何不回去向圣上谢恩，却自领了兵马到江淮而来，岂非不懂人臣之礼吗？"他故意回避了刘展的反叛之罪，避重就轻，便是想稳住他。

"你少在这里说胡话！王仲升勾结阉党诬陷于我，封官是假，暗害是真，你我都是明白人，便不用再废话了吧！"刘展啐道。

"那咱们便不提前事。此番朝廷派我前来，便是要劝一劝将军，如今正是用人之际，将军乃不可多得的将才，若能幡然悔悟，重新为朝廷效力，那么朝廷非但既往不咎，还能保留您的节度使之职，如何？"田神功诓骗他道。

"哈哈哈哈！"刘展仰天大笑，"这是我听过的最荒谬的笑话！你不必再说了，今日我刘展败了，我认！但你也莫要太得意，谁知道下一个被逼上绝路的是不是你！"说着紧了紧手中的剑，对陆羽咬牙切齿道："小子，算你运气，今日便叫你来与我陪葬！"他手中一用力，剑锋在陆羽的脖子上划出一道血痕来。

昏暗之中，田神功看不真切，长剑向前一刺，想击中刘展执剑的手，却被他用肘部狠狠一顶，剑掉下了断崖。刘展冷哼一声，又要将剑往陆羽喉咙深处插去，这一下即可要了人命。正在此时，一道寒光逼近，一枚流星镖“噌”的一声直插在刘展的右眼之上。刘展惨叫一声，向下坠去，眼看便要裹挟着陆羽一起掉下万丈深渊。

“鸿渐，抓住我的手！”李复的声音从黑暗中传来。

陆羽循着声音，下意识地一抓，便被一只强有力的手牢牢攥住，将他从绝境之中拉了回来。

“这次我可抓住你了！”李复喜道，却没留神脚下一滑，整个人连同陆羽都失去了重心，身子在崖顶上摇晃起来。此时又有一双手扯住了李复的后襟，将他晃动的身子稳住，道：“这种时候，你还多话！”是赵缨。

断崖之顶风势甚大，三人站立不稳。赵缨本想用力将二人再往回拉几分，可是腹中猛然一痛，令她根本用不上力来。危急时刻，田神功上前，一手拉住赵缨，一手扯住李复，将三人一起带回了山崖的平顶上，终于脱离了险境。见三人无事，田神功道声“告辞”，火速回去收拾战局。从刘展中镖到三人脱险不过转瞬之间，站定后三人再次向悬崖之下望去，崖下漆黑一片，只有滚滚的浪涛击打着礁石，发出凄厉的呼啸。

三人靠在一起在石崖上坐定，缓了半晌，陆羽这才魂魄归位，对李复、赵缨道：“方才真像做了场噩梦！多谢你们来救我，不然的话，我此时已葬身悬崖了。”

“怎么样，方才吓坏了吧？”李复搭上他的肩头，笑道，“你浑身都在发抖，想必是吓得不轻！”

“你真是何时都能开玩笑！”陆羽无奈道。又问一旁的赵缨：“缨儿，你怎么也来了？”

赵缨没有答话，但隐约听到她在低声地喘息。

李复慌忙扶住她道：“缨儿，你怎么了？”

“我……我肚子……难受……”赵缨呻吟道。

“什么？肚子难受！”李复一下子慌了，“怎么难受？有多难受？”

陆羽伸手把住她的脉搏，诊了片刻道：“缨儿她动了胎气，所幸她身子不弱，暂无滑胎之象，当务之急便是快些离开此地。”说到这儿，对李复气道：“你怎么回事，她如今的身子，岂能让她如此犯险？”

“你以为我愿意吗，她一心要来救你，谁也拦不住！”

“拦不住也得拦，你真是太儿戏了！”

“我这还不都是为了救你！”

“好了，别……别吵了……”赵缨说着软倒在李复怀里。

两人不敢再争执，忙搀扶起赵缨，小心翼翼地摸黑下了算山石崖。到了山顶的营地，只见刘展的残兵跪倒一地，田神功正命手下兵将清点降军人数。此时火把通明，田神功一眼认出李复，他二人曾在几年前的曲江宴上见过。见李复与陆羽搀着赵缨走来，田神功上前问明缘由，派出两名亲兵护送他们下了山，直送到杼山妙喜寺才止步。

李复与陆羽将赵缨安顿在一间禅房中，皎然与李冶忙迎了出来，几人围着赵缨忙了一夜，又是诊治又是煎药，这才转危为安。陆羽见她母子没事了，与李冶相携着出了禅房，在院中坐下，静静依偎在一起，看着泛白的天边。

许久，李冶道：“你现下平安回来了，要不要与我交代一下叶嘉公主是怎么一回事？”

陆羽一愣，没想到她还记得此事，忙道：“我与她何事也没有，你千万莫要乱想！”

“何事也没有，她为何会将自己的令符赠给你？”李冶绞着罗帕，“你那日在刘展面前，不是说得天花乱坠，说她如何对你动心，苦苦纠缠着要嫁给你？”

“那……那都是我为了说服刘展，故……故意夸大其词的，你岂能当真？”他嘴上说着，却伸手拭起汗来。

她盯着他道：“你从小便是这样，一撒谎便出汗，还会比平日里结巴。如今这两样都全了，可见这谎撒得不小。”

“我与她之间当真只是一场误会。叶嘉公主是因为被我所救，才会错爱与我，后来我对她讲了咱们两人的故事，她深为感动，当即便劝说葛勒可汗放了我。临行之时，她赠我这枚令符，为的是还我相救之恩，说以后若遇到难事，便可拿着这枚令符去找她。你想想看，她远在回鹘，谁会到那里去找她呢？所以这一切不过是她的一份心意罢了。”

“那她……长得美吗？人都说回鹘的女子皆是碧眼深眸，肤白体柔，最是美艳不过。”

他一笑，拥住她道：“在我眼里，兰儿便是天下最美的女子。那叶嘉公主是红眼睛还是绿眼睛，是黑是白，是肥是瘦，我早已记不得了！”

她终于被逗得一笑，将手在他面前一伸道：“拿来。”

“什么？”

“她给你的令符，我要将它保管起来。”

“好，从今往后这令符便是你的了！”他忙掏出令符，塞在她手中，将她拥紧道，“这次能够死里逃生，真如做梦一般。我为了兰儿只身犯险，你不感动不说，怎么还翻起旧账来。”

“你对我的情义我会用一辈子来还，你又何必着急……这次多亏了初晨与缨儿及时相救，不然你我恐怕要为那刘展陪葬了。只可惜缨儿她却为我们伤了身子。”

两人说着，一起向禅房看去。此时，房中的赵缨刚刚苏醒过来，腹中的疼痛已经消失，抬眼望向一旁，李复正托腮趴在床边，疲惫睡去。她想去握住他的手，他却一下子惊醒过来，口中道：“缨儿，当心！”

“我在这里。”赵缨柔声道。

李复定了定神，清醒过来，抓住她的手道：“你醒过来便好，方才真是吓死我了！我梦见你坠下了悬崖，还有玠儿，他也跟着掉下去了！”

“别乱想了，我这不是好好的吗？”

“你现下还有什么不舒服吗？”

“没有了，都好了。”

他起身给她喂了些水，板起脸道：“法师说了，你和孩子虽已脱离了危险，但还要卧床静养一个月，哪儿都不能去，床也不许下，我会日日守在这里看着你！”

她也知此番冒失了，不敢再逞强，点头道：“好，一切都听你的。”见他依旧冷着脸，便问道：“你怎么了？”

沉默了半晌，他闷闷地道：“我只是不明白，你为何执意要去救鸿渐，难道我与孩子便不重要吗……”

“你怎么会这么想，”她不禁觉得好笑，抚上他的手道，“我和阿羽自小便相识，他那时从龙盖寺里逃出来，一个孤儿，无依无靠的，我便事事都想帮他，见他有事便觉得那也是我的事，这么多年过来了，也便成为自然了。”

“那若是我与鸿渐都在悬崖边上，你会去救谁？”他仍不甘心，孩子似的赌气道。

“你这问题更是可笑，昨夜你们俩不就同在悬崖之上吗？”

“那不一样！我是说，我与鸿渐没有拉在一起，但又同时要坠下悬崖，你会去救哪一个？”

“你这问题也太刁钻了，哪会有这样之事？”

“我不管，便要你回答！”他露出从未有过的执拗态度，追问道。

她想了片刻，认真地道：“我两个都会救，但若你死了，我也绝不会独活的。”

他这才缓和了些脸色，抱紧她道：“你知道吗，我从未像昨夜那般害怕过。我不是不想你去救鸿渐，只是实在害怕失去你。”

“我知道，这次是我错了，以后我都听你的。”她难得地柔顺道。

“这可是你说的，我可记下了。”

两人说着情话，忽听陆羽在门外道：“初晨，快看看谁来了！”

“小爷我正在缠绵，谁来了也不见！”

“颜大人从蓬州远道而来，你也不见吗？”

“颜大人！”李复心下一喜，对赵缨道，“你好好歇息，我去去便来。”

“你快去吧。”

李复推门而出，见颜真卿一身便服，神采奕奕，在院中笑对着众人。

三十九、受托修辞典，怜弱收茶女

“颜大人，您到湖州上任来了？”李复欢喜道。

“非也，我乃随意漂泊而至。”颜真卿笑道。

“漂泊？”李复一惊，“难不成，是圣上将您罢官了？”

“哪里，颜大人怕是要学贫僧，游历天下名胜，做个自在闲人呢！”皎然上罢早课，从大雄宝殿中踱出来道。

“我怎有法师这分清福，只是造化弄人罢了。”颜真卿道。

此时，陆羽与李冶捧来了刚煎好的紫笋茶，众人在院中饮茶畅谈起来。

“大人说造化弄人，究竟怎么回事？”陆羽问道。

颜真卿放下茶碗道：“说来话长。当日我上奏朝廷，劝圣上早日提防刘展叛乱，却遭人弹劾，被贬到蓬州做了长史。谁知没过几个月，刘展便真的起兵反叛了。圣上许是念及此事，觉得当日错信了人言，便下旨升我为利州刺史。”

“这不是喜事吗？大人为何没去利州上任？”李复问道。

“哪知我到了利州，那里正被羌人围困，根本进不了城。我在城外辗转了几日，实在无法，只得掉转马头离开了。”

“那您迟迟不能上任，朝廷便不管了吗？”李复发愁道。

“倒也没有，圣上下了旨意，要我先回家待命，再行听候安排。”颜真卿饮了口茶道，“我为官这么多年，还从未有过如此清闲的日子，便想着也学学那些名士先贤，到处游历一番，赏赏风景散散心，所以便带了几名随从出来，谁知行着行着便到了此处。故而说是随意漂泊而至。”

“大人觉得是随意，在下却认为定是大人心中还惦记着江淮的百姓，担心他们被刘展祸乱，所以便一路赶来了。”陆羽笑道。

颜真卿先是一愣，随后哈哈大笑道：“好个陆鸿渐，我自己都还没想明白，倒被你一眼看穿，真是好生厉害！”

“谁都知道你是闲不住之人。游山玩水之事，着实不适合你。”皎然笑道。

“看来你们了解我倒比我自己更深。”颜真卿笑罢，转而正色道，“我来时听闻田神功正在围剿刘展，也不知战事如何了？”

李复清清嗓子道：“刘展嘛，已在昨夜被我一镖射死了！”

“当真？”

“他说的千真万确。”陆羽点点头，将刘展如何被诛之事讲了，颜真卿听罢不由得拍案叫绝：“刘展一除，天下又少了一个祸害！”

“我们一直在湖州，也不知北方的战事如何了，念之讨逆可否顺利？”陆羽忧心道。

“自你们从回鹘借来兵马之后，讨逆大军很快便收复了两京。”颜真卿道，“如今安禄山、史思明二贼皆已身亡，想来叛军已是强弩之末，猖狂不了几日了。”

“太好了！”众人听罢，皆欢欣鼓舞起来。

“圣上因收复两京之事，赐葛勒可汗‘英武可汗’之封号，下旨将宁国公主（肃宗第二女）远嫁回鹘，与可汗联姻，并封叶护太子为‘忠义王’。葛勒可汗为谢圣恩，将女儿叶嘉公主嫁与敦煌王为妃。圣上特赐其封号为‘敦煌王妃’。”颜真卿接着道。

“敦煌王妃……”李冶念了一句，对陆羽笑道，“她如今嫁入了大唐，那令符说不定还真有可用之日。”

陆羽尴尬不已，忙岔开话题道：“颜大人既到了湖州，定要多住些时日。”

“是啊，贫僧这妙喜寺已许久没有高朋上座了，颜大人可不能推辞。”

颜真卿点点头，道：“今日见了你们，倒令我想起一件事。”

众人皆问何事。

颜真卿道：“我一直有一个宏愿，便是修一部辞典，为大唐之中兴出一份力。”

“辞典？”皎然颇感兴趣。

“对，当年我初入仕途之时，曾在秘书省任校书郎一职，在集贤书院中收集、校理天下典籍，搜寻天下遗书，那时我便萌生了一个念头，那便是集结当世之英才，共同编纂一部辞典，参照《切韵》《说文》《尔雅》等古书典籍，将文字、书法、音韵、山经、水志、舆地（地理）等著述收集起来，选择其中才艺、学术兼优者录入。如今，此书已由多位高士一起编了一部分，就叫作《韵海镜源》。”

“韵、海、镜、源，”陆羽一字字品味道，“集天下之音韵，是为韵海。为学术之镜照，是为镜源。此名着实典雅恢宏，意蕴深远。”

“鸿渐果然是我的知音，我还未解释，你便将这书名之意说出来了。”颜真卿快慰道，“我听法师说，你在写一本茶书，还在铸造茶器，如今进展如何？”

陆羽摇头叹道：“茶书尚未完稿，茶器也未铸成。如今天下大乱，在下想要一个没有纷争的安静之地实在是太难了。”

“你现下居住在何处？”颜真卿问道。

“在苕溪边的草庐，”陆羽叹道，“可如今那里已被刘展糟蹋得不成样子了。”

“此事你不必发愁，待我想办法给你建一个安静的所在，让你好好钻研茶事，著书立说。”

“在下多谢大人！”陆羽忙起身拜谢道。

“区区小事不必挂齿，我也有事要请鸿渐与法师帮忙。”

“大人只管吩咐，在下无不效力。”陆羽道。

皎然捻着佛珠笑道：“瞧瞧，房子还没建好，便要使唤人家做事了。贫僧若猜得不错，颜大人是想让我二人帮你编书吧？”

“知我者法师也！”颜真卿笑道，“法师博古通今，见多识广，我想请法师作为《韵海镜源》的顾问，统揽此书之纲要内容。还想请鸿渐作为主要编者，负责校理文字，增补遗漏等事。待你的茶书写成，定要收录其中，成为第一部关于茶事的典籍。”

“能为此事尽一份力，在下求之不得，定不负大人的厚望。”陆羽欣然答应。

“转瞬之间，便又定下一件大事，最近真是喜事连连啊！”颜真卿笑道。

几人相谈正欢，却见一个僧人上前对皎然道：“住持，有一位男子带着一位姑娘在寺外求见。”

“是何人？”

“看上去是一位文士，说是要找您叙旧。”

“叙旧……文士……”皎然想了片刻，忽而双眸一闪道，“贫僧知道是何人了，快快将他请进来吧！”

“是。”

片刻之后，两人走进院中。走在前面的男子四旬年纪，瘦削硬朗，疏眉朗目，一缕短髯。他身后的姑娘十四五岁年纪，面容姣好，着一身粉绿相间的衣裙，姿态玲珑静美，双眸灵秀清澈。男子见了众人还未说话，那姑娘一见陆羽与李冶，便开口唤道：“阿叔，我可找到你们了！”

陆羽一脸迷惑，看了看身旁的李冶，见她也不明所以，只得问道：“你是……”

“我是碧儿啊，阿叔不记得我了吗？”

“碧儿……”陆羽想了片刻，“你是义阳车云山张大哥家的碧儿？”

“正是我！”碧儿使劲点点头，笑容灵动可人。

陆羽与李冶相视一眼，不由得感慨道：“一转眼间，便长成大姑娘了！当年我们到义阳时，她还是个小娃娃呢！”

李冶上下打量她一番，叹道：“小时候便是个美人胚子，如今出落得越发标致了！”

碧儿对李冶施了一礼，问陆羽道：“阿叔，碧儿现下该如何称呼……”

陆羽还未开口，李复抢话道：“你该唤她婶婶才是。”

李冶不由得笑道：“我长这么大，还从未有人唤我‘婶婶’，感觉一下子便多了几分人间烟火之气，听起来有些不惯。”

“有何不惯的，等你见了玠儿，他也是要唤你一声‘婶婶’的。难不成竟唤你‘兰女冠’吗？”李复笑道。

“这自然也是不妥的。”李冶摇头。

陆羽见他们只顾说话，倒把那男子忘在一边不理，便对那人拱手道：“敢问足下是？”

一直未说话的皎然忽而吟道：“日暮苍山远，天寒白屋贫。柴门闻犬吠，风雪夜归人。”

“原来足下便是写就这首家喻户晓的《逢雪宿芙蓉山主人》的刘长卿刘大人！”颜真卿起身一拱手道。

“在下不才，见过颜大人！”刘长卿回礼道，随后又在皎然的引荐下与诸人见礼。陆羽虽从未见过刘长卿，但却对他的诗名早有耳闻，忙起身去煎了新茶来，招呼刘长卿与碧儿坐下饮茶。

众人饮罢新茶，皎然道：“长卿不是在任海盐令吗，如何有闲情逸致到贫僧这里叙旧来了？”

刘长卿与皎然早年相识，交情甚好，便说笑道：“刚喝了一碗茶，法师便不耐了，在下若留下来为官，法师又当如何呢？”

“长卿要在浙西为官？”

“正是，朝廷下旨任在下为浙西转运使判官，此行便是前来上任的。”

“如此甚好，这里刚平定了刘展之乱，江淮百姓惨遭劫掠，正是需要休养生息之时，你这转运使判官可是大有可为啊！”颜真卿道。

“看看，一说到如何为百姓办事，颜大人的兴致马上来了！”皎然笑道。

“待北方的战乱平息，天下安定之后，兴茶必是一件头等要紧之事。湖州的紫笋茶如今已广为人知，等日后在顾渚山上建起茶厂，将上好的茶叶从湖州运往番邦之事，便是刘大人的重责了。”颜真卿道。

“如此利国利民之好事，在下自当尽职尽责。”

“对了，碧儿是如何与刘大人一起到此的？”陆羽颇为奇怪。

“我是在刚出义阳时，遇见刘大人的。”碧儿道。

“我还待问你，你一个姑娘家，怎敢孤身上路，张大哥与大嫂呢？”陆羽道。

碧儿神色一变，道：“我爹和我娘被官兵抓走了……”

“被官兵抓走了？究竟发生了何事？”陆羽急问道。

“事情发生得很突然，我也不知我们家究竟得罪了何人。”碧儿道，“一个月前，家里来了许多官兵，手中拿着官府的文书，说是义阳通判下令，要我爹交出自家的茶田，收归义阳郡管理，从此与我爹再无瓜葛。茶田是我爹花了半辈子心血，辛辛苦苦操持下来的，他哪里舍得。而且此事怎么看都十分蹊跷，我爹便问他们为何要收走茶田，还向他们讨要义阳通判所下的文书来看。岂知他们不但不给看，还用鞭子将我爹娘狠狠抽打了一顿，之后便以刁民闹事之罪将他们两个都抓走了！我躲在后院里不敢出来，见爹娘被抓走，便慌忙从后门跑了出来，到附近的表亲家中躲避。可是表亲听说了此事后，害怕官府前来追拿我，不敢多留，日日催促我尽早离开。我家除了这个表亲之外，再无其他亲人，他们硬是不收留我，诺布叔叔又刚运茶走了，实在无人可投，便想到了阿叔。我记得诺布叔叔走时告诉我，说阿叔现下住在湖州，我便向表亲借了些盘缠，一路找过来了。”

“是啊，在下上任途中恰好到义阳访友，见她一个姑娘家，生得如此整齐，孤身一人在路上行走着实不妥，便命随从上前询问，知道她正好也要往湖州来，便带着她一路同行，也好有个照应。到了湖州，帮她打听陆处士（处士，隐居不仕的高士）的下落。本以为找起来会有些困难，哪知此处人人皆知陆处士名号，说陆处士住在苕溪草庐，有时会到顾渚山采茶，有时会到妙喜寺访友，我们便先赶到苕溪，见草庐里一片荒凉，空无一人，便转而向法师这里来了，没承想还真在此处！”刘长卿道。

陆羽听罢忙起身拜谢道：“在下替张大哥一家感谢刘大人的相助之情！若没有刘大人，真不知碧儿这一路上会遭遇什么。”又对碧儿道：“还不快谢谢刘大人。”

碧儿忙又施礼拜谢，刘长卿笑道：“举手之劳，不必言谢。今日能得见颜大人与陆处士，实乃三生有幸！湖州之人皆口口相传，说陆处士是这里的茶仙，顾渚山明月峡中的紫笋茶经他的手煎出来，便与天上的琼浆玉液一般。没想到今日竟被在下品得了！”

“刘大人实在是过誉了，在下愧不敢当。”陆羽道，“大人比在下年长许多，若蒙不弃唤我鸿渐便是。”

刘长卿点点头，陆羽仍担心碧儿之事，问颜真卿与刘长卿道：“不知两位大人可知那义阳通判是何人？”

颜真卿似乎想到了什么，却欲言又止。刘长卿道：“那义阳通判在下不相识，但听人说好像曾在润州做过通判，姓阎，叫阎什么来着……对了，阎士和。”

李冶一听此名，脸色霎时一变。陆羽在桌下暗暗握住她的手，叫她莫要在意，又开口道：“依在下所知，通判一职，掌管州郡的粮运、家田、水利和诉讼之事，确实有权下令收回张大哥家的茶田，可必须事出有因，或有朝廷的征令，岂能任意征调？何况张大哥家的茶田还肩负着为互市贸易提供茶叶之重担，虽然朝廷尚未明文下旨，但此事我与念之早已商定，如今还未实行，怎能一开始便遭遇变故？”

“是啊，在下听碧儿姑娘说明情由之后，也觉得此事有些蹊跷。但在下未在义阳为官，不了解内情，故而也不好妄下判断。”刘长卿捋髯道。

颜真卿也点头道：“此事确实需要好好调查一番才行。无论如何，茶马互市之策都不能因此受到动摇，否则损失便大了。”

“两位大人说得极是。”陆羽说罢，安慰碧儿道，“你先莫要过于担心，他们抓走你爹娘只不过是一时之事，单单一个‘刁民闹事’不足以判处重罪。你先在这里安顿下来，待我们慢慢查清楚原委再作打算。”

“那碧儿便谢谢阿叔与两位大人了！”碧儿说着又施了一礼，“我虽不会什么活计，但希望能留在阿叔与婶婶身边，做个端茶倒水之人，只求你们不要嫌弃我，赶我走才好！”说着又向陆羽与李冶深深一拜。

陆羽忙道：“万万使不得！”他一时拿不定主意，看向李冶，“兰儿以为呢？”

李冶起身扶起碧儿，拉着她的手，柔声道：“你如此聪慧伶俐，让你做那些粗活实在是委屈了你。但我知道若不让你做些什么，你留下来心中定然不安。不如这样，你便跟在我们身边学做茶事，日后等你回家了，也能给你爹娘做个帮手，也不枉你来此住上这一回。你觉得如何？”

“碧儿求之不得，多谢婶婶！”

“还是别唤我婶婶了，听起来总是不惯。”李冶对她笑道，“你既跟了我们学茶事，日后便唤他作‘先生’，唤我‘夫人’好了。”

碧儿忙点头，对陆羽和李冶施礼道：“碧儿见过先生、夫人。”

“好，好。”陆羽见李冶已经做主，便只得答应下来。

这日之后，碧儿便在妙喜寺暂住下来，跟随陆羽学习茶事。陆羽制茶著书之时，她在一边研墨添香；李冶女红刺绣之时，她在一旁穿针引线。虽无人使唤她做事，但她仍是每日端茶倒水，侍奉在两人左右。陆羽清苦惯了，不喜有人跟在身边照顾，屡次制止，她却仍自坚持。时日久了，见她一片诚心，事又做得妥帖自然，便也就由她去了。

如此过了一段时日，陆羽精心设计的“茶道二十四器”终于初步制成。自从听闻安禄山、史思明已身亡，叛军即将被剿灭的消息后，他便萌生了一个想法，欲将原有的“陆氏风炉”进行改造，待到叛乱真正平定之时，好铸造出一款崭新的风炉，庆贺与纪念大唐重获太平。就这样，在李冶与碧儿的陪伴照顾下，他开始潜心绘制新的风炉图纸，默默期待着它展现在世人面前的那一日。

四十、赤诚展茶道，荣耀入东宫

妙喜寺的禅院中，皎然、李复、赵缨围坐一起，欣赏着陆羽摆放在几案上的茶道二十四器，露出赞叹之色。

李复绕着茶器边欣赏边啧啧赞道：“鸿渐啊鸿渐，没想到这二十四器还真被你给造出来了！虽说我看不出每一件器物为何用，但仅凭这架势便足以令人钦佩不已！”

“是啊，我在寺中住了这段时日，见你不是阅卷著书，便是铸造茶器，如今能目睹你制成这二十四器，实在是功夫不负有心人！”赵缨也赞不绝口。

皎然捻着佛珠道："依贫僧看，这二十四器必得录入你的茶书之中，将每一器的形制、材料、用法皆详尽写出，以便世人依样制造。"

陆羽听着他们之言，心中构思着茶书该如何将这二十四器记录在册。

"只可惜，我与缨儿无福受用这么好的茶器，此时天也不早了，我们该上路了。"李复遗憾道。昨日，他收到李齐物派家丁送来的书信。李齐物在信中说自己身体抱恙，命李复与赵缨速速赶回家，他有重要之事要交代。李复见赵缨的身子已经养好，便收拾了行囊，准备即刻下山回竟陵。

"此次回去，李大人是不是还有别的安排？"陆羽问道。

"我爹一直对我不入仕途，长年带着缨儿浪迹江湖颇有微词。如今新帝（李豫）刚刚继位，朝廷百废待兴，此番回去，想必他老人家定会上奏朝廷，以大唐宗室的身份为我谋得一官半职，让我从今以后安下心来好好做官。"李复长叹一声，"恐怕下次相见时，我已不再是自由之身，而是朝廷的官员了。平日里舞刀弄枪惯了，真不知那官服披在身上，会不会捂出毛病来！"

陆羽忍俊不禁道："不会的，初晨如此一表人才，穿上官服之后必定也是芝兰玉树，俊朗风流。"

"我只求他不要沾染什么坏习气，成个脑满肠肥的贪官便好！"赵缨道。

"有侠女在一旁监督，我哪里敢啊！"

此时，李府派来送信的家丁上前道："公子，马车已经准备妥当，咱们该启程了。"

李复对陆羽、皎然抱拳道："我们该上路了，法师与鸿渐多多保重，咱们后会有期！"

陆羽道："替我向李大人问安。"

"好说，你便等着小爷我青云直上、飞黄腾达那一日吧！"李复说罢，带着赵缨下山而去。

陆羽目送他们离去后，叹道："官场鱼龙混杂，也不知他是否能够受得住。"

皎然笑道："初晨表面放浪形骸，实则颇有定见与城府，你不必为他担心。"

"如此便好，我与兰儿也该准备准备，几日后随颜大人一起动身了。"

"新帝一继位，便起用颜大人为尚书右丞，命他回京赴任，想必他此时一定踌躇满志，等着大干一场呢。"皎然话语中流露出一丝忧虑。

"听法师的语气，是对颜大人此去不放心吗？"

"颜大人为官过于刚正忠直。如今天下初定，他一心匡扶社稷，重振朝纲，可凡事欲速则不达，只怕他一片忠心却会遭遇阻滞。贫僧虽在这山寺之中，但也对世事有所耳闻，听说当朝的宰相元载，因辅佐圣上顺利登基立下大功，凭借着功勋在朝中独揽大权，专横跋扈，其人其行与那李林甫相比有过之而无不及。颜大人此番重回朝廷，千万不能掉以轻心。你此次随他一同去长安，凡事要多劝着他才是。”

“法师一番话真乃肺腑良言，我记下了，定会在适当之时提醒颜大人。”

此时李冶带着碧儿一起前来收茶器，皎然忽对陆羽道：“你此行是打算将这茶道二十四器献给你那兄弟李适吗？”

“正是，虽然现下安史之乱还未尘埃落定，但我为庆贺太平所绘制的风炉已然设计完成，想趁此机会将茶道二十四器献给念之，让他也欢喜一下。”

“他是不是很快便要被册封为太子了？”皎然慢悠悠地道。

“或许吧，圣上对他一向宠爱有加，他也深怀振兴大唐之志，如果来日真能登上皇位，也是天下百姓的福气。”陆羽道。

“你何以如此笃定？”

“我与他年少相识，他侍母至孝，可见其心地良善；他忧国忧民，有建功立业的雄心壮志；他待友真诚，对我这个出身寒微之人仍然不轻不贱，视为兄弟，可见其重情义，识人才，胸襟广阔。若这样之人做了帝王，自然是天下之福。”

他说这番话时，皎然的目光一直注视着一旁忙活的李冶，待他说完之时，皎然淡淡地道：“贫僧见过那沈妃的画象，兰女冠的相貌与她着实有几分相似……”

“法师为何突然提起此事？”

“贫僧此时不便多言，只是想规劝你一句话。”

“法师请讲。”

“世间万事万物皆是因缘和合而成，无所恒常，你所见的只是此时此刻所显现出来的模样，而并非永恒不变的存在。你颇通佛理，可千万莫要着相了。”

陆羽不懂他为何东拉西扯，顾左右而言他，更不知他的话究竟意指什么，只得点点头，暗暗记下。

三日后，陆羽与李冶跟随颜真卿启程去往长安。一路之上，满目萧索凄凉，与他上次所见的繁华景象天差地别。颜真卿入朝任职，拜谢皇恩，下得朝来便告诉陆羽一个消息，李复已被皇帝授予度支郎中一职，管辖天下租赋物产、水利转运之事。而他的上司便是身兼宰相与度支转运使之职的元载。

“初晨一入仕途便在元载手下做事，可谓考验不小啊！”陆羽道。

“怎么，你也对元载其人有所耳闻？”颜真卿问道。

“我来之前，法师曾对我说，元载堪比当年的李林甫，要我提醒大人凡事多加谨慎，不可急于求成。”

“法师真是菩萨心肠。可是本官既已重回朝廷，许多事便不是谨慎避让便能行的，若是干系社稷安危、百姓福祉，即便那元载再是厉害，本官也只能当仁不让，与他好好周旋周旋。”

陆羽点点头，他所认识的颜大人自始至终都未曾变过，为何法师却说万事万物皆会变呢？心中正在暗想，颜府的家丁进来禀报道：“老爷，鲁王府派人送了一张请帖来，要请陆处士携夫人前往鲁王府一叙。”

“本官昨日才将你的拜帖送去，没想到这么快便有回音了。”颜真卿将请帖交给陆羽道，“既然鲁王相请，本官这便派人护送你们前去。”说罢便吩咐下人前来，一番准备之后，将陆羽与李冶送往鲁王李适的府邸。

鲁王府上，李适正与妻室王贵嫔在厅中闲话家常。这王贵嫔便是当初李豫为李适选定的女子，秘书监王遇之女，去年已为李适生下长子李诵，之后便母凭子贵，在妻妾中颇得李适重视。

“王爷，一会儿要来参见的茶师，臣妾很想见见是何等人物呢。”王贵嫔道。

“你又不喜饮茶，见茶师做什么？”

“臣妾听说您有位自小便相识的异姓兄弟，曾与您在民间有一段交情，便是这位茶师。既与王爷有交，便是自家之人，臣妾见见又有何不妥呢？”

李适眉心一蹙，但想了想又点头道：“也罢，便让你见一见吧。”

“多谢王爷。”王贵嫔娇柔地笑道，容貌姿态颇有一番风情。

李适对她一笑，执起茶饮了一口，神色复杂。

此时，窦内侍上前道：“回王爷，茶师与其夫人前来参见，已在府门外了。”

李适一喜，刚想开口却又顿了顿，放缓了语气道：“请进来吧。”

“是。”窦内侍退出去，片刻之后引着陆羽与李冶进得堂来。

陆羽与李冶一踏入鲁王府，四下观瞧，心中着实感佩不已。王府中的陈设很是节俭，莫说是与京城中的高官显贵相比，就连他二人小时候曾去过的承风戍驻地，都比这鲁王府华丽不少。李适如今已贵为王爷，兼领天下兵马大元帅之职，他的府邸竟毫无奢华之气，足见其励精图治的决心。二人进了厅堂，见李适一身常服，与一位花容月貌、衣饰讲究的女子端坐堂上，连忙行礼拜道：“草民陆羽携内子参见王爷、娘娘。”

李适并未起身，一抬手道：“起来吧，不必多礼。赐座。”

陆羽知道如今身在王府，他二人也不能再像往日那般，便拉了李冶在窦内侍送来的软凳上坐了，等着李适问话。

李适道："鸿渐与兰姐姐远道而来，辛苦了。"

陆羽忙又起身道："王爷以姓名相唤即可，草民等实不敢僭越。"

"你我之间，非比常人，本王还是这样唤着顺口，你也莫再自称草民了。"

"那便听从王爷心意。"陆羽重新落座，如此情境令他有些手足无措。

李适指着王贵嫔道："这是本王的贵嫔，她已为本王诞下一位世子。都是自家人，你们不必拘礼。"

陆羽与李冶忙又向王贵嫔见礼。这之间，李适一直暗暗关注着李冶，见她一直颔首低眉，面容看不真切，便问道："听闻刘展叛乱之时，曾将兰姐姐掳入贼穴，不知可否伤到？"

李冶这才微微抬头，回道："多谢王爷挂怀，民女未受损伤。"

她这一抬头不打紧，坐在偏位的王贵嫔花容陡然一变，盯着她看了半晌，轻启朱唇道："兰姐姐可是湖州人士？"

"娘娘不可如此，唤民女季兰便是。"李冶起身施礼道。

"本宫还是随着王爷唤你兰姐姐吧。从兰姐姐的相貌口音分辨，必是来自江淮一带。"

李冶点头道："娘娘好眼力，民女的家乡确实是湖州。"

"湖州好啊，山清水秀，地灵人杰。本宫年幼时曾跟随父亲去过一次，那里的风景美得令人流连忘返，不思归去……"王贵嫔边说边用眼角斜瞥李适，见他正出神地看着李冶，不由得轻笑一声，对他道，"王爷，您说呢？"

李适回过神："你说什么？"

王贵嫔见他终于收回目光，笑道："臣妾不过与兰姐姐谈了几句家常，没什么。"

寒暄已毕，李适吩咐人端上茶来，对陆羽道："这是圣上亲赐的蒙顶贡茶，你们尝尝看。"

陆羽与李冶忙起身谢恩，之后落座恭敬地品尝起来。

李适接着道："连年战乱，加上要与番邦进行茶马互市，如今圣上想喝上这一碗好茶，也实为不易。本王能蒙恩宠得上一些，已是天恩浩荡。"

"除了上次在曲江宴上，我这是第二次喝到真正的蒙顶贡茶了。"陆羽感叹一回，道，"不知从回鹘借兵归来以后，葛勒可汗是否遵守诺言，派兵在唐蕃道上护卫？"

"葛勒可汗为人豪爽守信，如今运输之事不必担心，当务之急便是解决茶叶不足的问题。”

“说到此事，我此前得知一件事，思量再三，觉得当说与王爷听。”

“何事？”

陆羽将张大哥的茶田被无故收走之事说了，随后道：“张大哥的茶田对互市贸易甚为重要，若是没有他们供应的义阳茶，恐怕一时难以找到合适的茶田替代。”

李适一听便蹙眉道：“竟有此事？那义阳通判是何人？”

陆羽看看李冶，随后道：“便是我们的老相识，阎士和。”

李适听罢冷笑一声，道：“竟是此人。本王虽未见过此人，但对其人其事早已深恶痛绝，谁知他如今还在官场之中，又去义阳做了通判。一上来便要动摇本王种茶兴国的大事，当真是成事不足败事有余！”

“王爷莫要动怒，此事还需细细查明才是。”陆羽道，“一个小小的通判恐怕不敢擅作主张，这背后可能另有隐情。”

“你说得是。过不了多时初晨便要出任度支郎中一职，到时候便让他前去查一查，看看是谁在从中作梗。”

“如此我便先替张大哥一家，多谢王爷恩典了。”陆羽又要起身施礼，李适一摆手道，“你自从进来便行了这么多礼，本王实在看得累了，如今在座的都不是外人，鸿渐莫要拘谨才是。”

“是。”

“这便对了，”李适说到此处，又吩咐窦内侍下去准备宴席，随后问道，“鸿渐的帖子上，说已经制成了茶道二十四器，此番要拿来为本王一展技艺？”

“正是。如今器具已在厅外备着，等候王爷传召。”

“快传进来！”李适顿时来了兴致。

窦内侍道了声“是”，吩咐下人去将茶器取来。几人等候之时，王贵嫔对李适道：“王爷，你们聊你们的茶器，兰姐姐从湖州远道而来，臣妾想先带她到臣妾的宫中歇歇，话话家常，不知妥否？”

李适笑道：“还是你想得周全，你们去吧。”

“那臣妾便先告退了。”王贵嫔起身施了一礼，带着李冶便要下去。李适忽而唤住她道：“本王记得兰姐姐爱吃樱桃毕罗，你命膳房准备些。”

王贵嫔玉颜上拂过一丝冷意，人却笑道：“王爷真是体贴，臣妾记下了。”说着便带了李冶往自己的宫中而去。

二人走后不多时，茶器已在厅中的长案上摆就。李适逐个看了一遍面前的茶器，唏嘘道："原来要煎好一碗茶，需要这么多器具。你快与本王好好展示一番，这些器具都是什么，又是何种用途。"

"是。"陆羽从怀中取出一块紫笋茶饼，又解下腰间挎着的水囊，将两物往长案上一放，道，"王爷，下面我便要一展茶道二十四器了。"

李适坐直身子，期待着陆羽接下来的表演。

陆羽首先伸手将紫笋茶饼上包裹的纸囊仔细地取下，道："这纸囊，是以剡溪所产的藤纸制成。用此纸贮放茶饼，可使香气留存，经久不散。"说罢，他在风炉上点起小火，拿出一根小竹子来，将有竹节的一端剖开，夹住紫笋茶饼，放在文火上慢慢烤炙，同时道："用小竹子削成的夹烤炙茶饼，不仅能将竹子的清香沁入茶饼之中，还能唤醒茶饼自身的香味，可谓一举两得。"

"原来如此。"李适点点头。

陆羽烤罢茶饼，将风炉暂时熄灭，随后将茶饼放入一个木质的茶碾之中，开始碾成细末。他一边碾茶一边道："茶碾的材质以橘木为最佳，若无橘木，也可以用梨木、桑木、桐木等来代替。此物的形状内圆外方，内圆便于运转，外方可以防止其倾倒。"说话之间，茶饼已被碾成了细细的碎末。他伸手拿起放在茶碾旁边的拂末，将茶叶的碎末扫拢，道："拂末用鸟羽制成，用来扫拢茶末，与茶碾合为一件茶器。"

茶末碾好之后，他从具列（陈列茶器之物）上拿过一件竹子制成的罗合（盛物的竹盒），从里面拿出茶罗（茶筛）、茶盒与茶则（茶勺）来。先用茶罗将茶末细细筛好，然后用一支海贝制成的茶则将茶末盛入茶盒之中，随后道："罗合用来筛取、存放碾好的茶末，茶则用来盛取、测量茶末。现下已将茶饼碾碎、筛好、装盒，这茶便算是准备完毕，接下来要准备煎茶所用的净水了。"

李适见他光是准备茶末一项，便已展示了好几样器具，不由得赞道："真乃细致入微！"

陆羽拿起水囊，将水倒入一个可盛一升水的木质水方（盛水的容器）之中，道："此水为湖州金沙泉中的泉水，与紫笋茶皆出自顾渚山。用此水煎出的紫笋茶最能保留紫笋茶原本的香气，故而千里迢迢从湖州带来。"说罢又拿过一个漉水囊，开始过滤泉水，同时说道，"这漉水囊之中的圈架需用生铜铸成，铜遇水不会产生腥味，可以保持水质的清洁。"过滤干净的泉水统统流入一个木质的涤方（盛净水的容器）之中，陆羽道："此物可以盛水八升，用来储存净水。"说着又将洗涤好的净水倒入釜中："净水也已倒入釜中，如今便可以开始煎茶了。"

李适已被他的一件件茶器弄得应接不暇，只顾目不转睛地看着，忘记了说话。

陆羽将交床（锅架）架在风炉之上，又将釜在交床上端放好，从筥（jǔ，圆形的盛物竹筐）中抽出火策（火钳子）夹了两块木炭放入风炉之中点燃，随后用炭挝（zhuā，拨火棍）拨了拨炉中的炭块，令火烧得旺一些，待生出火苗时，才开始煎起水来。

水烧至第一沸时，他从鹾簋（cuó guǐ，盛盐的容器）中取出少许盐来加入水中搅拌。待到第二沸时，他拿起葫芦制成的瓢舀出一瓢水，盛入一个瓷质的熟盂（盛开水的容器）中，接着用竹荚在水心转圈搅动，顺着水的漩涡倒入茶末。又煎煮了一会儿，水面如腾波鼓浪，他将方才盛入熟盂中的水重新倒入釜中煎煮，待水面生出一朵朵乳白色的汤花时，茶汤终于煎成了。

他熄灭了风炉，从畚（běn，草或竹子编织的盛物用具）中取出那只越窑青瓷御碗来，将茶汤盛入碗中，随后将茶碗捧到李适面前，道："王爷，可以用茶了。"

李适几乎看呆在那里，只等陆羽将茶捧至面前，这才醒过神来，伸手接过茶碗，端详了一眼，道："这是母妃当日赐给你我一人一只的青瓷御碗？"

"正是。"

李适看着茶碗，心中涌上一阵酸楚，沈妃如今仍是毫无音讯。他感伤了一会儿，吩咐一旁的窦内侍道："去将本王的那只御碗取过来。"

"是。"窦内侍很快便取了另一只御碗来，呈给李适。

李适将御碗递给陆羽道："你也用此碗盛上一碗茶汤，我们一起饮下吧。"

"好。"陆羽接过李适的那只御碗，盛入清香四溢的茶汤，举起碗对李适一敬道："王爷，请用茶。"

李适低头啜饮了一口新煎好的紫笋茶汤，品了品，随后一饮而尽，对陆羽道："金沙泉的水与紫笋茶相配，确是茶中极品。而鸿渐对我的一片赤诚之情，更是世间难寻之物。"

陆羽也饮了茶，对他笑道："多谢王爷夸赞。"

李适听他仍唤自己"王爷"，想要说些什么却又最终止住，心头的酸楚又增加了几分。沉吟了半晌，道："你方才展示的这些，便是茶道二十四器的全部了吗？"

陆羽回道："尚不是全部。方才展示的仅为煎茶所用的茶器。茶道一事，并非只有煎茶一件，而是贯穿于备茶、煎茶、奉茶、品茶及清理茶器的整个过程之中，每一步都要做得有章有法，才称得上善始善终。"他说罢，向窦内侍要了些清水来，开始清理茶余茶器。先用札将煎茶后的残渣清理出来，倒入滓方（盛渣滓的用具）中，随后用粗绸做成的巾将之前所用之具逐一擦拭清洁，最后将茶器或放入筥中，或整齐地摆放进都篮里。方才列满茶器的长案顿时整洁一新。陆羽将茶巾又清洗了放好，从长案旁站起身，对李适一揖，一切才最终归于宁静。

李适见他煎茶的整个过程徐急有致，有条不紊，气息若清风拂过，动作如行云流水，如今一尘不染地立在自己面前，仿佛刚才的那碗茶汤是从天上而来，并非凡尘之物。他点点头，道："鸿渐的茶道二十四器令本王叹为观止，实在乃天下奇品。"

当夜，李适在王府设宴款待陆羽与李冶，王贵嫔也相陪左右，几人谈笑风生，相聚甚欢。这日后，李适便留陆羽与李冶在王府中小住了下来。李适因沈妃体弱，自幼便对医术颇为用心。他对陆羽钻研茶事之精神深为钦佩，便立志撰写一本医书，名为《广利方》，如今已开始动笔了。此番陆羽在王府小住，两人便时常一起钻研茶事、医术，商议如何兴建茶厂、有益百姓之事，日子在不知不觉中飞速而过。

转过年来的春天，持续了八年的安史之乱终于平定。代宗李豫下旨大赦天下，普天同庆。陆羽欢喜无比，次年将早已设计好的"陆氏风炉"亲手烧制出来，献给李适。新制的风炉，将原本刻于炉足上的一句"风调雨顺天下定"改为了"圣唐灭胡明年铸"，以庆贺与纪念大唐终于平定了叛乱，迈向中兴之路。李适在李豫的寿诞庆典上将陆羽的茶道二十四器献与皇帝，龙心大悦。这年正月，李适被正式册封为皇太子，入主东宫。

第四卷　茶山御史

“茶是一份体贴的心意。它长在山野之间，不因世人不识而放弃茂盛的生长，只要有人将它采撷下来，它便会将清香与美好带给人们，不问何时何地。这间茅草屋虽然久无人住，但谁知哪一日又会有人来到此处躲避风雨。到了那时，这包香茶或许可以给他带来一丝温暖与慰藉。”

四十一、世事开新局，故地游旧园

闻道长安似弈棋，百年世事不胜悲。
王侯第宅皆新主，文武衣冠异昔时。

又一年初春，湖州西北青塘门外的苕溪之滨，此日热闹非凡。上至当地的官宦名流，下至寻常百姓，皆聚在一座新落成的宅院门外，等待着主人乔迁新居。

这所新宅坐落于青山碧水之间，远有桑田，近临溪水，门前树篱栽花，屋后一片茶园，甚为清雅闲适。宅院并不很大，更谈不上富贵华丽，但却处处透露着一种简朴、雅致、宁静之感，从院墙外向内眺望，一排排翠竹亭亭如盖，在微风中摇曳着秀丽的枝叶。这座宅院便是颜真卿在湖州为陆羽修建的住所——青塘别业。

颜真卿因公务繁忙未能前来，身在湖州的皎然、刘长卿等皆来庆贺，一群人热热闹闹地迎着陆羽、李冶行完入宅之礼后，饮了主人准备的香茶，院里院外观赏一番便渐次散去，只有皎然与刘长卿仍留在院中小坐。

陆羽忙里忙外，送罢客人回来，见二人仍在竹下的石桌前悠然闲坐，没有丝毫离去之意，便玩笑道："法师与刘大人如此得闲，既饮了茶怎的还不散去？"

皎然笑道："贫僧还未喝到真正的好茶，岂能就此离去？"

"本官与法师一样，却要饮一碗那金沙泉水所煎的紫笋茶才算不负此行。"

李冶笑道："方才的茶便是紫笋茶，是鸿渐亲自到顾渚山明月峡中采来的。自从朝廷下令在顾渚山上兴建茶厂之后，这紫笋茶便是金贵无比，别处极难饮到。二位怎么还不知足？"

“兰儿说得是，”陆羽将手一摊，“今日之茶已售罄，二位还是回去罢！”

刘长卿指着陆羽笑道：“休在这里卖关子，方才本官在后院中，明明瞅见许多碾好的新茶，还有一瓮未开封的泉水，你倒说说看，是为何人所留？”

他话音未落，却见一人边走进院中边道：“这好茶好水，自然是特意为我准备的，对不对，鸿渐？”此人一身白衣常服，英气勃发，正是李复。

几人见他来了，忙起身互相见礼。陆羽对李复一揖道：“李大人大驾光临，令小宅蓬荜生辉，在下不胜荣幸！”

李复狠狠白他一眼，抄手道：“既知本老爷驾到，为何还不将好茶奉上，若伺候得不好，看老爷我怎么罚你！”

“是，小的这便去准备！”陆羽又是一拜，一溜小跑地下去煎茶。

李复一撩长袍，在石桌前坐下道：“这厮如此饶舌，待喝了茶便将他拿下，送到长安的教坊里演丑角去！”

众人皆被他二人引得哈哈大笑。坐着寒暄了几句，陆羽与李冶端着新煎的紫笋茶走来，陆羽道：“这便是金沙泉水所煎的紫笋茶，请诸位品尝。”李复不等他奉茶，自己伸手端过一碗便饮下。

陆羽道：“大老爷，这茶如何？”

“嗯……”李复咂咂嘴，“还可以，凑合喝来解渴罢了！”

“多谢老爷不弃。”陆羽又是一揖。

众人又笑了一回。刘长卿慢悠悠地品完茶，道：“此前曾听人吟过一首钱起的咏茶诗，用来描摹今日之景再妥帖不过。”

“何诗？”皎然问道。

“竹下忘言对紫茶，全胜羽客醉流霞。尘心洗尽兴难尽，一树蝉声片影斜。”

“好诗！”李冶赞了一句，看了看刘长卿，不由得促狭道，“刘大人，有一句诗不知您对不对得上来？”

刘长卿捋髯道：“兰女冠请讲。”

“山气日夕佳，下一句是什么？”

刘长卿一愣，随即便知她是在拿他有“疝气”的宿疾开玩笑，问他的疝气怎么样了，便气定神闲地道：“承蒙兰女冠关怀，这下一句便是‘众鸟欣有托’（疝气发作时，腹股沟肿胀疼痛，要用一块布托着）。”

李复听了，一口茶喷出，拍着石桌大笑起来。

陆羽一边忙着擦拭桌案，一边对李冶摇头道：“兰儿，不可胡闹！”

李冶笑道：“刘大人果然气度非凡，小女子佩服之至！”

刘长卿全然不以为意，笑了笑，接着饮茶。

李复好容易止住笑，从怀中抽出一封书信，递给李冶道："季兰姐姐，你还是快收收这玩闹之心，看看谁给你写信了。"

李冶不解地接过，信笺之纸颇为讲究，一看便不是民间之物。她不由得眉心一蹙，展开看了几行，脸色越发凝重下来。

"怎么了？是谁来的信？"陆羽忙问道。

"是我们上次去鲁王府时见到的王贵嫔。"

"诶，你可千万莫要说错了，她现下已贵为太子妃。"李复纠正道。

"太子妃？她信上说些什么？"陆羽不安道。

"她信中说，自己近日又有了身孕，想要我去宫中陪伴，直至安产。她说自从此番有孕之后，便整日心神不宁，难以安枕，便想起此前我在王府与她相伴的日子，觉得若有我去与她同住，定能令她身心舒畅，顺利诞下麟儿……她还说，此事已向太子禀明，太子也十分盼望我能前去……"李冶满面愁容道。

陆羽听罢点点头："若是如此，你倒也应当去一趟。"

"可是，我们虽在鲁王府小住过一阵子，但我与太子妃每日不过请安行礼，说上几句，并无什么深厚之情，实在不知她为何会想起我，着实不愿前去……"

李复听罢叹道："这书信是我离京前，太子亲手交给我的。说是书信，实则便是下旨。你难道还想抗旨不成？"

"既然关系到太子的新生之子，兰儿还是勉为其难，去陪陪太子妃吧。信中不是写明了吗，待到太子妃安产之后，你便可以回来了。"陆羽道。

李复冷哼一声，道："依我看，此事恐怕没那么简单。太子妃有孕，身边自有御医、宫人悉心照料，季兰姐姐又不会医术，召她去作甚？何况，女子生产之事一向凶险，万一太子妃有何差池，到时季兰姐姐又该怎么办？"

陆羽没想到这些，此时听来也不由得生出几分疑虑，但随即又打消了："初晨的话有几分道理，但如今太子妃的书信已至，兰儿不去也不妥。再说，太子此举不过是为了子嗣着想，哪里会有其他打算？"

李复听他如此说，闷头饮尽碗中之茶，没有再多言。

皎然道："兰女冠此去，万事还需小心。无人之时，莫要与太子妃独处，以免不必要的麻烦。"

"多谢法师指点。"李冶叹了口气，对陆羽道，"那我这便去收拾行装，准备进京。"说罢起身回屋去了。

李复见她进去了，四下看看院中道："碧儿呢？怎么不见她？"

“今日入新宅，她到镇上去买家用了，一会儿便回来。你找她何事？”

李复正色道：“张大哥的茶田之事，我已查出了一些眉目。这次前来除了送信之外，最重要的便是与你商议此事。”

“究竟是怎么一回事？”陆羽顿时提起精神。

“据我上任之后的暗中查访来看，义阳不只是张大哥一家的茶田被无故收走，凡是当地稍好些的茶田，都被官兵强行收回。而且非但义阳一地，就连在义阳东南边的舒州，一些好茶田也遭遇到了此种情形。经过我的一番调查，这些被收走的茶田，皆转到了一人手中……”

“何人？”

“是义阳一个大户人家的员外，姓田，在当地颇有势力。”

“此人我在义阳时未曾听说过，你可知他有何背景吗？”陆羽道。

“这些我还尚未查出。”李复摇头道。

“依本官看来，这田员外背后必有官员为其撑腰，否则这么好的茶田，怎能全落入他的囊中？”刘长卿思忖道。

“刘大人说得极是，所以此番我便是来请你随我一同到义阳去走一遭，好好查查其中的隐情。”李复对陆羽道。

“此事我义不容辞，待我明日向李大人禀明，安顿好茶厂之事后，便随你一起去往义阳。”陆羽道。

李适被册封为太子之后，便上奏代宗李豫，力陈种茶兴国、茶马互市之利。李豫当年在承风戍之时，便已对以茶叶替代一部分绢帛之份额，与番邦进行绢马、茶马互市的贸易策略有所认可，此番听李适重新提起，又见如今茶叶在大唐已呈盛行之势，便认为时机已成，欣然应允了他的奏陈，下旨命工部侍郎李栖筠亲自到湖州督办在顾渚山兴建茶厂之事。李适便将陆羽引荐给了李栖筠，作为茶师，从旁协助此事。故而陆羽口中的李大人便是这李栖筠。

李复与陆羽当日商议完毕，命亲从将李冶送往太子府后，着一身便服，与陆羽扮作两个游山玩水的书生，向义阳探访而来。

二人刚走到青塘桥上，只听一个女子在身后喊道：“等等我，先生！”回头一看，却是碧儿。她肩上挎着一个包袱，气喘吁吁地赶上前来。

陆羽道：“我已交代好你留下来看家，怎么又追上来了？”

“我知道先生与李大人是去义阳暗访，所以想去帮帮忙！”

“你一个女儿家，与我们一起出行诸多不便，还是留在家中吧。我们一定会想办法救出你爹娘的。”陆羽道。

“我从小在义阳长大，对那里最为熟悉，或许能够帮上你们。”碧儿拭了拭脸上的汗珠子，一双灵秀动人的大眼睛满含祈求地看着陆羽。

“碧儿姑娘这一点说得有理，她比我们更了解当地，而且女子也有女子的好处，我们不便之事，女子却可以。”李复对陆羽道。

“你想要她做什么事？”陆羽瞪了他一眼道，“我告诉你，千万别打鬼主意！”

李复坏笑道：“啧啧，你这个先生还真是有模有样，知道护人了。”

“与你说正经的，休要胡言。”

“好了，我看还是带上她吧，否则她在家中整日坐立难安，也是煎熬啊！”

陆羽想了想，叹道：“也罢，你便随我们一起去吧。但可说好了，凡事皆要听我的，不可自作主张。”

碧儿欢喜地点头道：“嗯，碧儿一切都听先生吩咐，绝不轻举妄动！”

李复道：“那你便扮作我二人的侍女，一路同行吧。”

“是。”碧儿应道。

陆羽咳了一声：“方才刚答应的事，怎么现下便忘了？”

“忘了什么？”碧儿一时不明所以。

“凡事都要听从我的安排，”陆羽指了指李复，“这个假神棍的话，不听也罢！”

“碧儿知错了……”

“知错便好，你便扮作我二人的侍女，一路同行吧。”陆羽说罢，径自往前而去。

“诶，你……”李复追上他道，“你这句话，与我的有何不同？”

“从我口中说出便是不同。”

“这也太不讲理了！”

碧儿掩口轻笑，跟在二人身后，向义阳而去。行了多日，终于又来到车云山脚下。隔着云层远远眺望，只见本应青翠茂盛的茶山此时却灰蒙蒙的，全无春茶发芽时应有的蓬勃生机。

“看来那田员外对种茶之事毫不在行，否则这茶田也不至于荒芜成这般模样！”陆羽惋惜道。

“是啊，不是谁都能像你这般爱茶懂茶，他们只不过将茶当作谋利的手段罢了。”李复叹道。

碧儿自从进了山，便一言不发，如今远远看见自家的茶山上一片衰败之色，便忍不住拔腿向山上跑去。李复本想唤住她，陆羽却止住他道：“罢了，如此景象，任谁看了都会心疼的。”

“真没想到，义阳郡府竟然将上好的茶田给了这么一个外行来打理。如此下去，莫说远销番邦，就连当地人想喝上一口好茶恐怕也是妄想了，真是岂有此理！你说我们这第一遭是去何处？义阳郡府衙，还是那田员外的府上？”

“我想去会一会那田员外，看看他究竟是何方神圣。”陆羽道。

“好，那我们这便前往田府走一遭。”

此时的田府上，正为了茶叶之事闹得阖府不安。

前两年，茶田刚归田员外所有之时，因他不懂种茶，所以春秋两季还叫茶农前去打理茶田，保障了收成。如今到了第三个年头，他以为手下之人已习得了种茶之术，便伙同义阳郡府一起，一纸公文将茶农们全部关押在义阳郡府的地牢之中，茶田全由田府自行打理。然而，他算盘打得虽好，但真种起茶来，却一下子傻了眼。如今的节气已快到惊蛰，正是万物生长、春茶萌发的最佳时期，然而田员外的茶田却仍是一片荒疏。待到清明节将至之时，不仅边境的茶商要来验茶取货，义阳郡守也要挑选上好的茶叶作为贡品献给朝廷，这些要紧之事皆无着落，也难怪田员外会一筹莫展。

厅中的长案上摆放着几碟新摘的茶叶，一个身材瘦高、一脸精明之人正逐一端详着眼前的茶叶，眉头紧锁，脸色越来越沉。此人便是田员外。他看罢茶，又有下人端了一碗热气腾腾的茶汤上来，捧到他面前道：“老爷，这是刚煎好的嫩茶，您尝尝看。”

田员外瞥了一眼茶汤，色泽还算鲜嫩，便端起茶碗尝了一口。谁知刚一入口，他便皱起眉头，“呸”的一声啐在地上，怒骂道：“这是什么东西，又苦又涩，简直像馊水一般！”又看看那几碟成色品相极差的新茶，更是气不打一处来，将茶碗向地上狠狠一摔，指着面前的几人道：“你们倒是说说看，都是种茶，为何那些茶农可以种好，你们便不行？老爷我将这么好的茶田交给你们打理，你们便用这些烂叶子、苦茶汤来给我交差吗?!”

下面立着的几人皆是田员外找来管理茶田的心腹下人，如今见他这般脸色，都吓得浑身发抖，忙不停地赔罪。其中一个叫金二的人道：“老爷，这些都是小的们采下来的最好的茶叶了。从种茶到采茶、制茶，都是按照茶农们所说的方法一字不差地去做的。小的们也不知道为何会是这般情形，看来定是那些茶农骗了我们，您别着急，小的这便去提几个茶农好好审问审问，若是不说实话便打个皮开肉绽，看看他们还能撑到何时！”

“连茶农的话是真是假都分不清，废物，真是一群废物！”田员外一张精瘦的脸上暴起青筋，指着下人们道："本老爷给你们三日之限，三日后若还想不出办法来，你们就都给我滚蛋！"说罢拂袖而去。

"是，老爷您放心，小的们一定办妥！"金二送走田员外，便拉着余下的几人出了田府，道，"走，咱们这就去义阳郡的地牢里审问那些茶农，让他们将种茶的诀窍招出来。我就不信，他们的骨头比牢里的刑具还硬！"

"好，就这么去！"几人商量已定，连夜便往义阳郡府衙而去。他们的身影刚刚消失，田府外的大槐树上忽地跃下一人，一闪身，躲进院墙的一角，对隐在暗处的两人道："我跟上他们去打探一番，你们两人先在附近找家客栈住下，等我的消息。"此人正是李复。

"好，你多加小心！"陆羽道。

李复笑道："我这里不需操心，你还是好好想一想，用什么办法混进这田府吧！"

四十二、招贤入田府，鸣冤进衙门

采摘春茶之期日近，田府外聚集的人也越来越多，原因便出在那张高悬的"招贤榜"上。那夜，金二等人使尽浑身解数也没能从茶农口中得到种茶之法，实在无奈，只得向田员外提出对策，在府外张贴招贤榜，在义阳、舒州两地寻找会种茶的高人。若能在清明前收获好茶，田员外便以一百两纹银相谢。此榜一贴出，好事之人奔走相告，前来围观者众多，然而真正精通种茶之术的高人却无一个，惹得田员外好不心焦。

待招贤榜贴到第三日的傍晚时分，围观之人散了，田府的管家正准备关门之时，一位男子飘然而至，伸手揭下招贤榜，上前道："敢问此处可是田府？"

"正是，"管家上下打量来人，"你是？"

"在下姓陆，号竟陵子。听闻贵府张贴招贤榜，遍寻会种茶之人。在下不才，自幼在佛寺中习得种茶之术，今日前来便是要揭榜一试。"说话之人正是陆羽。

管家见等了三日，终于来了一人应征，又见他举止不凡，便道："先生稍等片刻，容我前去回禀老爷。"

"有劳了。"陆羽一揖，抄手在府外等候。待管家进去了，两个人影从一旁的大槐树后闪出，却是李复与碧儿。李复踮着脚向府内张望道："你当真要一人前去，不用我们相帮吗？”

陆羽点点头：“我一人足矣。”

“田员外可是我们这里的一霸，仗着有官府撑腰一向逞强霸道惯了。先生还是再思量思量，千万不要以身犯险。”碧儿一脸担忧，仍想在最后一刻劝住他。

“当日我连那刘展的大营也敢独闯，何况田府？”陆羽胸有成竹道。

“刘展虽然狂暴，但也有一方节度使的气度在。可这田员外却是个仗势欺人、唯利是图的宵小之辈。俗话说：‘阎王好过，小鬼难缠。’这种人的奸恶伎俩，恐怕不是你能够想象的。”李复也劝道，“还是等我查清这田员外的底细，再作打算不迟。”

“人可以等，茶却不行。眼看大好的春天将逝，这一季的春茶若不能按时收获，实在是可惜之至。”

“那些茶农尚且不心疼，宁愿毁掉茶田也不将种茶之术传给外人，你又何必如此在意？”李复道。

碧儿听了垂头叹息，陆羽只觉此言直戳心窝，不由得气道：“爱茶护茶乃我平生之志，即便天下人不再饮茶，将之弃若敝屣，我也绝不厌弃，岂能眼睁睁见人毁掉大好的茶田而坐视不理？你们不必再说了，我去定了！”他刚说罢，李复对他做了个噤声的手势，拉着碧儿闪入大槐树后。两人刚躲好，田府的管家便走出来对陆羽道：“我家老爷有请。”

“好。”陆羽答应一声，踏进府门之时，回头一望，李复在树后对他比画几下，示意他放心，自己定会暗中相助。陆羽点点头，随着管家进了田府。李复见府门关闭，才又从树后踱出，对碧儿道：“咱们走吧。”

碧儿神色不安地望着田府高大的朱门，并未听见他的话。

李复一路察言观色，此时心下暗自了然，上前道：“走吧，这小小的田府还难不倒我，不会叫他有事的。”

碧儿回过头，认真地道：“为了先生，无论要碧儿做什么都可以。”

李复一笑：“有我在此，还轮不到你去赴汤蹈火。别担心了，走吧。”

“咱们去哪儿？”

“你回客栈歇息，我要趁着夜色出去一趟，去会一会你家先生的老相识。”

“那是何人？”

“发文书夺走你家茶田的义阳通判。”李复答了一句，带着碧儿离开了田府。

却说陆羽随着管家来到田府的后堂，见田员外正愁眉不展地坐在榻上，对着眼前的茶汤唉声叹气。管家上前道：“老爷，那位会种茶的陆先生来了。”

田员外眯起细眼迅速地将陆羽上下一瞅，见他长相穿着皆不俗，顿时扬起嘴角，起身笑道："陆先生大驾光临，有失远迎了！"

陆羽暗自腹诽，此人变脸之快，令人叹为观止。他整了整衣衫，一拱手道："在下见过田员外。"

"听管家说，先生揭了招贤榜，要来助我种茶，对否？"

"正是。"

"先生来得正好，你来看看我这碗茶汤的成色如何？"田员外说着对管家一使眼色，叫他将桌上那碗茶汤端给陆羽。

陆羽只瞥了一眼，便摇头道："此茶不月品，一看色泽便知乃下下之品，不如就此泼掉便了，何必多留？"说着便一把夺过管家手中的茶碗，将茶汤泼在地上。

"诶，你！"管家正要发火，田员外拊掌大笑道："泼得好，我也早想将这馊水泼掉。先生既然来了，可否告诉我如何才能种出好茶来？"

"在下来之前，曾到员外的茶山上看过，那些茶树之所以凋零败落，乃因为种茶之人疏忽了三件事。"

"哦？哪三件事？"田员外一双细眼露出精光。

"其一，茶树凋零，乃冬季受了冻害所致。入冬之时应先给茶树修剪枝条，然后再用稻草将茶田覆盖，如此方能抵御严寒，减少霜冻灾害；其二，茶树春季不发新芽，乃因为入春以后没有及时将冻坏的枝叶剪去，使其耗损了茶树的养分，故而难以长出新芽。"

田员外听得频频点头，赞道："先生所言极是，那么如何才能使茶树发芽呢？"

"这也不难，只需剪去茶树上冻坏的枝叶，之后给以充分的水灌溉，再施以肥料，好好培养茶树的树冠即可。假以时日，必可抽出鲜嫩的茶芽了。"

"好！先生说得好。"田员外大喜，当即吩咐管家道："去，将金二他们都叫过来，让他们好好跟着陆先生学一学，明日便遵照陆先生之言，去给茶树修枝、浇水、施肥，快去！"

"是，老爷！"管家一阵风似的退了出去。

田员外满脸堆笑地将陆羽请到上座，随后问道："那这其三呢？"

陆羽微微一笑："员外只要先让他们依照在下所言去做便是，这第三条嘛，需得到了时机成熟之时才能相告。"

田员外眼角的肉微微一跳，随即咧开嘴角笑道："先生之意我懂了……"说着对伺候在旁边的下人一拍手道，“去，将我准备好的五十两纹银拿来！”

“是！”下人应了，顷刻间便抬着一箱银两上来，放在陆羽的脚边。

田员外指着箱子道：“先生，这是我许诺的一半谢礼，待到茶田丰收之日，再将另一半奉上。”

陆羽知道若不收下必会让他起疑，便装作欢喜之色，对他谢道：“如此便多谢员外了！”

田员外见他收了银两，以为他会道出最后的玄机，谁知等了半晌也不见他再开口，便“嘿嘿”讪笑了两声，道：“天色已晚，先生恐怕也疲累了，不如就在府上住下，明日再给先生接风洗尘。”

陆羽正想留下来探察，便欣然答应道：“那在下便恭敬不如从命了。”

田员外当即吩咐下人将陆羽引至上房安歇。此时，管家已将金二等人带来，田员外对几人道：“此番真乃老天助我，不知从哪里来了个姓陆的懂行之人，将种茶之术传授与我，你们明日便按照他的办法去修整茶田，想必很快便能来个大丰收！”

众人听罢皆十分欢喜，金二转了转眼珠，道：“老爷，不知这个姓陆的，究竟是何来历？其中会不会有什么不妥？”

田员外眯眼一笑：“还是你机灵，老爷我找你们来除了种茶之外还有一事，便是盯紧这个姓陆的，有任何异动都要马上禀报。金二，你派人去查一查，看看他到底是何许人，来此究竟为了何事……不管他背后有没有人，老爷我收了好茶之后，都要他有来无回！”

却说李复将碧儿送回客栈后，天色已黑了下来，他换上一身夜行衣，前往义阳通判阎士和的府邸而去。到了阎府，趴在屋顶上探察一番，摸清了地形，便直往阎士和的书房而来。燃起一支随身携带的小蜡烛，他下手极轻地翻找着，希望能找到书信、账本之类的线索和证物。可翻了半晌，一无所获。正欲再往书架的高处探察，却听屋外不远处有一个男子的声音道：“谁?!”

感觉到那人正在步步逼近，李复一口吹灭蜡烛，准备离开，但仍不甘心，伸手在书桌上一抓，抄起几本书册揣入怀中，飞身跃上房梁，从屋顶掀开的小洞遁出，在夜色的掩护之下回到了客栈。在自己的房中坐定后，他忙掏出那几本书，在灯下细细翻看起来。

是几本诗集，收录了一些不知谁人所作的诗句，与侵吞茶田一事毫无关联。李复颇感失望，正要将书册丢在一旁，却见不知从哪一本书中掉出薄薄的一张鱼形纸片来，落在他的脚下。伸手拾起一看，纸上空无一字。若是别人见了，恐怕定会将其视作寻常纸张丢弃，但李复出身皇族，见多识广，一看便知此纸价值不菲，乃如今在王公贵族中甚为流行的寸纸寸金的奢侈之物——水纹鱼子笺。

阎府怎会有此物？他盯着鱼子笺发愣，不觉天色已明。碧儿一夜未睡，此时走进来道："李大人，你手上拿着的是何物？"

李复醒过神，回道："一张鱼子笺。"

"这便是你昨夜取来的证物吗？"

李复摇头叹道："唉，昨夜一无所获，实在令人头疼！"

"能让我看看这张鱼子笺吗？"

"你看吧。"李复将手中的鱼子笺递给她。

碧儿接过在鼻尖一嗅，不由得叹道："好香啊！这便是贵族女子所用的信笺吗？"

李复听了心中一动，问道："为何说是女子之物？"

"这信笺上散发着一股香味，但不是男子所用的熏香，而是女子身上的芬芳之气，所以我才会觉得是女子之物。"碧儿说着，将鱼子笺举在半空中，迎着阳光欣赏着能工巧匠在纸面上压制出的一层水波形的暗纹，衬着纸面上撒的一层金粉，看起来光彩夺目，不由得赞道，"听闻富贵人家所用的纸上，有种透过光亮才能看到的水纹，今日总算见识了，当真是精美绝伦。"

李复冷哼一声道："都是些奢靡之物！如今叛乱初定，国库空虚，百姓贫苦，有些高官显贵却整日将心思放在这些玩物上，极尽机巧奢华之能事，全然忘记了为官之责，实在令人不齿！"

碧儿静静听着，忽然指着鱼子笺的一角道："快看，这里有字！"

李复忙上前细看，果见那鱼子笺一角的水纹之下，暗藏着"瑶英"二字。方才他没有对着阳光细看，故而不曾发现，此时见了不由得迷惑不已。

"瑶英……这两个字是不是一个女子的名字？"碧儿猜测道，"这样的信笺，怎么看都不像男子所有，必是出自闺阁之中。"

"你是说，这鱼子笺是阎府的女眷之物？"李复说罢又摇了摇头，"不对，阎士和不过是个小小的通判，家中的女眷怎能用得起如此奢华之物？"他一边嘀咕一边在屋中踱步，"瑶英……瑶英……薛瑶英！"

"薛瑶英是何人？"

李复停住踱步，冷笑道："若不是你提醒，我实在没有想到，当今宰相大人的信物竟是一张女子所用的水纹鱼子笺。"

“这是何意？我越发不明白了。”碧儿一头雾水道。

“你身在民间，自然不知。”李复将鱼子笺仔细地夹在一本书册中收好，随后道，“当今宰相元载有一个爱妾，名唤薛瑶英。长安城中都在流传，说这薛瑶英懂诗书、善歌舞、仙姿玉质、肌香体轻，比那西施、绿珠、飞燕还要貌美动人。非但如此，听闻她生下来时身上便带有一种奇香，比任何香料还要浓郁，可谓当世一绝。元载自从得了这个美人儿，便如得了奇珍异宝般，挥金如土地专宠于她。长安人都说，这薛瑶英平日里卧的是金丝帐，铺的是却尘褥，吃穿用度极尽奢华，比宫里的娘娘有过之而无不及啊！”

碧儿听了不由得点头道：“这张水纹鱼子笺做工如此精美，不但撒了金粉，还带有女子的体香，想必确是那薛瑶英之物了。不过，大人为何又说这是元载的信物呢？”

李复面露讥讽之色，道：“当年权倾朝野的宰相李林甫，手下党羽皆以‘金碧偃月符’作为信物，却因此物太过显眼，弄得天下人尽皆知，最后他也败在这枚小小的令符之上。元载何其聪明，不想重蹈覆辙，便将自己的信物以爱妾所用的信笺代替，只要是元载一党，拿出这张“空无一字”的鱼子笺来，便知是自己人。此前，我曾听闻有一人拿着重礼去见元载，想要求得一官半职。元载一语不发，一字不提，只给了那人一张白纸，便打发出去。谁知那人到了幽州，将纸呈给当地的节度使一看，节度使二话没说，便对那人一番盛情款待，随后授以官职。许多人对此事不明所以，今日我见了这鱼子笺，才算知道了其中缘由。这张水纹鱼子笺，比那白纸黑字的公文还要管用啊！”

“原来如此……这么说来，那义阳通判也是元载的人了？”

“虽不知他是否为元载亲信，但侵吞茶田一案，定与元载有脱不了的干系。”

碧儿听了喜道：“那我们既已查出此案的幕后主使，便可以上奏朝廷，惩治元载，还茶农们一个公道了吧？”

“此事谈何容易！”李复长叹一声道，“元载如今在朝中独揽大权，因怕百官上奏弹劾于他，便向圣上建议，百官的奏折必须先呈给各部的长官，再由各部长官呈给宰相，由宰相挑选重要之事上奏皇上。也就是说，只要是元载不想让圣上知道的，圣上便难以知晓了。满朝文武皆敢怒不敢言，只有颜大人为了此事上疏圣上，据理力争，却因此触怒了元载，被贬出长安了。”

“连颜大人都斗不过他，那可怎么办啊……”碧儿不由得发愁道。

“你也不必灰心，当年的李林甫、杨国忠都有倒台之日，何况当今圣上并不像当日玄宗宠信李林甫那般宠信元载，朝中还有太子力推种茶兴国之事，我们只需搜集好罪证，等待时机。”

“那这时机又是何时呢？”

“这便全看天意了。”

“天意……”碧儿望着已升上半空的朝阳，心下暗自思量着。

如此过了半个多月，茶田在陆羽的监督打理之下，果然焕发了生机，一朵朵嫩芽舒展而出，茶山又是一片碧绿之色。碧儿在客栈中日日苦等着陆羽从田府平安抽身，却始终不见他归来。李复因紧急公务，暂回长安几日。只留碧儿一人，整日心神不宁地等着陆羽的消息。

这日，她出了客栈到街上闲游，却见一群人一边说着什么，一边向义阳府衙的方向而去。她忙跟上前去，听着人们的议论。

“你们听说了吗，田府又出新鲜事了！”

“什么事？”

“之前田府招了一位会种茶的陆先生，教他们如何打理茶田。如今眼见着快要收春茶了，田员外估计是觉得那陆先生已然没用了，便想了个法子，将陆先生状告到了官府，说他用假的种茶之术诈骗钱财，如今正在衙门审问呢！”

“这田员外也忒不是人，霸占了茶田不说，还将那些茶农都害进了大牢。如今好容易来了位陆先生教他种茶，谁知茶田刚有了起色，他又要过河拆桥。真是岂有此理！”

“唉，咱们说也无用，官府与田员外沆瀣一气，恐怕那位陆先生要倒霉了！”

碧儿听着他们的话，万分心焦。想来想去，觉得不能干等着李复回来，便把心一横，快步向义阳府衙而去，要为陆羽击鼓鸣冤。

四十三、情急误信人，志坚巧周旋

公堂之上，义阳郡守听着田员外振振有词地讲述，旁边坐着一名官员听审，便是义阳通判阎士和。他此时正侧目看着陆羽，嘴角挂着一丝冷笑。

“求大人一定要为小民做主！”田员外边说边拜倒在地，一副可怜相装得惟妙惟肖，若是那不知内情之人，真要被他蒙骗过去。

义阳郡守本已听得昏昏欲睡，此时清清嗓子道：“好了，你的事本官已经知晓了。”又对陆羽瞪眼喝道：“你有什么要申辩的，说出来，本官定会秉公处置。”

陆羽来时已被田员外捆住双手，此时跪在公堂之上，神色不变道："大人，在下并无任何欺诈之举，乃因为见到田员外贴出的招贤榜，这才毛遂自荐，前去传授种茶之术。没想到茶树刚一发芽，田员外便翻脸不认人，诬陷于我。在下着实冤枉，请大人明察！"

义阳郡守还未发话，坐在一旁的阎士和忽地冷哼一声，道："你说你是冤枉的，可有人证、物证？若是拿不出证据来，便是信口雌黄！"说罢转而对义阳郡守道："大人，田员外的茶田对本郡来说至关重要。眼看便是清明了，到时候朝廷的人前来收贡茶，若是本郡不能按时上交，恐怕过不了关啊……"

"是啊大人，小人的茶田原本长得极旺，就是因为听了此人的话，才会衰败下来，今年的春茶若是收不上，便是此人之罪！大人决不可轻饶了他！"田员外趁势道。

他的话一说完，衙门外围观的百姓们皆义愤填膺，忍不住吵嚷起来，有人戳着他的脊梁骨指点，有人干脆叫骂起来。在这义阳郡，谁人不知这田员外乃当地一霸。平日里欺男霸女、作威作福，干尽了坏事。如今强霸了茶农们的茶田不说，还要诬陷好人，真是无法无天！

这边百姓们一片叫骂，那边堂上的义阳郡守将惊堂木狠狠一拍，喝道："公堂之上，岂容喧哗！谁再吵闹，棍棒伺候！"两旁的衙役也敲着杀威棒，大声喊起堂威，这才将喧闹压下。义阳郡守瞥了陆羽一眼，冷道："你既无人证物证，那么便不能证明你的清白。本官只能依律行事，将你押下候审！"

阎士和一脸得意之色地看了看陆羽，本以为他会开口求饶，谁知他仍然面不改色道："在下并未触犯大唐刑律，大人要关便关，在下是不会认罪的。"

"你不认罪，便等着受皮肉之苦吧！"阎士和狠狠地道。

陆羽自从进得公堂便没有正眼瞧过阎士和，如今更对他的话充耳不闻，只是从容不迫地跪在那里。义阳郡守笑了笑，道："好，本官有的是办法让你认罪！来人，将他押入大牢！"说着抽出令签便要掷在地上，却听衙门外面鼓声阵阵，有一女子高声喊冤道："冤枉，我家先生冤枉！"

一名衙役上前禀报："大人，外面有女子击鼓喊冤，是否带上堂来？"

义阳郡守本不想理会，阎士和却道："既然有人鸣冤，便将她带上来问一问，以免有人死得不情不愿。"

郡守侧过身对他低声道："阎大人，此时还是多一事不如少一事吧。"

阎士和却道："郡守大人，咱们有上面保着，只要茶叶能够如数收上，您有什么可担忧的呢？"

郡守谄笑道："也对，也对，等到收茶之时，还要请阎大人帮本官多多美言几句呢。"

"好说，好说。"

郡守心中踏实下来，对衙役道："去，将那喊冤的女子带上堂来！"

"是！"衙役应了，片刻后将碧儿带上公堂。

陆羽一见是她，立时责道："你怎么来了？"

"我来救先生！"

"你到底还是不听我言……"

二人说着，衙役一把将碧儿推倒在地："跪下！"

郡守道："你便是那喊冤的女子？"

"民女碧儿，要为我家先生鸣冤！"碧儿叩头道。

郡守看了看碧儿，故作严肃道："抬起头来说话。"

碧儿抬起头，申诉道："大人，我家先生是冤枉的。他到田府去是一心为了茶田着想，不想看着大好的茶田被糟蹋，耽误了今年春茶的收成，这才揭了招贤榜。谁知竟被这田员外诬陷，实在是冤枉！"

她这一抬头不打紧，郡守与一旁的阎士和皆被她的美貌所惊。郡守当下便改换了神色，一双眼直勾勾地瞅着碧儿。而阎士和则眯起眼，饶有兴味地端详起她。

碧儿说罢证词，等着上面问话，谁知郡守竟贪看着她的容貌，一时忘了说话。阎士和咳嗽了一声，才使郡守醒过味儿来，收敛了贪婪之色道："你说你家先生是冤枉的，你有证据吗？"

"我自己便是人证！"碧儿高声道。

郡守摇头道："你不行，你与他关系亲近，为避嫌疑，不能为证。"

"那大牢里的茶农们都可以做证！"

"茶农们不听朝廷指令，为了争夺茶田挟私报复，阻碍种茶大事，故而将他们押入大牢。他们已是戴罪之身，更不能作为人证。"

"那……"碧儿一时无法，举目看向围观的百姓，指着他们道，"那这些围观的人都可以做证！只要是义阳的百姓，人人皆知田员外是如何横行乡里、作恶多端的！"

"好你个黄毛丫头，竟敢污蔑于我！"田员外咬牙切齿地对碧儿吼道。

郡守一时无语，阎士和哈哈笑道："碧儿姑娘，此番话是你家先生教你的吗？"

“民女句句实言，何需先生教我？”

“那便不对了，我义阳郡向来政通人和，郡守更是清如水明如镜，岂会有你说的这等事？”

碧儿不知说话之人便是义阳通判，忙开口分辩道：“民女绝无虚言，还望大人明察！”

陆羽忙向她使眼色，叫她不要再说下去，可她却并未注意到。

阎士和嗤笑一声，对陆羽道：“没想到，除了她还有女子对你如此痴情，从前我倒是小看你了。不知兰妹她见了今日这一幕，会做何感想呢？”

陆羽只做不闻，对碧儿道：“你莫再多言，快回去！我自有办法！”

“先生……”碧儿不依。

“怎么，以为衙门可以来去自如吗？”群守用一双眼色眯眯地盯着碧儿道，“碧儿姑娘，今日无论你说什么，本官都要将他押入大牢。不过……”

“不过你若是知道内情，可以私下告诉本官。本官若查证如实，必会还你家先生一个清白的。”阎士和截断他的话道。郡守被他噎得一愣，随即便明白了。

碧儿不知有诈，双眸闪亮道：“真的？大人真愿听我诉冤？”

“体察民情、为民申冤乃为官之责，本官当然愿意。”阎士和一脸正色道。

“那太好了！”

“碧儿！决不可相信此人！”陆羽急道，“你当真不听我的话吗？！”

“先生，我……”

就在碧儿迟疑不决之时，阎士和迅速向郡守使个眼色。郡守会意，将令签往地上一掷道：“来人，将陆羽押入大牢，择日再审，退堂！”

衙役上前便一把堵住陆羽的嘴，将他往衙门里拖去。

碧儿追上前道：“求大人放了我家先生！”衙役浑然不理，一把将她推倒在地。

“放肆！”阎士和斥责衙役一句，上前扶起她道：“碧儿姑娘，公堂上不容哭闹，你还是随本官回去，慢慢说吧。”

碧儿擦擦眼泪：“多谢大人……”

“走，随本官回府去。”阎士和扶着碧儿，一路好言相劝，将她带往阎府。碧儿只顾想着心事，坐上马车往哪里去也不知，迷迷糊糊便被阎士和领进了府中的书房。坐定之后，阎士和吩咐下人上了些茶果来，对碧儿道：“碧儿姑娘，你现下可以放心地将内情告诉本官了。”

碧儿这才回过神，问道：“民女冒失，方才忘了问大人的贵姓与官职。”

阎士和一笑："说起来，我与你家先生还有些旧交。他的夫人当年在开元观修行之时与我曾是诗友。不信你看，我这里还存了不少她当初所作的诗稿。"他说着在书桌上翻找起来，却发现原本放在那里的几本诗集不见了，不由得喃喃道："怎么回事，难道是那夜被人偷走了吗？"又起身在书房各处寻找，皆不见。沉吟片刻，对碧儿道："那些诗集恐被我夫人拿去读了……不说这些了，总之你相信本官便是。"

碧儿见他找起诗集，突然记起李复那夜从义阳通判府上回来，便是拿回了几本诗集，里面还夹着一张水纹鱼子笺，乃元载的信物……"我要趁着夜色出去一趟，去会一会你家先生的老相识。"李复的话此时冒了出来，她心中猛地一跳，莫非……

"来，先喝口茶压压惊，再慢慢说。"阎士和笑着将茶碗递到她手上。

"好……"碧儿压住心头的狂跳，接过茶来，见汤色碧绿清澈，不似有异。正在迟疑喝不喝，却听外面一个女子的声音道："夫君，听闻你带了个姑娘回来，此时躲在书房里做什么？"

阎士和脸色一变，忙起身隔着纱窗应道："没什么，这女子身负冤情，我在问案。"

"问案都是在公堂之上，哪有带进府里来的？莫不是这女子有什么过人之处吧？"

"夫人说的哪里话，我这便出来了。"阎士和说着走出了书房。

碧儿只听他们夫妇二人在屋外争执了几句，阎士和赔了半天不是，两人这才一起走远了。碧儿长出一口气，忙起身一面察看书房与窗外的环境，一面在心中盘算对策……

却说陆羽被押入了大牢，与茶农们关在一个牢区。张大哥与碧儿娘一眼便认出了他，问他因何被抓了进来。陆羽将碧儿如何去寻他之事，自己如何被田员外诬陷入狱之事说了，茶农们听罢无不愤慨，叹息怒骂了一阵，却也毫无办法，只得互相劝慰几句，坐在牢中唉声叹气。

碧儿娘忍不住问道："陆先生，我家碧儿她如今怎样了？"

陆羽未将碧儿被阎士和骗入府中之事相告，只是宽慰她道："她一切都好，过不了多久你们便可以见到她了。"

张大哥叹气道："我们被关进牢中已有两年多了，若是能出去早就出去了。义阳郡府与那田员外勾结已久，如今连陆先生也被关了进来，恐怕是一点儿希望也没有了！"

“大家也别太灰心，且再等待几日，一定会有转机的。”陆羽泰然自若地道。

茶农们将信将疑，但除了等待也别无他法，只得继续在牢中相依为命地苦挨日子。但他们知道陆羽是为了解救他们才身陷囹圄，皆对他极为尊重，倒没叫他在牢里受什么苦。

如此过了几日，这天正到了该放牢饭之时，狱卒将茶农们的饭放了，却将陆羽一人剩在那里，拎着篮子便走。张大哥唤了他几声不应，便隔着牢房的围栏将自己的饭端给陆羽道：“陆先生，我的这碗给你吃！”

陆羽正待推却，只见牢头满面堆笑地走过来道：“怎能让陆先生用这么粗陋的饭食。”边说边打开牢房的门，亲自将陆羽请出牢房道：“田员外在上面准备了好酒好菜，要招待您呢！”

“他找在下何事？”陆羽拂开牢头的手，冷静地道。

“这我就不知道了，您还是自己过去问问吧。”牢头说着便与一旁的狱卒一起架起陆羽往外走。

“陆先生！”“你们不能带走先生！”茶农们叫嚷道。

牢头回身喝道：“你们给我闭嘴！谁再吵，这几日都别想有饭吃！”

茶农们只得闭嘴，眼睁睁看着陆羽被牢头带了出去。

出了大牢来到衙门的一处后厅中，只见真有一桌上好的酒菜摆在那里，田员外与管家坐在桌前，一见陆羽便起身笑道：“陆先生，真是让我们等得心焦啊！”又对牢头道：“让你把陆先生请来，怎么这么失礼？还不快请先生入席？”

牢头忙赔笑道：“是小人无礼，员外莫怪！陆先生快请吧！”说着，将陆羽一把按在座椅上，又对田员外谄笑道：“你们慢慢谈，小的下去了。”

“好，你去吧！”田员外挥退牢头，重又对陆羽笑道：“几日未见，先生可好？”

陆羽并不答言，只是静静地看着他。

田员外“嘿嘿”讪笑两声，对管家一使眼色。管家给陆羽斟酒道：“陆先生，之前的事都是一场误会。我们家老爷也是听了金二那帮小人的挑唆，这才一时糊涂，错怪了先生。您不在的这几日，我家老爷这叫一个茶不思饭不想，只觉得对不住您。这不，今日一大早便吩咐厨子，做了这一桌的好菜，亲自给您送到衙门来，就是为了一表诚意，希望与您尽释前嫌。”说着将酒杯端到陆羽面前。

陆羽推开酒杯道：“在下只喝茶，不会饮酒。”

“哦，茶啊……”管家放下酒杯，换了一脸苦相道，“我家老爷本也想将新采的春茶给您带些来尝尝鲜，怎奈何这茶田又遇到了麻烦……唉！我家老爷倒也不在乎能不能收上银子，只是可惜了义阳与舒州两地那么多上好的茶田，您说要是就此荒废了，是不是可惜之至！”

管家这边说着，田员外一双细眼一直观察着陆羽的表情，见他听到茶田就要荒废时仍旧无动于衷，不由得显露出一丝慌乱，这才开口相求道：“是我有眼无珠，辜负了先生的一片诚心。您便是不为我，也要想想那一棵棵茶树，好容易挺过了严寒，发了芽，长了叶，如今却制不成上好的茶饼，无法被人品尝，岂不是暴殄天物吗！我一想到这些，便心疼得整宿合不上眼。先生是爱茶之人，肯定比我更揪心，您说是不是？”他一脸祈求地看着陆羽，本以为说到这个份儿上他定会就范，没想到他面上依旧毫无波澜。

三人面面相觑了半晌，陆羽终于说道：“你们还是别再绕弯子了。说吧，茶田究竟发生了何事？”

“这……”管家看着田员外，让他给个示意。田员外见到了此时，只得叹了口气，对他一点头。管家这才道：“不瞒先生，我们又遇到难题了！”

“什么事？”

“这茶田是长好了，新茶也采下来了，只是不知哪里出了问题，怎么也制不出好茶饼来。前两日边境的茶商过来验茶，说我们的茶饼成色极差，品相大不如前。他们撂下话来，若是清明前制不出与往年一样的茶饼来，他们便不要了，非但要我们退回定金，还要补偿他们的损失，这里外里，可是好大一笔银子呢！我家老爷愁得不行，只得来求先生了！”

“原来如此。”

田员外起身对陆羽作揖道：“陆先生，您大人有大量，为了不浪费掉这些收下来的好茶叶，便帮帮我吧！”

陆羽任他拜了半晌，这才不动声色地道：“想要在下相帮也不难，需得答应我三件事。”

四十四、阎府察阴谋，茶山传消息

“敢问先生是哪三件事？”管家赔笑道。

陆羽盯着田员外道：“第一，田员外需亲自到衙门里承认当初诬告在下，并写下保证书，从今以后永不翻案。”

“这有何难，您便是不说，我家老爷也得把您请出去不是，不然怎么帮我们解决难题呢！”管家忙道。田员外瞪了他一眼，转而对陆羽点头道：“这第一件事先生大可放心，不知剩下的两件是什么？”

“第二件事，便是到那义阳通判的府上，去将碧儿接到我身边来。她若有丝毫损伤，在下可不依。”

田员外道：“这也好办，碧儿姑娘的事就包在我身上。那么水灵的姑娘放在阎府，先生岂能放心？这点事情我懂、我懂！”

陆羽脸色一沉道：“碧儿是个清清白白的好姑娘，请员外放尊重些。”

“失言了，失言了，那这第三件事呢？”田员外眯起细眼，有些紧张地看着陆羽。

“这第三件事，便是将这牢里关押的茶农们全都放出来，送他们回家。”

田员外脸色一变：“这……这可不好办吧。那些茶农是犯了王法，被郡守下令捉拿的。我无官无爵，这种事哪由我说了算……先生还是不要为难我，换件事吧……”

“那些茶农究竟因何入狱，恐怕没有人比你更清楚。我要求的三件事，一件也不能更改。若是田员外觉得为难，那在下便爱莫能助了。”陆羽说罢起身便走。

管家急道：“先生，有事咱们慢慢商量嘛！”

陆羽头也不回，直向牢头而去。

田员外站起身道：“陆先生，你别敬酒不吃吃罚酒！即便没有你，我也可以再找别人！”

陆羽停住脚，回身道：“那你便另请高明吧！不过，在下想问一句，那位边境来的茶商是否名叫诺布，是吐蕃人？”

“你……你如何知道的……”管家结巴道。

陆羽微微一笑：“不妨告诉你们，在下曾在承风戍住过几年，与边境的茶商颇有交情，那诺布便是我的好兄弟。除了用我的方法制成的茶饼，别的茶饼他是绝不会要的。究竟该怎么办，你们想想清楚。”又对一旁的牢头道：“走吧，将我送回大牢。”

“且慢！”田员外高喊一句，上前阻住陆羽，对他哈哈笑道，“方才不过是开个玩笑，陆先生怎么便当真了？这牢里又潮又脏，岂是先生能待的地方？”又对牢头道：“去，在衙门里找一间上房，安排陆先生住下，好生伺候着，等我回明了郡守，再来接先生出去！”

“是，员外。”牢头接过管家递来的银两，喜滋滋地去了。

陆羽看着田员外道："那在下方才所说的三件事？"

"照办，全都照办！"田员外暗暗咬牙道。

"一日不办成，一日便不制茶。还望田员外好自为之。"

"陆先生，您就放心吧！我家老爷一定办到！"管家忙道。田员外狠狠瞪了他一眼。此时牢头笑呵呵地走过来，对陆羽道："陆先生，上房已准备好了，请随我来吧！"

陆羽看也未看那两人，随着牢头去了。

"老爷，咱们怎么办？"管家见他走远了，问道。

田员外一脚将他踹倒在地，怒道："蠢材！都是你这个蠢材坏了事！"说罢气急败坏地往外走。

管家爬起来，一边追一边小声嘀咕道："怎么是我坏了事，明明是你自己……"

"你说什么？"

"没……没什么，小的是说，等到茶饼制成了，再想办法整治他们不迟。"

"哼，老爷我倒要看看，过了清明，这姓陆的还有什么能耐！"田员外狞笑一声，带着管家出了大牢，向义阳郡府而去。

却说碧儿那日被阎士和关在书房中，一直无人理睬，直挨到夜半时分伏在书桌上昏昏欲睡时，忽听到窗外一个女子的声音道："碧儿姑娘，快醒醒！"

碧儿马上清醒过来，趴在窗户上道："我在这儿，你是何人？"

"我是赵缨，前来救你的。"

"我听先生提起过，你是李大人的夫人……不过，我现在还不能走。"

"为何？"

"之前李大人曾到这里探察过，却没能找到太多证据。我如今既然已经进来了，便不想一无所获地出去。再让我多留几日，或许有所发现。"

"你一个弱女子，岂能留在这等虎狼之地？别再多言，快随我走！"

"如今他们想从我这里得到消息，一时三刻不会为难于我，我会想办法保护自己。反而是先生那里，他被郡守押进了大牢，李夫人还是快去救他吧！"

"你家先生自有脱身之计，我只管救你，快别再耽搁了！"

"三日，给我三日时间，到那时不管怎样我都跟你走。"

"你这丫头！"赵缨责了一声，还待要说，却听不远处传来脚步声，只得匆匆道，"好，三日后我会再来。"说罢闪身而去。

碧儿忙回到书桌前坐好，只听脚步声越来越近，一人推门而入，正是阎士和。她装作睡眼惺忪之态，起身道："大人来了。"

"方才家中有事，竟将你忘在此处，对不住了。"阎士和一脸歉意。

"不碍事。"

"本官已吩咐人为你安排好了一间厢房，暂且安顿下来。"

"那便多谢大人了。"碧儿施礼道。

"来，随本官走吧。"阎士和笑着对她伸出手，神态举止透着一派儒雅风流，怎么看都是一个谦谦君子。

碧儿心神一晃，但随即提醒自己，绝不能被此人的外表所迷惑。她装作没看见，对他盈盈一拜道："碧儿今日能得大人关照，实在感激不尽。大人扶危助弱之举，令碧儿感佩不已。"

阎士和嘴角一笑，收回手，看着她低眉颔首的娇柔之态，柔声道："姑娘言重了。我与你家先生乃旧交，定会替他照顾好你的。现下天色已晚，还是快去歇息吧。"说着自己先出了书房，在前面带路，将碧儿领到一个紧挨着伙房的极为偏僻的厢房门外，道："屋子简陋，委屈姑娘了。"

"哪里的话，有劳大人。"碧儿又是一拜，并不进去，立在门外看着他。

阎士和一笑，道："你好生歇息吧，本官回去了。"

"大人慢走。"碧儿一直看着他的身影消失了，这才进了厢房，将门插紧。又等了片刻，确认他没有折返，这才在床榻上倒下，合眼睡去。

次日一整天，阎士和许是忙于公务，只是命人暗中看守着碧儿，送了些饭食给她，并未前来。又过了一日，碧儿在厢房内听见外面有人对着伙房道："今夜田员外造访，大人吩咐准备好酒好菜，你们都麻利着点儿！"厨子应了，忙活起来。待到天刚擦黑时，田员外果然到来，被阎士和迎进花厅赴宴。

两人相谈正欢，只见一个下人来到阎士和身前，俯在他耳边说了几句，阎士和眉头一舒，道："如此甚好，将她带过来吧。"

"是。"下人退下，片刻后带着一位女子走上前来道，"大人，碧儿姑娘到了。"

阎士和笑道："听说碧儿姑娘要为我们煎茶献艺，是这样吗？"

"正是。民女跟随先生学了些许煎茶之术，想献给大人，感谢大人的相助之情。也想献给田员外，请求他宽宏大量，不要与我家先生计较，能让他早日回来。"碧儿柔柔一拜道。

席上的两个男人，面对碧儿的乖巧娇柔之态，皆有些飘飘然。阎士和道："如此便有劳姑娘了。"他吩咐下人将府上的好茶取来，又摆上煎茶之具，让碧儿在花厅的廊下为他们煎茶。碧儿在陆羽身边时日不短，早已将煎茶之技练得炉火纯青。平日里陆羽与李冶的饮茶多是由她打理，深得二人称赞。她一边在廊下煎茶，一边注意听着席上的谈话。谁知阎士和与田员外的心思全在她身上，只顾盯着她优雅娴熟的动作，一时忘了言语。直到碧儿服侍二人饮罢茶，仍是一无所获。

她收拾着茶具，正不知接下来如何，却听阎士和道："碧儿姑娘，劳烦你为我们煎茶，留下来饮杯酒再走吧。"

田员外也道："是啊，怎能让美人儿白劳累一场呢。"

碧儿施礼道："既如此，民女便恭敬不如从命了。"

"不必恭敬，从命就是……"田员外边说边起身想将她迎至自己身边，却被阎士和先一步带到了身侧落座，不由得一脸失落。

碧儿压住心中的厌恶，起身为二人斟酒道："大人与员外只管谈事情，碧儿伺候你们饮酒便是。"

"好，好！"田员外笑着接过她斟满酒的酒杯，一饮而尽。

阎士和见她非但貌美动人且善解人意，心中不免泛起酸来，叹道："怎么这些好女子，全被他一人得去了。"

"大人说什么？"碧儿将酒杯端到阎士和面前。

"本官说，你家先生真是好福气。"他接过酒饮干道，"有娥皇、女英两位佳人相伴，窗前吟诗，竹下对茶，端的令人艳羡不已，却不似本官这般清清冷冷，孤家寡人……"

"大人有夫人相伴，岂是孤家寡人？"

"许多事的得失苦乐，到头来只有自己最清楚。"他苦笑着，又饮了一大杯。

碧儿不知他因何感慨，只是一杯杯地为二人敬酒，想令他们快些饮醉了，好酒后吐真言。月下的花厅烛光摇曳，阎士和醉眼望着碧儿，恍惚间竟如回到了当年的开元观，也是这样的月夜，他与李冶吟诗作画，含情相对，倾诉海誓山盟。直到这一刻，他才真切地体会到，这么多年来自己一心追名逐利，所错过的究竟是什么。当初若牢牢抓住李冶不放手，若没有陆羽在一旁碍眼，此时与她相伴的，便是自己了。

"你家先生，待她如何？"

"你说夫人吗？"碧儿一脸钦羡地道，"先生与夫人恩爱甚笃，是世间难寻的佳偶伉俪。民女卑微，只愿一辈子服侍在他们左右，绝不敢作娥皇、女英之想。只要先生记得身边有我这个茶女，便足够了。"

阎士和望着她的神情，笑道：“若不是亲眼所见，本官绝不信世间还有你这样的傻姑娘。”

田员外已饮得半醉，色眯眯地瞅着碧儿道：“碧儿姑娘，若是老爷我明日便去大牢里将你家先生放出来，你可否愿意……嘿嘿，愿意陪老爷我一宿呢？”说着端起酒杯便要去灌碧儿。

阎士和抬手一挡他道：“员外饮醉了，本官命人送你到偏厅歇息。”

“我……我没醉……阎大人，你是不是想将我支开，好自己与美人儿私会啊？”

阎士和不理睬他，命下人将他搀到偏厅醒酒。

碧儿见田员外离了宴席，不由得暗暗发愁。阎士和在一旁察言观色，忽道：“姑娘今夜不是来服侍我二人品茶饮酒，而是来打探消息的吧。”

碧儿心中一慌，脸上仍旧镇定道：“民女不知大人之言何意。大人与我家先生乃故交，民女承蒙大人庇护，将我收留府上，愿意听我诉说实情，民女十分感激。听闻大人今夜在花厅招待田员外，便想亲自献茶，聊表寸心，仅此而已。”

阎士和审视了她半晌，笑道：“也对，在这义阳地界，无人比本官与你家先生交情更深了。对了，此番到义阳来的只有你们两人吗？是否还有别人？”

“只有我陪着先生前来，再无他人。”

“来做什么？莫不是只为了田员外的那张招贤榜吧？”

“先生此次出行是到各地访茶，正巧走到义阳，听闻田员外之事，便前去相助，没想到却与员外闹出了误会。”

“为何只有你陪着他，你家夫人呢？”阎士和一句紧接着一句地追问。

“夫人她接到长安一位故人的书信，前去访友了。”

“她在长安有故友吗？本官怎么不知？”

“是一位女眷。我家先生曾与妙喜寺的住持皎然法师一起云游天下，结识了不少友人。此番是一位长安的沈先生，他的夫人邀我家夫人前去相伴。”

“沈先生……”阎士和沉吟片刻，忽又问道，“听你口音像是本地之人，对否？”

“大人好耳力。民女的家乡确是义阳，但自小便随父母移居湖州，许是乡音难改吧。”碧儿对他的细致感到心惊。

“原来如此。现下也不早了，本官去看看田员外的酒醒了没有，你先回去歇息吧。”阎士和说着站起身，吩咐下人撤去酒席。

碧儿无法，只得假意听从，离去时故意将披在双臂上的披帛落在花厅的廊上，回到住处等了片刻，便以前去取回披帛之名悄悄溜到偏厅，隐在树影中偷听里面的谈话。

只听田员外道："阎大人的意思，是要那姓陆的出不了义阳？"

"对，无论如何都不能让他大摇大摆地离开此地。而且，本官有种隐隐的预感，总觉得此次之事没那么简单。你我虽有上面关照，但也决不可掉以轻心。听闻当今太子极为重视种茶兴国之事，便是他奏陈圣上，在湖州顾渚山兴建茶厂，可见其用心。还有，我听人说，太子当年为了躲避李林甫的加害，曾以沉念之作为化名，在民间生活过一段日子，与陆羽有些交情。若真是这样的话，便更不能让陆羽活着离开义阳地界，否则他将在此地的所见所闻告知太子，到时候事情闹大了，恐怕远在京城的那位也不得不对太子顾忌三分啊！"

"你是说宰相元大人吗？"

"嘘，你好不知轻重！"阎士和压低声音道，"他老人家的名讳万万不可再提，记住了吗？"

"是，是。不过，即便没有他老人家，我这里不还有另一道护身符吗？"

"希望你那护身符当真可以为我们挡些灾祸。"

"大人放心吧，清明一过，我们便动手，绝不留下后患！"

"如若需要，本官随时可调动义阳郡的兵将，布下天罗地网，令他插翅难逃！"

"好，就这么定了！那我便告辞了。"田员外起身要走，却见窗外似有人影晃动，忙对阎士和使了个眼色。阎士和迈步而出，见不远处的树下人影一晃，刚要上前，只见一位女子走出来道："这么晚了，夫君还在与人倾谈，不知有何要事，莫不是还有他人吧？"说着抬眼向厅中张望。

"哪里，我与田员外谈些公务，现下便要送他回府。"

阎夫人见厅中确无他人在内，这才转了笑脸，与阎士和一起将田员外送出阎府。而躲在更深处的碧儿早已趁此机会，溜回了住处。

日子飞快而过，三日后，便是清明。

田员外此前已遵照陆羽所提的要求，将他从大牢中放出，同时将囚禁了许久的茶农们也一并释放回家。而碧儿也已被赵缨救出了阎府，与陆羽会合在一处。田员外为他们在义阳最好的客栈中定了上房住宿，实则是将三人严密监视起来。

陆羽却是心无旁骛，亲自带着人制作茶饼。经过"采、蒸、捣、拍、焙、穿、封"七道工序，茶饼顺利制成，一串串用竹子穿起来的茶饼，封在纸囊中，茶香四溢。便是远在茶山脚下之人，都能闻到茶饼的香气随着清风飘来。

田员外命人将茶饼拿给诺布等茶商一同验看、品尝，大获称赞。他只道此番终于可以彻底踢开陆羽，按照他与阎士和商议好的计策行事。谁知诺布却又提出一个要求，说要在清明当日，在茶山之上行祭祀茶神之礼，否则便认为今年的春茶未曾得到神明的赐福，为不祥之物，不能收货。田员外被他逼得无法，只得又硬着头皮去向陆羽请教。

陆羽听罢道："往年每至惊蛰之日，茶农们皆会在茶山上行'开茶喊山'的祭祀之礼。员外不必担心，只需在清明当日备好祭品，在下自有安排。"

四十五、喊山祭茶神，智斗伏奸邪

"清明山上祭茶神，只将新火试新茶。"陆羽负手立于车云山的茶山之上，感受着迎面吹来的料峭山风，悠然吟道。

"先生好诗情。"在他身后的碧儿道。

赵缨撇嘴道："到了此时，你还有心思吟诗，真是与那个假神棍越发臭味相投了！你看看山下那些人，从昨夜起便将这茶山围了个严严实实。依我看，他们不是那田员外的家丁，而是……"

"而是义阳郡府的官兵。"陆羽道。

"你一直在忙祭祀之事，此事又是如何得知的？"赵缨奇怪道。

"我身边虽有你这个名震江湖的侠女在侧，但也不是毫不用心。"陆羽转身笑对赵缨道，"现下离祭祀还有半个时辰，他们尚且忙得顾不得我们，我便将我的所知告诉你。"

"你快说！"

"三日前诺布向田员外提出在茶山祭祀的要求时，我便知道他是在给我传递消息。"

"什么消息？"

"他看出田员外即将对我们下手，而我们的救兵却迟迟未到，便想出这个办法拖住他们，为我们赢得时间。"

"你是说，这祭祀茶神之事，是诺布故意杜撰出来的？"赵缨瞪大双眼。

"非也。祭祀茶神之礼古已有之。当年神农氏尝百草，得茶以解七十二毒，茶便是从此为世人所知。祭祀神农氏，乃寄托了茶农们对茶叶丰收的愿望，对天地神灵的敬畏。每年惊蛰之日，春雷一响，万物复苏，茶农们便会备好祭品，敲锣打鼓地来到茶山上喊山，为的是将沉睡了一冬的茶山唤醒，好让茶树快些发芽，不误了春茶之期。”

碧儿点头道：“先生说得是。从我记事起，家里每年都会在惊蛰那一日祭祀茶神，年年未断，直到茶田被霸去。那田员外草包一个，岂会懂得此事？况且，即便他知道了，也只会当作儿戏，一笑了之。像他这样的奸恶之徒，又岂会存有敬畏之心？”

“我明白了。若布明知惊蛰已过，却非要田员外行祭祀茶神之礼。这样一来既给你传递了消息，也拖延了时间。这小子还真有主意！”赵缨赞许道。

陆羽道：“你别忙着欢喜，初晨的人马究竟何时能到？”

“临行之前，他与我说定，最迟清明之日必能赶到，也便是今日了。”

“希望他万不要被什么事情耽搁了。”陆羽说着向茶山下望去，不由得心中一紧，指着山下正走来的一群人道，“那是什么人？”

赵缨与碧儿一起顺着他所指的方向看去，碧儿惊道：“那里面有我爹娘！”

“对，那些人是茶农。”赵缨道，“他们的双手好像都被捆起来了，还有官兵模样的人跟在身后！”

“是田员外，他将放走的茶农们又抓回来了！”陆羽愤怒道，“当初他放人之时，便是万分不愿。没想到竟然出尔反尔。他将茶农们带到这里，便是想在危急之时，用茶农们的性命作为要挟！”

“好生卑鄙！”赵缨啐道。

“怎么办，他不会真的害死我爹娘吧！”碧儿慌张道。

“有我在，没那么容易！”赵缨握紧手中的剑道。

三人紧盯着山下的动静，见官兵将茶农们押进一个木牢笼里，锁在了当中。陆羽正思索着如何解救茶农，只听身后有人道：“吉时马上便要到了，陆先生，请吧。”

他回身一看，阎士和带着一队官兵，上了茶山。

陆羽冷冷地与他对视片刻，终于开口道：“祭品都备齐了吗？”

“都备好了，”阎士和笑眯眯地道，“只等着陆先生前去主持大礼。”

“茶神在上，若你们有任何伤天害理之举，天地不容！”陆羽凛然说罢，与赵缨和碧儿一起，向位于茶山最高峰的祭台上走去。

阎士和冷笑一声，带着官兵跟在其后。

陆羽登上祭台，上面端放着神农氏的神位，祭桌上三牲俱全，香烛齐备。

他又看向台下，锣鼓乐手准备就绪，百姓们皆聚集在茶山之上，等着祭祀之礼开始。阎士和与官兵则守在下山口。他又转眸向茶山之下远眺，只见装扮成田府家丁的官兵们包围在茶山四周，按剑而立。田员外站在木牢笼外紧紧看守着茶农。

“真是一出好戏。”陆羽心中暗道。他这边想着，那边阎士和喊道：“吉时已到，祭祀茶神！”

陆羽收敛神思，伸手接过碧儿奉上的一碟芬芳的新茶，亲手供奉在祭桌之上，恭敬地焚香祷告一番，随后转身对着众人道：“喊山仪式开始！”

话音一落，台下的锣鼓手便奏响欢快热烈的曲子。几乎同一时间，百姓们一起对着大山高喊道：“开茶了！开茶了！”响亮的人声乐声在连绵不绝的茶山间回荡。随着锣鼓声越来越激越，众人开始跟着鼓乐之声手舞足蹈起来，茶山顿时化作欢庆的海洋。

阎士和见人群乱了起来，对身后的官兵吩咐道：“就是此时，去将他擒过来！”

“是！”官兵得令，挤进沸腾的人群，直奔祭台上的陆羽而去。

陆羽早已发现他们朝着自己而来，对一旁的碧儿道了声“快走”，随后下了祭台，一头扎进人群中。

官兵们一路紧盯着他的身影，慢慢向前包抄。眼见就要到近前，却见原本排列整齐的锣鼓队此时却一边演奏一边向祭台方向靠近，舞蹈的人群也快速旋转移动起来。一眨眼工夫，陆羽便消失在视线之中。

阎士和也钻进人群搜寻陆羽，可找了半天，不见人影。

“大人，人不见了！”一个官兵上前回禀道。

“眼皮子底下，怎会不见！”

“属下也没料到人群会忽然间涌了上来。”

“该死，该死！”阎士和气急败坏道。

“现下该怎么办？”

“去，告诉山下的人，让他们加紧防备，务必抓到此人！只要能抓住他，生死勿论！”

“是！”官兵旋即赶到山下，将事态告知田员外，与山下的人一起展开搜查。

田员外听闻陆羽不见了，一把抽出身旁官兵腰间的宝剑，咬牙道：“老爷我便不信了，这么多人严防死守，便抓不住那个姓陆的！”说着到处搜寻起来，渐渐远离了关押茶农的木牢笼。

搜了半晌，他忽地瞅见一人低着头快步从茶山上下来，一闪身躲入一株大树后。他快步追上前去，一把揪住那人的后脖领，狞笑道："嘿嘿，这下你可逃不掉了！"

他正在得意，那人回过身来，一把夺过他手中的长剑扔在地上，怒道："田员外，你这是做什么！"

田员外一惊，面前之人并非陆羽，而是穿了与陆羽相似衣衫的诺布。他忙松开手，赔笑道："怎么是你啊！"

"我方才在山上参加祭祀大典，不可以吗？"诺布瞪眼道。

"可以，可以。"

"自打我们前来收茶起，田员外便一直遮遮掩掩，难道是心中有鬼吗？"

"怎么会，一应事项都是遵照贵商的要求所办，不敢有所欺瞒。"

"是吗？那木牢笼里囚禁的茶农又是怎么回事？"

"此事恐怕不需要向贵商交代，只要我们每年能按时提供好茶，其他的便不劳费心了！"田员外说罢转身要走。

诺布却阻住他道："没有这些茶农相助，茶饼的品相又如何保证？"

"我自有办法！"田员外说着便听见不远处传来打斗之声，有人叫嚷道："不好了，茶农们被人放走了！"他恍然大悟，一指诺布道："是你，你与他们是一伙的！"

"现在才发现，恐怕太迟了！"诺布一拳将他击倒在地，捆住他的双手道，"你们汉人有句话叫'以彼之道还施彼身'，今日我便让你尝尝被关进笼子里的滋味！"说着便拎着他向原本关押茶农的木牢笼走去，一把丢了进去。笼子外面挂着一根皮鞭，诺布取过皮鞭拿在手中，指着田员外道："说，是谁给你这么大的胆子，敢做这些伤天害理之事？"

田员外见势不好，忙在笼子里讨饶道："贵商听我说，我有万贯家财，只要你肯放了我，无论想要什么都好商量！"

"你这等奸诈小人，恃强凌弱，反复无常，我岂能信你！"诺布啐道。

"只要你放了我，今年的春茶我分文不取，全数奉送，你看如何？"

"这些茶田本为茶农所有，是你勾结官府强霸民田，诬陷好人，还想从中取利，简直是无耻至极！"

"你！"田员外见软磨不行，便换了一副嘴脸，对他冷笑道："你好好看看，那些官兵可都是我们的人。一会儿等他们腾出手来，第一个便会拿你是问！"

"哦？我却不信了，这义阳郡难道是你的天下不成？"

田员外冷哼一声道："不瞒你说，便是那义阳郡守，也得惧我三分！"

"这我便更不信了，你无官无爵，只不过有些家财而已，又岂能有如此势力？还是莫要夸口了！"诺布讥讽他道。

"哼，看来你是不见棺材不掉泪啊！"田员外一脸轻蔑之色道，"说出来只怕会吓死你，老爷我在朝中可有人！"

"敢问是何人？"

"远的不说，就说近的。我有一个表亲乃名门之后，家中四世唐臣。他的祖父便是玄宗时期大名鼎鼎的宰相……"话还未说完，不知从何处射来一支箭，穿过木牢笼，直向田员外咽喉处而来，"噌"的一声刺穿喉部，登时血腥四溅。田员外一声也未叫出，便晃了一晃，倒在地上。

诺布大惊，转身喝道："谁！"身后除了与茶农们打作一团的官兵之外，并不见他人。他忙打开笼子，去探田员外的鼻息，人已然断气了。

却说碧儿听了陆羽之言，从茶山上逃身下来后，很快便找到了张大哥夫妇，打算带着他们趁乱逃离此地，谁知刚走出没几步，便被一队官兵阻住去路。抬眼一看，为首之人竟是阎士和。

"碧儿姑娘，急急忙忙的，要上哪儿去啊？"阎士和抄手看着她道。

"我……"碧儿搀着爹娘，避开他的目光。

阎士和踱到三人身前，打量了一番道："若是本官没记错，这两人便是姓张的茶农夫妇。而你，便是当日跑出去的那个女儿，对不对？"

碧儿见他已然知晓，索性抬起头看着他道："你说的不错，我便是从小在这里长大的茶女！那日你们抓走了我的爹娘，我从家里逃出来，一个人无依无靠，只得去湖州投奔先生，求他想办法救我爹娘。你们这些贪官污吏，伙同地方恶霸强占茶田，囚禁茶农，实在罪大恶极！"

"本官猜得果然没错，你们确实是有目的而来。说吧，太子是否知道此事？"

碧儿冷眼看着他道："那日我为你们献茶便已觉得厌恶之至，你休想再从我口中问出任何事情。"

"好，和你家先生一样，有骨气！"阎士和拊掌赞道，"不过，本官今日要教你一个做人的道理。那便是凡有骨气的人，终究没有好报。你难道没听说过吗？好人不长命，祸害遗千年。只要有利可图，本官不介意做个祸害。你不是厌恶本官吗？那本官今日便要你亲眼看看，看看你爹娘，还有你仰慕的先生，如何死无葬身之地！"说罢一挥手，命身后的官兵上前将碧儿与张大哥夫妇拿下，将他们重新向木牢笼押去。碧儿到了近前一看，不由得吓坏了。方才跑出来的那些茶农们，此时又被抓了进去。再仔细一看，就连诺布也被关在了其中。笼子之外的地上还有一物令人不寒而栗，便是田员外那具颈插长箭的血淋淋的尸体。

“待本官抓到陆羽，你们这些人便一起下地狱吧！”阎士和狠狠地说罢，吩咐手下官兵继续去寻陆羽，自己则命人摆上香茶，坐在木牢笼对面，一边喝茶一边等着消息。

过了一炷香时间，只见一名官兵一脸惊恐地跑上前来，对阎士和禀告道：“大人，不好了！不知从哪里来了一大队兵马，恐怕他们去往郡府衙门之后，再过一两个时辰便要到这里了！”

“是什么官兵，举的是何人的大旗？”

“属下也不知是何处的兵马，但看有两姓大旗，一面上写着‘颜’字，一面上写着‘卢’字。”

阎士和放下茶碗道：“你确认有一个‘卢’字？”

“属下确认。”

“好，”阎士和松了口气，但又觉不妥，起身道，“去，架起柴堆。再等一炷香时间，若还是抓不到陆羽，便将这木笼子连带里面的人一起放到火上烤！”

“大人，这……”官兵露出一丝犹豫。

“将周围的百姓都轰走，若是日后有人问起，便说是祭祀之时不慎走水（失火），出了意外，将茶农们烧死了。”

“这样……行吗？”官兵仍有些胆怯。

“本官说行便行，出了差池，自有人担待。还不快去！”

“遵命。”官兵只得下去吩咐人架柴堆。

木牢笼里的茶农们听了阎士和之言，皆悲愤至极，骂声震天。阎士和伸手掸掸身上的浮灰，重新坐下来，执起茶碗继续饮茶，对耳边的叫骂毫不在意。

半炷香时间未到，远处马蹄之声越来越近，一队兵马浩浩荡荡而来。为首的一位身骑白马，英气勃发，正是度支郎中李复。在他身后有两名亲兵骑马护卫。再往后又有两人一前一后骑在高头大马之上，前面之人便是时任宣慰使的颜真卿，后面之人乃新任的监察御史，二十多岁的世家子弟卢杞。

这卢杞的身份非比寻常。其祖父为玄宗在位前期的名相卢怀慎，其父卢奕乃卢怀慎的次子，官至御史中丞。说起这卢奕真乃一位忠烈之士。当年安禄山发兵攻破东都洛阳，官员们四散而逃，唯独卢奕一人坚守城池，毫不退缩。后来不幸被叛军俘虏，他仍旧威武不屈，大声唾骂安禄山，历数叛军罪行，最终被叛军杀害。肃宗听闻其英勇之举，特追赠其礼部尚书之职，赐谥号“贞烈”。故而，这卢杞可谓名门出身，忠烈之后。

阎士和没想到兵马并未前往郡府，而是直向茶山而来，心中暗道不好，忙命手下暂停点火，来到木牢笼前道："你们给本官听好了，别以为朝廷派兵马来了便能救你们。本官手眼通天，这来的官员里面就有相熟之人。本官可告诉你们，一会儿有谁敢乱说话，小心日后自己死了不算，还会祸及亲人！"

茶农们一时被他的话吓住了，露出畏缩之态。

诺布高声道："大家别听他胡言，这官兵是陆先生请来救我们的。你们看，那是颜真卿颜大人的大旗，他可是天下人尽皆知的好官，绝不会与此人同流合污！"

碧儿也道："他说的没错，颜大人曾经救过五原的百姓，这一次他便是来救我们的！"

阎士和大笑道："凭他是何人，本官从来不信这天底下真有不求权位、不谋私利、不图名声的清官！只要是人便都有贪欲。"他又直直地盯向碧儿道："你以为你家先生便不贪吗？他贪！贪俗世虚名，贪如花美眷，贪千秋万代的颂扬，他不是小贪，而是大奸巨贪！"

"好，你说得好！"一人大笑着走上前来，对阎士和道，"在下是贪，贪的是人间的真情挚爱，贪的是世道的清明公正，贪的是江山的安宁太平。地藏菩萨曾经发愿'地狱不空，誓不成佛'，若这也是贪，那在下宁愿成为你口中的大奸巨贪，也不去做那浑浑噩噩、蝇营狗苟的卑鄙小人！"

阎士和额头的青筋蹦起，赤红着双眼道："姓陆的，你终于现身了！方才那么多人竟让你跑了，实在是你的运气！"

"那么多人有何用，有我赵缨在，绝不会让你们伤到他一丝一毫！"赵缨腰佩长剑，从陆羽身后走出来道。

陆羽笑道："谢谢侠女护卫，多亏你一路相助，才有今日这场好戏！"

"诶，我才走了几日而已，怎么功劳便都被她抢去了？"李复从白马上翻身跃下，边说边来到近前。

"还有本官，这把老骨头大老远地赶到此地，也是不易啊！"颜真卿在马上笑道。

"颜大人、初晨！"陆羽欣喜道。

阎士和见他们如此熟稔，气焰一下子落了下来。抬眼向颜真卿身后的卢杞看去，见他正黑着一张长脸，八字眉拧成一字，一双三角眼冷厉地盯着自己，心中瞬间凉了大半，暗道这次恐怕要栽。

四十六、会审平冤屈，诛恶了宿怨

茶山之下，颜真卿命人摆上审问席，自己端坐于正位之上，两侧的副位坐着李复与卢杞。颜真卿坐定之后，对众人宣布道："朝廷接到奏报，说义阳郡有人假传朝廷诏令，官商勾结，强霸茶田，囚禁茶农，致使民怨沸腾。朝廷未知此事是否属实，故特封本官为宣慰使，前来彻查此事，以安民心。会同本官一起审理的，还有度支郎中李大人，监察御史卢大人。你等有何冤情，如实道来，朝廷会为你们做主！"

"民女有冤！"碧儿在木牢笼中喊道。

颜真卿一来便注意到了那个十分扎眼的木牢笼，此时沉着脸问阎士和道："阎大人，这是何物？"

阎士和忙回道："回大人，今日乃祭祀茶神的大日子，这些茶农竟然结伙闹事，不敬神灵，扰乱祭祀大典。下官无法，只得将他们暂且囚禁在这木牢笼之中，为的是平息骚乱，使大典顺利完成，也同时小惩大诫，以儆效尤。"

颜真卿目光扫向不远处堆放着的木柴，又道："这柴堆又是怎么一回事？"

"那是为今夜欢庆所准备的篝火，方才正堆了一半……"

"他撒谎！"碧儿揭穿他道，"他命手下架起火堆，是想要烧死我们！"

审问席上的三人听了此言，皆震惊，一齐看向阎士和。李复恨得双眼冒火，卢杞则面沉似水，难辨喜怒。

阎士和慌忙分辩道："绝无此事！天日昭昭，下官岂敢做此等事？这女子乃闹事的茶农之女，定是衔怨报复，才会如此污蔑下官，还望大人明察！"

碧儿气愤道："民女并未诬陷他，三位大人若不信的话，可以问问在场的茶农，大家都可以做证！"

颜真卿吩咐手下打开木牢笼，将茶农们放了出来，随后对他们道："你们有何冤情，现在便可诉来。"

茶农们面面相觑，除了张大哥夫妇出言做证之外，半晌无人敢再出声。

颜真卿道："你们不必有所顾忌，本官此来便是为了查明真相，还受冤者以清白。天子犯法与庶民同罪，无论何人触犯大唐律例，我们皆会秉公处置，绝不姑息包庇。两位大人，你们说对吧？"他转身看看坐在两侧的李复与卢杞。

"颜大人说得极是。"卢杞态度恭敬地道。

李复点头道："此案太子极为重视，否则也不会特意派颜大人作为主审，并派下官与卢大人共同听审，为的便是不存偏私，秉公处置。"说到这里转而对茶农们道，“你等若不趁此机会讲出实情，只怕日后便有口难言了。”

茶农们听了他的话，情绪有所松动，有人想开口说话，但看了看一旁的阎士和，话到嘴边又吞了回去。

此时诺布开口道：“茶农们畏惧义阳的地方官，不敢多言，但在下却不怕，便把此番来买茶的所见所闻向三位大人禀明，以作供词。”

“好，你说吧。”颜真卿道。

诺布便将田员外如何勾结阎士和，强霸茶田，以次充好，囚禁茶农，暗害陆羽之事如实说了，李复在一旁亲自记录好供词，让他签字画押后，将供词呈给颜真卿。颜真卿又命碧儿与张大哥夫妇将供词说了一遍，也画了押，随后让卢杞看了，确认所录无误后，将供词一收，对阎士和道：“阎大人，你还有何要申辩的吗？”

阎士和此时已暗冒冷汗，瞥了一眼一直未怎么说话的卢杞，见他面无表情地坐着，只得思忖了半晌道：“下官确实下令将茶农的茶田交给田员外打理，但这完全是出于一片公心。田员外的府上多是精通种茶之人，由他来负责茶田再合适不过。至于茶农们与官府发生冲突，被关押起来之事，乃一时误会，只要多加安抚便可平息。下官回去一定会安顿好茶农，给他们一个交代。”

“你说田员外府上有精通种茶之人，请问是哪一位，可否将他请来面见三位大人？”一直在旁听审的陆羽此时上前道，“义阳、舒州两郡之人皆知，田员外因不会种茶致使今年开春以来，茶树凋败，迟迟不发芽，所以才遍贴招贤榜，寻找会种茶之人。在下便是听闻此事，才会揭了招贤榜入田府帮他种茶。可是没想到，茶田一有起色他便将在下诬告入狱。后来他因制不出茶饼又来求在下，在下便让他到义阳郡府承认此前诬告，并写下保证书永不翻案。这些事情皆可到义阳郡府去核验，想必很快便能查出真相。”

“那田员外现在何处，去将他带来。”颜真卿吩咐手下道。

茶农们忙向田员外方才的尸身所在之处看去，竟空无一人。原来阎士和早已趁乱命手下将尸身抬走。这厢正无奈，那边赵缨押着几人抬着一具尸身，边走上前来边说道：“颜大人，您要找的人在这里。”说罢，令那几人将尸身放在地上。众人一看，正是田员外。尸身上的血渍已经凝固，咽喉处插着的那支箭却在阳光下闪烁着光亮。

堂上的卢杞见了尸身，八字眉皱了一皱，旋即又展开了。眼光扫向阎士和，停留片刻，给了他一个耐人寻味的眼神。

颜真卿道：“这是怎么回事？”

赵缨回道："回大人，方才我见这几人鬼鬼祟祟地抬着一物，便上前查看，没想到竟是田员外的尸身，便将他们押回来了。"

"做得好。"李复在堂上道，暗中对她挤了挤眼。

赵缨白他一眼，俯身拔下插在田员外咽喉处的那支箭，上前欲呈给颜真卿，却被李复一把接过。李复细细端详了一番，随后对颜真卿道："颜大人请看，这箭身上刻有一个'阎'字，从形制上看应是朝廷官员的府兵所有。田员外的尸身出现在附近，便证明他被杀害之地定然离此不远。而在场之人，便只有阎大人一人的姓名中有这个'阎'字了。"

他话音刚落，诺布出言道："回三位大人，在下亲眼所见田员外是如何被人用暗箭所杀的。"他将方才之事一五一十地禀明，又道："李大人说得极是，方才在近前的除了阎大人所带来的官兵之外，便是这些手无寸铁的茶农与百姓。所以在下也以为，田员外之死与阎大人脱不了干系。"

"阎大人，此事你又做何解释？"颜真卿沉着脸道。

阎士和面对眼前的铁证，自知再如何狡辩也难以脱罪，又想起方才卢杞给他的暗示，便横下一条心，"扑通"一声跪倒在地，叩头道："下官有罪，求三位大人开恩！"

"你有何罪？从实招来！"颜真卿一拍惊堂木。

"下官贪欲作祟，以权位之便谋取私利，并伙同田员外一起霸占茶田，囚禁茶农，陷害陆羽，实在罪孽深重……"

"那田员外又是如何死的？"

"是下官命人动的手。"

颜真卿正待要问，卢杞插话道："你与他有何冤仇，要杀人害命？"

阎士和看了他一眼，低头回道："因为……因为他想独吞茶田所得的利益。若不是下官一纸公文，他又岂能将这些上好的茶田据为己有？他如此忘恩负义，下官一时激愤，才会命人取了他的性命，以致铸成大错。"

卢杞眼角一跳，继续问道："这么说来，此案是你与田员外二人合谋，为了谋取私利强霸茶田，才会导致了接下来发生的一切，是不是？"

阎士和点头道："大人明察秋毫，正是如此。一切都是我二人所为。如今田员外已死，下官悔不当初，甘愿认罪伏法，恳求大人从轻发落！"

"好，既然你肯认罪，那么本案便已分明，本官以为……"卢杞还未说完，却听碧儿喊道："且慢，民女还有话要说！"

"哦？"卢杞眯起三角眼，缓缓道，"姑娘，你又有何事？"

“大人，民女知道此案除了他二人之外，还有其他人牵涉其中，那便是……”她话未说完，只听李复在堂上咳了一声，对她暗暗摇头。再看一旁的陆羽，他也是同样的神色，示意她莫再多言。虽不知是何原因，但她还是止住了。

“你说还有人牵涉其中，他是谁?”卢杞坐直身子，紧紧盯着她道。

“是，是……”碧儿急中生智，指着旁边的官兵道，“就是这些义阳的官兵，他们听从主子之令，为非作歹，方才还要架起柴堆烧死我们，实在可恨！”

义阳的官兵们见阎士和业已认罪，慌忙跪倒一片，不住叩头请罪。方才那个被阎士和吩咐架起柴堆的官兵，原本便十分不情愿，如今更是一心为自己开罪，忙不停地叩头道：“三位大人明察，方才小的架起柴堆，完全是受阎大人的逼迫，绝非自愿！小的自知跟着他做了许多坏事，但这次架柴烧死茶农之事，实在太过恶毒，就连小的也干不出来，所以才会一直拖延时间，便是想等大人们到来，可以令茶农们免遭于难。看在小的这点儿悔过之心上，恳求大人开恩，从轻发落！”

阎士和怒视他道：“你！你竟敢出卖本官！”

官兵道：“大人，这些茶农都是义阳的百姓。我们这些官兵虽然穿了一身兵服，但也都是土生土长的本地人，其中也有人与茶农沾亲带故。你强霸他们的茶田也便罢了，可要下令烧死他们，实在令人难以接受啊！”

“宁犯天条，勿犯众怒。阎士和，你作恶多端，连手下之人都不愿再忠心效力，实在是可悲、可恨！”李复叹道。

“现在案情已明，还请颜大人定夺。”卢杞道。

“卢大人有何建议?”颜真卿道。

“颜大人一向公正廉明，下官没有意见，全凭大人处置。”

“李大人呢?”颜真卿又问李复。

李复贴在颜真卿耳边说了几句，颜真卿点点头，随后道：“既然两位大人皆无异议，那本官便暂行宣判了。”

众人皆肃穆以待。颜真卿道：“义阳通判阎士和，贪赃枉法，以权谋私，伙同田某强霸茶田，囚禁茶农，陷害良善，以致民怨沸腾。后又因分赃不均，心生歹毒，指使手下以暗箭杀害田某。为了灭口，更命手下架柴堆欲烧死茶农，幸而本官等及时赶到，才使茶农幸免于难。阎士和罪不容恕，令其脱去官服，收回官印，押入囚车，由本官押解进京，交由太子亲自定罪。其余与本案有关之人，皆按律论罪。茶农们先拿回各家茶田，好好采收春茶，待本官回去向太子禀明，再另行安抚之事。”说着将令签一掷。当即便有手下上前将阎士和按倒在地，扒掉官服，带上枷锁，押入了囚车。

茶农们万万没想到，压在头上两三年的冤屈竟然一朝得雪，且颜真卿毫无包庇纵容之举，处置得清清楚楚、明明白白，给茶农们出了大大的一口恶气，不由得一边抹泪一边叫好，跪倒在地上，将颜真卿呼作“青天”，直拜了许久才止。

他们这边欢喜不尽，那边囚车里的阎士和此时却万念俱灰，心中无比恐惧。抬头望向远处的卢杞，仍是一副不动声色的淡然之态，不由得暗自悔恨，本以为自己一口认下所有罪行，必可得到他的庇佑，谁知此事背后竟有太子过问，过几日到了长安面见太子，恐怕万事休矣！他缩在囚车中，悔恨交加，不知卢杞正在一旁暗自盘算着……

当夜，颜真卿等人在义阳郡的驿馆下榻。诺布因此番在义阳耽搁太久，连夜便率领商队运茶回去了。陆羽与李复、赵缨用罢晚宴后，在后花园的凉亭里小坐，重叙别后之情。

“没想到我不在，你也能应对地如此好，将对决拖到最后一刻，真是厉害。今日能够为茶农们申冤，你是大功一件！”李复一拍陆羽道。

“不敢不敢，李大人公务繁忙，丢下这么大的烂摊子便走，我也只好勉为其难，强作周旋罢了。”陆羽笑道。

“喂，你们两个别只顾着自吹自擂！是谁去阎府救出了碧儿，谁在茶山上掩护了阿羽，谁放走了木牢笼里的茶农，又是谁在关键时刻发现了田员外的尸体？若没有我在，你们二人恐怕没心情在这里吹牛呢！”赵缨在一旁道。

“正是，正是，义阳之案能够了结，缨儿当属头功！回去为夫便给你刻一个记功碑，立在府上的花园里，供玠儿与琼儿每日参拜瞻仰，你看如何？”李复坏笑道。

“又胡言乱语，当真不怕烂舌头！”赵缨嗔道。

“琼儿自出生以来，我还未曾见过。他胎里便弱，不知如今身子如何了？”陆羽关切道。

“我爹向圣上请旨，请了御医从小给他调理，虽然没有玠儿自小习武，身子骨那么壮实，但也无大碍了。将来我想让他好好念书，做个鸿渐这样的饱学之士。”李复道。

“琼儿是因我才会如此，每每想起此事，我都觉得心中难安，不知道该如何弥补。”陆羽道。

“要想弥补也不难，”赵缨笑道，“等他再长大些，你便收他在身边做个茶童，教教他如何煎茶，如何做人，便是极好的了！”

“琼儿将来是要做治国兴邦的栋梁之材的，与我学这些无关痛痒的雕虫小技，岂不是投错了师父？”

“谁说煎茶是雕虫小技？老子云：‘治大国若烹小鲜。’鸿渐对茶道的见解独到精深，琼儿只要能学到你的一星半点便是他的造化了。”李复正经道。

“初晨鲜少称赞于谁，今日能得你如此夸奖，我也是不枉此生了！”

“哎，我这便是日行一善，你且不必当真！”李复说罢，哈哈大笑。

“你也太过贫嘴了！”赵缨推他道。

三人正笑着，碧儿端了煎好的紫笋茶来，先奉与李复与赵缨，最后端给陆羽。谁知那两人皆饮罢了茶，陆羽却仍是冷着一张脸，不去伸手，只将碧儿生生晾在那里，不知如何是好。

“先生，请用茶。”碧儿俏脸涨得通红，眼巴巴地瞅着陆羽道。

陆羽仍是不理不睬。

赵缨看不过去，说道：“你这是怎么了？她一个姑娘家，你干吗如此不给人家颜面？快接了去吧！”见他仍是不动，只得伸手替他接过，放在桌案上。

碧儿见他如此，一双大眼睛里顿时噙满泪水，强自忍了片刻，还是扑簌簌落下泪来。“哎呀，好好的怎么哭了？”赵缨忙拉过碧儿的手，用罗帕为她拭了拭泪。碧儿仍是止不住眼泪，委屈道：“先生，碧儿究竟做错了什么？”

过了半晌，陆羽终于叹了口气，对她道：“来之前，你曾答应过我，凡事皆听从我的安排，绝不擅作主张。可你呢？竟丝毫不顾我的劝阻，非要去探那深不可测的阎府。那阎府是何等样的虎狼之地，你一个弱女子在里面，怎不叫人担心？若有任何差池，你叫我如何向你爹娘交代？我问你，你在阎府之中，是否遭到逼迫，是否受了什么损伤？若真是那样，我还有何颜面去见你爹娘！”

碧儿慌忙摇头道：“先生，碧儿懂得如何保护自己，并未受到任何伤害！”

“你怎么能说这种话？碧儿进阎府，那还不都是为了你！我当日前去救她，她定要留下来打探消息，说什么也不跟我走。她的一片心意你不领情也便罢了，岂能如此冷言冷语，伤了人家的心！”赵缨为碧儿不平道。

李复暗知碧儿对陆羽的心思，但他也知此事恐怕永远也无法言明，便岔开话题道：“碧儿，你在阎府中可有新的发现？”

碧儿擦擦眼泪道：“并没有发现什么证物。只是有一次，我躲在树后偷听阎士和与田员外密谋，两人提到当朝宰相元载，说他是他们在朝中的靠山。后来田员外又说，即便没有元载撑腰，自己在朝中还有一把保护伞，但究竟是何人却没有说……”

“还有一把保护伞，那又会是谁呢？”李复蹙眉道，“此案越来越不简单了。”

“碧儿有一事不明。今日在堂上，你们为何不让我说出幕后主使元载？”

李复道：“元载如今权倾朝野，没有确凿的证据以及十足的把握，绝不能轻举妄动。你今日若是说出来了，难保不会有元载的党羽为他通风报信，到时候便打草惊蛇了。”

陆羽气道：“她哪里知道这些，只是一味地逞强任性！”又对碧儿道，“如今你爹娘也已平安归家了，我看你明日便收拾一下，回家去吧！”

碧儿闻听此言，眼圈又是一红，颤声道：“先生，你这是要赶碧儿走吗？”

四十七、悦君山有木，妒芳碾作尘

陆羽见她如此伤感，以为她是误解了自己的意思，便改换了语气，柔声劝道：“你跟在我身边已有两三年，茶也习得不错了。如今你爹娘已得回了茶田，家中定有许多事需要你前去帮手，他们也必定十分想念你，这是一层。再一层……”陆羽想了想，还是说出口道：“女儿家的青春易逝，若我没记错的话，你芳龄已过了及笄之年，张大哥与大嫂恐怕一直惦记着为你寻一位如意郎君，以后好相夫教子，过上安稳的日子。所以思来想去，为了你的长久计，我还是决定让你早些归家，一家人团团圆圆的，也好为将来打算。”

他本是好言相劝，没想到一提起嫁人之事，碧儿神情越发凄楚起来，最后竟是双手掩面，抽泣不止。

“这丫头，怎么哭成这般。”赵缨忙又去劝，揽住她肩头柔声道：“今日不说此事了，走，我带你回房歇息。”说罢，带着碧儿回房去了。

陆羽看着她们离去，一脸不解地问李复道：“是不是我方才对她过于严厉，才会令她如此？”

李复欲言又止，只是道：“女儿家的心思，恐怕还得靠你自己慢慢体会。”

“她有什么心思？”陆羽更是不懂，想了半晌，不由得叹道，“我初见她时，她还只是个小娃娃，如今已成大姑娘了，她的心思恐怕只有兰儿才能明白。”

李复无奈一笑，将碧儿煎好的那碗茶递给陆羽道：“喝茶吧，都凉了。”

陆羽饮了口茶，抬头望向云中之月，叹道：“也不知兰儿如今在太子府怎样了，许久没有音讯，我还真是想她。”

李复随他一起看向夜空，问道：“我一直想知道，季兰姐姐对你来说意味着什么？缨儿在我心中便如世间最美的星辰一般，让我想用一生去珍爱、守护。可我总觉得，你对季兰姐姐的感情，比这更多。”

陆羽被他这么一问，在心中暗暗思量一番，不由得感慨道：“初晨，你了解我甚过我自己。若不是你今日相问，我也从未想过，自己对兰儿究竟是怎样一种感情。我自小被弃，除了师父，只有她能给我最真切的温暖与安慰。小时候我曾经幻想，我的娘亲或许便是她的样子，温柔美丽，为我缝衣绣裳，伴我读书习字，在我最需要的时候给我力量。在很长的一段时间里，兰儿给我的便是这样的感觉。后来我回到龙盖寺，被迫与她分离，我也慢慢长大。在日复一日的思念中，她成了我心中最想拥有和守护之人，没有她，我觉得人生便失去了欢愉。再后来的事你便都知道了，我们历尽艰辛才终于在一起。兰儿她这般才貌无双，即便是现在，我也总觉得惴惴不安，生怕哪日从梦中醒来，她便消失在枕边，消失在我人生里，永远不再回来……若是那样的话，我真不知到时该如何承受……”

李复拍拍他的肩膀，道：“不会有那一天的，你们的苦日子已经过完了。日后季兰姐姐再给你生个大胖小子，你便日日偷着乐吧！”

“兰儿她本就体弱，后来又受了那么多苦，我只盼她无病无灾便好，子嗣之事我并不想强求。我本就是个孤儿，连姓都是师父给的，无根无源，不知所出。尘世间能牵绊住我的，只有爱。所以我更能体会，一个人活在世上，那些世俗的价值评判皆不足论，只要做到不违本心，不负此生便足够了。”

“你说得极是。无论你做什么，我与缨儿都会站在你这边的。”

“谢谢你们，初晨。”陆羽将碗中的清茶饮尽道，“天晚了，我们也该歇息了。”

“好。”李复站起身，看了一眼那枚碧绿瓷碗中残存的几粒茶末，轻轻一叹。

远在长安的东宫太子府上，李冶正陪着太子妃在宫中下棋，宫人们在一旁伺候着。李冶进东宫已两月有余，她一直谨记皎然之言，鲜少与太子妃在一室独处，这么久以来两人相处倒也相安无事。眼见太子妃的身子一日重过一日，将于下个月生产，她每日便在宫中陪侍左右，但其旁一直有太子李适派来的宫人随侍，也不算是二人独处宫中。

两人下了半日棋，太子妃只道腰间有些酸痛，要李冶为她揉上一揉。李冶便放了棋子，跪下身去给她揉腰。刚揉了片刻，太子李适也没令人通传，只由窦内侍跟着，径自走了进来，一眼便见李冶正跪在那里服侍太子妃，不由得微微蹙眉道：“爱妃的身子又不爽了？”

太子妃欲起身见礼，被他止住，只得在榻上颔首道：“太子怎么没有通传便进来了，臣妾身子重了，来不及见礼，太子莫怪。”

李冶忙向太子见了礼，又继续去为太子妃揉腰。

“你们都是废人吗？太子妃身子不适，你们便在一旁抄手闲看？”李适对立在一旁的宫人们发火道。宫人们跪下告罪，又起身围着太子妃忙作一团。

窦内侍上前对李冶道：“兰女冠快起身吧，这里有他们服侍便够了。”李冶在东宫的身份是修行的女冠，故而宫人们都以“兰女冠”相称。

李冶只得道了声“是”，站起身来。

李适这才消了几分气，对李冶笑道：“有劳兰姐姐了。”他始终如此相唤，也不许李冶自称“民女、贫道”，执意要照他们小时候的称呼相唤。李冶无法，只得顺从他的心意。

“不敢当。”李冶道。

“本王此来，是有一个好消息要告诉你。”

“什么消息？”

“义阳强霸茶田一案已经了结，鸿渐可是立了大功。”

“真的？”李冶双眸一闪，露出进宫之后从未有过的明媚笑容。

“你看你，一说到鸿渐便欢喜成这样。”

“也不只是为他，更为了义阳的茶农们而高兴。看来，今年的春茶又有好收成了！”

“那是自然，”李适忽而换了一种语气，对她神秘道，“还有一件事要告诉你，那强霸茶田的首恶要犯已押送至长安了，如今就在东宫等候审讯，本王要带你一同听审。”

“朝廷之事我哪里懂，怎能去听审？太子莫要说笑了。”

“诶，此人你一定要见。”

“是何人？”

“你去了便知。”李适对她说罢，转而来到太子妃身前，伸手摸了摸她高隆的腹部，柔声道，“爱妃怀着麟儿辛苦，好生在宫中歇息，本王先去忙公务了。”

太子妃柔顺一笑道：“朝廷大事要紧，太子且去吧，臣妾今晚在宫中等你。”

“好，本王晚间再来。”李适与她又说了几句，吩咐宫人们服侍好太子妃，便走了出去。

李冶仍旧愣在那里，窦内侍上前道：“兰女冠，快走吧，别让太子等着。”

“好。”李冶应了一声，向太子妃告退，随着窦内侍去了。

太子妃盯着她的背影，狠狠撕着手中的罗帕，双眼泛红。

“娘娘，您消消气，当心身子。”正在为她捏腿的侍女福儿道。

“本宫最该当心的不是身子，恐怕是她。”

“当初便是太子要娘娘写信，命她来服侍您安产。可是这两个多月来，是说也说不得，用也用不得，只把她菩萨一样供在这里。方才您只不过让她揉了几下腰，太子便那个样子，即便是我们这些下人，看了也替您不值……”

太子妃越听脸上越是扭曲，嘴唇颤抖道：“照这样下去，莫说本宫腹中这未出世的孩子，就是世子恐怕也会有地位不保那一日。”

“是啊，如今娘娘身子不便，她便缠在太子身边，万一太子他把持不住……”

“你别再说了！”太子妃咬着银牙道，“本宫绝不会给她这个机会。”

却说李冶随着李适来到前厅，只见太子的亲兵仗剑立在两侧，一人手脚被缚着跪在堂下，发髻散乱，满面污垢。她只觉得此人有些眼熟，正在纳闷，窦内侍亲自取了个软凳来放在堂下的一侧，将她引至那里道：“兰女冠，请落座吧。”

李冶不敢落座，看了一眼堂上端坐的李适，见他对自己点了点头，这才坐下。

她刚坐定，只听窦内侍高喝一声道：“罪臣阎士和，见了太子还不参拜！”她心中一惊，凝眸看去，只见那人口称“罪臣”，趴在地上叩头不止。

李适威严道：“抬起头来！”

那人抬起头，李冶朝他脸上看去，虽然污浊不堪，但五官仍旧英俊，正是曾对她始乱终弃之人。

阎士和此时一心想着如何保命，如何狡辩，丝毫没有注意到她，只是不住地叩头道：“罪臣求太子开恩！”

李适任他拜了半晌，冷哼一声道：“你做下这等丧尽天良之事，还有什么脸面求饶？本王问你，是谁给你这么大的胆子，敢假传朝廷诏令，强霸茶田，伤人害命？”

“回太子，此事是罪臣鬼迷心窍，贪得无厌，伙同田某所为，并不牵连他人！”

“是吗？你强霸茶田若只是为了谋取钱财，那为何府中却并未抄出多少银两，莫不是给了朝中的哪位高官打点，才会花去了吧？”李适冷道。

“绝无此事！罪臣所为只是因为贪念作祟，所得的银两皆被罪臣的妻室用于吃穿享乐，或与娘家的姐妹们挥霍了。罪臣俸禄微少，而妻室悍妒，总因此事大吵大闹，罪臣无法，才会出此下策，想从茶田那里贪些钱财，好过几日安宁日子。”他说得极为恳切，一股脑儿将罪状推到妻室身上，想以此博得太子的同情。

李适冷笑两声，讥讽道："俗话说：'家有贤妻，夫不遭横祸。'你当年一心攀附权贵，不惜抛弃已有婚约的旧爱，执意迎娶刺史之妹，想要借此平步青云，最后却落到这步田地，实在是自作孽！"

阎士和一惊，不知太子怎会知道自己当年之事。偷眼向堂上看去，见太子端坐于前，眼角再一扫，却见堂下的一侧竟坐着一个女子，身形极为熟悉。他正拿眼乱瞟着，李适咳了一声，冷道："不必乱猜了，本王今日特开隆恩，给你一个与故人相见的机会。抬起头看看吧，坐在那里的是谁？"

阎士和抬头看去，只见李冶坐在那里，云鬓娇容，绣服锦衣，岁月在她脸上似乎并未留下太多痕迹，除了增添几分成熟风韵之外，还是当年的艳丽姿容，仅仅略施粉黛，便已光彩夺目。

"兰、兰妹……"

"大胆！"窦内寺喝道，"连太子都要称兰女冠一声姐姐，你岂敢如此无礼！"

"罪臣不敢！"阎士和慌忙叩头道，"罪臣叩见兰女冠！"

李适看向李冶道："兰姐姐，今日本王带你来听审，便是叫你来看一看，当年的那个薄情郎，如今沦落成什么样子，也好为你出一口恶气！"

阎士和听了此话，更是又惊又怕，忙对李冶不停地叩头，哀求她宽恕自己当年的恶行。

李冶看着阎士和的这副狼狈相，心中却并无多少痛快之感，只觉十分可悲。看他对着自己不住叩头求饶，卑微至极，脑中却浮现出他当年风华无边的青春模样，此时已然判若两人。从前之事与眼前之人，早已不会令她的内心再起一丝波澜。她起身对李适拜道："多谢太子一片心意，不过我与此人早已毫无瓜葛，他是好是坏，是生是死，都与我无关。他既犯了罪，太子以国法处置便可。"

"兰姐姐果然是洒脱心性，慈悲心肠，"李适唏嘘道，"若是他人，有这样绝好的机会摆在面前，定会狠狠报复一番，叫他将当日欠下的加倍偿还！"

李冶淡淡一笑道："不必了。他被贪欲恶念所缠，日日忙于谋划阴谋诡计，与魑魅魍魉为伍，亲手为自己造就了一副地狱牢笼。在这地狱中，他受尽世人唾骂，恶念啃噬，贪欲灼烧，早已苦不堪言，又何须我再来为他添加什么惩罚呢？"

"说得好！"李适大笑道，"你的这番话令本王听得痛快淋漓！不过，国法如山，即便兰姐姐宽宏大量，不加罪于他，本王也决不轻饶！"他沉吟片刻，下令道："阎士和，不管你是一人主谋，还是受人指使，就凭你当日对兰姐姐的那般凌辱，还有在义阳所犯下的罪行，本王都不会让你痛痛快快地去死……”

阎士和听到这儿，满脸恐惧地盯着李适，脊梁骨阵阵发麻。

李适接着道：“本王会将你囚禁在东宫的掖庭狱中，每日鞭打二十，掌嘴二十，杖责二十，日日不许间断，直到你肯招出幕后主使，或者熬不过苦刑死掉，否则永远都别想解脱！还有，你的家产全数抄没，妻妾卖为官妓，其余亲族一律流放夜郎，永不得回来！来人，将他拖下去吧！”

阎士和听罢，双眼一翻，瘫倒在地，被亲兵拖出堂去。

李冶听着他的处置，身上不禁越来越寒。她从没想到，他口中竟也能说出如此残酷狠戾的刑罚。在她心里，他一直是那个温柔俊秀、文质彬彬的少年郎，而不是如今这个杀伐决断毫不眨眼之人……举眸向堂上端坐之人看去，华服披身的他，面容俊秀如昨，但却多了几分阴寒冷肃，令她感到一丝畏惧与陌生。

她这般想着，李适起身含笑向她走来，伸手扶起她道：“怎么样，本王处置得是否妥当，兰姐姐可还满意？”

“我……”李冶一时不知如何作答，只是笑着点点头，神情温婉柔美。

李适眸子一闪，看痴在那里。

窦内侍见他好半晌不语，只得轻唤他道：“太子，太子……”

李适这才抽回神思，幽幽道：“兰姐姐方才那一笑，真像母妃。”

李冶慌忙告罪道：“是我失仪了，太子恕罪！”

李适扶住她下拜的身子，柔声道：“不，你让本王能有一瞬重见母妃，本王欢喜还来不及，又怎会怪你？”

“娘娘直到如今还没有音讯，也难怪太子会如此。”

李适神色一黯，随即对窦内侍道：“今日本王高兴，你去命人在后花园摆上酒宴，准备好歌舞，本王要与兰姐姐好好庆祝一番。”

“遵旨。”窦内侍退下去传宴。李适又命宫人去告诉太子妃，让她晚间不要再等，自己先行歇息便是。诸事都吩咐完了，他便带着李冶慢慢向后花园踱去。

两人一路上闲话了几句家常，李冶本想仔细问问义阳之案是如何破的，陆羽的近况如何，却被李适以一句“凡事都好”草草带过。待两人到了后花园时，宴席已经摆就，乐师、舞姬们也已准备停当，李适道：“兰姐姐，请入座吧。”

李冶一迟疑：“是不是去请太子妃前来？”

“她身子不便，本王已吩咐她歇下了。”李适说着将李冶拉至席上坐定，自己在她一旁落座道，“今夜之宴，只有你我二人。”

“这恐怕有些不妥吧。”李冶不安道。

"怎会，你便将此处当作我们小时候在承风戍驻地便可。"他说罢，命人掌上灯，将所有宫人摒退，只留窦内侍一人服侍，随后对乐师道："演一曲《阮郎归》。"婉转缠绵的曲声顷刻间流淌而出，浸染了浓浓的夜色。

李适在朦胧的灯光下一边端详着李冶，一边自斟自饮。

李冶被他看得周身不适，侧过脸去，道："太子，我仍是觉得这样不妥。"

"你便让我任性一回，不行吗？"李适醉意沉沉道，"我如今虽是堂堂太子，可母妃却至今流落在外，生死未卜……你知道吗，我从小便想象着，等我登上太子位的那一日，母妃该有多欢喜。到时候她便可以扬眉吐气地随我入主东宫，成为天底下最荣耀、最幸福的女人，可结果呢？一场叛乱便将她从我身边带走，我连最后一面都没能与她相见，甚至可能连尸骨都找不到。你说，我要这太子位有何用？要这一身能耐又有何用？"

李冶见他这般痛苦，不由得心生动容，柔声劝道："太子不要过于悲痛。"

李适一把抓住她的玉手，醉道："不要叫我太子，叫我念之。"

李冶不想再令他难过，也便没有挣脱，唤道："念之。"

"幸好还有你，还有你可以让我倾诉愁肠，睹颜思人……"李适说着将头埋在她的臂弯里，不知是说给她听，还是喃喃自语道，"兰姐姐，不要离开我。我……我喜欢你……从很久很久以前便开始了……"

李冶心中猛地一跳，愣在那里。

四十八、抽刀难断水，举杯更添愁

李冶压住心头乱跳，想将李适的身子推开，可他似乎醉意沉重，根本难以推动。转身想唤窦内侍相帮，谁知窦内侍却别过身去，退到了廊下。

"念之，你清醒清醒！"李冶想抽回手去，却被他紧紧一攥，醉哼道："别走，别走……"李冶心中转过百种念头，想用酒将他泼醒，可又碍于他的身份，不想将事情闹大。又想起陆羽，他若得知此事，该有多痛心。

正在此时，太子妃身边的福儿端着两碗莲子羹走过花园回廊，一眼便瞧见这一幕，惊得瞪大双眼，惨白着脸转身匆匆而去。李冶顿时羞红了脸，用力推他道："太子，你醒醒，太子！"

"嗯……"李适慢慢撑起身子，扶着额头道，"头好疼。"又用醉眼看了看李冶，迷糊道："本王是不是饮多了？"

李冶忙趁势抽回手，缓了片刻才道："是，太子方才醉倒了。"

李适坐直身子，清醒了一会儿，转眸瞥了她一眼，叹道："与酒比起来，本王还是更爱饮茶，只可惜鸿渐不在。"

李冶听他竟然提起陆羽，脸颊烧得更红，心中又羞又恨，低着头不发一语。

"兰姐姐，你脸色不好，是饮了酒，身子不适吗？"李适问罢，又对廊下的窦内侍道："去，端些醒酒汤来。"窦内侍答应而去。

《阮郎归》的曲子也奏到了尾音，李适索性将乐师、舞姬也遣走了。空荡荡的后花园中，只有他与李冶在席上并坐着。月光倾洒下来，勾勒出两人虽近在咫尺却各自孤单的轮廓。

沉默了许久，李适开口道："本王方才，是不是乱说了些什么？"

李冶没有答言。

李适咬了咬唇，有些尴尬道："还是李太白的诗写得好：'抽刀断水水更流，举杯消愁愁更愁。'本王今夜实不该饮酒……"

李冶还是不说话。

李适显得有些慌乱，又道："方才那曲《阮郎归》好听吗？"

李冶轻叹一声，回道："好听。"

李适这才展颜笑道："那便好。本王记得你与鸿渐都爱听这首曲子。小时候母妃曾带着我们听过好几次，还是她告诉我们刘晨与阮肇的传说。"

"娘娘貌美心慈，她若得知你做了太子，有了子嗣，以振兴大唐为己念，如此勤政爱民，定然会欢喜不尽。"

"当真吗？母妃真的不会怪我没有保护好她，让她流落民间，与我和父皇从此分离？"

"那是叛军之罪，太子不必自责。"

"自责又有何用，人已不在了。"李适说着，又要去斟酒，却止住了，"不饮了，饮多了又会胡言。"

李冶站起身，对他施礼道："夜深了，我该告退了。"

"别！"李适伸手想去拉她，又在半空中收回，"连你也要弃本王而去吗？"

李冶直直看着他道："太子想要我如何？"

"本王……本王……"李适被她这么一问，反而语结道，"今夜月色这么好，本王想要你再陪我多坐一会儿，好吗？"

"明月当照有情人。可惜太子妃与鸿渐皆不在场，辜负了这轮圆月。"

李适苦涩一笑，仍旧道："你我之间，便不能同享这轮圆月吗？"说罢，又补充道，“以知己、姐弟、故交的身份，也不可以吗？”

李冶听他语气已近乎乞求，自己又还身在东宫，不想就此与他闹僵，便点点头，在他对面坐下。此时，窦内侍端了醒酒汤来，呈给两人。

李适喝着醒酒汤，只觉比苦酒更难以下咽。窦内侍上前道：“太子，是否把乐师再唤过来，他们还准备了好几首曲子未奏呢。”李适正怕与李冶如此坐着尴尬，便道：“去传吧。”

“遵旨。”窦内侍又传了乐师舞姬前来，后花园中顷刻间又响起悠扬的曲声，舞姬的舞姿婀娜动人，围绕在两人周围，将方才的清冷一扫而空。

李冶静静坐着，心中盘算着该如何离开这个是非之地。此时此刻，她多么希望陆羽能陪在自己身边，可又怕见了他后，不知如何告诉他今夜之事，抑或绝口不提，将此事永远封存在心底。她愁绪满怀地坐着，李适看在眼里，对今夜之举懊恼不已。

两人各自想着心事，直到曲音落尽时，没有再说一句话。

窦内侍上前对李适道：“太子，曲子都奏完了，您看……”

“撤了吧。”李适起身道，“你将兰姐姐送回去，本王自去书房看折子。”

“是。”窦内侍将宫灯提在手中，对李冶道，“兰女冠，请吧。”

李冶向李适施礼告退，随着窦内侍便走。待走到回廊之时，李适忽又唤住她道：“且慢！”

李冶莲步稍停，并不回身，等着听他说些什么。

“今夜之事，只在你我二人之间……本王之意，你懂吗？”

李冶松了口气，暗自欣慰他到底还顾念着与陆羽的情分，便回身对他道：“太子多虑了，今夜何事也没发生，多谢太子赐宴。”

李适目送她的背影在回廊中渐渐远去。引路的宫灯在一根根廊柱之间散发着忽明忽暗的幽光，如幻影般越飘越远，在他不经意的一眨眼间便消失无踪。李适只觉心中长久以来的一处极为温暖、安宁的角落，蓦然间灌入一阵冷风，令他感到前所未有的空虚、落寞与孤寂。这或许便是他生于帝王家的宿命吧……他紧了紧衣衫，似乎想留住心底那点残存的暖意，径自向书房而去，批阅公文直至天明。

这夜之后，李适似乎每日都有忙不完的公务，除了到太子妃处探望过两次之外，都将自己埋在书房里，食宿皆在其中，东宫之人都鲜少见到他的身影。而李冶那夜也受了些风寒，便正好以身体不适为由向太子妃告假，不再前去侍奉，以免惹出事端。她只盼着太子妃早日安产，自己好顺利地离开太子府。李适听闻李冶染病，便命御医前去问诊，每日煎好了汤药由窦内侍亲自送去。如此过了半个多月，太子府内风平浪静。

这日，李冶刚服了汤药，窦内侍便笑吟吟地进来道：“兰女冠，太子有请。”

李冶蛾眉微蹙，小心探问道：“敢问公公，是因为何事？”

“今日可是大喜！幽州刺史李怀仙追剿叛贼余孽史朝义（史思明之子）大胜，命手下大将朱泚将史朝义的头颅送至长安。圣上大悦，命太子在东宫设宴庆贺。太子特意命咱家前来相请，邀您一起欢宴一场。兰女冠，请吧。”

李冶听罢，一时踌躇起来，不知其中是否另有隐情，便又问道：“不知席上还有何人？”

窦内侍道：“此乃天大的喜事，自然是阖府同庆，兰女冠自可安心前往。”

“这……”李冶仍在迟疑，窦内侍道，“快些走吧，别叫咱家不好交差。”

“也罢，我便随你去一遭。”李冶从软榻上刚坐起身，便觉头上一晕，身子发软。不知怎的，服了这么久的汤药，风寒非但未见好转，反而更重了些似的。

“兰女冠，走吧。”窦内侍在门外催促道。

“好。”李冶揉揉额角，强打着精神，在屏风后换上道袍，随他向宴席而去。

到了大殿之中，华席即将开始。李适一身太子冠服，高高端坐其上，太子妃率几位姬妾坐在其下手侧。几位朝臣、官员相陪，在客人席上坐着的便是前来进献史朝义人头的幽州大将朱泚。

李冶被窦内侍引至华席，在李适的另一侧落座。仅仅是入殿这么几步，席上诸人的目光便全被她吸引而去。李冶因知今日乃圣命赐宴，怕自己一身病容前去会令太子不悦，便不敢怠慢，特意换上了李适在她刚入东宫时所赐的女冠道服。这身盛装她此前一直奉于堂前，从未穿过，此番乃初次。

只见她头戴莲花宝冠，身披天仙霞衣，霓裳霞袖，青纱华裙，手持一柄太极拂尘，行如烟霞浮动，神若玉女出尘，好一似瑶池滴落晶莹水，又仿佛九天降下谪仙人。

众人目送着她参拜行礼之后，在席上飘然落座，皆有些神魂飘忽之感。李适还是初次见她作如此郑重的打扮，艳丽与超然融于一身，熟悉中带有几分陌生的距离之感，直叫他平复了多日的心境一下子又泛起波澜。然而，他们谁也不知，李冶这一路是忍着怎样的不适，强自支撑着才终于走完。

她这边刚坐定，窦内侍便传旨开宴，一时间萧鼓齐鸣，歌舞齐发，欢宴起来。

太子与朝臣、朱泚等人如何谈论国家大事不提，只说李冶，坐在席上只觉晕眩、胸闷之感愈演愈烈，心悸不已。抬眼看去，李适身旁坐着的太子妃五官渐渐模糊、扭曲起来，好似一个张着血盆大口的阴戾鬼魅，在她眼前飘来荡去，直要将她吞入腹中一般。

“莫非，是她在汤药中做了手脚？”李冶脑中掠过一丝警觉。

太子妃自李冶一进殿，便暗中观察着她的气色、举动，见她安然无恙地入了席，赢得满堂瞩目，本十分嫉恨，此时见她脸色惨白起来，心中方踏实不少，知道自己的手段终于起效了。

酒过三巡，一个喝得半醉的文臣起身向太子拜道：“太子，下官冒昧一问，不知这位女冠是哪座道观中的仙人？”

李适道：“兰女冠原在开元观、玉真观中修道，因其道法高深，且与本王有些渊源，便召进东宫为太子妃祈福安产。”

“她便是当年江陵城中那位才貌双绝的兰女冠？”文臣道。

“正是。”

席上之人听罢，交头接耳起来。有听过李冶之名的，有没听过的，更有那喜好捕风捉影，收集男女艳闻情事之人，想起当初阎士和所散布的谣言，此时更是有了谈资，与左右之人眉飞色舞地议论起来。

李适今日本想借着阖府宴饮之机，让病了多时的李冶出来坐坐，散散心，也好化解一下两人之间的尴尬。没承想今日一见，道服披身的她容姿与气度非但令自己更为难舍，也勾起了席上众人的好奇之心。他又岂知，即便李冶不施粉黛，病容憔悴而来，也一样是“西子捧心”，美煞世人。

然而此时的李冶，层层道服包裹之下的身子冷汗直落，已听不清楚他们究竟在说些什么，只觉得有千万只手在对自己指指戳戳，嘲笑她当初被阎士和始乱终弃，又笑她与陆羽有了不伦之恋，更笑她擅于狐媚惑人，频频与男子有染，不是被刘展掳走轻薄，便是与文人墨客言语调情，如今竟又混入太子府，想要爬上太子的龙床，好一步登天……

她头脑中妄念不断，条条都如利刃一般直刺入心，原先那具血口鬼魅也欺上身来，便要一口咬断她的喉管。她只觉一股甜腥涌了上来，忙用霞袖掩住脸面，狠狠呕了一口在罗帕上，拿起看时，痰中带有屡屡血丝。

李适此时才注意到她状态极为不对，想要开口询问，又碍于席上众人，只好忍住。

此时，幽州大将朱泚忽而起身对李适拜道：“太子，末将虽在幽州，但也听过兰女冠的美名。今日能在太子府得见，实乃三生有幸。末将知道她最善吟诗作赋，想请她赐诗一首，不知可否？”

李适心中不喜，但朱泚乃有功之臣，且幽州诸将一向拥兵自重，不服朝廷统管，此次能够进献史朝义的人头入京，乃邀功示好之举，应当予以拉拢安抚，不应冷面相对，只得压住不悦道：“兰女冠会作诗一事，本王倒是不知。今日佳宴，若朱将军有诗兴，不如这便赋诗一首，以助雅兴吧。”

朱泚浓黑的眉毛皱了皱，道：“末将粗人一个，哪里会赋诗。不过太子既要听，末将便想起一首，也不知是何人所作，便念上一念吧。”

李适点点头。朱泚吟道：“一树笼松玉刻成，飘廊点地色轻轻。女冠夜觅香来处，唯见阶前碎月明。”

众人听罢皆赞，都认为此诗用来描摹李冶再合适不过。李适面色微微一沉，听出朱泚的几许弦外之音。他这里暗自不悦，那边李冶已浑身不适起来，手脚开始隐隐发麻，只得勉力撑在几案上，半迷半醒。

李适见了更觉不妥，正欲命窦内侍上前探问，却听殿外通传道：“敦煌王携王妃前来觐见！”只得命窦内侍传二人上殿。

敦煌王此次特为朝贺剿灭“安史”余孽而来。二人上得殿来，参拜太子、太子妃已毕，李适命其免礼平身，赐二人入宴。

敦煌王妃被赐坐在李冶上手侧，而她不是别人，正是曾与陆羽有过旧交的回鹘公主叶嘉。叶嘉入席之后，李适寒暄道：“从回鹘借兵以来，几载未见，不知王妃可好？”

叶嘉起身施礼道：“多谢太子挂念，王爷与臣妾沐浴皇恩，一切皆好。”

李适笑道：“王妃与当年相比气色更佳，足见敦煌王对你呵护备至啊！”

“王爷他待臣妾确实很好。”叶嘉说着与敦煌王相视一眼，柔情脉脉。

李适想起她当年与陆羽的旧事，打趣道：“怎么样，敦煌王比茶师如何？”

叶嘉当即双颊一红道：“太子莫要取笑了。”

李适哈哈一笑，此言众人皆不知何意，只有他与叶嘉、李冶知晓其中缘由。而此时的李冶虽神智有些迷乱，但听到“敦煌王妃”与“茶师”之时，心头闪过一丝清明，知道坐在自己身侧的便是那位曾钟情于陆羽的回鹘公主。

她迷离着双眼向叶嘉公主看去，见她肤白胜雪，双眸溢彩，美艳不可方物，心中又是一乱。想想自己的身份遭遇，再对比叶嘉公主高贵的身份、美丽的姿容，竟不知当日陆羽为何会放弃如此佳人，却要与自己这个污名满身，屡遭轻薄的不洁之人在一起，错过了与叶嘉公主的美好姻缘。她不知这些想法多是因那汤药中的毒素所致，只是一味被妄念所纠缠，血气上涌，体内之毒发作得更快起来。

叶嘉早在一进殿便注意到了李冶，只道世上竟有如此天仙一般的女冠，赞叹不已。如今坐在其侧，偷眼端详起来，更觉李冶乃她所见过的大唐女子中，称得上倾国倾城之人。忽又想起陆羽曾对她说过，他的妻子便曾做过女冠，不由得心中一动，正欲相问，身旁的李冶却站起身道：“太……太子，我身体不适，要先行告退，还望恕罪。”

李适见她如此情状，忙道：“兰女冠既身子不爽，便先下去歇息吧。”

“多……多谢太子体谅。”李冶虚浮着离了席，连礼也未施，便往殿外而去。

李适不放心，命窦内侍将她送回去。

窦内侍上前搀扶着她，快步走出了大殿。刚一出大殿没几步，李冶便弯下身又呕了两次，皆是泛黑的痰血。窦内侍见已离了大殿，便放开扶着她的手，道：“咱家还要侍奉太子，兰女冠请自回吧。”然而却不离开，只是抄手看着她。

“你……你……”李冶此时越发清楚，将自己害成这般的，除了太子妃，只怕还有窦内侍。她身子失了依靠，更是站立不稳，喉头又一股甜腥蹿上来，吐了一大口血，便觉天旋地转，向下倒去。

“这是怎么了？”叶嘉不知何时赶了过来，一把将她扶住道。

窦内侍见她来了，忙装作慌乱的样子，上前道：“咱家说要送她回去，她执意不肯，想必定是风寒未愈，才会如此。”

叶嘉看了一眼地上的黑血，还有她嘴角、身上的血迹，冷道：“若只是风寒，又怎会吐血呢？”

“王妃有所不知，风寒侵肺，也是会咳血的……”

叶嘉狠狠瞪了窦内侍一眼，还要质问，李冶使尽力气攥了攥她的玉手，在其中塞入一物，气息微弱道：“救……救我离开东宫……”叶嘉展开掌心一看，是一枚令符，不由得眼光一闪。这令符正是当日她赠予陆羽的那一枚。

“你果然是茶师的妻子，季兰？”

李冶微弱地点了点头，昏厥过去。

四十九、投契结金兰，谄媚出奸计

“兰妹，你在太子面前见死不救，真是好狠的心！”

“你这么美，本将军怎忍心杀你？不如好好想想如何将本将军侍奉舒服了，好封你个王妃做做！”

“兰姐姐，不要离开我。我从很久很久以前便喜欢上你了。”

“女冠夜觅香来处，唯见阶前碎月明。末将在幽州便听过兰女冠的美名，今日能在太子府得见，实乃三生有幸。”

……

李冶如被浸在深海中一般痛苦挣扎，在苦梦中不断徘徊着，阎士和、刘展、李适、朱泚的身影话语在耳边纠缠不休，令她只想捂住双耳，逃出这令人窒息、羞耻、绝望的深渊，直到一个温柔坚定的声音传来，在她心上一字一句地说着：“兰儿，别怕，我永远都会陪在你身边。”是陆羽的声音，她只觉一道阳光照进心田，一下子从黑暗中睁开双眼，苏醒过来。

“你终于醒了！”守在床前的叶嘉欢喜道。

“这是何处……”李冶看看四周，香纱华帐，难道她仍在东宫之中？

叶嘉看出她的慌乱，安慰道：“你别担心，此处虽仍在太子府，但却是专为我与王爷准备的，凡事皆由我说了算。”

李冶这才稍宽心一些，感激道：“多谢王妃搭救，来日定当报答。”

“莫说这些，就凭你手上的那枚令符，我也绝不会袖手旁观的。”

“我昏迷了多久？”

“从那日宴会出来，到如今已是第三日了。你刚清醒，好好歇息一下，我去唤御医过来。”叶嘉说罢起身出去了。

原来，那日叶嘉在席上见李冶脸色苍白而去，便觉得哪里有些不对。她本就疑心李冶便是陆羽之妻，如今更是好奇，便以更衣（如厕）为由，出了大殿去追李冶，不想竟遭遇了那一幕。见李冶昏厥过去，她不敢耽搁，慌忙将她带至李适早已为敦煌王安排好的住处之中，传唤御医前来救治。

直到宴席散后，李适才得知此事，赶来探望，见李冶奄奄一息，昏迷不醒，不由得大发雷霆，责问御医因何如此。御医战战兢兢不敢回禀，李适便将东宫中所有御医皆召来为李冶诊治，好一番阵仗，折腾了整整一日，才算将她从鬼门关救了回来。

李适亲自审问此事，终于从药渣中查出端倪。原来李冶服用的汤药之中被人下入了一种名为“天仙子”的药草。此药并非毒物，用对了可治病，但若过量服食，日子久了便会严重损伤身体与情智，更甚者则会身亡。李适难以置信，在东宫之中竟有人敢对他看重之人下此毒手，实不可忍，下旨拷问御医，终于得知，太子妃身边的福儿曾多次接触李冶的汤药，最可能做手脚的便是她。李适盛怒，当即便派人去拿问福儿，谁知太子妃那边突然腹痛不止，即将临盆，定要福儿留在身边服侍。他顾及太子妃与她腹中的子嗣，只得先将此事压了下来。

却说李治歇息了一会儿，叶嘉便带了御医前来诊脉。御医看罢以后，说人虽已清醒过来，但仍需好生静养，随后便下去准备汤药。叶嘉这才放心，在床边坐下来道："幸好救得及时，毒未行至心脉，若再迟了半日，你恐怕非死即疯……"

"是什么毒药？"

"天仙子，混在你平日所服用的汤药之中。"

"那汤药我已服了半月之久，为何之前没有发作？"

"此药只有日子久了，服食过量才会中毒的。"

"原来如此……"李治苦笑道，"我命虽贱，却没想到还有人会费尽心机置我于死地。"

"莫要如此说。别人我不知道，我只知在茶师心中你便是举世无双的珍宝，无人可以替代。"

李治心中一暖，问叶嘉道："那日王妃是如何救了我？"

叶嘉将事情的来龙去脉说了，对太子妃与福儿之事也毫无隐瞒，直言相告。说罢，替李治鸣不平道："我真不明白，以她如今的身份地位，又是世子的生母，何至于容不下你？"

李治道："她恐怕是误会了我与太子之间的关系。"

"哼，你有茶师相伴，又怎会去和她争夺太子，她也真是小人之心！"

李治不想多提太子之事，转而问道："太子妃现在如何了？"

"听说受了刺激导致难产，全府的人都围在她宫外伺候着，太子也守在那里！"

"希望她能顺利生产，我也可早日离开东宫。"

"她如此害你，你还希望她安产？"叶嘉柳眉一竖道，"如若是我，定会提剑冲到她宫里，管她生不生孩子，定要找她算个清楚！"

李治被她引得一笑，对这个率真的姑娘好感倍增，不由得道："若不是遭遇此事，我还不知王妃是如此爽朗真诚之人，从前竟是我度量狭小了。"

"我也是今日见了你，才知茶师为何对你这般一往情深。"叶嘉道，"你不必担心，只管在我这里住下。待养好了身子，我想办法送你与茶师团聚！"

"多谢王妃仗义相助……"李治挣扎着要起身道谢。叶嘉按住道："你不必如此，当年若不是茶师在沙暴中救了我，也没有今日的敦煌王妃了。而且，若不是他点醒我，我也不会察觉自己当初的坚持只是一种执念，便也无法珍惜现在的好姻缘。”

“王妃真是洒脱豪爽，深明大义，令我钦佩。”李冶赞赏道。

经此一事，两人皆有种相见恨晚之感，彼此越看越是喜欢。叶嘉先开口道：“今日一见，只觉与你十分投缘。你比我年长几岁，今后我便唤你姐姐吧。”

李冶道：“不敢当，王妃若是不嫌，唤我季兰便是。”

“那你也别再唤我‘王妃’，听起来好生分，便唤我的名字叶嘉吧。我只身一人来到大唐和亲，远离父母亲人，表面上虽风光无限，实则也有许多孤单寂寞之时，很想有一位朋友可以倾诉心事。”

李冶道：“我自小没有姐妹，此番也可以一偿夙愿了。”

“那太好了！”叶嘉欢喜道。两人正说着，御医送了煎好的汤药前来，叶嘉扶着给李冶喝了药，让她继续躺下歇息。一位侍女进来禀报道：“太子府大喜，娘娘诞下了一位小公主！”

“太子妃怎么样了？”叶嘉问道。

“太子妃也无大碍，此刻已歇下了。”

“知道了，你下去吧。”

“是。”

叶嘉见侍女出去了，对李冶道：“还是她命好，又生了一位公主。听闻太子已有了几个儿子，正想要一个女儿，这以后她恐怕更要得宠了。”

李冶笑了笑，闭上眼想要睡去。叶嘉起身道：“我忘了你身子还虚弱，不与你多话了，好好歇着吧。”她起身来到屋外，见一人急匆匆走了过来，却是李适。

“见过太子。”叶嘉施礼道。

“听说她方才醒了，现下怎么样了？”李适一宿没合眼，从太子妃处而来。

“人是醒了，只不过还虚弱得很。”

“本王进去看看她！”李适说着便要进去，却被叶嘉拦住道：“她方才又睡下了，太子还是莫要打扰她了。”

李适蹙眉道：“是她让你拦住本王的吗？”

“我有一言不知当讲不当讲。”

“你讲。”

“恕我说一句冒昧之言。她在太子府上被害成这般，如今太子尚未惩治下毒之人，来看望她又有何用？日后茶师问起来，太子又打算如何交代？”

李适脸色一暗，道："王妃说得有理，容本王回去好好思量。"说罢，颓丧地向书房而去。怔怔地坐了半晌，窦内侍进来禀报道："太子，监察御史卢杞求见。"

"这么晚了，他来做什么？"

"他来向您禀报义阳一案的处置之事。您既然累了，便命他明日再来吧……"

"不必了，叫他进来吧。"李适强打精神等着卢杞进来。卢杞上来参拜已毕，对太子道："启禀太子，义阳一案又有新的发现。"

"不是已经都查清楚了吗，还有什么发现？"

"奉太子旨意，在查抄阎府之时发现了一物。"卢杞将案卷中夹着的一物呈给窦内侍。窦内侍将其放在李适的桌案上，是一张水纹鱼子笺。

李适瞥了一眼："这是何物？"

"一张鱼子笺。"

"这鱼子笺上不着一字，又能看出什么？"

"太子，这并非一张寻常的鱼子笺。您对着烛光看一眼，便会发现端倪。"

李适闻言，执起细看，果见鱼子笺的一角隐隐现出"瑶英"两个字，不解道："此二字是何意？"

"回太子，这'瑶英'乃一个女子的名字。"

"是何人？"

"她便是当朝宰相元载的爱妾，名唤薛瑶英。"

"元载……"李适顿时精神起来，"你说说看，这鱼子笺究竟有何玄机？"

卢杞便将元载如何专宠薛瑶英，如何奢侈靡费，挥金如土，以及如何用一张水纹鱼子笺作为信物，与他的亲信党羽联络之事逐一禀明，最后更是道："长安城的百姓都知道，这薛瑶英卧的是金丝帐，铺的是却尘褥。仅仅是元载的一个小妾，她的吃穿用度只怕连皇妃、公主都无法与之匹敌。"

李适听到此处，面色一沉道："如今国家叛乱初定，国库空虚，百姓贫弱。圣上为了振兴社稷，整日殚精竭虑，处处缩减开支。山南的枇杷、江南的柑橘，已减到每年只进贡一次，用以供飨宗庙。本王的后宫诸人，更是连铜镜、麝香这些日常之物也都能减则减了，却没想到我们这里省来省去，竟都省进宰相的府中了，简直岂有此理！"

"是啊，下官若不是在阎府找到此物，也难以想象此案竟与元载有关。种茶兴国乃太子力主的大事，如今才刚刚开始，他便将手伸了进来，想要大捞一把，真是可恶。"卢杞道。

“卢大人既已查出此事，又有何建议呢？”

“回太子，下官建议维持原判，隐忍不发。”

“这是为何？”

“原因有三。其一，阎士和、田某皆已死，且死前并未供出元载，仅凭一张空白的鱼子笺，不足以为证；其二，元载当日辅佐圣上登基有功，且最近又刚刚辅助圣上铲除了李辅国、鱼朝恩两个权宦，正是圣心倚重之时，此时弹劾于他，恐怕只会被当作一阵风，一吹便散了；这其三嘛……”卢杞观察着李适的神色道，“太子既知晓他的所为，便可有所提防，那么他日后便也难有下手之机。此外……有这张水纹鱼子笺在手，您便对元载有了牵制，待日后太子对他是想杀还是想用，便全在您的掌握之中了。”

李适听罢心中一动，暗道这卢杞还真有些能耐，不由得对他刮目相看。沉吟了片刻道：“卢卿所言有理，本案维持原判即可。以后朝中之事，还要卢卿多为本王分担一二。”

“能为太子分忧，实乃下官之幸，下官定当竭尽所能！”卢杞忙拜道。

李适点点头，烦躁之感缓解了一些。此时窦内侍进前道：“太子，太子妃方才醒了，您要不要过去看看？”

李适思忖片刻，道：“你去传旨，她此番诞下公主辛苦了，先好生休养，待本王暇时再去看她。”

“那小公主呢？您不赏赐些什么？”

“都待日后一起吧。”

“是。”窦内侍下去了。

李适刚舒展了一些的眉头，又紧皱起来，倚在榻上兀自叹气。

卢杞察言观色，问道：“恕下官多嘴，太子是因得了公主而不喜吗？”

“哪里，本王正想得一位公主，又怎会不喜呢？”

“那又为何愁眉不展呢？”

李适看看卢杞，觉得此人思虑周详，又肯为自己分忧，便道：“这原是本王的家事，本也不便多说，不过今日卢卿在，便说与你听听。”

“下官恭听。”

李适便将李冶如何中毒，以及查出此事牵扯太子妃身边的侍女福儿之事说了，道：“若依本王原意，福儿敢在东宫行此歹毒之事，罪不容恕。而她身为太子妃身边之人，这等事若不是奉了主子之命，她又岂敢自作主张。所以就连太子妃也不能姑息，可是……”

"可太子妃不但是世子的生母，又刚为您诞下公主，功劳不小，于情于理您都难以为了一个女冠之事而处罚太子妃。"

"话虽如此，可那兰女冠乃本王朋友之妻，而且她……"李适想起李治奄奄一息的模样，内心实在不忍，苦恼道，"总之，此事若无一个合理的处置，本王心中难安，也无法向朋友交代。"

"所以太子想将太子妃与福儿都处置了，好还兰女冠一个公道？"

"这……"李适又踌躇起来。

"太子有没有想过，处罚太子妃绝非一件小事，势必会惊动圣上。如若圣上问起来，该当如何？"

李适并没想到这一点，此时不由得心头一乱。

"若下官没有记错，太子妃出身名门，乃圣上为您亲选的。在圣上的心中，只要她能诞下世子，恭顺父母，相夫教子，便是一个好儿媳。这些她已经都做到了。满朝之人都知道您与太子妃琴瑟和弦，侍君父至孝，这便是太子妃的好处。若您此时因一件小事处罚了太子妃，非但将家丑暴露于人前，恐怕还会令圣心不悦，觉得您尚且无法安顿自己的后宫，又岂能放心将国家托付给您呢……"说到这儿卢杞又看了看李适，进一步道，"想想先皇肃宗，不就是因为妻妾不安，外戚不睦，才会被李林甫抓住可乘之机，在玄宗面前进谗言，致使韦妃被废，杜良娣被逐，最后更是险些动摇了肃宗的太子之位。这些前车之鉴，不得不警醒啊……"

那句"动摇太子之位"一出口，李适心中一凛，深深打了一个冷战。无论何人何事，都不能成为他登上皇位的绊脚石。太子妃不可以，李治同样不可以，即便她长得再与沈妃相似，再是令他魂牵梦绕，都无法与至高无上的皇位相提并论。想到这儿，他抬起头，对卢杞笑道："卢爱卿真乃本王的贵人，一句话点醒梦中人。太子妃为本王生儿育女，孝顺君父，劳苦功高，地位自然不容动摇。但此事却必须有一个交代，本王想听听爱卿之意。"

"太子妃不可动，但福儿却着实罪该万死。毒害兰女冠之事，全是由她一人所为，与他人无干。如今她事情败露，又得不到太子妃的庇护，定然觉得走投无路，想要以死谢罪……"

"此言有理。本王这便命人将福儿押往掖庭狱，可不知交给何人审理。"

"掖庭狱也有不少闲杂之人，若太子信得过下官，便将此事交给下官去办吧。"

"也好。"李适点点头，"三日后本王要为刚出世的小公主赐赏，希望那时所有人都可以和和睦睦地为公主庆贺。”

“不必那么久，下官明日便可让此事有个交代。”

“很好，”李适打个哈欠站起身，“本王乏了，你去吧。”

“遵旨。”卢杞拜了拜，退了出去。

次日一早，太子妃宫中传出消息，福儿自知罪孽深重，已写下认罪书，投井身亡了。

五十、惊逢假茶师，敷衍虚情意

三日后的东宫，李适为新生的小公主摆宴赐赏。小公主生得粉雕玉琢，李适越看越是喜爱，特命厚赏太子妃，连带太子妃宫中诸人也都有赏。阖府庆贺，笑语欢声。而病榻之上的李冶，却无人问津，只有叶嘉陪在一旁。

“我见你今日气色好了许多，也能下床了，不如午后我带你出城去转转，散散心。”叶嘉道。

“也好，”李冶笑道，“我也不想在此听那一厢的热闹。”

“你权且再忍耐几日，待身子大好了，我便回明太子，送你回家去。”

“多谢王妃。”

“又叫‘王妃’了，你若再是这般，我便不带你出去了！”叶嘉微嗔道。

“好了叶嘉，都是我的不是。”李冶忙拉着她的手道。

“这才是。”

两人商议好了，午后换了便服，只叫两名侍卫跟着，坐着马车出城游玩。一路信马由缰，转着转着便见前方出现了一家茶肆，两层小楼，茶旗高挑，生意甚是兴隆。叶嘉道：“没想到此处还能见到一家茶肆，走，咱们进去看看！”

两人从马车上下来，迈步正要进去，却被店小二拦住道：“今日本店已被李大人包下了，恕不招待，二位姑娘请回吧。”

“哪位李大人？”叶嘉问道。

“乃中书舍人李季卿李大人。”店小二道。

“他包下茶肆要做什么？”

“今日小店可谓蓬荜生辉，李大人请了大名鼎鼎的茶师陆羽在此做客，表演‘茶道二十四器’，故而屏退闲杂人等。”

“茶师陆羽！”叶嘉与李冶同时惊道。

“鸿渐当真在这里?”李冶说着便要进去一看，店小二伸手阻拦，叶嘉身后的侍卫上前按住店小二的肩头，掏出令牌举在他眼前道：“好好看清楚了，还不闪开!”

店小二一见是敦煌王的令牌，顿时双腿一软，便要下跪。侍卫阻住他道：“不要声张，让开便是。”“是。”店小二忙退到一边，将他们让进茶肆，也不敢去通禀，只缩在门口向二楼张望。

李冶顾不得身子虚弱，快步向二楼而去。叶嘉紧跟其后。两名侍卫把守在下面。她二人来到楼上，只见一位富贵官家坐在榻上，几名侍从围在两边，正目不转睛地盯着面前的长案。长案对面端坐着一个人，儒生打扮，身披黄衫，头戴乌帽，衣饰十分考究，正在往几只金质的碗中仔细地分着茶汤，动作一板一眼，十分隆重。

李冶见了此人背影，心中不由得泄气，此人根本不是陆羽。叶嘉仍有些迟疑，探着身子向那人脸上看去，只见他长得宽面长髯，浓眉大眼，将近四旬年纪，此刻正聚精会神地分着茶汤，看上去气定神闲。

“你……”叶嘉正要说话，李季卿发现了两人的存在，诧异道：“你们是何人?”

那茶师也止住了动作，向她们看去。

叶嘉并不理会李季卿，只是问那茶师道：“你便是茶师陆羽?”

“茶师不敢当，在下正是山人陆羽。”那人颔首一礼道。

叶嘉见他如此淡定地信口雌黄，不由得火气上来，正欲理论，李冶扯了扯她的衣袖，轻声道：“别说破，探探他是谁。”叶嘉觉得有理，便按下怒气，问道：“敢问茶师是哪里人士，从何处而来?”

“山人乃竟陵人士，从湖州而来。”

“你在湖州居住在何处?”李冶开口问道。

“青塘门外，苕溪之湄，陋室名曰青塘别业，乃颜真卿大人为山人所建。”

“那你在竟陵时又住在何处?”李冶继续问道。

“山人自小而孤，幸被龙盖寺智积法师所收养，幼年便是在龙盖寺中长大。”

“你……”李冶越问越惊，还要追问，一旁的李季卿不悦道：“二位姑娘是何人，如此盘问茶师，实在太失礼了!”

“我们路过此地，听闻茶师陆羽在此，便上来一观。”叶嘉边说边看向长案上摆放的所谓“茶道二十四器”，只觉满目粲然，非金即银，最普通的材质也是陶瓷，不由得一阵嫌恶。她虽未亲眼见过陆羽制成的“茶道二十四器”，但凭她对陆羽的了解，也知他定然不会制出如此奢侈庸俗之物。

李冶问道："听闻茶师曾有句名言，'茶性俭，最宜精行俭德之人'。既崇尚节俭，不知茶师所制成的茶器为何却是用金银作为材质呢？"

"茶道乃风雅之事，为达官显贵所行，自然需要金银所制成的高雅器具，方可显示尊贵。至于'茶性俭'之说，不过是说与百姓听的。百姓粗鄙，得茶而不知珍惜，更不懂得如何去品尝，故而要俭，否则便是暴殄天物，岂不可惜？"

李冶听罢冷哼一声，叶嘉更是忍不住道："茶师定然不会说出这等话来！"

此言一出，那位"山人陆羽"脸色微微一变，随即对李季卿拱手道："大人，这两位女子如此无礼，搅扰在下展示茶道，您看……"

李季卿也对她二人打断茶道十分不耐，对侍从道："本官不是吩咐你们包下此店，不许旁人进来打扰吗？如今是怎么回事？"侍从听罢忙上前去轰二人，楼下的两名侍卫听见声音，仗剑上楼而来，眼看便要动手，叶嘉一摆手道："罢了，我们便不打扰茶师与李大人的雅兴了，走吧。"说罢扯起李冶，在侍卫的护送下出了茶肆。

"没想到竟有人会假冒茶师，招摇撞骗，还将一肚子歪理说得头头是道，真是岂有此理！"

李冶却比她淡定几分，思忖道："听那人的口音，倒像是湖州人士。能将鸿渐之事了解得如此详尽细致，茶器也仿制得有模有样，恐怕是有高人指点。"

"是啊，看见他那副装模作样的嘴脸便来气！"叶嘉跺脚道，"绝不能让此等奸人打着茶师的名号四处骗人，玷污了茶师的清誉！"她又吩咐侍卫道："你们两个守在这里，将此人看紧了！"

"是，王妃。"侍卫领命，隐在茶肆周围。

叶嘉怕李冶疲累，又道："走，咱们到马车上歇息一会儿，看看那人接下来会去哪里。"

她们在此盯梢"假陆羽"，而货真价实的陆羽此时正随着颜真卿向太子府而去。颜真卿前番以宣慰使之职在义阳审理茶田一案之后，被代宗留在长安主持尚书省事务，因累有功勋被封为鲁郡公，世人尊称其为"颜鲁公"。可谁知，他在长安没任职多久，便遭到元载的排挤，再次将其贬出京城。李适便向代宗建议，任颜真卿为湖州刺史，正好可以监管在湖州顾渚山上兴建茶厂之事。代宗准奏。而陆羽此番便是到长安来见李冶，先去拜访了颜真卿之后，得知他即将前往湖州上任，便打算到太子府接了李冶，二人一起跟随颜真卿回湖州。

陆羽、颜真卿来到太子府参见，李适正在太子妃宫中抱着小公主玩耍，听见窦内侍禀报说陆羽来了，手不由得一抖，小公主受到惊吓，哇哇大哭起来。

“太子，让臣妾来吧。”太子妃忙接过小公主，看着李适的脸色，心中忐忑。

李适此时比她还要忐忑，想起李冶之事，不知稍后见了陆羽该如何应对。蹙眉沉思了半晌，问窦内侍道：“兰姐姐现下如何了？”自上次叶嘉将他拦在门外之后，他一直未再去看望李冶，不知是忙碌忘记了还是心中有愧。

窦内侍答道：“兰女冠的身子已然大好了，听闻午后敦煌王妃与她坐着马车出城去了，此刻恐怕正在游玩之中。”

李适听罢稍稍松了口气，吩咐道：“命人快去将兰姐姐居住过的地方打扫一番，连同敦煌王的住处，一处也不能落下，一应器物皆要上好的。”

“遵旨。”窦内侍领旨要去，又被李适唤住道：“传旨东宫上下人等，谁也不许对兰姐姐之事议论半句，若何人胆敢胡言乱语，当即打死。”

“是，”窦内侍应了一声，看着他小心翼翼地道，“太子，东宫之人自然不敢乱言，可是敦煌王妃便不好说了……”

“这……”李适发起愁来。

“太子，臣妾有个法子，”太子妃道，“一会儿王妃回来了，可命人将她请到臣妾宫中小坐，待到茶师与兰女冠离去后，再请她回去便可。”

李适看了她一眼，对她的心机感到厌烦，但又不得不承认此计着实妥帖，只得道：“好吧，就依你言。”

窦内侍这才退了出去，一边先将颜真卿与陆羽请至前厅用茶，一边命人收拾准备，待一切皆安排停当，这才禀告了李适，迎着他出来接见二人。

颜真卿与陆羽参见已毕，李适寒暄几句，对颜真卿道：“颜爱卿此番前去湖州上任，定要代本王打理好茶厂之事，明年清明之前，本王要将最好的顾渚山紫笋茶献给圣上品尝，你可千万要将此事办好了。”

颜真卿道：“下官定当办妥，请太子放心！”

“好，颜爱卿办事本王向来最是放心。”李适说到此处，转眸看向陆羽，对他道：“鸿渐也要多多辅佐颜爱卿，如今大唐之中，鸿渐称得上精通茶事的第一人，有你从旁协助，本王便更能高枕无忧了。”

陆羽拜道：“我定会倾尽所能，不辜负太子的厚望，制出最好的紫笋茶。”

“说得好，”李适赞道，“依本王看来，鸿渐真可谓我大唐的‘茶山御史’也！不如本王这便封你个一官半职，也好名正言顺地为朝廷效力？”

陆羽连忙推辞道：“多谢太子抬爱，此事万万不可。我本就是个山野粗人，让我种茶可以，但对做官之事却是一窍不通。”

李适笑道："鸿渐真是太过自谦了，以你的才学便是做本王世子的老师，也是绰绰有余。"

"太子实在是过誉了，不敢不敢。"陆羽推辞着，只觉李适今日哪里有些不对，他二人何等交情，又何必这般客套虚礼。但他又想到，李适如今已是太子，他能如此赏识自己，也是一种认可与荣誉，便未再多想。

三人又谈了些茶厂之事。如今，顾渚山的紫笋茶种植已颇具规模，茶农们都铆足了干劲儿，等待着种茶致富的好日子。又坐了片刻，颜真卿向李适告退，回去打理赴任湖州的行装。李适准他先行退下，只剩他与陆羽二人在厅中相对。陆羽急于见到李冶，便不再等待，开口道："来时听闻太子妃刚为太子诞下一位公主，真是可喜可贺。"

"是啊，小公主生得极好，本王甚是喜爱。"

"不知兰儿侍奉太子妃可否妥帖，没有犯下什么过失吧？"

"兰姐姐聪慧过人，太子妃对她十分称赞。"

"那便好，"陆羽暗舒一口气，道出他最想说的话，"那她现在何处，我很想见她。"

"她……"李适自从说起李冶，便开始闪烁其词。

窦内侍道："茶师，兰女冠午后随敦煌王妃一道出城游玩去了，想必晚些时候便能回来。"

"敦煌王妃？"陆羽一时没反应过来。

"便是叶嘉公主。"李适道，"她前几日跟随敦煌王一起进京朝贺，就住在东宫。"

"原来是她……"陆羽不安起来，"她二人怎么会在一起？没有闹出什么事端吧？"

"哪里，兰姐姐与叶嘉一见如故，没有两日便亲如姐妹一般，这可真是缘分啊！"

"那便好，"陆羽又舒了一口气，"那我便在此等她们回来吧。"

"鸿渐远道而来，一路辛苦了，不若先到兰姐姐的住处歇息片刻，好等她们回来。"李适说着向窦内侍使了个眼色。

窦内侍上前道："茶师，请随咱家来吧。"

陆羽觉得如此也好，便起身向李适施礼告退，随着窦内侍来到李冶的住处。进去一看，环境甚为典雅洁净，布置考究，桌案上一尘不染，床榻也舒适华丽，不由得心中一安，只道李冶在东宫定未遭受什么委屈与慢待。他这边坐下等待，窦内侍命人上来茶水点心，款待一番之后，便留他在房中等候，这一等便不知不觉到了入夜时分。

他这边等得心焦，李适那里也坐立难安。本以为她们天黑之前定能回来，谁知都已入夜了，才见叶嘉身边的一名侍卫前来禀报道："启禀太子，我家王妃命末将前来禀告。今日出城太远，身体乏累，便在城外饮凤池旁的驿馆中住宿一晚，明日再归。"

"这……"李适蹙眉道，"你家王爷知道此事了吗？"

"王爷在外会友，末将方才已去送过信了。"

李适道："那如今王妃身边可还有人护卫？"

"尚有一名侍卫在旁守护。"

"既如此，你便回去歇息吧。明日务必将王妃平安接回。"

"遵旨。"侍卫领命而去，李适想了想，命窦内侍前去告诉陆羽，让他今夜不必再等，先自歇息，明日李冶才能回来。

窦内侍前去相告，陆羽无法，只得盼着明日。他这边刚准备睡下，却听有人轻声扣门道："茶师，请开门。"

陆羽以为是东宫的侍从，便开门看去，只见一名侍卫站在外面。"你是？"

侍卫竖起手指，让他不要大声，随后举起令牌道："我乃敦煌王妃的贴身侍卫，她命我前来接你。"

"叶嘉？"陆羽诧异道，"她不是明日便归吗？怎么又来接在下？"

"其中自有缘由，"侍卫看看周围，急切道，"别多问了，去了你便知道。"

陆羽不知叶嘉是何用意，仍觉不妥，侍卫又道："兰女冠也在那里，她身染急病，等着茶师前去相见。"

"什么？兰儿染病了？"陆羽顿时乱了方寸，"她现在何处？"

"就在城外。此事耽搁不得，茶师快随我走吧！"侍卫说罢，一把扯住陆羽便走。陆羽担心李冶安危，不再迟疑，跟随他出了东宫，骑着马向城外而去。骑了半宿，终于到了饮凤池旁的驿馆外，陆羽被侍卫引着向内走去。绕来绕去，来在驿馆的湖心亭处，亭中烛光闪动，远远望去，其中似坐着一人。

侍卫道："茶师请吧。"说罢便闪身走了。

陆羽向着湖心亭走去，只见那背影越来越清晰，身材曼妙，端坐亭中，是一位女子。他还未走到近前，那女子回过身来，对他莞尔一笑道："茶师，你来了。"

果然如他所料，是叶嘉。

陆羽忙施礼道："在下参见王妃。"

叶嘉起身走出湖心亭，飘然来在他身前道："茶师不必多礼，我等你好久了。"

陆羽只觉气氛有些不对，便道："听闻兰儿与王妃在一起，而且染了急病，不知她现在何处？"

"你我二人多年未见，今日重逢，茶师怎么连看我一眼也不看，心中便只想着她呢？"

陆羽一慌，不知叶嘉为何这般情状，越发恭敬道："王妃在上，在下不敢无礼。敢问兰儿她在何处？"

叶嘉微微一笑道："你这么想知道她在哪里，我便实话告诉你。"

陆羽急切地看向她，只见她月色之下的面容皎洁明丽，朱唇微启道："她不在此处，今夜这驿馆中，只有我与茶师二人。"

五十一、湖上喜相逢，凤池探究竟

"王妃怎可诓骗在下？"陆羽脸色一沉，"若兰儿不在此处，在下便告退了。"

"茶师便没有什么话想与我说吗？"

"恕在下失礼，先告辞了。"陆羽冷冷地说罢，转身便要离去。

"且慢，"叶嘉唤住他道，"别的不提，茶师却必须对我说一声'谢谢'。"

"怎么？"

叶嘉再也忍不住，"噗嗤"一声笑出来道："这么多年，茶师还像当初那般容易受骗，真是一点儿也没变。"

"王妃不要再取笑，兰儿究竟在何处？"

"好了，不与你玩笑了，"叶嘉指着湖边一间闪着烛光的厢房道，"你的兰儿就在里面，只不过她身子虚弱，方才已经睡下了。"

"她得了什么急病？我去看看！"

"她此时已无大碍，你先别急，我有些话要说与你听。"叶嘉让他在湖心亭中坐下，认真道，"这也是我命人将你带到此处的原因，若是在东宫，恐怕便什么也不能说了。"

原来，陆羽今日一到太子府，叶嘉的侍卫便得知此事，前来送信。她思来想去，都觉得东宫之中人多眼杂，太不稳便，便想了这么个法子，将陆羽带到了此处。

陆羽听她话中似有隐情，不安道："难道兰儿在太子府，当真发生了什么事？"

叶嘉叹了口气，将事情经过说了，但她并不知晓李适曾借醉向李冶倾诉衷肠之事。她怕陆羽过于愤慨，便只是轻描淡写地将事情大致讲了一遍，可饶是如此，陆羽已是气得浑身发抖，双拳紧紧攥着，恨不得这便冲到东宫去，好好质问一番，问问太子妃因何要加害李冶，再问问李适为何包庇纵容，方才还在他面前惺惺作态，将此事瞒了个滴水不漏，究竟有没有将他当作多年的朋友兄弟！

他兀自气得发抖，叶嘉怕他因一时意气，徒惹事端，便柔声劝道："你消消气，如今季兰她已无生命之忧，而且你们也已脱离了东宫那个是非之地，这也算是一件幸事。我将此事告诉你，并非想要你为此烦恼，更不愿看你与太子发生冲突，只希望你能看清事实，远离纷扰，带着季兰回去过逍遥自在的日子。"

"我万万没想到，让兰儿到太子府去，竟会生出这等事情！还是初晨说得对，此事从一开始便极为不妥，只是我不知深宫险恶，竟对此毫无提防，让兰儿进了这等虎狼环伺之地，一切都是我大意之过！是我害了兰儿！"他说着顿足捶胸，懊悔得无以复加。

叶嘉又劝道："大唐有句话叫'防君子不防小人'，那些小人的行径不是你我可以揣测得到的。这些事情莫说是你，就连我也觉得匪夷所思，难以应对，你千万不必如此自责！"

"我最是气不过的，便是太子。他明知此事乃太子妃所为，竟然包庇徇私，仅仅用一个侍女之死便将事情草草了结……便是此时此刻，我仍然难以相信这种事情是他所为，真是令人寒心至极！"

"人都是会变的，更何况他如今已是太子，许多事情便不能再以常人之心去衡量，否则结果定会令人失望。"

"这便是所谓的'伴君如伴虎'吧……"陆羽忆起他曾在大明宫中见到的玄宗李隆基，龙袍披身，高高在上，那种傲视天下的威严与深不可测，当年便令他感到不寒而栗，今日更是让他体会到一种深深的恐惧。李适如今还只是太子，便已令他觉得如此陌生，待他登上皇位的那一日，不知又会是怎样一番景象了。

叶嘉道："别想那么多了，为今之计还是尽快离开长安，以免夜长梦多。"

"说了这许多，我还没有好好谢谢王妃，若不是王妃施以援手，拔刀相助，兰儿恐怕早就……"他说着起身向叶嘉深施一礼，被她慌忙扶起道："你我之间，不必多礼。更何况我与季兰相见恨晚，早已情同姐妹，她的安危我也是与你一样挂心。别多说了，快去看看她吧。”

“好。”陆羽被叶嘉引着来到厢房之中，见李冶正躺在榻上沉沉地睡着，神色安然。

叶嘉叹道：“她已许久没有睡得如此踏实了，在东宫，怕是夜夜难以安枕。”

“多谢王妃将她照料得如此周全。”

“我怕中间出岔子，便没有对她说你会来，”叶嘉说着向屋外走去，“你好好陪着她吧，有什么事明日再说。”

“好。”陆羽目送叶嘉离去，随后在床榻边坐下，轻轻将李冶的玉手握在手中，望着她宁静的睡颜，心中酸楚难当。

他也曾听说过“自古红颜多薄命”，却不想李冶竟薄命如斯。怪只怪天下男子皆爱红颜青丝，冰肌玉骨，却不知在这人皆所欲的躯体之下，却也有一颗想要自尊自爱的心，更何况李冶自小便饱读诗书，才华不让须眉，如此陷在男人的欲望与争夺、女子的嫉妒与怨恨之间，所要承受的屈辱与伤害，恐怕比寻常女子更深一重。难怪又有人说“女子无才便是德”，无才便无知，无知便无忧，可以安于女子的身份，接受命运的裁夺，在浑浑噩噩中度过一生，或许好过她如今这般，在清醒中承受折磨，眼睁睁看着自己的命运，却又无能为力。

他这样想着，许是心有灵犀，李冶在梦中呢喃了一句，眼角滑下泪滴。

“兰儿，都是我不好，没能保护好你。”

“鸿渐……”李冶轻唤一声，睁开双眼。待看清面前之人，不由得悲喜交加道，“竟真的是你，我以为又是一场空梦。”

“你醒了，觉得怎么样？”

“我一切都好，”李冶不知他已得知实情，掩饰着身上的病弱道，“你何时到的长安，怎么会找到这里？”

“我昨日到的，今日去了太子府，被叶嘉手下的侍卫带到了此处。”陆羽上前扶着她坐起身，让她靠在自己怀里。

“你已去了太子府？”李冶心中一紧。

“正是。”

“那你自然也见过了太子？”

“见过了。”

“太子是否对你说了什么？”

“他什么也没说。”陆羽将怀中之人紧了紧道，“不过，叶嘉已将事情都告诉我了。”

"她告诉你什么了？你千万不可往心里去，事情没有她说的那么严重！"

"天仙子之毒，我是知道的。服食过量，非死即疯，若这样还算是小事，那要怎样才可以？你告诉我，你要受多少苦才足够！"他最后一句是问她，更是在诘问苍天，究竟何时才能放过他的兰儿，别再让她受这么多苦难折磨。

李冶靠在他温暖的怀抱中，已觉得是这么久以来最幸福的时刻，实在不想为那些不堪的过往而烦心，只想静静地与他守在一起，忘记过去，也不期许明日，让时间在这一刻永远延续下去。

陆羽见她不语，也不想再让她伤心，便揽紧她道："不说那些烦心事了，人皆言小别胜新婚，分别这么久，兰儿有没有想我，还不快快随为夫好好安歇。"他本想博她一笑，可她却神色黯淡道："我中了天仙子之毒，身子已损，恐怕日后都无法为你生儿育女了……"

"我从未将这些事放在心上，有也好，没有也罢，我只要兰儿便足够了。"

"鸿渐，你不该与我在一起。"

"那我该与谁在一起，回鹘的叶嘉公主？还是戏班的赵缨？人家可都嫁得了如意郎君，恐怕早已无人将我放在心上……只有你最傻，偏偏要与我这个一无所有的孤儿在一起，游荡山林，风餐露宿，这样的日子也只有你愿意陪着我，所以我这辈子赖定你了，你可别想反悔！"

李冶终于被他逗得一笑，俯身吹熄了蜡烛，两人趁着曙光来临前的最后一缕夜色，相拥而眠。

昔去繁霜月，今来苦雾时。
相逢仍卧病，欲语泪先垂。

次日清晨，李冶早早醒来，并未唤醒陆羽，起身在桌前写了几句，又到驿馆的伙房煎了些茶来，送去一些给叶嘉，另一些拿回房中，等着陆羽醒来饮用。

"兰儿如今越发勤快了，一大早又是写诗又是煎茶，直衬得我倒成了个懒汉了。"陆羽饮了口清茶，与她说笑道。

"懒汉不懒汉我却不知，只知道如今这江湖上竟已有人打着你的名号招摇撞骗，连你的茶道二十四器都仿得像模像样，着实可恶！"

"竟有此事？"陆羽放下茶碗道，"你在何处所见？"

"便是昨日，在离此处不远的一家茶肆里，有一人自称'山人陆羽'，茶道二十四器一水儿的金银陶瓷，名贵无比，直将我与叶嘉看得眼花缭乱，倒要怀疑谁是真的陆羽了！”

陆羽笑道：“别人分不出，兰儿可不许犯迷糊，世上可再无他人能似我这般疼你护你了。”

“青天白日的，如此胡言乱语！我看你都是与初晨学坏了，待我见了他，定要与他好好算账！”

“你们这是要找谁算账啊，可别是我吧！”叶嘉在门外笑道。

“你来了！”李冶迎上去，将她请进房中。

叶嘉端详着她的脸色，唏嘘道：“果然还是茶师有能耐，一夜之间，季兰的气色便好了这么多，快说说看，你都给她吃了什么解药？”

李冶脸色更红，推她道：“别再取笑我了，我还没问你，是怎么把他带到此处来了？”

“唉，这年头真是好人难当，我费尽心思将他带到你身边，竟然落得如此！”

三人说笑着，侍卫进来禀报道：“王妃，太子派人来接您与兰女冠回去，此时已等在驿馆外。”

李冶听罢，下意识地便往后退。陆羽牵过她的手，对叶嘉道：“王妃，我想了一夜，我与兰儿既已出了东宫，便不想再踏进那个是非之地。我更不知见了太子之后，会不会与他起争执，所以还是不见为好。”

“你所言极是，我也不想再让季兰回去。”叶嘉思忖片刻，对侍卫道，“你让他们在外稍候，我收拾好了便去。”

“是。”侍卫领命出去。

叶嘉上前拉着李冶的手道：“没想到这么快便要与你分别了，我还有许多心里话没有说呢。”

“我也很舍不得你，日后定要到湖州来，我与鸿渐准备最好的紫笋茶给你喝。”李冶也十分不舍。身为异族女子的叶嘉，从不以大唐的世俗眼光来看待她，这种单纯、简单的两心相知，最为可贵。

两人拉着手互相叮咛了半晌，叶嘉从腰间解下一物，放在李冶手上道：“这是我的王妃令牌，你拿着。我定然不想你再遇到难事，但有了这个在身上，日后总会安全一些。”

李冶接过令牌，仔细收好了，笑道：“这一次的令牌可是给我的。”

陆羽也笑了，问叶嘉道：“我们若就这样走了，王妃打算如何向太子交代？”

“我想他此时定已发现你不在太子府上，以他的聪明也会想到是我故意为之，所以我不妨大大方方地告诉他，是我将你们送走了。”

“这会不会给你和王爷带来麻烦？”李冶担忧道。

“我除了是敦煌王妃，还是回鹘公主，他为着两国交好，也不会追究的。再说，他自己心中有愧，如今见你们走了，正该感到庆幸，不会揪住不放的。”

“那便好。”

“你们收拾一下，我派侍卫护送你们回湖州。”

“不必了，我们去找颜大人，随他一起赴任湖州。”陆羽道，“还有，既然江湖上冒出了个‘假茶师’，便绝不能轻纵，得去探探他的底细。”

“如此也好，”叶嘉又唤来侍卫，问道，“昨日让你们盯住的那个‘假茶师’，后来去了何处？”

侍卫回道：“他展示完茶道之后，便在饮凤池旁的一家客栈住下了，想必此时还在附近。”

“他既打着我的名号出来，必然要闹出一番动静才行，我们自往饮凤池一游，或许便能遇见。”

叶嘉点点头，与二人又一番话别，这才随着太子的人回转东宫。陆羽与李冶则一路不徐不疾，向饮凤池而来。行了没多远，便来到饮凤池之旁，夏日的莲花已经盛开，池边垂柳轻摆，散发着悠然娴静之美。他二人已许久未在如此美景前相对，不觉停住脚步，沉醉在南来的熏风之中。

“相传周文王时，有祥瑞凤凰飞鸣而来，在此饮水，此处故而得名‘饮凤池’。”陆羽一边说着，一边向池中心的小亭望去，只见亭中围坐着一群人，其间有一人独坐众人之中，似乎正在表演着什么。

李冶一眼便看见那人头戴乌帽，身披黄衫，不由得一指道：“就是此人！”

“你是说那个冒充我的假茶师？”

“正是，他正在亭中给众人展示茶道。”

“走，咱们看看去！”

二人来到那群人身后，透过人缝向其中探看。只见那人身前的长案上，依旧摆放着昨日李冶所见的那套奢华无比的“茶道二十四器”，他一边煎着茶，一边向众人讲解着每件茶器的功用，手下一刻不停，口中滔滔不绝，直教人看得眼花缭乱。围观众人被其才艺所折服，有的啧啧称奇，有的拊掌赞叹，皆激动不已。

陆羽在旁静静地观察着他的一举一动，直待他向众人奉完香茶，熄了风炉之后，才上前道：“敢问先生，你方才所展示的是何物？”

那人抬起头瞥了陆羽一眼，神色傲然道：“乃山人所制的茶道二十四器。”

“不知先生口中的茶道是指什么？”

“你喝过茶吗?”那人斜眼看着陆羽道。

“如今大唐饮茶之风盛行，我自然喝过。”

“你喝的是什么茶?”

“乃我亲手在山间所采的茶。”

那人听罢讥笑道：“山野之茶多为粗下次品，只有经我品尝、评定的色香形味俱佳的茶叶才能称得上好茶，否则便与烂菜叶子没有分别。”

“是吗？那么先生认为何处的茶叶为佳?”

“湖州顾渚山明月峡中所产的紫笋茶，闻名天下，自然称得上好茶。不过，以山人看来，大唐的名山大川之中，定还有许多好茶不为人所知，而山人要做的，便是寻遍天下名茶，好让世人知道什么才是真正的好茶。”

陆羽心中暗道，此人这番话，几乎将自己所做之事道尽了，莫说是别人，就连他自己听了都有那么一瞬间觉得恍惚。

那人见他一时愣住，更加志得意满，对众人侃侃而谈道：“他方才问山人茶道是什么，山人这便可以告诉诸位，茶道乃极为高雅清贵之事，是达官显贵用以彰显身份之物，更是富贵人家的一种享受。自先皇肃宗颁下禁酒令以来，王公贵族皆爱饮茶，当朝太子更是极力推崇茶道，足见饮茶之盛，而山人正是以种茶兴茶作为人生第一等大事，花了多年心血，潜心著成茶书一本，名为《茶论》，为的便是将茶道发扬光大。”

他此言一出，众人皆赞。陆羽却是心中一跳，转身与李冶相视一眼，皆骇然。陆羽想了片刻，对他恭敬地一拜道：“先生之言令在下茅塞顿开，不知先生在何处下榻，在下想前去拜访，也好向您多多请教。”

“好不凑巧，山人已受李季卿李大人相邀，明日便要随同他前往常州赴任，恐怕不能奉陪了。”

“常州?”

“正是，常州义兴的阳羡紫笋茶可谓一绝，李大人便是邀我前去那里品茶。”

“这么说，先生明日便要上路?”

“正是。”

“实在是遗憾之至，在下只好祝先生常州之行顺遂了。”

“多谢了。”那人微微拱了拱手，此时一旁围观的诸人也纷纷上前请教，将陆羽挤出了人群。

陆羽来到李冶身边，无奈一笑道：“看来我们一时还回不了家，得去一趟常州了。”

五十二、探茶常州府，品水扬子江

却说陆羽与李冶离了饮凤池来到颜府，将假茶师一事对颜真卿说了，颜真卿忧虑道："此人竟连鸿渐在写茶书一事也知晓，并且声称自己有一本《茶论》，实在令人惊骇。此事若不查个水落石出，听凭他盗用鸿渐的名号，在世上大推金银所制的茶器，宣扬奢侈靡费之风，更将伪造的茶书传抄天下，必将误导世人，有损种茶兴国之大计，甚至流毒后世，贻害无穷。"

"是啊，我的茶书虽已初成，但仍有许多值得推敲与斟酌之处，而且书名也尚未确定。谁承想，那本伪茶书却已有了个亮堂堂的名字——《茶论》，听起来足可以假乱真。"陆羽慨叹道。

"看来对这本茶书，有人比你更着急。"李冶笑道。

"真不知他们急个什么，难道还能换钱不成？"

"怎么不能？只要世人认定他便是真的陆羽，他所写的便是货真价实的茶书，那么他便可以按照种茶、卖茶之人出价的高低，任意评定茶叶的高下，以此获得钱财。还有那些茶器，越贵重的越被推崇，如此奢华，寻常百姓谁人用得起，最后还不是成为纨绔子弟争相追捧的玩物？"李冶细细地分析道，"你想想看，西晋的石崇与王恺斗富，为了穷尽世间珍宝，搜刮百姓，杀人越货，简直与强盗无异。若是茶叶、茶器也成为世人追逐之物，斗茶之风一起，便又是一场纷争了。"

"兰女冠此言真乃醍醐灌顶，本官尚未想到这一层，看来此事非比寻常，丝毫不能大意，要尽快解决才是……"颜真卿边说边思索着，"李季卿，此人本官有所耳闻，他此次到常州，乃圣上钦点的宣慰使，到那里安抚百姓。此人一向官声不错，颇有见识与气量，不知为何却与那假茶师搅在了一起。"

"以我方才与他的交锋来看，那假茶师确也有些学识与胆量，他的煎茶之术颇有章法，茶器也有模有样，更有一本神乎其神的《茶论》在手，也难怪那李季卿会信服了。"陆羽分析道。

"看来你的茶书不但要尽快定稿，还要取一个无可替代的书名，传抄天下，如此方能够正本清源，让世人知道究竟哪一本才是真正的茶书。"李冶道。

"兰儿所言极是。"陆羽道，"我也曾有意将茶书命名为《茶论》，没想到却被此人捷足先登了。"

"《茶论》名虽贴切，但却少了一分大气，缺了一丝庄重，更不足以彰显权威，还需好好斟酌一番才是。"李冶推敲道。

“茶书之事，确如兰女冠所言，需得正本清源。不过当务之急，便是尽快将那人是何底细，有何图谋查个水落石出，以免陷于被动。”颜真卿说到这儿不由得发愁道，“可是本官明日便要动身去湖州，虽然湖州与常州两地接壤，但府衙所在却相隔较远。而且本官若是与你们一同前往，只怕动静太大会打草惊蛇，这可如何是好……”

“大人不必发愁，我与兰儿扮作一对农家夫妇，悄悄跟在其后便可。”

“那可不成，人家走的是官道，坐的是官船，你二人一身平民打扮，如何能与他们接近？”一人边说边大步而来。三人一听声音，便知是李复到了。

李复上前与颜真卿见了礼，随后道：“还是由我陪着鸿渐他们去常州吧。”

“如此甚好，有你在本官便放心了。”

陆羽笑道：“你哪里有此等清闲随我们前去？难不成是你贪赃枉法，被圣上罢了官，无事可做了？”

“你便不能盼我点儿好吗？我此行江淮，实乃另有要事。”

“何事？”颜真卿道。

“太子前日召见，命我便衣前去江淮查访赋税事宜，看看是否有贪腐之事。此行不仅仅要去常州，湖州才是重中之重。”

“湖州……”颜真卿道，“这一切恐怕皆与茶厂有关。”

“我也如此认为。”李复深以为然，“不过太子尚未言明，我也不便多问。”

他二人正说着，却见陆羽扶着李冶道：“兰儿，是不是哪里不舒服了？”

“没事，只是有些疲累。”李冶虚弱道。

李复见她神色疲惫，便道：“依我看，此次常州之行，还是不要让季兰姐姐随我们一起奔波了。我们两个男人出门行事更方便一些。”

“初晨说得极是，我还是不与你们同行了，以免耽误大事。”

“这……你一人回去，我实在放心不下。”陆羽忧心道。

“不必担心，兰女冠随本官一起回湖州便是。等到了家中，本官会派人保护她的安全，你们自可放心前去。”颜真卿道。

“那便多谢大人了。”陆羽一揖道。

“你二人此一路前去，定要多加小心。”颜真卿叮嘱道，“若有危难，即刻向本官送信。”

几人商议已定，次日一早便各自上路。李冶随着颜真卿向湖州而去，陆羽与李复则装扮成两个游山玩水的富家子弟，带了两个侍从，一路不显山不露水，直向常州而来。行了多日，来到扬子江头，只见一艘华丽的官船停在江上，桅杆上悬挂着“李”字大旗。正是李季卿的官船。

陆羽与李复向船上眺望，隐约能够听见船舱中有琴瑟之声传来，更见一个侍从于扬子江中打了些江水，送入船舱之中。陆羽道：“那位假茶师此刻定然正在舱中为李季卿煎茶。”

“你是如何得知的？”李复奇道。

“船停江上，有琴瑟之声传来，还有下人出来打水，自然是用这扬子江的水来煎茶了。”

“原来如此。”李复看看他，笑道，“怎么，是不是看见别人煎茶，觉得有些技痒了？”

陆羽笑道：“知我者初晨也！咱们这一路行来，都只是跟在其后观望，还从未与那茶师打过交锋，今日便是个好机会，也正好可以试一试那李季卿，看看他究竟是清还是浊。”

“此言有理。”李复道，“小爷我这便吩咐人雇一条好船，咱们也划到那江上去，会一会这个假茶师。”说罢便命侍从在渡口雇了一艘雅致的小船，向李季卿的官船缓缓划去。

陆羽与李复并肩立于船头，随着小船离官船越靠越近，陆羽在船头上高吟道：

一饮涤昏寐，情来朗爽满天地。
再饮清我神，忽如飞雨洒轻尘。
三饮便得道，何须苦心破烦恼。
此物清高世莫知，世人饮酒多自欺。
孰知茶道全尔真，唯有丹丘得如此。

他高声吟诵着，便是想吸引官船上李季卿的注意，果不出所料，待他吟到第二遍时，船舱中走出一个侍从，打量了他与李复一番，见他们仪表堂堂，相貌不凡，便不敢怠慢，对二人施礼道：“两位先生，我家大人听了方才的诗句，颇感兴趣，想请二位上船一叙。”

陆羽回了一礼，装作不知船上乃何人，问道：“多谢相邀，敢问你家大人是哪一位？”

“我家大人乃朝廷特派江南的宣慰使，李季卿李大人。”

“原来是李大人，真乃久仰大名。”李复寒暄一句，又问道，“不知舱中还有何人？”

“还有闻名天下的茶师，陆羽陆鸿渐。”

“是那位茶师啊！在下曾在饮凤池幸会过茶师，没想到今日还能在此相逢，真乃三生有幸！”陆羽道。

“既与茶师见过，那更是再好不过，”侍从恭敬道，“二位先生，请吧。”

“那便恭敬不如从命了。”陆羽说罢，与李复一起登上高大的官船，进入船舱中。侍从对李季卿回禀道：“大人，方才吟诗的先生来了，便是这一位。”说着指向陆羽。

陆羽与李复忙向李季卿施礼道：“见过李大人。”

船舱之中，李季卿与假茶师对面而坐，中间的长案上，两碗香茶正冒着热气。李季卿抬头看了看二人，道：“免礼，不知方才的诗句是二位中的哪一位所吟？”

陆羽拜道：“回大人，乃在下所吟。”

席上的假茶师看了陆羽一眼，似乎想起那日曾与他有过一次对话，长髯抖动了两下，隐隐露出不安之色。

“哦？你是何许人也？这诗又是何人所作？”李季卿对眼前的“真”陆羽很感兴趣。

“在下乃湖州人士，姓李名疾。”陆羽将智积法师给他起的小名‘陆疾’改了个姓道出。李复暗中瞅了他一眼，想发笑，但忍住了。陆羽盯着席上的那位假茶师，接着道：“至于这首诗是何人所作，茶师定然知道。”

那假茶师听了此言，双目忽地一失神，表面上却故作镇定，抬手整理着长案上的茶器，对陆羽之言只作不闻。

李季卿见他不说话，便对陆羽道：“休要卖关子了，此诗极佳，乃本官至今为止听过的最好的茶诗……莫非便是出自你手？”

“非也，此诗的作者乃湖州杼山妙喜寺的住持皎然法师。”陆羽说着又看向那假茶师，缓缓道，“听闻皎然法师与茶师乃挚交，而此诗正是法师在饮罢茶师亲手所煎的紫笋茶后，觉得两腋生风，飘飘欲仙，便诗兴大发，提笔写就的，而后被世人所传颂。怎么茶师却好像不知呢？”

“山人岂会不知皎然的诗，此诗的前四句还是山人所题，只不过皎然拿来续了后半首罢了。”

“是吗……”陆羽忽而一拍脑袋道，“不对，在下好像记错了。此诗乃皎然法师写与一位崔大人的，诗题便叫作《饮茶歌诮崔石使君》。不知对不对，茶师？”

假茶师听罢此言，眉梢微微一挑，掩饰着自己的慌乱道：“皎然作诗无数，没有一千也有八百，难道山人都要记住不成？”他一双眼紧紧盯着陆羽道，“听足下之言，好似很了解皎然之事，莫非也与他相识吗？”

“皎然法师名满天下，在下尚无缘分与他相识，实在可惜得很。”陆羽道。

假茶师微微一笑道：“相逢即是有缘，若足下想结识皎然，山人日后可帮忙引荐。”

“如此就先谢过了。”陆羽暗道此人真乃巧舌如簧，怪不得李季卿会被他所蒙蔽。

此时李季卿道：“既然都是爱茶之人，本官这船舱也很是宽大，便一起坐下来品品茶吧。”

“那便多谢大人了。”陆羽谢罢，与李复一同入席。

李季卿又对那假茶师道：“劳烦陆先生再煎些茶来吧。”

假茶师微露不愿之色，但仍旧应道：“便依大人之言。”说罢，从一个金质的罗合中取出用纸包封好的茶饼，开始慢悠悠地将其碾成茶末。

陆羽问道：“不知这是什么好茶？”

“乃李大人所赏赐的蒙顶茶。”

“蒙顶茶？”李复故作吃惊道，“那岂不是王公贵族才能享用的贡茶？”

“正是，”李季卿道，“承蒙圣上厚爱，临行前赐本官两串蒙顶贡茶。若非陆先生在此，必定舍不得拿出来喝啊！”

“不知大人是否听过一句话：‘扬子江心水，蒙山顶上茶。’今日恰逢到了扬子江上，大人何不以这江水来煎茶呢？”陆羽建议道。

谁知那假茶师听罢，白眼一翻道：“此话还需你讲？山人早已吩咐人打来了江水，方才的茶便是用江水煎成，滋味鲜爽无比，对不对，大人？”

李季卿点头道：“确是本官所喝过的最为香醇的好茶了。”

“敢问这江水是从何处打来？”陆羽明知故问，他方才与李复早已看见侍从打水之事。

“便是从船停之处的江中打来。怎么，有何不妥之处？”假茶师不悦道。

“这水虽也是扬子江中之水，但在下却知道这江中有一处的水，乃为此江中最佳，非他处可比。用它所煎出的蒙顶茶，便是连神仙也难得一品啊！”

“竟有此事？”李季卿一听便来了兴致，“不知是哪处之水？”

“此水便在这扬子江心的漩涡之中，需在正午时分打取，以江心的至阴之水与正午的至阳之气融于一体，可谓集天地之精华，被唤作‘南零水’。”陆羽侃侃而谈道。他曾与皎然云游江湖多年，遍品天下名水，这南零水如何，他可谓了如指掌。

李季卿听罢，忙问侍从道：“现下是什么时辰？”

“回大人，此时已是巳时，再过半个时辰便是午时了。”侍从回道。

“好，吩咐他们即刻开船，务必在午时之前赶至江心！”

“是。”侍从领命去了。

李季卿又对假茶师道：“还请陆先生稍候片刻，待我们赶至江心，取了那南零水来，再煎茶不迟。”

假茶师碾着茶的手顿了一顿，随即道：“也好，山人先将茶碾好了，待到水一来，便可煎茶。”

“好！”李季卿搓着双手，对即将要品尝到的极品好茶充满期待。

行了将近半个时辰，终于来至扬子江心。舱中几人向外眺望，扬子江心之水缓缓旋转，偶尔跳出的水珠如碎落的白玉般晶莹剔透，在正午的日光下闪烁着光彩。陆羽道：“便是此处了！”

李季卿忙令停船，让侍从即刻出舱，待到正午之时一到，便可打取江中的南零水。他这边吩咐已毕，那假茶师见侍从提桶出去了，起身道：“山人随他一起去打。”

“如此甚好。”李季卿准许，与陆羽、李复在船舱中等着打来江水。

等了将近一炷香时间，侍从提着水桶进得船舱道：“回大人，南零水打来了！”

“好，陆先生，请吧。”李季卿对假茶师道。

“遵命。”假茶师在长案前坐下，铺展开他的“茶道二十四器”，一板一眼地摆弄了许久，终于到了要煎水之时，他将水桶提在半空中，忽然顿住，对陆羽道：“既然足下对这南零水如此了解，不如先帮山人辨一辨，这水可有差错吗？”说着将水桶递给陆羽。

陆羽知他故意刁难，接过水桶，向其中观瞧。桶中水质清澈，随着船只的摆动荡漾着微波，似无任何不妥。他正准备将桶递回去，忽地发现在桶壁上粘了几粒泥沙，再俯身嗅去，顿知异常。他笑了笑，道：“麻烦茶师将瓢递与在下。”

“瓢？”假茶师一脸不解道。

“便是舀水的勺子。”

假茶师“哼”了一声，取过一只精致的银勺递与他，鄙夷道：“茶道如此高雅，岂能用那匏瓜所做的瓢来舀水？”

陆羽并不答言，接过银勺，扬起桶中的水，又观察了片刻，对李季卿道：“大人，这桶中之水虽是出自扬子江，但并非南零水。”

所有人听罢，皆是一愣。李复知他成竹在胸，丝毫不担心，只是好奇他接下来会说什么。假茶师脸色一变，失掉了方才那股气定神闲。李季卿十分诧异，问道：“何出此言？”

陆羽微微一笑，将桶中之水舀出一半在盛水器中，随后来到船舱的窗口处，将剩下的一半水向扬子江中一泼而尽，转身对诸人道：“方才倒掉的一半乃寻常的扬子江水。”又指着盛水器中的水道：“此一半才是真正的南零水。”

五十三、鉴水十等美，分茶五碗佳

“哦？此话怎讲？”李季卿对他的举动很是费解，见他轻易便将好容易打来的江水倒了一半，不由得生出一丝不悦。

陆羽看出他的质疑，指着水桶道：“大人请看，这水桶壁上粘有几粒泥沙，若此水皆是从江心打来，那么这泥沙又是从何而来？”

李季卿顺着他手指之处，果见几粒泥沙，却道：“许是这水桶不洁，本就粘有泥沙，单凭这一点不足以为证。”

“方才在下所说的乃水质之‘清’。除了观察是否有异物之外，辨别水质是否清洁，还需品鉴水之味。”陆羽说着将盛水器中留下的水呈与李季卿道，“大人请闻一闻此水，淡而无味，纯而冷冽，如此清洁方为上品。”

李季卿低头闻了闻，确如陆羽所言。此时，陆羽又取来第一次在扬子江中打来的水给李季卿，道：“这是方才所剩之水，大人可以闻闻其味。因江水离岸较近，水中难免带有一丝微腥，这便是沾染了鱼腥与人烟之故。”

“确有一丝腥气。”李季卿点点头，“不过，本官仍是不解，同在一桶之中，你又岂知倒掉的那半便是不洁之水，而留下的便是南零水呢？”

“回大人，乃因为水的‘轻重’不同。”陆羽道。

“轻重？水也分轻重？”

“正是。水以‘轻’为好，轻则水质软，杂物少，饮之对身体有益；重则杂质多，污垢浮于其间，不但味道苦涩，更有损身体康健。方才在下便是依据水质的轻重，留下了南零水，而倒掉了普通江水。”

李季卿听到此处，仍然将信将疑。李复道："大人不必为难，他此言对不对，只需将方才打水的侍从唤来一问便知。"

一旁的假茶师听了此言，神色一慌。李季卿道："方才是哪个去打的水？"

打水的侍从上前回道："大人，是小的。"

"你所打的水，是扬子江心的南零水吗？"

"是，"侍从迟疑地说着，看了一眼假茶师，"也不是……"

"是便是，不是便不是。你糊涂个什么！"李季卿微怒道。

"小的该死！"侍从跪倒在地道，"方才小的去打水，起先确是打的江心之水，可是，可是待打上船之时，小的不慎滑倒，将水洒出去半桶。这时茶师上来将小的扶起，让小的在一旁歇息，自己再去打半桶来。小的起先只顾着揉腿，没有注意，可后来发现茶师并没有去江心打水，而是在船头打了半桶回来。小的问他为何，他只叫小的莫要多言，他自有道理。小的以为茶师定是打了更好的水来才会如此，故而便没有多言……此事都是小的隐瞒之过，请大人恕罪！"

李季卿听罢，看向假茶师道："陆先生，你此举是何用意？"

假茶师起身一揖道："回大人，山人见这位李先生对水颇有研究，便想试一试，将半桶江水半桶南零水掺在一起，看看他能否分辨出来。没想到李先生的品水之术如此高妙，竟将半桶南零水分了出来，着实令山人佩服之至！"说着又向陆羽深施一礼。

陆羽回礼道："不敢当，难为茶师如此用心良苦。"

李季卿见事已说开，便不想纠缠于此，斥责了侍从两句，又对假茶师道："既然已取来南零水，陆先生便开始煎茶吧。"

"遵命。"假茶师重新回到座席，开始用南零水煎起蒙顶茶。

李季卿经此一事，对陆羽刮目相看。他听了陆羽方才之言，对他的品水之术颇为好奇，问道："足下方才说，好水贵在'清'与'轻'，不知还有什么讲究吗？"

"回大人，水以'清、轻、甘、活'为好，以此推之则山水为上，江水次之，井水为下。清则水无异味，轻则少有杂质，甘则滋味回甘，活则不含毒素，这样的水用以煎茶，可将茶叶的清香与功效发挥到极致，常年饮之，对身体大有裨益。"

"说得好，足下对品水之事真乃见解独到。"李季卿赞道。

"不敢当。在下曾云游四海，涉足天下名山名水，也曾在游戏中对天下名水做过一次高下评定。今日见大人如此有兴致，便说与大人一听，权作笑谈。"

"好，"李季卿兴致勃勃道，"便趁着陆先生煎茶之际，说来听听吧！"

陆羽侃侃而谈道："在下以为，天下名水按高下可分为十等。庐山康王谷水帘水第一，无锡县惠山寺石泉水第二，蕲州兰溪石下水第三，峡州扇子山下虾蟆口水第四，苏州虎丘寺石泉水第五，庐山招贤寺下方桥潭水第六，扬子江南零水第七，洪州西山西东瀑布水第八，唐州柏岩县淮水源第九，庐州龙池山岭水第十，丹阳县观音寺水第十一，扬州大明寺水第十二，汉江金州上游中零水第十三，归州玉虚洞下香溪水第十四，商州武关西洛水第十五，吴松江水第十六，天台山西南峰千丈瀑布水第十七，郴州圆泉水第十八，桐庐严陵滩水第十九，雪水第二十，但不可太冷。这番品评大人听作笑谈便可，实不可当真。"

"好一番品评！"李季卿拊掌赞道，"如此细致的品评本官还是平生头一次听闻。依我看，若陆先生称得上天下第一的茶师，那李先生则当之无愧为天下第一的鉴水师了！"

"大人谬赞，愧不敢当。"陆羽连忙拜道。

此时，一旁的假茶师已煎好了茶，用银勺分了三碗茶汤，奉至李季卿、陆羽与李复三人面前道："诸位请用茶。"

李季卿端起碗来细品一口，赞道："妙哉，这南零水煎来的蒙顶茶，真乃天下极品！"

陆羽方才便一直观察着那假茶师如何向碗中分茶汤，品了一口茶后，对李季卿道："好是好，但若让在下来分这茶汤的话，或许滋味会更浓郁一些。"

"哦？李先生有何见解？"李季卿越来越觉得陆羽才识渊博。

然而那假茶师却心中一慌，死死盯着陆羽，露出心虚之色。

陆羽只作不见，对假茶师道："敢问茶师，方才是以多少水来煎茶的？"

"一升半的南零水。"假茶师道。

陆羽听罢摇头道："一升半水煎三碗茶，实在太多了。"

"哦？"假茶师脸上挂不住地一黑道，"那李先生认为，该用多少水呢？"

"一升，仅一升水便足矣。"陆羽道。

"李先生鉴水是行家，对于煎茶可就不通了。"假茶师轻蔑一笑道，"这煎水并非你所想象得如此简单。岂不知在水刚煮开时，需得弃掉水面上的一层浮沫，否则茶汤之味便会苦涩。而等到第二沸时，需从锅中舀出一碗水来，用以温杯洗盏。这样一来，釜中所剩的水便会减少许多。所以仅用一升水，那是万万不够的。"

"是吗？"陆羽笑道，"若茶师不介意，在下现在便可用一升水来煎茶。"

还未等假茶师回答，李季卿道："竟有此事？李先生不妨便用这一升水来煎茶，本官很想看看两位先生切磋茶技。"

假茶师脸色极差，从席上起身道："那便请李先生展示一下，如何用一升水煎茶吧！"

侍从忙上来将茶器收拾一新。陆羽略施一礼道："唐突了。"随后俯身坐于长案之前，在精致的银釜（银质的锅）中倒入一升南零水，随后点燃风炉，开始煎起水来。不多时，水便煮开了。陆羽用银勺将水面上泛起的一层黑云母状的浮沫撇去。假茶师抄手看着他的一举一动，觉得与自己所做大体上并无二致，不由得暗暗松了一口气，等着看他下面怎么办。

片刻之后，水烧至第二沸，陆羽从银釜中舀出一大勺水，将其倒入一旁的瓷盂中，对李季卿道："此一勺水名为'隽永'，乃这一锅水中最美之水，滋味绵长。此时将水舀出存放，并非为了温杯洗盏，乃留待稍后减轻水沸，在水面上培育汤花所用。"

李季卿似懂非懂地点点头。

待到第三沸时，水面如波浪翻涌，陆羽将瓷盂中的"隽永"之水再次倒入釜中，激烈动荡的水面稍稍平静，开始生出一朵朵的汤花来。陆羽指着水面上的汤花道："大人请看，这便是方才那勺'隽永'之水所育出的汤花。"

李季卿伸长脖子向釜中看去，只见水面上的汤花，有的像枣花般漂在水上，有的若浮萍般徘徊水间，似青苔浮在水面，又似菊花坠落在樽碗之中，而那一层层汤沫，则如积雪一样灿然盈于眼前，令人无法移开双眸。

船舱中的人都围上前来，欣赏着水面的汤花，啧啧称奇。

陆羽见茶汤已好，便熄灭了风炉，取来三个茶碗，一面细细地向碗中分茶，一面讲解道："一升水煎出的茶汤，第一、二、三碗为最上品，最多五碗为佳，在五碗之后，若不是渴得厉害，便不要再喝了，因为茶汤已经寡淡无味。若是十人饮茶，则需加煮两炉，这样才能保证每碗茶汤的味道。"说到这里，他已将汤花均匀地分在三个茶碗中，捧了第一碗茶与李季卿道："请大人趁热品尝，若茶冷了则精英之气便会消散。"

李季卿接过茶汤饮了一口，只觉味道珍鲜馥烈，令人神思大振，方才喝的那碗茶与这一碗相比，就如淡水一般索然无味，不由得一饮而尽道："好茶，真乃绝好之茶！"

陆羽将另外两碗茶递与李复和那假茶师。李复端着茶碗，观察假茶师喝茶时的表情，真可谓打翻了五味瓶，不由得暗自发笑，心道此番陆羽是给他来了个大大的下马威。

待三人都饮罢了茶，李季卿对假茶师道："看来这位李先生对煎茶之事也颇有研究，陆先生日后可与他多多切磋，以使茶道更为精进才是。"

假茶师强自收拾了一番情绪，起身对陆羽拜道："李先生的分茶之法着实厉害，山人佩服。"

"茶师不必过谦，承让了。"陆羽回礼道。

李季卿对陆羽、李复道："不知二位先生要去往何处？"

"我们要去常州的义兴访友。"李复道。

"那可太巧了，本官应陆先生引荐，要到义兴的阳羡去寻访那里的紫笋茶。李先生既然如此精通茶事，不知可愿同往？"李季卿诚心相邀道。

"在下也听闻义兴阳羡的紫笋茶品质极佳，正想前去一品，既然李大人相邀，又有茶师同往，实在荣幸之至，便恭敬不如从命了。"陆羽说罢，瞥了假茶师一眼，见他一脸不喜之色，蹙眉思索着什么。又看向身旁的李复，正暗中挑起大拇指，对自己的表现与决定深为赞赏。

四人品完茶，用罢午膳，李季卿到后舱中歇息。陆羽与李复起身来到舱外，站在船头眺望扬子江两岸的风景。李复看看四周无人，对陆羽道："你方才的一番分茶鉴水实在是精彩，莫说是别人，就连我也佩服不已。"

"你便不必日行一善了，我自己几斤几两自己清楚。"陆羽玩笑道。

"信不信由你，"李复白他一眼，又笑道，"你没看见那假茶师的脸色越来越难看，最后更是皱成一团，比苦瓜强不了多少。"

"他虽变了脸色，但从始至终都应对得当，并未露出什么马脚，可见城府极深，你我万不可大意。"

"你说得是。"李复点头道，"不过有一点值得欣慰，以方才所见，李季卿不似有何问题，只不过是一时被那假茶师所蒙蔽而已。"

"我也这样认为，那假茶师知道李大人对茶道很有兴趣，便投其所好，借助几分技能与巧舌如簧，才会令李大人对其身份深信不疑。"

"现下看来，确实如此。"李复还待要说，忽而察觉身后有人在向他们慢慢靠近，忙对陆羽使了个眼色，两人止住谈话。

"二位先生真好雅兴。"正是那假茶师。

李复回身笑道："茶师歇息好了？"

"山人行走江湖，一向清苦惯了，没那么娇气。"假茶师似笑非笑道。

"茶师今日的煎茶之术，实在令人钦佩。"陆羽道。

“哪里，山人雕虫小技，岂能比得上李先生分茶鉴水的功夫？”

“不敢当。”陆羽笑道，“不过在下仍有一事不解，想向茶师请教。”

“请讲。”

“依茶师之言，您自小而孤，后来又游历山野，一未踏入仕途，二未结交权贵，那么在下便奇怪了，您的那套茶道二十四器非金即银，做工奢华无比，又是如何而来的呢？”

“这你便有所不知了。山人与颜真卿大人乃忘年之交，他对山人一向颇为关照，这茶道二十四器便是他支持铸造的。”

“这也不对吧，天下皆知颜大人乃一等一的清官，凭他的俸禄，要铸造这么一套茶器来，绝非轻松之事。”

“这些事情，便不劳李先生挂心了。”假茶师对答不出，只好搪塞过去。

陆羽也不想再谈下去，与李复对视一眼，欲回船舱。谁知假茶师却忽而阻在他身前道：“你究竟是何人？”

“在下已向李大人报过姓名，茶师难道忘记了？”

“你是报了姓名，但那不是你的真名，你一定另有来历！”

“茶师多虑了，我二人乃再寻常不过之人。”陆羽说罢，便与李复向船舱而去。

假茶师盯着二人的背影，咬牙道：“寻常……我定会想办法，让你们知道厉害。”

陆羽、李复回到舱中，李季卿歇息好了，又与他们闲聊了些种茶、品茶之事，如此一直到了夜间。陆羽在舱中坐得久了，便起身来到甲板上站站，吹吹风。

月色之下，扬子江波光粼粼，涛声阵阵，清风徐徐而来，令人心旷神怡。

陆羽深深吸了一口清新的空气，闭上眼享受着江上的宁静。突然，不知从何处伸出一只手，在他背后猛地一推。陆羽挣扎着回身，刚要大喊，却被那人一把捂住了嘴，死死锁住身体来到船边，低声道：“依我看，你必是陆羽无疑。”

“唔……唔……”陆羽拼命想要喊叫，却发不出声音。

“小子，怪只怪你自投罗网，今日便是你的死期！”那人说罢，使劲将陆羽向船下推去……

李复在船舱中等了片刻，不见陆羽回来，心中不安，便出了船舱去寻他。谁知前后找了一遍，皆不见人影。正在纳罕，忽听脚下的方向有一个微弱的声音道：“初晨，我……我在这儿……”

李复趴在船边向下一看，不由得大惊失色。

只见陆羽一只手扒着船沿，悬挂在船身之上，脚下便是滔滔江水。李复慌忙伸手去拉他，谁知刚刚触到他的手指，一个大浪袭来，船身剧烈摇晃，将本就摇摇欲坠的陆羽一下子卷入了浪花之中。

“鸿渐！”李复惊叫一声，顾不得许多，一个猛子扎下去，没入波涛汹涌的扬子江中。

五十四、真人识伪冒，竟陵逢玉川

常州义兴，君山悬脚岭的茶山下此时正悠哉游哉地走来一个少年。少年十五六岁年纪，一身粗布衣衫，头戴斗笠，芒鞋竹杖，顶着正午的日头向茶山而来。在他前方的不远处，一座高台搭在茶山脚下，一人端坐其上，台下里三层外三层地围着一大群茶农，每人手里举着几串茶饼，皆神情紧张地向高台上张望着。一队官兵把守在最外围，维持着混乱的场面。

少年蹙了蹙眉，清冷俊逸的脸上闪过一丝不屑。

他此行刚到义兴，便听闻有一位名唤陆羽的茶师在君山品茶、收茶，搅闹得整个义兴都沸沸扬扬的，心中不免生出鄙夷。寻访好茶本是一件极为清苦之事，需要秉持着一份对茶的追求，日复一日，年复一年地在山野间穿行，披荆斩棘，历尽艰辛，方能寻得天地间的至美之茶。可如今这位茶师陆羽，竟然动用官家的势力，在此地搭设高台，让远近的茶农们拿着茶来找他品鉴，而自己却脚不沾泥，坐享其成，此举实在是闻所未闻。

少年正想着，只见一个官兵将一位白发苍苍的茶农一把推出人群，喝道：“小老儿莫要胡搅蛮缠，茶师说你的茶饼不好便是不好！若是不服，便等明年制出新的茶饼，再拿来让茶师与你品鉴！”

那老者哪里禁得住如此狠手，颤巍巍便要栽倒在地。少年一见，忙上前搀扶起老者，对官兵怒道：“你岂能对老人家如此无礼！”

官兵见他年少，也不拿正眼瞧他，啐道：“哪来的黄口小儿，快快滚远些！”说罢径自走了。

少年将老者扶到一旁的树荫下坐下，问道：“老人家，这是怎么回事？”

老者喘了好一会儿粗气，才哀叹一声道：“老汉冤啊！这里谁人不知，我家的茶饼可是这君山一等一的好茶，谁承想竟遇到这种事！”

“慢慢说，究竟发生了何事?”

“半个月前，这里来了个名叫陆羽的茶师，说是奉朝廷之命来君山品鉴阳羡紫笋茶，只要是品质上好的茶饼，都可获得朝廷的认可，而那些极品的便可被选作贡茶，以后岁岁入贡。我们这里的茶农听了都欢喜无比，纷纷拿出自家的茶饼来请茶师品鉴。我家里的茶山上，年年产得好茶，远近皆知。可不巧的是，我那两个儿子都出门在外，我等不得他们回来，几天前便拿了几串茶饼，来找茶师品鉴。谁知那茶师品了半晌，说我家的茶饼是下下之品，根本喝不得。我也不知到底出了什么问题，正垂头丧气地准备回家，谁知那茶师竟让官兵拦住我，说要将我家的茶饼全部收缴销毁，一块不留，说是不能让这样的次品流入茶市，祸害世人……”老者越说越激动，脸涨得通红，“我的两个儿子都不在，家里只有老弱妇孺，根本拦不住他们，一眨眼工夫他们便将我们一家辛辛苦苦制成的茶饼给抄了个干干净净……”老者边说边捶着胸口咳嗽不止，“我气不过，在家里的犄角旮旯里翻出所剩的最后一串茶饼，今天一大早又来找那茶师理论，结果被他说是胡搅蛮缠，理也不理，便将我给撵了出来，后面的事你便都看见了……”老者手里攥着那串茶饼，直气得哆嗦不止。

“竟有这等事……”少年抬头向那高台上的“茶师陆羽”看去，他正一本正经地品鉴着茶饼，看不出什么破绽来。少年思索片刻道：“在此与他空耗不是办法，我先送你回家，咱们慢慢想对策。”

“真是谢谢你了，不知少侠怎么称呼?”

少年笑道：“少侠不敢当，我叫卢仝，从河南少室山而来。”

“原来是卢公子，老汉姓周，家就住在村那头。”

卢仝搀扶着周老汉回到家中，果见一片狼藉，茶饼被官兵们查抄一空。周老汉坐在屋里，又是一阵唉声叹气。

卢仝看着他手上仅存的一串茶饼，道：“我在少室山居住时，曾在山上的弘化寺中饮过几次茶，听住持法师多次讲解品茶之法，也算识得些茶。若老人家信得过，可否取下一块茶饼，让我煎来尝尝，也好看看那茶师所品鉴的是否公允。”

“也好，你便尝尝看吧。”周老汉取下一块茶饼递给卢仝，带他到伙房煎茶。不多时，茶汤煎好了，卢仝端起碗来只喝了一口便双眸一闪，道：“好清香!”随后将茶汤一饮而尽，赞道：“此茶芳香无比，柔滑如玉露一般，真可谓当之无愧的好茶。如此说来，那茶师确是评判不公!”

“卢公子真是识茶之人。”周老汉说着又叹道，“只可惜你的话不能代替茶师的评判，而我们家的茶饼都已被他们拿去销毁了，再好又有何用……”他苦笑着举起竹串上仅存的两块茶饼，心下无比绝望。

“我却觉得此事哪里不对。”卢仝踱步道，“你家的茶饼色、香、形、味俱佳，即便那个茶师品茶的技艺不精，最差也只会将此茶评为中品，下下品是绝不可能的。而且更奇怪的是，他一面将此茶评为下下品，一面又火速地将你家中的茶饼查抄一空，这不是很奇怪吗？”

“卢公子的意思是？”

“我有一个大胆的揣测。”卢仝道，“那些茶饼并未销毁，而是被那茶师收走私吞了，此刻定然藏在某处。”

“你说的是真的吗？”周老汉听罢，心中燃起一丝希望，挣扎着起身道。

“老人家知不知道那茶师晚上在何处下榻？”

“他住在村外的驿馆里，虽然离得不远，但身边一直有官兵护卫，我们老百姓根本接近不得。”

“无妨，今夜我便去驿馆一探究竟。”

“卢公子可千万要多加小心，老汉先在这里谢过了！”周老汉作揖道。

卢仝连忙扶起他道：“老人家不必如此，我自有办法。”

卢仝与周老汉又谈了些制茶之事，周老汉细问他的来历，才知道这卢仝绝非等闲之辈。他出身不凡，乃初唐诗人卢照邻的嫡系后人，自号玉川子，年少便颇有才名，但却不愿入仕为官，十几岁便在少室山隐居起来，躲在破屋中博览群书，著书撰文，平日里交往的皆为僧人、高士，虽年纪轻轻，却才华满腹，身手不凡。

卢仝除了读书之外，最大的癖好便是饮茶，此次下山，便是听闻江淮一带的紫笋茶名满天下，顾渚紫笋茶与阳羡紫笋茶各领风骚，不分高下，便想亲自过来品尝一番，以解茶瘾，没承想刚到君山便遇见了不平事。

他这边打定主意，等到刚一入夜，便从周老汉家中出来，偷偷摸到村外的驿馆，见院中灯火通明，便知里面之人还未歇下，索性在一株大槐树后躲藏起来，等着天色黑透。他这边正暗自等着，忽听旁边的一株大槐树上有两人在低声交谈。

“一会儿天黑下来，我便进去搜查，你留在树上等着我。”一人说。

“跟着你出门真是越来越狼狈了，原先还有屋子住，如今便只能待在树上了。”另一人道。

“你便知足吧，若不是我，你此刻还在扬子江里泡着呢！”

“那可要多谢你了！”

这两人不是别人，正是陆羽与李复。卢仝不知他二人身份，只听见他们也要夜探驿馆，便打算先不动作，看看他们究竟意欲何为。

渐渐地，夜幕低垂。驿馆的灯光微弱下来，里面人声落下，只有门外的灯笼闪烁着光亮。卢仝只见旁边的树梢微微晃动，一人从上面轻盈地跃上墙头，一闪身进了院子。

约莫过了半炷香时间，院中仍旧一片安静，卢仝便知此人武艺超群，不必为他担心。他不由得奇怪，明明不知这两人是何来历，却不知不觉关心起他们的安危来。正在纳闷，却听有脚步声向大槐树的方向而来，越逼越近，最后在另一株树前停了下来。是两个巡逻的官兵。

“你说，这茶师做的是不是有点儿过了？”其中一个官兵道。

“此话从何说起？”另一个官兵问。

“咱们李大人只不过命他到君山来寻访好茶，以待日后献与圣上。没想到他竟闹出这么大的动静，还以销毁的名义收缴了许多上好的茶饼，囤在驿馆之中，怎么想都觉得不妥。”

“你这也是瞎操心，他有大人的令牌在手，你我岂能抗命？再者说，此事皆是他一人所为，你我只是听令行事，日后若是大人怪罪下来，也问不到你我头上。”

“话虽这么说，我只不过是替那些茶农不平罢了。”

“不平又能怎样？人家是名重天下的茶师，他说这茶饼好便是好，说不好便是不好，谁能奈何？”

“唉！”两人同时一叹，正欲转身离去，却听树上似乎也传来一声叹息，抬头向上一望，月色洒落的树梢上似有一人。两人不由得按剑喝道：“什么人！”

没有人答言，一个官兵道：“不会是有人藏在树上意图不轨吧？”

“我上去看看！”另一人说罢，便要向树上爬去。

就在此时，远处传来“啪”“啪”几声，像是有人跑了过去。

“在那边！”官兵循声追去。

卢仝见他们果然被自己丢出的石子支开，迅速从树后钻出，对藏在树上的陆羽道：“官兵只是一时被我引开，他们定然还会折返，快随我离开！”话音刚落，只见陆羽从树上跃下。卢仝无暇多想，带着陆羽跑离了驿馆周围，躲到一堆乱石之后。

“多谢少侠相助！”陆羽一抱拳道。

“不必多礼，敢问足下是？”卢仝借着月色打量陆羽，见他正值盛年，神姿清朗，器宇不凡，定非凡俗之辈。

“在下姓李名疾，湖州人士，未知少侠姓名？”陆羽对眼前的少年一见便生好感。

“我叫卢仝，从河南少室山而来。”卢仝道。

“你为何会躲在树下？”

“足下为何躲在树上？”

两人的话几乎同时出口，问罢不由得相视而笑。卢仝道：“不瞒足下，我今日刚到此处，觉得那茶师颇有古怪，正打算探察一番，没想到却被你们‘捷足先登’了。”

“哦？有何古怪之处？”

卢仝便将周老汉之事说了，叹道：“足下方才也听见那两个官兵的议论了，看来那茶师的确有问题！”

陆羽看着少年，忽而饶有兴味地道：“你从前听说过茶师陆羽吗？”

“听说过，”卢仝道，“弘化寺的住持法师曾经提起过他，也曾说过他与妙喜寺的住持皎然法师是至交……所以我才会诧异，他怎会做出这等泯灭良知之事。”

陆羽听罢一笑，还待相问，只见一人从黑暗中直奔而出，来到自己面前，正是李复。“鸿……”李复正要开口相唤，陆羽对他使了个眼色，他见旁边有人，忙将“鸿渐”二字咽了回去，对陆羽道：“你怎么不在树上等着，却跑到此处来了？”

陆羽一摊手道：“树上掉下一只鸟，正落在我头上，将我砸了下来。”

卢仝听了，忍不住“噗嗤”一笑。

李复白他一眼，指着卢仝道：“这少年是谁？”

陆羽不再玩笑，将方才之事说了，问李复道：“你探出什么端倪了吗？”

李复道：“驿馆的库房中堆放着许多上好的茶饼，恐怕皆是搜刮百姓而来的。”

“除此之外呢？还有何发现？”

“还有一件事，说出来你定然会震惊。”

“何事？”

“我在那茶师的书桌上发现了一物。”李复看看四周道，“我们还是先离开此地再说。”

“也好。”

三人离了乱石堆，来到村郊一处破败的茅草屋中。李复点燃桌上的残烛，将那物举到陆羽面前道：“看，又是一张水纹鱼子笺。”

陆羽惊道：“你是说，那人也与元载有关？”

“非但有关，依我看来，他恐怕便是元载一手扶植起来的。”

“若真如你所言，那么此前发生的一切便都解释得通了。”陆羽点头道，“那人聚敛了这么多好茶，想必最终都会落入元载的口袋。”

“正是如此……”李复说到此处，突然想起屋中还有一人在，忙止住话头，与陆羽对视一眼。

陆羽转而对卢仝道：“今夜你虽未能亲自探察，但结果是一样的。劳烦你回去告诉周老伯，叫他不必担心，他家的茶饼绝不会白白被收缴，定有人为他讨回公道。还有，让他留好仅存的那两块茶饼，日后必有大用。”

卢仝点头道：“我一定会劝好周老伯，让他放心的。”

“如此便多谢你了。今夜天色已晚，你不介意的话，便与我们在这里凑合一宿，明日再去吧。”

卢仝不假思索地道了声“好”，仿佛一直在等着陆羽这句话。

李复不知卢仝底细，便不再多言，在茅草堆上和衣而卧。陆羽吹熄了残烛，也安歇下来，很快便进入了梦乡。虽然是在茅草屋中，但这是他半个多月来睡得最为安稳的一晚。

那日，他在李季卿的船上被假茶师推下船后，幸好一只手暗暗抓住了船身，才没有落入江中。假茶师本欲低头察看，却被一位侍从叫回了舱中。陆羽便凭着毅力死死抓住船身不放，终于等到李复前来寻他，可谁知刚要得救，却被一阵大浪打下船来。李复慌忙跳入江中，在浪里找寻了半晌才将快要窒息的他救出水面，两人在浪涛里又挣扎了许久，这才远远看见一艘小船向他们驶来，正是当初李复所雇的那艘船。李复在登上李季卿的官船之时，曾暗中嘱咐侍从划着小船跟在官船之后，也正因如此，才使得他们在风浪中得救。两人怕再遭奸人加害，便掉转船头，从另一条水路绕行，前两日才到达君山。到此一打听，便听说假茶师正打着陆羽的名号招摇撞骗，故而才有今日夜探驿馆之事。

却说三人休息了一晚，第二日天刚发亮，陆羽便起身来到村头的小溪中取了水来，找出茅屋里久无人用的炉子、铁锅与破碗，收拾清洗了一番，准备煎茶。

卢仝听见响动，起身揉了揉眼睛，站在门边看着他的一举一动。只见陆羽捡了些干柴枯叶，将其放进炉中点燃，又在铁锅中倒入溪水，之后从怀中掏出早已备好的盐与茶末来，依次倒入水中煎煮，没过多久，一股清香便飘了出来。

李复在屋中嗅到香味，一个鲤鱼打挺跃起身，来到屋外道："在这种荒郊野外，亏你也有雅兴煎茶喝。"

陆羽一边向破碗中仔细分着茶汤，一边笑道："这不算什么，我时常孤身一人行走山林，若不能给自己煎得一碗好茶喝，哪里还有力气翻山越岭。"

"说的也是。"李复上前端起一碗茶汤，瞅着与碧绿的茶汤极不相称的破碗，撇嘴道，"只可惜这茶器实在太差了，没有二十四器的排场，果然还是有所遗憾！"

陆羽笑道："城邑之中，王公之门，二十四器但凡缺少一样，都算不上真正的茶道。然而，在山野之中，无论松间石上，还是破屋寒窑，只要找得到洁净之水，能有可煎茶的器具，那么便可以饮茶了。"

"这又怎么讲？"李复不解道。

"茶道二十四器，是为了劝告那些高居庙堂的王公贵族们，无规矩不成方圆，一茶一饭当思来之不易，一言一行当记精行俭德。喝茶并非奢侈享乐之事，而是要用茶道的整个过程去清净内心，去除杂念，保持清醒的头脑与敬畏之心，行使好治理天下的责任。而百姓清苦，只要有能饮到一口好茶的机会，则凡事皆不必拘束，好好享用天地赐予人间的美味即可。所以，你要感谢在这荒郊野外，还能找到这只破碗，帮你盛这碗好茶。"

李复听罢深觉有理。此时，站在门边的卢仝兴奋地道："我猜得果然没错，你才是真正的茶师陆羽！"

五十五、传道荒村落，斗茶境会亭

陆羽、李复闻言向门边看去，这才注意到卢仝一直站在那里。

陆羽道："你何以认为我便是陆羽？"

"因为只有你这般性情之人，才能真正发现茶之美，理解茶之精神。"卢仝说着，上前捧起一碗茶汤，品尝了一番，点头道："不愧是茶师陆羽亲手所煎的茶，即便在这简陋之地，用一只破碗盛着，也毫不妨碍茶汤的至美之味，甚至更添了一份冷峻枯高的意趣。"

"好个冷峻枯高，"陆羽赞道，"看来你对茶道的体悟已颇为精深了。"

“不敢当，在陆先生面前献丑了。”卢仝道。

“我道是谁，原来是仰慕茶师的盛名，前来瞻仰风姿的啊！”李复唏嘘道。

“别胡言。”陆羽白他一眼，又对卢仝道，“你年纪轻轻便能有此领悟，来日必定不可限量。”

“先生谬赞了，今日能够亲眼得见先生煎茶，实在三生有幸。”

三人谈笑间饮罢了茶，陆羽又亲自将方才煎茶所用的器物清洗、收拾好，放在茅草屋废弃的灶台上。卢仝以为这便结束了，却见他从怀中掏出一个竹质的小罗盒（茶盒），在其中放入一包香茶，随后将罗合端放在灶台之上，这才心满意足地准备离去。

“敢问先生，这是何意？”卢仝不解道。

“子曰‘礼尚往来’。我们取用了这茅草屋中的器物来煎茶，故而留下一包香茶作为答谢。”

“可这间茅草屋早已无人居住，你留下这茶又有谁来喝呢？”

“茶是一份体贴的心意。它长在山野之间，不因世人不识而放弃茂盛的生长，只要有人将它采撷下来，它便会将清香与美好带给人们，不问何时何地。这间茅草屋虽然久无人住，但谁知哪一日又会有人来到此处躲避风雨。到了那时，这包香茶或许可以给他带来一丝温暖与慰藉。”陆羽边说边从怀中取出一包茶递给卢仝，“这是我带在身上的最后一包香茶，留给你吧。”

卢仝双手接过茶，拜道：“先生今日之教诲，我会永远铭记于心。”

陆羽笑着点点头，此时李复道：“时辰不早了，咱们既已查明真相，便该回湖州去了，颜大人还在等着我们。”

“你说得是，咱们这便上路吧。”

卢仝急忙道：“先生这便要走吗？”

“正是。我们还有要事在身，不能多留了。”陆羽见他面露失落之色，便道，“我有一事相托，不知可否？”

“先生请讲，我定会尽力办妥！”卢仝朗声道。

“你留在此处替我们照顾好周老伯还有其他茶农，将那假茶师的所作所为暗暗记下，明年清明之前到湖州的茶厂来见我。切记，千万不要与那假茶师发生任何冲突，以免打草惊蛇。”

“先生请放心，我定然不负重托！”卢仝郑重地道。

“好，那我们后会有期！”陆羽说罢，与李复一起出了茅草屋，出村而去。

卢仝直望到两人背影消失，才回转周老汉家中，将陆羽之言相告，令他安下心来，一切到明年清明时定有分晓。

陆羽与李复回到湖州，来不及回家与李冶相会，先向湖州刺史颜真卿的府邸而来。三人见了面，李复将这一行所遇到的事向颜真卿细细禀明，颜真卿道："没想到元载经过义阳一案，非但毫不收敛，还弄了个假茶师出来招摇撞骗，明目张胆地抢夺百姓辛辛苦苦种出的好茶，实在是罪不容恕！"

"那人口口声声称自己便是茶师陆羽，是受了颜大人的扶持，这不是明摆着要将那些伤天害理之事都推到你们身上吗？"李复气愤不已。

"清者自清。我们的名声还在其次，最重要的是他们搅乱了品鉴茶叶的标准，将次茶捧为上品，然后以收缴销毁的名义聚敛起真正的好茶，中饱私囊。若是这样下去，恐怕日后连圣上也喝不到真正的极品，倒是都被咱们宰相私自享用了！"颜真卿叹道。

"最冤枉的还是那些茶农，辛辛苦苦培育茶树，费尽千辛万苦制出那么好的茶饼，却被定为次品，查抄一空，任谁也咽不下这口气啊！"陆羽最放心不下的还是茶农，"若是他们从此自暴自弃，不再精益求精地好好种茶，却拿一些次品、残品来冒充好茶，那么到头来便是欺人欺己，别说将来种茶兴国的大计难以推行，就连大唐的百姓也别想再喝到真正的好茶，那罪过可就太大了！"

"绝不能让他们任意胡为！"颜真卿斩钉截铁道，"常州的茶市被搅乱了，还有湖州的，还有天下许多产茶的好地方，本官一定会想出对策来！"

"是，大人！"陆羽与李复对此信心十足。

三人坐下来细细绸缪，直谈到第二日清晨才止。颜真卿公务繁忙，一夜未歇便直往府衙而去。陆羽与李复伴着初升的朝阳，向苕溪之畔的青塘别业而来。陆羽只怕李冶一人在家中不安，身子又虚弱，别再熬出病来，这样想着脚步越来越快，恨不得立刻飞回家中与她团聚。李复本与他并肩同行，渐渐地竟落在后面。

"诶，你真不愧随皎然法师云游多年，这脚力简直不输小爷我啊！"李复赶上他道。

"我的本事，你还未尽知呢！"

"是了，我们的大茶师如今已是天下仰慕之人。"李复撇嘴道，"别的不说，就说前几日遇到的那个少年卢仝，还有一直跟随你习茶的碧儿，他二人对你可是一个高山仰止，景行行止；一个思君令人老，岁月忽已晚啊！"他对脱口而出的话浑然不觉，陆羽却听出其中端倪，停住脚道："你方才最后一句说的什么？"

“我说‘思君令人老，岁月忽已晚’。你怎么连这句诗都不……知……道……”李复说到此处，忽而意识到自己不小心将碧儿的心事给道了出来，惊得脸色一变，伸手捂住嘴。

“你说清楚些，这句诗到底是何意！”

“没……没什么意思，我书读得少，用错了比方……”李复掩饰道。

“你读书少？连集贤书院你也去过，竟不知此诗的含义吗？”

李复知道瞒他不过，便道：“你饱读诗书，这句诗的含义还要我来教你吗？”

“你是说碧儿她对我……”陆羽仍觉得难以置信。

“她对你便如你当初对季兰姐姐一般，山有木兮木有枝，心悦君兮君不知。”

“你怎么知道此事的？她曾对你说过吗？”

“当初在义阳之时，她便对你的安危万分紧张，为了救你不惜只身犯险，对你的爱慕之心表露无遗。后来你叫她回家，她哭成那般模样，不是舍不得你又是为何呢？”

“女儿家的心思我真是一点儿也不懂……”

“你并非不懂，只是眼里心里唯有季兰姐姐一人而已。”

“一晃间已过去许久，不知她归家之后如何，张大哥与大嫂是否为她觅得了如意郎君。”

李复叹道：“但愿她一切安好吧！”

两人说着，来到了陆羽的青塘别业外。门外篱菊丛生，院内竹色青青，不远处有两个颜真卿派来的侍卫守护着。陆羽见是如此，悬着的心放松下来。上前打门两声，唤道：“兰儿，兰儿！”

不多时，便听大门“吱呀”一声打开，一个女子迎了出来。

“兰儿，我回来了！”陆羽说着便要去牵女子的手，却忽地顿住了。

“先生回来了。”碧儿站在门边，两颊绯红地望着他。

“你……你怎么在这里……”陆羽极为意外，想起方才与李复谈论之事，只觉浑身不自在起来。

“家中无事，我便过来看望先生和夫人。”

“张大哥与大嫂不担心吗？”

“我说是来找先生，他们又岂会担心呢？”

“你……”陆羽还待要说，却见李冶从院中走上前来道，“怎么不进来，站在门外做什么？”

陆羽如蒙救星一般，上前牵过她的手道：“你在家中都好吗？没有发生什么事吧？”

李冶柔声道：“一切都好。有颜大人派人日日守卫，怎么会有事呢？”

“那便好，那便好。”

“你怎么了，脸色怪怪的……”

“没什么，只是有些累了。”他兀自拉着她往院内走，没想到走了几步，又有人从后院走了出来。

“阿羽回来了？”赵缨边说边向陆羽身后望去，见李复满腹心事地低头走过来，完全没注意到自己，不由得一步迈到他身前，气道，“喂！想什么呢！”

李复一个没留神，撞在她怀里，待看清眼前之人，立刻笑逐颜开地搂住她道：“缨儿，你怎么也在此处？”

赵缨俏脸登时红了，推开他道：“该死！也不看看都有谁在？”

“此处又没有外人，你害羞什么？”李复说着又去拉她，却见赵缨身后冒出一高一矮两个男孩，正一起眨巴着眼睛看着他，惊得他立时缩回手去，咳了一声道，“你怎么将这两个臭小子带来了？”

“我一说要来找你，他们便都嚷着要来。”赵缨无奈道，“不过，咱们不是说好了，要让琼儿跟着阿羽习茶吗，这次便正好带他过来。”

“依我看，便将玠儿也留下，省得他们两个日日缠着我们，搅闹得沸反盈天，好不聒噪！”李复说罢，俯身拍着两个男孩的脑袋道，“你们两个好没规矩，见了爹爹也不知道唤吗？”

两个孩子忙毕恭毕敬地向他见礼道：“孩儿见过爹爹。”

“嗯，这还差不多！”李复直起身，却见陆羽上前道：“你们夫妇俩打得好算盘，将两个孩子都丢给我，自己却去逍遥快活不成？”

李复道：“你可是答应了的，要琼儿跟着你习茶，怎么事到临头了却要反悔不成？”

“我是说过要收琼儿，可是你看看，他才多大？”陆羽低头看着身子矮小的那个男孩，只有五六岁年纪，模样生得颇似赵缨，十分讨人喜爱，只是显得瘦弱了些。

“我不管，缨儿当初便是为了救你才伤了身子，琼儿如今比同岁的男孩子都要瘦小几分，这些都要你来偿还！”李复理直气壮地道。

“好好好，琼儿此次便留下来，我定会查遍所有医书将他的身子调理好了，还一个生龙活虎的儿子给你们！”陆羽说着又看向身材高挑的那个男孩，仅仅十一二岁的年纪却已有了一股少年风姿，骨骼健朗，神气十足，活脱脱一个李复的翻版。陆羽点头笑道："玠儿不愧自小跟着你们习武，出落得如此一表人才，我看却比他爹要强上许多！"

"叔父谬赞了，侄儿不敢。"李玠大大方方地施礼道。

"玠儿的功夫练得确实不错，但我总希望他能再多一些书卷气。"赵缨指着李复道，"千万别像此人一般不学无术！"

"诶！这可是在孩子面前，你多少给我留些颜面！"李复板起脸道。

"我可以为初晨做证，他的诗文背得还是极好的！"陆羽笑道。

李玠与李琼见惯了爹娘彼此奚落打趣，只在一旁低头轻笑，丝毫不以为意。

"你们两个笑什么笑，给我站直了！"李复瞪眼道。

"是……"两人忙憋住笑，站直身子。

李复收住玩笑，对陆羽正色道："说真的，我确实想让他们两个跟随你修习一段时间，好好磨炼一下心性。"

"这……"陆羽生怕管教不好两个孩子，略显迟疑。

李冶此时上前对他道："你不必担心，这几日来我已从缨儿那里学了不少，知道如何照料他们。你只管教他们习茶，其他之事便交给我吧。"

"你又何时学会了照顾孩子？"陆羽担心她应付不来。

"我怎的不会？"李冶笑道，"你三岁便到了我家，你小时候的衣衫鞋袜，吃喝用度，也有不少是我打理的吧？"

陆羽脸色一红道："兰儿说的是，我倒是忘记了……"

"哎，做了人家夫君便不记得自己当初尿床之事了！"李复哈哈大笑道，"季兰姐姐，鸿渐小时候是不是又脏又乱，甚是令人发愁？"

李冶一点他脑门道："依我看啊，你们两个不相上下！"

"哈哈哈哈，好，兰儿说得极好！"陆羽拊掌大笑道，"看他还敢不敢乱说话！"

赵缨也笑道："这可真是搬起石头砸了自己的脚！"

"你们！"李复指点着他们，自己却也忍不住笑了，李玠与李琼两兄弟也笑个不止，整个院中被欢声笑语环绕着，唯独一人立在角落里，神情落寞地看着他们，好似面前生出了一扇门，将她生生隔绝在他的世界之外。

李复笑了一会儿，见碧儿独自站在角落，便上前对她道："日后还要拜托碧儿姑娘，帮忙照顾那两个臭小子，我这里先行谢过了。"

碧儿连忙还礼道："李大人言重了，不敢当。"

李冶上前拉住她道："恐怕日后你要辛苦些了。"

"能陪在先生、夫人身边，碧儿一丝也不觉得辛苦。"

"好姑娘。"李冶拍拍她的手，察觉出她手心的冰凉，心中暗暗一颤，似领会到了什么。

碧儿目光穿过众人看向陆羽，见他望了李冶一眼，什么话也没说，转身自向屋中去了。她忙垂下眼，强迫自己笑了笑，将险些涌出的泪水忍住了。

这日之后，李复一家在青塘别业小住了几日，因朝廷有急令，只得匆匆携赵缨回京而去，临行前将二子留在陆羽身边习茶。碧儿则以照顾两个孩子为由，留了下来。李冶虽那日有所体悟，但并不显露，仍似往日般与碧儿亲近相处。只有陆羽，时时处处都回避着碧儿，摆出一副拒人于千里之外的姿态，令她深感心灰意冷。

冬尽春来，转眼清明将至。湖州顾渚山的茶厂里堆满了丰收的春茶与刚制成的茶饼。陆羽陪着颜真卿前来验茶，颜真卿亲尝了新摘的紫笋茶汤后，赞道："今年的茶确比往年更佳，将此茶献与圣上，必定龙心大悦！"

陆羽却忧虑道："只是不知常州君山上的春茶，今年采摘得如何了。有那样一位茶师'陆羽'在，不知会闹出什么乱子。"

"不必担心，本官已修书一封，派人给新上任的常州刺史李栖筠送信，邀请他在清明当日到两州交界的境会亭来斗茶。"

"斗茶？"

"对。便是邀请两州监管茶事的官员，以及茶农、茶商都聚集在境会亭，将常州所产的阳羡紫笋茶与咱们这里产的顾渚山紫笋茶摆在一起品评，当着天下人之面公正评定，最优者被选为贡茶。"

"这真乃绝妙之计！任那假茶师再能耍花样，也断断骗不过这么多人的眼睛！"

"他能打着你的名号品茶，我们也能以朝廷的名义正大光明地斗茶。道高一尺，魔高一丈，对待此等奸徒，必得使用非常之法。"

"大人说的是。"

两人正说着，司见官兵来禀报道："大人，茶厂外来了一个少年，说是要见茶师陆羽。"

陆羽不由得喜道："是他来了！"

颜真卿不解道："这少年与你相识吗？"

陆羽道："不仅相识，他还为我们带来了重要证物。"

颜真卿忙道："快快将他请进来！"

不多时，一位少年走上前来，正是卢仝。

五十六、扬善正名号，惩恶除巨贪

卢仝上前对陆羽拜道："陆先生，我守约而来了。"

"你来得正好，"陆羽向卢仝引荐道，"这位是湖州刺史颜大人。"

"拜见颜大人。"卢仝又向颜真卿施礼。颜真卿方才已从陆羽口中得知卢仝的来意，便道："卢公子一路辛苦，未知有何证物要呈上？"

卢仝神秘道："证物嘛，此时已在茶山脚下的一处客栈里，因过于贵重，故而不便带来。"

"哦？此言何意？"颜真卿颇感好奇，陆羽却笑道："若我没猜错，你说的'贵重证物'便是那位君山脚下的周老伯吧？"

"真是什么都瞒不过先生！"卢仝笑道，"我已将周老伯安顿妥当，待到清明那日，他便可现身做证。"

"如此甚好，茶饼可曾记得带来？"陆羽最关心的便是此物。

"先生特意叮嘱，我断不敢忘记，周老伯更是谨记先生之言，将仅存的两块茶饼贴身收藏，一日不敢离身。"

"如此甚好。我们离去之后，那假茶师可有什么举动？"

"先生走后，那假茶师仍如往日般行事，几乎将君山的好茶搜刮殆尽。不过奇怪的是，半个多月前，常州来了位新上任的刺史，不知为何，那假茶师听到风声后，便对外宣称自己感染了时疫，从此闭门谢客，再无人见过其面。"

陆羽道："这不奇怪，只因那新任的刺史李栖筠曾在湖州督办茶厂，与我相识已久。那假茶师若敢露面，难保哪一日会与李大人遭遇，那么他的身份便暴露无遗了。"

"原来如此，怪不得他在驿馆中卧'病'不起，敢情不是感染时疫，而是得了心病啊！"卢仝讥笑道。

"那些茶饼呢？仍囤积在驿馆的库房中吗？"颜真卿询问道。

"我来之前曾暗中打探过，去年的茶饼大多已运走，今年刚下来的新茶也被他们搜刮大半，囤积在库房之中，这还并非最糟糕的。更可气的是，许多茶农因去年受到不公正的评判，不是像周老伯家一样一蹶不振，便是走上投机取巧之路，想方设法用金银去贿赂假茶师，只求混得一个上品好茶的虚名，而将茶叶的品质抛诸脑后，所以今年义兴的春茶大不如前了！”卢仝长叹一声，惋惜不已。

“再好的茶树也禁不起一季的荒疏。你如何待茶树，茶树便会如何待你，足可证明天道轮回，因果不爽。”陆羽道。

“先生说得是，但不知我们接下来该如何应对？”

“你问得好，我这里正有一件要紧的大事，需要你来完成。”

卢仝神色一凛，上前聆听陆羽的吩咐……

清明当日，湖州与常州交界的顾渚山上盛况非常。伫立在茶山之上的境会亭中，两州刺史颜真卿与李栖筠高坐其上，负责督办茶事的官员列席两旁，茶农与茶商一层层围坐在亭子四周，几乎挤满了山头。在亭子的正中央，摆放着一条长案，三套“茶道二十四器”陈列其上。在亭后的凉棚里，一筐筐茶饼堆放其中，等待着一决高下。再看那条长案之前，端坐着一个人，十五六岁年纪，一身粗布衣，容姿俊逸，神情专注，却是少年卢仝。令人深感不解的是，如此重要之日，寻遍整个茶山也不见陆羽的踪影。

眼看人已聚齐，颜真卿对李栖筠道：“李大人，若无异议，咱们这便开始吧。”

李栖筠点点头。一旁的司仪官道：“诸位肃静，斗茶大会即将开始！”

话音一落，四下皆静。

颜真卿高声道：“今日适逢春茶丰收之际，本官与常州刺史李大人举办此次斗茶大会，便是要在湖州、常州两地所产的茶叶之间，选出顶级之品献与圣上。如蒙圣上眷顾，入选之茶以后便可选为贡品，岁岁入贡，是为极大的荣誉。不过大家也不必担心，未能入选贡品之茶，也会依照茶叶的品质定出高下品级，以便茶农与茶商之间作为交易议价之凭据。品质高者自然价高，品质低者也不必灰心，只要回去勤加栽培，制出更好的茶饼，便有希望在明年的境会亭上提高品级，获得更高的议价……”

他这边说着，台下的茶农们小声议论着。有的对自家的茶叶信心十足，希望在一会儿的斗茶中拔得头筹；有的则惴惴不安，生怕自家的茶叶输人一等，被评定为次品，日后卖不了好价钱；还有一些则是得到过假茶师的虚假评定，希望借此翻身；而花钱买得高品级称号的茶农则最为心虚，生怕露出马脚来。茶农们各揣心事，神态表情千差万别。

颜真卿扫视着台下众人，接着道：“本官也曾听闻，最近江湖上出现了一位自称陆羽陆鸿渐的茶师，曾为不少茶农评定过茶叶的品级。本官今日要在此处向诸位申明一下，朝廷从未下过旨意让任何人到民间大张旗鼓地品茶、收茶，授予品级称号，甚至将次品茶收缴销毁。你们的茶无论从前是何品级，都要在今日的斗茶大会上重较高下，依品定级，绝无特例，希望你等好自为之。”

此言一出，台下更是骚动一片，真可谓几家欢喜几家愁。其中有几位胆大好事的，开口问道：“敢问颜大人，不知今日负责品鉴茶叶的是何人？”

“是啊，我们只听过江湖上有‘茶师陆羽’的名号，若是他的评定不能作数，那又有谁人能胜任呢？”

“对啊，今日的茶师是哪一位？”

颜真卿微微一笑道：“诸位少安毋躁，经本官与李大人商议，已经定下了品茶师的人选，便是长案前坐着的那一位。”他说着一指长案前端坐着的卢仝，“这位卢仝卢公子从河南少室山而来，自小得到高人指点，精通茶事。今日便由他作为品茶师，为大家品鉴茶叶高下。”

“卢公子，谁听说过卢公子？”

“便是那个少年吗？他还是个乳臭未干的黄口小儿，怎么能做品茶师？”

“是啊，这未免也太轻率了，会不会有失公正啊！”

颜真卿听着台下质疑之声不绝于耳，却毫不着恼，泰然端坐着。此时李栖筠道：“你等无须怀疑。这位卢公子确是本官与颜大人经过严格选拔，一同选定的品茶师，他的能力足以胜任此事。时辰不早了，莫再耽搁，这便开始吧！”他说着向司仪官示意，司仪官高声道：“斗茶大会，正式开始！”

众人只得安静下来，一起将目光投向长案之前的卢仝。卢仝看向颜真卿，见他气定神闲地对自己点点头，便稳住心神，对众人道：“既是品鉴茶叶高下，便需用同样的器具与标准，才能做到公允。诸位请看，这里有三套茶器。稍后我会向诸位展示如何使用这‘茶道二十四器’，你们依样使用便可。”

“那我们又该怎么比呢？”茶农问道。

“是啊，这里少说也有十几二十家茶农，三套茶器怎么够用？”

“不必担心，稍后还会在此处铺设几条长案，摆上茶器供你们使用。你们分为几组，每组三人，依次上来斗茶，每三人中最佳者进入下一轮。直到选出最优者为止。”

“那茶师是以何标准来评定茶品的高下呢？”又有茶农问道。

“问得好。在下会从干茶、汤色、香气、滋味等方面来评定茶品的高下。”

茶农们听罢，虽仍对这个十五六岁的少年感到不服，但听他说得头头是道，又是两州刺史选定的品茶师，便也不再多言，在官兵的安排下很快分好了组，又在卢仝的演示下学会了如何使用茶道二十四器，随后便三人一组，斗将起来。

茶农们果是种茶之人，各有妙法，运用茶器将自家的茶烹煮得极尽其美，一碗碗茶汤碧绿清亮，一团团汤花灿若积雪，茶山之上芳香四溢，颜真卿与李栖筠在一旁巡视观赏，暗暗点头。

几轮比斗下来，三家茶农进入最终选拔赛。司仪官将三个茶农请入境会亭中的长案前，宣读入选前三的茶叶产地，竟都是出自湖州顾渚山的紫笋茶，常州的茶叶无一入选。李栖筠见状，不免失望，重重叹了口气。颜真卿道："李大人莫急，如今胜负未定，且看下面的好戏。"

"唉！颜大人不必宽慰本官，身为一州刺史，举全州之力竟选不出一块上好的茶饼，实在令本官汗颜！"

"哪里，天下皆知义兴阳羡的紫笋茶冠绝天下，常州绝对不乏好茶。"

"是啊，所以本官才觉得蹊跷，为何比了这么多轮，被刷下来的大多是本州之茶……"李栖筠说到此处，忙又解释道，"颜大人千万别误会，本官对卢公子的品茶之技毫不怀疑，只是对本州的茶事深感失望罢了！"

听李栖筠如此说话，常州那些督办茶事的官员们本已惴惴不安，此时更是变了脸色，忙不停地向他认错请罪。颜真卿看着那些官员的慌张之态，也不出言解劝，因为他知道，假茶师从茶农那里盘剥到的好处，有不少进了这些人的口袋。

他们说话之间，亭中的三个茶农已各自煎好了茶汤，卢仝上前对颜真卿、李栖筠拜道："两位大人，茶汤已好，请大人过目。"

颜真卿与李栖筠来在长案之前，俯身看去。只见三碗茶汤并列于案上，每一碗旁边还放着一小碟干茶叶，一小碟茶末，用以品鉴。颜真卿道："卢公子可以开始了。"

"遵命。"卢仝在长案前坐定，从左至右开始品鉴，首先品评的是干茶与茶末，主要从色泽、形状与香味等方面来比较优劣。

卢仝一边品鉴一边指着三碟干茶道："大人请看，这三碟干茶之中，有两碟的叶片细嫩，色泽带紫，叶似竹笋，芽若兰花。这样的茶叶，生长在峭壁的阳崖阴林上，既能得到阳光滋养，又保持了湿润与养分，是为上品。而另一碟色泽泛绿，叶片形状不佳，与其他两碟相比稍逊之。"

颜真卿听罢捋髯点头，李栖筠道："所评有理。"

此时，卢仝又开始品鉴三碟茶末，解说道："这三碟茶末中，有两碟的碎末状如细米，香气馥郁，是为上品。另一碟的碎末稍欠均匀，有的呈细米状，有的则像菱角之形，较之前两碟的品质稍逊。”

颜真卿与李栖筠听罢又一番点头认可。卢仝见二人皆无异议，这才开始品起茶汤来。他依次端起三碗茶汤，先观其汤花、汤色，再嗅其香气，最后才是小口啜饮，细细地品尝茶汤之味。待三碗都尝罢，又回味了一遍，这才来到中间那碗之前，胸有成竹地道：“此碗茶汤当属今日之最！”

话音一落，茶山上的所有人皆安静下来，眼睛齐刷刷地向卢仝所指的那碗茶汤看去。

只见这碗茶汤色泽清澈光亮，汤花雪白均匀，在青瓷茶碗的映衬之下更显得碧绿油亮，美不胜收（唐代以青碗碧汤为美，宋代以黑盏白汤为美，品评有所不同）。再看旁边两个小碟中的干茶叶与茶末，茶叶细嫩带紫，似笋如兰，茶末状如细米，碎末均匀，无论从色、香、形、味哪个方面而言，皆属上上之品。

这样的一碗好茶即便是摆在毫不懂茶的人面前，也知其乃世间珍品，更别说在场的茶农、茶商皆是行家里手，见到此种结果，也不由得对卢仝刮目相看。即便自己的茶无缘胜出，也不得不对卢仝的评定心服口服。

颜真卿见众人此状，心中甚慰，正待发话，却听人群之外一个老者的声音道：“大人，老汉不服！老汉有冤！”连喊了三四遍，众人皆循声看去。

李栖筠问道：“何人喧哗？”

片刻后有官兵上前禀报道：“回大人，是一个老者，刚从茶山脚下而来，陪着他的还有他的儿子。”

“他们此时前来，所为何事？”

“属下也不甚清楚，只听那老汉口中一直喊着自己不服，自己有冤。”

“有冤？”李栖筠眉头一皱，转而看向颜真卿道，“颜大人，今日乃斗茶大会，为圣上遴选贡茶之日，兹事体大，恐不宜被其他事情所搅扰吧？”

“诶，李大人，那老者能到此处喊冤，想必他的事情定与茶有关，你我不妨听上一听，或许有所收获。”

“好吧，就依颜大人之意。”李栖筠对官兵道，“去将那位老者与他的儿子请到亭前来吧。”

“是。”官兵下去，不多时便引着一位老者走上前来，正是常州君山的那位周老汉。在他身侧有一位男子搀扶着。此人农夫打扮，面容遮掩在斗笠之下，想必便是周老汉的儿子。

周老汉与儿子来到亭前，拜道：“草民拜见大人。”

李栖筠道："老人家不必多礼，方才是你在喊冤？"

"正是草民。"

"你是哪里人士，有何冤情？"

"回大人，老汉姓周，乃常州人士，家住在义兴君山悬脚岭下的村庄里，这是老汉的儿子。"

"你是常州人士？"李栖筠的眉头又紧了紧，"既是常州人士，为何不在本州本县喊冤，却来这里做什么？你可知跨州县告状，是有违国法的吗？"

"草民知道，但事出无奈，还望大人恕罪！"周老汉道。

颜真卿开口问道："你的冤情可与茶有关？"

"回大人，正是。草民听闻今日在此处召开斗茶大会，两州的刺史大人皆在，为茶农们主持公道，品鉴茶叶，这才专程赶过来求大人为草民申冤。"

颜真卿对李栖筠道："李大人，人既然带上来了，便听听他要说什么吧。"

"也罢，本官便容你在此诉冤。"李栖筠道，"但你所言之事只可与茶有关。"

"草民多谢大人开恩！"周老汉拜罢，便由儿子搀扶着，将假茶师在君山的所作所为一五一十地说了，又将自家的茶叶如何被评为下下品，被假茶师以销毁的名义收缴一空之事也说了。他这边申诉着，一旁许多遭遇相似之事的茶农也按捺不住，七嘴八舌地在一旁附和起来，一时间群情激愤。

李栖筠原本便对常州的茶事管理心生不满，此时听了周老汉之言，一张脸更是越沉越黑。待听罢所有事情经过之后，沉吟了片刻，转而问身侧立着的常州官员们道："他所言之事，是否属实？"

那些督办茶事的官员们支支吾吾，没有一个人敢答言。

李栖筠一拍桌案，怒道："好，甚好！本官方才还在纳闷，为何我常州的茶叶竟无一例可以入选前三，原来竟是因为如此！你们身为朝廷亲命督办茶事的官员，竟然无一人向本官回禀此事，更无一人关心茶农的疾苦，致使周老汉一把年纪，从常州君山翻山越岭来到湖州鸣冤！你们倒是说说看，你们是如何督办的茶事，又是如何为百姓做的父母官！"

督办茶事的官员们见刺史大怒，纷纷跪倒在地，叩头道："大人息怒，下官等失察，下官等有罪！"

"失察？"李栖筠冷笑道，"你等可真会为自己开脱，常州出了这等事，一句'失察'便想遮掩下去，当真岂有此理！本官现在给你们一个机会，速速将本案原委从实招来，若有丝毫隐瞒，罪加一等！"

跪在地上的官员见事已至此，不敢再心存侥幸，只得纷纷招认。但他们也不知那人乃打着陆羽的名号行骗，只不过生了贪财之心，收了假茶师的贿赂，对他的作为睁一只眼闭一只眼罢了，没想到竟闹出这么大的事。

李栖筠见他们招了，又把他们狠狠斥责了一番，命人记下涉案官员的罪状，待回去细细审问，依罪论处。待审完他们，李栖筠对周老汉道："老人家，此事定会还你一个公道。如今这里还有要事，你先回客栈歇息，本官会派人护送你们回家。"

周老汉千恩万谢，但却毫无离开之意，接着道："大人，草民还有一个请求。"

"若与茶事无关，便待回去再说吧。"

"此事与茶有关！"周老汉说着，从怀中摸索出一个布袋子，从里面掏出一个纸包，一层一层揭开之后，是两块保存完好的茶饼。他将茶饼捧到李栖筠面前又道："大人，这是草民家中所制的茶饼，仅留得这两块。草民要用这块茶饼参加斗茶大会。"

"这……"李栖筠颇感为难，"今日斗茶之会，胜负已分，恐不便为你一家之茶再行比赛。你还是先回去，待明年制成好茶饼，再来不迟。"

"李大人，依本官看不如加赛一场，便让周老伯将他家的茶煎来，只与方才胜出的那碗茶相比，也可避免遗漏了好茶。"

李栖筠也想知道周老汉的茶到底如何，便道："既然颜大人如此说，便加赛一场吧。"

"多谢大人！"周老汉看看身后的男子道，"草民年迈，便让我儿子煎茶吧。"

李栖筠应允。颜真卿微微一笑，对男子道："请到亭中来吧。"

"是。"男子应了，来到境会亭中的长案前。卢仝忙退至一旁，让他在案前坐定。男子一言不发，径自煎起茶来。

众人本以为比赛已完，此时见他又来煎茶，本十分不耐，但看了一会儿之后，不由得皆被他行云流水般的动作深深吸引，只觉亭中之人并非只是煎茶，而是在与天地沟通，用通灵之手烹煮着人间的至真至美之味。

待他煎好茶之后，众人皆看去，无论从哪一方面相比，皆与夺魁的那碗茶不相上下。卢仝上前又一番品鉴，最后道："这两碗茶皆为上上之品，可谓平分秋色，难分伯仲，在下也选不出了。"

"哈哈哈哈，选不出便不必再选了，两家同列第一，都为贡品之茶！"颜真卿对李栖筠笑道，"李大人，常州不愧为产茶名地，周老伯的茶实乃上佳之品啊！"

李栖筠此时已不由得大悦，一扫方才的烦闷之情，对颜真卿道：“颜大人，恐怕今日之事是你有意为之吧？”

“李大人果然料事如神，颜某事前未向大人言明，还望恕罪啊！”颜真卿说着向李栖筠一揖。

李栖筠忙扶起他道：“哪里，颜大人今日这出好戏，让本官得以查清本州督办茶事之弊，既能还茶农们一个公道，又能找到极品之茶，本官多谢大人还来不及，又怎会怪罪呢？”

“说起查明案件，本官这里还擒住了一个人，正好带给大人审问。”颜真卿说罢一拍手，便有官兵将一人押了上来。

“这是何人？”李栖筠不解道。

“这便是那打着茶师陆羽陆鸿渐的名号在常州招摇撞骗的假茶师。”颜真卿道，“经本官查实，此人名叫常伯雄，长安人士。乃受人指使，仿制了陆鸿渐的茶书与茶道二十四器，以些许茶技与江湖伎俩骗取江淮宣慰使李季卿的信任，来到常州兴风作浪，近日更是流窜到湖州来，恰被本官的手下抓获。”

“原来便是此人。”李栖筠上下端详了一番常伯雄，摇头道，“此人与你我皆相识的茶师陆鸿渐相比，简直是蒹葭比玉树，相去甚远啊！颜大人能够抓到他，真乃为民除害。却不知他是受何人所指使的呢？”

颜真卿冷哼一声道：“便是咱们那个高高在上的宰相大人。”

“元载？他的贪婪满朝皆知，可本官却不曾想，他竟敢把手伸到圣上的贡茶上来！”李栖筠恨道。他本为工部侍郎，因为受到元载排挤，才会被贬出京城，做了常州刺史。

“是啊，元载的贪欲已经到了无法无天的地步，若不加以制止，只会更加祸国殃民！”

“颜大人，你我既已查明此事，不如联名上疏，向圣上弹劾元载。”

“李大人所想与本官不谋而合，除了你我，还有被常伯雄蒙骗的李季卿，也愿一同上疏，向圣上揭露这个大奸巨贪！”

“好，一言为定！”李栖筠说到这儿，忽然想到一事，“对了，本官一直有个疑问……”

“李大人请讲。”

“不知陆鸿渐现在何处，今日这等斗茶盛会怎么不见他的身影？”

颜真卿此时哈哈大笑道：“陆鸿渐此刻就在境会亭中，想必李大人稍加思索，便会猜出是何人。”

“哦？”李栖筠起身扫视众人，最终将目光停在方才煎茶的那个男子身上，笑道，“除了真正的茶师陆羽，天下再无他人能将茶道演绎得如此出神入化！鸿渐，还不快快起身与众人相见！”

众人听了他之言，又同时向端坐于亭中的男子看去。只见他伸手将头上的斗笠摘下，起身对着众人深施一礼，随后抬头现出真颜，正是陆羽本人。

五十七、酬志成茶经，遂愿登龙位

陆羽向茶山上的众人施礼已毕，颜真卿来到他身边，郑重地宣布道：“今日借此斗茶盛会，本官要向诸位介绍一人。想必诸位早已听闻其大名，但大多只知其名未见其人，致使歹人抓住可乘之机，冒名顶替，行骗于江湖，为祸世间。今日，本官便将闻名天下的茶师请到了境会亭，好让诸位一睹真容。他便是本官身侧的这一位，姓陆，名羽，字鸿渐，复州竟陵人士，自号竟陵子，又号茶山御史，乃我大唐第一茶师！”

众人在颜真卿说话之际，皆怀着仰慕与好奇望向陆羽。这个他们心中鼎鼎大名的茶师，身材瘦削健朗，面容挺秀坚毅，一身农夫打扮，淡然立于亭中，目光清亮地与众人相对，好似一碗清茶，干净透彻，令人如沐春风。

“是了，这才是真正的茶师！”一个茶农高声说罢，身旁的茶农们也附和起来：“那假茶师举手投足都矫揉造作，我们真是鬼迷心窍，才会上了他的当！”

“是啊，他一身富态，哪里像是行走山间之人！”

“还有他的那套茶器，名贵无比，怎是我们老百姓用得起之物？”

“他的那本茶书更是狗屁不通，我们村里的私塾先生嘲笑那是胡言乱语，我还道他看不懂，今日算是不得不信了！”

众人纷纷议论着，颜真卿抬手压了压言，接着道：“本官也早就听闻那假茶师也有一套‘茶道二十四器’和一本名叫《茶论》的伪书，为免天下人被他伪造之物所误，今日本官便准备了十套真正的‘茶道二十四器’与十本新誊抄的茶书，奖与夺得斗茶大赛前十名之人，以溯本清源，端正视听。”他说着，拿起一本还带着墨香的书册，高高举在众人面前道，“这便是茶师陆羽花了十几年时间，呕心沥血，几经增删修改才终于定稿而成的茶书，名为《茶经》!”

“《茶经》……”众人又都看向那本书。

颜真卿继续道：“‘经’者恒常之道也。字字珠玑是为‘经’，不刊之鸿教是为‘经’，这便是本茶书以‘茶经’命名的缘故。这本《茶经》乃天下第一部研究茶事之专著，它追根溯源，精密论述茶之源流、制茶之具、造茶之法、煎茶之器、饮茶之规等。今人欲穷茶理，后人欲研茶事，必先读《茶经》，方可为道！”

“原来如此！”

“真是太了不起了！”

茶农们赞叹不已。虽然许多人并不识字，但对这本珍贵无比的《茶经》皆十分敬仰，想要得到一本珍藏起来，即便自己看不懂也可传于后人。

颜真卿体察众人之心，笑道：“今日虽只有十本《茶经》相赠，但诸位不必着急，本官会命人多多传抄此书，以便日后在境会亭上奖励诸位。只要你们的茶越种越好，以后人人都可以得到此书！”

“这可太好了！颜大人替我们茶农想得真周到！”

“多谢颜大人！”

“感谢茶师辛苦著书！”

“谢谢茶师！”

茶农们的欢呼之声不绝于耳。

陆羽看着茶农们一张张欢欣鼓舞的笑脸，只觉自己这么多年的含辛茹苦、千难万险全都不再重要。自己翻越一座座险山恶水艰难访茶，熬过一夜夜孤灯伏案呕心沥血，所有辛苦与磨难，都在这一刻变得如此珍贵、如此值得。他忽然想起小时候在竟陵西湖边，李冶对他讲述的张衡制造地动仪，十年成一赋的故事，那时他是如此仰慕张衡的志向与恒心，一心想要成为他那样的人，如今二十多年过去，自己也算做到了吧！

他心中感慨着，眼里不由得泛起泪光。颜真卿见他一言不发地站着，便道：“鸿渐，你也对大家说几句话吧！”

“是啊，茶师快讲几句！”茶农们高声道。

“我……我……”陆羽一时激动得结巴起来，“我也不知道说些什么，只想说种茶不易，制成一块上好的茶饼更是难上加难，必须付出超于常人的汗水与艰辛，其中的辛酸大家定然比我更清楚。但无论如何，都要对得起上天赐予我们的茶树，对得起天地良心，只要胸中还有一口气在，便什么困难也不怕……我……我自小而孤，身体孱弱，貌鄙口吃，被父母抛弃在竟陵湖边，幸被智积法师所救才得以活下来。半生以来遭遇过许多磨难，更遇到无数好人、贵人相助，才终能写成这一部《茶经》。我师父说过，是世间的慈悲救了我，我便也要用一颗慈悲之心回报人间……”

这一番话令在场所有人皆感动不已，有些茶农更是被他的平生遭际所打动，为他唏嘘落泪。就连跪地伏法的那位假茶师，此时也为自己的所作所为深感羞愧，叹息不止。

颜真卿见今日的斗茶大会如此顺利，心中甚慰，与李栖筠一起将茶器与《茶经》赠给茶农，最终选定湖州与常州各一家茶农所制的茶饼进献代宗，这才散了盛会，各自而去。

李栖筠回到常州如何惩治督办茶事的官员不提，却说颜真卿回府之后，连夜起草奏折，尽数元载的罪状，随后联合朝中诸多大臣，一起上疏朝廷，弹劾元载之罪。

代宗李豫接到奏折，龙颜大怒。但他念及元载当日拥立之功，以及辅助自己铲除权宦的政绩，想令他收敛悔过，便在大明宫中单独召见元载，劝诫于他。谁知元载自恃功高，贪心不足，毫无思过之心。代宗只得狠下心来逐渐削弱其权，等待时机严惩于他。几年之后，元载因疯狂敛财、骄纵以极，被代宗下旨赐死。官兵在抄没元载家产之时，发现其家中竟藏有胡椒八百石，钟乳石五百两，其他珍宝财物不计其数。代宗盛怒，将元载妻儿全部赐死，同党贬谪出京。自此，权势滔天的元载终被铲除。

而自那日境会亭斗茶盛会之后，湖州、常州两地的紫笋茶（即顾渚紫笋茶）与阳羡茶（即义兴紫笋茶）被定为贡茶，每年清明之前进贡朝廷，深得代宗青睐。代宗特意颁下圣旨，将湖州顾渚山上的茶厂钦定为“大唐贡茶院”，成为天下第一个敕造贡茶院，几千名茶农工匠在贡茶院中忙碌，一时间轰轰烈烈，如火如荼……

时光荏苒，转眼到了大历八年（773）冬。湖州西南的杼山之上这日又迎来了一件喜事。颜真卿主持编修的辞典《韵海镜源》近日编纂成书，他邀请参与编书的众位博学之士在杼山妙喜寺相聚庆贺。

《韵海镜源》依照颜真卿当初的构想，收集囊括了关于文字、书法、音韵、山经、水志、舆地等方面的优异著述，共计三百六十卷。陆羽呕心沥血所著成的《茶经》也被收录其中。除了《茶经》之外，《韵海镜源》中还收录了陆羽的其他论著：他在戏班做伶正时所写的《谑谈》三篇；安史之乱时所作的《四悲诗》；被囚禁在刘展贼营时所写的《天之未明赋》；游历四海时所写的《源解》三卷、《江表四姓谱》八卷、《南北人物志》十卷、《吴兴历官记》三卷、《天竺灵隐二寺庙记》《吴兴图经》《顾渚山记》《武林山记》等实地考察性的纪实文章；

还有《君臣契》三卷，《占梦》三卷；更有一篇为颜真卿所撰的《湖州刺史记》，记录了颜真卿其人其事，描摹贴切详尽。这些文章论著为《韵海镜源》增添了精彩。

为酬谢陆羽为《韵海镜源》所付出的心血，颜真卿特意命人在杼山东南修建了一座新亭，由陆羽亲自设计样式，颜真卿督造而成。今日颜真卿邀众人前来，除了庆祝《韵海镜源》书成，也是为了给此亭行落成之礼。新亭素朴雅致，亭子西北的桂棚中种植着丹、青、白、紫等各色的桂树，芳林修亭互相掩映，景致宜人。皎然也在杼山妙喜寺的招隐院中设下茶宴，待众人赏亭之后前去雅聚。

众人登上杼山，顺着山间小径前往新落成的亭前，赏亭品桂。颜真卿虽已年过六旬，依旧精神矍铄，为国为民之心毫不倦怠。皎然也已五旬有余，修行越发精深，禅理茶道皆已大成。陆羽携着李冶随行在皎然之后，一路观赏风景，悠然自得。

待行至亭前，颜真卿道："此亭虽为本官主持修建，但形制构造皆由鸿渐亲自设计。今日来行落成之礼，还请鸿渐亲自为此亭命名吧！"

陆羽谦道："在下不敢居功，还请大人题名。"

"鸿渐不必自谦，此亭便是本官为你所建，你若不题还有何人？"

"那在下便却之不恭了。"陆羽站在亭中眺望杼山初冬时节的风光，思索片刻后道，"此亭落成时分，乃癸丑冬十月癸卯朔二十一日癸亥，三癸齐聚，甚是难得，不如便以此为名，唤作'三癸亭'吧。"

"好，便以此为名！"颜真卿捋髯笑道。

皎然道："今日如此喜事，依贫僧看，颜大人何不题诗一首，以助雅兴。"

颜真卿兴致甚高，欣然道："那本官便题上几句，且作留念吧。"他身后早有侍从备好了笔墨纸砚，在亭中铺展纸卷，颜真卿稍做思索，提笔写道：

杼山多幽绝，胜事盈跬步。前者虽登攀，淹留恨晨暮。
及兹纡胜引，曾是美无度。欻构三癸亭，实为陆生故。
高贤能创物，疏凿皆有趣。不越方丈间，居然云霄遇。
……

众人围在一旁欣赏他雄强圆厚的笔力及庄严雄浑的气势，皆钦赞不已。

待游罢了三癸亭，众人又随皎然来到近旁的妙喜寺招隐院中赴茶宴。佛堂中，早已摆好了围坐的座席。在座席的四周，张挂着六副绢素，绢素上为皎然亲笔抄写的《茶经》全文，笔法飘逸俊秀，众人一时皆被吸引而去，逐一欣赏着。

皎然见陆羽一脸惊喜地看着六副绢素，笑道："你在《茶经》最后一卷中曾写到，饮茶之时要在座席的四周挂上《茶经》全文，用以提醒饮茶之人茶道之精神，今日贫僧便以此铺设茶席，你可还中意？"

陆羽感动不已，对皎然拜道："与我心中所想毫无二致，多谢法师一番心意。"

皎然欣然一笑，请欣赏完绢素的众人入席。皎然居中而坐，以他左手边为上位，众人分主次围坐在一起。待坐定以后，皎然身后的一名弟子上前点燃焚香，一股淡雅清幽之味袅袅而来。此时，李冶上前将方才赏亭之时特意折下的一枝开着淡黄花朵的四季桂的花枝插在一个素朴的陶瓶之中，笑道："如此雅宴，岂能无花？"

皎然点头道："兰女冠此花色暖而味淡，正宜冬日茶宴。茶席之上，插花与焚香的香味皆不宜太过浓郁，否则会冲淡了茶的香气。"

众人听了不由得频频点头。

李冶对皎然施礼道："恭请法师开宴。"之后回到陆羽身侧落座，二人一脸悠闲地等着饮茶。皎然笑道："今日茶宴，便由贫僧为诸位煎茶，若有不当还请鸿渐指教。"

陆羽忙道："不敢当，法师乃在下之师，在下恭听教诲。"

皎然见众人皆已静心坐定，便开始用茶道二十四器煎起茶来。皎然之煎茶与陆羽相比，虽方法相同，但却多了一分寂静与禅意，从头至尾不发一言，待煎成以后由身后的几位弟子上前，将茶奉与席上众人品尝。众人接过茶汤，闻香、观色、品尝之后，不由得发出赞叹之声。随后又连续饮了两三轮，饮罢之后，众人向皎然称赞道谢，这才开始畅谈。

宾客中有人道："方才陆处士言说，法师乃其师，不知此言何意？"

陆羽道："世人皆知竟陵龙盖寺的智积法师是在下的师父，却不知皎然法师对在下来说，可谓亦师亦友，在下所著的《茶经》深得法师之教诲。禅与茶实乃一味也。"

"哦？愿闻其详。"宾客颇感兴趣。

"不知足下可听过一首禅诗？"陆羽道，"滔滔不持戒，兀兀不坐禅。酽茶（即浓茶）三两碗，意在镢头（即锄头）边。"

"此诗在下便不懂了，僧人在诗中说自己整日里不持戒、不坐禅，却只想着喝茶、做农活之事，岂非大谬吗？"

陆羽笑道："你看方才法师煎茶，一举一动，皆与他平日坐禅念佛之时并无两样，你又怎知他是在煎茶，还是在坐禅呢？"

"确实如此，法师的煎茶之道，时时处处都似有禅机浮动。"

"正是，煎茶是禅，奉茶是禅，饮茶也是禅，禅在万事万物之中，那么做农活自然也是禅，与打坐、持戒并无二致。自然，此诗之意并非让僧人不持戒、不坐禅，只是劝诫世人不要执着于悟道的形式，而要在平凡的生活之中明心见性，那么处处皆可悟道。就像在下所造的'茶道二十四器'，并非约束世人非以此煎茶不可，而是希望能够借助此种形式，令世人在煎茶、饮茶之时，可以清净身心，去除杂念，达到修身养性之目的。茶道只是一种形式，而每个人能从中体悟出禅意才最为重要。"

"陆处士之言令在下茅塞顿开，受教了。"宾客叹服道，"今日乃知何为'禅茶一味'也！"

皎然听他二人说罢，哈哈大笑道："你也不必去听鸿渐那般高深莫测之言，贫僧这里倒有一个再简单不过的道理说与你听。"

"请法师赐教。"

"何为'禅茶一味'？"皎然捻着佛珠道，"和尚虽是修行之人，但也是肉体凡身，打坐念佛久了，岂有不困乏之理？而此时有一碗酽茶端来，咕咚咕咚喝上它几大口，便是神清气爽，疲惫全无，又可接着念经去了！"

"哈哈哈哈，妙哉！"颜真卿不由得拊掌赞道，"还是法师之言浅显精妙，一句可抵万言了！"

陆羽深感钦佩道："大道至简，在下不及法师远矣！"

皎然看看他，忽而意味深长地道："你离了悟禅机，还差最后一关。"

"何关？"

皎然欲言又止。

众人不知二人何意，只道他们在打机锋，便也不多问，说起吟诗作赋之事，即兴连了几首茶诗，谈了些佛法世理，待天色将晚时才辞别了皎然，各自散去。

陆羽与李冶携手从山上悠然而下，伴着月色踱回家中。推门而入，只见李玠、李琼两兄弟迎出来道："叔父、婶母回来了！"

陆羽喜道："你二人从长安回来了？"

"正是，家中无事，爹娘催着我们快些回来习茶。"李玠道。

"这夫妇俩，打定主意做甩手掌柜！"李冶上前拉住两兄弟，笑道，"用过饭了吗？"

“用过了，碧儿姨娘给我们煮了饭菜。”李琼道。

“先生、夫人回来了。”碧儿从后院出来道。这么多年，她仍旧留在陆羽、李冶身边，任是如何相劝也不离开。李冶见她如此，便也不再与她提婚嫁之事，命李玠两兄弟唤她作“姨娘”，只将她视作妹妹一般。

陆羽对碧儿点了点，自回书房中去了。

李冶拉着她道：“这两个臭小子一来，你我又无安生日子可过了！”

碧儿笑道：“可不是吗，他二人聒噪了一日，缠着我背了一首什么茶诗，直听得我脑仁儿疼。”

“什么茶诗，背来与我听听。”李冶与碧儿在院中的石桌前坐下道。

“我来背！”李琼朗声背道：

我来顾渚源，得与茶事亲。
氓辍耕农耒，采采实苦辛。
……
终朝不盈掬，手足皆鳞皴。
悲嗟遍空山，草木为不春。
……
皇帝尚巡狩，东郊路多堙。
周回绕天涯，所献愈艰勤。
……
茫茫沧海间，丹愤何由申。

他反复背了三遍，李冶越听眉头越紧，问道：“此诗你是从何处听来的？”

“便是我们入湖州之后，听茶农百姓们吟唱的。”李琼道。

“你们到茶山去了？”

“没有，那里乃皇家贡院，我们兄弟俩怎么上得去？”李玠道。

李冶叹道：“你说得也是，自从那里被上谕定为贡茶院之后，便有朝廷派人专司专管，戒备森严。别说是你们俩，就连你们叔父，除了每年一次的境会亭之外，平日也难以靠近……听你方才诗中所言，山上的茶农岂非劳苦、艰辛至极？”

“是啊，听说这首诗乃一位前来巡视的官员所写，之后便被百姓们争相传唱，可见所言不虚。”李玠道。

“若真是这般，茶农们可苦了……”碧儿忧愁道。

“可不是吗，当初鸿渐极力推荐紫笋茶、阳羡茶入贡，是想为茶农们谋得一个好生活，没想到……”李冶说到此处，转眸向书房看去，却见烛火映照之下，桌案前的人影摇了一摇，俯下身去。她心中一跳，喊道：“鸿渐！”

屋内无人应声。

四人忙跑进书房，只见陆羽倒在桌案上，脸色灰白，再一摸额头，一片滚烫。四人忙将他扶到榻上躺好，李玠到妙喜寺请了皎然前来诊治，只道他是急火攻心所致。李冶知他定是听了那首茶诗，心中激愤，才会骤然病倒，便嘱咐几人不得再提起此事，让他好生静养。

他这一病，便是许久。病愈之后也只是闭门不出，整日郁郁寡欢。

贡茶院中日日繁忙，尘世之间沧海桑田。

茶道二十四器大行天下，《茶经》传遍千人万人。

然而，这些好似都与那个住在青塘别业中的人毫无关系，他在那一夜之间，两鬓斑白。陆羽的名号响彻大唐，但再无几人见过他的身影。

就这样，几载光阴过去，天下又有了新的君主。代宗李豫病逝于大明宫中，太子李适一偿夙愿，登基为帝。

第五卷　一代茶圣

“心中百般挂碍，口中万句佛偈。一生求索不尽，不如饮茶去也。”

五十八、御赐清明宴，诏封太祝官

凤辇寻春半醉回，仙娥进水御帘开。
牡丹花笑金钿动，传奏吴兴紫笋来。

长安城南曲江亭，德宗李适这日摆下“清明宴”，与群臣一起品尝新茶，欢庆佳节。后宫之中，李适特赐王贵妃携唐安公主一同赴宴。

这王贵妃便是当日的太子妃。李适登基后未立皇后，王贵妃以嫔妃之首，代行皇后之权。而这唐安公主便是当日李冶入东宫之时，太子妃所诞下的那个小公主，如今已出落得温柔端丽，下嫁秘书少监韦宥为妻，因聪慧孝顺深受李适宠爱。众公主之中，无人能及。

君臣皆已入座良久，却迟迟不开宴。窦内侍在殿外踮脚张望着，急得一头汗。李适靠在龙榻之上，已看了三四出歌舞戏，终于等得不耐烦起来，面色转沉。唐安公主侍奉在侧，见龙颜不悦，忙低声劝道：“许是兵乱初定，途中遇到流民阻道，所以耽搁了一些时辰，想必很快就能到了，父皇莫要烦心。”

前不久，魏博节度使、成德节度使、山南东道节度使起兵叛乱，被朝廷派去的淮西节度使李希烈平定。随后，泾源节度使朱泚之兄朱滔欲在幽州起兵造反，被朝廷察知阴谋，未能成事。朱泚上表请罪，李适增加其食邑以示安抚，但仍忌惮朱泚之势，下旨解除了他的节度使之职，将其留在了长安。唐安公主方才所言的“兵乱”便是此事。而今日的清明茶宴，朱泚也被御赐赴宴，此时就在席上。他是第二次被李适赐宴，第一次是向朝廷进献史朝义的头颅时，身为太子的李适设宴犒赏于他。便是在那一日，他在席上见到了身披道袍，飘然入殿的李冶，只一眼便惊为天人，再难忘却。

龙榻上的李适见公主如此体贴乖巧，拍拍她的手，笑道："朕唤你来赴宴，便是想让你尝尝今年新摘的贡茶，没想到你却不急。"

"女儿不急，只要父皇龙体康健，女儿便是不喝茶也欢喜。"

"还是朕的安儿懂事。"李适刚说罢，只见窦内侍一路小跑着进殿道："启奏陛下，贡茶到了！到了！"

李适眉头微展，但仍旧板着脸道："送茶的兵将现在何处？"

"回陛下，正在殿外跪着，等候处置。"

"将人给朕带上来！"

"遵旨。"窦内侍出殿，随后几名兵将被押了上来。只见几人皆是灰头土脸，面如蜡色，跪在地上瑟瑟发抖。窦内侍道："陛下，人带来了。"

李适厌烦地瞥了他们一眼，对坐在群臣首位的卢杞道："宰相替朕问一问他们吧。"

卢杞忙起身恭敬道："臣遵旨。"随后，对跪在地上的兵将厉声呵斥道："你等好大的胆子！朝廷明文下旨，湖、常两州的贡茶必须于清明之前送抵京城，一时半刻也耽误不得。你们非但过了时辰，还让圣上等这么久，简直岂有此理！"

跪地的兵将见他如此疾言厉色，吓得冷汗直落，叩头求饶道："末将有罪，请陛下开恩，请陛下开恩！"

"陛下，依臣之见，这些兵将误了吉时，该当就地正法，将首级挂在城外示众。除此之外，所有负责督办贡茶之事的官员，一个不少，都要一并严惩，才足以为戒！"卢杞道。

李适不想在此事上多做纠缠，正要应允，此时已是太子太师的颜真卿从席上起身道："陛下，可否容老臣说上两句。"

李适只得道："老太师请讲。"

"朝廷是有明令贡茶必须清明之前送抵京城，可是今年遭逢兵乱，如今虽被陛下龙威扫平，但民间一时三刻恐还难以安稳，湖州到京城路途遥远，这路上耽搁了一些时辰也是可以理解的。还望陛下念在他们乃初犯，便饶过他们这一次吧！"

卢杞冷笑一声道："老太师此言差矣！军令如山，他们虽不是上阵打仗，但也不容丝毫疏漏。更何况这是献与圣上的贡茶，非比其他，岂能轻纵！"说到此处，他眯眼盯着颜真卿道："本相知道，老太师在湖州、常州有不少门生故旧，也曾亲自督办过茶事，一时生了恻隐之心也在情理之中，但此事关乎圣上，您可不能以情徇私啊……"

“卢大人，你……”颜真卿被他一番话生生噎住。

李适听了二人之言，心中更烦，此时窦内侍上前道：“陛下，贡茶煎好了。您看传是不传？”李适一时沉吟，一旁的公主道：“父皇，茶要趁热喝才是最好，别让这些小事打扰了您品茶的雅兴。”

“安儿可是等不及了？”

“正是，女儿等不及要尝一尝这天下极品了。”

“那便传吧！”李适一挥手道，“先将他们带下去吧，跪在这里，好生扫兴！”

“遵旨。”窦内侍吩咐人将兵将带下，随即传茶上殿。

公主起身亲自从窦内侍手中捧过茶碗，奉到李适面前道：“请父皇品茶。”

李适接过茶碗，饮了一口，随即眉头舒展道：“茶却还是好茶……”又对王贵妃与公主道：“你们也尝尝吧。”

“是。”王贵妃与公主也饮了茶。公主道：“果是好茶，怪不得父皇每年一到清明都记挂不已呢……女儿听闻，从湖、常两州采茶、制茶，到送入京城，前后只不到一个月时间。光是运送便要花去十日，一路快马加鞭，昼夜不停才能到达，所以唤作‘急程茶’，想来也是不容易呢……”

李适饮罢一碗，烦闷稍解，对她笑道：“安儿所知不少。听你此言，到是有意为那几名兵将求情了？”

“女儿无意为何人求情，只是见到父皇饮了茶之后舒心不少，便觉得那几人之罪可恕了。”

“安儿一向如此宅心仁厚，这一点倒是……”李适说着看了王贵妃一眼，上住话端，对卢杞道，“罢了，既然公主觉得他们之罪可恕，便从轻发落吧！”

“臣遵旨。”卢杞领旨坐下，暗暗瞅了一眼颜真卿，心中不甘。

李适登基以后，便将颜真卿从湖州召回了长安，升任吏部尚书。但卢杞对颜真卿的刚正深为忌惮，一心除之而后快。怎奈何颜真卿乃四朝老臣，威望甚高，他一时下手不得，便想了个主意，上奏李适，升任颜真卿为太子太师，以虚衔削去了他的实权。今日他本想抓住机会，给颜真卿安上一个包庇故旧之罪，没想到却未能得手。他咬着牙，盘算着下一条毒计。

颜真卿见李适宽恕了兵将的死罪，拜道：“陛下圣明，公主仁爱，实乃百姓之福！”

“老太师也坐下用茶吧！”李适说罢，吩咐窦内侍给席上众臣赐茶。众臣叩谢皇恩，饮罢皆赞不绝口。

李适又饮了两碗，仍觉意犹未尽，但知三碗之后，再饮便是寡味了，不由得望着茶碗轻叹一声。

卢杞察言观色，忙道："陛下因何叹息，可是这茶有何不妥吗？"

"茶无不妥，只是少了几分情致。"

"恕臣斗胆妄言，陛下可是思念故人了……"

"不知卢爱卿所指何人？"

"臣记得陛下曾有一位民间故交，深谙茶道，若是召他来为陛下煎茶，想必别有一番滋味。"

李适盯着龙桌案上的那只碧绿的茶碗，陷入心事。

自从李冶在东宫遭遇变故，被陆羽接回湖州之后，他们三人便再也未见过面。一晃十几年过去，当年出生的小公主都已嫁为人妇，不知陆羽与李冶此时过得如何，是否如神仙眷侣般逍遥自在。他想着，转眸看向身侧的唐安公主，花朵儿般明丽照人。侍奉过沈妃的老宫人都道，公主是皇帝这么多皇子皇女中唯一肖似沈妃之人。

"父皇，您在想什么？"公主见他望着自己沉吟，柔声相问。可他许是入念太深，竟有一刹那将女儿的娇容视作了李冶的脸，心中想到，不知如今的李冶是何等模样，是红颜老去，还是更添风韵了。还有陆羽，自己已有多少年未饮过他亲手所煎的茶，那种味道是宫廷茶师永远也无法烹出的……

公主见他不语，继续道："父皇，宰相大人在与您说话呢。"

他醒过神，对卢杞道："卢爱卿果然深知朕心，朕确实想念故人了。"

"陛下如此念旧，实乃天下之福。何不将故人召进宫来重聚，也好让万民知道陛下心念民间故人，不忘旧交，岂非成就一段佳话？"卢杞道。

"是啊，朕也早有此意。"李适想了片刻，下旨道，"去，拟一道旨意，封陆羽为太常寺太祝（行祭祀礼仪之官），其夫人为紫兰真人，即日入宫伴驾。"

"臣遵旨。陛下仁爱之心，万民敬仰！"卢杞离席而出，毕恭毕敬地叩拜道。

群臣见宰相叩拜，也纷纷叩拜称颂，李适一时胸中大畅，命将贡茶再赏群臣。满座之中，只有三人心中暗震。一为颜真卿，他知卢杞此招绝非好意，为陆羽与李冶担忧起来；二为王贵妃，她着实没想到，这么久了李适竟然还念着那个女人；这第三人，便是谁也未曾注意到的，在席上默默坐着的朱泚。他回味着李冶瑶池仙子般的姿容，饮了口茶，浓黑的眉毛挑了一挑，眯起虎目……

湖州杼山妙喜寺，陆羽仍如往年般前来给皎然送春茶。到了寺中，他见皎然仍在上早课，便自去伙房煎好了茶，放在院中的石桌上等着。不多时，皎然从佛殿行出，对他笑道："茶都备好了，真是多谢鸿渐了！"

"我算着你也该出来了，便煎好了等你。快来尝尝吧，我从明月峡的险坡上采来的，味道极好！"陆羽招呼他道。

皎然在他对面落座，端起碗来喝了一口，点头道："不错，还是往年的老味道。"说着又打量他道，"不过贫僧却不信这茶是你自己采来的，那险坡陡峭无比，以你现在的身子骨，恐怕是爬不上去喽……"

"你这个和尚真没趣儿，给你送茶还那么多话！"陆羽撇嘴道，"罢了，这茶是我带着玠儿与琼儿他们兄弟俩去采的。你可莫小瞧我，除了最顶峰我没上去，其他地方那是如履平地！"

"你且当心点儿吧，若是摔坏了，贫僧可没有灵丹妙药来救你！"

"托法师的福，一点儿皮也没擦破！"

皎然无奈地摇头道："只要你肯常来寺中坐坐，什么茶不是喝，又何必非要去采那险坡上的茶，多令人担心！"

陆羽苦笑道："你看看我，两鬓皆已花白了，还能做些什么？也便是每年春茶出来时，还能令我打起精神来，想着出去采些好茶，给你、初晨还有颜大人他们送些尝尝鲜。除此之外，我是何事也不想了！"

"怎么，你也要四大皆空了不成？"皎然放下茶碗道，"你可听说了，今年的贡茶送迟了半日，圣上龙颜大怒，险些将送茶的兵将就地问斩，头颅示众，幸而有公主出言求情，这才免去了死罪。如今贡茶院中的上下人等，都受了重罚呢！"

陆羽端着茶碗的手抖了一下，随即笑道："这也是寻常之事，送晚了茶自然要受罚，有什么稀奇？"

"那些官员调运不利，罚也便罚了。只可惜茶农们辛辛苦苦忙活了一年，也要跟着一起受罚。"

陆羽又是一笑："你我何等事没见过，这也算不得什么新闻。我倒是奇怪了，法师身在山中，哪里来的这些消息？"

"贫僧已修得了千里眼、顺风耳，故而事事知晓。"

"那便求法师多讲些好事，也让我听了舒舒心。"

"你方才一副四大皆空之态，所以贫僧才想试一试，看看你的火候到几成了。"

"我的火候如何了？"

"唉！"皎然长叹一声道，"待贫僧饮完了茶，还要去山中拾些干柴来！"

“又去拾柴做什么？”

“把火点旺了，继续烧啊！”

陆羽这才知他是拐着弯地在说自己火候还不到，修行还不够，却也不恼，哈哈大笑起来。笑罢以后，忽对皎然正色道：“依我看来，法师一生作诗无数，却只有一句称得上佳句。”

皎然捻着佛珠，面不改色地道：“敢问是哪一句？”

陆羽见他对自己之言毫不在意，心中钦佩，却仍故意打趣道：“不凑巧，忘记了。”

皎然道：“如虫啄木，偶尔成文。你能忘记便知定是好诗了。”

“我只道法师当真不在意他人评价，原来也是要夸赞的。”

“你可曾听说过，有一种鸟叫作巢空鸟，它不栖息在树上、巢中，它的窝在虚空里。它在虚空中生蛋，在虚空中孵蛋，日日往来于虚空之间。你永远也找不到、抓不住这种鸟，因为它们永远也不会留下爪痕，你只能偶然看见它们飞过水面时所滑出的波纹。你不能说这鸟不存在，因有波纹为证。但这波纹须臾即逝，终归也是虚空了……作诗行文，便如蛀虫啃噬树皮，偶然形成了美妙的花纹。世人不知，反将其当作图腾，供奉起来，岂不可笑？”

陆羽听得一痴，默默思忖片刻，只觉心中又豁然了几分。

“贫僧已算出，你所说的那一句好诗是什么。”皎然忽道。

“是什么？”

皎然看着他道：“云山童子调金铛，楚人茶经虚得名。”

陆羽听罢，不由得哈哈大笑道：“知我者，法师也！”

“懂我者，茶也。”皎然又端起茶来饮了一口。

两人不再说话，在树下静静品着茶，只觉无限滋味。不知过了多久，李琼从山下急匆匆而来，上前对陆羽道：“叔父，快些随我回家吧！”

“出了何事？”

“朝廷来了传旨官，要您与婶母接旨听封！”

“无缘无故的，朝廷封我们做什么？”陆羽诧异道。

“叔父莫急，我爹也从长安来了，回去一问便知。”

“好吧，”陆羽起身对皎然道，“看来这只巢空鸟，被人发现水痕了……法师接着品茶，我先去了。”

皎然点点头，目送他出寺而去，一任石桌上的茶汤空自冷却。

陆羽随李琼向家中赶去，刚过了青塘桥，便见李复焦急地等在那里。见陆羽来了，李复一把扯住他道："我在此等你好久了，先别回家，听我把话说完！"

"究竟出了何事？"

"唉！我刚从广州回京，便听颜大人说圣上听了卢杞之言，封你为太常寺太祝，封季兰姐姐为紫兰真人，要召你们即刻入宫伴驾。"李适登基后，将李复升任广州刺史，调离了长安。李复此次是借清明休沐之假，回京为几年前故去的李齐物扫墓，得知了陆羽之事，便在回广州途中换了便服，一路赶了过来。

"入宫？"陆羽一听便发愁道，"我乃山野之人，怎应付得了宫中之事？还有兰儿，她乃我的妻子，要封也是封为夫人，却封她做什么紫兰真人，不伦不类，是何道理？"

"颜大人与我也觉得此事不妥，所以我才会专程赶来，劝你们一定不能前去！"

"可圣旨已经到了，我们又岂敢抗旨不遵？"

"我已经替你们想好了，你便说自己身染重病，心力交瘁，无法入宫侍君。而季兰姐姐她便说……便说已有了身孕，要在家中安胎静养，更是出不了家门！"

"她的身子，哪里还能有孕？"

"管不了这许多了，只有这样说才能躲过圣旨，至于是否有孕，将来有的是理由可编，先混过了传旨官再说！"

"好，就听你的！"陆羽打定主意，命李琼先溜回家中将此计告知李冶，随后将衣衫扯乱，脸上涂了些灰土，发髻也弄散，由李复搀扶着颤颤巍巍地回家而去，只希望能蒙住传旨官，好躲过这一劫。

五十九、高明为日月，亲疏是夫妻

却说陆羽回到家中，与李冶依计行事。传旨官见他一副病恹恹之态，二人皆不似作假，便未生疑心。况且他只管传旨，至于陆羽、李冶是否接旨入宫与他无干，便将诏书留下，转身交差而去。

待朝廷来的人皆离去之后，陆羽这才起身关紧院门，与李冶长出了口气，问李复道："他们这么走了，此番算不算是躲过去了？"

李复道："看起来传旨官对你们的回禀并无怀疑，但这也仅仅是混过了一关。还要看他回奏朝廷之后，圣上如何反应。其实我最担心的是卢杞，若他执意揪住不放，那便不好办了。”

“我们与那卢杞无冤无仇，他为何要如此？”陆羽不解道。

“这世上本无事，可总有些奸佞小人喜欢无中生有，搅弄风云。因为只有把水搅浑了，他们才能够浑水摸鱼，达到不可告人之目的。”李复道，“你与季兰姐姐虽与他无甚瓜葛，但他却想利用你们与颜大人的关系做文章，好无事生非，打击政敌。更何况，他深知圣上心意，提议召你们入宫不过是顺水推舟之事，既迎合了圣上之心，又能用以牵制颜大人，如此一举两得之事，他何乐而不为？”

“这卢杞乃忠烈之后，当年义阳茶案他曾以监察御史之职惩治恶人，断案公允，不知为何做了宰相之后，便与从前大相径庭，行事越发奸邪。莫不是人一旦位高权重，便会变坏不成？”陆羽道。

“此人绝非表面看起来那么简单，若非步步谋算，又岂能从监察御史一路扶摇直上，坐到宰相的高位？”李复说着脸色越发凝重起来，“以我这几年来东拼西凑得到的证据看来，当年的义阳茶案我们只是触及了表面，背后还藏着更大的隐情。”

“什么隐情？”

“你知道那独霸了茶山的田员外是何人吗？”

“何人？”

“他是卢杞的远房表亲。”

“什么？”陆羽大惊。

“正是。之前碧儿曾探听到田员外自诩背后另有靠山，指的便是卢家。还有那阎士和，我们皆以为他是为元载办事，但其实元载不过是个幌子，真正的幕后主使还是卢杞。当日阎士和将一切罪状都认了下来，原是指望卢杞可以在审案之时网开一面，至少饶过他的家人。没想到卢杞一不做，二不休，先暗中派人灭了田员外之口，随即对他也下了狠手，将自己撇了个干干净净。”

“与魔鬼为舞，终究难逃厄运。”陆羽道，“但我还有一事不明，当日我们不是从阎士和府上搜到了元载同党所用的水纹鱼子笺吗，这又做何解释？”

“这便是卢杞的高明之处，他在下手之前便已想好了退路。一方面用好茶向元载谄媚，一方面又暗中布下圈套，将所有线索皆引向元载，关键时刻再出面惩治，贼喊捉贼，真可谓进可攻退可守，始终立于不败之地。”李复叹道，“他的手段与当年的杨国忠相比，有过之而无不及，就连颜大人都被他大奸似忠的外表所蒙蔽，没能窥破他的狼子野心！”

陆羽只听得头皮发麻，叹道：“没想到，这样一个人竟成了当朝宰相，那圣上对他……”他始终不愿相信，自己相识半生的李适，会成为一个如此不辨忠奸之人。他宁愿李复所说的皆是谎言，也不愿承认李适任用奸佞，行事昏聩，背离了一个英明君主的当行之道。

李复苦笑道：“圣上许是认为卢家满门忠烈，卢杞从小耳濡目染，定然不会有大的差错。而卢杞一向善于揣摩上意，投其所好，故而深得圣心。他又知如今天下不定，四方节度使皆拥兵自重，叛乱冲突不止，而圣上年少时经历过安史之乱，至今仍对此事阴影颇深，他便极力让圣上以为，只有他可以辅佐圣上弹压边将，安定天下。不得不说，圣上如今确实对他深为倚重。”

“那颜大人呢？他的忠言圣上也不听吗？”

“颜大人早已被卢杞削去了实权，再加上他如今也已年迈，许多事情也是力不从心了……”

“唉！”陆羽长叹一声，对李适感到失望至极。

他二人说着话，谁也未留神一旁的李冶。从传旨官踏进家门的那一刻起，她便一直魂不守舍，似乎被什么攫住了一般。碧儿看出她神色不对，便煎了热茶捧给她道：“夫人，喝口茶压压惊。”

“好……”李冶饮了两口茶，抬眼看向碧儿，只见她素衣素裙，未施粉黛，乌发松松挽着，却丝毫不掩清灵秀澈之美。这么好的姑娘，终是被耽误了……李冶望着她许久，将心中盘桓过不知多少次的想法重又思量了一番，终于下定决心，对她道：“你随我到房中来。”

“好。”碧儿不知何意，扶着李冶来到卧房之中。

李冶拉着她在榻上坐下，细细端详了她半晌，道：“你在我们身边，已有十几年了吧？”

“是，十六年了。夫人怎么问起这个？”

“我与鸿渐皆是从小看你到大，这一晃你也三旬年纪了。若在寻常人家，你早就该为人妻、为人母了，可却被我们给生生误了。”

“夫人怎的又提此事？我从义阳出来时就已经与爹娘说好，叫他们不再管我婚嫁之事。这么多年都过去了，他们早已放下此事，怎么夫人今日又提起来了？莫不是，夫人又要劝我离开吗……”

李冶忙道：“不，我不是要劝你走，而是……”

“这么多年，夫人与先生什么话都说尽了，是我自己执意留下来，你们再说什么也是无用的！”碧儿说着激动起来，眼圈微微发红。

“你别着急，听我慢慢说。”李冶抚上她的手，认真地道，“你的心事我都懂，你是为了鸿渐才留下来的，对不对？”

碧儿神色一慌：“夫人说什么，碧儿不明白。”

“你不必紧张，这件事我早就知道了。”

“是……是李大人告诉夫人的吗？”

李冶笑了笑：“你我都是女子，心中念着何人，又怎会毫无端倪？”

碧儿双颊倏地一红，低下头道：“夫人，这都是碧儿之错，先生他从未将我看在眼里，是我自己痴心妄想……”

“不，你没错，爱一个人怎会有错。是我太自私，明明知道你对他的心意，却无法劝他接纳你，让你虚度了女子最好的年华。”

“夫人说的哪里话，即便是您开口相劝，以先生的性子，又怎会同意呢？恐怕到时候，我连留在这里也是不可能的了。”

“这么多年，难为你了。”李冶轻叹一声，从妆匣中取出一物，拿在手中抚摸了半晌道，“我想求你答应我一件事。”

“夫人吩咐便是。”

“这个木蟾蜍是我六岁那年到龙盖寺他送给我的，那一年他才只有三岁。”李冶说着，眼前浮现出儿时的美好回忆，“之后我便一直带在身上，视为珍宝一般，”她说着将木蟾蜍放在碧儿手上，“今日我把它交给你，替我保管好它。”

“夫人，这是何意？”

李冶又抽出一张纸铺在桌案上，提起笔来在上面写了几行字，随后吹干墨迹道：“这首诗你也收好，待有一日他问起来，拿给他便是。”

碧儿觉察出事情不对，忙将木蟾蜍递还给她道：“如此珍贵之物，还请夫人收好。先生他如今已没了寄托，唯一珍视的便是夫人了，你若有何事，要他一个人怎么办？”

李冶收起妆匣，淡淡地道：“皎然法师曾说，他离了悟还差最后一关。这一关便是我……只有我最清楚，今日的圣旨绝不可能轻易躲过，圣上一定会想尽办法召我入宫。若到那时再做打算，一切便晚了。”

“夫人是说圣上他……”

“他是天子，他想要的不可能得不到。若我入宫能换来鸿渐半生安宁，让他可以继续在山野间自由自在的生活，我甘愿前往。”

“真的会到这一步吗？我们可以找李大人、颜大人他们想想办法，一定会有办法的！”

李冶摇了摇头道：“没用的。”说罢对她笑道，“别担心，我们还有时间。从今日起我会一点一点告诉你，把我和他的过去都告诉你，告诉你如何照顾他。如何在我离开以后与他好好相守到老。”

“不，我做不到，我怎么可能做到如夫人这般！”碧儿说着落下泪来。

“若你做不到，这世上更无他人了。无论如何，我都把他交给你了。”

“夫人……”碧儿抽泣不已。此时房门被推开，陆羽担心地看着她二人：“兰儿，这是怎么了？”

李冶起身笑道：“没什么，和碧儿聊些女儿家之事，你快出去吧，这里不方便！”

陆羽看向双眼哭得通红的碧儿：“真的没事吗？”

碧儿挤出笑容：“没事，先生不必挂心。”

“那便好，初晨要赶路去了，你们收拾一下，出来送送他。”

“好。”李冶伸手为碧儿整理一番，三人一起出门相送李复。

李复在马上向众人道别，又叮嘱李玠、李琼两兄弟道：“照顾好这里，若有何事，即刻派人到广州送信！”

“是，爹爹。”两兄弟应了。几人目送李复快马而去，才重新回家，关上院门，祈祷一切能如心中所愿，不再生出波折。

却说李适得知陆羽、李冶未能奉诏前来，心下不悦，但二人皆有理由，他也不便强逼入宫，只得将此事暂且搁置。而且，近日来多地暴发水涝灾害，使他一时无暇顾及其他，一连几日在大明宫中召集群臣议事。议来议去，问题纠结在如何拨款赈灾上。

户部尚书回禀道：“陛下，自安史之乱以来，国家深受动荡，虽经过先帝、陛下勤俭治国，励精图治，但如今国库依旧空虚。况且此前多地节度使叛乱，光军费一项又支出了不少。如今战乱稍停，但仍旧不可不防，需得预留出军费所用。所以这水患之灾，恐怕一时难以筹措出银两来救济。”

“是啊，是啊……”朝堂上一众大臣纷纷点头称是，皆不知如何是好。

李适脸色越发难看，一拍龙书案道：“你等说来说去便是无钱赈灾，朕召你们来议事是想办法的，不是哭穷的！”他眼光扫向卢杞道：“宰相大人有何建议吗？”

卢杞道：“回陛下，臣倒是有一个办法，却不知是否可行……”

“既有办法，为何不早道来！”

“这办法牵涉税款一事，臣思量再三，觉得还是说出来为好。”

“爱卿便快说吧！”

“户部说没有银子，但一味地节流并非长久之计，必须在如何开源上下功夫。”

户部尚书道：“请问宰相大人，如何开源？”

“加税。”

“宰相大人有所不知，自从两税法实行以来，百姓虽减轻了税负，但也出现了一些大户买卖兼并土地之事，致使许多百姓失去土地，沦为佃户。今逢多事之秋，四方战乱加上水患灾害，若是再向百姓增收重税，恐怕会激起民怨啊！”

“谁说要向百姓增收重税？”

“那这税收又是从何而来？”

“诸位大人恐怕皆忘了一物，”卢杞顿了顿，高声道，“那便是‘茶’！”

“茶？”众臣听罢，纷纷思忖。

李适也坐直身子，道：“卢爱卿详细说来听听。”

“遵旨。”卢杞道，“陛下还是太子之时，便力主种茶兴国之计，真可谓高瞻远瞩，未雨绸缪，如今这茶便派上用场了。”

“爱卿是说，要对茶叶征税？”

“陛下圣明！自从饮茶之风大行以来，茶叶一是作为贡品进贡入宫，二是用来与番邦进行茶马贸易，三是在民间买卖交易。足见茶叶已与盐、铁一般，成为必不可少之物。我朝在肃宗年间，便设立了盐铁使，将食盐从收税改为了朝廷专卖，以此筹措军费，剿灭叛乱。如今这茶叶也一样可以征收税款，想必将是一大笔进项。有了这笔税款，何愁水患难平，军费不足呢？”

“好！卢爱卿此言甚是！”李适龙颜大悦道，“朕力主茶事，便是将其作为兴国之计，如今茶叶种植已成规模，征收税款的时机已到，便依卢爱卿所奏，自今日起开始征收茶税。”

“陛下圣明！”卢杞道。

“但不知，由何人督办此事为好，”李适说着环视殿上群臣，最终将目光停在颜真卿身上，“老太师曾任湖州刺史，对茶事最熟悉不过，不知……”

颜真卿今日听卢杞奏报，也觉得征收茶税确实可以一解朝廷之急，是个可行的举措。只要以合理适当的方式征收，可谓大利社稷之事，便一直没有插言。此时见李适看向自己，正想开口为李适引荐得力的人选，谁知卢杞却插言道：“陛下，臣有一个切实可行的建议，可以确保征收茶税之事即刻顺利展开。”

李适又向卢杞看去：“爱卿请讲。”

“可令盐铁使代行此职，在主管盐、铁税收之余，同时负责征收茶税一事。盐铁使常驻扬州，兼领诸道转运之事，收起茶税来也颇为便利。”

李适思量一番，询问颜真卿道：“老太师以为呢？”

颜真卿道：“老臣以为卢大人方才所言并无不妥之处，但不知由何人来领盐铁使一职。自前任盐铁使刘晏（唐代财政圣手，廉洁奉公，被诬而死）之后，盐铁使一直悬置，需得选一位恰当的人选才是……”

卢杞连忙插言道：“此事不需老太师多虑，本相心中已有人选。”

李适问道：“何人？”

“便是时任判度支（财政总监）的赵赞。”卢杞道，“此人忠心耿耿，又精通财政之事，这盐铁使一职，非他莫属。”

颜真卿听到赵赞之名，心中一沉。他岂不知这赵赞乃卢杞的亲信党羽，卢杞今日绕来绕去，原来是“项庄舞剑，意在沛公”，要将财政税收大权掌握在自己手里。

李适听罢，又想询问颜真卿与众臣意见。卢杞接着道：“有一事微臣还要向陛下回明，这征收茶税之策，便是赵赞向微臣提议，可见其不但颇有才干，还有一颗为陛下分忧的赤诚之心。”

李适不由得深感大慰，点头道：“赵赞能为国献策，实为难能可贵。”随即打消了征询群臣意见的念头，当即下旨道：“此事便依卢爱卿所奏，即日起由赵赞担任盐铁使一职，在全国征收茶税！”

“陛下英明神武，臣遵旨！”卢杞说罢，瞥了颜真卿一眼，甚为志得意满。

颜真卿见事已至此，只得进言道：“陛下，既已有了银两赈灾，老臣还想为灾民们再求一个恩典。”

“老太师想求什么？”

“老臣恳求陛下免去受灾之地当年的赋税，好让百姓休养生息。”

李适微微一笑道：“老太师果然爱民如子，朕又何尝未想到。传旨，免去受灾之地两年税收，以安百姓！”

颜真卿听出李适话中不悦，但仍为灾民感到欢喜，拜道：“陛下仁爱天下，万民敬仰！”

李适点点头，道：“今日之事议毕，卿等退下吧。”

窦内侍传旨散朝。待群臣皆出了大殿之后，卢杞却仍旧没走，李适问道：“卢爱卿还有何事？”

“陛下，臣有一件事要向您单独回禀。”

“朕累了，若无要事，明日再奏吧。”

“陛下，此事与您那两位民间故友有关……”

李适正为此事烦闷，不由得道：“宰相何时对民间之人如此关心起来？”

“陛下看重之人，微臣自当关心。听闻他二人皆因故不能入宫伴驾。”

“正是，一个有病，一个有孕。朕即便是天子，也不能掌控生老病死之事。”李适语气中难掩落寞。

“有病可以医治，有孕也有瓜熟蒂落之时，陛下既然心中惦念，何不派御医前去探望诊治，以示关怀？想必您的两位故友必定深感皇恩，待好转之后，定会入宫叩谢隆恩浩荡。”

李适眉心一舒，笑道：“爱卿所言有理，故人有恙，朕自要派人慰问，只不过这几日被水患之事所扰，一时间忘记了。”他稍作思索，对窦内侍道：“去，将平日为朕请脉的御医派去湖州，为朕的两位故友诊治。”

“遵旨。”窦内侍领命下去安排。

李适道：“有卢爱卿在侧，真是令朕宽心不少啊。”

“能为陛下分忧，是微臣之幸，微臣告退。”卢杞说着退出殿外。

李适坐在空荡荡的大殿之上，望着殿外天空中偶然掠过的飞鸟，怅然一叹。

湖州的青塘别业，日子如苕溪之水，依旧恬淡平静地流过。

李冶自传旨官离去之后，总借口自己家事繁忙，让碧儿陪伴陆羽读书、研茶。这日陆羽读了半日书，见前来送茶的又是碧儿，不由得问道：“兰儿在做什么？”

“夫人她在为先生缝制衣衫，命我来送茶。”碧儿柔声道。

“我去看看她，”陆羽起身来到门边，又对碧儿道，“这茶你趁热喝了吧，别放凉了。”

“是……”碧儿笑了笑，望着他的背影既惆怅又有一丝甜蜜。这些日子以来，她陪在陆羽身边的时间渐多，两人也不似从前那般疏远，亲近了不少。

陆羽推开卧房的门，见李冶正一针一线极为用心地缝着一件内衫，便悄悄在她身边坐下来，默不作声地看着她专注的侧颜。李冶缝了一会儿，忽被针刺到了手，轻叫一声。陆羽忙抓过她的手道：“快让我看看！”见指尖流出鲜血，低头为她吮了吮，心疼道：“都缝了半日了，还不歇歇，你看，把手指都刺破了。”

“不打紧，刺破手指是常事。”李冶说着又要继续去缝，被陆羽一把夺过，扔在一边道，“我的内衫穿也穿不完，你急着缝它做什么？”

“闲来无事，多缝几件放着也好。”

“无事？难道陪我一起读书不是事？你近日来总是忙东忙西，难道是不想见我，故意找这些借口来敷衍？”

李冶笑道：“我怎会不想见你，又有哪一日没有在你身边？”

“不对，你最近一定哪里不对，”陆羽端详着她道，“从那次朝廷派人来传旨之后，你便与从前不同了，整日将自己关起来做活，是不是担心大明宫里的那一位始终放不过我们？”

“那我问你，若叫你从此离开湖州，去宫里做那个太常寺太祝，你会如何？”

“皇命难违，若真的非去不可，我也只好咬牙忍耐，硬着头皮去罢了！只不过，无论如何，我都不许你去做那个什么‘紫兰真人’。”他拥紧她道，“我费尽千辛万苦才将兰儿娶到，绝不允许你再穿回道袍！”

“人都说，我穿起道袍来，比平日更好看些。”

“这是哪个混账说的？不会是初晨吧，看我日后收拾他！”

李冶望着他温柔一笑：“你不许我穿道袍，我也不许你去做官。我只要你好好地待在这里，洒脱自在地活下去。”

“对，这里是我们的家，我们哪儿也不去！”陆羽盯着她依旧美丽的容颜道，“只要有你陪着，我哪儿也不去。我才不会去学那阮肇，好好的人间不留，却一心参破红尘，遁入虚无之中。”

李冶笑了笑，靠在他胸口没有说话。

日子平淡地过去。这日，京城传来旨意，李适派来的御医与内侍官已入湖州地界，不日便要到达。陆羽一听，顿时慌作一团，让李琼去妙喜寺中请皎然前来商量对策。皎然说可以给陆羽服些药物，造成患病之状，以蒙过御医。而李冶无法假孕，便只说不慎滑胎了即可，御医也奈何不得。陆羽觉得可行，便与皎然忙活起来。李玠见又有异动，便收拾好行装，打算一有什么不妥，即刻出发去广州给李复送信。

全家上下，只有李冶毫不慌乱，依旧每日缝制衣衫，将家里收拾得妥妥帖帖，只等着李适的人来。又过了三日，内侍官命人前来送信，说御医等人已在附近的驿馆下榻，明日便来青塘别业问诊探视。

陆羽在皎然的安排下，服了些药物，便觉得身子发虚，倒在床上昏昏沉沉地睡去。睡至半夜，迷迷糊糊间似做了一个梦。梦中李冶穿了一身道袍，坐在床前凝望了他许久，随后含泪道：“疾儿，我去了。碧儿会代我照顾你，你们好好相守。”说罢，又对着他垂泪良久，随后飘然而去。

他挣扎着要去追她，却被梦魇住，根本动弹不得，只得在心中拼命呼喊："兰儿别走，别走！姐姐，姐姐，姐姐！"

喊了许久，他见从李冶离去的方向，飘来一张诗稿，便在梦中一把抓住，颤抖着展开来看，笔法清逸，一看便是李冶的字迹，是一首诗，题为《八至》：

至近至远东西，至深至浅清溪。

至高至明日月，至亲至疏夫妻。

陆羽读罢，只觉胸口痛楚难当，撕心裂肺地咳了几下，一翻身从梦中惊醒。转身向床的另一半看去，空无一人。

六十、五镇起叛乱，君臣逃奉天

陆羽撑着病体，起身在家中找了个遍，所有人都被他的动静吵醒，来到院中。李玠披着衣衫问道："叔父，出了何事？"

"你们兄弟俩看见兰儿了吗？她有没有去你们那里？"陆羽已急红了眼，抓着他的肩膀道。

"这么晚了，婶母怎会到我们房中来？"李玠摇头道。

"那她会去哪儿呢？"陆羽兀自念叨着，一转眼看见站在角落里的碧儿，不由得眼前一亮，上前拉住她道，"我怎么没想到，她一定在你房里对不对？你们俩定是体己话说的晚了，她留在你那里睡下了，是不是？"说着便冲进碧儿的闺房去找人。

碧儿对发生了什么事最为清楚不过，见他如此失魂落魄，不免感到难过。这一刻她虽在心里反复练习了不知多少遍，不断告诉自己该如何冷静应对，但事到临头仍然感到难以承受。见他颓丧地从房中出来，双目失神地看着自己，只得暗暗鼓起勇气，上前对他道："夫人她，走了。"

"走了？大半夜的，她去哪儿？"

"去驿馆，见宫里来的人。"

"她去见他们做什么？我们不是已经准备好对策了吗？"

"夫人说，这办法躲得了初一躲不过十五，只有她入宫才可以解决。"

"入宫？她入宫做什么？"

“去做圣上想要她做的……”

“她……她要去做那个‘紫兰真人’？”陆羽越听越觉得双脚虚浮，眼前阵阵发黑，“我说过不许她再穿回那身道袍，她为何不听！”

“因为她知道圣命难违，”碧儿见他几乎站立不住，上前扶住他道，“先生，你服了法师的药，不能动气，否则真会闹出病来。我扶你先回去歇息，咱们慢慢说……”

“不，你就在这里与我说清楚！”陆羽拂开她的手，赤红着眼道，“原来你什么都知道，她要走你也知道，为何不早告诉我！”

“夫人吩咐，不能告诉先生。”碧儿边说边向李玠两兄弟使眼色。两兄弟会意，上来将陆羽扶回榻上。

陆羽却始终死死盯着碧儿，问道：“她不让你说你便不说，是吗！”

碧儿点头：“是。”

“好，好！你的主意越发大了，连此事也敢隐瞒！”他越说越恼，伸手指着她道，“如今兰儿当真走了，我问你，你安的什么心，安的什么心？”

碧儿强忍着心头的委屈、痛楚，面对他的责难，硬是一声也不出。

“说话啊！你说话啊！”

碧儿流着眼泪，还是一言不发。

李玠见闹成这般，出言劝道：“叔父，此事不能怪姨娘，您消消气，咱们想想还有没有办法。”

“对，对，想办法……”陆羽捶着发烫的额头，想了片刻，对两兄弟道，“她刚走不久，此时恐怕还在驿馆，你们这便去将她寻回来，快去！”

“是，我们这就去！”李玠站起身，与李琼一起出门而去。

他二人走了，屋里只剩下倒在榻上的陆羽与碧儿两人。碧儿见他脸色苍白，浑身滚烫，便拭干眼泪，去拿了热巾来给他擦额头，却被他狠狠一把推搡开道：“走，你走！”

碧儿险些被他推倒，稳住身子，来到榻边坐定道：“从今日起，无论先生如何赶我，我都决计不会离开。”她说着，也不管他如何抗拒，一边用热巾给他擦着额头，一边道：“这是夫人与我的约定，你不答允也无用的。”

“兰儿与你的约定？”

“对，夫人让我留下来照顾你，让我们两个……好好相守。”

陆羽心中一颤，想起方才所做的梦，梦中李冶说了同样的话。他知此事必不为虚，却仍自不甘道：“她以为将你推到我身边，便可以一走了之了吗！无论她做了什么安排，我一句也不听，一件也不从，你还是死了这份心……”

碧儿只作不闻，又去煎了热茶来给他喝，被他拂去了也不理，只是凭着耐心给他喂茶擦身，服侍他退下了些烧热，又昏昏沉沉地睡过去，才坐下来长舒一口气。靠在榻上迷糊了不知多久，李玠两兄弟从外面回来，将她惊醒。

“怎么样，见到夫人没有？”

“没有，我们赶到驿馆时，宫里的人已经不在了，说是连夜回京去了。”李玠道。

碧儿看看仍在昏睡的陆羽，对李玠道：“我仍是放心不下，劳烦你去广州一趟，给李大人送个信。”

“我早就收拾好行装了，”李玠嘱咐李琼道，“你照顾好这里，我这便动身。”

“兄长放心。”

李玠不再多言，骑马向广州而去。

一个月后的长安城，芙蓉园里轻歌曼舞，仙乐飘飘，李适坐在紫云楼里观赏歌舞，身边围坐着几个番邦使臣进献来的美姬。美姬们个个美艳迷人，婉转的身姿在李适面前又是劝酒，又是献舞，可他却始终一副意兴阑珊之态，目光时不时看向宫殿一侧端坐的一人身上。那人一身道袍，手执拂尘，在蒲团上静静坐着，口中低诵着经文，与周遭的一切格格不入。她正是入宫不久的“紫兰真人”李冶。

李适饮了半晌，见她连眉梢也未动过一下，不由得心中烦躁，挥退缠绕在身侧的美姬，来到李冶面前道：“真人诵经也有半日了，朕在一旁坐着，也不与朕谈谈道法吗？”

李冶停住诵经，淡淡地道：“陛下想谈什么道法？”

李适在她对面的蒲团上坐下道：“道教乃我大唐国教，今日便论一论《道德经》吧。”

“遵旨。”李冶面无表情，将自己所知侃侃而谈，令李适不由得暗暗钦佩。听了许久，李适只觉头昏脑涨，便开口道：“罢了，经便论到这里，朕想与你聊聊别的。”

“贫道只论道法，不谈凡尘之事。”李冶垂着眼道。

“你，你从前不是如此，怎么这次进宫以后，却成了这副模样！”李适气恼道，“还有，朕已命你在此处不必拘礼，你我还是往日相称，不好吗？”

“陛下如今已是天子，贫道不敢逾礼。”

“此处是芙蓉园，不是大明宫，也不是朕的后宫内院，朕只想与你像往日那般相待，难道不可以吗？”

“陛下，许多事情因缘一过，便再也回不去了。”

“朕是天子，朕要你现下就变回当初的兰姐姐！”

“敢问陛下，你还是曾经的那个沈念之吗？”

“我……”他被问得一愣，正待说话，却听殿外传来欢快的笑声，唐安公主在侍女的簇拥下走进来道：“女儿参见父皇。”

他忙端正姿态，对公主道：“安儿今日在园中游玩得如何？”

“杏园的花开得美极了，女儿想请紫兰真人一同去观赏。”公主道。

李冶进京以后便被安置在芙蓉园中，与后宫诸人不在一处。此处平日里除了李适巡幸之外，便只有唐安公主被特准随意出入。公主聪敏好学，自从见了李冶之后，便时常来向她请教道法，谈论诗词。两人不知不觉间亲近起来。

李适见公主与李冶交好，心中虽感诧异，但还是道：“那你们便去吧。”

“多谢父皇将真人让给女儿。”公主欢喜道。她与李冶正要出殿，却听窦内侍在外通传道：“陛下，兵部尚书有紧急军务启奏，此刻就在殿外！”

李适心头涌上一丝不祥的预感，道：“传他进来。”

片刻后，兵部尚书慌慌张张进得殿来，拜道：“启奏陛下，朝廷派去平叛的南平郡王李希烈，勾结叛乱的节度使，起兵谋反了！”

李适大惊失色：“什么？你说李希烈反了？”

“正是，他此前表面上讨伐叛军，实则早与他们暗中勾结，如今更是集合五镇节度使，一起反叛了！”

“那反叛的五镇节度使，都是何人！”李适又恨又怒道。

“乃淮西节度使李希烈、魏博节度使田悦、成德节度使王武俊、淄青节度使李纳，还有此前叛乱未成的幽州节度使朱滔。”

“这群乱臣贼子，乱臣贼子！”李适拍案而起道，“兵部立刻拟出平叛人选，速速召集众臣，到大明宫议事！”

“臣遵旨！”兵部尚书领旨而去。

李适顾不得其他，起驾匆匆而去。

李冶与公主惊魂甫定，赏花之兴顿消。两人结伴出了紫云楼，刚一下楼，便见一人跪在楼下，从状态来看，显是已跪了许久。李冶觉得此人分外眼熟，仔细一看，原来是被软禁于京城的朱泚。方才听兵部尚书所言，朱泚之兄朱滔也在叛军之列，想必他此番是来请罪的。可李适的御驾已走，他仍旧跪着，定是被李适罚跪思过。

公主不识得朱泚，上前道："父皇已经走了，将军为何还跪在此处？"

朱泚听见女子的轻柔之声，抬眼相看，只见面前立着两个美貌的佳人，一个是温柔端丽的公主，一个便是他惦记了多年的李冶。两人一个青春明丽，一个风韵动人，站在一起竟出奇地神似，直看的他心痒难耐，恨不得立刻将这二美据为己有。

公主见他看着自己发愣，便也不愿再与他多言，对李冶道："我心中烦乱，想到真人所居的凉堂坐坐，听你讲讲经。"

"公主请吧。"李冶引着她向水畔的凉堂而去。

朱泚见她二人走远了，顷刻间从地上站起身，盯着美人的倩影，计上心来。

李适摆驾大明宫，与群臣商议如何平叛之事。兵部尚书建议朝廷下旨，命各地节度使带兵成掎角攻讨五镇，并任命一代名将哥舒翰之子哥舒曜为淮西副招讨使，前去讨伐叛军。

即便如此，李适仍感到异常恐惧。当日安史之乱的惨状，噩梦般又一次出现在眼前。一夜之间，玄宗仓皇出逃，长安城被叛军攻占，自己的母亲沈妃流落民间，至今生不见人死不见尸……

"陛下，陛下！"卢杞见他两眼发直地呆坐着，上前道，"陛下，朝臣们都等着您下旨呢！"

李适强打起精神道："就依兵部尚书之言，派哥舒曜前去讨逆！"说罢又询问卢杞，"宰相还有何办法，可速退叛军？"

卢杞不假思索，微微一笑道："陛下，臣有一计，可不战而屈人之兵。"

"是何妙计，爱卿快快讲来！"

"上兵伐谋，攻心为上。而这攻心的最上乘之法便是以德服人。"卢杞义正词严地道，"放眼满朝文武之中，只有一人德高望重，一身正气，可以做到以德行震慑叛贼，那便是从玄宗起便服侍大唐四朝帝王的颜老太师！当年安史之乱，是颜太师在平原郡首唱大顺，以义军盟主的身份抗击叛军。吐蕃入侵，又是颜太师向先帝请命，要去感召叛军归顺。如今又逢国家危难，若颜太师肯持天下大义，到叛军首领李希烈处传达朝廷安抚劝降之意，想必那些乱臣贼子只要见了老太师之面，就能被其浩然正气所折服，愿意痛改前非，归顺朝廷，岂非上上之策？"

他这番话一说完，满朝之人皆大惊失色。以颜真卿年近八旬之高龄，如何能让他身陷敌穴，去做什么劝降官？何况，李希烈等贼凶残至极，他这一去恐怕便只有死路一条！

唯独李适听了这番话后，仿佛黑暗之中看见了曙光，如抓住了救命稻草一般。或许是从他少年流落民间开始，颜真卿便总有一种化腐朽为神奇的力量，让他从未失望过。颜真卿的忠贞之志、爱民之心虽然总让他感到压力与不喜，但他对这一点从未怀疑过。他深深以为，只要颜真卿出马，这一次也同样能为风雨飘摇的大唐振臂一呼，力挽狂澜……

群臣之中，许多人出言反对，劝阻李适千万不可听从卢杞之言，使国家白白失去一位国老。只有颜真卿神色泰然地注视着李适脚下的玉阶，静静等待着他的裁决。

朝堂上的议论之声渐渐安静下来，李适终于下旨道："朕特命太子太师颜真卿为宣慰使，即日前往许州，劝降李希烈。"

旨意一下，所有人的目光皆投向这个满头白发的老人。只见他从容地正了正冠帽，毅然地走上前，对着龙座之上的李适深深一拜道："老臣遵旨，陛下保重！"

颜真卿离京之后，没多久便传来战报，哥舒曜讨伐不利，战事危急，朝廷的军费也越发紧张起来。此时卢杞与赵赞又向李适建议，向百姓增收两项重税，以补充军费之需，一时间民怨鼎沸。

此时战场传来消息，颜真卿在劝降李希烈之时，面对叛贼架起的熊熊火堆及挖好的几尺深坑，毫不畏惧，大义凛然，痛骂叛贼之罪状，终被穷凶极恶的叛贼缢杀而死，壮烈殉国。

李适闻之大恸，罢朝五日，举国哀悼。

李希烈等贼气焰更盛，李适只好调动泾原兵马前去救援。这泾原大军原是朱泚麾下，长途跋涉来到长安勤王，希望得到朝廷的奖赏。谁知朝廷仅以粗茶淡饭打发兵将，大军顷刻哗变。

李适这夜正在王贵妃处准备安寝，接到兵部急报，泾原大军在长安城外叫嚣，要闯进宫中，抢走奇珍异宝，以平激愤。李适吓得一个激灵坐起身道："速去传旨，赏赐泾原兵将绢帛二十车，命他们快快止戈！"

兵部尚书速速而去。然而为时已晚，兵将们已冲到朱泚的府中，纷纷表示要拥立他为新帝，攻占长安。

李适待兵部尚书走后，仍觉不安，窦内侍上前道："陛下，这泾原大军原是朱泚麾下，若他们此时拥立朱泚为帅，倒戈相向，那长安城便危在旦夕了！"

"这……这可如何是好？"李适一时乱了分寸。

“还是速传宰相前来商议对策吧！”

“对、对，速召卢杞入宫！”

“遵旨！”窦内侍去召卢杞，李适对王贵妃道：“不行，不能这样干等着，要做好离宫的准备！”

“陛下，当真要逃吗？”王贵妃惊慌道。

“此乃权宜之计，”李适想了片刻道，“你去将后宫众人都召集起来，皇子皇女都召进宫中。尤其是安儿，传她与驸马速速前来！还有，还有芙蓉园里的紫兰真人，也召到这里来，快去！”

“是，臣妾这便去！”王贵妃忙领命而去，待向所有人皆传过旨意之后，却独独没有给李冶送信。

唐安公主最先得到消息，正准备入宫，却想起芙蓉园中的李冶，问传旨官道：“你等给紫兰真人送信了吗？”

传旨官摇头道：“贵妃娘娘并未吩咐。”

公主叹道：“母妃好生糊涂！”随即唤了驸马，两人骑马先往芙蓉园而来。

到了芙蓉园的凉堂之外，公主对驸马道：“你守在外面，我去叫真人出来。”

驸马守在门外，公主进屋唤道：“真人，快收拾一下，随我入宫！”

李冶正在打坐，见她慌张而来，问道：“公主，出了何事？”

“泾原大军叛乱了，就在长安城外，快随我入宫！”

“好……”李冶正要随她出门，只听门外一声惨叫，公主脸色陡变，惊呼道：“驸马！”正要冲出去看时，却见一个身材魁梧之人迈进门道：“哈哈，竟然两个美人儿都在，真乃天助我也！”他手里提的剑上沾满鲜血。此人正是朱泚。

“你，你杀了驸马？”

“不杀了他怎么带你走？”

“驸马……”公主两眼一黑，软倒在地。

“公主！”李冶护在她身前，对朱泚道，“将军，我随你走，求你放过她！”

“这可不好商量，虽说本将军最想要之人是你，但这公主既然送上门来，岂有不收之理？”

李冶心中快速想着对策，对朱泚婉言道：“我虽无缘与将军相识，但也曾听闻将军乃雄才伟略之人。当年太子府的宴席之上，将军那一首诗曾令我十分仰慕，今日只要将军肯放了公主，要我做什么都可以！”

朱泚眯眼看着她道：“那你此刻便作首情诗来与本将军听听。”

“好，”李冶稍作思索，随后吟道，“人道海水深，不抵相思半。海水尚有涯，相思渺无畔。”

“好诗！你这是在思念你的夫君，还是那个冷漠无情的皇帝？”

“将军以为是何人便是何人。”

“如此才貌双全的绝代佳人，被那糊涂皇帝放在这里，实在是暴殄天物……”朱泚说着要去抚摸李冶的面颊。李冶避开他道：“我已作了诗，将军是否守约放了公主？”

“你们女人，总是太天真！”朱泚说着一手抓住一人，哈哈大笑道，“两位美人儿，随本将军回大营！”

公主清醒过来，见被朱泚攥着玉手，恼恨道：“逆贼，你放开本公主！”

“本将军偏要将你带走，好让你那个父皇看看，囚禁我在京城的下场！”

唐安公主仍自挣扎着，却被朱泚不管不顾地拖到外面的一驾马车之上，将她与李冶关了进去。

大明宫中，李适与卢杞等人商议已毕，决定连夜出城，奔向奉天。出发之前，王贵妃一直不见唐安公主与驸马前来，心急如焚。李适得知此事，虽也万分着急，但时间已不容许他们有丝毫拖延，只得一咬牙，在宦官内侍的随同下，向奉天逃去。没多久，朱泚率领泾原大军，攻占了长安……

一年之后的兴元元年（公元 784 年）六月，自立为帝的朱泚被部下所杀，德宗李适于七月返回长安，五镇节度使叛乱终告一段落。唐安公主与驸马在此难中双双身亡。满目疮痍的皇宫之中，只有李冶毫发无损，幸免于难。

一身狼狈、满腹仇恨的李适重回宫中，坐上高高的龙位，第一句话便是对窦内侍道：“去，将妖女李冶锁拿上殿，朕要好好问一问她！”

六十一、清白蒙污垢，高洁受谗陷

李冶身带枷锁，被窦内侍亲自押上大明宫宝殿。李适阴冷着脸，一拍龙书案道：“好个妖女，见了朕还不下跪！”

窦内侍一把将李冶推倒在地，啐道：“红颜祸水！”

李冶跪在殿前，只是闭目不语。

李适见她面不改色，冷喝一声道：“妖女，你可知罪！”

李冶仍是不答。

“不说话是不是？好，朕问你，朕的安儿是怎么死的？！”

李冶镇静地道："公主冰清玉洁，不堪逆贼羞辱，玉碎而亡。"

李适痛心疾首，狠狠地指着她道："你告诉朕，朕的安儿为何会与你这个妖女在一起？你用了什么妖术蛊惑她？你们两个同被掳去，为何死的是她，而不是你，不是你！"

李冶悲凉一笑，仍不作答。

窦内侍一脚将她踹倒，咬牙切齿道："公主乃陛下钟爱，都是你害死了她！"

此时王贵妃也从后宫跌跌撞撞而来，上前撕扯、打骂着她道："贱人、灾星！你怎么早没被毒死，又混到宫中来，害死了本宫的女儿，你这个祸害，祸害！"

李冶被他二人打骂着，忽而忍不住哈哈大笑起来。

李适气得浑身发抖道："疯了，她已经疯了！"

李冶笑了几声，抬眼看向宝座上的李适道："陛下，害死公主的并不是我，而是您的贵妃娘娘，公主的生身之母！"

"你还敢污蔑贵妃娘娘！"窦内侍伸手又要去打，被李适制止道："让这个妖女把话说完。"

李冶直起身道："陛下离宫之日，是否命贵妃传旨于我，让我入宫避难？"

"朕是鬼迷了心窍，才会想着去救你！"

"多谢陛下厚爱，可我却根本没有接到任何旨意，直到公主听闻无人与我送信，这才与驸马一起到芙蓉园中救我离开，没想到竟与前来劫我的朱泚遭遇，驸马当场被杀，公主也在被掳走的途中自刎而死。而这一切都是因为她的母亲一心害人，没想到最终却害到了自己女儿头上！"

王贵妃一张脸扭曲如鬼魅，尖声道："你胡说，本宫怎会害死自己的女儿，都是你，是你用妖术迷惑了她，让她鬼使神差地去找你！像你这种贱人，根本就不应该被救！"

"这么说，贵妃是承认并未派人给我送信了？"

"呸！你这个勾引陛下的贱人，从在鲁王府时你就一直纠缠陛下！我真是后悔，没有在太子府里毒死你，没有一刀杀了你，让你活到今日！"

李冶不理会她，转而冷冷地看着李适道："陛下，当日在太子府中，我被人下毒暗害，险些丧命。陛下却只用一个侍女的死将此事草草了结。方才你也听见了，贵妃娘娘当着众人之面，承认是她下毒害我，此事又该如何处置？"

李适听了李冶之言，心中暗悔，只叹王贵妃一生机关算尽，却害人终害己，搭上了公主如此至纯至善的一条性命。又听李冶提起当年之事，那次也是自己愧对她，不由得斥责王贵妃道："你一个后宫妇人，到朝堂上来做什么？安儿之死，你也有逃脱不了的罪责！这么多年，朕对你的姑息纵容还少吗？"

王贵妃从未被李适如此责骂训斥，想起公主之死，心中又羞又恨，更将满腔怨愤都投在李冶身上，指着她污蔑道："陛下知不知道，这个贱人当年在太子府中时，就对宴席上的朱泚一见钟情。臣妾听芙蓉园中幸存的宫女说，她在被朱泚掳走时，曾当场为他作了一首情诗，说什么海水再深也不及对朱泚的相思深，说她一直忘不了朱泚的英雄气概。说不定，他二人在那时便已勾结在一起，图谋大唐的江山了！"

李适听闻此事，登时被妒恨冲昏头脑，一拍龙书案道："好，好！枉你一直装得如此清高，一次次拒朕于千里之外，原来是看上了朱泚那个逆贼！真是个不折不扣的贱人！"

李冶冷冷地看着王贵妃道："在你这种人的心中，世上便只有肮脏、龌龊之事，因为你的内心便如人间炼狱。你知道那日我为何给朱泚作诗吗？是为了救公主！我只盼着朱泚听了我的诗，心中一欢喜，便能放了公主，没想到他却毫不手软，将对朝廷的愤恨都发泄在公主身上，定要将她掳走。公主不愿受辱，才在途中自刎而亡！"

王贵妃听罢脸色陡变，却仍不甘心道："不可能，你这个贱人怎会如此好心！怎么会救我的安儿！一定是你与朱泚勾结，故意害死了她！"

"公主的在天之灵会为我做证。你如此污蔑于我，就不怕她魂魄不安吗？"

"安儿，本宫的安儿……"王贵妃此时已陷入癫狂，"你的心为何这么好，为何要去救那个贱人！你难道就舍得母妃吗！"

"你闹够了没有！"李适实在看不下去她如此发疯，对窦内侍道："去，将这个女人带回后宫去，不经传召，不许擅离！"

"是……"窦内侍只得拉扯着王贵妃退下。

朝堂上静了下来。经此一闹，李适心头的戾气消去几分，但仍恼恨李冶连累了公主，而且长安失陷这么久，李冶被朱泚所掳，竟毫发无损地活到如今，定与朱泚有了苟且之事。想到此，他冷笑一声道："安儿不愧是朕的公主，宁为玉碎不为瓦全。朕倒是想知道，一向自诩清高的你，难道不知以死殉国的道理？你的贞操又到哪去了！"

李冶道："我与朱泚从未有过不洁之事。他将我掳走后，便一直忙于战事，根本无暇分身。我坚持着活下来，便是想看见陛下收复长安这一日。没想到，陛下回朝，第一个容不下的人竟然是我！我倒想问一问陛下，君王不能守国门，却要女子守贞操；朝臣不能死社稷，却让女子守节烈；男人不能保江山，却都怪在女人身上，说女人是妖孽，是祸水。陛下今日不问国家大事，却来向我一个女子兴师问罪，难道不觉得荒唐吗？”

“大胆！竟敢口出狂言，污蔑陛下！简直大逆不道！”一直没发话的卢杞喝道。李适从奉天仓促而回，今日朝堂之上只有稀稀拉拉几位官员。

李适听她如此振振有词地回敬，恼怒陡升，恨道：“你与朱泚勾搭成奸，祸乱朝纲，实乃罪大恶极，朕恨不得杀了你！”

“要杀要剐悉听尊便，早在当日入宫之时，我便没指望活着回去。陛下能坐视他人毒害我一次，便能以任何缘由再杀我第二次。”

“你当真舍得死吗？”李适讥笑道，“别说得如此大义凛然，恐怕你一心保住性命，巴望着有朝一日与陆羽团聚吧！”

“陛下有何脸面言及此事？”李冶直视他道，“在你心里，何曾将他当作你的兄弟、朋友看待？他不过是你流落民间时的一个随从，是你借种茶兴国之策向先帝表露才干的工具，是给你煎茶奉茶的用人，是你向天下人显示不忘旧情的幌子，否则你便不会毫无愧疚地夺走他最心爱的女人，再将他弃若敝屣一般！”

“放肆、放肆至极！”李适拍案大怒。此时窦内侍慌慌张张地跑上殿来道：“陛下，不好了，王贵妃在宫中自缢了！”

李适一惊，起身道：“人救下了吗？”

“宫女们已经将贵妃救下了，但人还是昏迷不醒。陛下，您还是过去看看吧……”窦内侍道。

“这一切都是她咎由自取，朕不想见她！”

“您不为了贵妃，也要为太子想想。这次平定叛乱，太子功劳不小，如今这身上的伤还没好呢……”窦内侍提醒道。

李适叹了口气：“罢了！带朕过去看看。”他走了几步，又转身指着李冶道，“将这个妖女押入天牢，朕回头再审她！”

“遵旨。”窦内侍命殿上侍卫将李冶押了下去，自己引着李适来到王贵妃的宫中，只见她正倒在榻上，身边御医、宫人围了一圈。

李适来到榻前，见她面色惨白地昏死在那里，便问御医道：“贵妃如何了？”

御医道：“回陛下，贵妃娘娘虽暂无性命之忧，但受惊过大，身体受损严重，还需好好调养才是。”

“那便调养吧。”李适冷冷地说罢，也不理会王贵妃，拂袖而去。

自此以后，王贵妃身体每况愈下，没过多久便一病而亡了。

重回长安，面对战后一片萧索的大唐，李适不知从何着手，召集群臣商议对策。卢杞因为政失误，导致社稷危难，更进谗言害死了颜真卿，遭到朝臣多次弹劾。只有李适仍对他信任有加。卢杞深知如今国库空虚乃李适关心的头等大事，也是保住自己的官位，中饱私囊的途径，便向李适进言道："陛下，臣有一法可解如今的财政之危。"

"宰相有何建议？"

"便是改革茶税，推行榷（专营专卖）茶法。"卢杞道。

他话音刚落，户部尚书便道："宰相大人难道忘了此前之事？叛乱刚起之时，宰相与赵大人向陛下建议增收两项重税，导致民怨鼎沸，险些激起民变。如今这叛乱刚刚平定，你竟还要征税，难道不怕再惹事端吗？"

朝臣中多人出言反对，卢杞道："户部不要忘了，便是这两项税收使军费得以维持。非常之时当行非常之法，何况如今已废除了两税，百姓得以休养生息，又怎会生怨呢？"

"那请问，宰相大人所说的榷茶法又是什么？"户部尚书问道。

"那便是将茶田收归朝廷，实行茶叶专卖。"

李适问道："如何专卖？"

卢杞回道："朝廷可下令，命茶农将所种的茶树移栽到朝廷圈定的地点。每年采摘茶叶之后，便直接在官场中制茶，之后由官府进行专卖。茶农家中积存的旧茶饼一律焚毁，严禁私卖。这样，茶叶所赚取的所有收入便都归朝廷所有了。"

"敢问宰相，茶农失去了赖以生存的茶田，又该如何生存？"一名朝臣问道。

"朝廷可令茶农在茶场中服役，由官府发给他们工钱即可。"

"陛下，如此做法恐将激起茶农怨愤，不可啊！"又一名官员道。

"是啊，请陛下三思！"户部尚书也附议道。

李适听了他们之言，一时不知如何是好，沉吟不语。

卢杞看出他内心的摇摆，开口道："陛下，一年的矿税，也抵不过一县之茶税啊……"

李适心中一动，却仍犹豫道："茶税虽丰厚，但几位卿家的顾虑也不无道理。如今叛乱初定，这榷茶法一时间恐难以推行。"

卢杞知道李适担心的是什么，对此已早有准备。他不慌不忙地从怀中掏出一物，呈在李适面前道："臣近日得到一物，呈给陛下一观。"

李适不知何意，接过一看，是一个瓷制的人偶。人偶布衣打扮，手持一本书卷，上写“茶经”二字。他一时不解，问卢杞道：“这是何物？”

“这是一个瓷偶人，”卢杞道，“不过这可不是普通的瓷偶人，它有一个响当当的名号。”

“什么名号？”

“乃‘茶神陆羽’。”

“茶神？”李适眉头一紧，端详着手中的瓷偶人道，“这人偶有何用途？”

“回陛下，赵赞征收茶税之时，在各地的茶山、茶肆，甚至茶农的家中都见过此物。他初时不解，一问才知，如今天下茶人已将陆羽奉为茶神，家家户户都将这瓷偶人供奉在炉灶两侧，时时祭拜……这还不止，许多地方每年惊蛰、清明的喊山开茶节，已将祭拜神农氏改为了祭拜茶神陆羽。茶农们在茶山上准备好祭品，顶礼膜拜，其场面之盛不亚于满朝文武山呼万岁之景啊！”

“当真有此事？”李适心头浮起阵阵寒意。

“臣绝无半点虚言，陛下可派人到民间查实。”

“茶神……”李适的脸色阴冷起来，“这么多年他在民间不声不响，朕以为他淡泊名利，超然物外，没想到竟已被茶农推上神坛了……”

“啪”的一声，李适将手中的瓷偶人狠狠向地上砸去，登时碎裂一地。盯着满地碎片，他阴戾地道：“好，好，他是茶神，受万人敬仰，而朕却是辱国之君，非但四方叛乱不止，就连他的女人也敢肆无忌惮地嘲笑于朕！朕今日算是明白了，枉顾当年之情的并非是朕，而是他们夫妇二人！”

卢杞见李适震怒，知道奸计已成，继续说道：“既然他们有不臣之心，陛下也不必再顾念旧情。臣有一计，既可顺利地推行榷茶法，又可从茶农心中彻底推倒这尊‘茶神’，不知陛下可愿一试？”

“说！”

卢杞道：“其实推行榷茶法，大可不必由朝廷出面。陛下可召陆羽为榷茶使，让他出面说服茶农，推行此法。以他在茶农中的威望，必定事半功倍。”

“若他仍旧不肯领旨呢？”

“陛下，他的女人不还被关在天牢里吗？”

李适听罢冷笑道：“好，既然她没死，朕便让她好好看看，她爱了一生的男人，在名利、生死面前，会做何抉择。朕要让他们知道，这天底下没有朕征服不了之人！”他起身对卢杞道：“传朕旨意，封陆羽为太子文学，兼领榷茶使，即日入朝为官……若不奉诏前来，朕便杀了李冶！”

“臣遵旨。”卢杞道。

月色寒潮入剡溪，青猿叫断绿林西。

昔人已逐东流去，空见年年江草齐。

湖州青塘别业，满院萧索凄凉。陆羽这日接到了李适的圣旨。

自李冶离去之后，他便一病不起。多亏碧儿在一旁悉心照料，才渐渐有了些起色。谁知刚好一些，外面又传来朱泚攻占了长安，颜真卿死在李希烈贼营中的消息，令他一时间心中大恸，病情反复起来。直到叛乱平定，他这才病体初愈，准备动身到长安去寻李冶，不料竟接到这样一纸圣命。

"先生，你真的要去？"碧儿万般不舍道。

"到了今时今日，我还逃脱的了吗？"陆羽攥着圣旨，心中无限悲凉。

"可是你若去了，夫人所有的牺牲便都功亏一篑了！"

"兰儿她已背负了太多不该背负的东西。剩下的事情，必须由我自己面对！"

"如今事态不明，不如我们再等等，说不定过几日便有转机了。"

"你不必再出言相劝，我已下定决心了。"

碧儿见他心意已决，只得道："既然你一定要去，我也不再阻拦。但是玠儿已经去广州送信，李大人如今可能已在赶来的路上，等他来了再去不迟。"

"等不得了，我这便上路。你与琼儿看好家里。"陆羽与她说罢，又对李琼嘱咐了几句，上前对等候在外的传旨官道："走吧。"随后两手空空，出门而去。

碧儿追到门外，立在萧瑟的秋风之中，望着他远去的单薄背影。不知为何，一种强烈的不安与恐惧深深攫住了她的心。

六十二、出尘真仙子，慈悲至圣人

大明宫，这是陆羽平生第二次踏入此地。立在恢宏的殿宇门前，回身向下望去，金雕玉砌的台阶在日光下闪耀着光芒，刺得他睁不开眼。从竟陵西湖边的芦苇丛里到今日以他自己的名字站在大唐王朝的中心，这段距离，他走了将近一生。人生当真不可思议，谁能想到当年那个孱弱可怜的弃婴，会有今日这番光景。又有谁能预知，迎接他的将会是怎样的命运？

他愣神的工夫，一旁的宴内侍催促道："进殿吧，陛下正在等着你。"

他镇定精神，步入大殿。

李适龙袍披身，高坐于宝座之上。一个身穿道袍的女子，带着重枷跪在殿下，是李冶。堂上只有寥寥几位朝臣，为首的是宰相卢杞。

窦内侍高声道："还不叩见陛下！"

"草民陆羽，叩见陛下。"陆羽在李冶身旁跪下。两人相视一眼，心中平静。

"陆羽，朝廷已封你为太子文学，兼领榷茶使，你却仍以草民自称，莫非存心抗旨不成？"卢杞冷喝道。

陆羽收回望着李冶的目光，对卢杞的责难毫不理会。

李适已有二十年未曾与陆羽相见。今日见他一身布衣跪在殿下，面容清癯，两鬓斑白，与记忆里的那个人相去甚远，不由得心头一震。原来他们都不再年少了……他兀自恍惚着，身侧的窦内侍道："陛下，人到了。"

李适清清嗓子，问道："殿下何人？"

"草民陆羽。"陆羽答道。

"朕特封你为太子文学，入东宫为官，此乃莫大的荣耀。你难道不愿为朕的太子效力吗？"

"草民乃山野之人，才疏学浅，实在难堪重任，还望陛下另觅贤才。"

"朕觉得你便是贤才，否则天下茶农也不会将你视为'茶神'，顶礼膜拜。放眼天下，何人能有你的本事，可以在活着时便被百姓'封神'！"李适冷冷地道。

"草民不知陛下此言何意。"

"不知何意？你看看这是什么！"李适说着，将一个瓷偶人摔在陆羽面前。

陆羽看了一眼摔得粉身碎骨的瓷偶人，平静地道："陛下，这是再寻常不过的一个瓷偶人，只是茶农们日常生活中的一个消遣罢了。"

"消遣？"卢杞奸笑道，"那他们将这瓷偶人放在炉灶上供奉，放在茶山上祭拜，又该做何解释？"

"茶农们错爱，只因草民的茶道二十四器与《茶经》对他们有那么一点儿裨益罢了。他们所供奉祭拜的并非草民，而是他们心中至高无上的茶树，是滋养了万物的大地，是他们祈求的丰收与富足，是他们敬畏的信仰与真理。这些皆与草民这个不起眼的肉体凡胎毫无关系。"

"你方才之言，分明是将自己与天地神明相提并论，根本没将陛下放在眼里，实在是狂妄至极！"卢杞喝道。

"草民绝无此意。"

李适的面色阴晴不定，卢杞继续煽风点火道："陛下，此种狡辩您听的还少吗？当年的安禄山、史思明，如今的李希烈、朱泚，曾经不都是一副忠臣良将之态吗？结果呢，个个包藏祸心，谋逆叛乱，危害社稷。依臣看来，这陆羽便与他们是一丘之貉！”

李适想起此前的叛乱，心头立时布满阴云，开口道：“既然你说自己并无不臣之心，那为何一再不接受朝廷的征召，难道朕的官便如此做不得吗？”

“草民自小而孤，一直生长在山野之间，只会种茶、煎茶这等粗事，对朝政大事一窍不通，实在担当不起如此重任。”

李适道：“好，你不愿做太子文学也可，但这榷茶使却非你不行。”

“敢问陛下，榷茶使的职责是什么？”

卢杞道：“本相来告诉你。”他将榷茶法对陆羽说了，随后道：“以你在茶农中的威望，推行此事必定手到擒来。怎么样，现在可以接旨了吧？”

陆羽听他说完这所谓的榷茶法，心头的火焰越燃越高。每年的贡茶已令茶农们不堪重负，艰辛无比。每每思及此事，他都深深怀疑自己当初一力推荐贡茶，究竟是对还是错。而今日卢杞所说的榷茶法，更是要将茶农们赖以生存的茶田、茶树全部夺走，连积蓄的茶饼也要一把火焚毁。失去了这一切的茶农，又该如何活下去！

想到此，他看向龙座之上的李适道：“陛下可曾听过一首诗？”

“何诗？”

“吴民吴民莫憔悴，使君作相期苏尔。十日王程路四千，到时须及清明宴！”陆羽道，“这便是民间流传的贡茶诗。陛下当年曾与草民一起在民间访茶，茶农们的辛苦陛下也曾亲见。如今每年的贡茶已令他们苦不堪言，若再推行榷茶法，便如夺走他们的命根子一般。茶农们一旦失去了生存之本，恐怕会民怨深重啊！”

“大胆陆羽，竟敢作诗讽刺陛下！陛下身为一国之君，难道不懂如何爱民，需要你来提醒？”卢杞厉声道，“依本相看，便是你作诗诽谤朝廷，在民间兴风作浪，搅弄是非，意图不轨！”

李适的脸此时已阴沉无比，盯着陆羽道：“这么说，榷茶使你也不愿意做？”

“草民非但不会去做这个榷茶使，还要劝告陛下，万万不可听信宰相之言，此法一行，必会给社稷带来祸患！”

卢杞只恐奸计不成，故意出言挑唆道：“你少在这里危言耸听！你不过是想迷惑陛下，好让他放了你与这个妖女，两人一起远走高飞吧！”

一提起李冶，李适不由得冷哼一声，指着她道：“你知不知道，你心心念念的兰儿，实则是个水性杨花的女人。她为了苟活下来，竟与叛贼朱泚私通，淫乱宫廷！”

陆羽不假思索地道：“兰儿绝不会做出此事，还请陛下不要侮辱她！”

卢杞哈哈大笑道：“看来你也被蒙在鼓里，她早在东宫之时，便已与朱泚勾搭成奸了！”

陆羽激愤地指着卢杞道：“宰相休要血口喷人！”

李适冷笑道：“亏得朕一直将她视作冰清玉洁的女子，想要好好呵护，宠幸于她，没想到却是个不折不扣的贱人！”

陆羽乍闻此言，只觉心中被狠狠一击，难以置信道：“陛下，你竟然对兰儿……”

“是，朕是曾经在意过她，但那不过是因为她与我母后有那么几分肖似。可惜她不识抬举，辜负了朕，因为她生就是个不洁之人！”

“所以兰儿才会在太子府被人毒害，所以你才会一而再，再而三地召她入宫，所以她才会为了保护我而只身犯险，原来这一切都是因为你想要得到她！”

“朕乃天下之主，什么样的女人不能拥有？”

陆羽只觉前所未有的寒凉，心灰意冷道：“陛下，你忘记了当初的志向。曾经的你以振兴大唐为己任，崇尚节俭，励精图治。可现在的你，已经深陷在无边无际的欲海之中，在你的眼里、心里便只有你自己！”

一直未曾开口的李冶此时道：“陛下想要得到我，是因为我有几分像太后，宠爱公主也是如此，可陛下又当真孝顺太后吗？若陛下真的将太后放在心上，又岂会如此为君？所以，你不过是叶公好龙罢了。因为这世间只有一人与太后长得最相似，那便是陛下自己。在陛下心中，所在意的人也只有你自己！”

“放肆！你们竟敢诋毁陛下，诋毁太后！”卢杞高叫道，“反了，真是反了！”

李适低着头，一张脸苍白扭曲至极。过了好一会儿，他才抬起头，死死盯着陆羽与李冶道：“你们皆说朕忘了当初，那么你们呢？一个不愿给朕做官，一个则与叛贼私通，你们又何曾记得当年之情……陆羽，朕再问你一遍，你做不做榷茶使？”

“草民绝不会做！”

“好，”李适面无表情地道：“朕今日便给你两个选择，若是你答应做榷茶使，朕便放了这个贱人。若是不答应……朕便以谋逆之罪处死她！”

“陛下……”陆羽虽对今日之事早有心理准备，但亲耳听李适说出口，仍觉得难以置信。他心目中的那个“沈念之”不是如此之人。转眸看向身侧的李冶，她比当日离开时消瘦了许多，但目光却是明亮而从容的，甚至带着几分欢喜。

李冶对上他的眸子，随即淡淡一笑。

她是那么美，与她的灵魂一样超凡脱俗。只可惜世人皆被她明艳夺目的色相所障碍，甘心被其迷惑，却对真实的她视而不见。

"兰儿，我……"

"不必问我，听从你的本心。"

陆羽见她说得如此平静，更觉心痛无比，难以抉择。她是他爱了一生的女子，是他的姐姐、朋友、老师、爱人，是他生命中最重要的女人，他如何能选择要她去死？可是若叫他去做榷茶使，要他亲手夺去千万茶农赖以生存的茶树，夺走他们唯一的希望，从此陷入无边无际的苦难之中，他又岂能做到？师父从小便告诉他做人要慈悲，可对一个人的慈悲，与对千万人的慈悲相比，究竟哪一个更重要？谁又能告诉他，他的本心究竟是什么？

"你的本心便是慈悲。"

"可若失去了你，我永远也不会原谅自己。我实在无法做到对千万人慈悲，却独独对你一人狠心！"

"你又怎知，我会愿意你为了我而置茶农的生死于不顾？你又怎知，如何是对我真正的慈悲？当日我离家之时，便已看破生死。与你留下那首《八至》诗，也是想要你放下执着，得大自在，为何你到了此时此刻还不明白？"

"因为你是我此生最重要之人，我实在不知如何放下！"

"那若你我易位而处，你会怎么办？"

"我，我会像你一样去做。"

"所以，你还在犹豫什么？明知善而不为，却因小节而畏缩不决，这只是妇人之仁，不是真正的大慈大悲！"

"……我懂了，兰儿。"

陆羽与李冶默默相视着，虽未开口，彼此之意已互通于心。

一旁的卢杞见他许久不答，不耐烦地催逼道："陆羽，陛下在等着你的回话！"

陆羽又凝视了李冶片刻，终于下定决心，对龙座上之人字字清晰地道："回陛下，无论如何草民都不会去做这个榷茶使。若草民与兰儿之死，可令千千万万的茶农免遭灾祸，我二人虽死无憾！"

李适听罢心中一凛，对他的选择震惊不已。

他以为，李冶是陆羽此生最难割舍之人，只要有她牵制，陆羽定会就范。

没想到他竟能做出这样令人难以置信的抉择，而且如此淡定从容。这份从容，透着一种难以摧折的力量，反令他对自己的做法产生了动摇。难道自己的判断当真出了差错？卢杞真如群臣所奏的那般，是个祸国殃民的奸诈小人？想到这，他充满质疑地看向卢杞。

卢杞察觉到李适的眼神不对，忙按下心中的慌乱，故作镇静地对陆羽喝道："大胆陆羽，你竟敢当着满朝文武之面忤逆圣上，抗旨不遵，定是与这妖女一起，早与叛贼朱泚暗中勾结，意图谋反！"他一边说一边偷眼观察李适的神色，见他兀自沉吟着，并未打断自己的话，便迅速对殿上侍卫下令道，"还愣着做什么？此二人抗旨不遵，大逆不道，还不速速拖下去乱棍打死！"

"是！"殿上侍卫一向将卢杞之令视同圣旨，应了一声，便要将陆羽、李冶拖下殿去。

在此千钧一发之际，只听一人在殿外高声道："住手！陛下还未下旨，谁敢轻举妄动！"

殿上侍卫猛听有人一喝，停在当地。众人皆循声看去，只见一个身材高大，紫袍金带之人站在殿外，满身风尘，显是一路奔波而来。

窦内侍见殿内殿外乱作一团，忙通传道："岭南节度使李复求见陛下！"

此人正是从广州赶来的李复，他因讨逆有功，刚被升任岭南节度使。

李适一听是李复，便知他定是前来求情，不悦道："朕未召你入京，为何贸然前来？"

"臣受封岭南节度使，特来向陛下当面谢恩。"李复进殿拜道。

"你的心意朕知道了，今日朝中有要事商议，你先退下吧！"

"臣今日除了谢恩之外，还有一件极为重要之物要向陛下呈上。"

"何物？"

"乃已故太子太师颜真卿颜大人在敌营中亲笔所写的遗表，托臣亲自呈给陛下！"

"颜老太师的遗表？"李适心中一紧，忙道："快，给朕呈上来！"

窦内侍上前去接，李复毫不理会他，双手捧着遗表，一步步走近李适，将遗表呈在他的面前。

李适一把接过，颤抖着手展开来看。

只见带血的白绢之上，慷慨激昂地书写着数行文字。笔力遒劲恢宏，气势庄严雄浑，字字如刀，句句含泪，怒斥着叛贼的恶行，挥洒着一腔誓死卫国的热血豪情，倾诉着一颗不惧生死的赤胆忠心，实在令人难以相信如此壮烈浑厚的字迹是出自一个身陷敌营、年近八旬的老人之手。看着这张遗表，仿佛颜真卿刚正庄严的面容重回眼前，在对他诉说着肺腑忠言。在遗表的后面，附着颜真卿为自己所写的墓志铭与祭文。还有一篇《移蔡帖》，是他在殉国前不久所写，也是他留在世上的最后一篇短文。寥寥数言，尽显浩然风骨。尤其是文末的几句，昭示着他对天道昭彰的坚信，对大唐必胜、德传千古的信念：

天之昭明，其可诬乎？

有唐之德，则不朽耳！

“老太师……”李适捧着遗表，垂泪不止。他反反复复看了几遍，又命李复捧于朝臣们传看，一时间大殿之上全是痛哭悲泣之声，有两位老臣更是悲痛的几欲昏厥。只有一人以袖掩面，干打雷不下雨地假装呜咽几声，低头盘算着对策，此人便是卢杞。他见李复捧着颜真卿的遗表上殿而来，便觉大事不妙，绞尽脑汁地想着保身之计。

李适与群臣哭罢，拭干眼泪，问李复道：“这遗表你是如何得来的？老太师殉国之时，还有何人陪在身边？”

李复道：“臣当时在广州抗敌，听闻老太师只身前往敌营，便命长子李玠前去护卫。这遗表便是老太师托付给他的。”

“那李玠呢？他今日来了吗？”李适问道。

“小儿他誓死护卫在老太师身前，一直拼杀到生命的最后一刻……”李复强忍悲痛道，“他自知难以生还，便偷偷将遗表托付给一户百姓保管。战乱平定之后，那户百姓信守约定，夫妇二人带着遗表千里迢迢赶到广州，费尽艰辛才将其交到臣的手中……”

“好，好！李玠不愧是将门虎子，是我大唐的好儿郎！”李适又悲又赞道，“还有那户百姓，也是我大唐的英雄！赏，朕要重重地封赏他们！”

“臣替他们多谢陛下恩典。”李复拜罢，又从怀中掏出一封信函道，“陛下，臣方才来大明宫之前，曾先到颜府拜祭过老太师。颜府的老管家交给臣一封信函，说是颜大人此前收集到的宰相卢杞贪赃枉法的罪证，托我呈给陛下。当日若不是卢杞进言，老太师又怎会遭此劫难？他明知卢杞陷害，却依然决定前往，不是他不敢抗旨，而是他知道自己这么做能令陛下多一分安心，能给将士多一分勇气，能给世人多一分正气，所以才会义无反顾而去。陛下，颜家的满门忠烈恳请朝廷严惩卢杞，以慰老太师的在天之灵！”他说着将信函高举过头顶，跪倒在地。

朝堂上许多大臣也跪倒在地，恳求严惩卢杞。

李适道："将信函呈上来！"

窦内侍将信函呈上，李适展开看去，脸色越来越黑，眉头越皱越紧，最后更是气得浑身发抖，将信函摔在卢杞脸上，怒斥道："好个卢杞，好个朕最信赖的宰相！朕不知你竟背着朕犯下如此滔天大罪，欺君罔上、贪赃枉法、陷害忠良，桩桩件件皆令人触目惊心！"

卢杞见李适龙颜震怒，顷刻间吓得魂飞魄散，匍匐在地向他哭诉道："陛下，臣对陛下的忠心天日可鉴，这些罪状定是……"他说到这忽地顿住，环视殿上群臣，众人皆怒视着他。

李复冷笑一声道："宰相大人是说，老太师他污蔑你？"

"我……我……"

"混账，到了此时还敢攀咬他人，污蔑老太师的英灵！"李适指着他道，"朕以为你卢家满门忠烈，你定然也会忠心不二，所以纵是你有诸多疏漏之处，朕也从未细究。今日看来，你当真是个辱没家门的不肖子孙，朕真是错信了你这个奸佞小人！"

"陛下，您听微臣跟您解释，这其中定有误会……"卢杞不住地叩头道。

"铁证如山，朕不想听你解释，"李适对殿上侍卫道，"来人，脱去卢杞的官服玉带，押入天牢，听候审问！"

"是！"殿上侍卫不敢不听，上前几下扒掉卢杞的官服，便往外拖。卢杞一路高喊着"冤枉"，被拖出殿去。

李适在他下去后，颓然靠在龙位之上，沉默不语。良久之后，他抬起眼，却见殿下仍跪着三人，陆羽、李冶，还有李复。他这才记起方才发生了何事，眉头重又一紧。

"陛下，既然您圣心明鉴，已察知了卢杞的奸佞，不知何时放陆羽夫妇回去？"李复见他迟迟不发话，开口问道。

李适虽看清了卢杞之奸，但对陆羽、李冶抗旨不遵之事仍旧耿耿于怀。尤其是李冶，她与朱泚之事不论真假，都像梗在他喉头的一根毒刺，令他难以下咽。

"陛下……"李复催促道。

李适干咳一声，道："卢杞虽奸，但榷茶法也未必全盘皆错。即便榷茶法不可行，他二人也不该抗旨不遵。陆羽对朕的征召屡次违逆，更在民间受茶农'封神’祭拜，分明存有不臣之心。而李冶则与朱泚有染，更连累朕的公主、驸马无辜遇难。单凭这些罪状，朕也绝不会轻纵他们！”

“陛下，臣愿以身家性命担保，他二人对陛下绝无二心，请陛下念在多年的情分上，宽恕他们！”李复叩拜道。

“难道你也要拿旧情来要挟，叫朕难堪不成？”李适脸色一沉道。

“陛下，臣岂敢如此。只是想劝陛下冷静下来，想想当日之情。”

李适的眼神再一次幽暗起来：“国有国法，家有家规。朕便是顾念旧情，才对他们屡施恩宠，才留他们活到了今日。你不必再劝，朕今日定要处死他们！”

尾声：雁随秋声至，风携芦花归

李复见李适仍不松口，知道他怒气未消，强劝只会适得其反。而陆羽也必不肯去做榷茶使。最难办的便是李冶，她在李适心中的微妙地位，令她一直深受其害，难以挣脱。李复跪在殿下，苦苦思索着解决之道。若想令李适同时放了两人，事情必将陷入死局。为今之计，只能分而救之，才有胜算。他深吸一口气，对李适道：“陛下，陆羽此前触怒天颜，顶撞陛下确实有罪。但他对陛下的忠心绝无可疑，臣以为可令他为朝廷效力，将功赎罪。”

李适听他这么说，觉得气顺了一些，问道：“如何将功赎罪？”

“既然卢杞所提的榷茶法不妥，但种茶又确实是利国利民的大事，臣建议命陆羽依据他对茶事的了解，为朝廷提出切实可行的茶法。如此上可利国，下可利民，也给他一个向陛下展示忠心的机会，不知陛下以为如何？”

李适暗暗点头，李复之言的确是最上乘之策，也为自己找回了几分颜面。他沉吟片刻，道：“也罢，朕便再给他一次机会。限他在一个月内，向朝廷拿出切实可行的茶法，否则两罪并罚！”

李复心中大喜，忙低声对陆羽道：“还不快谢恩。”

“草民谢主隆恩！”陆羽叩拜罢，小心翼翼地问李适道，“陛下，那兰儿呢？”

李适冷冷地道：“你先去做好应做之事，若是朕满意了，或许可以考虑放了她。”

陆羽又要开口，李复扯了扯他的衣角，暗使眼色，叫他莫再多言。

李适对李复道：“既然是你出言担保，那朕便将此事交由你来负责，若陆羽出了任何问题，朕连你一并处置！”

“臣领旨，请陛下放心。”李复拜道。

李适只觉今日这场朝会像过了半生那么久，疲惫不堪道：“朕累了，都退下吧！”又吩咐殿上侍卫道：“将李冶带回芙蓉园的凉堂，派人严加看守。”

“是。”殿上侍卫将李冶带了下去。

陆羽与李复直等所有人皆散去，这才起身望着李冶的背影，两人同时长出了一口气。

李复道：“你别怪我，只有先救出你，季兰姐姐才有生还的可能。”

“我知道你的良苦用心，今日之事多亏有你，我与兰儿拜谢了！”陆羽对李复深施一礼。

“快别拜了，我可承受不起！你还是好好想想如何制定茶法，否则我可要跟着你们一起倒霉喽！”李复说着，与陆羽一起出了大明宫。

半个月后，陆羽向朝廷提议了新的茶法。便是实行产地收税的办法，按照不同的产地、产量与品质进行收税，并由朝廷所钦定的茶商负责转运贩卖，禁止私人贩运。茶税的征收仍由盐铁使主管。如此一来既保住了茶农的茶田，又提高了茶税收入，可谓两全其美。

李适认为此法甚好，下旨命盐铁使推行新茶法。

陆羽住在李复长安的祖宅中等候消息，得知朝廷采纳了新茶法，心中踏实下来，只想着再过几日，李适便能放李冶归家。这日他正与李复在厅中饮茶，却见李复的亲兵慌张来报说，李适听了后宫妃嫔的挑唆，终对李冶与朱泚之事难以释怀，派窦内侍前往芙蓉园兴师问罪，之后便再无人见过李冶的踪影。

二人听罢大惊，李复派出所有亲兵各处追查，皆一无所获。几日后宫中传出消息，李适下旨将芙蓉园的凉堂封禁，命任何人不得再提李冶之事……

三年后的一个秋日，湖州的苕溪上，摇曳的芦花如片片白云浮在水上。扁舟过处，鸿雁声声，斜飞入天。溪边有几个娃娃在嬉戏玩耍，欢快地唱着一曲童谣：

刘郎醉，阮郎迷，误入桃源遇神女。青叶汤，胡麻米，绛罗帐里配夫妻。春日盛，百鸟啼，游人心心思故里。归去人间已不复，世人莫效阮郎迷……

岸边，一个鬓发斑白的男子正在垂钓。不远处，一个窈窕清丽的女子提着都篮走来。女子来到近前，从都篮中端出两碗茶汤，放在岸边的石桌上道：“刚煎好的紫笋茶，快趁热喝吧。”

男子放下鱼竿，女子瞥了眼他脚边的竹篓道：“今日可钓到鱼了？”

“和往日一样，一条也没。”男子摇摇头，“钓不到也罢，你也不爱吃鱼。”

“我虽不爱吃，但说不定有人爱吃。”女子笑道，“你看谁来了？”

男子转身一看，不远处走来了三个人。一个官员，一个布衣，还有一个僧人。从那僧人的服饰与气质来看，像是从东瀛而来。

三人走上前来。那官员先开口道：“你可倒好，躲在这里悠闲地钓鱼。若不是遇见了碧儿，还不知要寻你到何时。”此人正是李复。

布衣向男子施了一礼，指着身旁的僧人道：“这位是东瀛的最澄法师（首次将茶种带回日本），跟随遣唐使出访而来。因久闻先生大名，特来拜访。”此人是卢仝。卢仝说罢向最澄引荐道：“这位便是法师要找的陆羽陆先生。”

最澄听罢，忙向陆羽合掌拜道：“贫僧见过陆先生。此番前来，是要向先生学习种茶、煎茶、品茶之道，还望先生赐教。”

陆羽忙起身回礼道：“法师不必多礼。有何不解，自可相问。”说着，请最澄在对面的石凳上落座。

最澄恭敬地问道：“贫僧见茶道风靡大唐，家家户户皆爱饮茶，却不知这饮茶有何奥妙？”

陆羽道：“天地生万物，有翼者能飞，披毛者善跑，而人则擅长语言文字。此三者俱生于天地间，依靠饮食而生存，但唯独人的一饮一食，有着更高的意义。口渴则饮浆，消愁则饮酒，这饮茶便是为了清净身心，涤荡昏寐。茶之一物，原从药、食中来，因人特爱其清雅醇香，醒神健体，渐渐地变为一种清饮之物。大唐之所以茶道盛行，是因为百姓们生活富足，想要借由饮茶来健体、修身、养心、悟道。”

最澄一边恭听一边思索，随后又问道：“贫僧拜访了大唐的许多寺庙，其中的高僧大德皆曾说过‘禅茶一味’四个字。不知先生如何解释？”

陆羽听罢微微一笑，指着石桌上还冒着热气的茶汤道：“法师远道而来，舟车劳顿，先饮了这碗茶吧。”

最澄见他并不回答，却叫自己饮茶，只得端起茶汤来饮了一口，甘香清冽，只觉心神一爽，不由得赞道：“好茶！”他放下茶碗，问道：“先生，究竟何为‘禅茶一味’？”

陆羽道：“这紫笋茶乃大唐名茶，法师觉得如何？”

“味道甚好。”最澄见陆羽向他推荐此茶，便又礼貌地端起碗来，饮了两口，顿觉胸中的烦闷与疲惫扫去几分。他放下茶碗，又道："那么先生，何为'禅茶一味'？"

陆羽道："饮茶。"

最澄甚为不解，只得第三次端起茶碗，将茶汤全部饮尽，随后看着陆羽道："茶饮完了，现在先生可以告诉贫僧了吗？"

陆羽摇了摇头道："你方才饮茶之时，心中百般思量，如此岂能悟道？"

"那如何才能悟道？"

"饮茶时便只想着饮茶就好。"

"贫僧受教了。"最澄若有所思道，"可是先生至今未回答贫僧的问题。"

陆羽笑了笑，又将自己面前那碗茶汤递给他道："饮茶吧。"

最澄看着那碗清澈的茶汤，似懂非懂地接过，之后心无旁骛地细细品完，待放下茶碗之时，他忽觉醍醐灌顶，心中光明大放，一瞬间开悟道："贫僧懂了！懂了！"

"你懂了什么？"

"先生方才已经告诉了贫僧答案！"

陆羽欣慰地点点头道："心中百般挂碍，口中万句佛偈。一生求索不尽，不如饮茶去也。"

最澄听罢此诗，起身合掌拜道："贫僧多谢先生点化。"

卢仝见最澄饮茶顿悟，不由得在一旁欢喜地吟道："一碗喉吻润，二碗破孤闷。三碗搜枯肠，惟有文字五千卷。四碗发轻汗，平生不平事，尽向毛孔散。五碗肌骨清，六碗通仙灵。七碗吃不得也，唯觉两腋习习清风生！"

最澄听罢这首茶歌，更觉心神大畅，对陆羽与卢仝又一番合掌拜谢。之后他又向陆羽请教了许多茶道之事，因急于乘船回国，便在卢仝的指引下，向渡口赶去。临行前，陆羽让碧儿装了一袋茶种相赠，由最澄带回东瀛栽种。

李复望着最澄与卢仝远去，叹道："可惜皎然法师去年圆寂了，不然还可与他再论些佛法禅理。"

陆羽："我已在他的砖塔（僧人之墓）对面选好了地儿，等以后便葬在那里。"

李复忙道："呸呸呸，碧儿还在，你急个什么！"

陆羽笑了笑，转身向远处停着的一驾马车望去，疑惑道："你有没有发现，那驾马车已停了许久了。"

李复看了一眼，含糊道："是吗？我没注意。"

陆羽仔细端详那架马车，装饰雅致，虽不甚华贵但也十分讲究。他正看着，赶车的车夫走过来道："我家主人觉得口渴，想向先生讨碗茶喝。"说着将一个茶碗捧给陆羽。

这是一只越窑的青瓷小碗，青翠莹润，略带闪黄，晶莹似玉。

陆羽双手接过道："请你家主人稍候，我这便去煎来。"说罢向溪边的家中而去。

李复跟上他道："你可别怪我，是他强命我带他来的，说是想看看你过得怎样，还想再喝一次你亲手煎的茶。"

陆羽不理会他，回到家中静静地煎起茶来。

李复道："告诉你一件事，卢杞前不久死了。圣上念在他多年为官的份上，宽恕了他的死罪，贬为下级小吏。他自此一病不起，终致贫病而亡。圣上吸取前番教训，如今任用贤臣，朝政清明，茶农们的日子也好起来了。他亲笔撰写的医书《广利方》前不久也完成了，并下旨颁行天下，令百姓强身健体。为了安定岭南，他命我常驻那里，所以我打算举家搬往琼州，日后恐怕很久才会再到湖州来。"

"你不来也好，省得聒噪。"

"诶，你这是什么话！"

"岭南湿瘴，你可让琼儿在那里多植茶树，将茶叶与菊花、茵陈、茯苓等草药一起煎煮，然后制成凉茶，给当地百姓喝了消暑去病。"

"你可真是三句话不离老本行，此事不用你说，琼儿早已想到了。"

"那便好。琼儿不愧是我教出来的孩子，比你细心多了。"

"是了是了！"

两人说着，陆羽已煎好了茶。他仔细将茶汤盛入那只青瓷小碗中，用托盘端着，出门递给那个车夫道："请你家主人用茶。"

"多谢先生。"那车夫小心翼翼地端着茶来到马车前，禀报了两句，只见车帘微微撩开，一只手伸出来接过茶碗，袖口上盘龙绣锦。半晌后，车内之人饮罢了茶，车帘再次合拢。车夫又来到陆羽身前，对他恭敬道："我家主人说，先生之茶还如往日一般好喝。"

陆羽还礼道："多谢厚爱，望你家主人多多珍重。"

"我定会转告。"车夫又向他鞠了一躬，回到马车上，一挥马鞭，驾车而去。

李复见马车走了，对陆羽道："我也该赶路去了，待我们在琼州安顿好了，再给你来信。"

“好，你们一路保重。”

“你也是，”李复拍拍他肩膀道，“好好待碧儿，不许欺负她！”

“你快去吧，这么多话！”

“后会有期！”李复翻身上马，对陆羽与碧儿挥了挥手，策马而去。

他这一走，苕溪岸边顿时变得冷清起来，方才嬉戏的几个娃娃也回家去了，只留陆羽与碧儿两人在溪边对坐，赏看着傍晚水面上浮起的一层薄雾。

“我今早去镇上买了些东西，”陆羽伸手从竹篓里拿出两个纸包，递给碧儿，“你收着吧。”

碧儿接过纸包，打开一个看去，不由得道：“家中有的是茶，你又买来做什么？”

陆羽没有答话，起身向溪水边走去，仿佛被什么深深吸引。

碧儿叹了口气，又去拆看另一个，是一包盐。她迟疑片刻，忽地心头一暖，望着手上之物，双眸湿润起来。她兀自感慨了半晌，随后拭去眼角的泪痕，起身走到他身旁，两人并肩向远处眺望。望了一会儿，她忽地双眸一闪道：“你看那船上的旗子，是不是写着‘敦煌王妃’几个字？”

陆羽压住心头的狂跳，与碧儿一起凝眸看去。

薄雾袅袅的水面上，一艘乌篷船正穿过芦苇丛，向岸边悠悠划来。

船头上隐约立着一个女子，仙姿婉丽，翘首顾盼，美如梦境一般。

后记

思量再三，才终于动笔写这篇后记。本以为已不是初次出书的我，对一篇简短的后记理应信手拈来，可谁知写罢洋洋洒洒数十万字后，仍旧放不下一颗忐忑的心，只因本书所写之人、所论之事实在太不寻常了。

本书的主人公陆羽是唐代著名的茶学专家，他所著的《茶经》是中国乃至世界现存的最早、最全面的茶学专著，他也因此被后人尊为“茶圣”。然而，我与陆羽的结缘并非因为茶，而是源自他写的一首《六羡歌》：“不羡黄金罍，不羡白玉杯。不羡朝入省，不羡暮入台。千羡万羡西江水，曾向竟陵城下来。”

名为“六羡歌”，诗中却说了四个“不羡”。不羡慕黄金铸造的礼器，不羡慕白玉雕成的酒杯，不羡慕入朝为官的权贵，所羡慕的只有从家乡竟陵流过的西江水。那是养育了陆羽的母亲河，更是滋润了茶田的甘泉。能写出如此诗句的究竟是怎样一个人？带着这样的疑问，我翻阅史料书籍，开始一步步走近这个将一生献给茶的人。

令人遗憾的是，历史上关于陆羽的史料记载甚为寥寥，想要了解其人生全貌极为困难。而中华茶文化之源远流长，博大精深，更是难以用一本书言尽。斟酌许久之后，我决定结合《茶经》与史料，采用大写意的手法，将陆羽的人生轨迹与茶文化在唐代的发展历程结合起来，去演绎一个虚实相生的传奇故事。这个思路确定下来后，一个个鲜活的故事就在我心中跳跃起来了。如果说陆羽与中华茶文化是天空中的一轮明月，那本书充其量只能算作指月之手。我所期盼的是，读者透过本书走近陆羽，去体会他的精神及中华茶文化的无限魅力。

苍山寒雾去，茶花一夜发。
浓浓青绿叶，淡淡黄白花。
年年枝头会，岁岁负芳华。
愿为助茶香，遍开满天涯。

茶花每年一开放，就会被人迅速地采下，可是它却用洒下的花粉滋养着茶树，润物无声。就像中华茶文化，从古至今一直用其芬芳滋养着天下，等待着更多人去了解，去发扬光大。

由于时间紧迫，才学有限，本书尚有许多遗憾与不足，敬请读者指正。感谢我的父母、爱人与朋友给予我的支持和帮助；感谢读者给予我的鼓励与认可；感谢文化艺术出版社为本书的出版所做的大量工作。

谨以此书，献给我的父母。

张冰筱
2019年4月于北京

陆羽

（733—801），一名疾，字鸿渐，号桑苎翁，竟陵子，唐复州竟陵（今湖北天门）人。幼年被弃，被收养于佛寺。自幼好学，善诗文，为人清高，淡泊功名。安史之乱后，隐居浙江苕溪（今湖州），尽心于茶的研究，撰成《茶经》一书。后人为了纪念陆羽在茶业上的功绩，尊他为『茶圣』。

《茶经》是中国乃至世界现存最早、最完整、最全面的介绍茶的专著，被誉为茶叶百科全书。全书分上、中、下三卷，共十章。『一之源』讲茶的起源、形状、功用、名称、品质；『二之具』谈采茶制茶的用具；『三之造』论述茶的种类和采制方法；『四之器』介绍茶道二十四器的规格、质地、结构、造型、纹饰、用途和使用方法；『五之煮』讲烹茶的方法和各地水质的品第；『六之饮』详细规定了饮茶应该注意的九个问题，还提出品名贵之茶每次不要超过三盏，以及三人饮茶、五人饮茶和七人饮茶各应如何进行；『七之事』列举历史上饮茶典故；八之出，将唐代茶区的分布归纳为八个区域，并品评各地茶叶优劣；『九之略』讲哪些茶器在哪些场合可以省略；『十之图』要求把《茶经》内容绘成图像挂在茶席。

茶经卷上

一之源

茶者，南方之嘉木也，一尺，二尺，乃至数十尺。其巴山峡川，有两人合抱者，伐而掇之。其树如瓜芦，叶如栀子，花如白蔷薇，实如栟榈，蒂如丁香，根如胡桃。其字，或从草，或从木，或草木并。其名，一曰茶，二曰槚，三曰蔎，四曰茗，五曰荈。其地，上者生烂石，中者生栎壤，下者生黄土。凡艺而不实，植而罕茂，法如种瓜，三岁可采。野者上，园者次；阳崖阴林，紫者上，绿者次；笋者上，牙者次；叶卷上，叶舒次。阴山坡谷者，不堪采掇，性凝滞，结瘕疾。茶之为用，味至寒，为饮最宜精行俭德之人，若热渴、凝闷、脑疼、目涩、四支烦、百节不舒，聊四五啜，与醍醐、甘露抗衡也。采不时，造不精，杂以卉莽，饮之成疾。茶为累也，亦犹人参上者生上党，中者生百济、新罗，下者生高丽。有生泽州、易州、幽州、檀州者为药无效，况非此者？

设服荠苨，使六疾不瘳，知人参为累，则茶累尽矣。

二之具

籯，一曰篮，一曰笼，一曰筥。以竹织之，受五升，或一斗、二斗、三斗者，茶人负以采茶也。

灶，无用者。釜，用唇口者。

甑，或木或瓦，匪腰而泥，篮以箄之，篾以系之。始其蒸也，入乎箄；既其熟也，出乎箄。釜涸注于甑中，又以榖木枝三丫者制之。散所蒸牙笋并叶，畏流其膏。杵臼，一曰碓，惟恒用者佳。

规，一曰模，一曰棬，以铁制之，或圆，或方，或花。

承，一曰台，一曰砧，以石为之。不然以槐桑木半埋地中，遣无所摇动。

檐，一曰衣，以油绢或雨衫、单服败者为之。以檐置承上，又以规置檐上，以造茶也。

茶成，举而易之。

芘莉，一曰嬴子，一曰筹筤。以二小竹，长三尺，躯二尺五寸，柄五寸。以篾织方眼。如圃人土罗，阔二尺，以列茶也。

棨，一曰锥刀。柄以坚木为之，用穿茶也。

扑，一曰鞭。以竹为之，穿茶以解茶也。

焙，凿地深二尺，阔二尺五寸，长一丈。上作短墙，高二尺，泥之。

贯，削竹为之，长二尺五寸，以贯茶焙之。

棚，一曰栈，以木构于焙上，编木两层，高一尺，以焙茶也。茶之半干，升下棚；全干，升上棚。

穿，江东、淮南剖竹为之。巴川峡山纫筹皮为之。江东以一斤为上穿，半斤为中穿，四两五两为小穿。峡中以一百二十斤为上穿，八十斤为中穿，五十斤为小穿。字旧作钗钏之『钏』字，或作贯串。今则不然，如『磨』『扇』『弹』『钻』『缝』五字，文以平声书之，义以去声呼之，其字以穿名之。

育，以木制之，以竹编之，以纸糊之。中有隔，上有覆，下有床，傍有门，掩一扇。中置一器，贮塘煨火，令煴煴然。江南梅雨时，焚之以火。

三之造

凡采茶，在二月、三月、四月之间。茶之笋者，生烂石沃土，长四五寸，若薇蕨始抽，凌露采焉。茶之牙者，发于丛薄之上，有三枝、四枝、五枝者，选其中枝颖拔者采焉。其日有雨不采，晴有云不采；晴，采之，蒸之，捣之，拍之，焙之，穿之，封之，茶之干矣。茶有千万状，卤莽而言，如胡人靴者，蹙缩然；犎牛臆者，廉襜然；浮云出山者，轮囷然；轻飚拂水者，涵淡然。有如陶家之子，罗膏土以水澄泚之。又如新治地者，遇暴雨流潦之所经。此皆茶之精腴。有如竹箨者，枝干坚实，艰于蒸捣，故其形籭簁然；有如霜荷者，至叶凋沮，易其状貌，故厥状委萃然。此皆茶之瘠老者也。自采至于封七经目，自胡靴至于霜荷八等。或以光黑平正言嘉者，斯鉴之下也；以皱黄坳垤言佳者，鉴之次也；若皆言嘉及皆言不嘉者，鉴之上也。何者？出膏者光，含膏者皱；宿制者则黑，日成者则黄；蒸压则平正，纵之则坳垤。此茶与草木叶一也。茶之否臧，存于口诀。

茶经卷中

四之器

风炉

风炉以铜铁铸之，如古鼎形，厚三分，缘阔九分，令六分虚中，致其圬墁。凡三足，古文书二十一字。一足云：『坎上巽下离于中。』一足云：『体均五行去百疾。』一足云：『圣唐灭胡明年铸』。其三足之间，设三窗。底一窗以为通飚漏烬之所，上并古文书六字：一窗之上书『伊公』二字，一窗之上书『羹陆』二字，一窗之上书『氏茶』二字，所谓『伊公羹，陆氏茶』也。置墆埭于其内，设三格：其一格有翟焉，翟者，火禽也，画一卦曰『离』；其一格有彪焉，彪者，风兽也，画一卦曰『巽』；其一格有鱼焉，鱼者，水虫也，画一卦曰『坎』。巽主风，离主火，坎主水。风能兴火，火能熟水，故备其三卦焉。其饰以连葩、垂蔓、曲水、方文之类。其炉或锻铁为之，或运泥为之，其灰承作三足，铁柈台之。

筥

筥以竹织之，高一尺二寸，径阔七寸。或用藤，作木楦如筥形织之。六出固眼，其底盖若利箧，口铄之。炭檛

炭檛

炭檛以铁六棱制之，长一尺，锐一丰中，执细头系一小镮，以饰檛也。若今之河陇军人木吾也。或作鎚，或作斧，随其便也。

火筴

火筴一名筯，若常用者，圆直一尺三寸，顶平截无葱台勾锁之属，以铁或熟铜制之。

鍑

鍑以生铁为之，今人有业冶者，所谓急铁。其铁以耕刀之趄，炼而铸之。内摸土，而外摸沙。土滑于内，易其摩涤；沙涩于外，吸其炎焰。方其耳，以正令也；广其缘，以务远也；长其脐，以守中也。脐长，则沸中；沸中，则末易扬；末易扬，则其味淳

也。洪州以瓷为之，莱州以石为之。瓷与石皆雅器也，性非坚实，难可持久。用银为之，至洁，但涉于侈丽。雅则雅矣，洁亦洁矣，若用之恒，而卒归于银也。

交床

交床以十字交之，剜中令虚，以支鍑也

夹

夹以小青竹为之，长一尺二寸。令一寸有节，节已上剖之以炙茶也。彼竹之筱，津润于火，假其香洁以益茶味，恐非林谷间莫之致。或用精铁熟铜之类，取其久也。

纸囊

纸囊以剡藤纸白厚者夹缝之，以贮所炙茶，使不泄其香也。

碾

碾以橘木为之，次以梨、桑、桐柘为臼，内圆而外方。内圆备于运行也，外方制其倾危也。内容堕而外无余，木堕，形如车轮，不辐而轴焉。长九寸，阔一寸七分。堕径三寸八分，中厚一寸，边厚半寸，轴中方而执圆。其拂末以鸟羽制之。

罗合

罗末以合盖贮之，以则置合中。用巨竹剖而屈之，以纱绢衣之。其合以竹节为之，或屈杉以漆之。高三寸，盖一寸，底二寸，口径四寸。

则

则以海贝、蛎蛤之属，或以铜、铁、竹、匕策之类。则者，量也，准也，度也。凡煮水一升，用末方寸匕。若好薄者，减之；嗜浓者，增之。故云则也。

水方

水方以椆木、槐、楸、梓等合之，其里并外缝漆之，受一斗。

漉水囊

漉水囊若常用者，其格以生铜铸之，以备水湿，无有苔秽腥涩意。以熟铜苔秽，铁腥涩也，林栖谷隐者，或用之竹木。木与竹非持久涉远之具，故用之生铜。其囊织青竹以卷之，裁碧缣以缝之，纽翠钿以缀之，又作绿油囊以贮之。圆径五寸，柄一寸五分。

瓢

瓢，一曰牺杓。剖瓠为之，或刊木为之。晋舍人杜毓《荈赋》云：『酌之以匏。』匏，瓢也，口阔，胫薄，柄短。永嘉中，余姚人虞洪入瀑布山采茗，遇一道士云：『吾丹丘子，祈子他日瓯牺之余，乞相遗也。』牺，木杓也，今常用以梨木为之。

竹筴

竹筴，或以桃、柳、蒲、葵木为之，或以柿心木为之。长一尺，银裹两头。

鹾簋

鹾簋以瓷为之。圆径四寸，若合形，或瓶，或罍，贮盐花也。其揭，竹制，长四寸一分，阔九分。揭，策也。

熟盂

熟盂以贮熟水，或瓷，或沙，受二升。

碗

碗，越州上，鼎州次，婺州次，岳州次，寿州、洪州次。或者以邢州处越州上，殊为不然。若邢瓷类银，越瓷类玉，邢不如越一也；若邢瓷类雪，则越瓷类冰，邢不如越二也；邢瓷白而茶色丹，越瓷青而茶色绿，邢不如越三也。晋杜毓《荈赋》所谓『器择陶拣，出自东瓯』。瓯，越也。瓯，越州上，口唇不卷，底卷而浅，受半升已下。越州瓷、岳瓷皆青，青则益茶。茶作白红之色。邢州瓷白，茶色红；寿州瓷黄，茶色紫；洪州瓷褐，茶色黑：悉不宜茶。

畚

畚，以白蒲卷而编之，可贮碗十枚。或用筥，其纸帊，以剡纸夹缝，令方，亦十之也。

札

札缉栟榈皮以茱萸木夹而缚之，或截竹束而管之，若巨笔形。

涤方

涤方以贮涤洗之余，用楸木合之，制如水方，受八升。

滓方

滓方以集诸滓，制如涤方，处五升。

巾

巾以絁布为之，长二尺，作二枚，玄用之。以洁诸器。

具列

具列，或作床，或作架，或纯木、纯竹而制之。或木法竹，黄黑可扃而漆者，长三尺，阔二尺，高六寸。其到者悉敛诸器物，悉以陈列也。

都篮

都篮以悉设诸器而名之。以竹篾内作三角方眼，外以双篾阔者经之，以单篾纤者缚之，递压双经，作方眼，使玲珑。高一尺五寸，底阔一尺，高二寸，长二尺四寸，阔二尺。

茶经卷下

五之煮

凡炙茶，慎勿于风烬间炙，熛焰如钻，使炎凉不均。持以逼火，屡其翻正，候炮出培塿，状虾蟆背，然后去火五寸。卷而舒，则本其始又炙之。若火干者，以气熟止；日干者，以柔止。

其始，若茶之至嫩者，茶罢热捣，叶烂而牙笋存焉。假以力者，持千钧杵亦不之烂。如漆科珠，壮士接之，不能驻其指。及就，则似无禳骨也。炙之，则其节若倪，倪如婴儿之臂耳。既而承热用纸囊贮之，精华之气无所散越，候寒末之。其火用炭，次用劲薪。其炭曾经燔炙，为膻腻所及，及膏木败器不用之。古人有劳薪之味，信哉！

其水，用山水上，江水中，井水下。其山水，拣乳泉石地慢流者上，其瀑涌湍漱勿食之，久食令人有颈疾。又多别流于山谷者，澄浸不泄，自火天至霜郊以前，或潜龙畜毒于其间，饮者可决之，以流其恶，使新泉涓涓然，酌之。其江水取去人远者，井取汲多者。其沸如鱼目，微有声，为一沸；缘边如涌泉连珠，为二沸；腾波鼓浪，为三沸，已上水老，不可食也。初沸，则水合量调之以盐味，谓弃其啜余，无乃䤈艦而锺其一味乎？第二沸出水一瓢，以竹筴环激汤心，则量末当中心而下。有顷，势若奔涛溅沫，以所出水止之，而育其华也。凡酌，置诸碗，令沫饽均。沫饽，汤之华也。华之薄者曰『沫』，厚者曰『饽』，细轻者曰『花』，如枣花漂漂然于环池之上，又如回潭曲渚青萍之始生，又如晴天爽朗有浮云鳞然。其沫者，若绿钱浮于水渭，又如菊英堕于鐏俎之中。饽者，以滓煮之，及沸，则重华累沫，皤皤然若积雪耳。《荈赋》所谓『焕如积雪，烨若春藪』有之。第一煮水沸，而弃其沫，之上有水膜，如黑云母，饮之则其味不正。其第一者为隽永，或留熟以贮之，以备育华救沸之用诸。第一与第二、第三碗次之，第四、第五碗，外非渴甚莫之饮。凡煮水一升，酌分五碗。乘热连饮之，以重浊凝其下，精英浮其上。如冷，则精英随气而竭，饮啜不消亦然矣。茶性俭，不宜广，则其味黯淡。且如一满碗，啜半而味寡，况其广乎！其色缃也。其馨𢟍也。其味甘，槚也；不甘而苦，荈也；啜苦咽甘，茶也。

六之饮

翼而飞，毛而走，去而言，此三者俱生于天地间，饮啄以活，饮之时义远矣哉！至若救渴，饮之以浆；蠲忧忿，饮之以酒；荡昏寐，饮之以茶。茶之为饮，发乎神农氏，闻于鲁周公。齐有晏婴，汉有扬雄、司马相如，吴有韦曜，晋有刘琨、张载、远祖纳、谢安、左思之徒，皆饮焉。滂时浸俗，盛于国朝，两都并荆俞间，以为比屋之饮。饮有粗茶、散茶、末茶、饼茶者，乃斫、乃熬、乃炀、乃舂，贮于瓶缶之中，以汤沃焉，谓之庵茶。或用葱、姜、枣、橘皮、茱萸、薄荷之等，煮之百沸，或扬令滑，或煮去沫。斯沟渠间弃水耳，而习俗不已。於戏！天育万物，皆有至妙。人之所工，但猎浅易。所庇者屋，屋精极；所着者衣，衣精极；所饱者饮食，食与酒皆精极之。茶有九难：一曰造，二曰别，三曰器，四曰火，五曰水，六曰炙，七曰末，八曰煮，九曰饮。阴采夜焙非造也，嚼味嗅香非别也，膻鼎腥瓯非器也，膏薪庖炭非火也，飞湍壅潦非水也，外熟内生非炙也，碧粉缥尘非末也，操艰搅遽非煮也，夏兴冬废非饮也。夫珍鲜馥烈者，其碗数三；次之者，碗数五。若坐客数至五，行三碗；至七，行五碗。若六人已下，不约碗数，但阙一人而已，其隽永补所阙人。

七之事

王皇炎帝。神农氏。周鲁周公旦。齐相晏婴。汉仙人丹丘子，黄山君。司马文园令相如。杨执戟雄。吴归命侯韦太傅弘嗣。晋惠帝。刘司空琨，琨兄子兖州刺史演。张黄门孟阳。傅司隶咸。江洗马充。孙参军楚。左记室太冲。陆吴兴纳，纳兄子会稽内史俶。谢冠军安石。郭弘农璞。桓扬州温。杜舍人毓。武康小山寺释法瑶。沛国夏侯恺。余姚虞洪。北地傅巽。丹阳弘君举。安任育。宣城秦精。敦煌单道开。剡县陈务妻。广陵老姥。河内山谦之。后魏琅琊王肃。宋新安王子鸾，鸾弟豫章王子尚。鲍昭妹令晖。八公山沙门谭济。齐世祖武帝。梁刘廷尉。陶先生弘景。皇朝徐英公勣。

《神农食经》：『茶茗久服，令人有力、悦志』。

周公《尔雅》：『槚，苦茶。』《广雅》云：『荆巴间采叶作饼，叶老者，饼成，以米膏出之。欲煮茗饮，先炙令赤色，捣末置瓷器中，以汤浇覆之，用葱、姜、橘子芼之。其饮醒酒，令人不眠。』

《晏子春秋》：『婴相齐景公时，食脱粟之饭，炙三弋、五卵、茗莱而已。』

司马相如《凡将篇》：『乌啄、桔梗、芫华、款冬、贝母、木蘗、蒌、芩草、芍药、桂、漏芦、蜚廉、雚菌、荈诧、白敛、白芷、菖蒲、芒消、莞椒、茱萸。』

《方言》：『蜀西南人谓茶曰蔎。』

《吴志·韦曜传》：『孙皓每飨宴坐席，无不率以七胜为限。虽不尽入口，皆浇灌取尽。曜饮酒不过二升。皓初礼异，密赐茶荈以代酒。』

《晋中兴书》：『陆纳为吴兴太守时，卫将军谢安常欲诣纳。纳兄子俶怪纳无所备，不敢问之，乃私蓄十数人馔。安既至，所设唯茶果而已。俶遂陈盛馔，珍羞必具。及安去，纳杖俶四十，云：「汝既不能光益叔父，奈何秽吾素业？」』

《晋书》：『桓温为扬州牧，性俭，每燕饮，唯下七奠，拌茶果而已。』

《搜神记》：『夏侯恺因疾死，宗人字苟奴察见鬼神，见恺来收马，并病其妻。著平上帻，单衣，入坐生时西壁大床，就人觅茶饮。』

刘琨《与兄子南兖州刺史演书》云：『前得安州干姜一斤、桂一斤、黄芩一斤，皆所须也。吾体中溃闷，常仰真茶，汝可置之。』

傅咸《司隶教》曰：『闻南方有以困蜀妪，作茶粥卖，为帘事打破其器具。又卖饼于市，而禁茶粥以蜀姥何哉！』

《神异记》：『余姚人虞洪入山采茗，遇一道士牵三青牛，引洪至瀑布山曰：「予丹丘子也。闻子善具饮，常思见惠。山中有大茗可以相给，祈子他日有瓯牺之余，乞相遗也。」因立奠祀。后常令家人入山，获大茗焉。』

左思《娇女诗》：『吾家有娇女，皎皎颇白皙。小字为纨素，口齿自清历。有姊字惠芳，眉目粲如画。驰骛翔园林，果下皆生摘。贪华风雨中，倏忽数百适。心为茶荈剧，吹嘘对鼎鬲。』

张孟阳《登成都楼》诗云：『借问杨子舍，想见长卿庐。程卓累千金，骄侈拟五侯。门有连骑客，翠带腰吴钩。鼎食随时进，百和妙且殊。披林采秋橘，临江钓春鱼。黑子过龙醢，果馔逾蟹蝑。芳茶冠六情，溢味播九区。人生苟安乐，兹土聊可娱。』

《传巽七海》：『蒲桃宛柰，齐柿燕栗，峘阳黄梨，巫山朱橘，南中茶子，西极石蜜。』

弘君举《食檄》：『寒温既毕，应下霜华之茗；三爵而终，应下诸蔗、木瓜、元李、杨梅、五味、橄榄，悬豹、葵羹各一杯。』

孙楚《歌》：『茱萸出，芳树颠；鲤鱼出，洛水泉。白盐出河东，美豉出鲁渊。姜桂茶荈出巴蜀，椒橘木兰出高山。蓼苏出沟渠，精稗出中田。』

《华佗食论》：『苦茶久食益，意思。』

壶居士《食忌》：『苦茶久食，羽化；与韭同食，令人体重。』郭璞《尔雅注》云：『树小似栀子，冬生，叶可煮羹饮。今呼早取为茶，晚取为茗，或一曰荈，蜀人名之苦茶。』

《世说》：『任瞻字育长，少时有令名，自过江失志。既下饮，问人云：「此为茶为茗？」觉人有怪色，乃自分明云：「向问饮为热为冷？」』

《续搜神记·晋武帝》：『宣城人秦精，常入武昌山采茗，遇一毛人，长丈余，引精至山下，示以丛茗而去。俄而复还，乃探怀中橘以遗精。精怖，负茗而归。』

晋《四王起事》：『惠帝蒙尘还洛阳，黄门以瓦盂盛茶上至尊。』

《异苑》：『剡县陈务妻少，与二子寡居，好饮茶茗。以宅中有古冢，每饮辄先祀之。二子患之曰：「古冢何知？徒以劳。」意欲掘去之，母苦禁而止。其夜梦一人云：「吾止此冢三百余年，卿二子恒欲见毁，赖相保护，又享吾佳茗，虽潜壤朽骨，岂忘翳桑之报。」及晓，于庭中获钱十万，似久埋者，但贯新耳。母告，二子惭之，从是祷馈愈甚。』

《广陵耆老传》：『晋元帝时有老姥，每旦独提一器茗，往市鬻之，市人竞买。自旦至夕，其器不减。所得钱散路傍孤贫乞人。人或异之，州法曹絷之狱中。至夜，老姥执所鬻茗器，从狱牖中飞出。』

《艺术传》：『敦煌人单道开，不畏寒暑，常服小石子。所服药有松、桂、蜜之气，所余茶苏而已。』释道该说《续名僧传》：『宋释法瑶姓杨氏，河东人。永嘉中过江，遇沈台真，请真君武康小山寺，年垂悬车，饭所饮茶，永明中敕吴兴礼致上京，年七十九。』

宋《江氏家传》：『江统，字应，迁愍怀太子洗马，常上疏谏云：「今西园卖醯、面、蓝子、菜、茶之属，亏败国体。」』

《宋录》：『新安王子鸾、豫章王子尚诣昙济道人于八公山，道人设茶茗。子尚味之曰：此甘露也，何言茶茗。』

王微《杂诗》：『寂寂掩高阁，寥寥空广厦。待君竟不归，收领今就槚。

鲍昭妹令晖著《香茗赋》。

南齐世祖武皇帝遗诏：『我灵座上慎勿以牲为祭，但设饼果、茶饮、干饭、酒脯而已。』

梁刘孝绰《谢晋安王饷米等启》：『传诏李孟孙宣教旨，垂赐米、酒、瓜、笋、菹、脯、酢、茗八种。气苾新城，味芳云松。江潭抽节，迈昌荇之珍；疆埸擢翘，越葺精之美。羞非纯束，野麏裛似雪之驴；鲊异陶瓶，河鲤操如琼之粲。茗同食粲，酢颜望柑，免千里宿舂，省三月种聚。小人怀惠，大懿难忘。陶弘景《杂录》：『苦茶轻换膏，昔丹丘子青山君服之。』

《后魏录》：『琅琊王肃仕南朝，好茗饮、莼羹。及还北地，又好羊肉、酪浆。人或问之：「茗何如酪？」肃曰：「茗不堪与酪为奴。」』

《桐君录》：『西阳、武昌、庐江、昔陵好茗，皆东人作清茗。茗有饽，饮之宜人。凡可饮之物，皆多取其叶。天门冬、拔揳取根，皆益人。又巴东别有真茗茶，煎饮令人不眠。俗中多煮檀叶，并大皂李作茶，并冷。又南方有瓜芦木，亦似茗，至苦涩，取为屑茶饮，亦可通夜不眠。煮盐人但资此饮，而交广最重，客来先设，乃加以香芼辈。

《坤元录》：『辰州溆浦县西北三百五十里无射山，云蛮俗当吉庆之时，亲族集会，歌舞于山上。山多茶树。』

《括地图》：『临遂县东一百四十里有茶溪。』

山谦之《吴兴记》：『乌程县西二十里，有温山，出御荈。』《夷陵图经》：『黄牛、荆门、女观、望州等山，茶茗出焉。』

《永嘉图经》：『永嘉县东三百里有白茶山。』

《淮阴图经》：『山阳县南二十里有茶坡。』

《茶陵图经》云：『茶陵者，所谓陵谷生茶茗焉。』《本草·木部》：『茗，苦茶。味甘苦，微寒，无毒。主瘘疮，利小便，去痰渴热，令人少睡。秋采之苦，主下气消食。

注云：「春采之。」

《本草·菜部》：『苦茶，一名荼，一名选，一名游冬。生益州川谷、山陵道傍，凌冬不死。三月三日采，干。注云：「疑此即是今茶，一名茶，令人不眠。」』《本草》注：『按《诗》云「谁谓荼苦」，又云「堇荼如饴」，皆苦菜也。陶谓之苦茶，木类，非菜流。茗春采，谓之苦搽。』

《枕中方》：『疗积年瘘，苦茶、蜈蚣并炙，令香熟，等分，捣筛，煮甘草汤洗，以末傅之。』

《孺子方》：『疗小儿无故惊蹶，以苦茶、葱须煮服之。』

八之出

山南以峡州上，襄州、荆州次，衡州下，金州、梁州又下。

淮南以光州上，义阳郡、舒州次，寿州下，蕲州、黄州又下。

浙西以湖州上，常州次，宣州、杭州、睦州、歙州下，润州、苏州又下。

剑南以彭州上，绵州、蜀州次，邛州次，雅州、泸州下，眉州、汉州又下。

浙东以越州上，明州、婺州次，台州下。

黔中生恩州、播州、费州、夷州。江南生鄂州、袁州、吉州。岭南生福州、建州、韶州、象州。其恩、播、费、夷、鄂、袁、吉、福、建、泉、韶、象十一州未详。往往得之，其味极佳。

九之略

其造、具，若方春禁火之时，于野寺山园，丛手而掇，乃蒸，乃舂，乃炙，以火干之。则又棨、朴、焙、贯、相、穿、育等七事皆废。其煮、器，若松间石上可坐，则具列废，用槁薪、鼎枥之属，则风炉、灰承、炭挝、火筴、交床等废。若瞰泉临涧，则水方、涤方、漉水囊废。若五人已下，茶可末而精者，则罗废。若援藟跻岩，引絙入洞，于山口炙而末之，或纸包合贮，则碾、拂末等废。既瓢、碗、筴、札、熟盂、醝簋悉以一筥盛之，则都篮废。但城邑之中，王公之门，二十四器阙一，则茶废矣！

十之图

以绢素或四幅，或六幅，分布写之，陈诸座隅，则茶之源、之具、之造、之器、之煮、之饮、之事、之出、之略目击而存，于是《茶经》之始终备焉。